Knaur

Von Joanna Hines sind außerdem erschienen:

Das fünfte Geheimnis (Band 60499)
Lied der Brandung (Band 60526)
Das verschlossene Zimmer (Band 60267)

Über die Autorin:

Joanna Hines wurde in London geboren.
Sie studierte in Oxford und lebt mit ihrem kanadischen Ehemann und ihren Kindern in Cornwall.

JOANNA HINES

Die Frau auf dem Gemälde

Roman

Aus dem Englischen von
Sibylle Schmidt

Knaur

Die englische Originalausgabe erschien 1996 unter dem Titel
The Puritan's Wife bei Hodder and Stoughton, London

Besuchen Sie uns im Internet:
www.droemer-knaur.de

Deutsche Erstausgabe Januar 1999

Redaktion: Ilse Wagner
Umschlaggestaltung: Agentur Zero, München
Umschlagabbildung: AKG, Berlin
Satz: Pinkuin Satz und Datentechnik, Berlin
Druck und Bindung: Clausen & Bosse, Leck
Printed in Germany
ISBN 3-426-60650-X

2 4 5 3 1

Für meinen Sohn
Peter

1

An einem kalten sonnigen Wintermorgen hatte sich die Familie Taverner ganz gegen ihre Gewohnheit vollzählig im Wintersalon des Priory House versammelt, und Thomas, der Maler, brachte das Porträt, an dem er seit Anbeginn des Jahres arbeitete, zur Vollendung. An den Fenstern rankten sich Eisblumen, im Kamin flackerte ein kleines Feuer, und die Kinder waren zapplig und unruhig.

Dieses letzte Treffen war, genaugenommen, unnötig. Thomas hatte sie aus Neugier noch einmal zu sich bestellt; er wollte zu guter Letzt doch noch den Versuch unternehmen, das Geheimnis dieser scheinbar sehr gewöhnlichen und doch höchst sonderbaren Familie zu ergründen.

Nichts an der äußeren Erscheinung seines Dienstherrn ließ auf Ungewöhnliches schließen. Thomas hatte mehrfach der Versuchung widerstehen müssen, seine Züge übertrieben darzustellen: Nur ein Pinselstrich mehr an den vollen Lippen oder eine leichte Betonung der tiefliegenden, wachsamen Augen, und er hätte eine gnadenlose Karikatur geschaffen, die sich über Gier und Selbstgefälligkeit lustig machte. Doch Josiah Taverner regte nicht zu Leichtfertigkeiten an. Er war nur von mittlerer Statur und wirkte dennoch auf seine langsa-

me Art kraftvoll, ja sogar bedrohlich, mit seinem argwöhnischen Blick und seinem gewaltigen fleischigen Kinn.
Der Schädel, der ein wenig zu groß geraten schien für seinen Körper, war mit dünnem, zimtfarbenem Haar bedeckt. Geld und Macht waren offenbar die einzigen Dinge im Leben, die ihn bewegten, und sein Leib war schwer und träge geworden vom Erfolg.
Thomas empfand es als wohltuend, als er seine Aufmerksamkeit der Gattin des Kaufmanns zuwenden konnte. Auf ihre Darstellung hatte er doppelt soviel Zeit verwandt wie auf das Abbilden des Hausherrn, und er hatte sie häufig bestellt, um Modell zu sitzen. Zum einen, weil er schöne Dinge zu schätzen wußte, und die Herrin des Hauses war zweifellos eine Augenweide; zum anderen jedoch, weil er das Verlangen verspürte, ihre Entrücktheit zu erfassen, die ihr einen ganz besonderen Zauber verlieh und sie von anderen reizvollen Frauen unterschied.
Doch reizvoll war sie ohne Frage. In ihren dunklen Zügen trat ihre spanische Herkunft zutage: schwarzes Haar, eine hohe Stirn, feine, geschwungene Augenbrauen und diese ungewöhnlichen Augen ... verwirrende Augen, hatte Thomas gedacht, als er ihrer zum erstenmal gewahr wurde. Er wußte, daß Mistress Taverner erst fünfzehn Jahre alt gewesen war, als sie mit ihrem Gatten nach Tilsbury kam, und jetzt mochte sie kaum mehr als sieben- oder achtundzwanzig Jahre zählen. In der Gegend waren mehrere Gerüchte im Umlauf, die zu erklären suchten, weshalb ein protestantischer Söldner aus den deutschen Religionskriegen mit einer spanischen Gattin zurück-

kehrte, die noch beinahe ein Kind war, doch Thomas hatte keinem Glauben schenken mögen.
Ihre Vergangenheit blieb ein Geheimnis, wie auch ihre Gedanken. Einmal, als sie ihm Modell saß und irgendwo ins Leere starrte, bemerkte Thomas, daß ihr Tränen in den Augen standen.
»Seid Ihr nicht wohl, Mistress Taverner?«
Sie hatte ihn aufrichtig überrascht angeblickt. »Nein. Weshalb?« Eine Träne rann ihr über die Wange.
»Weil Ihr weint.«
Sie zuckte die Achseln.
»Vielleicht peinigt der Dunst Eurer Farbe meine Augen.«
»Woran habt Ihr gedacht?«
»An nichts. Mein Kopf war gänzlich leer.«
Thomas hatte im Laufe der Zeit begriffen, daß die geheimsten Gedanken dieser Frau sogar ihr selbst verborgen blieben. Manchmal, vor allem, wenn er sie mit ihren Kindern sah, entdeckte er in ihren Zügen das fünfzehn Jahre alte Mädchen, das in einer fremden Stadt in einem unbekannten Land ein neues Leben beginnen mußte. Dann wieder las er in ihrem Gesicht, daß es ihr nie vergönnt gewesen war, jung zu sein.
Fahles Sonnenlicht fiel durch die Fenster; die Kinder traten voller Ungeduld von einem Fuß auf den anderen. Ein Jammer, sinnierte Thomas, daß die beiden älteren ihrem Vater so ähnlich sahen. Dasselbe krause zimtbraune Haar, die unschönen, beinahe froschartigen Gesichtszüge. Jetzt mochte ihre Pausbäckigkeit noch liebenswert wirken, doch nicht mehr lang, dann würden sie fett werden. Nur der Jüngste, Philip, war nach seiner Mutter geraten; er hatte schwarzes Haar und schwarze Augen und

war stolz wie ein Hahn. Seiner älteren Schwester und seinem Bruder war er ein gerne gehätscheltes Spielzeug, seiner Mutter der Fluch ihres Lebens. Das Wesen des Säuglings, kaum sechs Monate alt und in Tücher gewickelt wie ein kleiner Seidenwurm in einen Kokon, ließ sich noch nicht erahnen.

Thomas seufzte. Dieser Wintersalon, der seit zwei Monaten seine Farben und seine Staffelei beherbergte, war ihm ans Herz gewachsen. Er war nur mit wenigen Möbelstücken ausgestattet, doch die mit Eichenholz getäfelten Wände und der schöne Kamin bedurften keines weiteren Schmucks. An einem kalten Märzmorgen wie dem heutigen durchzogen den Raum die frischen Düfte von Feuerholz, Bienenwachs und Binsen. Doch wie verführerisch das Haus auch sein mochte, er konnte seinen Auftrag nicht länger ausdehnen. Sein Werk war vollendet, und in ein oder zwei Tagen mußte er dieses stille Städtchen im Tal verlassen und anderswo nach Beschäftigung Ausschau halten.

Er tauchte seinen Pinsel in einen schimmernden Farbklecks und schrieb sorgfältig seinen Namen unter den Schuh von Mistress Taverner. »*Thomas …*« schrieb er mit Bedacht. Gemeinhin genügte dieses eine Wort; er hielt seinen Namen so knapp wie seinen Hausstand, der seinem unsteten Leben entsprach, doch diesmal zögerte er einen Moment und fügte ein zweites Wort hinzu, »*Talpa*«. Thomas der Maulwurf. Er hatte diesen Titel noch nie getragen und hoffte, auch künftig nicht mehr dazu gezwungen zu sein; doch es verlangte ihn danach, der Nachwelt ein Zeugnis seiner eigentümlichen Beschäftigung in Priory House zu hinterlassen.

Ein letztes Mal blickte er auf die vor ihm versammelte Familie. Master Taverner erschien ihm noch aufgeblasener als sonst; seine Backen waren angeschwollen wie die eines gierigen, fetten Ochsenfroschs, der seinen Erfolg in die Welt hinausposaunt. Seine Gattin dagegen blieb unbewegt und entrückt und schien den kostbaren Schmuck, mit dem der Hausherr sie behängt hatte, nicht zu bemerken. Wie immer, blieben ihre Gedanken ein Geheimnis.
Die Kinder dagegen machten keinen Hehl aus ihren Gefühlen. Auf ihren Gesichtern zeichneten sich alle erdenklichen Formen der Langeweile ab. Harry, der Älteste, beugte sich vor und flüsterte seinem kleinen Bruder etwas ins Ohr. Philips Augen funkelten vor Vorfreude auf die geplante Missetat.
Harry bot lautstark den Lohn an, damit die Erwachsenen auch ihren Spaß haben konnten. »Nicht mehr lange, Pip. Du darfst gleich danach auf Bonnet reiten.«
Philip hüpfte vor Aufregung von einem Fuß auf den anderen. »Stierglied!« rief er aus. »Stierglied, lied, lied, lied, lied!!«
Harry und Beth brachen in Gekicher aus. Pip, der nicht begriff, was er da rief, sondern sich nur daran ergötzte, daß es offenbar wunderbar unanständig war, freute sich diebisch. Master Taverner runzelte lediglich die Stirn. Seine Gattin sagte »wirklich, Pip« und tippte ihren Sohn leicht auf den Kopf, doch ihrem Lächeln war anzusehen, daß sie sich ebensosehr gelangweilt hatte wie die Kinder. Von Anfang an war Thomas aufgefallen, daß die Taverners erstaunlich geduldige Eltern waren. Man wurde ihrer Zuneigung zu ihren Kindern nicht gewahr, doch sie war reichlich vorhanden.

Thomas erbarmte sich ihrer aller. »Nun«, sagte er. »Es ist vollendet.«
Harry, Beth und Philip brachen in lautes Gejohle aus und hüpften umher, bis Mistress Taverner, die ihrer Großmutter den schlummernden Säugling in den Arm gelegt hatte, sie mit einer entschiedenen Anordnung aus dem Zimmer wies. Man hörte das Poltern ihrer Schritte auf der Treppe, dann fiel lärmend eine Tür zu, und es herrschte Ruhe.
Master Taverner erhob sich von dem Stuhl mit der hohen Lehne und kam herüber, um das vollendete Werk zu begutachten, was er wiederum in der ihm eigenen, schwerfälligen Art tat, die Thomas so unangenehm fand.
»Nun«, sagte der Hausherr, »Ihr habt keine Zeit vergeudet, das gefällt mir.«
Thomas begriff, daß er von seinem Dienstherrn kein Lob für die Schönheit seiner Arbeit zu erwarten hatte. Er blickte zu Mistress Taverner, die sich in die Nähe ihres Gatten begeben hatte. Zu seiner Überraschung stellte er fest, daß sie ihr Abbild anstarrte wie einen Widersacher. Er überlegte kurz, ob sie wohl nicht zufrieden war mit seiner Art der Darstellung, doch das hielt er nicht für möglich. Manch einen Gesichtsausdruck, der ihm von Zeit zu Zeit bei ihr aufgefallen war, hatte er nicht wiedergeben können, doch ihre Schönheit war fraglos für jedermann sichtbar.
»Erregt es Euer Mißfallen, Mistress Taverner?«
Sie wandte sich ihm unvermittelt zu, mit einer ruckartigen Geste, als wolle sie die Kette an ihrem Hals von sich werfen, und ihr Gesichtsausdruck wandelte sich vollständig. Ungleich ihrem Gatten, hatte sie sofort verstanden,

daß es Thomas danach verlangte, für sein Werk gelobt zu werden, bevor er sich für immer davon trennte.
»Ihr könnt wahrlich stolz sein auf Eure Fertigkeiten, Thomas«, sagte sie und fügte dann mit ihrer dunklen Stimme und ihrem leichten Akzent hinzu: »Schätzt Euch glücklich, Thomas. Ihr hinterlaßt der Welt etwas, wenn Ihr geht.«
Eine Spur von Bedauern schwang in ihren Worten mit, doch bevor Thomas darüber nachsinnen konnte, war sie aus dem Zimmer geeilt, und er hatte nur noch das Rascheln ihrer seidenen Röcke im Ohr.
Josiah Taverner hatte bestätigend genickt, als seine Gattin sprach, und sein Lächeln geriet nun ein wenig zufriedener als zuvor. Thomas begriff, daß sein Dienstherr eine Ausnahme darstellte: ein älterer Mann mit einer jungen, schönen Frau, der sich nicht bedroht fühlte vom offenkundigen Interesse anderer Männer, sondern sich an ihrem Neid ergötzte. Er schien sich der Treue seiner Gattin gewiß zu sein. Wahrhaftig ein glücklicher Mann.
Thomas hätte sich gewundert, wäre er Zeuge der Handlungen von Mistress Taverner nach ihrem Verlassen des Wintersalons gewesen. Mabs, die aus der Küche kam mit einer Frage wegen des Abendessens, übersah sie einfach. Die breite Treppe rannte sie beinahe hinauf, stürzte in ihr Schlafgemach und warf die Tür hinter sich zu. Keuchend zerrte sie am Verschluß der Kette, die den ganzen Morgen ihren Hals umschlossen hatte, riß sich die Ringe von den Fingern und die Armbänder vom Handgelenk. Warum glich Schmuck nur so sehr den Dingen, mit denen man Lebewesen ihrer Freiheit beraubte? Ketten, Handfesseln und das Geschirr von Tieren – Zierat für

ein Spielzeug, eine Puppe. Josiah hatte darauf bestanden, daß sie seinen Reichtum herzeigen sollte, Beutestücke, die er aus den Kriegen heimgebracht hatte. Vielleicht war es ja nur richtig, daß er die Beweise seiner Siege an seiner Gattin zur Schau stellte, seinem erlesensten Beutestück. Sie stopfte die Schätze in ein kleines Kästchen, das auf einer Eichenholztruhe stand, drehte den Schlüssel im Schloß und ging ans Fenster. Dort stand sie, preßte die Stirn an das kühle Glas und blickte auf die breite Straße hinunter. Allmählich wurde ihr Atem ruhiger, ihre Erregung wich. Aus der Verstörung, die Thomas an ihr bemerkt hatte, wurde abgrundtiefe Verzweiflung.

Danach vermied sie es, das Gemälde anzusehen. Sie verabscheute es, haßte es für eben jene Unvergänglichkeit, für die es ihrem Gatten so wertvoll war.

Seit ihrem Eintreffen in diesem stillen Tal hatte sie immer geglaubt, nur ein Flüchtling auf Zeit zu sein. Wie die Zugvögel würde sie eines Tages in ihre südliche Heimat zurückkehren. Doch das Gemälde tat etwas anderes kund. Die Frau, die steif in der Mitte ihrer Familie saß, war in dieser Erde verwurzelt. Mit ihrem englischen Gatten, ihren englischen Kleidern und ihren englischen Kindern war die Schauspielerin eins geworden mit ihrer Rolle.

Es war später Nachmittag, als Thomas sich zum Aufbruch bereit machte. Er hatte wenige Besitztümer, und er beeilte sich nur deshalb nicht, weil es ihn nicht drängte, wieder in die Welt hinauszuziehen. Insgeheim hegte er die Hoffnung, daß Master Taverner – oder wohl eher seine Gattin – ihn einladen würde, noch eine Nacht zu bleiben. Im Land unterwegs zu sein, war schon zu guten Zeiten ein gewagtes Unterfangen, doch nachdem seit zwei Jahren der Bürgerkrieg wütete, war es regelrecht lebensgefährlich.

Er traf Mistress Taverner vor ihrer Destillierkammer an, wo sie eben die Tür abschloß. Dann wandte sie sich mit einem Lächeln zu ihm. »Ihr verlaßt uns, Thomas? Wohin zieht es Euch?«

»Zum Hof des Königs in Oxford vielleicht. Oder nach Bristol. Mir steht der Sinn nicht nach weiten Reisen.«

»Habt Ihr denn keine Pläne?«

»Ohne Pläne bin ich besser dran«, sagte er bedauernd. »Den Abend werd' ich im Lion zubringen, und wenn mir das Glück hold ist, find' ich einen, der mit mir reist. Ich bin nicht gern allein unterwegs.«

»Ich wünschte, wir könnten Euch noch einen weiteren Auftrag erteilen. Doch die Porträts sind alle vollendet.«

Thomas sagte zögernd: »Ich könnte Eure Großmutter malen.«

»Nona?« Mistress Taverner war sichtlich überrascht ob dieses Ansinnens. »Warum wohl sollte jemand ein Bild von einer garstigen alten Frau malen?« Ihr Gesicht wurde weicher, als sie ihn zu verstehen meinte. »Einen Augenblick habe ich wirklich geglaubt, Ihr meint es ernst, Thomas. Was für ein Einfall! Und Nona wäre außer sich. Sie würde glauben, Ihr wolltet ihre Seele stehlen.«

Thomas tat, als sei der Vorschlag in der Tat als Scherz gemeint gewesen, doch in Wirklichkeit war es ihm durchaus ernst damit. Das vom Alter gefurchte und durchtriebene Gesicht der Großmutter hatte ihn von Anfang an beeindruckt. Er hatte sogar aus reinem Ver-

gnügen mit einer Skizze begonnen. Nun fesselte ihn die Vorstellung, daß die Greisin ein Abbild ihrer selbst als Bedrohung empfinden könnte. Ihm war bekannt, daß sich unter den abergläubischeren Einwohnern von Tilsbury einige fanden, die der eigentümlichen Großmutter von Mistress Taverner übersinnliche Fähigkeiten zuschrieben, aber deren Kräutertinkturen waren sehr beliebt. Einige behaupteten, sie könne in die Zukunft sehen oder verlorene Dinge wiederbringen. Selbst Master Taverner schien ihr mit argwöhnischer Vorsicht zu begegnen. Nur seine Gattin kümmerte das wenig. Die beiden Frauen zankten sich unentwegt, doch sie waren einander sehr verbunden. Thomas fand all das äußerst undurchsichtig.
Aus dem Geräusch zufallender Türen, Geschrei und Getrampel auf der Treppe war zu schließen, daß die Kinder von ihrem nachmittäglichen Ausflug zurückgekehrt waren. Die Großmutter flatterte um sie herum wie eine kleine schwarze Henne, als der Diener die Kinder ihrer Obhut überließ, und die Kleinen berichteten lautstark und widersprüchlich von ihren Abenteuern.
Mistress Taverner horchte auf den Lärm. »Ich muß gehen«, sagte sie. »Der Kleine ist aufgewacht.« Sie hob die Hand, und Thomas sah, daß sie ein Fläschchen hochhielt. Auf dem Etikett stand nur »Für Thomas«. »Hier, ich habe das für Euch zubereitet, falls Ihr wieder das Fieber bekommt. Doch denkt daran, es ist nur für Euch bestimmt. Bei anderen würde es wenig Wirkung zeigen.«
Thomas war gerührt. Im Februar war er erkrankt, und Mistress Taverner hatte ihn aufmerksam gepflegt. »Nun weiß ich, daß mir nichts zustoßen kann. Und mögt Ihr,

Mistress Taverner, und die Euren für immer von diesem elenden Krieg verschont bleiben.«

»Verschont?« Sie zog spöttisch die dunklen Augenbrauen hoch. »Zwei unserer besten Bediensteten sind davongelockt worden, und wir zahlen so viel Steuern, daß es uns fast den Hals bricht.«

Thomas dachte an die betriebsame Küche, die gut gefüllten Vorratskammern, die regelmäßigen Mahlzeiten und die ruhigen, gleichförmigen Tage. Er sagte: »Doch Euer Haus ist unberührt. Hier hat sich noch kein Soldat sehen lassen.«

»Das ist wohl wahr«, erwiderte Mistress Taverner ungerührt. »Und so wird es auch bleiben. Wißt Ihr denn nicht – meine Großmutter hat dieses Haus schon vor langen Jahren mit einem Bann belegt. Jeder Soldat, der es betreten will, wird unverzüglich all seiner Kraft beraubt. Um uns braucht Ihr Euch nicht zu sorgen, Thomas.«

Als er Abschied nahm von ihr, dachte Thomas, daß Mistress Taverner wohl wirklich an die Unantastbarkeit ihrer Familie glaubte. Er entsann sich der Zerstörung und des Leids, das er nicht allzuweit von diesem Ort entfernt erlebt hatte, und betete stumm, daß die Zeit ihr recht geben mochte.

Josiah Taverner fand man in einem kleinen Raum an der Längsseite des Hauses, von dem aus er seine geschäftlichen Belange regelte. Thomas hatte diesen Raum nur einmal betreten, als er im Januar in Priory House eintraf. Er hatte ihm damals mißfallen und mißfiel ihm noch immer. Alle anderen Räume des Hauses waren großzügig und elegant eingerichtet, doch dieses Kontor war düster und vollgestopft mit Papier und Kisten. Hier ging es nur darum, Geld zu raffen und es zu vermehren, um nichts anderes. Und nun saß Josiah Taverner hinter seinem beladenen Schreibtisch, tätschelte sich versonnen den Wanst und sprach über Geld. Nicht ein Wort verlor er über das Gemälde selbst, nur über die Vorgänge des Entgelts. Thomas hörte ihm höflich zu, doch bald bedrückte es ihn, daß er dem Wahn des anderen untertan sein sollte. Er mußte sich der plötzlichen Anwandlung erwehren, jegliche Bezahlung zurückzuweisen. Doch derartige Überheblichkeiten konnte er sich nicht erlauben. Es war ihm schlechterdings unmöglich, nur mit Mistress Taverners Fieberelixier in der Tasche in die Welt hinauszuziehen.

Er hörte, daß der Mann ihm ein Wertpapier anbot, das bei einem gewissen John Rolfe, einem Geschäftsfreund des Hausherrn in London, einzulösen sei.

»Ihr könnt Euer Geld auch in barer Münze bekommen, wenn Ihr das bevorzugt«, sagte Master Taverner. »Doch bin ich der Überzeugung, daß es ein Fehler wäre, in einer Zeit wie dieser Bares mit sich herumzutragen. Auf den Straßen wimmelt es nur so von Gesindel.«

»Ich hatte nicht die Absicht, bis nach London zu reisen.«

»Wenn Ihr erst dort seid, könnt Ihr Euch in Sicherheit wägen. Vorerst. Ich habe gehört, daß sich heute im Lion zwei Waliser eingefunden haben, die sich auch dorthin begeben wollen. Über einen dritten Landsmann wären sie gewiß erfreut.«

»Dann beuge ich mich Eurem Urteil.«

Josiah Taverner nickte. Er seufzte, versiegelte das Schreiben, das er vorbereitet hatte, und reichte es über den breiten Tisch.

»Was diese andere Angelegenheit betrifft: Ich habe darüber nachgedacht. Euer Entgelt bekommt Ihr weniger für die Arbeit selbst, denn sie ist verzichtbar, sondern für Eure Verschwiegenheit. Sie ist unabdingbar.«
»Das weiß ich, Master Taverner. Ihr habt mein Wort.«
»Ja, ja, ja. Doch Versprechen haben die unerquickliche Angewohnheit, gebrochen zu werden.«
»Ich will diese Bemerkung nicht beachten, Sir, denn ich habe nichts getan, womit ich eine solche Kränkung verdient hätte.«
»Wenn dieser unselige Krieg vorüber ist, wird die Geheimhaltung nicht mehr vonnöten sein. Ich biete Euch an, Euch einen weiteren Abschlag zu bezahlen, den Ihr erst nach Beendigung der Feindseligkeiten bekommt, und auch nur dann, wenn Ihr Euch an Eure Abmachung gehalten habt.«
Thomas war erzürnt. »Wie merkwürdig, Master Taverner, daß Ihr diesen Vorbehalt nie erwähnt habt, als ich mich auf Euren geheimen Auftrag einließ.«
»Ich werde Euer Entgelt erhöhen, weil Ihr es verspätet erhaltet. Mehr kann ich Euch nicht anbieten.«
»So sei es denn.« Thomas fühlte sich elend. Immer mußte ein Auftrag mit diesem erbärmlichen Gefeilsche zu Ende gehen. »Der Maler nimmt sein Entgelt jetzt entgegen. Thomas Talpa, der Maulwurf, wird die rechte Zeit abwarten.«
Er sah zu, wie Master Taverner ein zweites Schreiben für den Kaufmann in London aufsetzte. Ganz überraschend, wie es ihm manchmal in den letzten Monaten widerfahren war, empfand Thomas Mitleid für den Mann. Er benahm sich so ungehobelt wie einer, der es nie gelernt hat,

liebenswert zu sein. Thomas meinte, wenigstens einen Teil seiner Gehässigkeit zu begreifen. Master Taverner war wohl im katholischen Glauben erzogen worden, wie auch er selbst. Beide hatten sie der Religion ihrer Eltern abgeschworen. Thomas hatte Ersatz gefunden in der Darstellung von Schönheit. Er glaubte, daß die Anhäufung von Reichtümern nun Josiah Taverners Evangelium war. Er fand ihn widerwärtig, bemitleidete ihn und war aufrichtig froh, ihn nicht mehr sehen zu müssen.
Erst als sich die schwere Tür hinter ihm schloß, hörte Thomas, wie jemand in einem Zimmer im Obergeschoß zu singen begann.

Auch Josiah entging der Gesang nicht. Als er sicher war, daß sich der Maler nicht mehr im Hause aufhielt, stand er auf, ging zur Tür seines Kontors und schob sie auf. Es war unüberhörbar. Einige Augenblicke lang lauschte er reglos, mit schräg gelegtem Kopf. Rhythmisches Klatschen und Stampfen war zu vernehmen. Und das Lied selbst: Roh und lieblich zugleich, hätte man es unharmonisch nennen können, wenn es nicht eine seltsame Schönheit in sich geborgen hätte. Das Lied war in diesem stillen Tal in Mittelengland so heimisch wie ein Paradiesvogel.
Die beiden Frauen sangen jetzt zweistimmig, dann wieder einstimmig, als sie den wiegenden Refrain wiederholten. Die Melodie kündete von Sehnsucht und Triumph. Eine heidnische, rebellische Weise schien es für Master Taverner zu sein, als sie durch sein ehrbares Kaufmannshaus schallte.
Er hatte sie selten vernommen, doch seit seine Gattin

und ihre Großmutter hierhergekommen waren, war sie Teil seines Lebens geworden. Im Grunde seines Herzens mißbilligte er sie, doch er hatte nie einen Versuch gemacht, den Frauen das Singen zu untersagen. Nun merkte er unversehens, daß sein Mund trocken wurde. Und dann konnte er der Versuchung nicht widerstehen, obwohl er wußte, daß es vergebens sein würde, und er schlich die Treppe hinauf zu dem Zimmer im ersten Stock, das Nona mit Philip und dem Säugling bewohnte. Dann blieb er stehen. Sein Herzschlag schien sich dem Rhythmus des Klatschens und Stampfens zu unterwerfen. Wenn er nicht von früheren Versuchen gewußt hätte, daß es nutzlos war, hätte er durch den Riß in der Tür gespäht. Seit vielen Jahren hatte er in seinem eigenen Haus keine andere Wahl, als herumzuschleichen und zu spionieren. Er verachtete sich selbst für seine Schwachheit, haßte die Frauen dafür, daß sie ihn in diese entwürdigende Lage brachten. Er preßte die Handflächen an das glatte Holz und schloß die Augen. Hätte er an den Nutzen geglaubt, hätte er gebetet. Eine Weise, so geheimnisvoll und mächtig: Sie konnte einem Mann das Herz brechen und ihn um den Verstand bringen.

Der Gesang, das Stampfen und Klatschen, die verworrenen Rhythmen, rührten jeden Nerv in seinem Körper an, bis er es nicht länger ertragen konnte; er drehte den Knauf, und die breite Tür schwang auf.

Augenblicklich trat Stille ein, und die Szene vor ihm erstarrte in der Bewegung.

Die Kinder hockten mit verschränkten Beinen auf dem Boden, und ihre Gesichter leuchteten rosig in der schwindenden Abendsonne. Beths mollige Ärmchen

umschlangen den Säugling, und sie hielt seine Händchen, um ihm die schwierigen Rhythmen beizubringen.
Mistress Taverner und ihre Großmutter standen in der Mitte des Raums. Nona klein und plump, mit ihrem winzigen, runzligen Gesicht, Doll aufrecht und von strenger Schönheit. Beide keuchten, und ihre Wangen waren erhitzt. In dem kurzen Augenblick, als die Tür sich öffnete, hatte Josiah die wilde Freude im Gesicht seiner Gattin gesehen, und ihr Glück war grausamere Qual für ihn als der Zorn, den er hernach zu spüren bekam. Nicht ein einziges Mal hatte er sie in seiner Gegenwart glücklich erlebt.
Für ein paar Augenblicke verharrten alle in Reglosigkeit, und die Stille war so übermächtig, daß Beth beinahe glaubte, die Staubkörner in den rosafarbenen Sonnenstrahlen tanzen zu hören; dann hörte man lautes Klappern von Töpfen aus der Küche, und der Bann war gebrochen. Plötzlich lächelte Mistress Taverner und trat auf ihren Gatten zu.
Josiah sagte: »Haltet meinetwegen nicht ein, Doll«, wiewohl er wußte, daß es nutzlos war. »Ich will dein Vergnügen nicht stören. Fahrt fort, fahrt fort.«
Er konnte sich nicht beherrschen und trug noch zu seiner Demütigung bei, indem er tölpelhaft grinste.
»Tst«, wischte sie seine Aufforderung mit einer Handbewegung beiseite. »Das war nur närrisches Weibertreiben. Du weißt Besseres zu tun mit deiner Zeit.«
»Aber ich würde ...«
»Und zudem«, fiel sie ihm ins Wort, »waren wir ohnehin am Ende.«
Harry und Beth blickten von einem zum andern. Ihnen

entging nicht, daß sich unter dem Lächeln etwas Unschönes abspielte. Beth fühlte sich plötzlich elend, ohne den Grund zu begreifen, und Harry kam sich vor, als sei er bei einem Akt des Verrats ertappt worden, den er gar nicht beabsichtigt hatte. Er war schon elf Jahre alt und war nicht sicher, ob er sich noch den Frauen und Kindern anschließen wollte, auch wenn er das seltene Vergnügen des Tanzes zu schätzen wußte. Doch Philip, der noch zu verzaubert war von den Klängen, sang mit seiner Kinderstimme das Lied vor sich hin und trommelte dabei mit den Fäusten auf die Dielen. Seine Mutter fuhr herum und legte ihm die Hand auf den Kopf.

»Genug, Philip. Wir haben innegehalten.«

»Aber –«

Sie schnippte mit den Fingern und funkelte ihn an. Er fügte sich. Die Kinder rappelten sich auf.

Harry steckte die Daumen in seinen Gürtel und trat zu seinem Vater. »Es war nicht der Rede wert, Vater«, sagte er mit seiner ernsthaftesten Stimme. »Wir wollten nur Pip und den Kleinen unterhalten.«

Josiah würdigte ihn keines Blickes. »Geh hinunter, Harry. Nimm die anderen mit.«

Harry zögerte. Seine Mutter betrachtete sie beide mit kaltem Blick und hochgezogenen Augenbrauen, beinahe verächtlich. Beth schickte sich an, mit Pip und dem Säugling hinauszugehen. Harry fürchtete sich unversehens davor, die Erwachsenen allein zu lassen.

»Geh, Junge. Es ist Zeit für das Abendgebet.« Sein Vater klang unwirsch.

Harry schlurfte hinaus, die anderen Kinder folgten ihm, und die Zimmertür schloß sich hinter ihnen.

Keiner sprach ein Wort in dem Schlafzimmer, dessen Fenster nach Westen gingen. Doll Taverner verharrte reglos; die alte Frau wartete gelassen, während Josiah sich bemühte, seiner Gefühle Herr zu werden.
Vor langen Jahren, als Harry noch ein Säugling gewesen war, hatte Josiah seine junge Gattin bestechen wollen, damit sie für ihn tanzte. Er schämte sich, als er sich erinnerte, wie er sich erniedrigt hatte, welche Kostbarkeiten er ihr angeboten hatte. Doch sie hatte sie abgewiesen, hatte sich in Schweigen gehüllt, war vermeintlich fügsam und doch gänzlich unerreichbar gewesen. Später hatte sie ihm gesagt, daß in ihrer Heimat derlei Tänze nur für die Augen der Frauen und kleinen Kinder bestimmt waren. Er war nicht überzeugt, ob er ihr Glauben schenken konnte. Manchmal dachte er, wenn er ihr nur einmal beim Tanzen zusehen könne, wäre ihre Macht über ihn gebrochen.
Und an diesem Tag hatte er wahrlich Grund, sich jener Macht entledigen zu wollen.
»Tanz für mich, Doll.«
Sie zog die Augenbrauen noch höher. »Warum vergeudest du Zeit mit dieser Frage? Du weißt, ich werde es nicht tun.«
»Ich könnte es dir befehlen.«
»Tu, wonach dir zumute ist. Tanzen werde ich nicht.«
»Ich könnte dich zwingen.«
»Niemals.«
Nicht Trotz lag ihren Worten zugrunde, sondern gelassene Überzeugung. Diese Haltung war es, die Josiah schier unerträglich anmutete.
Er hatte nichts Bestimmtes im Sinn, empfand nur die

Kränkung unversehens als unzumutbar. Er packte den nächsten Gegenstand, einen Stuhl mit Gobelinbezug, und trat einen Schritt auf sie zu.
»Tanz, wenn ich es dir sage.«
Doll hob das Kinn ein wenig höher und rührte sich nicht von der Stelle. »Der Tanz ist vorüber, Josiah.«
»Nein! Dieses Mal wirst du –«
Er konnte den Satz nicht vollenden. Die alte Frau hatte sich im Nu zwischen sie gestellt. Ihr Kopf war zurückgelegt, ihre Augen nurmehr Schlitze, und sie murmelte fieberhaft Worte, die Josiah über die Jahre immer wieder vernommen, doch nie richtig verstanden hatte.
»Sei still, sag' ich dir, sei still!«, doch jede Kraft war aus seinem Zorn gewichen. Der Stuhl fiel ihm aus der Hand, und schützend hielt er den Arm vors Gesicht, um die wesenlosen Augen der alten Frau nicht mehr sehen zu müssen. Er rang um Atem.
»Verdammt, sag ihr, sie soll einhalten!« Er sank auf den Stuhl, seine Hand verkrampfte sich auf seiner Brust, versuchte, die Knöpfe seiner Weste zu öffnen, die ihn unversehens beengte.
Das kleine Lächeln, das über Dolls Gesicht huschte, bevor sie zu ihm kam und an seiner Seite niederkniete, sah er nicht.
»Nun, nun. Du solltest dich nicht so erregen, mein Lieber.« Er wollte sie wegschieben, doch nicht einmal dazu reichte seine Kraft.
Nona, die nun wieder wie eine gewöhnliche, kleine alte Frau erschien, holte ihm ein Glas Wasser von dem Krug in einer Ecke des Zimmers. Nach und nach kam Josiah zu Atem und gewann seine Fassung zurück. Sobald er sich

erheben konnte, entfloh er der Fürsorge seiner Gattin und eilte die Treppe hinunter in die große Eingangshalle, in der die Bediensteten warteten, daß er das Abendgebet vorsprach. Weil er sich gefürchtet und geschämt hatte, zeigte sich Josiah an diesem Abend besonders gottesfürchtig. Seine tiefe Stimme, die lauter und eifriger klang als die der anderen, hatte eine beruhigende Wirkung auf ihn.

Dennoch war er außerstande zu vergessen, daß die Gattin, die ihm gefolgt war, die ernste junge Frau, die in ihrem schwarzen Kleid mit dem schlichten weißen Kragen neben ihm saß und so rein und fromm aussah, in Wahrheit so flüchtig wie Quecksilber war, und daß er selbst angesichts ihrer grenzenlosen Gleichgültigkeit nurmehr einen lächerlichen Narren abgab.

2

Es war still im Haus zu dieser späten Stunde, und Doll schlief beinahe, als sie ihren Gatten kommen hörte. Kaum betrat er das Zimmer, wußte sie, was er im Sinn hatte; schon seine Schritte auf der Treppe hatten es ihr verraten. Mit einem Schlag war sie hellwach, lag starr da und verwünschte sich, weil sie die Zeichen nicht früher am Tag gedeutet hatte. Ihr Kummer über das Gemälde hatte sie unachtsam gemacht, sonst hätte sie bemerkt, wie Josiah sich benahm, als sie im Wintersalon mit Thomas sprach. Statt dessen hatte sie Trost im Tanz gesucht, und das war wiederum ein Fehler gewesen; sie hätte warten sollen, bis Josiah das Haus verlassen hatte. Ihre Musik erregte ihn immer wieder aufs neue. Doch seit ihrer letzten Aussegnung waren seine Aufmerksamkeiten so spärlich gewesen, daß sie unachtsam geworden war: Sie hätte ein paar Tropfen Raute in seinen Abendtrunk mischen können oder zusehen, daß sie mit dem Säugling beschäftigt war. Manchmal reichte es auch aus, wenn sie sich schlafend stellte. Doch nun war es zu spät.

Er entkleidete sich vor dem wärmenden Kamin und summte vor sich hin; er summte immer, wenn ihm der Sinn nach nächtlichen Lustbarkeiten stand. Doll schloß die Augen, damit sie seinen nackten Leib nicht sehen mußte, der rund und rosa und haarig war wie der eines

Schweins vor der Schlachtung, dann zwang sie sich, sie wieder zu öffnen.
Nun hatte er sein Nachtgewand angelegt und lächelte. Doll sah zur Seite, wich seinem Blick aus. Josiah bemerkte die Geste, und der Ekel, der sie bewirkt hatte, blieb ihm nicht verborgen. In einer unvermittelt grausamen Anwandlung schritt er auf das Bett zu und verkündete dabei so beiläufig, als sei es ihm zuvor entfallen gewesen: »Bald werden Soldaten hiersein, Doll.«
»Soldaten?« Ihr stockte der Atem. »Du irrst dich doch bestimmt.«
Das Bett mit den vier Pfosten quietschte und knarrte, als er sich hineinlegte und die Decke über sich zog. Er hatte das Grauen in ihrer Stimme vernommen und lächelte, als er sich ihr zuwandte.
»Es steht fest, meine Liebe. Eine Kompanie wird zum Ende der Woche hier in Garnison liegen. Vielleicht schon morgen. Der Quartiermeister hat heute nachmittag Vorkehrungen für ihre Unterbringung im Lion getroffen.«
»Aber warum hier?«
»Überall sind jetzt Soldaten, Doll.« Er sah, daß sie zitterte in ihrem weißen Baumwollhemd. Er legte eine Hand auf ihre Brust und drückte sie, als prüfe er ihren Reifegrad.
Doch ausnahmsweise schien seine Gattin es kaum zu bemerken. »Dieses Haus werden sie nicht betreten«, verkündete sie.
»Sie werden hingehen, wo es ihnen beliebt«, sagte er, dann spuckte er in seine Hand und befeuchtete sich in Vorbereitung des Akts.

Die Nachricht, daß eine Kompanie Soldaten sich anschickte, in ihre friedliche Stadt einzuziehen, womöglich sogar in ihr Heim, war so erschütternd für Doll, daß sie sich regelrecht vergaß. Sie setzte sich kerzengerade auf und schob ihren Gatten von sich weg.
»Nie werde ich das zulassen!« rief sie.
»Du hast keine Wahl, Doll«, sagte Josiah und drängte sie mit seinem schweren Leib gegen die Kissen.
Einen Augenblick lang erwog sie, sich ihm zu widersetzen; etwas, das sie noch nie getan hatte. Vor langer Zeit hatte die junge Ehegattin beschlossen, ihrem Mann stets seine Rechte zuzugestehen, ebenso, wie sie gelobte, daß er sie niemals tanzen sehen würde. Und sie war eine Frau, die ihre Entscheidungen niemals in Frage stellte. Doch die Nachricht von der Ankunft der Soldaten hatte sogar ihre Selbstbeherrschung angegriffen. Sie keuchte und wandte sich ab. Geschwind wälzte Josiah sich über sie. Erregung bemächtigte sich seiner, als sie sich aufbäumte, um sich zur Wehr zu setzen. Nach der Demütigung, die er am Nachmittag erdulden mußte, war ihm die Gelegenheit, seine Macht auszuüben, sehr willkommen. Doch er wurde rasch enttäuscht, als seine Gattin ihre übliche abwesende Haltung einnahm.
»Ereifre dich nicht, es ist nicht zu ändern«, knurrte er, doch es blieb unklar, ob er seine eigene Bedürftigkeit meinte oder die Ankunft der Soldaten. Ohnehin war es nicht mehr von Bedeutung. Er wußte, daß seine Frau ihn nicht mehr hörte. Doll nannte er sie, und wahrhaftig hätte sie eine Puppe sein können in jenen kurzen ehelichen Zwischenspielen, in denen sie starr und hölzern wie ein Spielzeug unter ihm lag und nicht mehr spürte, was mit

ihrem Körper geschah. So waren ihre vier Kinder gezeugt worden.
Josiah irrte sich nicht. Sie vernahm seine Worte nicht, wenngleich sie merkte, daß er gesprochen hatte. In diesen abscheulichen Augenblicken achtete sie sonst immer darauf, ein Bild aus der Erinnerung wachzurufen – das Muster des Lichts auf den Reben in dem Hof, in dem sie als Kind gespielt hatte, oder die Strophen eines Lieds –, doch dieses Mal beherrschte die Nachricht von den Soldaten ihre Gedanken.
Unter Josiahs Grunzen hörte sie das Donnern von Kanonen und das Knattern von Musketen. Sie hörte das Siegesjohlen der Soldaten, wenn sie vorwärts drängten wie eine finstere Flut, hörte die Schreckensschreie von alten Männern, Frauen und Kindern, die mit Schwertern, Piken und Dolchen niedergemetzelt wurden, indes ihre Welt in Flammen stand, verwüstet und bald für immer ausgelöscht. Und die Schreie in ihrem Kopf waren so laut, daß sie kaum merkte, als Josiah zu Ende kam und neben ihr in dem großen weichen Bett zusammensackte.
Sie rührte sich nicht. Nach einer Weile tätschelte er ihre Hüfte. »Reg dich nicht auf, Doll«, sagte er.
Ihre todesgleiche Stille, ihr tränenüberströmtes Gesicht hätten ihm nunmehr vertraut sein müssen. Manchmal verstörte es ihn; an diesem Abend jedoch fand er, daß eine Rechnung beglichen worden, der Gerechtigkeit genüge getan worden war.
Als das Schweigen bedrückend wurde, sagte er: »Es ist Zeit für die Gebete.«
Erst als Josiah sich neben das Bett kniete, löste seine

Gattin ihre festverschlungenen Hände und rührte sich ein wenig. Dann stand auch sie auf, doch sie ließ sich nicht zum Gebet nieder. Sie nahm das einzige Licht, eine Kerze, von dem kleinen Tisch, und verschwand damit hinter dem Wandschirm, der die Waschschüssel und den Krug verbarg. Das Feuer im Kamin war fast erloschen, und sie fröstelte, als sie sich säuberte und Beine, Bauch und Hals mit Lavendelwasser besprenkelte.

Josiah lag wieder im Bett und beobachtete sie mit seinen kleinen Augen, als sie aufrecht durchs Zimmer schritt. Wie immer hatte ihre Vereinigung einen schalen Nachgeschmack in seinem Mund hinterlassen; er fühlte sich beschämt und gereizt. Er gab ihr die Schuld an seinem Zustand, und der Zorn bemächtigte sich seiner erneut, doch dann sah er ihre kummervollen Augen, als sie sich vorbeugte, um die Kerze auszublasen, und auf seine grobe Art versuchte er, ihr etwas Freundliches zu sagen. »Du brauchst dich nicht zu sorgen wegen der Soldaten, Doll. Die sind von anderem Schrot und Korn. Engländer tun Frauen und Kindern nichts zuleide.«

Doll warf ihm ein bitteres Lächeln zu. »Sie metzeln mit Freuden ihre Landsleute nieder. Soldaten sind alle gleich, überall auf der Welt.«

»Du bist in Sicherheit hier.«

Doch dieses Gefühl war ihr verlorengegangen. Als sie einschlief, kam es ihr vor, als gleite sie auf einen Abgrund zu. Entsetzt erwachte sie, bevor sie über den Rand stürzte, doch es dauerte lange, bis sie ihrer Angst Herr wurde: In der Dunkelheit am Fuße des Abgrunds lauerten all die Dämonen des Krieges.

Das Blöken von Schafen in der kalten Luft, Klirren von Zaumzeug und das Trampeln und Schlurfen müder Füße. Die ganze Nacht schon zogen sie durch diese offene milde Landschaft: sanfte Hügel, hohe Bäume und träge breite Flüsse. Die Frühlings-Tagundnachtgleiche war nicht mehr fern, doch hier fanden sich noch keine Vorboten der neuen Jahreszeit. In Cornwall blühten um diese Zeit die Schlüsselblumen an den Hecken, doch hier im Herzen von England war der Boden gefroren, die kahlen Äste der Bäume ragten schwarz empor im Morgengrauen, und der Frühling schien eine Ewigkeit entfernt.
Hauptmann Stephen Sutton glitt von seinem Pferd und ging neben seinen Männern her, wie er es immer wieder während des nächtlichen Marschs getan hatte. Diese Geste spornte die Männer an, verschaffte seiner müden Stute Breda eine Pause und sorgte dafür, daß seine Glieder zumindest kurze Zeit weniger schmerzten und er nicht einschlief. Seit einer Weile kamen sie langsamer voran. Piken, Musketen und Tornister, deren Last immer schwerer wurde; der ranzige Geruch von Körpern, die schon viel zu lange in derselben Kleidung steckten. Die Männer stolperten mit ihrem dünnen Lederschuhwerk und fluchten. Die Straße war so zerfurcht und die Erde so hart gefroren, daß sie keinen Rhythmus fanden. Auf die Füße achten. Einen vor den anderen, wie Schlafwandler, schon seit Stunden.
Graues Licht am Horizont. Das erste Morgenzwitschern der Vögel.
Am Rande des Hangs wartete der Führer, bis Stephen ihn einholte. Dort drüben, bedeutete ihm der Mann. Dort ist unsere Stadt.

Stephen sah hinüber und blinzelte.

Als er an diesem Märzmorgen zum erstenmal das Städtchen Tilsbury erblickte, wie es aus dem Dunst auftauchte, kam es ihm vor wie verzaubert. Der Fluß und die Talsohle waren im Nebel verschwunden. Nur ein paar Dächer, Baumwipfel, der Kirchturm und das Kreuz am Marktplatz ragten daraus hervor, durchscheinend und unwirklich auf ihrem weißen schimmernden Bett.

Die Truppe machte sich an den Abstieg, und Stephen stieg wieder auf sein Pferd. Er schien durch eine dunstige Welt zu reiten, verwehend und flüchtig wie ein Traum. Die Kruppe seines Pferdes dampfte weiß. Wenn die Männer, die ihm in einer langen Reihe folgten, miteinander sprachen, bildete ihr Atem eine Wolke. Nebel quoll durch die Senken zwischen den Hügeln.

Der Morgenstern verblaßte, als der Himmel über ihnen sich erhellte. Und dann erstrahlten die Hügel ihnen gegenüber rosafarben, rot stieg die Sonne hinter ihnen auf, und die bereiften Äste der Bäume funkelten und glitzerten im ersten Licht des Tages.

Wie verzaubert kam Stephen dieses Tal vor, und das allein war ein Wunder, denn er hatte geglaubt, durch den Krieg so stumpf geworden zu sein, daß ihn nichts mehr bezaubern könne.

Zwei Tage zuvor war er von einem Geheimauftrag in Oxford zurückgekehrt, und man hatte ihm mitgeteilt, daß er unverzüglich mit einer Truppe aufbrechen solle, um in Tilsbury Garnison einzurichten. Mit der fieberhaften Entschlossenheit eines Mannes, der längst jenseits der Erschöpfung ist, hatte er die Nacht durchgestanden. Er wußte nicht mehr, ob er wachte oder schlief, und ab und an hatte er geglaubt, sich wieder im Jahre 1643 zu befinden und mit Sir Grenviles Heer gen Osten zu ziehen. Er meinte, die Lieder der anderen Männer aus Cornwall zu hören, die sie gesungen hatten auf dem Weg in den Süden Englands, wo sie in siegreichen Schlachten so viele ihrer Lieben verloren hatten. Stephen glaubte nicht an Geister, und doch hätte er schwören können, daß sein Bruder Nicolas im Licht der Sterne neben ihm ritt, und auch die anderen, Grenvile und Trevanion und Godolphin und all jene Verwandten, Freunde und Nachbarn, die in ihren ruhmreichen, wenngleich aussichtslosen Feldzügen ihr Leben gelassen hatten. Und nun in der Morgendämmerung waren seine Gefährten so flüchtig wie der Nebel, und er hatte mühselig zurückgefunden in die Gegenwart.

Seine Zeit war noch nicht gekommen.

Das Heer von Cornwall, von Anbeginn des Krieges die beste und treueste Truppe von König Karl, war durch die Siege von 1643 zerschlagen worden. Ein kleiner Haufe schlug sich weiter, doch schwache Männer führten ihn, und der Mut der Männer wurde vergeudet in der Belagerung von Plymouth. Stephen, den ihre Unfähigkeit und ihr kleinliches Gezänk beinahe zur Verzweiflung trieben, hatte sich Lord Hopton angeschlossen und war den Winter über in Oxford einquartiert gewesen. Er würde dem König weiter treu dienen, bis der Krieg oder sein eigenes Leben zu Ende ging, doch seine Begeisterung für die Aufgabe war dahin; an ihre Stelle getreten war hartnäckige Entschlossenheit, nicht aufzugeben, was man mit soviel Hoffnung begonnen hatte. Unter diesen Männern hier vernahm er wenigstens kein Kornisch mehr, das ihn

an das stolze Heer erinnern konnte, das es nicht mehr gab.
Die Kolonne marschierte den Hügel hinunter. In der Morgenwärme löste sich der Nebel allmählich auf, und stetig boten sich den Betrachtern neue Ausblicke: ein Sonnenstrahl, der sich in einem Fenster spiegelte, eine Gartenmauer, das Dach einer Scheune. Kein Lüftchen regte sich, und der Rauch aus den Schornsteinen erhob sich so gerade wie ein Pikenschaft. Von den Bauernhöfen rundum vernahm man das Krähen der Hähne. Irgendwo begann ein Hund zu bellen. Stephen dachte an Herdfeuer und Küchen, in denen es nach Backwerk duftete. An Bienenwachs und reine Linnen.
Major Darbier kam angeritten.
»Tilsbury, wie?«
Stephen nickte.
»Ein verschlafenes Dorf«, murrte der Major.
Die Nachricht, daß sie sich ihrem Ziel näherten, verbreitete sich rasch bei den Männern. Stephen spürte, daß ihre Erschöpfung ein wenig von ihnen wich und einem Hauch von Hoffnung Platz machte. Auch er konnte sich dieses Gefühls nicht erwehren.
Fast hätte er gelächelt. Ein verzaubertes Städtchen, das in seinem fiedrigen Nebelnest am Fuße dieses sonnenüberstrahlten, frostweißen Tales schlummerte. Trotz seiner müden Knochen und seiner großen Erschöpfung, rührte sich in Stephen etwas Ungewohntes, das ein Verwandter einer schon lange aufgegebenen Hoffnung sein mochte. Tilsbury strahlte die Ruhe eines Ortes aus, den der Krieg noch nicht berührt hatte. Vielleicht sogar eines Ortes, in dem so etwas wie ein Neuanfang möglich war.

Erst als sie am Fuße des Abhangs angelangt waren, sah er die Frau.
Sie stand neben der Straße. Ihrem pelzbesetzten Umhang nach zu schließen, schien sie wohlhabend zu sein. Stephen sann kurz darüber nach, was wohl eine Frau von Stand um diese Tageszeit an der Straße tat, wo sonst nur Melkerinnen und Marktfrauen unterwegs waren.
Doch als sie näher kamen, vergaß er seine Überlegungen. Er wurde des Blicks in ihren Augen gewahr: brennender Haß und namenloses Grauen. Er schauderte.
Sie stand so reglos wie eine schwarze Marmorsäule. Langsam wanderte ihr Blick an der Kolonne von Männern, Pferden und Wagen entlang, die sich den Hang hinunterquälte, dann kehrte er zu dem Führer und den beiden Offizieren am Kopf der Truppe zurück. Stephen hätte schwören mögen, daß sie einen Fluch über sie legte, daß sie eine schwarzgewandete Wächterin war, von den Dorfbewohnern hierher befohlen, um die verhaßten Eindringlinge zu verwünschen. Ihre Augen schlossen sich halb, und ihr Kopf neigte sich leicht nach hinten.
Major Paul Darbier sog die Luft ein. »Da haben wir ja ein ansehnliches Frauenzimmer«, sagte er. »So ist Tilsbury wohl doch kein so übles Quartier.«
Obwohl die Frau so weit entfernt war, daß sie Darbiers Worte nicht verstehen konnte, machte sie eine ruckartige Bewegung, wie jemand, der aus einem Traum erwacht. Sie schlug ihre Kapuze hoch und wandte sich ab, ging auf einem schmalen Pfad durch den Wald Richtung Stadt zurück, während die Soldaten auf der breiten Straße voranschritten.
Der Führer machte eine schlüpfrige Bemerkung. »Sieht

aber fremdländisch aus«, fügte er dann, etwas zögerlich, hinzu.

»Bestimmt aus Wales«, sagte Darbier. »Ich weiß die dunkelhaarigen Kelten-Frauen auch zu schätzen. Die haben viel Kraft.«

Sie lachten, und Stephen stimmte ein. Doch, müde wie er war, empfand er einen Anflug von Enttäuschung, weil die beiden Männer die fremde Frau auch gesehen hatten. Er hatte sich beinahe der Hoffnung hingegeben, daß sie eine jener Erscheinungen gewesen war, die sich nur wenigen Auserwählten zeigen.

Er hieß sich stumm einen Wirrkopf wegen seiner versponnenen Gedanken, als Major Darbier sich mit seinem Pferd neben ihn setzte. »Nicht so finster«, sagte der junge Major, und sogar zu dieser frühen Morgenstunde war sein Lächeln so strahlend, daß man es nicht übersehen konnte. »Für Euch stöbern wir auch noch eine Schöne auf, nur keine Sorge.«

Wohlgemut ritten sie weiter, die warme Morgensonne im Gesicht, und um sie her zwitscherten die Vögel in den weißschimmernden Bäumen.

3

Mistress Taverner hatte sich in ihre Destillierkammer zurückgezogen. Sie lag an der Nordseite des Hauses und war mit ihren hohen Fenstern der kälteste Raum des Anwesens. Nur wenn im Ofen unter der Destille ein Feuer brannte, erwärmte er sich ein wenig. Doch Mistress Taverner war so abwesend, daß sie die Kälte nicht spürte.

Als sie nach Sonnenaufgang ins Haus zurückkehrte, beobachtete sie von einem der oberen Fenster, wie die Soldaten im Morgenlicht in die langsam erwachende Stadt marschierten. Die beiden jungen Offiziere ritten zuvorderst. Der mit den dunklen Locken saß auf einem edlen rabenschwarzen Wallach und blickte munter um sich. Er schien das Aufsehen auszukosten, das sein prachtvoller Aufzug bei der bäuerlichen Menge erregte. Sein Begleiter ritt eine braune Stute, die kräftig, aber unauffällig war. Er trug eine schlichte Jacke und Reithosen aus Leder, und seine sparsamen Bewegungen verrieten den erfahrenen Soldaten. Die Stadt und ihre Umgebung schätzte er lediglich nach ihren strategischen Vorteilen und Schwächen ein.

Die Männer, die ihnen folgten, waren ein kläglicher Haufe. Es mochten um die sechzig sein. Einige trugen Piken, ein paar wenige Musketen, doch die meisten

schienen über keinerlei Waffe zu verfügen. Etwa zwanzig von ihnen saßen auf müden Pferden. Allesamt waren sie schmutzig und verlottert und sahen aus, als hätten sie seit Weihnachten nichts Rechtes mehr zu essen bekommen. Wie all den anderen braven Frauen von Tilsbury wurde Mistress Taverner schwer ums Herz, wenn sie daran dachte, wie viele Vorräte man aufbrauchen mußte, um eine solche hungrige Schar zu ernähren und zu kleiden. Doch, anders als die anderen Frauen, raste Mistress Taverner vor Wut, als sie sich an den Krügen und Fläschchen in der Destillierkammer zu schaffen machte.
Und ihr Zorn richtete sich zu Unrecht gegen ihren Gatten. Josiah Taverner hatte sie getäuscht. Er hatte sich nicht an die Abmachung gehalten, die sie beide vor fünfzehn Jahren getroffen hatten. Damals hatte Nona ihrer Enkelin angeraten, sich dem jungen englischen Söldner anzuschließen, weil er behauptet hatte, daß es in seinem Heimatland keinen Krieg gebe. Er hatte das Bild eines Landes gezeichnet, in dem es keinen Mangel gab, die Männer unbehelligt von plündernden Horden ihrer Arbeit nachgingen und Frauen und Kinder sicher waren. Bis sie ihn so reden hörte, hatte sie nicht geglaubt, daß es einen solchen Ort auf Erden gäbe.
Noch nach ihrer überstürzten Hochzeit hatte sie nicht auf das verheißene Paradies vertrauen mögen. Erst nachdem sie Tilsbury kennengelernt und sich ganz allmählich an das ruhige Leben in dem Marktstädtchen gewöhnt hatte, begann sie an ihr Glück zu glauben. Als ihre kleine Beth dann zur Welt kam, hatte Doll an der Wiege ihres Töchterchens gesessen und war überzeugt gewesen, daß

dieses Mädchen niemals den Greueln gesetzloser Soldaten ausgesetzt sein würde.
Und nun erwies sich ihre scheue Zuversicht als Hirngespinst. Vor drei Jahren hatte König Karl seinen Untertanen den Krieg erklärt – oder sie hatten sich gegen ihn erhoben, je nachdem, welcher Seite man Glauben schenkte. Doll waren Erklärungen jedweder Art einerlei. Ihre Meinung nach waren alle Männer, die sich dem Kampf widmeten, schuldig. Hätte man sie zu einem Bekenntnis gezwungen, hätte sie sich wohl auf die Seite des Königs gestellt: Sie legte Wert auf Tradition und Ordnung, und zudem betrachteten die Parlamentsanhänger alle Katholiken als Gefolgsleute des Satans. Doll hatte den Glauben ihrer Kindheit aufgegeben, als sie ihren protestantischen Soldaten ehelichte, doch sie vergaß nicht, daß ihre Familie der Papisterei gehuldigt hatte, in jener längst vergangenen Zeit, als sie noch eine Familie hatte. Sie hatte ihren Gatten im Verdacht, daß er den Untergang des Königs wünschte oder zumindest aber einen Ausgang der Kämpfe, der seine Macht erheblich einschränken würde. Bislang war es ihm jedoch gelungen, sich zu keiner Seite zu bekennen. Als sie ihn danach befragt hatte, erklärte er, sein einziges Bestreben sei, seine Familie und seine Besitztümer zu schützen. Sie hatte seine Nüchternheit tröstlich gefunden, so als könne seine Zurückhaltung sie vor diesem mörderischen Krieg bewahren. Doch auch das hatte sich als Lüge erwiesen.
Sie nahm ein paar Gewürznelken aus einem Gefäß und gab sie in den Mörser. Der Säugling hatte zu zahnen begonnen, und ihr Vorrat an Nelkenöl ging zur Neige. Sie stellte den Mörser auf die Arbeitsfläche aus Schiefer und

begann die Nelken zu zerstoßen. Würzig und durchdringend stieg ihr Duft in die kalte Luft auf.
Erzürnt führte sie den Stößel. Gemeinhin war die Destillierkammer ihr Zufluchtsort, der immer eine beruhigende Wirkung auf sie hatte. Nur Nona und sie hatten Zugang zu diesem kühlen Gewölbe. Es war ein Ort der Genesung, in dem sich Salben und Arzneien gegen die willkürlichen Gefährdungen des Lebens fanden: gegen alles, von der Bleichsucht über Hundebisse bis zu den Fiebern, die manchmal nach einer Geburt oder einem gebrochenen Herzen auftreten. Und es war auch ein Ort der Gefahr. Auf dem höchsten Brett standen Fläschchen, deren geheime Inhalte lediglich mit einem Zeichen angegeben waren. Doll kannte sich mit den meisten aus, doch bei einer oder zwei dieser kleinen Flaschen konnte nur Nona Auskunft geben über ihren Inhalt. (Während sie arbeitete, sann Doll darüber nach, wieviel Raute wohl vonnöten sein würde, um die Lüsternheit all jener Soldaten zu dämpfen, die nun über ihre Stadt herfielen.) Wenigstens in dieser Kammer, wenn auch nirgendwo sonst, konnten sich die Frauen der Einbildung hingeben, ein wenig Macht zu haben.
Doch als Doll an diesem Morgen die Nelken zerstampfte, konnten sogar ihre fein säuberlich aufgereihten Salben, Puder und Elixiere ihr keinen Trost mehr spenden. Die Soldaten hatten ihr eigenes Gift in ihre Stadt geschleppt. Ihre verletzliche Sicherheit löste sich in Luft auf.
Josiah hatte sie eine Stunde vor Morgengrauen geweckt. Überrascht sah sie, daß er vollständig angekleidet war und ihren wärmsten Umhang in Händen hielt.
»Steh auf, Doll. Zieh dich an. Wir haben etwas zu arbei-

ten.« Als sie ihm Fragen stellen wollte, sagte er nur: »Rasch, rasch, wir müssen fertig sein, bevor die anderen erwachen.«
Während sie sich ankleidete, prüfte er den Schmuck in ihrem Kästchen. Sie sah, daß er einige der kleineren Stükke herausnahm und sie in einem Beutel verstaute, der an seinem Gürtel befestigt war. Statt dessen legte er ein, zwei Stücke von sich hinein, darunter eine kostbare, mit kleinen Smaragden besetzte Uhr.
Als sie angekleidet war, fragte sie wieder: »Was tust du da?«
»Ich behüte die Besitztümer, mit denen mich der Herr gesegnet hat. Ich habe schon genug an Steuern und Darlehen auf diesen widersinnigen Krieg verschwenden müssen. Ich beabsichtige nicht, den Plünderern das Handwerk zu erleichtern.«
»Plünderer?«
»Soldaten kommen nach Tilsbury, Doll. Ich habe es dir doch gestern abend gesagt.«
»Aber du meintest, Engländer seien anders … sie würden nicht –«
»Nicht vollständig anders. Es besteht kein Grund, die Greuel zu fürchten, die Deutschland und Irland heimgesucht haben. Aber alle Männer sind gierig nach Reichtümern. Wenn sie nicht mehr durch die Gesetze in Friedenszeiten gebunden sind, nehmen sie sich, wonach ihnen der Sinn steht.«
Das weiß keiner besser als Josiah, dachte seine Gattin erbittert; der junge englische Söldner, der mit nichts in den Krieg gezogen und als reicher Mann zurückgekehrt war.

»Das ist mein Vermögen, Doll. Ich werde zu verhindern wissen, daß sie es finden.«
»Und wo willst du es verstecken?«
»Hier.«
Als Josiah die Hand an die Eichenbretter neben dem Kamin legte, rief Doll aus: »Doch wohl nicht in der Predigerhöhle? Die kennt doch jeder. Die Kinder haben immer dort Verstecken gespielt, bis du es ihnen verboten hast. In ganz Tilsbury gibt es keinen bekannteren Schlupfwinkel. Im Handumdrehen finde ich ein besseres Versteck als dieses!«
Der Hohn in ihrer Stimme verärgerte Josiah, und er sagte erbost: »Meinst du, das habe ich mir nicht auch überlegt? Warum glaubst du wohl, habe ich es den Kindern untersagt, dort zu spielen? Nur zu, erzähl mir, was du weißt über unsere berühmte Predigerhöhle.«
»Wahrhaftig, Josiah, es ist Zeitvergeudung, jeder weiß Bescheid darüber, seit dieser bejammernswerte Jesuit gefunden wurde. Sogar Pip kann dir sagen, wo es ist, wie weit es dort hinuntergeht –«
»Und wie weit ist das?«
»Nur ein, zwei Stufen; du weißt doch, daß ich sie nie betreten habe. Aber an dieser Stelle würde jeder als erstes suchen.«
»Nachdem der Jesuitenprediger gefangengenommen wurde, wurde die Treppe zu dem Tunnel wahrhaftig zugeschüttet, ja. Doch was keiner weiß, ist, daß ich ihn wieder öffnen ließ.«
»Wie?«
»Dieser Maler, Thomas. Ich konnte niemanden aus dem Ort nehmen, der hätte es ausgeplaudert. Doch Thomas

wird wohl in London bleiben, bis der Krieg zu Ende ist. Er hat keinen Grund, es zu verraten. So haben wir nun die Predigerhöhle, von der jeder weiß, nur ein schmaler Raum, kaum größer als ein Schrank. Doch dahinter liegt der Fluchtweg zu der Ruine, von dem alle glauben, es gäbe ihn nicht mehr.«

»Wie stets, hast du alles bedacht, Gatte.«

»Freilich. Doch in diesem Fall bin ich gezwungen, dir mein Wissen anzuvertrauen. Falls mir irgend etwas zustößt, während Tilsbury gefährdet ist, mußt du wissen, wo die Besitztümer meiner Kinder verborgen sind.«

»Gut, nun weiß ich es. Ich verstehe nicht, warum ich mich mitten in der Nacht ankleiden mußte, nur damit du mir mitteilen kannst, wo du die Schatulle verstecken willst.«

»Nicht ich, Frau. Wir werden es gemeinsam tun.«

Sie starrte ihn an.

Josiah lächelte und schob die Holztäfelung auf, die den Weg in die Predigerhöhle freigab.

»Komm«, sagte er.

Sie rührte sich nicht von der Stelle. Dann flüsterte sie: »Du erwartest doch nicht von mir, daß ich dort hineingehe? Du weißt, daß ich Beengtheit nicht ertragen kann.«

»Du wirst tun, wie geheißen, Doll.« Er legte ihr den Umhang um die Schultern. »Es wird kalt sein da unten.«

»Ich komme nicht mir dir. Ich würde sterben.«

Sogar im Kerzenlicht sah ihr Gesicht gespenstisch bleich aus. Josiah ließ sich nicht erweichen.

»Keine Zeit für kleinliche Ängste, Doll. Hier, du mußt die Schatulle tragen.« Er drückte sie ihr grob in die Hand. »Folge mir.«

»Nein –«
Er packte sie am Handgelenk. »Muß ich dich zwingen, voranzugehen?«
Sie schüttelte den Kopf.
»Nun gut. Rasch, rasch.«
Josiah betrat den Schlupfwinkel, ohne sie loszulassen. Seitlich an der Wand des Hauses führte eine schmale Treppe hinunter, wie allgemein bekannt war. Aus den Berichten wußte Doll, daß man nach zwei Stufen vor einer Wand stand. Doch das hatte sich geändert. Als sie in den düsteren stickigen Gang hinunterstieg, erfaßte Doll eine Welle der Übelkeit. Nicht schreien, befahl sie sich, keinen Laut. Ihre Lunge krampfte sich zusammen. Der Schweiß brach ihr aus, und die Schatulle begann in ihren Händen zu zittern.
Jetzt hatten sie das Ende der Treppe erreicht. Der Gang führte steil nach unten, und der Boden war steinig und uneben.
Josiahs unförmige Gestalt vor ihr schluckte beinahe alles Licht von der Laterne. Die meiste Zeit mußte er sich bükken. Die katholischen Prediger, für die man diesen geheimen Gang gegraben hatte, mußten wendiger gewesen sein. Er könnte hier leicht steckenbleiben, dachte Doll, man könnte hier verenden und nie entdeckt werden. Die Wände und die Decke wurden zu Händen, die ihren Kopf zusammenpreßten, bis er kleiner und kleiner wurde …
Josiah war stehengeblieben. Es geht nicht mehr weiter, dachte sie, der Gang endet hier. Wir müssen umkehren. Er kommt nicht an mir vorbei, ich muß vorangehen, aber ich kann nicht. Ich bekomme keine Luft mehr. Ich sterbe.
Er sprach.

»Starr mich nicht an wie ein Einfaltspinsel, Doll. Gib mir die Schatulle. Hier, schau her, damit du weißt, wo ich sie hinstelle.« Er verstaute sie in einer Nische, die man auf Höhe seiner Knie in die Wand gegraben hatte. »Schau her«, sagte er, »sie können unser Haus dem Erdboden gleichmachen, doch das hier werden sie nicht finden.«

Sie konnte nicht antworten. Warum dauerte es so lange? Die Flamme flackerte in der abgestandenen Luft. Wenn sie ausgeht, wird die Dunkelheit nie mehr zu Ende sein, dachte sie. Josiah ließ nun ihr Handgelenk los und ging rasch voran. Unversehens kam Doll der Gedanke, daß er sie womöglich hier mit seinen Schätzen einschließen wollte, und sie stolperte hastig vorwärts. Ihr Gesicht befand sich nun auf Höhe seines Gürtels, denn der Weg stieg wieder an. Sie witterte einen Hauch frische Luft und sah ein Fetzchen nebelverhangenen Himmel. Als sie aus dem Gang herauskam, schluchzte sie, von Grauen geschüttelt, laut auf. Sie rang um Luft, stolperte ein paar Schritte und brach auf einem eisig kalten Stein zusammen. Über sich sah sie Sterne und Dunst, zerbrochene Dachsparren und den gezackten Umriß des zerfallenen Kirchturms.

Josiah sagte etwas, doch sie verstand kein Wort.

Langsam stützte sie sich auf einem Arm auf und strich sich das Haar aus dem Gesicht. So mühsam war die Selbstbeherrschung für sie gewesen, daß jeder Muskel in ihrem Körper schmerzte.

»Hast du gehört, was ich dir gesagt habe, Doll? Hast du verstanden, wie der Eingang verborgen wird?«

Sie schüttelte den Kopf.

Josiah ging neben ihr in die Hocke. Er leuchtete ihr mit

der Laterne ins Gesicht. Diese dunklen Augen, so voller Angst wie die eines Kindes, rührten ihn, wie sie es getan hatten, als er sie zum erstenmal sah.
»Meine arme Doll«, sagte er rauh. »Ich weiß, wie sehr du dich vor kleinen Räumen fürchtest. Komm …«
Er hielt ihr den Arm hin, doch sie schob ihn weg und rappelte sich ohne Hilfe auf. Sie wollte ihm nicht die Befriedigung verschaffen, daß er sie nun trösten durfte, wo er doch ihre Qual verursacht hatte. Sie hörte unbeteiligt zu, als er ihr zeigte, wo die beiden Steine hingerollt werden mußten, damit sie wie zufällig herabgefallenes Mauerwerk den Abstieg zu dem Gang verbargen.
Schließlich fand sie ihre Stimme wieder. »Solltest du nicht die Laterne löschen? Es dämmert fast, man könnte uns sehen.«
»Um so besser.« Er hob die Laterne und schwenkte sie hin und her. »Du weißt doch, wie sie diesen Ort hier fürchten. Elfenlichter geben neue Gerüchte ab. Höchste Zeit, daß irgendein armer Trottel wieder einmal die graue Frau erblickt. Nun, laß uns zum Haus zurückgehen, bevor es hell wird.«
Dieses Mal erhob sie nicht die Stimme gegen ihn. Sie hätte den Gang nicht mehr betreten können, selbst wenn sie es gewollt hätte. Und Josiah schien dies verstanden zu haben, denn er sagte: »Roll die Steine über den Eingang, wie ich es dir gezeigt habe. Bleib nicht länger hier. Die Leute werden glauben, daß du einen Morgenspaziergang machst, wie es deine Art ist. Schade nur, daß wir keinen Korb mitgenommen haben.«
Es war unbegreiflich für sie, daß Josiah mit seiner flakkernden Laterne munter in den Gang hinunterschritt.

Ihr brach der kalte Schweiß schon aus, als sie nur sah, wie jemand vom Erdboden verschluckt wurde.
Die Flamme verschwand in der Dunkelheit des Gangs. Über der Erde begann sich der Nebel zu lichten, als die Dämmerung nahte. Sie blickte um sich. Sie hatte das alte Kloster kaum je betreten, wiewohl es an ihr Anwesen grenzte – und gewiß nicht in der Nacht. Die meisten Bewohner der Stadt waren abergläubisch und machten einen weiten Bogen um die Ruine. Das Kloster war schon seit hundert Jahren zerfallen, doch hatte das alte Gemäuer eine gewisse Schönheit. Die Steinmauern waren meistenteils erhalten und dienten Vögeln und Fledermäusen als Unterkunft. Widerstrebend mußte Doll einräumen, daß der Einfall ihres Gatten, den Gang wieder zu eröffnen, von großer Umsicht zeugte.
Irgendwo in der klaren Luft über ihr begann eine Amsel zu singen. Es drängte sie danach, nicht nach Hause zurückzukehren, sondern einen lichten, offenen Ort aufzusuchen, an dem die Dämonen flüchten würden, die erwacht waren, als Josiah von den Soldaten berichtete, und die der Marsch durch den unterirdischen Gang um so zahlreicher auf den Plan gerufen hatte.
Sie verließ das Gelände der Ruine und hielt sich Richtung Stadt. Die Luft strich ihr kühl übers Gesicht. Sie nahm eine Abkürzung durch den Wald und stieß kurz vor Tilsbury wieder auf die Oxford Road. Strahlendes Sonnenlicht empfing sie. Die dichten Nebelschwaden, die sie von oben erblickt hatte, wirkten nicht mehr düster, sondern bezaubernd. Das Morgenlicht erhellte das Tal. Nach und nach vergaß sie die Kälte, ihr Grauen vor engen Räumen, ihre Ängste und Befürchtungen.

Sie atmete tief ein und wandte das Gesicht der Sonne zu. Alles wird gut, sagte sie sich. Josiah hat für unsere Sicherheit gesorgt. Der Krieg der Engländer wird uns nichts anhaben können.
Sie stand reglos da. Die Geräusche waren so leise, daß sie zuerst glaubte, sich verhört zu haben. Sie rührte sich nicht, wartete, ob sie verschwinden würden. Doch statt dessen kamen sie näher. Das Knirschen von Schritten, das Klappern von Pferdehufen, das Rumpeln schwerer Wagen.
Sie vernahm diese Laute nicht nur mit den Ohren, sondern mit ihrem ganzen Leib. Sie war wehrlos gegenüber dem Grauen ihrer Erinnerungen. Mistress Taverner, angesehene Gattin und Mutter im Städtchen Tilsbury, fühlte sich wieder wie ein Kind.
Und zum zweitenmal ging ihre Welt ihr verloren.

In ihrer Destillierkammer biß sie sich auf die Knöchel und rang den Schrei in sich nieder. Einen Aufschrei, genährt von Grauen, Haß und ohnmächtigem Zorn, den sie schon vor langer Zeit in sich erstickt hatte. Sie blickte auf die Schale in ihren Händen. Sie hatte genug Nelken für ein Dutzend zahnende Säuglinge zerstoßen.
Die Kirchenuhr schlug die volle Stunde. Um diese Zeit ging sie immer mit Beth in die Stadt. Sie tauschten mit den Nachbarn die Neuigkeiten aus und erstanden Eier und andere Waren bei Goody Tucket oder Dame Fryer, die ihre Güter unter dem Marktkreuz feilboten.
Doch heute würde alles anders sein. Heute trieben sich die Soldaten durch die Stadt. Doll wünschte jeden Soldaten der Welt zum Teufel und schmetterte den Mörser so

heftig auf die Schieferplatte, daß er in tausend Stücke zersprang. Scherben und Nelkenpulver stoben durch die Luft.
Tränen stiegen ihr in die Augen. Mistress Taverner, die bei den einheimischen Hebammen berühmt war für ihre Gelassenheit, blinzelte, um die ungewohnten Tränen zu vertreiben, und fegte zügig die Scherben zusammen. Sie würde diesem verkommenen Gesindel die Stirn bieten.
Sie schloß die Tür zur Destillierkammer hinter sich ab und ging zu der Passage, die vom Wintersalon zum Speiseraum führte. Dort legte sie ihren Umhang um und rief Beth, die am oberen Treppenabsatz gewartet hatte.
»O schön«, Beth kam die Treppe heruntergerannt, »ich hatte schon gefürchtet, wir würden nicht gehen.«
»Warum denn nicht?«
»Wegen der Soldaten.«
»Soldaten? Woran sollten die uns hindern? Die sind nur eine Plage, wie Ratten in der Scheune. Um *die* brauchen wir uns gewiß nicht zu kümmern.«

Der morgendliche Ausflug mit ihrer Mutter war für Beth einer der Höhepunkte des Tages. Sie war kein besonders begabtes Kind, und die morgendlichen Unterrichtsstunden waren ihr lästig. Auch mit der Nadel ging sie nicht sonderlich geschickt um, wenngleich Mabs aus der Küche behauptete, sie habe das Zeug zu einer guten Köchin. In jenen Stunden, in denen sie sich über ihre Abc-Tafel beugte oder mit ihrem Sticktuch quälte, bis Stoff und Faden gleichermaßen unappetitlich grau waren, beneidete sie jedes andere Kind in der Stadt, dessen

Mutter nicht so strikt auf die Erziehung achtete. Aber am allermeisten beneidete sie Jinny Crew.
Jinny lebte mit ihrer Mutter und einem Haufen kleiner Brüder in einem ärmlichen Häuschen auf der anderen Seite der breiten Straße. Goody Crew wusch anderen Leuten die Wäsche und hatte für kaum etwas anderes Zeit, ganz gewiß jedoch nicht für Unterrichtsstunden. Die Kinder wurden auf die Straße gesetzt, kaum daß sie wach waren, und dort spielten sie, zankten sich und sahen dem Treiben in der kleinen Stadt zu, bis es dunkel wurde und sie ins Bett taumelten. In den endlosen morgendlichen Stunden sann Beth darüber nach, wie wunderbar es doch sein mußte, ungehindert umherstreifen und sich an keine Zeit halten zu müssen, bis es dunkel wurde.
Doch sobald sie mit ihrer Mutter durch die Tür des Hauses trat und den breiten Pfad zwischen Lavendel-, Rosmarin- und Thymiansträuchern zur Pforte entlangging, hätte sie mit niemandem in der Welt tauschen mögen. Ganz gewiß jedoch nicht mit der armen Jinny Crew, die mit großen Augen zusah, wie die schöne Mistress Taverner und ihre Tochter die Hauptstraße entlang auf das Marktkreuz zuschritten.
Beth wußte, daß ihre Mutter schön war, und sie wußte auch, daß sie selbst es nicht war. Weder das eine noch das andere gab ihr Anlaß zur Bekümmerung. Sie war sich der Liebe ihres Vaters und der Freundschaft ihres Bruders Harry sicher. Da sie umgänglich und kein bißchen hochnäsig war, hatten auch die Bediensteten immer ein gutes Wort für sie. Sie war zufrieden mit dem, was sie hatte, und wenn der Unterricht vorüber war,

grübelte sie nicht über Dinge nach, an denen doch nichts zu ändern war.
Vor allem war sie stolz auf ihre Mutter. Sie wußte, daß Harry die Außergewöhnlichkeit der Mutter manchmal unangenehm war; daß sie nicht wie all die anderen Damen der Stadt in einem Umkreis von höchstens zehn Meilen von Tilsbury geboren war. Doch keiner hatte eine Mutter, die sich so erhaben hielt und durch die Stadt schritt wie eine Königin. Andere Mütter führten auch nicht heimlich mit ihrer Großmutter seltsame Tänze auf, trotzten ihren Gatten mit einem kalten Lächeln oder kamen mit Flaschen aus ihrer Destillierkammer, die nur mit Zeichen versehen waren. Wenn sie neben ihrer Mutter einherging, fühlte sich Beth nicht mehr wie ein gewöhnliches, kleines Mädchen mit unscheinbarem Gesicht, rostfarbenen Locken, ungeschickten Fingern und einem Hirn, das den Dienst versagte, sobald es sich vor eine schwierige Frage gestellt sah; dann war sie von allen stolzen Schatten der stolzeste.
Beth war nicht gut im Lernen, aber sie war sehr empfindsam für die Stimmungen anderer Menschen. Kaum war sie an diesem Morgen in die frische sonnige Luft hinausgetreten, spürte sie, daß ihre Mutter sich Sorgen machte. Nicht, daß sie etwas gesagt hätte; wie immer sprachen sie nicht viel. Doch sie hielt Beths molliges Händchen fester als gewöhnlich, trug den Kopf noch ein wenig höher als sonst und hatte so etwas Gespanntes an sich, daß das Mädchen eifrig und ängstlich zugleich wurde.
Die kleine Jinny Crew, die auf den Furchen in der Straße herumstampfte, um das Eis zu zertreten, sah zu, wie Mistress Taverner in ihrem pelzbesetzten Umhang vorbei-

schritt mit ihrem Töchterchen, das saubere und gepflegte Kleidung trug, und sie beneidete das andere Kind aus ganzem Herzen.

Die Stadt befand sich in Aufruhr. Die Hauptstraße mit den öffentlichen Gebäuden und dem Marktkreuz war sehr breit, aber es war dennoch kaum ein Durchkommen, so dicht drängten sich dort Wagen, Pferde und Soldaten. Vor dem Lion stritten sich lauthals der Quartiermeister, ein großer dünner Mann mit einer Hakennase und einem nervösen Zucken am linken Auge, und der Feldzeugmeister, der so braun, klein und rundlich war wie seine Fässer, um die Vorzüge ihrer unterschiedlichen Listen. Der Streit dauerte schon seit Stunden an und schien kein Ende nehmen zu wollen. Die beiden Männer waren umgeben von Soldaten. Die meisten hatten ihre Tornister abgeworfen und hockten mit einem Humpen Bier und ein paar Kanten Brot in der Sonne; andere waren auf der Stelle eingeschlafen. Und da sich einige ihres ledernen Schuhwerks entledigt hatten, durchdrang der Gestank von schweißigen Füßen die Luft. Die Einheimischen betrachteten die Männer neugierig und furchtsam und machten einen weiten Bogen um sie. Sir Diggory Page, Friedensrichter und einer der Honoratioren der Gegend, war von seinem Heim, das einige Meilen entfernt lag, herbeigeritten. Es gelang ihm, den Streit zwischen dem Feldzeugmeister und dem Quartiermeister fürs erste zum Einhalt zu bringen. Sir Diggory war ein grauhaariger Edelmann, der sich seiner Würde sehr wohl bewußt war.

»Wo ist Euer befehlshabender Offizier?« verlangte er zu

wissen. »Eure Offiziere müssen bei mir unterkommen. In Furleys kann ich ihnen jede erdenkliche Art von Bequemlichkeit bieten.«

Der lange dünne Quartiermeister beäugte verzweifelt seine Liste. Der Feldzeugmeister, der sich vornahm, noch am selben Nachmittag nach Furleys zu reiten und nachzuprüfen, was von den »Bequemlichkeiten« für die Soldaten von Nutzen sein konnte, nickte nur.

Major Paul Darbier und Hauptmann Stephen Sutton saßen auf einer Bank vor dem Lion und hörten mit halbem Ohr dem Gespräch der drei Männer zu.

»Verdammt schläfriges Nest hier«, sinnierte Darbier. »Wir müssen uns was einfallen lassen, um für Abwechslung zu sorgen, weiß der Himmel, wie.«

»Das ist uns schon gelungen«, sagte Stephen und blickte zu der Horde abgerissener Kinder hinüber, die sie aus sicherer Entfernung angafften.

Darbier betrachtete sie ärgerlich. »Haben die noch nie Soldaten zu Gesicht bekommen?«

»Wohl eher nicht.«

»Freches Gesindel. Ich sorge dafür, daß sie was zu gaffen haben.« Und er brüllte die Kinder an, die entsetzt davonstoben.

Stephen sah seinen Vorgesetzten prüfend an. »Wir haben Befehl, die Leute im Land von der Sache des Königs zu überzeugen, nicht, sie einzuschüchtern.«

»Mein guter Stephen, Seine Majestät schert sich nicht um eine Bande zerlumpter Kinder. Nehmt es nicht mit allem so genau. Schreckliche Zeitvergeudung, wißt Ihr. Zudem ist solch gepflegtes Gerede grade gut für Oxford. Aber hier in der Einöde sind rauhere Sitten am Platz.«

Stephen konnte nicht umhin, ruhig zu entgegnen: »Rauhe Sitten haben die unerfreuliche Eigenschaft, Menschen ins Lager des Feindes zu treiben.«
Darbier lächelte. »In Cornwall vielleicht, doch nicht hier. Habt Vertrauen, Stephen, ich kenne mich in diesem Teil der Welt besser aus, als es Euch je möglich sein wird. Tölpel wie die hier springen immer für den, der die Peitsche am lautesten knallen läßt.«
Stephen überlegte, ob er erneut widersprechen sollte, da er in dieser Sache sehr eindeutige Haltungen bezog, als er merkte, daß der Major abgelenkt war.
»Na bitte«, sagte Darbier, sichtlich erfreut. »Was hab' ich Euch gesagt?«
Stephen blickte in seine Richtung und sah die hochgewachsene Frau, die sie an diesem Morgen vom Waldrand aus beobachtet hatte. Sie stand beim Marktkreuz und verhandelte mit einer Bäuerin wegen ein paar Waren, die jene in ihrem Korb zum Verkauf anbot. Sie hielt ein kleines Mädchen mit dichten rotbraunen Locken und einer weißen Mütze an der Hand, das ab und an verstohlen zu den Soldaten herübersah. Ohne zu begreifen, weshalb, wurde Stephen unversehens von einer seltsamen Vorahnung erfaßt.
Selbstzufrieden wie ein träger Kater streckte Major Darbier die Beine und stand auf. Dann schlenderte er zu Sir Diggory Page hinüber und stellte sich vor. Sir Diggory fragte ihn, ob er zufällig der Neffe von Lord Bewell sei. Als er hörte, daß dies wahrhaftig zutraf, bekräftigte er erneut seinen Wunsch, daß die Offiziere, so lange es ihnen beliebte, in Furleys zu Gast sein sollten.
»Sehr freundlich«, schnarrte Darbier, ohne sich verbind-

lich zu zeigen. »Sagen Sie, Sir Diggory, wer ist die schwarzhaarige Dame am Marktkreuz?«
Sir Diggory sah hinüber und räusperte sich peinlich berührt. Da er kurzsichtig, aber zu eitel war, sich dazu zu bekennen, bereitete ihm die Antwort auf diese Frage gewaltige Schwierigkeiten. Der Wirt des Lion, der soeben mehr Ale für die Soldaten heranschleppte (und sich fragte, ob er es jemals bezahlt bekommen würde), sagte an seiner Statt: »Das ist Mistress Taverner, Sir.«
»Doll Taverner, zweifelsohne«, sagte Sir Diggory hastig. »Ich war mir nicht sicher, wen Ihr meintet. Eine großartige Dame.«
»Und ihr Gatte?«
»Josiah Taverner ist einer der angesehensten Bürger von Tilsbury. Er wurde in eine katholische Familie geboren, hat diesen Humbug jedoch schon als junger Mann abgelegt. Ich meine, sein Vermögen hat er in den deutschen Kriegen gemacht.«
»Sieht man sein Haus von hier?«
»Ihr seid daran vorbeigekommen, als Ihr in die Stadt zogt. Priory House. Das erste Gebäude nach der Ruine. War einst ein Kloster, wißt Ihr«, sagte Sir Diggory, erfreut darüber, daß er dem Neffen von Lord Bewell behilflich sein konnte. »Sehr anständiges Haus, kann ich sagen. Einige Eurer Leute würden dort bestens untergebracht sein.«
Darbier wandte sich an den Quartiermeister. »Hauptmann Sutton und ich werden unter allen Umständen bei Master Taverner unterkommen. Das Haus ist strategisch günstig gelegen. Laßt unverzüglich unser Gepäck dorthin bringen.«

»Aber –« Der Quartiermeister spähte über seine spitze Nase hinweg auf seine Liste. »Aber –«
»Nun los doch, Sie Ochsenschädel«, knurrte Darbier.
Sir Diggory gab noch nicht auf. »Ihr müßt heute bei uns in Furleys dinieren, Major. Meine Frau wird hocherfreut sein, Eure Bekanntschaft zu machen. Ich glaube, sie und Eure Tante waren einmal –«
»Morgen vielleicht«, unterbrach ihn Darbier. »Oder nächste Woche. Wir werden mit der Ausbildung der Männer zu tun haben und so fort. Doch wenn Ihr gute Weine im Keller habt, so laßt sie in unser Quartier schikken. Guten Tag, Sir.«
Er ließ den Baronet so unzufrieden zurück wie den Quartiermeister und ging zu Stephen.
»Das wäre geregelt. Noch ein Ale?«
Stephen lächelte. »Ich weiß nicht, ob Eurer Auswahl des Quartiers militärische Prinzipien zugrunde liegen«, sagte er.
»Das Darbier-Prinzip, Stephen. Vergnüg dich, so oft es geht. Wenn der Krieg die gegebene Ordnung außer Kraft setzt, bieten sich wunderbare neue Gelegenheiten für Vergnügungen.«
Stephen, der die Angst auf den Gesichtern der Einwohner gesehen hatte, als sie in die Stadt einzogen, bemerkte: »Die wenigsten würden Eure Meinung teilen.«
»Guter Gott, Mann, ich will doch keine Zustimmung. Etwas Langweiligeres gibt es gar nicht.«
Die beiden verfielen in Schweigen. Beide blickten sie zum Marktkreuz hinüber, doch die hochgewachsene dunkelhaarige Frau mit dem kleinen Mädchen war nirgendwo mehr zu sehen.

Als Mistress Taverner sich mit ihrer Familie zum Mittagsmahl niederließ, verspürte sie ein schmerzendes Pochen hinter den Augen. Der Tisch war wie immer entsprechend ihren Anordnungen gedeckt, ein Gericht nach dem nächsten wurde aufgetragen, die Kinder bewahrten ihr übliches Stillschweigen. Auf den ersten Blick schien alles zu sein wie immer, doch der Schein trog. Spannung lag in der Luft. Die Kinder, die sich sonst vorbildlich betrugen, stocherten in ihrem Essen und konnten es kaum erwarten, aufstehen zu dürfen. Harry hatte einen der Männer sagen hören, daß die Soldaten sich nach guten Pferden umsehen sollten, und er fand, daß es kein besseres Pferd gab als sein Pony. Allein der Gedanke daran, daß seine geliebte Bonnet ihm von einem verrohten Kavalleristen gestohlen würde, um dann in der Schlacht erschossen zu werden – denn er wußte, daß die Soldaten angehalten waren, nicht auf die Reiter, sondern auf die Pferde zu zielen –, trieb ihn zur Verzweiflung. Philip war erbost, weil es ihm trotz heftigster Bemühungen nicht gelungen war, seiner Großmutter zu entkommen und die Straße hinunterzulaufen, um die Soldaten zu besichtigen. Er hatte fest geschlafen, als sie am Haus vorbeimarschiert waren, und nun war er der festen Überzeugung, der einzige Mensch auf der Welt zu sein, der noch nie einen echten, lebenden Soldaten zu Gesicht bekommen hatte. Beth hatte mit ihren eigenen Befürchtungen zu kämpfen und war zudem äußerst empfänglich für die Sorgen der anderen.

Für die ihrer Mutter zum Beispiel. Doll Taverners angespannter Gesichtsausdruck während des Mahls wirkte beinahe furchterregend. Sie sah nicht schön aus, ihre eigenartigen Augen blickten viel zu erzürnt. Doch am meisten beunruhigte Beth die Verletzlichkeit, die ihre Mutter ausstrahlte, als sei sie etwas, das bei der geringsten Berührung zerspringen würde. Beth mußte unversehens an die Gebilde denken, die Mabs in der Küche aus feingesponnenem Zucker zauberte; sie waren so zart wie Spinnweben und so brüchig wie Eis. Ihre Mutter in dieser Verfassung zu sehen, rief bei Beth eine Ahnung kommenden Unheils hervor.

Sogar ihr Vater, der sie sonst immer freundlich anlächelte, wenn er sie ansah, war heute nicht er selbst. Er raunzte die Dienstboten an, trat nach den Hunden, wenn sie ihm zu nahe kamen, blickte jeden finster an. Und, am auffallendsten für ihn, der sich gerne der Völlerei ergab: Er rührte sein Essen kaum an.

Auch Doll entging seine Enthaltsamkeit nicht. Sie fragte sich, worauf seine Unruhe zurückzuführen war. Er hatte an sich Grund, zufrieden zu sein, da er sein Vermögen so geschickt beiseite geschafft hatte. Ihr kam in den Sinn, daß es vielleicht die Erinnerung an den Jesuiten-Prediger sein mochte, den letzten Katholiken, der den Geheimgang vor seiner Verschließung benutzt hatte, die ihrem Gatten die Laune verdorben hatte. Nicht zum erstenmal bemerkte sie, wie er die Erwähnung dieses Vorkommnisses verabscheute. Josiah war noch ein kleiner Junge gewesen, als der Prediger von seinen Gefolgsleuten aus dem Haus verschleppt worden war; die entsetzliche Szene mußte sich tief in sein Gedächtnis gegraben haben.

Nur Nona schien sich von der Spannung nicht stören zu lassen. Über ihren Teller gebeugt, machte sie sich über ihr Essen her mit der Eifrigkeit eines Menschen, der schon schlimmen Hunger gelitten hat in seinem Leben. Da ihr nicht mehr viele Zähne geblieben waren, hatte sie eine Art entwickelt, ihr Mahl zu zerkleinern, das ihre volle Aufmerksamkeit beanspruchte. Beth war froh, daß wenigstens Nona ihr übliches Wesen an den Tag legte.

Unversehens hörte man ein Hämmern an der Tür und die hastigen Schritte von Dienstboten, die den Gang entlangrannten. Doll wurde bleich, und ihr Messer fiel klirrend zu Boden. Beth, die selbst häufig Dinge fallen ließ, hatte dergleichen bei ihrer Mutter noch nie erlebt, und die Angst packte sie. Sogar Nona blickte kauend auf.

Mabs stürmte herein. Ihre Wangen waren gerötet, und ihre Haube saß schief.

»Soldaten sind an der Tür!« keuchte sie. »Sie sagen, sie steigen hier ab.«

»Nein!« Dolls Widerspruch ließ nicht auf sich warten. »Nicht in meinem Haus. Nicht hier!« Sie hielt sich an der Tischkante fest, und ihre Knöchel wurden weiß.

»Sei nicht so dumm, Frau«, fuhr ihr Gatte sie an.

»Schick sie weg! Jetzt gleich!«

»Unmöglich.«

»Du mußt es tun.«

Josiah stand auf. Er schritt durch den Raum und trat zu ihr. »Beherrsch dich, Doll.« Er packte sie an der Schulter. »Wenn dies die Stunde unserer Prüfung sein soll, wird der Herr uns Kraft geben, sie zu bestehen. Hört zu, ihr alle.« Er wandte sich zur Seite, um seine Anweisungen an alle Bewohner des Hauses zu richten. »Diese Männer sind keine Feinde. Wir sind treue Untertanen des Königs. Wir beten für die ewige Verdammnis der hinterhältigen Aufständischen im Parlament. Haben das alle verstanden?«

Doll entfernte seine Hand mit Bedacht. Sie sah ihn nicht an. Sie sah niemanden an. »Jawohl«, sagte sie schließlich, »ich habe verstanden.«

»Endlich Soldaten, hurra!« kreischte Philip, glitt von seinem Stuhl und fegte los, um sie in Augenschein zu nehmen. Rasch streckte seine Mutter die Hand aus und packte ihn am Kragen.

Josiah wandte sich zu Mabs. »Steht nicht hier herum, Weib. Führt sie umgehend herein.«

Doch das war nicht mehr vonnöten. Major Darbier, der es nicht gewohnt war, daß man ihn warten ließ, und schon gar nicht von Kaufmannsleuten, marschierte herein. Stephen Sutton folgte ihm, etwas zurückhaltender.

»Meine Herren!« rief Josiah aus, der anhand der Kleidung erkannt hatte, daß er zumindest einen hochrangigen Offizier vor sich hatte. »Willkommen, willkommen in meinem bescheidenen Heim.«

Langsam und mühevoll, als bereite es ihr große Schmerzen, erhob sich seine Gattin, und ihr Kleid raschelte, als sie sich an die Seite ihres Gatten begab.

Und dann lächelte auch sie, als wolle sie die Soldaten willkommen heißen.

4

Als er Mistress Taverner gegenüberstand, stellte Stephen zunächst einmal fest, daß sie keineswegs so hochgewachsen war, wie er geglaubt hatte. Lediglich ihre aufrechte Haltung bewirkte diesen Eindruck; in Wirklichkeit war sie nur von mittlerer Größe. Auf diese Wahrnehmung folgte ein jähes Aufflackern von Zorn, als er sah, wie Paul Darbier sich über ihre Hand beugte. Die blumigen Höflichkeiten des Majors ließen Stephen im Vergleich steif und eckig erscheinen, und als er vorgestellt wurde, beschränkte er sich deshalb auf ein knappes »Stets zu Ihren Diensten, Ma'am« und neigte leicht den Kopf. Unversehens wurde ihm schmerzlich bewußt, daß er seit mindestens drei Nächten in seinen Kleidern schlief und man seinem Aufzug den langen Marsch ansah.

Master Taverner betonte unterdessen, daß es ihm ein Vergnügen sei, sie zu Gast zu haben, wobei er der Gerechtigkeit halber nicht unerwähnt lassen wolle, daß sie bei Sir Diggory Page in Furleys bequemer untergebracht sein würden. Stephen fand sein aufgeblasenes Getue abstoßend.

Um dem unaufrichtigen Redeschwall Einhalt zu gebieten, sagte er: »Die Vorzüge Ihres Hauses sind vollkommen ausreichend für uns, Master Taverner«, doch während er sprach, spürte er zu seiner Verblüffung, daß sein Schwert behutsam aus der Scheide gezogen wurde. Er packte den Korbgriff und hielt etwas Kleines und Weiches in der Hand. Ein drei- oder vierjähriger Junge, der die außergewöhnlichen Augen seiner Mutter geerbt hatte, blickte zu ihm auf.

Stephen ließ die kleine Hand umgehend los. »Ich wollte dich nicht erschrecken«, sagte er freundlich. »Möchtest du mein Schwert ansehen?«

Der Kleine nickte eifrig, doch seine Mutter zog ihn sofort auf ihre Seite.

»Die Kinder werden Euch nicht belästigen, Gentlemen«, sagte sie, und Stephen bemerkte, daß ihre tiefe, kehlige Stimme einen eigenartigen Klang hatte. »Philip, geh auf der Stelle zu Nona.«

»Schickt sie unserthalben nicht fort«, wandte Stephen ein.

»Sie werden Euch nicht zur Last fallen«, sagte sie wieder. »Geht jetzt, Kinder, allesamt. Geht mit Nona.«

Eine kleine, untersetzte Frau, hochbetagt und von Kopf bis Fuß in Schwarz gewandet, scheuchte die drei Kinder hinaus. Ihre aufgeregten Stimmen wurden leiser, als sie die Treppe emporstiegen. Kaum waren sie außer Hörweite, trat wieder ein Lächeln auf Mistress Taverners Gesicht.

Da er fürchten mochte, die kühle Art seiner Gattin habe die Offiziere gekränkt, sagte Master Taverner freundschaftlich: »Hauptmann Sutton, Euch ist anzuhören, daß Ihr nicht von hier stammt.«

»Ich bin in Cornwall zu Hause.«

»Ah ja, der Tonfall aus dem Westen verliert sich nie vollkommen. Ihr müßt mit meinem alten Kameraden Ralph Hopton gekämpft haben.«

»Ich habe ihm in Lansdown und in Bristol gedient.«

Master Taverner nickte bekräftigend. »Und ich habe in Böhmen an seiner Seite gekämpft, als Ihr, Sir, kaum älter gewesen sein mögt als mein kleiner Sohn. Da sind wir doch in gewisser Weise Waffenbrüder, wie?«

Stephen merkte, daß Mistress Taverner ihn beobachtete, und war unversehens um eine Antwort verlegen. Statt seiner bemerkte Darbier, von dem Stück kalten Braten aufblickend, den er sich von einer Platte genommen hatte: »Ihr seid Soldat, Master Taverner?«

»Ich *war* es. Die Zeit, die ich dem Heere dienen durfte, ist leider vorüber. Als junger Mann war ich für die Sache der Protestanten über zehn Jahre in Europa unterwegs. Die königliche Schwester Elizabeth hatte in mir ihren treuesten Diener.« Er tätschelte selbstgefällig seinen Wanst. »Leider verbietet es mir meine Gebrechlichkeit nunmehr, zu Felde zu ziehen. Doch das Meinige gehört Euch, Gentlemen, da Ihr an meiner Statt kämpft.«

In Darbiers Lächeln lag eine Spur von Boshaftigkeit. »Das ist zu freundlich von Euch, Sir.«

Doch später, als Stephen und er sich auf das Zimmer zurückgezogen hatten, das man ihnen zugewiesen hatte, fragte Darbier lässig, während sein Diener ihm die Stiefel von den Füßen zog: »Meint Ihr, unser fetter Gastgeber schließt in sein Angebot, das Seinige mit uns zu teilen, auch seine liebreizende Gattin mit ein?«

»Der Mann mag ein aufgeblasener Esel sein«, sagte Stephen steif, »doch es gibt keinen Grund, seine Gastfreundschaft zu mißbrauchen.«

Darbier brach in schallendes Gelächter aus. »Papperlapapp, Stephen, diese Art von hinterhältigem Heuchler hat es verdient, zum Hahnrei gemacht zu werden. Und habt Ihr bemerkt, wie unglücklich seine Gattin dreinblickt? Stellt Euch doch vor, ein solch wunderschönes junges Geschöpf, zu einem Leben mit diesem gräßlichen Kerl verdammt. Guter Gott, Mann, es ist sozusagen unsere Pflicht, ein wenig Freude in ihr Leben zu bringen.«
»Ihr redet daher wie ein Trottel.«
»Und Ihr, Stephen, seid nur ergrimmt, weil ich sie zuerst gesehen habe.«
Ein Grinsen trat auf Stephens Gesicht. Er war zu aufrichtig, um sich nicht einzugestehen, daß die Worte des Majors nicht vollkommen von der Hand zu weisen waren, und er hatte nicht die Absicht, sich mit einem Vorgesetzten wegen einer verheirateten Frau anzulegen, so reizvoll diese auch sein mochte.

Den Rest des Tages herrschte Aufruhr im Hause. Betten und Truhen wurden geschleppt, Zimmer umgeräumt und gesäubert, Hausmädchen und Diener verschoben Möbelstücke, trugen sie herum und schrubbten, bis alles zu Mistress Taverners Zufriedenheit war. Den beiden Offizieren hatte man das geräumige Schlafzimmer an der Vorderseite des Hauses zugewiesen, in dem zuvor Nona mit Philip und dem Säugling geschlafen hatte, den großen Raum, in dem die beiden Frauen am vorherigen Abend getanzt hatten. Nona und die beiden kleinen Kinder zogen in das Zimmer, das seit der Geburt des Säuglings Harry zugestanden hatte. Er mußte sich nun wieder einen Raum mit Beth teilen. Das Dienstmädchen

Cary, das man für die Betreuung des Säuglings eingestellt hatte, hatte bisher mit Mabs und den anderen Frauen am Dachboden geschlafen. Sie erhielt Anweisung, ihre wenigen Habseligkeiten herunterzubringen und sich in dem Zimmer mit den beiden älteren Kindern einzurichten. Doll hatte nicht die Absicht, irgendein Mitglied ihrer Familie unbeaufsichtigt zu lassen, solange sich Soldaten im Haus aufhielten. Mabs und die anderen Dienstboten wurden aufgefordert, zu ihren Familien in der Stadt zurückzukehren. Zum Gefolge der Offiziere gehörten einige Reitknechte, die über dem Stall untergebracht wurden, ein Diener und drei Kavalleristen, die auf dem Dachboden unterkamen. Dieser Krieg hatte schon Anlaß zu unzähligen Schandtaten gegeben, und Mistress Taverner wollte kein weibliches Mitglied der Dienerschaft in Reichweite des Gesindels wissen, das sich selbst »Soldaten« nannte.

Paul Darbier und Stephen hatten unterdessen einiges zu erledigen. Nachdem sie das Eintreffen ihres Gepäcks – zwei große Schrankkoffer sowie etliche kleinere Stücke für den Major und einen bescheidenen Handkoffer für den Hauptmann – beaufsichtigt hatten, trafen sie sich am Nachmittag mit den Honoratioren der Stadt und dem Konnetabel, um die Entsendung von Wachen und den Einsatz der Späher zu erörtern.

Als sie zur Stadt zurückritten, vernahmen sie aus einem kleinen Bauernhof an der Straße das unverkennbare Gegröle eines Streits zwischen Betrunkenen. Sie wendeten ihre Pferde und machten sogleich den Anlaß des Zanks aus: einen der Waliser, die morgens mit ihnen eingetroffen waren. Er war ein kleiner, stämmiger Mann, der sich

offenbar einen Becher zuviel von dem starken einheimischen Apfelwein zu Gemüte geführt hatte und nun trunken um sich schlug. Ein junger Bursche mit einer blutigen Nase und ein älterer Bauer, die hinter einem Wasserbottich in Deckung gegangen waren, hatten seinen Zorn sichtlich schon zu spüren bekommen; da er nun keine menschlichen Gegner mehr vorfand, setzte der Soldat mit Fäusten und Füßen einer Stalltür zu, während die Frauen des Hofes vor Angst kreischten.
»Verdammter Flegel«, rief Darbier aus und wandte sich dann mit erhobener Stimme an den Mann. »He, hör sogleich damit auf, Bursche!«
Der Mann wirbelte herum und versetzte dem Pferd des Majors einen Hieb. Das Tier war es nicht gewöhnt, aufs Maul geschlagen zu werden, und bäumte sich entsetzt auf. Darbier, der Mühe hatte, sich im Sattel zu halten, war außer sich. »Dich werd' ich's lehren –!« begann er und zog sein Schwert, doch Stephen kam ihm zuvor.
»Wartet!« sagte er und glitt von seinem Pferd. Rasch ging er auf den Mann zu, der nun auf walisisch umherschrie. Doch man mußte keiner Sprache kundig sein, um die Bedeutung seiner Worte zu begreifen. Er hob die Fäuste, um es mit Stephen aufzunehmen.
Der Soldat verstand nicht recht, was dann geschah. Im einen Augenblick kam der streng blickende Offizier auf ihn zu, und er bereitete sich darauf vor, ihn niederzustrecken, im nächsten Augenblick hielt jemand seine Arme fest, trat ihm die Füße weg, und sein Kopf landete in dem Bottich mit eiskaltem Wasser. Die Angstschreie der Frauen aus dem Haus hatten sich unterdessen in lautes Gelächter verwandelt.

Als Stephen annahm, daß der Mann entweder ernüchtert oder ausreichend eingeschüchtert war, ließ er ihn los. Der Soldat spuckte wie wild, schüttelte sein zottiges Haar wie ein Hund und erbrach sich sogleich.
»Gut gemacht, Hauptmann«, sagte Darbier. »Wir werden ihn wegen schlechten Betragens auspeitschen lassen und aus der Truppe ausstoßen.«
»Das halte ich nicht für nötig«, sagte Stephen ruhig. »Solcher Kampfgeist muß nur gezügelt werden. Eine Nacht im Fußblock, und wenn morgen früh die Ausbildung beginnt, ist er sanft wie ein Lämmchen, wartet's nur ab.« Er wandte sich dem Soldaten zu, der wieder zu Atem gekommen war und still in einer Ecke hockte. »Wie heißt Ihr?«
»Owen«, kam die Antwort.
»Guter Gott«, sagte Darbier. »Sie heißen alle gleich, diese Waliser, wie sollen wir die je auseinanderhalten?«
Wie um sein lammfrohes Wesen zu beweisen, wartete Owen reumütig, während Stephen den alten Bauern um Verzeihung bat. Als Stephen auf sein Pferd stieg, konnte Darbier es sich nicht verkneifen, dem Soldaten einen Hieb mit dem Schwert zu versetzen, bevor er es wieder in die Scheide steckte.
»Ich habe noch nie erlebt, daß jemand so überwältigt wurde«, sagte Darbier, als sie den Hof hinter sich ließen. »Was ist der Kniff dabei?«
Stephen sah ihn an, und ein Lächeln erhellte sein ernstes Gesicht. »Die Männer aus Cornwall sind berühmt für ihr Ringen, wußtet Ihr das nicht? Ich bin Anfänger im Vergleich zu meinen Landsleuten, doch hier habe ich den Vorteil der Überraschung. Das Geheimnis liegt darin, seinen Gegner aus dem Gleichgewicht zu bringen, wäh-

rend man ihm die Füße wegzieht. Wenn er vorher schon reichlich getrunken hat, erledigt er den größten Teil der Arbeit selbst.« Er warf einen Blick zurück auf Owen. »Mit diesem trinklustigen Waliser werden wir keinen Ärger mehr haben, das sage ich Euch zu.«
Sie kamen zum Stadtrand, von wo aus man die verlassenen Ruinen des alten Klosters erblickte. »Reitet Ihr weiter, Major. Ich will mir einmal den alten Turm ansehen.«
»Ihr wollt die Sehenswürdigkeiten betrachten, Hauptmann? Wozu denn das?«
»Wenn er noch standhält, wäre der Turm ein hervorragender Ausguck, meint Ihr nicht auch? Ich möchte mir anschauen, wie weit die Wachen von dort aus sehen könnten.«
»Kein schlechter Einfall. Daran hatte ich auch schon gedacht. So schreitet zur Tat. Ich überlasse die Einschätzung Euch.«
Die zwei Männer ritten getrennter Wege. Darbier hatte wahrgenommen, daß Stephen bereits Verantwortung für einige Entscheidungen trug. Er hatte alle Männer nachdrücklich angewiesen, alles, was sie im Ort in Anspruch nahmen, nicht nur mit dem Mindestsatz zu bezahlen. »Unsere Aufgabe ist es, diese Menschen für die Sache des Königs zu gewinnen, nicht, sie zu entfremden«, hatte er ihnen eingeschärft. Major Darbier hatte keinen Hehl aus seiner Ansicht gemacht, daß der Hauptmann seine Zeit verschwendete, da sie hoffnungslos im Rückstand waren mit den Soldzahlungen und die Männer sich nicht einmal einen Kanten Brot leisten konnten. Doch Darbier kannte Stephen lange genug, um zu wissen, daß der Mann aus Cornwall auf den ersten Blick umgänglich

wirkte, jedoch von einer Hartnäckigkeit beseelt war, die ihn zum gefährlichen Gegner machen konnte, vor allem, wenn es um Grundsätze ging. Da Darbier selbst keinerlei Grundsätze hatte, sondern sich lediglich auf seine guten Manieren und seinen Ruf als Gentleman verließ, fand er Stephens Beharrlichkeit gleichermaßen sonderbar wie einnehmend. Zumindest vorerst.

Er war sich darüber im klaren, daß Stephen als verläßlicher Soldat galt, und fand, daß ein Hauptmann dieser Art ihm einiges an Verantwortung abnehmen konnte. Darbier hatte nur eine Lebensregel: das Vergnügen anzustreben. Er war gesund und munter und, da er in gesicherten Verhältnissen aufgewachsen war, kannte er keine Angst. Da er meinte, seinen Stand im Leben seinem hervorragenden Charakter und seinen Fähigkeiten zu verdanken, war er auch überzeugt, ohne großen Einsatz einen guten Soldaten abzugeben. Gegenwärtig empfand er Stephen als erquicklichen Hintergrund für seinen eigenen, ausschweifenden Lebensstil.

Als die Dämmerung das Ende ihres ersten Tages in Tilsbury ankündigte, war es deshalb auch bezeichnend für die beiden Männer, daß Paul Darbier sich genüßlich in einem Zuber mit heißem Wasser wälzte, den man unter beträchtlichen Mühen in sein Zimmer geschafft hatte, während Stephen unterdessen überprüfte, ob all seine Männer ein Quartier gefunden hatten.

Als er zum Priory House zurückkehrte, war es Nacht geworden. Er glitt von seinem Pferd und führte es zu den Ställen hinter dem Haus. Er fühlte sich unsäglich müde. Vom Heuboden hörte er unregelmäßiges Schnarchen, das von seinem jungen Stallknecht herrührte. Er

wollte ihn gerade mit einem Ruf wecken, als er leise Stimmen aus dem kleineren Stall an der Seite vernahm. Er entsann sich, daß die Familie dort ihre eigenen drei Pferde untergebracht hatte, um den größeren Stall den Soldaten zu überlassen. Das weiche Licht einer Laterne fiel auf die Spreu und das Stroh am Eingang. Unwillkürlich ging Stephen geräuschlos auf die halboffene Tür zu, ohne den Grund für sein Handeln zu begreifen.
Er erblickte Mistress Taverner mit den beiden älteren Kindern. Ein kleines braunes Pony tat sich an dem Inhalt seiner Krippe gütlich. Obwohl sichtlich eine Meinungsverschiedenheit im Gange war, sah Mistress Taverner eher ratlos als zornig aus. Der Junge, den sie Harry riefen, schien in Schwierigkeiten zu stecken. Er ließ den Kopf hängen, doch seiner trotzig vorgeschobenen Unterlippe war anzusehen, daß er noch nicht aufgegeben hatte. Er hatte einen Arm auf den Hals des Ponys gelegt. Das kleine Mädchen, an dessen Name sich Stephen nicht erinnern konnte, schien die Auseinandersetzung ängstlich zu beobachten. Beide Kinder hatten die plumpen Gesichtszüge des Vaters geerbt, denen jedoch noch ein kindlicher Liebreiz innewohnte.
»Um Himmels willen, Harry«, sagte Mistress Taverner mit ihrer tiefen, kehligen Stimme, »was denkst du dir denn nur? Du warst doch den ganzen Nachmittag bei Bonnet. Du mußt nun zu Bett gehen.«
Der Kopf des Jungen sank noch ein wenig weiter nach unten, doch sein gemurmeltes »Ich bleibe hier« war deutlich zu vernehmen.
Seine Mutter schnippte verärgert mit den Fingern. »Tst. Du verdienst ein paar Schläge mit der Rute.«

»Aber, Mutter –«

»Misch dich nicht ein, Beth. Das hier ist nicht deine Sache. Harry, du kommst unverzüglich mit mir ins Haus.«

Wieder die gemurmelte Verweigerung.

Mistress Taverner berührte ihre Stirn, wo sich eine Strähne aus ihrem streng zurückgehaltenen Haar gelöst hatte, und sagte, unversehens sanft: »Du lieber Gott, Harry. Ausgerechnet heute –«

Stephen war bezaubert. Seit langer Zeit hatte er nur mit Soldaten und den Erfordernissen des Krieges zu tun. Diese Szene erinnerte ihn an sein Zuhause und daran, wie er selbst gewesen war, bevor er sich zu dieser Reise ohne Ende aufmachte. Unversehens entsann er sich der Zeit, als er etwa in Harrys Alter gewesen sein mochte und einen ganzen Tag und eine Nacht von zu Hause weglief, um einen Wurf Welpen zu retten, die ertränkt werden sollten. Er kannte den Grund für den Ungehorsam des Jungen nicht, doch er spürte die Verzweiflung, die ihn dazu bewegte.

Und Mistress Taverner sah er mit ganz anderen Augen, wie sie so mit ihren beiden Kindern im Schein der Laterne im Stall stand. Als er sie an diesem Morgen am Waldrand erblickt hatte, war sie ihm wie eine Gestalt aus einem Märchen vorgekommen, wunderschön und unnahbar. Später hatte er die tüchtige Hausherrin erlebt, die ohne großen Aufhebens ihren Haushalt regelte. Jetzt sah er sie ungeschützter. Nun, da sie nicht wußte, daß sie beobachtet wurde, kam sie ihm viel jünger vor, und das eigensinnige Kind vermochte sie zu verwirren, wie es wohl, so dachte Stephen, einem Erwachsenen niemals gelungen wäre.

»Harry«, sie holte tief Luft und versuchte es auf andere Weise. »Du hast dich mir noch nie widersetzt, so will ich dieses eine Mal darüber hinwegsehen. Doch du mußt nun artig sein und mit mir ins Haus kommen.«
»Aber, Mutter –«
»Schweig, Beth. Nun, Harry, kommst du?«
»Nein.«
»Noch nie hast du dich so benommen. Was ist in dich gefahren?«
Der Junge schüttelte langsam den Kopf. Seine rotblonden Wimpern glitzerten wie mit Tränen benetzt, und er rückte ein wenig dichter an den tröstlichen zottligen Hals des Ponys. Bonnet, ungerührt von den Geschehnissen, trat von einem Bein aufs andere und pustete bedächtig in ihren Hafer.
Mistress Taverner hob die Hände, dann ließ sie sie wieder sinken. Harry, sonst das fügsamste ihrer Kinder, hatte sie besiegt. »Das war mein letztes Wort. Es steht außer Frage, daß du hierbleibst. Überall in der Stadt sind Soldaten, du bist nicht sicher hier. Ich werde Gerard anweisen müssen, dich hineinzutragen. Du wirst ohne Essen auf dein Zimmer gehen und auch Bonnet nicht mehr sehen, bis –«
Nun verließ den Jungen der Mut. Er schlang die Arme um den Hals des Ponys und schluchzte herzzerreißend, bis Beth, die nun nicht länger an sich halten konnte, herausplatzte: »O nein, Mutter, bitte nicht! Das darfst du nicht tun! Es ist wegen der Soldaten, verstehst du denn nicht? Harry glaubt, daß sie Bonnet stehlen wollen, und daß sie in den Krieg ziehen muß und erschossen wird und –«

Mistress Taverner stand die Verblüffung ins Gesicht geschrieben, als sie erst ihre verzweifelte Tochter und dann den schluchzenden Jungen ansah. »Herr im Himmel, Harry. Ist das wahr?«

»Ja, ja, doch«, sprach Beth wieder für ihren Bruder. »Wir haben gehört, daß die Soldaten alle Pferde nehmen wollen. Und Harry hat geschworen, daß sie Bonnet nicht bekommen werden –«

Mistress Taverners Gesicht wurde weicher; sie schien ein Lachen unterdrücken zu müssen. Stephen fand, daß es an der Zeit war, sich bemerkbar zu machen. Er räusperte sich und trat ins Licht.

»Mistress Taverner«, sagte er. »Verzeiht mir bitte, doch ich konnte nicht umhin, die Worte Eurer Tochter mitzuhören. Ich glaube, daß ich behilflich sein könnte.«

Das Lachen in ihren Augen erstarb, und ihr Gesicht verschloß sich so rasch wie eine Falltür.

»Hauptmann Sutton –«

»Ich wollte Euch nicht erschrecken.«

»Habt Ihr die Gewohnheit zu spionieren?« fragte sie scharf. »Ihr seid so lautlos wie ein Dieb.« Unwillkürlich hatte sie die Kinder auf ihre Seite gezogen. Stephen begriff, daß sie sich überlegte, seit wann er ihnen zuhörte.

Um ihnen Zeit zu geben, sich an seine Anwesenheit zu gewöhnen, trat Stephen über das Stroh zu dem Pony und streichelte seinen Kopf. Unversehens kehrte schmerzhaft die Erinnerung an das erste gefleckte Roß zurück, das er mit seinem Bruder Nicolas gemeinsam besessen hatte. Sie hatten ihren alten Reitknecht beinahe zur Verzweiflung getrieben, weil sie immer wieder beide aufstie-

gen und über das Moor galoppierten, während er ihnen doch auf der Weide Unterricht erteilen sollte. Er wandte sich zu Harry, von dem er glaubte, daß er nicht allzu beredt, aber sehr stolz war.
»Ist das dein Pony, Harry?«
Der Junge nickte und wischte sich mit dem Ärmel die Tränen aus dem Gesicht.
»Wie heißt es?«
»Bonnet.«
»Hör mir gut zu. Ich bin Hauptmann Sutton. Major Darbier und ich befehligen die Soldaten, die heute nach Tilsbury gekommen sind. Es ist unsere Aufgabe, dafür zu sorgen, daß kein Pferd ohne die Einwilligung seines Besitzers mitgenommen wird, und für die Tiere, die wir benötigen, werden wir bezahlen. Hast du das verstanden?«
Der Junge schniefte und warf einen Blick auf seine Mutter, die mit unverhohlenem Hohn das Geschehen beobachtete.
Stephen ließ sich nicht beirren. »Ich werde meinem Reitknecht entsprechende Anweisungen geben, aber um doppelt für die Sicherheit deines Ponys zu sorgen, werde ich ein Schriftstück aufsetzen, das du bei dir behalten kannst. Darin wird festgehalten, daß Bonnet niemals einem Soldaten zur Verfügung stehen muß.«
Während Stephen sprach, dachte er, daß es wenige Soldaten gab, die klein genug waren, um ein Auge auf das braune Pony zu werfen. Harry, der gespannt zugehört hatte, ließ Bonnet nun los und stellte sich vor Stephen.
»Könnt Ihr das wirklich tun?«
»Ich kann. Und ich werde es auch tun.«

Der ernste Gesichtsausdruck und nachdrückliche Tonfall des Hauptmanns überzeugten Harry mehr noch als seine Worte. Er nickte zögerlich.
»Und nun, Harry, heißt das für dich, daß du deiner Mutter gehorchen mußt.«
»Ist recht.«
Sie schüttelten einander die Hand.
Mistress Taverner trat zu ihnen. »Geht jetzt hinein, Kinder. Unverzüglich.« Ihre Stimme war schroff. »Harry, wir sprechen morgen früh noch darüber.«
Harry tätschelte seinem Pony zum Abschied das Hinterteil und begab sich zur Tür. Beth sah zu Stephen auf und schien etwas sagen zu wollen, doch nach einem kurzen Blick auf ihre Mutter entschloß sie sich, schleunigst zu verschwinden.
Als sie allein waren, sagte Stephen: »Es tut mir leid, daß Euer Sohn sich fürchten mußte.«
Sie wich seinem Blick aus. »Kinder fürchten sich immer, wenn Krieg ist«, sagte sie.
»Ich kann Euch versichern, sie haben keinen Grund, uns zu fürchten.«
»Ach nein?«
Stephen blieb hartnäckig. »Die Anwesenheit von Soldaten in Eurer Stadt ist eine Unannehmlichkeit, keine Bedrohung.«
»Worte, Hauptmann. Worte sind leicht gemacht. Doch Ihr wißt, daß der Krieg nicht mit Worten geführt wird. Und wenn das Töten beginnt, bleibt keiner verschont.« Sie warf ihm einen kurzen Blick zu, machte eine ruckartige Bewegung mit dem Kopf, wie um Abstand zu schaffen, und wiederholte dann leise: »Nicht einer.«

Sie legte die Hand auf Bonnets staubiges Hinterteil, und ihre Augen sahen trübe aus.
Stephen fragte behutsam: »Sprecht Ihr aus Erfahrung?«
Sie warf ihm einen zornigen Blick vor, bevor sie antwortete: »Nur Narren glauben an etwas anderes.«
»Ich wünschte, es gäbe einen Weg, Euch zu überzeugen, daß wir Euch und Eurer Familie nichts zuleide tun wollen.«
»Nichts einfacher als das«, sagte sie und lachte bitter. »Nehmt Eure Männer mit Euch und laßt uns in Frieden.«
»Das steht nicht in meinen Kräften. Ich habe Befehl, in Tilsbury in Garnison zu liegen.«
»Wie lange?«
»Das vermag ich nicht zu sagen.«
»Und fraglos befolgt Ihr Eure Befehle. Und wenn man Euch anweist, diese Stadt dem Erdboden gleichzumachen, so daß keiner mehr hier ein Heim hat, werdet Ihr es tun, wie es sich für einen guten Soldaten gehört. So gaukelt mir nicht vor, daß keine Gefahr besteht für uns.«
»Es ist nicht wahrscheinlich.«
»Das mag sein. Ich aber sehe eine andere Gefahr, die weniger offensichtlich sein mag, doch ich werde mich gegen sie wappnen, soweit es in meinen Kräften steht.«
»Von welcher Gefahr sprecht ihr?«
»Ich wünsche keinerlei Annäherung zwischen Euren Männern und meinen Kindern. Euch eingeschlossen, Hauptmann Sutton. Sie würden Euch rasch zur Last fallen, und zudem ist die Gesellschaft von Soldaten den Kindern nicht zuträglich. Sie sind jung und leicht zu beeindrucken. Da Ihr in unserem Haus zu Gast seid, werden wir für Euer Wohlergehen sorgen. Doch ich muß

Euch bitten, die Zurückgezogenheit meiner Familie zu achten. Habe ich Euer Wort?«
Stephen antwortete nicht sogleich. Er merkte, daß Mistress Taverner keineswegs glücklich war, daß er sich in ihren Familienzwist eingemischt hatte, doch seine Aufmerksamkeit war vollkommen in Anspruch genommen von der Art, wie der Blick aus ihren dunklen Augen hin und her wanderte, während sie sprach, kurz auf seinem Gesicht verweilte, sich dann wieder nach innen zu wenden schien. Ihre Pupillen waren riesig im Schein der Laterne, und Stephen kam es vor, als würde alles Licht in ihren unergründlichen Tiefen verschwinden. Er bemerkte die bläulichen Schatten unter ihren Augen, den Bogen ihrer Brauen, die weißen Zähne, die zwischen den Lippen hindurchschimmerten. Er nahm ihren hastigen flachen Atem wahr und das leichte Beben ihres Pelzkragens an ihrem elfenbeinfarbenen Hals. Er spürte, daß er hier eine Frau vor sich hatte, wie er noch nie einer begegnet war, und diese Feststellung war verstörend und anregend zugleich.
Sie bewegte ärgerlich den Kopf. »Nun, Hauptmann Sutton. Habe ich Euer Wort?«
Er versuchte sich zu sammeln. »Wie war Euer Anliegen, Mistress Taverner?«
Sie runzelte die Stirn. »Ich meinte, mich deutlich ausgedrückt zu haben. Ich wünsche, daß meine Kinder von den Soldaten ferngehalten werden. Ich möchte, daß niemand von Eurer Truppe mit ihnen spricht.«
»Die eine oder andere Äußerung wird sich nicht vermeiden lassen, allein aus Gründen der Höflichkeit.«
»Dann haltet sie bitte so knapp wie möglich.«

Später ersann Stephen Hunderte von Möglichkeiten, wie er das Gespräch ausdehnen und sich in besserem Licht hätte zeigen können; er hätte sie überzeugen können, daß er keine Bedrohung für ihre Kinder darstellte; hätte ihr schildern können, daß sie ihn an seine Nichten und Neffen in Cornwall erinnerten; hätte ihr versichern können, daß er alles in seiner Macht Stehende tun würde … doch in jenem Augenblick war er allein ihres eisigen Blikkes gewahr und sagte nur: »Wie Ihr wünscht, Mistress Taverner.«

Sie nickte. »Sehr gut. Bis zum Abendmahl dann. Wir essen in einer halben Stunde.«

Und er war allein. Nur ein Hauch ihres Blütenduftwassers hing noch in der Luft. Stephens Müdigkeit war verflogen. Er nahm die Laterne und machte sich daran, Breda, seine Stute, zu füttern und zu striegeln. Der Reitknecht schnarchte noch immer am Heuboden, doch Stephen ließ ihn schlafen. Die vertrauten Handreichungen wirkten beruhigend auf ihn; die Begegnung mit Mistress Taverner hatte ihn verstört, ohne daß er den Grund dafür begriff, und er wollte ein paar Augenblicke allein sein.

Das Abendmahl war beachtlich. Sir Diggory Page hatte von Furley Court Bourdeaux, Sherry und eine Rehkeule gesandt. Mabs hatte sie vorzüglich zubereitet und auf Anweisung ihrer Dienstherrin die schwindenden Vorräte an kandierten Früchten, Marzipan und Zuckerwerk geplündert. Der Tisch war mit den edelsten venezianischen Gläsern und dem besten Porzellan gedeckt. Silber und Messing (zumindest die Gegenstände, die Josiah Taverner als seine ausgegeben hatte, der Rest war unter ei-

ner losen Schindel in seinem Kontor verborgen) war schon lange weggegeben und in der königlichen Münzanstalt eingeschmolzen worden, doch man hatte noch einigermaßen edle Halter aufgetrieben, die den Kerzen ein würdiges Gepräge gaben.
Paul Darbier, der nach seinem Bad fest geschlafen hatte, erörterte mit Master Taverner das Scheitern der jüngsten Versuche, Frieden zwischen König und Parlament zu stiften. Stephen, der seit drei Tagen nicht mehr geschlafen hatte, hatte Mühe, die Augen offenzuhalten, und wenn es ihm gelang, fand er es schwierig, etwas anderes zu betrachten als Mistress Taverner.
Auch sie war sichtlich erschöpft, und Stephen sann erneut darüber nach, warum sie an der Straße gestanden hatte, als die Soldaten eintrafen. Ihrer Müdigkeit zum Trotz, saß sie aufrecht und augenscheinlich heiter am Kopf der Tafel und behielt das Geschehen im Auge. Von Zeit zu Zeit bot sie mehr Essen an, nickte den Dienern zu, damit sie Wein nachschenkten, einen Teller entfernten, im Kamin Feuerholz nachlegten. Ihr Kleid war schlicht und erlesen zugleich; das kräftige dunkle Blau schimmerte im Kerzenlicht. Sie war liebenswürdig und lächelte, wenn es am Platz war, lauschte den Worten der Männer, wenn sie sprachen, spielte ihre Rolle vollendet. Doch Stephen, der sie mit der seltsamen Hellsichtigkeit eines Mannes beobachtete, der jenseits aller Erschöpfung ist und dennoch glaubt, aus einem langen Schlaf zu erwachen, wußte, daß der Schein trog. Unter der Maske der guten Hausfrau, die gelassener und fähiger war, als man es in ihrem Alter vermutet hätte, spürte er etwas Ruheloses und Brüchiges. Er hatte erfahren, daß sie acht-

undzwanzig war, nur ein Jahr jünger als er. Wenn sie ihre Rolle sehr gut spielte, sah sie älter aus. Doch dann wieder schien sie ihm kaum älter als ihre Kinder zu sein und weder liebenswürdig noch heiter. Den Haß, den er morgens in ihren Augen gesehen hatte, als sie an der Straße stand, die Feindseligkeit ihrer Worte im Stall, aus ihnen sprach die Wahrheit. Und er wußte darum, daß diese Empfindungen hinter den ruhigen Gesten und den geschliffenen Sätzen ihrer Gastgeberin in ihrem schimmernden mitternachtsblauen Kleid verborgen blieben.

Paul Darbier war Mittelpunkt der Unterhaltung. Er sprach zwar mit Josiah Taverner, doch gerichtet waren seine Worte an die Gattin des Kaufmanns. Unzweifelhaft war er ein schmucker Bursche.

Sein langes, modisch gelocktes Haar umrahmte sein ebenmäßiges Gesicht. Seine Wangen waren vom Wein gerötet, und seine vollen Lippen schimmerten. Er hatte sich umgekleidet und trug eine rote Samtweste, die den üppigen Spitzenkragen seines Hemds unterstrich. Schwere Edelsteine glitzerten an seinen Fingern. Stephen, der lediglich ein Lederwams durch ein anderes ersetzt hatte, und dessen Hemd sauber, doch schmucklos war, konnte sich des Gedankens nicht erwehren, daß man als Herr in diesem wohlhabenderen Teil des Königreichs aufwendiger gekleidet zu sein hatte als in Cornwall.

»Wir sind hier, um diese verdammten Halunken in Gloucester zu bezwingen«, sagte Darbier soeben. Seine gedehnte, selbstgefällige Redeweise ermunterte nicht dazu, Bemerkungen zu machen oder gar zu widersprechen. »Wir müssen dafür sorgen, daß sie von hier keinen Nach-

schub mehr bekommen und derlei. Und ihren Handel mit London untergraben. Lange wird es nicht mehr dauern, bis wir in Massey einmarschieren. Garnisonen wie diese sind unerläßlich für die letzte Schlacht, die ich womöglich selbst anführen werde.«
Josiah Taverner stützte die Ellbogen auf den Tisch, legte die Fingerspitzen aneinander und bildete mit den Händen ein V; seine bevorzugte Haltung, wenn er seinen Zuhörern eine seiner gewichtigen Meinungen kundtun wollte. »Ich wußte nicht, daß die Stellung des Königs so sicher ist. Haben nicht die Anhänger des Parlaments erst vor einem Monat Shrewsbury eingenommen?«
Darbier wedelte abschätzig mit seiner beringten Hand. »Eine unbedeutende Stadt. Ich wage zu behaupten, daß wir es morgen zurückholen könnten, wenn uns daran gelegen wäre. Unser Augenmerk gilt jedoch der Stärkung des Heers für den letzten Angriff auf London. Ich weiß aus verläßlicher Quelle, daß die ganze Angelegenheit Ende des Sommers vorüber sein wird.«
»Hoffen wir, daß Ihr Recht habt, Major. Doch ich fürchte, daß ein junger Mann wie Ihr die Bedeutung des Handels unterschätzt. Das Parlament hat den Zugang zur See und hält ferner London. Was habt Ihr – was haben *wir* dem entgegenzusetzen?«
»Das beste Heer des Landes.«
»Und doch sagt man, daß auch das Parlament ein neues Heer zusammenstellt.«
Darbier lachte herablassend. »Die Verzweiflungstat von Unterlegenen. Ihre Anführer sind hoffnungslos zerstritten. Waller und Essex ist mehr daran gelegen, sich gegenseitig zu besiegen, als den König zu stürzen. Der Unter-

gang der Aufständischen steht fest, und sie wissen es auch.«
Stephen erwog, ob Darbier etwa ein so rosiges Bild von der Zukunft malte, um ihre Gastgeberin für sich einzunehmen. Er selbst konnte sich nicht mehr entsinnen, wie häufig er die Überzeugung vernommen hatte, daß die Aufständischen im Sommer besiegt sein würden, zu Michaeli, Weihnachten oder im darauffolgenden Sommer ... Er sah keinen Anlaß, an einen raschen Sieg der königlichen Truppen zu glauben. Die Generäle Seiner Majestät verstanden sich nicht minder gut darauf, sich gegenseitig zu bekriegen wie die Feldherren des Parlaments; auf den Sieg der königlichen Truppen in Lostwithiel letzten Sommer folgte sogleich die Niederlage von Marston Moor. Eine Stadt wurde eingenommen, eine andere verloren. Stephen hielt es nicht für ausgeschlossen, daß dieses grausame Schachspiel mit den Städten und Einwohnern von England sich noch über viele Jahre hinziehen mochte.
Er hoffte dennoch, daß Darbier mit seiner Zuversicht recht behalten würde.
»Die New Trottel Army«, lachte der Major und warf seine Serviette auf den makellos schimmernden Tisch, »so nennt sie mein Freund Digby. Von Hauptmann Coller und seinen Genossen haben wir nichts zu befürchten, was, Stephen?«
Stephen dämmerte es, daß er in Darbier einer jener Menschen vor sich hatte, die davon überzeugt sind, daß etwas wirklich eintritt, wenn sie nur fest genug daran glauben. Müde sagte er: »Hoffen wir, daß Ihr recht habt, Major.«

»Und ob ich recht habe, verdammt. Auf den König.«
Stephen erhob sein Glas, und die Männer nahmen ihre Hüte ab.
Mistress Taverner lächelte und erhob ihr Glas ebenfalls, doch wie Stephen trank sie nur einen kleinen Schluck. Sie nahm die beiden Männer genauestens in Augenschein. Jeder Soldat war ihr Todfeind, doch da sie gezwungen war, mit diesen beiden unter einem Dach zu leben, wollte sie wissen, wer ihre Gegner waren.
Major Darbier hatte sie rasch abgehandelt. Sie hielt ihn für einen jener verwöhnten, maßlosen jungen Männer, die leicht zu handhaben waren. Solange seine Eitelkeit befriedigt wurde und die Dienstboten für all jene Annehmlichkeiten sorgten, die er von Geburt an gewöhnt war, würde er ihr keine Schwierigkeiten bereiten. Sie hatte erwogen, die Dienstboten zur Nachlässigkeit anzuhalten. Hier und da ein kaltes Bad oder unsaubere Kleider mochten den jungen Major veranlassen, bei Sir Diggory eine angenehmere Unterkunft zu suchen. Doch sie hatte am Nachmittag gehört, wie er nach den Dienstmädchen schrie, als sein Bad herangetragen wurde, und hatte beschlossen, daß es vorerst am klügsten war, ihm entgegenzukommen. Der Mann war ein Langweiler und eine Plage, doch darüber hinaus stellte er keine Bedrohung dar.
Bei Hauptmann Sutton verhielt es sich schon anders. Sie beobachtete ihn unter gesenkten Lidern hervor. Man hatte ihm soeben ein Stück von Mabs' erlesenem Kuchen vorgelegt. Sie dachte sich, daß er wohl zu müde war, um überhaupt zu merken, was er verspeiste. Er mochte einmal ein gutaussehender Mann gewesen sein, doch nun war sein Gesicht so schmal, daß er schon beinahe hager

wirkte, und unter seinen klaren grauen Augen zeigten sich dunkle Schatten. In seinen Gesten lag etwas Ruhiges, Gelassenes, das einnehmend hätte wirken können, wäre er nicht ein Mann des Heeres gewesen. Ganz anders als der sorglose Major, schien er in diesem Krieg schon Schlimmes mitgemacht zu haben. Mistress Taverner hoffte, daß er furchtbar gelitten hatte und auch künftig leiden werde. Ohnmächtiger Zorn erfaßte sie, wenn sie daran dachte, wie er versucht hatte, sich in Bonnets Stall bei den Kindern einzuschmeicheln. Als ob die Sorgen eines Kindes auch nur im geringsten von Belang für ihn wären. Als hätte er selbst nicht schon oft genug dafür gesorgt, daß Frauen zu Witwen und Kinder zu Waisen wurden. Soldat zu sein, war schon schrecklich genug, und dieser hier war obendrein ein Heuchler. Sie verabscheute die Major Darbiers dieser Welt, doch worauf sie nicht vorbereitet war und was ihr als über die Maßen hassenswert erschien, war ein Soldat, der sich auch noch etwas darauf einbildete, ein ehrenwerter Mörder zu sein.
»Der Kuchen ist vorzüglich, Mistress Taverner.« Als Stephen von seinem Teller aufblickte, begegnete er ihrem Blick; ein Aufblitzen von Haß, dann legte sich das liebenswürdige Lächeln über ihr Gesicht wie ein Schleier.
»Mabs wird entzückt sein, daß er Euch mundet«, sagte sie.
Doch sie errötete leicht, als sie sprach, denn sie wußte, daß er schon mehr von ihr gesehen hatte, als sie preisgeben wollte. Sie wand sich innerlich. Zweifellos hielt der widerwärtige Halunke sich für aufmerksam und obendrein für einen Ehrenmann.
Als ob seinesgleichen überhaupt wüßte, was Ehre war.

Während ihre Eltern unten mit den Offizieren speisten, hatten Harry und Beth das zweifelhafte Vergnügen, sich an Carys Anwesenheit in ihrem Zimmer zu gewöhnen. Cary war ein kräftiges Mädchen mit kastanienbraunen Locken. Sie war siebzehn Jahre alt, wurde aber meist für jünger gehalten. Die Unschuld, die sie ausstrahlte, zusammen mit ihrem Fleiß, hatten Mistress Taverner nach ihrer letzten Niederkunft veranlaßt, sie in ihre Dienste zu nehmen. Carys große braune Augen blickten munter und aufrichtig, und sie schien Missetaten nicht einmal zu begreifen, geschweige denn selbst dazu imstande zu sein. Bislang war sie Nona zur Hand gegangen, und sie fürchtete die alte Frau fremder Herkunft genug, um ihre Zunge im Zaum zu halten. Bei den Kindern schienen ihr derlei Beschränkungen nicht notwendig.
Harrys und Beths Bett waren linker- und rechterhand des Kamins aufgestellt worden. Carys kleines Rollbett stand in einer Ecke am Fenster. Die Kinder, die sich ausnahmsweise selbst überlassen waren, weil die Dienstboten den ganzen Tag zu tun hatten, hatten sich schon umgekleidet, gewaschen und ihr Abendgebet aufgesagt, als Cary hereinkam. Sie hatten wenig gesprochen; Beth wußte, daß Harry sich seiner Schwäche im Stall schämte, und war zu feinfühlig, um seine Qualen zu verschlimmern, indem sie darüber sprach.
Cary war entzückt darüber, sich im behaglichen Zimmer der Kinder statt auf dem zugigen Dachboden aufhalten zu dürfen.
»Oho, ein Feuer, bei dem man sich ausziehen kann!« rief sie, als sie am Kamin stand und sich bis auf ihr Hemdchen entkleidete. Ihre runden Schultern schimmerten

rosig im Schein des Feuers. »Was war das bloß für ein seltsamer Tag, so was hab' ich noch nie erlebt. Die arme Mabs hat mir gesagt, wenn sie so ein Mahl jeden Abend zubereiten muß, dann ist sie bis Ostern tot, und ich hab' ihr gesagt, sie muß den Mund aufmachen und eine Hilfe anfordern, weil wir uns alle die Füße wundlaufen, vor allem, wenn die Herren heiße Bäder und weiß der Himmel was noch alles zu jeder Tages- und Nachtzeit verlangen. Die arme Mabs hat es kaum mehr zu ihrer Schwester geschafft, und morgen wird's nicht anders aussehen.«

Beth hatte sich auf einen Ellenbogen gestützt und lauschte aufmerksam. Sie hatte der Dienerschaft schon immer gerne zugehört. »Wirklich?« fragte sie. »Wird es morgen genauso sein?«

»Aber ganz bestimmt.« Cary hielt ihre großen Hände ans Feuer. »Womöglich noch schlimmer. Master Bussell hat gesagt, er hat gehört, daß in ein paar Tagen noch mehr Soldaten in die Stadt kommen sollen. Und wo die alle unterkommen sollen, weiß keiner. Tilsbury platzt doch jetzt schon aus den Nähten. Im Lion teilen sie sich zu sechst ein Bett. Und die haben's noch gut.«

Sie stapfte durchs Zimmer und stieg in ihr Bett. Beth fand es merkwürdig, daß Cary, die doch viel größer und breiter war als sie oder Harry, das kleinste Bett bekommen sollte, doch sie war alt genug, um zu wissen, daß sich nichts ändern würde, wenn sie sich darüber ausließ. Deshalb sagte sie bloß: »Und welche haben es nicht gut?«

»Die Wachen«, sagte Cary entschieden. »Die Soldaten, die abwechselnd aufpassen müssen. Damit die Stadt nicht überfallen wird und wir nicht alle im Schlaf abgeschlachtet werden.«

Harry, der nicht richtig zugehört hatte, weil er noch immer an Bonnet dachte, war auf einen Schlag hellwach. »Abgeschlachtet?« fragte er.

»In unseren Betten. Oder noch schlimmer«, sagte Cary unheilsschwanger. Ein kurzes Schweigen trat ein, als Harry und Beth darüber nachsannen, was wohl noch schlimmer sein mochte, als in seinem Bett abgeschlachtet zu werden. Cary schüttelte ihr Kissen auf. »Deshalb haben sie dort überall die Wachen aufgestellt. Aber es ist so schrecklich. Sie dürfen nicht einschlafen, wie müde sie auch sind, weil sonst gräßliche Strafen auf sie warten. Deshalb versuchen sie alles mögliche, um sich wachzuhalten.«

»Kneifen sie sich selbst?« erkundigte sich Beth, die an die Qualen langer Predigten dachte.

Cary blickte gedankenvoll. »Derlei Dinge. Ich hab' von einem Soldaten gehört, der so verzweifelt wach bleiben wollte, daß er sich den großen Zeh abgeschnitten hat. Er glaubte, der Schmerz würde helfen.«

»Und war es so?«

»Nur eine Weile, dann wirkte es nicht mehr. So mußte er sich einen zweiten Zeh abschneiden, dann einen dritten. Am nächsten Morgen hatte er nur noch zwei, und der Wachposten war ein Blutbad, und sein Fuß schwoll an und wurde grün. Dann hat sich das Gift durch seinen Körper gefressen, und er ist alsbald gestorben.«

»O nein, der arme Mann.«

»Hm.« Cary legte sich ungerührt zum Schlafen nieder. »Und überhaupt«, fuhr sie mit gesenkter Stimme fort,

»heute nacht kann jeder Wachposten froh sein, wenn er morgen früh noch lebt, ohne den Verstand verloren zu haben, von ein paar Zehen ganz zu schweigen.«

»Weshalb?«

»Sie haben einen Wachposten in den Turm des alten Klosters gesandt. Mabs' Brüder haben Wetten abgeschlossen, ob er durchhält, bis sie ihn ablösen. Ich glaube, wenn sein Nachfolger kommt, wird er vor Angst tot umgefallen sein. Habt ihr schon mal einen Mann gesehen, der vor Angst gestorben ist? Ich schon. Seine Augen waren ganz starr, und die Zunge –«

Beth unterbrach sie rasch: »Was ist so schlimm an dem alten Kloster?«

»Ihr wißt doch bestimmt, daß sich dort nicht einmal des Tags jemand hintraut. Mein Onkel hat einmal versucht, auf dem Pferd da hinzureiten, weil er eine Wette abgeschlossen hatte, doch das Tier wollte nicht mal in die Nähe des Klosters, obwohl er es geprügelt hat, bis es blutig war. Man sagt, da lassen sich nicht einmal Hasen und Füchse nieder.«

»Spukt es dort?« Beth hatte schon derlei Gerüchte vernommen, doch ihre Mutter hatte sie jedesmal angewiesen, solchem Geschwätz keinen Glauben zu schenken.

»Ob es dort spukt? Und wie! Wißt ihr Kinder denn gar nichts? Der Geist der Grauen Frau wird in diesem Turm umgehen bis in alle Ewigkeit.«

»Warum in dem Turm?«

»Weil sie dort heruntergesprungen ist.«

»Weshalb?«

»Ich dachte, das wüßte jeder. Ihr armen unwissenden Kinderlein, euch läßt man ja im dunkeln. Ich sollte es euch wohl erzählen, schon um eures eigenen Wohles willen.« Cary war Meisterin in der Kunst der bedeutungsvollen Sprechpause, und sie schwieg ein, zwei Augenblikke, bevor sie mit ihrer Geschichte begann. »Vor vielen Jahren, als König Harry noch über England herrschte, lebten im alten Kloster Nonnen. Alle waren sie in graue Gewänder gekleidet, und sie durften nicht einmal mit einem Mann *sprechen*, von Heiraten ganz zu schweigen. Die Ärmsten, aber sie werden sich wohl irgendwann damit abgefunden haben. Dann beschloß König Harry, daß er keine Mönche und Nonnen mehr haben wollte, und alle Klöster wurden geschlossen. Den meisten war es einerlei, aber die Frau, die dem Kloster hier vorstand, sagte, sie würde ihre Gelübde niemals verraten, und ein paar der Frauen blieben bei ihr. Da schickte König Harry einen Trupp Soldaten, um sie von dem Land zu vertreiben, und das war eine gräßliche blutrünstige Horde von Kerlen, die es kaum erwarten konnte, die Nonnen zu schänden und dann womöglich zu ermorden. Doch die graue Frau entkam ihnen und stieg auf den Turm. Er war selbstredend höher als heute, noch höher sogar als der Turm der Kirche von Tilsbury. Als die Soldaten ihr nachkamen, stand sie am obersten Sims und sprang.«

»O nein.«

»Doch. Aber sie starb nicht gleich. Ihre Gewänder bremsten ihren Fall. Sie war aber schrecklich verwundet und lag mit schrecklichsten Schmerzen, gebrochenem blutendem Rücken am Fuße des Turms. Doch die Soldaten waren so verderbt, daß sie jedem verboten, ihr zu helfen oder beizustehen. Sie lachten bloß. Und dann hatten sie dennoch ihren Spaß mit ihr, obwohl sie ganz verrenkt

war und vor Schmerzen schrie.« Cary hielt inne, um die Wirkung ihrer Geschichte auszukosten, während Beth und Harry darüber nachsannen, welche Art von Spaß die Soldaten wohl mit der armen Nonne gehabt haben konnten. Dann beendete Cary ihre Erzählung kurzerhand mit den Worten: »Und dann starb sie.«
Beth weinte still vor sich hin. »Wie schrecklich«, flüsterte sie.
Da Cary wenige Dinge so schätzte wie eine Erzählung von Furcht und Schrecken, fuhr sie munter fort, ohne darauf zu achten, welche Gefühle diese Schilderung bei ihren Zuhörern hervorrief. »Als sie starb, vergab die Nonne den Männern all ihre Sünden, denn sie war eine wahrhafte Christin, auch wenn sie den Papisten zugehörte. Doch Gott hatte alles gesehen, und was meint ihr: Jeder der Männer, die ihr das angetan hatten, starb noch vor Ablauf des Jahres. Der eine an einem Schlangenbiß, der andere wurde von einem tollwütigen Hund gebissen und starb in Krämpfen mit Schaum vor dem Mund, einer fiel von seinem Pferd und brach sich den Hals, einer hat sich ein Messer in den Leib gerammt und seine ganzen Innereien quollen heraus ... die anderen weiß ich nicht mehr«, fügte sie beinahe entschuldigend hinzu. »Aber ich weiß, daß sie allesamt eines unnatürlichen und gräßlichen Todes gestorben sind. Geschieht ihnen recht. Deshalb will sich keiner in die Nähe des alten Klosters wagen, und erst recht nicht bei Nacht. Viele Leute haben die Graue Frau schon gesehen oder sie singen hören. Das hat schon manchen zu Tode gebracht, sogar heute noch. Nun, gute Nacht, Kinder, wir werden erst morgen früh erfahren, wie es dem armen Wachposten

ergangen ist. Ich bin froh, daß ich hier im Warmen liege, ihr auch?«
Und damit legte sie sich auf die Seite, zog sich die Decke über die Ohren und schlief auf der Stelle ein. Harry und Beth lagen mit aufgerissenen Augen in ihren Betten, zu verängstigt, um ein Auge zuzutun, und beobachteten die seltsamen Schatten, die das Kaminfeuer an die Decke warf. Beth lag noch immer wach, als das Feuer schon heruntergebrannt war. Und nach Carys grausigen Geschichten überraschte es sie kaum, als sie ihre Mutter laut schreien hörte.

Doll steckte in einem kleinen engen Raum. Ihre Wange war an kalten Stein gepreßt, ihr Körper verdreht und gefühllos vor Kälte und Grauen. Auf ihren Schultern spürte sie einen brennenden Schmerz, und sie roch Versengtes, roch die Angst.
Sie wußte, daß sie keinen Laut von sich geben durfte, und doch kam es ihr in ihrer Furcht so vor, als könne man ihren Herzschlag und ihren hastigen Atem weit außerhalb ihres dunklen Gefängnisses vernehmen.
Lärm ballte sich in ihrem Kopf, hämmernde Fäuste an einer Tür, Musketenschüsse und Kanonendonner und das Gebrüll von Männerstimmen. Und dann die Schmerzens- und Angstschreie der Frauen und Kinder. Von ihrem kalten engen Gelaß aus sah sie nur Füße, die einen grauenhaften Tanz aufführten, Frauenfüße, die flohen, Männerfüße, die sie verfolgten, und dann zerrte ein Mann sie ins Freie, ein Mann mit bleichem Gesicht und Haar und Augen, die sie an zerbrochenes Glas erinnerten. Nur in seinen Lippen war Farbe, rote fleischige Lip-

pen, die sich zu einem Lächeln verzogen, als er den Dolch hob und näher kam. Als der Schrei aus ihrem Körper brach, entriß sie ihm den Dolch und stieß damit zu, in sein Gesicht, wieder und wieder, und die roten Lippen lächelten weiter, und sie hackte auf den grauenhaften Mund ein. Er lächelte; er schüttelte sie. Und sie schlug die Augen auf und sah Josiah, Josiah, der sie wachrüttelte. Dann erschien Nona mit einem Talglicht an ihrem Bett und murmelte tröstliche Worte.

Stephen, der nicht fest geschlafen hatte, hatte den Lärm auch vernommen; eine Reihe hoher Angstschreie, dann wurden Türen geöffnet und geschlossen, und man hörte rasche Schritte. Er setzte sich auf.

Paul Darbier, der neben ihm in dem großen Bett lag und sich zuvor beträchtliche Mengen von Sir Diggorys Sherry und Master Taverners Brandy zu Gemüte geführt hatte, rührte sich nicht. Stephen kam zuerst auf den Gedanken, daß einer seiner Männer eines der Dienstmädchen erschreckt hatte. Er zündete ein Talglicht an, zog rasch seine Hosen über und öffnete die Tür.

Er erblickte Mistress Taverner, die ihr Haar zu einem langen Zopf geflochten hatte und ein Tuch über ihrem hellen Nachthemd trug. Ihre Großmutter schien sie zu führen und murmelte beruhigend auf sie ein. Als sich die Tür zu Nonas Zimmer hinter den beiden Frauen schloß, vernahm er Raunen, dann Gesang. In seinem ganzen Leben hatte er noch nie ein solches Lied gehört: dieselbe Melodie, immer wiederkehrend, und doch klang sie nicht eintönig. Wie er da so auf dem Flur stand, gespenstische Gestalten von Gemälden auf ihn herunterblickten und

das Wachs ihm auf die Hand tropfte, gemahnte ihn dieser Gesang an eine Beschwörung.
Im nächsten Augenblick knarrte eine Tür, und ein kleiner Schatten zögerte nur kurz und kam dann über den türkischen Teppich zu ihm herübergetappt.
»Guten Abend, Hauptmann Sutton«, sagte Beth höflich. Ihre Stimme klang ein wenig zittrig. »Ich hoffe, meine Mutter hat Euch nicht geweckt. Sie träumt manchmal schlecht. Nicht allzuoft, versteht Ihr, aber dennoch ...« Sie blickte zum Zimmer der Großmutter hinüber, als wünsche sie sich, eintreten zu können, wage es jedoch nicht.
Stephen sagte sanft: »Wir träumen alle dann und wann.« Ohne zu merken, was sie tat, hatte Beth seine Hand ergriffen. »Es wird ihr jetzt wohl bessergehen«, sagte sie, wie um sich selbst zu beruhigen. »Nona singt ihr etwas vor. Das ist eines von Mutters Lieblingsliedern. Es erinnert sie wohl an die Zeit, als sie noch ein kleines Mädchen war und in Spanien lebte. Seid Ihr schon einmal in Spanien gewesen, Hauptmann Sutton?«
»Nein. Ich wußte nicht, daß deine Mutter Spanierin ist.«
»Nun ist sie Engländerin.« Beth runzelte die Stirn. »Was ein Jammer, daß Ihr nicht schon dort gewesen seid. Sie würde gewiß zu gerne darüber sprechen.«
Stephen entsann sich, daß er Beths Mutter versprochen hatte, den Umgang mit ihrer Familie auf das Nötigste zu beschränken, und er versuchte, seine Hand zurückzuziehen, doch die Kleine umklammerte sie noch fester.
»Du mußt jetzt wieder zu Bett gehen«, sagte er. »Die bösen Träume sind vorüber.«
»So ist es wohl«, doch sie klang zweifelnd und noch im-

mer ängstlich. Der Gesang war jetzt leiser geworden, ähnelte nun eher dem Summen einer Biene. »Aber ich sorge mich um Euren armen Wachposten.«
»Meinen Wachposten? Warum das?«
»Er ist doch ganz allein auf dem Turm des alten Klosters. Ich hoffe nur, daß er sich nicht die Zehen abschneiden muß oder so etwas. Er hat ja keine Schuld daran, daß die graue Frau mit zerschlagenen Knochen blutend am Boden lag.«
»Gewiß nicht«, sagte Stephen entschieden. Er kam zu dem Schluß, daß nicht nur Mistress Taverner unter bösen Träumen litt. Er fügte hinzu: »Er wird auch in Kürze abgelöst. Keiner schiebt gerne Wache, aber man gewöhnt sich daran, und dann vergeht die Zeit rasch.«
Sein Tonfall war beruhigend. Beth war von Natur aus ein schüchternes Kind, doch sie besaß eine gute Menschenkenntnis und hatte schon bei der ersten Begegnung beschlossen, daß sie Hauptmann Sutton vertrauen konnte. Sie nickte. »Ich werde wieder schlafen gehen.«
»Gute Nacht. Ach, und Beth, deine Mutter wünscht sich, daß ihr Kinder nur mit uns Soldaten sprecht, wenn es ganz und gar unvermeidlich ist.«
»Oh. Ich verstehe.« Die Enttäuschung war ihr anzuhören. »War dieses Gespräch ganz und gar unvermeidlich, Hauptmann Sutton?«
Stephen überlegte kurz. »Ich finde, das war es.«
Sie seufzte. Ihre Mutter verbot ihr immer, mit Leuten zu sprechen. Sie dachte an Jinny Crew und ihre höchst fesselnde Familie.
»Bedeutet das, daß Ihr nicht mehr mit mir sprechen werdet?«

»Ich bin Soldat«, sagte Stephen mit einem Lächeln. »Ich bin es gewohnt, zu gehorchen.«
Beth ließ seine Hand los und rückte näher zur Tür ihres Zimmers. »Oje«, sagte sie. »Und ich dachte, nur Kinder müßten immer tun, was ihnen befohlen wird.« Sie zögerte. »Nun, dann gute Nacht, Hauptmann Sutton.«
Er erwiderte ihren Wunsch, kehrte auf sein Zimmer zurück und sann darüber nach, wie es wohl möglich war, daß dieselben Gesichtszüge, die beim Vater so abstoßend wirkten, bei diesem unscheinbaren, doch warmherzigen Kind so einnehmend sein konnten. Und er kam zu dem Schluß, daß Mistress Taverners Anweisung tatsächlich sinnvoll war. Es konnte leicht geschehen, daß er diese ungewöhnliche Familie liebgewann – und derlei Annäherung war seinen Aufgaben als Soldat nicht zuträglich.

5

Frühmorgens am nächsten Tag traf Jack ein.

Stephen wußte sogleich, um wen es sich handelte, als die Tür aufflog, eine tiefe Stimme lautstark verkündete »Ich bin so rasch wie möglich gekommen, Hauptmann Sutton, Sir«, und eine große Gestalt eintrat, über den halbgeöffneten Handkoffer stolperte und mit gewaltigem Gepolter zu Boden stürzte. Darbier rollte sich auf die andere Seite und grunzte im Schlaf. Stephen setzte sich auf und griff erneut nach Talglicht und Streichholz.

»Verdammt auch, Jack«, sagte er ins Dunkle hinein. »Was soll das bedeuten?«

Der junge Mann rappelte sich auf. »Ich wollte Euch nicht wecken, Sir«, erklärte er. »So hab' ich ein paar Stunden im Lion gewartet, und als ich dann merkte, daß die Hintertür des Hauses nicht verriegelt war –«

»Aber Ihr habt mich geweckt, Ihr Trottel. Es ist noch nicht einmal hell.«

»Ja, Sir. Ich bin um Mitternacht angekommen, Sir.«

Der Docht flackerte auf, und Stephen konnte den Eindringling mustern. »Es ist mir einerlei, wann Ihr eingetroffen seid. Es ist ungeheuerlich, daß Ihr hier zu solch nachtschlafender Zeit hereinstürmt. Zu jeder Zeit, im übrigen.«

»Ja, Sir. Verstehe, Sir. Sagt mir, ist Eure Wunde verheilt, Sir?«
»Ja, ist sie, verdammich. Und nun verschwindet hier.«
»Ja, Hauptmann Sutton, Sir.«
Der junge Mann rührte sich nicht von der Stelle. Er war von gewaltiger Statur, und seine dichten schwarzen Augenbrauen waren an der Nasenwurzel zusammengewachsen, was ihn zu Unrecht bedrohlich wirken ließ. Mit großer Ergebenheit blickte er auf Hauptmann Sutton herunter.
»Geht, Jack«, sagte Stephen müde. »Geht nach unten. Wenn die Dienstboten aufstehen – aber nicht einen Augenblick vorher –, könnt Ihr ihnen sagen, daß Euch eine Matratze im Dachboden bei den anderen Männern zusteht. Und seid bereit, im Morgengrauen zum Appell anzutreten.«
»Ja, Hauptmann Sutton, Sir.«
Jack wirbelte herum und marschierte so zackig aus dem Zimmer, daß die Tür krachend hinter ihm ins Schloß fiel, was Paul Darbier nun doch aus seinem Tiefschlaf hochschrecken ließ.
»Was, zum Teufel, war das?«
»Jack.«
»Wer?«
»Fähnrich Skipton. Ein junger Soldat, der mir beim Angriff auf Bristol das Leben gerettet hat. Oder vielleicht habe ich ihm das Leben gerettet, ich weiß nicht mehr, wie es war. Jedenfalls haben wir gemeinsam überlebt. Seit damals glaubt er, für mein persönliches Wohlergehen verantwortlich zu sein.« Vom Fuß der Treppe war das Klirren von umfallenden Hellebarden zu vernehmen. »Ja, das

ist Jack. Prinz Ruprecht hatte seinen Hund Boy, und ich scheine mich mit Jack abfinden zu müssen.«
Er lächelte erschöpft, stieg aus dem Bett und begann sich anzukleiden.
»Es ist viel zu früh, um aufzustehen«, sagte Darbier.
»So schlaft weiter. Ich werde nach den Wachen sehen.«
»Gibt es denn keine Dienstboten in diesem erbärmlichen Haus? Sollen wir uns etwa selbst versorgen?«
»Ich lasse Euch jemanden schicken, wenn es hell wird.«
»Heißes Wasser, Frühstück. Jemanden, der das Feuer anmacht, und meinen Diener.«
»Ist das alles?«
Darbier entging der spöttische Unterton. Ganz anders als Stephen, sah er keinen Grund, weshalb man es im Krieg weniger bequem haben sollte als sonst; er fand eher das Gegenteil angebracht.
»Ja. Wasser jetzt gleich.«
Darbier trank einen Schluck aus dem Krug. Von seinem Durst abgesehen, zeigte sein Trinkeifer vom Vorabend bemerkenswert wenig Wirkung.
»Sagt mir«, fragte er, bevor er wieder einschlief, »ist Euer Freund Jack ein dummer Tölpel?«
Stephen überlegte einen Augenblick, dann antwortete er: »Keineswegs. In mancherlei Hinsicht ist er klüger als andere. Seine einzige Schwäche ist sein begeisterter Tatendrang.«

Als der Tag in Tilsbury voranschritt, hatte Stephen dringenden Bedarf an Jacks Tatendrang. Die meisten Männer in seiner Truppe waren erst kürzlich in den Bergen von Wales eingezogen worden. Viele verfügten nicht einmal

über eine Waffe, und diejenigen, die eine hatten, wußten nicht, wie sie damit umgehen sollten. Je länger der Krieg dauerte, desto häufiger fanden sich in den Reihen der Königstreuen Männer, die man zum Dienst gepreßt hatte und die womöglich bei der ersten, sich bietenden Gelegenheit fahnenflüchtig würden.
An der Flußbiegung in den Niederungen der Stadt, zwischen Priory House und der Klosterruine, befand sich eine große Weide. In Friedenszeiten hatten die Männer hier auf Schießscheiben geschossen, man hatte den Maibaum dort errichtet und an Pfingsten Ale verkauft, um Geld für die Armen zu sammeln. Manchmal schlugen die Frauen ihre Wäsche auf den breiten Felsen am Ufer. An diesem Tag bebte die gefrorene Erde unter zackigen Schritten, den harschen Befehlen der Feldwebel und dem Dröhnen der Trommeln, als die Männer auf ihre Fähigkeiten geprüft wurden. Stephen beobachtete sie und kam zu dem Schluß, daß die Truppe eine doppelt so starke Leistung erbringen mußte, wenn sie für ihn tauglich sein sollte. Die Soldaten hatten nicht nur dringendst Ausbildung, sondern auch Kleidung und Ausrüstung nötig. Die Hälfte von ihnen hatte nackte Beine, sogar Socken waren knapp. Und sie waren hungrig. Stephen wußte, wie schwierig es sein würde, Vorräte zu ergattern, ohne sich den Haß der Einwohner zuziehen. Allein aus diesem Grunde hoffte er, daß sie in Kürze Befehl zum Aufbruch bekommen würden. Unterdessen hatte er den Auftrag, die Garnison der Aufständischen in Gloucester zu bezwingen und jeden Umgang seiner Männer mit den Anhängern des Parlaments zu unterbinden. Dafür benötigte er die Unterstützung der Kavallerie.

Doch die Kavallerie tat sich an diesem strahlenden Märzmorgen an der Flußbiegung einzig durch ihre Abwesenheit hervor. Major Darbier, der dieselben Befehle erhalten hatte wie Stephen, hatte die Kavalleristen sich selbst überlassen, um nach Furleys zu reiten, wo er Sir Diggory seine Aufwartung machen und die weitere Versorgung mit Weinen und Köstlichkeiten sicherstellen wollte.
Stephen runzelte die Stirn, als er am Fluß entlangging und die Männer beobachtete, die im Exerzieren unterwiesen wurden. Mit den meisten walisischen Rekruten gab es Schwierigkeiten bei der Verständigung. Diejenigen, die beider Sprachen mächtig waren, übersetzten für ihre Kameraden; Stephen wagte nicht darüber nachzudenken, was bei diesem Vorgehen an Kenntnissen verlorenging. Jack führte mit dem ihm eigenen Schwung einer Gruppe von Bauern vor, wie man lud, zielte und feuerte. Die Männer sahen aus, als hätten sie noch nie im Leben eine wehrhaftere Gerätschaft als eine Schafschere in Händen gehalten. Sie wichen vor ihrem Ausbilder zurück, beobachteten mißtrauisch das brennende Streichholz und sprangen bei jedem Schuß vor Schreck beiseite. Verstehen kann man es, dachte Stephen; Jack war mit solchem Eifer bei der Sache, daß er sich wohl eines Tages selbst in die Luft sprengen würde.
Doch Stephens Stirnrunzeln hatte seine Ursache nicht in diesen Widrigkeiten. Er hatte schon weniger geeignete Männer zu einer kampffähigen Truppe ausgebildet, und er wußte, daß diese beliebige Ansammlung von Schafzüchtern und Bauernjungen binnen sechs Wochen bereit sein würde, für König Karl zu töten oder sich für ihn töten zu lassen. Stephen brachte die notwendige Er-

fahrung für diese Aufgabe mit. Er hatte zum erstenmal 1639 eine Waffe getragen, um in Weiß und Blau für die Grenviles zu kämpfen, als König Karl gegen die Schotten ins Feld gezogen war. Im Sommer 1642, als über dem Zwist zwischen König und Parlament der Bürgerkrieg ausbrach, war er bereits ein geübter Soldat. Seither waren beinahe drei Jahre vergangen, die Stephen allerdings vorkamen wie ein halbes Leben. In dieser Zeit hatte er sich bedingungslos für die Sache des Königs eingesetzt, da er glaubte, daß das gegenwärtige, schonungslose Vorgehen erst gerechtfertigt sein würde, wenn der Frieden wiederhergestellt war und die Qualen des Landes ein Ende haben würden. Seit drei Jahren fast hatte er an nichts anderes gedacht.

Bis jetzt.

Er hatte den entlegenen Teil der Weide erreicht, wo die Pikeniere mit angelegten Piken auf und ab stapften. Doch seine Aufmerksamkeit galt nicht ihren Bemühungen, und er zwang sich dazu, sein Augenmerk darauf zu richten, daß einige von ihnen mit kurzen Weidenstöcken exerzierten und er ihnen unverzüglich richtige Waffen beschaffen mußte. Vor seinem geistigen Auge sah er ein Bild: Mistress Taverner im milden Schein der Laterne, wie sie mit ihrem widerspenstigen Sohn sprach. »Du lieber Gott, Harry«, hörte er sie sagen. »Ausgerechnet heute«, und er sah, wie sie fassungslos ein wenig die Hände hob. Er blieb stehen. Der Fluß hatte Hochwasser nach den Winterregen. Unwillkürlich lauschte er dem Plätschern des Wassers auf den glatten Steinen. Er blickte auf. Ungeachtet des kriegerischen Treibens auf der Weide, tummelten sich im Schilf am Ufer gegenüber ein paar

Teichhühner. Kleine Eindrücke; derlei Dinge wären ihm vor Jahren aufgefallen, als er die Landschaft von Cornwall durchstreifte, ohne einen Gedanken darauf zu verschwenden, wie er seinen Landsleuten beibringen konnte, ihre Mitmenschen zu töten.

Das war es. Jetzt entsann er sich des Gesichtsausdrucks von Mistress Taverner, als sie sich unbeobachtet glaubte. Der gesamte Haß der Bevölkerung gegenüber Soldaten hatte sich in ihren dunklen Augen abgezeichnet. Er überlegte, ob sie jeden Mann, der bereit war zu töten, verabscheute, oder, anders als ihr Gatte, die Königstreuen im besonderen. Er bemerkte, daß er sie bedauerte und zugleich froh war, weil sie vor ihren bösen Träumen Trost bei ihrer Großmutter und nicht bei ihrem groben Gatten suchte.

Stephen runzelte die Stirn. Von der Seite der Weide, die nahe der Stadt lag, war brüllendes Gelächter zu vernehmen. Er schritt dorthin, um die Ursache der Heiterkeit in Augenschein zu nehmen. Und auch er konnte nicht umhin zu lächeln.

Ein kleiner Junge hatte sich zwischen den Soldaten hindurchgeschlängelt und bemühte sich nun, eine Muskete am Kolben hochzuheben. Ein paar Männer standen um ihn herum, feuerten ihn an und erteilten ihm Ratschläge. Der Kleine war der jüngere Sohn von Mistress Taverner, der schwarzhaarige Junge, der ihr so ähnlich sah. Stephen stöhnte innerlich. Nach seinen Versuchen, die Mutter des Jungen am Abend zuvor zu beruhigen, war es ein unerfreuliches Mißgeschick, daß der Kleine nun beschlossen hatte, ein paar Schritte von einem lederbezogenen Pulverfaß entfernt ein Abenteuer erleben zu wollen.

»Was ist hier los?« fragte er streng.
»Ein neuer Mann zur Stelle, Sir. Er ist so versessen drauf, ein verfluchter Soldat zu werden, daß ihm sogar die Schillinge des Königs einerlei sind.«
»Hütet Eure Zunge vor dem Kind, oder Ihr müßt strafexerzieren.«
Als sie des Zorns in der Stimme ihres Hauptmanns gewahr wurden, wichen die Soldaten kleinlaut zurück. Nur Philip ließ sich nicht stören. Er war vielmehr so beschäftigt damit, seine Muskete zu schultern, daß er Stephens Eintreffen nicht einmal bemerkt hatte.
Stephen entwand ihm die Waffe rasch und reichte sie dem Feldwebel. »Junger Mann«, sagte er, »was tust du da?«
»Ich bin Soldat.« Seiner kostbaren Muskete beraubt, blickte Philip munter zu ihm auf. Stephen stellte fest, daß zumindest eines von Mistress Taverners Kindern sich nicht vor Soldaten fürchtete.
»Wer hat dich hergebracht?«
»Ich bin allein hergekommen. Ich war in der Küche, und der Hausierer Sam kam vorbei, um Mabs und Nona seine Sachen zu zeigen, und während sie geguckt und geredet haben, bin ich weggelaufen. Jetzt bin ich ein richtiger Soldat.«
»Nein, du gehst nach Hause, wo du hingehörst. Und widersprich mir nicht.« Stephens Stimme konnte scharf klingen, wenn er das wollte, und er sagte sich, daß Schärfe hier vonnöten war. »Ich bringe dich selbst zu deiner Mutter zurück, und dann möchte ich dich hier nie wieder sehen.«
»Aber ...«
»Kein Aber. Komm mit. Männer, fahrt mit dem Exerzie-

ren fort. Und falls noch weitere Kinder hier Soldat spielen wollen, werden sie umgehend davongejagt, haben das alle verstanden? Während ich hier den Befehl habe, wird es keine Unfälle mit Bürgern geben.«
Philip erwog es, sich zu weigern, doch als er sah, wie die anderen Soldaten ihrem Hauptmann gehorchten, ging er widerstrebend neben Stephen her. Während er versuchte, mit Stephens großen Schritten mitzuhalten, fragte er keuchend: »Warum darf ich kein Soldat sein?«
Ohne seinen Schritt zu verlangsamen, blickte Stephen auf den Jungen hinunter. Von seiner Mutter hatte er die elfenbeinfarbene Haut und die samtig schwarzen Augen geerbt, und er wirkte quirlig wie Quecksilber. Stephen entsann sich genauestens des Ärgers, den er als Kind empfunden hatte, wenn man ihm aufgrund seines Alters Ersehntes versagte, und so meinte er nur: »Weil du noch viel lernen mußt, bevor du Soldat werden kannst. Du mußt lesen und schreiben und gehorchen können. Nur der kann Befehle erteilen, der sie auch befolgen kann. Eines Tages wirst du bestimmt Offizier sein, und ein Junge muß sich ins Zeug legen, wenn er dem König dienen möchte.«

Stephen war so abgelenkt durch seinen kleinen Weggefährten, daß er den Besuch erst bemerkte, als er das Tor von Priory House erreichte. Eine vornehm gekleidete Dame wartete darauf, daß er sie einholte. Sie mochte in ihren frühen Dreißigern sein und befand sich in Gesellschaft eines Dieners, der eine schlichte Livree trug. Wäre Stephen nicht anderweitig beschäftigt gewesen, hätte er sicher eine gewisse Ähnlichkeit in ihren Zügen bemerkt.

Er hielt ihr das Tor auf. Bevor sie hindurchging, blickte sie belustigt zu ihm auf. »Nimmt Doll Taverner Euch bereits als Kindermädchen in Anspruch?«
Stephen grinste. »Kinder und Soldaten vertragen sich nicht«, sagte er.
»Unsinn, Hauptmann Sutton, Ihr seid zu bescheiden. Der Kleine betet Euch doch geradezu an.«
Ihre Stimme klang gewollt sanft, wie es häufig bei sehr entschlossenen Frauen vorkommt, die ihre Entschlossenheit verschleiern wollen. Sie hatte üppiges bräunliches Haar, und ihrem Gesicht mangelte es an Liebreiz – ihre Augen traten leicht hervor, und ihr Kinn würde sich in Bälde verdoppeln –, doch sie trat auf wie eine Frau, die es erwartet, bewundert zu werden. Und tatsächlich wird jenen Frauen dann auch meist Bewunderung zuteil.
»Ihr seid im Vorteil, Ma'am«, sagte Stephen, »da Ihr bereits meinen Namen kennt.«
»Selbstverständlich«, sagte sie, rauschte vor ihm ins Haus und ließ ihren Umhang dem kleinen Dienstmädchen in die Arme fallen, das die Tür geöffnet hatte. Ihr Diener begab sich in die Küche. »Ihr und Major Darbier seid bereits Stadtgespräch in Tilsbury. Was einen auch nicht wundert. Seit der Sintflut hat sich in unserer kleinen Welt nichts Aufregenderes mehr ereignet.«
Ihre kehlige Stimme hatte einen leicht spöttischen Unterton. Sie verharrte vor einem runden Spiegel, um ihr Haar zu überprüfen und ein Tuch an ihrem Dekolleté zurechtzuzupfen. Sie begegnete Stephens Blick im Spiegel und erwiderte ihn einen Augenblick länger, als es schicklich war, woraufhin er vergaß, daß er noch immer den kleinen Philip an der Hand hielt.

Dies kam ihm umgehend wieder in Erinnerung, als Mistress Taverner die Treppe herunterfegte und den Jungen erleichtert und erzürnt zugleich in ihre Arme riß. »Du böser Bub!« Sie drückte ihn heftig an sich. »Wie kannst du es wagen, einfach wegzulaufen und uns so zu erschrecken?«

Philip wand sich in ihren Armen. »Wenn ich lesen kann, werde ich Offizier!«

»Niemals!« Doll warf Stephen einen wütenden Blick zu. »Ich lasse es nicht zu, daß darüber gescherzt wird.«

»Dann möchte ich anregen, daß der Junge besser beaufsichtigt wird«, entgegnete Stephen, der nicht beabsichtigte, sich für Philips militärische Pläne beschuldigen zu lassen. »Ein Exerzierplatz ist nicht der rechte Ort für ein Kind.«

»Hauptmann Sutton.« Ihre bebenden Nasenflügel verrieten ihren Zorn. »Ich glaube nicht, daß Ihr mich etwas lernen müßt, was die Fährnisse für Kinder in Kriegszeiten angeht.«

Die Besucherin hatte die Zusammenkunft von Mutter und Sohn mit einem Gesichtsausdruck beobachtet, der Neid verraten mochte, und bemerkte nun: »Doll, meine Liebe, Ihr müßt nicht so aufgebracht sein. Gewiß wollte Hauptmann Sutton Euch nichts vorwerfen. Jedermann weiß doch, was für eine hingebungsvolle Mutter Ihr seid. Nun wünsche ich mir, daß Ihr ihn von seiner quälenden Neugier erlöst, denn ich weiß, daß er wissen möchte, wer ich bin, und mir fehlt es an der Zeit, es ihm selbst mitzuteilen. Ist Eure Großmutter auf ihrem Zimmer? Ich muß dringend mit ihr sprechen.«

Doll entsann sich ihrer Pflichten als Gastgeberin und

umarmte ihren Gast, dann sagte sie, eher höflich denn herzlich: »Nein, wir haben die Zimmer anders verteilt. Ellen wird Euch hinführen. Heute ist alles ein wenig durcheinander.«
»Das vermag ich nicht zu glauben, Doll. Ihr habt doch immer alles im Griff. Ihr beschämt mich.«
Die beiden Frauen beäugten einander einen Augenblick argwöhnisch. Stephen fand ihre Unterschiedlichkeit bemerkenswert: Mistress Taverners Schönheit war ihr selbst nicht bewußt, und sie hatte etwas Wildes an sich, wohingegen die Frau ihr gegenüber ein Musterbeispiel an Gewandtheit und Geschliffenheit darstellte. Als Ellen ihr auf der breiten Treppe voranging, warf die Fremde Stephen noch ein letztes, lockendes Lächeln zu.
Mistress Taverner, die noch immer ihren Sohn umschlungen hielt, ließ sich auf die unterste Stufe sinken. Sie schalt den Kleinen zärtlich und schien vergessen zu haben, daß sich noch jemand in ihrer Nähe aufhielt. Wie nur die ganz Kleinen es so rasch vermögen, hatte er sich unterdessen vom eifrigen Soldaten in einen schläfrigen kleinen Jungen verwandelt, der zufrieden an seinem Daumen nukkelte.
»Wer ist Euer Gast?« fragte Stephen.
Sie verlagerte leicht ihr Gewicht, um es Philip bequemer zu machen, dann antwortete sie: »Mistress Corinna Rogers. Wie viele Menschen hier glaubt auch sie, daß meine Großmutter in die Zukunft blicken kann. Sie kommt immer wieder, um ihren Rat einzuholen.«
»Und glaubt Ihr auch an diese Kräfte Eurer Großmutter?«
Sie antwortete nicht sogleich. Sie schien sich unbehag-

lich zu fühlen, und Stephen sann unversehens darüber nach, ob sie ihn auf dem Gang bemerkt hatte, als der Traum sie heimgesucht hatte. Unter ihren Augen lagen bläuliche Schatten. Dann lächelte sie seltsam. »Selbstverständlich«, sagte sie. »Doch bei mir ist das etwas anderes.«

»Inwiefern?«

»Nonas Kräfte waren stets das einzige, was mich zu schützen vermochte. Mir blieb nur die Wahl, an sie zu glauben.«

»Bedürft Ihr so nötig des Schutzes?«

Sie legte das Kinn auf den Kopf ihres schwarzhaarigen Söhnchens. Dann sagte sie: »Ich vermag es nicht wie meine Großmutter, Fragen für die Zukunft zu beantworten.« Unversehens war sie wieder kurz angebunden und förmlich. »Meine Familie wird das Mittagsmahl im Wintersalon einnehmen. Für Euch und Major Darbier ist im Saal etwas zurechtgemacht.« Sie wies auf den Raum jenseits der Passage, in dem sie am Vorabend gespeist hatten. »Ellen wird sich um Euer Wohl besorgen.«

Sie erhob sich und schickte sich an, mit Philip die Treppe hinaufzugehen, als Stephen sagte: »Wartet, Mistress Taverner.« Schon den ganzen Morgen hatte er sich Worte zurechtgelegt, mit denen er seiner abweisendenden Gastgeberin darlegen wollte, wie sehr er die Umstände, die das Erscheinen seiner Truppe ihr bereiteten, bedauerte, doch der Blick, dem sie ihm nun zuwarf, war so eisig, daß seine Rede ihm unbeholfen und unpassend erschien. »Wir fallen Euch zur Last«, sagte er, »und ich wünschte mir, es wäre anders.«

»Wie meint Ihr das?«

»Ich wünschte, der Krieg wäre bald vorüber.«
»In Deutschland wütet er schon ein Menschenleben lang.«
»Beten wir zu Gott, daß er dies hier verhüte.«
»Wenn beide Seiten so flehentlich beten, weiß Gott wohl nicht mehr, wem er Gehör schenken soll.«
Das war leicht dahingesagt, doch Stephen spürte die Anspannung in ihren Worten.
Er sagte: »Dann werde ich mich auf die Hoffnung beschränken, daß die Garnison in Bälde von Tilsbury abgezogen wird.«
»Wahrhaftig, Hauptmann Sutton?« Sie klang zweifelnd. »Wie gütig von Euch.« Sie lächelte. »Doch, wißt Ihr, Ihr bereitet uns keinerlei Ungelegenheiten. Mein Gatte und ich sind hocherfreut, daß wir einen Beitrag zur edlen Sache des Königs leisten dürfen, so gering er auch sein mag.«
Stephen hätte sie schütteln mögen ob ihrer Unaufrichtigkeit, doch er mußte sich das Lachen verkneifen. Dann wieder kam ihm unversehens der Gedanke, wie schön es doch wäre, könnte er ihre Hand nehmen und ihr versichern, daß sie nichts zu fürchten hatte.
Und Doll neigte den Kopf, stieg mit ihrem Sohn die Treppe hinauf und überließ ihn seiner Verwirrung.

Stephen genehmigte sich ein Glas Ale zu seinem Brot mit kaltem Braten, als die Tür aufflog und Corinna Rogers hereinrauschte. Er stand auf.
»Laßt Euch nicht bei Eurem Mahl stören, Hauptmann Sutton.«
»Es ist beinahe beendet, Mistress Rogers.«
»Ihr kennt meinen Namen, das ist gut, wir können uns

demnach als vorgestellt betrachten. Wie gefällt es Euch in unserem kleinen Nest?«
»Ich bin überzeugt, daß Eure Stadt viele Vorzüge hat, doch ich wurde nicht um des Vergnügens willen hierhergesandt.«
»So streng, Hauptmann? Doch vielleicht mildert sich Eure Meinung über die Zeit. Wir werden uns bemühen, für Eure Unterhaltung zu sorgen.«
Stephen lächelte über den koketten Unterton in ihrer Stimme, der in so krassem Gegensatz stand zu Mistress Taverners schlecht verhohlenem Zorn. »War Euer Treffen mit der alten Frau zufriedenstellend?«
»Grundgütiger, Hauptmann, Ihr wollt doch nicht meine Geheimnisse ergründen? Wie kühn von Euch. Euer Glück, daß ich nicht allzurasch gekränkt bin. Außerdem bin ich leicht zu deuten.« Ihre Augen vergrößerten sich ein wenig. »Seit mein lieber Gatte in die Schlacht zog – um für den König zu kämpfen natürlich, wie Ihr selbst –, brenne ich darauf, zu erfahren, wie es ihm geht.«
Der Blick, den sie Stephen zuwarf, als sie das Wort »brenne« aussprach, war jedoch nicht eben sittsam.
»In welchem Regiment dient er?« fragte Stephen, dem die Unterhaltung Vergnügen bereitete.
»Er ist bei den Dragonern. Man sagt, Ihr habt mit Sir Bevil Grenvile und seinen Männern aus Cornwall gekämpft.«
»Das trifft zu.«
»Ich höre es an Eurem Tonfall. Es ist mir noch nie gelungen, zu entscheiden, ob der Akzent aus Devon oder jener aus Cornwall einen Mann anziehender macht. Nun, da wir uns kennengelernt haben, meine ich fast, es ist der

kornische. Wenn wir beide ein wenig Muse haben, müßt Ihr mir von Euren Abenteuern berichten. Im ersten Jahr des Krieges hat uns einzig die Kunde von den Siegen der Mannen aus Cornwall aufzumuntern vermocht.«

Das Lächeln in Stephens Gesicht erstarb. »Sie wurden nicht leicht errungen«, sagte er knapp.

»Das versteht sich. Um so mehr solltet Ihr Euch jetzt ein wenig verwöhnen lassen, da Ihr Euch im sicheren Tilsbury befindet. Ihr seid doch zufrieden mit Eurer Unterkunft?«

»Wir wurden prächtig bewirtet.«

Sie griff zu ihren Handschuhen. »Wie erfreulich.« Langsam zog sie die weichen Lederhandschuhe an, einen Finger nach dem anderen, dabei blickte sie Stephen unverwandt an. »Doch ich tue nichts Unrechtes, wenn ich Euch sagen möchte, daß Doll, eine liebe Freundin, die über jeden Vorwurf erhaben ist, nichtsdestoweniger eine Fremde ist, und ihre Gepflogenheiten sind manchmal nicht die unseren. Ferner habe ich vernommen, daß sie Gesellschaft gelegentlich lästig findet. Falls Euch Euer Aufenthalt in diesem Haus nicht mehr angenehm sein sollte, Hauptmann Sutton, so denkt bitte daran, daß mein Gatte und ich nur allzubereit sind, unseren Teil für das Heer des Königs zu tun. Nun ist Tom zwar gegenwärtig nicht zu Hause, doch ich weiß, daß er meine Einladung unterstützen würde.

Nicht ihre Worte als solche stießen Stephen ab, sondern ihr Blick. Er hatte diesen Blick häufig bei Dirnen in Bristol und Oxford gesehen, doch niemals zuvor in den Augen einer angesehenen Dame in einer kleinen Marktstadt.

Er lächelte. »Ihr seid überaus großzügig, Mistress Rogers.«
Sie blickte den Gang entlang, wo ihr Diener und das Dienstmädchen mit ihrem Mantel auf sie warteten, und sagte mit hellem, fröhlichem Lachen: »Da seht Ihr's, Hauptmann Sutton, ich kann Euch nichts vorenthalten. Ich bin über die Maßen großzügig. Bis zu unserem nächsten Treffen dann.«
Sie rauschte hoheitsvoll hinaus in den strahlenden Sonnenschein. Und als sich die Tür hinter ihr schloß, schien das Haus unversehens kleiner und leerer.

Nona kam die Treppe herunter. Ein Lächeln lag auf ihrem runzligen Gesicht.
»War Mistress Rogers zufrieden mit Euren Voraussagen?« fragte Stephen.
»Und ob. Sie hört immer gern, was ich ihr sage.«
Nonas Grinsen wurde noch breiter und enthüllte ihre drei verbliebenen Zähne in voller Schönheit. Sie tätschelte Stephen den Arm und tappte an ihm vorbei in den Eßsaal. Stephen folgte ihr. Sie bediente sich mit Ale und Brot, wobei sie das weiche Innere herauszupfte und die Rinde den beleibten Spaniels zuwarf, die am Kamin lagen.
»Mistress Corinna ist meine beste Kundin. War schon immer so«, erklärte sie, während sie kaute. »Von den anderen belohnt keine die arme Nona mit auch nur einem Penny für ihre Mühe. Aber Mistress Corinna ist ein artiges Mädchen. Deshalb überleg' ich mir auch recht gut, was ich ihr sage.« Tausend Fältchen zeigten sich auf ihrem Gesicht, als sie in Gelächter ausbrach.
Stephen wollte ihr noch weitere Fragen stellen, da kam

Mistress Taverner herein. »Warum belästigst du Hauptmann Sutton, Nona? Ich habe dir heute morgen schon zweimal gesagt, daß wir nun im Wintersalon speisen werden. Nie hörst du mir zu.«

»Zeter nicht herum. Ich vergess' es – hab' zuviel zu tun«, und sie strahlte ihre Enkelin an und tätschelte die Geldbörse, die an ihrer Taille hing. »Wie soll ich mich an die vielen neuen Dinge erinnern, hä?«

»Wenn es dir paßt, hast du ein hervorragendes Gedächtnis. Nur, weil du ein paar Geldstücke in der Tasche hast –«

»In *deiner* Tasche. Hier –« Nona warf ihr den Beutel zu. »Sei froh, daß Nona immer noch Geld verdient für dich. Und nun laß mich zufrieden. Ich will zu Ende essen. Dieser Soldat hier freut sich über Gesellschaft, wie?«

»Ich bin entzückt«, bestätigte Stephen.

»Tst. Du bist eine böse alte Plage«, rief Doll und stolzierte hinaus.

Nona kicherte ungerührt und klopfte auf den Stuhl neben sich. »Schert Euch nicht drum. Wenn sie sich Sorgen macht, ist sie kratzbürstig. Hier, trinkt einen Schluck Ale.«

»Niemand hat gerne Soldaten im Haus«, sagte Stephen und ließ sich auf dem zugewiesenen Stuhl nieder. »Eure Enkelin hat gewiß Grund, verärgert zu sein.«

Die kleinen schwarzen Augen musterten ihn durchtrieben. »Mehr, als Ihr ahnen könnt, Soldat«, sagte sie leise, und ihr Gelächter klang unversehens fern. »Doll hat ein gutes Gedächtnis, und das ist übel, wie?«

»Warum –«

Die alte Frau fiel ihm ins Wort. »Unsere Vergangenheit

geht Euch nichts an. Wir sprechen über Mistress Corinna. Sir Diggorys Tochter gefällt Euch?«
»Sir Diggory?« Stephen verfiel in ein kurzes Schweigen, als er über ihre Worte nachsann. In der Tat bestand eine deutliche Ähnlichkeit zwischen den vornehmen Zügen des älteren Edelmanns, der sie nach Furleys eingeladen hatte, und der unverblümten Mistress Rogers.
Nona piekte ihn mit ihrem gichtigen Finger. »Da staunt Ihr, wie? Nun heißt sie nur noch Mistress Rogers, doch zuvor war sie vornehm. Heiratet niemals aus Liebe, das sag' ich Euch. Nicht, daß es bei ihr so gewesen wär. Sie behauptet es zwar. Ha, das Aufsehen wollten sie vermeiden, das war alles. Und nun zieht ihr hübscher Bursche in den Krieg und läßt sie allein in dem großen leeren Bett, und sie weiß nicht einmal, ob er wiederkommt. Soll sie sich jetzt gleich vergnügen, oder warten, bis ihr die Freiheiten einer Witwe zustehen? Das sind die Sorgen der vornehmen Damen, wie?«
Stephen grinste. »Und Ihr habt ihr erzählt, was sie hören wollte?«
»Natürlich, dafür bezahlt sie mich.« Sie kicherte wieder. »Ihr Tom wird heimkommen, wenn es soweit ist, das sag' ich ihr. Doch vorher wird sich noch einiges ereignen, Gutes und nicht so Gutes!« Bei diesen Worten wurde sie fast überwältigt von Heiterkeit und konnte vorerst nicht sprechen.
Stephen betrachtete sie besorgt. Er fürchtete, Nona könne ersticken. Er bemerkte, daß Ellen den Raum betreten hatte und sich mit ihrer Arbeit beschäftigte, zweifellos, um ihre Unterhaltung mitzuhören. Verschwiegenheit schien nicht zu Nonas Diensten zu gehören.

»Erzählt den Leuten, was sie hören wollen«, sagte sie zu Stephen, als sie wieder zu Atem gekommen war. »Aber verziert es, bereitet es ansehnlich zu.«
»Das ist der Grundsatz jedes Scharlatans«, bemerkte Stephen, der sich allmählich für die alte Frau zu erwärmen begann.
Sogleich wurde Nona ernst. »O nein, ich bin kein Scharlatan. Glaubt, was Ihr wollt, es ändert nichts. Ich erfinde nie etwas, ich klaube nur die rechten Teile heraus.«
»Ihr meint, Ihr könnt in die Zukunft blicken?«
»Ab und an.«
»Und was seht Ihr dort für mich?«
»Das wollt Ihr wissen?«
»Ja.«
Nona saß eine Weile ganz still da, dann wandte sie sich zu ihm. Ihre Augen waren halb geschlossen, und er sah nur das Weiße. Ihr Kopf war leicht zurückgeneigt. Dann hob sie die Hand und berührte ihn sachte an der Wange. Stephen, der im Übermut gefragt hatte, spürte, wie ihm ein Schauer über den Rücken lief.
Sie öffnete die Augen und verzog den zahnlosen Mund zu einem breiten Grinsen. »In Eure Zukunft zu blicken, ist keine Kunst«, gluckste sie. »Die steht Euch ins Gesicht geschrieben!«
»Wie meint Ihr das?«
Sie schlug sich begeistert aufs Knie und kicherte, doch so sehr Stephen sie auch beschwatzte, sie weigerte sich, auch nur ein Wörtchen mehr zu sagen.

Corinna Rogers schritt gemächlich die Hauptstraße entlang; ihr Diener folgte ihr in gebührendem Abstand. Sie

genoß die Märzsonne und hatte es nicht eilig, nach Hause zurückzukehren. Das Heim der Rogers in der Distaff Lane war für Tilsbury recht geräumig – wenn auch nicht so großzügig wie Priory House –, doch Corinna kam es wie eine ärmliche Hütte vor im Vergleich mit Furleys, wo sie aufgewachsen war.
Doch sie empfand keine Reue. Corinna Page empfand seit ihrem sechzehnten Lebensjahr keine Reue mehr; damals hatte der neue Hauslehrer ihres Bruders sie auf köstliche und unvergeßliche Weise in das eingeführt, was im Gebetbuch als »Sünden des Fleisches« verdammt wurde. Danach war Corinna erstaunt darüber, daß die Menschen überhaupt etwas anderes taten. John Bellman war ein aufmerksamer Liebhaber, und als er überraschend eine Stelle in Leicestershire antrat, war sie untröstlich. Wenn sie daran dachte, kam sie zu dem Schluß, daß er wohl der Erwartungen eines jungen Mädchens überdrüssig geworden war, das den lieben langen Tag nichts anderes zu tun hatte, als ihr nächstes Stelldichein mit ihm auszuhecken. Darüber hinaus wuchs sich zweifellos das Geraune zu einem handfesten Gerücht aus, und er mußte das Weite suchen, bevor ein Skandal ihrer beider Leben zerstörte. Corinna begriff, daß sie durchaus Grund hatte, John Bellman dankbar zu sein, und ihre Betrübtheit über seine Abreise hielt nur so lange an, bis sie feststellte, daß es im Haushalt ihres Vaters nicht an Männern mangelte, die gerne jederzeit ebenso aufmerksam waren. In den Jahren darauf war es ihr gelungen, achtbare Verehrer abzuweisen und statt dessen einen sechsten Sinn für Männer zu entwickeln, auf deren Verschwiegenheit Verlaß war. Sie wußte noch, daß Tom Rogers beauftragt war, einen der

Torpfosten von Furleys auszubessern, der durch einen Karren beschädigt worden war. Sie hatte sich zurechtgelegt, daß sie sich so lange ausgiebig vergnügen wolle, bis eine Heirat mit einem der wohlhabenden Nachbarn unvermeidlich wurde. Sie hegte die Vorstellung, daß sie dann seßhaft und achtbar werden, eine Schar Kinder auf die Welt bringen und fett und anständig sein wolle. Doch lange bevor sie diesen Weg erkunden konnte, ertappte ihr jüngerer Bruder Frederick sie und Tom Rogers bei heftigstem Treiben hinter dem Taubenschlag. Frederick war zwar selbst ein Schwerenöter, hatte jedoch feste Vorstellungen über das Benehmen junger Damen, und bevor der Tag zu Ende ging, war Corinna dem jungen Steinmetz anverlobt. Sie verschwendete keine Zeit mit Bedauern. Tom war stark und schmuck und ganz verrückt nach seiner jungen Gattin. Ihr Vater, dem man nicht die ganze Geschichte berichtet hatte, ließ dem jungen Paar etwas Geld zukommen, und sie bezogen das Haus in der Distaff Lane. Tom stellte ein paar Hilfskräfte ein, und einige Monate herrschte eitel Sonnenschein.

Kinder kamen keine, und auch die Beliebtheit und Achtbarkeit, die Corinna sich erhofft hatte, blieb aus. Ihr schmucker Tom war ihr noch immer lieb, doch wenn er sich seiner Arbeit widmen mußte, kehrte ihre alte Langeweile zurück. Und Tom war häufig mißlaunig. Er war ein hervorragender Steinmetz, aber ein schlechter Dienstherr, und er hatte keinen Sinn fürs Geschäft. Corinna mußte ihren Vater mehr als einmal bitten, Schulden auszugleichen. Zudem hatte ihr Gatte nicht die Absicht, ihr Vergnügungen mit anderen Männern zu gestatten. Ihr sanfter Tom war immer wieder handgreiflich

geworden, wenn er den Verdacht gehabt hatte, daß sie mit einem anderen anbandelte.
So war es eine Erleichterung für sie, als er das Handgeld des Königs nahm und sich einem hiesigen Regiment anschloß. Freilich hoffte sie, daß er unversehrt wiederkehrte – doch erst nach einer Weile. Sie wollte noch etwas erleben, bevor sie zu guter Letzt eine brave Ehegattin wurde. Die anderen Frauen in der Stadt fanden das Eintreffen der Soldaten verheerend, Corinna jedoch hoffte, es zu ihrem Vorteil nutzen zu können. Tags zuvor hatte sie vor dem Lion gesessen und die beiden Offiziere beobachtet. Major Darbier war ein schmucker Mann; auf seine dunkle Art sah er prächtig aus, und sie wußte auch die Genußsucht, die von ihm ausging, wohl zu schätzen. Doch er hatte etwas Selbstgefälliges und Prahlerisches an sich, und ein Liebhaber, der sich seiner Erfolge rühmte, war gänzlich ungeeignet für sie, denn ihr Wiedersehen mit Tom sollte nicht getrübt werden. So nahm sie den anderen Offizier in Augenschein und fand ihn sehr erfreulich. Er hatte ein schmales, aufrichtiges Gesicht, einen festen Mund und klare graue Augen. Seine sparsamen, ruhigen Gesten ließen auf einen Mann schließen, der geübt war im Umgang mit einem Heer und nichts Geziertes an sich hatte. Jene Mischung aus Stärke und Sanftheit hatte ihr schon immer sehr zugesagt.
Nona hatte sie an diesem Morgen nicht aufgesucht, um etwas über Tom in Erfahrung zu bringen, sondern weil ihr zu Ohren gekommen war, daß der Major ihrem Vater einen Besuch abstattete, und weil sie die Gelegenheit nutzen wollte, dem stattlichen Hauptmann allein zu begegnen. Auf ihrem Heimweg kam sie zu dem Schluß, daß

ihr erstes Treffen mit Stephen Sutton äußerst zufriedenstellend verlaufen war. Er war beeindruckt gewesen – wie sie beabsichtigt hatte – und hatte sie mit jenem hungrigen Blick angesehen, der sich manchmal bei Männern einstellt, die zu lange die Gegenwart von Frauen entbehren mußten. Eine Art rohe Kraft ging von ihm aus; sie hielt ihn für einen hervorragenden Soldaten, der jedoch auf dem Gebiet der Liebe wenig Erfahrung mitbrachte – eine wunderbare Mischung, wie sie fand. Und er war gewiß einer, auf dessen Verschwiegenheit man sich verlassen konnte.

Ihre Freundin Doll behandelte die Soldaten kühl, wie man es erwartet hatte. Doll war Corinna immer ein Rätsel gewesen. Ihre ganze Zuneigung galt ihren Kindern, und für die armen einsamen Soldaten hatte sie nicht einmal ein freundliches Wort übrig.

Corinna entsann sich der Gerüchte, die über ihre Nachbarin im Umlauf gewesen waren, als sie in Tilsbury eintraf. Sie erinnerte sich auch daran, wie sie Doll in Begleitung ihres Gatten zum erstenmal gesehen hatte. Corinna war angewidert gewesen vom Anblick einer so jungen Frau, die fast noch ein Kind war und am Arm eines so häßlichen, alten Mannes die Kirche betrat. Und was für ein schrecklicher Name war das – Doll. Doch falls Josiah Taverner geglaubt hatte, ein willenloses Spielzeug aus dem Krieg mit heimgebracht zu haben, mußte er unterdessen recht enttäuscht sein. Corinna konnte sich vorstellen, daß sie den Soldaten gegenüber höflich war, jedoch keinen Zweifel daran ließ, daß sie um ihre Vorratskammern fürchtete. Derlei Sorgen hatte Corinna nicht. Wenn ihre Vorräte zur Neige gingen, ließ

sie sich aus Furleys etwas bringen. Sie wußte, daß ihr Vater seit geraumer Zeit über die Last der Steuern und Abgaben stöhnte, die notwendig waren für das Heer des Königs, doch sie war im Überfluß aufgewachsen und konnte sich Furleys nur als Füllhorn vorstellen, wie sie es gewöhnt war.
Ohne daran zu zweifeln, daß ihr Plan, sich mit dem Hauptmann aus Cornwall zu vergnügen, vereitelt werden könne, machte sich Corinna daran, ihren nächsten Schritt zu planen.

Stephen war nicht der einzige Mann, bei dem Corinna Rogers an diesem Morgen Eindruck gemacht hatte. Josiah, der mit seiner Gattin und seinen Kindern im Wintersalon speiste, hatte ihre Stimme im Gang vernommen und dem Drang widerstanden, zu ihr zu gehen und mit ihr zu sprechen. Er hatte in letzter Zeit häufiger an Corinna Rogers gedacht. Die Gerüchte waren ihm zu Ohren gekommen, und er hatte sie als bösartiges Geschwätz abgetan, doch wenn er sie die Straße entlangschreiten sah oder ihr begegnete, wenn sie nach Furleys ritt, gab ihm etwas in der Unverwandtheit ihres Blicks oder der Art, wie sie den Fuß auf die Hände des Reitknechts setzte, wenn er ihr aufs Pferd half, sehr zu denken.
Seit seiner Jugend sehnte sich Josiah nach körperlicher Liebe und fürchtete sie gleichermaßen. Man hatte ihn in dem Glauben aufgezogen, daß sie Sünde war, und während seiner Söldnerjahre in Europa hatte er vieles erlebt, das diese Vorstellung bestätigte. Seine Eheschließung war auch ein Versuch gewesen, für seine häufigen Gelüste und seine gelegentlichen Ausschweifungen zu süh-

nen. Doch wenn er gehofft hatte, daß die Ehe jene hitzigen Gelüste zum Schweigen bringen würde, so wurde er nur zum Teil zufriedengestellt. Doll hatte ihn noch nie abgewiesen, doch er wußte, daß seine Aufmerksamkeiten ihr zuwider waren. Entsagung war eine Qual gewesen, doch dies war eine andere. Sie hatte nicht einen einzigen Augenblick seiner Nähe genossen.

Er blickte zum Fenster hinaus und sah Mistress Rogers. Sie bewegte sich wie eine Frau, die das Begehren der Männer auskostet. Seine Gedanken gehorchten ihm nicht mehr. Er hatte sich mit Dirnen dem Akt hingegeben, die ihn empfingen, weil sie dafür bezahlt wurden, und mit seiner Gattin, die es tat, weil sie dazu verpflichtet war, doch in seinem ganzen Leben hatte er noch keiner Frau beigeschlafen, die sich der körperlichen Liebe aus reinem Genuß hingab, wie man es von Corinna Rogers vernahm.

6

Mistress Taverner nähte Goldmünzen und Juwelen in den Saum des schwarzen Mantels ihres Gatten. Es war spät, alle im Haus schliefen schon, und sie war erschöpft. Sie saß auf einem Stuhl mit hoher Lehne am Kamin in ihrem Schlafzimmer. Der Mantel war aus dikkem Tuch, und es fiel ihr schwer, die Nadel hindurchzustechen. Zudem zitterten ihre Hände.

Sie blickte zu ihm auf; ihre Augen waren groß. »Warum gehst du fort?«

»Es ist ermüdend, alles zu wiederholen, Doll. Wenn du nur beim erstenmal zuhören würdest – aber nein, du bist unaufmerksamer als die Kinder. Wie ich dir schon sagte: Es ist erforderlich, daß wir mehr als ein Versteck haben. Wenn es hier entdeckt wird, können wir noch auf unsere Rücklagen in London zurückgreifen. Nicht alles auf eine Karte setzen, ist mein Wahlspruch. Und nicht alle Perlen in einen Saum, wie?« Er gluckste trocken über seinen eigenen Scherz. »Das genügt hier, Doll. Näh die anderen in meinen Biberfellhut.«

Sie legte den Mantel beiseite und nahm den Hut, der mit russischem Fell gesäumt war. »Du hast mir gesagt, wir seien sicher. Du hast gesagt –«

»Plünderungen, Doll, Plünderungen. Das ist die Gefahr, wie ich dir schon sagte. Der englische Soldat tötet keine

Frauen und Kinder – außer in Irland, doch da verhält es sich anders –, aber wenn er die Gelegenheit hat, vergreift er sich am Eigentum. Ich möchte nicht mehr opfern als unbedingt notwendig.«
»Doch warum läßt du uns ausgerechnet jetzt ungeschützt zurück?«
»Du mußt begreifen, daß ich nur zum Wohle der Familie handle, Doll, und nun hör auf, mich mit deinen Fragen zu traktieren.«
Sie griff zur Schere und schnitt so wütend an den Nähten des Huts herum, daß Josiah sagte: »Achte darauf, was du tust, Doll. Das ist mein bester Hut, wie du wohl weißt.«
Sie wandte das Gesicht ab, um ihren Ärger zu verbergen, und sagte: »Was bleibt mir, einer Fremden, schon zu tun, wenn die Männer in den Krieg ziehen?«
»Doll, du denkst nur an dich, wo du um unser aller Wohl besorgt sein müßtest. Und überhaupt, was hast du zu zetern? Ich habe dir gesagt, und ich möchte mich nicht unentwegt wiederholen müssen, daß sie das Haus vom Dach bis zum Keller durchsuchen können, sie werden wenig Brauchbares finden, dafür habe ich gesorgt.«
Die Aussicht darauf, daß ihr kostbares Haus von oben nach unten gekehrt würde, bot wenig Trost für Doll. »Wenn solche Gefahr droht, warum nimmst du dann mich und die Kinder nicht mit nach London?«
»Und das Haus soll ich leer zurücklassen? Das wäre geradezu eine Einladung. Überdies beweisen wir seiner Majestät unsere Treue, wenn wir die Offiziere zu Gast haben. Wenn der König siegt, werden wir dafür belohnt. Ich beabsichtige, bei meinem Aufenthalt in London

kundzutun, daß ich auf Seiten des Parlaments stehe. Du mußt wissen, Doll: Man kann nicht vorhersehen, wie die Würfel fallen werden. Doch wenn dieser Kampf entschieden ist, wird Josiah Taverner auf der Seite der Sieger stehen. Ich werde nicht zusehen, wie mein Lebenswerk durch einen Krieg zerstört wird.«

Doll merkte, daß sein Plan einleuchtend war, doch das änderte nichts an der namenlosen Angst, die von ihr Besitz ergriff.

»Du bist entschlossen zu reisen?«

»Morgen früh.«

»Die Straßen sind nicht sicher, das hast du mir selbst gesagt. Wenn nun –«

»Wir müssen in Gott vertrauen, meine Liebe. Wir haben alles Menschenmögliche getan, der Rest obliegt himmlischer Fügung, da bist du doch gewiß meiner Ansicht.«

Josiah führte häufig Gott ins Feld, um ein Streitgespräch zu beenden, wenn er bereits eine Entscheidung getroffen hatte. Doll wußte, daß Widerspruch von Anbeginn an sinnlos gewesen war, doch ihre Angst war so bedrängend, daß sie unwillkürlich zu bitten begann. Das hatte sie noch nie zuvor getan. Früher waren die Reisen ihres Gatten eine willkommene Abwechslung gewesen, doch nun, da es in der Stadt vor Soldaten nur so wimmelte, war alles anders.

Er beugte sich wieder vor. »Ich bin dir dankbar für deine Fürsorge, Doll. Du bist nicht immer so entgegenkommend gewesen, was mich, so muß ich sagen, betrübt hat.«

Sie sah ihn flüchtig an, um festzustellen, ob er sich über sie lustig machte, doch sie konnte es nicht erkennen. Auf seine schwerfällige Art fuhr er fort: »Zweifellos ist die

Ehe ein heiliges Sakrament, doch ich halte sie auch für eine Art Handel. Für gewöhnlich möchte man sich darüber nicht in Einzelheiten ergehen, doch in Zeiten wie diesen sind einige unmißverständliche Worte angebracht. Ich lasse dich hier allein zurück, Doll, weil ich das für einen notwendigen Schritt für unsere gemeinsame Zukunft halte, nicht um meiner eigenen Sicherheit willen. Damit muß ich dir eine schwere Last der Verantwortung aufladen und in dich vertrauen. Ich hoffe und bete, daß du dich dieses Vertrauens als würdig erweist. Ich muß dir wohl nicht in Erinnerung rufen, Doll, wieviel du mir verdankst –«

Sie legte die Hand über die Augen. »Nein –« Sie wünschte sich, er würde innehalten.

»Jede Frau ist ihrem Gatten verpflichtet, doch du, Doll, verdankst mir sogar dein Leben. Alles, was du besitzt, dein gesamtes Dasein ist meinem Einsatz für dich zu verdanken. Ohne mich –«

Sie stand auf. »Ich weiß«, hauchte sie, »ich weiß. Du brauchst nicht –«

Auch er erhob sich. »Ich wünschte, mich nicht zu einer solchen Unterredung gezwungen zu fühlen, Doll, doch ich muß sagen, daß ich in jüngerer Zeit häufig Anlaß zu Unzufriedenheit hatte. Unsere Ehe, wie wohl auch dir nicht entgangen ist, gestaltet sich nicht so, wie ich es mir erwartet hatte. Ich will nicht soweit gehen, zu sagen, daß du deinen Pflichten nicht nachkommst, und ich bin weiß Gott ein geduldiger Mann. Doch in dieser Stunde der Gefahr bekommst du die Gelegenheit, dich erkenntlich zu zeigen für all das Gute, das ich für dich getan habe.«

Doll schien eine große Last auf der Brust zu liegen, die ihr das Sprechen erschwerte, doch mit Mühe brachte sie hervor: »Ich habe dir nie Grund zur Klage gegeben.«
Er senkte ein wenig den Kopf wie ein Stier und kam mit seinem fetten Gesicht dicht zu ihrem, als er sagte: »Doll, du hast mir nie auch nur das Geringste gegeben.«
Sie zuckte zusammen. »Ich werde mich bemühen, unser Heim zu schützen.«
»Gut.«
Die altbekannte Wut brandete in ihr auf. »Wenn sie nur versuchen, Hand daran zu legen, wird es mir ein Vergnügen sein, jeden einzeln zu töten.«
»Ja, meine Liebe, ich glaube wohl, daß du das tun könntest. Doch das steht nicht in meiner Absicht, ganz im Gegenteil. Du wirst liebenswürdig sein zu den Offizieren, während ich fort bin, Doll, es wird keinerlei Wutausbrüche geben, hast du das verstanden? Ich möchte auch nicht hören müssen, daß sie seltsame Krankheiten bekommen und ihnen die heidnischen Tränke deiner Großmutter verabreicht werden, oder du wirst dich vor mir verantworten müssen, wenn ich zurückkomme. Setz deine weiblichen Künste ein, meine Liebe, das Wohlwollen der Soldaten ist unser bester Schutz.«
»Ich werde mich bemühen.«
»So ist es recht. Denn glaube mir, Doll: Ich werde über alles im Bilde sein, was sich hier ereignet, so weit ich auch entfernt sein mag. Man wird mir regelmäßig Bericht erstatten. Habe ich mich verständlich ausgedrückt?«
Wieder fiel ihr das Atmen schwer. Sie legte die Hand auf die Brust, als könne sie ihren rasenden Herzschlag verlangsamen.

»Bussell?« fragte sie. Sie hegte schon lange den Verdacht, daß der Verwalter ihr feindlich gesonnen war.
»Warum sollte ich meine Quelle preisgeben? Überdies habe ich mehr als nur eine. Du solltest doch wissen, daß ich nichts dem Zufall überlasse.«
Unversehens schienen ihre Kleider ihr wie Bleigewichte, und die Luft im Zimmer war dick und übelriechend. Sie ging zum Fenster, entriegelte es hastig und stieß es auf. Nur ein Atemzug der kühlen Nachtluft, dann hatte Josiah das Fenster wieder zugezogen.
»Willst du, daß ich mir den Tod hole?« fragte er zornig.
»Ich kann nicht atmen.«
»Was für ein Unsinn. Gewiß kannst du atmen. Mach dich wieder an die Arbeit.«
»Laß mich das Fenster öffnen.«
»Nein.« Er baute sich vor ihr auf. Sie hob die Hände, um sich zu widersetzen. Ihre Lunge brannte. »Du meinst, du kannst dich meiner entledigen, indem du mich erfrieren läßt. Diesmal nicht, Doll.«
Sie starrten einander an.
»Ich brauche frische Luft.«
»Genug davon, Doll. Die Arbeit wartet auf dich. Setz dich hin und näh. Das ist nicht zuviel verlangt, wo ich dir alles gegeben habe.«
Seine Worte stürzten auf sie herab wie Fallbeile. »Nein –«, keuchte sie. Sie schwankte, ihre Augen weiteten sich, und sie hob die Hand, als wolle sie ihn beiseite drängen. Er fing ihren Arm leichthin ab, und als er sie berührte, brach sie ohnmächtig zusammen.
Es dauerte nur wenige Augenblicke. Josiah stand über ihr, als sie die Augen öffnete.

»Hol Nona«, murmelte sie. »Mir ist nicht wohl.«
Josiah lächelte. »Keiner deiner fremdländischen Kniffe, Doll. Damit erreichst du bei mir nicht mehr soviel wie früher. Dieser letzte Abend gehört uns beiden allein.«
Nach einigen Augenblicken kam sie wieder zu Kräften. Sie erhob sich langsam und schleppte sich zu ihrem Stuhl. Sie legte die Hand über die Augen. Auch Josiah ließ sich nieder und wartete geduldig, bis sie ihre Näharbeit wieder aufnahm.
Und so saßen sie am Feuer, ein ruhiges Bild ehelicher Vertrautheit, der Mann lächelnd, während seine Frau bis spät in die Nacht hinein ihre Näharbeit erledigte.

Keiner, der Zeuge von Josiahs Abreise am darauffolgenden Morgen wurde, hätte ein solch qualvolles Vorkommnis vermutet. Die Ehegatten waren darauf bedacht, sich vor den Augen der Öffentlichkeit in aller Einigkeit zu zeigen. Josiah, weil es ihm gefiel, als treusorgender Familienvater gesehen zu werden, seine Gattin, weil ihre Macht im Hause von ihrer Stellung als seine Vertretung abhing. Im Morgengrauen hatte Josiah sich über eine Stunde mit Bussell eingeschlossen, und Doll verspürte keine Neigung, in Gegenwart seines langnasigen Verwalters die zweite Geige zu spielen.
Nach außen hin machte sie einen gelassenen Eindruck, doch in ihrem Inneren herrschte Aufruhr. Über die Jahre war es immer wieder einmal vorgekommen, daß ihre Wut und ihre Erbitterung so heftig wurden, daß sie meinte, zerspringen oder etwas zerstören zu müssen oder aber den Verstand zu verlieren. Ihre eiserne Selbstbeherrschung untersagte es ihr, Anzeichen von Schwäche zu

zeigen. Der Ausbruch fand innerlich statt: Sie wurde ohnmächtig. Nur für ein, zwei Augenblicke, doch danach fühlte sie sich immer eine Weile schwach. Bislang war es ihr stets gelungen, diese kleinen Tode, wie sie die Ohnmachten nannte, vor jedermann außer Nona zu verbergen.
Nun bemühte sie sich, jegliche Erinnerung an ihre Demütigung vom vorherigen Abend in sich auszulöschen. Wenn sie an Josiahs Worte dachte, so trugen sie lediglich zu ihrer Verwirrung bei. Was hätte sie ihm denn geben sollen?
Ihren morgendlichen Pflichten ging sie mit der ihr eigenen Tüchtigkeit nach. Der Alltäglichkeit der Handreichungen wohnte etwas Tröstliches inne. Wenn sie sich mit Kehren, Polieren und der Zusammenstellung des Speiseplans beschäftigte, blieb weniger Raum für Gedanken. Dann mochte es ihr gelingen, die dunklen, namenlosen Ängste zu vertreiben, die sich in jeder Ruhepause einfanden. Als sie soeben in ihr Schlafgemach zurückgekehrt war, hatte sie geglaubt, an der Wandtäfelung, hinter der sich die Predigerhöhle verbarg, eine Bewegung gesehen zu haben. Und sogleich kam ihr wieder in den Sinn, daß sich hinter dem glatten Eichenholz ein Mann verstecken mochte. Ein Mann mit bleichem, blutleeren Gesicht und Augen wie Glasscherben.
So war es kein Wunder, daß sie nicht wie üblich in Hochstimmung geriet, als sie Josiahs massige Gestalt in der Ferne verschwinden sah. Sonst waren die Dienstboten an den Tagen, an denen er abreiste, immer erstaunt, sie bei der Arbeit singen zu hören, und die Kinder wurden gehätschelt und besonders verwöhnt.

Doch an diesem Tag war alles anders. An diesem Tag marschierte ein Trupp Soldaten durch die Stadt zum Exerzierplatz. Die Einwohner sahen ihnen mit ausdrucksloser Miene nach. Furcht schien in der Luft zu liegen. Nur die kleine Jinny Crew und ihre Brüder hüpften im Rhythmus der Trommeln neben den Männern her.

Josiah war verschwunden. Doll war allein. Zum zweiten Mal in ihrem Leben allein in einem Land, in dem Soldaten die Macht hatten. Die Jahre verflogen, als hätte es sie nie gegeben. Sie schloß die Augen, sammelte ihre Kräfte. Als sie sie wieder aufschlug, sah sie Major Darbier, der von seinem Pferd glitt, sie grüßte und auf sie zukam.

»Ich habe vernommen, daß Euer Gatte uns verlassen mußte«, sagte er. Seine Wangen waren gerötet von dem morgendlichen Ritt. Die Angst in ihren Augen bei ihrer ersten Begegnung war ihm nicht entgangen. Es befriedigte ihn, daß die kühle und unnahbare Mistress Taverner in ihm eine Bedrohung sah, und er fügte hinzu: »Dann seid Ihr nun allein.«

Doll kam der Gedanke, daß ihr Gatte nun geraume Zeit in der Ferne weilen würde, welche Kunde ihm auch von seinen Spionen überbracht würde. Unversehens überkam sie der Drang, dem widerwärtigen Major mitzuteilen, daß er in ihrem Hause nicht länger willkommen sei und unverzüglich aufzubrechen habe. Sie würde Josiahs Zorn ertragen müssen, doch sollte sie das nicht in Kauf nehmen, wenn sie dafür einmal im Leben aufrichtig sein durfte? Sie hörte Josiahs Stimme: »Du wirst liebenswürdig sein zu den Offizieren, Doll. Ihr Wohlwollen ist unser bester Schutz.«

Sie wandte sich zu Paul Darbier, vermied es jedoch, ihm

in die Augen zu sehen. »Ja, er bat mich, ihn bei Euch und Hauptmann Sutton zu entschuldigen. Es ist nun meine Aufgabe, dafür zu sorgen, daß es Euch in seinem Haus an nichts fehlt.«

Darbier grinste wie ein Fuchs, dem man soeben die Schlüssel zum Hühnerstall überreicht hat. »Wie außerordentlich großzügig von ihm. Wir sollten uns wirklich bemühen, uns die Zeit seiner Abwesenheit so unterhaltsam wie möglich zu gestalten.«

Er bot ihr den Arm. Doll zögerte nur einen winzigen Augenblick, bevor sie ihn nahm, und dann schritten die beiden, freundschaftlich, wie es den Anschein hatte, den breiten Weg zu ihrem Haus entlang; Dolls Röcke streiften Rosmarin- und Thymiansträucher, die einen durchdringenden Geruch verströmten.

Josiah war nicht minder bestürzt über die Ereignisse des Vorabends als seine Gattin. Wie sie gestattete auch er es sich nicht, seine wahren Gefühle zu offenbaren.

Schon von klein auf war er es gewöhnt, wenig Zuneigung zu bekommen. Mit seinem gewaltigen Schädel und seiner schwerfälligen Art war es ihm nie gelungen, andere für sich einzunehmen. Selbst seine eigene Mutter, seine sanfte, fromme Mutter, hatte seine Geschwister stets bevorzugt. Sie waren viel lebhafter als er, sie lachten gemeinsam und vergnügten sich mit Spielen, von denen er ausgeschlossen blieb. Der ungeschickte tolpatschige Josiah, der allen eine Last war und von keinem vermißt wurde.

Er war in Priory House geboren und im katholischen Glauben aufgezogen worden. Er lag noch beinahe in den

Windeln, als ihm bereits die Gerüchte über sein Heim und seine Familie zu Ohren kamen. Weil die Taverners zu Wohlstand gekommen waren und dann ihr Haus unweit der Ruine des alten Klosters erbaut hatten, glaubte man gemeinhin, daß die Familie vom Unglück verfolgt sei. Und wahrhaftig hatte kein Vater der Taverners das Mannesalter seines Erben erleben dürfen. In jenen Zeiten erreichten die Menschen selten ein hohes Alter, doch mit den Taverners meinte es das Schicksal nicht gut. Josiahs eigenen Vater hatte man ins Gefängnis geworfen, als der Prediger im Haus entdeckt wurde, und er war an der Pest gestorben, bevor man ihm den Prozeß machen konnte. Josiah war neun Jahre alt gewesen. Damals hatte er begonnen, die Religion zu hassen, der sein Vater zum Opfer gefallen war und der seine Mutter noch immer mit großer Leidenschaft anhing. Er behielt seine Gedanken für sich. Er wurde auch selten nach seiner Meinung gefragt.

Doch im Laufe der Zeit entdeckte er seine einzige Fähigkeit: zu überleben. Seine niedlichen Schwestern und liebenswerten Brüder starben nach und nach durch Unfälle oder Krankheiten, bis nurmehr er und sein ältester Bruder verblieben; ihre Mutter, vom Kummer niedergeschmettert, zog sich in ihr verdunkeltes Schlafgemach zurück und verschied bald darauf. Da verließ Josiah sein Elternhaus und verdingte sich als Söldner in den deutschen Kriegen. In gewisser Weise hoffte er, sein Leben für eine ruhmreiche Sache verlieren zu können, denn es kam ihm nicht recht vor, daß er überleben sollte, wo seine Geschwister dahingerafft worden waren. Er wußte, daß seine Mutter darüber nachgegrübelt hatte, weshalb

das Schicksal so grausam mit ihr umsprang und das Kind verschonte, dem sie am wenigsten zugetan war.
Er kämpfte für die Protestanten mit dem ganzen Eifer des Bekehrten. Zu Anfang war er entsetzt über das Leid der Menschen, in deren Landstrichen der Krieg wütete. Nach einer Weile jedoch bemerkte er es nicht einmal mehr.
Bis er Doll fand. Sie war so allein und hilflos. Nur er konnte sie noch vor dem Ende bewahren. Als er das leblose Mädchen auf den Arm nahm, sah Josiah sich zum ersten und einzigen Mal in seinem Leben nicht mehr als häßliche Mißgeburt, sondern als tapferen Ritter. Für den Rest der Welt mochte er ein grausamer Scherz der Schöpfung sein, doch dieses verletzliche Kind stand auf ewig in seiner Schuld. Sie war wie Ruth, heimatlos inmitten fremder Ähren, und er wollte sie aufziehen wie Boas. Und sie würde ihm dankbar sein. Seine kleine Doll; es war gewiß Zufall, daß ihr Name auf englisch auch das Wort für ein Spielzeug war. In seiner schönen Doll hatte er schließlich ein Wesen gefunden, das seine Liebe erwidern würde.
Es dauerte ein Weilchen, bis er dahinterkam, daß auch dieser Wunsch, wie all die anderen, nicht in Erfüllung gehen würde. In jenen ersten Monaten und Jahren war sie so erschüttert, daß man leicht Gründe fand für ihre Kühle – zwei Jahre lang sprach sie kaum ein Wort. Doch dann kam die Zeit, in der er nicht umhin konnte, zu bemerken, daß sie sich stets veränderte, wenn er den Raum betrat, daß sie auf einmal nicht mehr sprach oder sang, daß ihr Gesicht starr und kalt wurde. Es entging ihm auch nicht, wie angewidert sie aussah, wenn er sich ihr im Bett näherte.

Und sie gestattete es ihm nicht, ihr beim Tanzen zuzusehen.
Wenn sie ihm auch nur ein klein wenig Zuneigung gezeigt hätte, hätte er sich bemüht, ihr ein freundlicher, sogar ein gütiger Gatte zu sein, doch sie versagte ihm jede Wärme. Sie verweigerte sich nie offen, wandte sich nie gegen ihn, doch sie tat auch keinen Schritt auf ihn zu. Nicht ein einziges Mal hatte sie seine Gesellschaft gesucht oder war zu ihm gekommen, um ihm etwas Alltägliches über die Kinder oder den Haushalt zu erzählen. Er wußte nur allzugut, wie sie auflebte, wenn er eine Reise unternahm, wie sie sich verschloß, sobald er zurückkehrte.
Vor Jahren hatte er sie gerettet, ja; doch sie hatte keine Freiheit gewonnen durch diese Rettung. Ganz im Gegenteil, seine Handlung hatte sie zu seiner Gefangenen gemacht, und im Gegenzug erlaubte sie es ihm nicht, ihre Ketten auch nur für einen Augenblick zu vergessen.
Josiah wußte nicht mehr, wie oft er mit dem Gedanken gespielt hatte, sich ihrer zu entledigen. Sie hatte keine Verwandtschaft in diesem Land, die sich auf ihre Seite schlagen konnte, es konnte demnach nicht allzu schwierig sein – umständlich vielleicht oder unerquicklich, jedoch vollkommen berechtigt. Er sagte sich, daß lediglich die Angst vor ihrer Großmutter, dieser alten Hexe, die über Doll wachte, seit er sie kannte, ihn davon abhielt; doch hier machte Josiah sich selbst etwas vor, wie auch in so vielem anderen. Wenn er entschlossen genug gewesen wäre, hätte er sich auch der alten Frau entledigen können. In Wirklichkeit jedoch fürchtete er das Aufsehen. Da er wußte, wie wenig man ihn als Menschen

schätzte, hielt er beharrlich an allem fest, was ihm Achtung verschaffte. Seine vielen Feinde wären hocherfreut, wenn sein Ruf Schaden nahm, und diese Freude wollte er ihnen nicht gönnen. Seine Ehe mochte ein Trugbild sein und nicht die glückliche Verbindung, die er sich erhofft hatte, doch sie würde nicht zum Gespött der Leute werden.

Überdies hoffte Josiah Taverner in seinem tiefsten Innersten noch immer, daß seine schöne Frau eines Tages, wenn schon nicht Liebe, so doch wenigstens ein klein wenig Dankbarkeit oder Zuneigung für ihn empfinden mochte.

Guter Gott, war das etwa zuviel verlangt?

Er wußte, daß er wenig Grund zum Klagen hatte. Er war reichlich entschädigt worden: Sein älterer Bruder war einige Monate vor Josiahs Rückkehr aus Deutschland gestorben und hatte ihm Priory House und das kränkelnde Familienunternehmen vererbt. Josiah brachte die Schonungslosigkeit zum Einsatz, die er sich während des Krieges angeeignet hatte, und entdeckte die suchterregenden Freuden des Gelderwerbs. Es kümmerte ihn nun weniger, daß man ihn nicht mochte; er wurde gefürchtet und geachtet, und das war ein befriedigender Ersatz für Zuneigung. Er war nun eine bedeutende Gestalt in der Grafschaft. Macht war ebenso berauschend wie Geld; wiederholt hatte er kleinere Händler einzig aus dem Grund zerstört, seine Stärke unter Beweis zu stellen.

So verfuhr er auch mit seiner Gattin. Doll mochte ihn nicht; offenbar war sie außerstande dazu. Nun gut, dann mußte er sein Vergnügen eben aus seiner Macht über sie beziehen. Er überhäufte sie mit schönen Kleidern und kostbaren Juwelen und wußte, daß er ihr all das jederzeit wegnehmen konnte. Er sah sie gerne mit den Kindern; auch die würde sie aufgeben müssen, falls er je Grund hatte, sie wegzuschicken. Ein- oder zweimal hatte er mit dem Gedanken gespielt, sie des Hauses zu verweisen, bis sie ihm erlaubte, ihr beim Tanzen zuzusehen, doch aus irgendeinem Grund hatte er es dann nicht getan; vielleicht bewog ihn ein letzter Rest Menschlichkeit dazu, oder aber er wollte seinen stärksten Trumpf nicht zu früh ausspielen.

Doch worüber sich Josiah Taverner seltsamerweise keinerlei Sorgen machte, als er mit einem beträchtlichen Anteil seiner Habe in den Säumen seiner Bekleidung Tilsbury verließ, das war die Treue seiner Gattin. Er hatte sie oft genug beobachtet, um zu wissen, daß der Abscheu, den sie vor ihm empfand, sich weitgehend auf alle Angehörigen seines Geschlechts bezog. Die Warnung, die er ihr am Vorabend erteilt hatte, sollte ihr lediglich vor Augen halten, daß seine Macht über sie trotz seiner Abwesenheit nicht an Wirkung verlor.

Stephen brachte den längsten Teil des Tages damit zu, die Stadtgrenzen zu erkunden, um herauszufinden, was zur Verteidigung der Ansiedlung vonnöten sein würde. Da Tilsbury nur aus jeweils einer Reihe Häuser entlang der breiten Hauptstraße bestand, in deren Mitte man auf das Marktkreuz stieß, wäre es vergebens gewesen, über seine Befestigungen nachzusinnen, hätte sich nicht der Fluß angeboten, der längs der Gärten gen Süden floß und eine naturgegebene Grenze bildete. Wenn man entlang der Hecken im Norden einen Graben und einen Wall anlegte, würde die Garnison sich wohl eine Weile halten können. Er nahm auch die Klosterruine erneut in Augenschein, um festzustellen, ob sie als Munitionslager tauglich war; er hatte einmal mit angesehen, wie ein Munitionswagen in der Nähe von Wohnhäusern explodiert war, und wollte dergleichen nicht noch einmal erleben.

Am Spätnachmittag, als Stephen zur Stadt zurückritt, stieß er auf eine Kolonne von Soldaten, die müde einen Abhang hinuntertrotteten. Die Farben ihrer Uniformen waren ihm nicht bekannt, doch er erriet sogleich, daß es sich um die Verstärkung handelte, die er erwartete.

Die Truppe wurde von zwei Männern angeführt, die wie eine Verkörperung von Gut und Böse aussahen. Der Jüngere war von fast mädchenhafter Schönheit: Er hatte goldbraune Locken, glatte Haut und mandelförmige nußbraune Augen. Seinen Begleiter hätte man sich eher in einem Bärenfell als in Reitkleidung vorstellen können: Er war ein behaartes Ungeheuer von einem Mann mit einem Gesicht, das so knorrig und verwittert war wie Wurzeln eines uralten Baums.

»Hauptmann Sutton?« fragte der Schöne.

Stephen nickte.

»Ich bin Leutnant Charles Donnelly, und das hier ist Feldwebel Michael O'Rourke. Wir haben Befehl, uns bei Euch zu melden, Sir.«

Stephen betrachtete sie einen Augenblick schweigend. »Seid Ihr *alle* Iren?« fragte er.

»Ja, Sir.« Leutnant Charles Donnelly stand noch etwas strammer, und seine Wangen verfärbten sich rosa. »Wir haben letzten November in Chester angelegt.«

Stephen war nicht erfreut über diese Nachricht. Er selbst

war Iren nicht feindlich gesonnen, doch er ahnte, wie den guten Leuten von Tilsbury zumute sein würde, wenn sie nicht nur weitere Soldaten versorgen mußten, sondern obendrein Iren. Den Iren eilte in diesem Krieg ein Ruf von Gewalttätigkeit voraus, der nicht ganz berechtigt war; im Gegensatz zu ihren englischen Kameraden konnten sie sich nicht ergeben. Irische Gefangene liefen Gefahr, wie gemeine Verbrecher gehängt zu werden, wenn sie von den Parlamentstruppen gefaßt wurden.
Doch keiner dieser Gedanken war seiner Miene anzusehen, als er sagte: »Gut, Leutnant Donnelly, folgt mir. Bis zum Abend werden wir Euren Männern eine Unterkunft verschaffen.«
Als sie sich der Stadt näherten, fiel Stephens Blick zufällig auf den Obstgarten am Priory House. Was er dort sah, veranlaßte ihn zuerst zu einem Grinsen, dann zu einem Stirnrunzeln, und schließlich wies er den Iren den Weg zum Lion und nahm sich der Sache an.
Man hielt ein Turnier ab. Harry saß auf Bonnet, war mit einem Haselnußzweig bewaffnet und trat gegen einen ungleichen Gegner an: seinen kleinen Bruder, der auf Jacks Schultern hockte.
»Schneller, schneller!« kreischte Philip und trat seinem Roß erbarmungslos in die Seiten.
Jack wirbelte gehorsam herum, packte die zappelnden Beine mit beiden Händen und rannte auf das kleine Pony zu. Harry trieb Bonnet mit einem markerschütternden Schrei an, und alle vier prallten zusammen und landeten auf einem Haufen, aus dem sich nur Bonnet befreien konnte. Sie trottete davon, bis sie in sicherer Entfernung war, und betrachtete das Treiben.

Als Stephen auf das lachende Menschenknäuel zuschritt, mußte er sich bemühen, ernste Miene zu machen.
»Fähnrich Skipton, was tut Ihr hier?«
Fähnrich Skipton, der gegenwärtig als Pferd diente, schob ein kleines Bein von seinem Gesicht und setzte sich lachend auf. »Ich sorge für ein gutes Einvernehmen mit der Bevölkerung, Sir«, antwortete er.
»Bestimmt tut Ihr das in bester Absicht, doch Mistress Taverner hat ausdrücklich darauf hingewiesen, daß sie keine Annäherung zwischen ihren Kindern und den Angehörigen des Heers wünscht.«
Philip hatte sich aufgerappelt und warf sich nun mit voller Wucht gegen den Fähnrich, der sich gehorsam fallen ließ.
»Jack, erhebt Euch unverzüglich.«
»Ja, Hauptmann Sutton, Sir.«
»So ist es besser. Gewiß warten wichtigere Aufgaben auf Euch.«
»Aber es kam keiner dabei zu Schaden, Hauptmann Sutton, es war nur ein Spiel.«
»Keine Spiele mehr, Jack, das ist ein Befehl.« Stephen merkte, daß es sinnlos wäre, seinem Fähnrich, der selbst ein großes Kind war, den Grund erläutern zu wollen. »Verschwindet nun.«
Als Stephen sich von den enttäuschten Kindern entfernte, sann er darüber nach, daß Kriege die Eigenschaft hatten, Schwierigkeiten zu schaffen, die in militärischen Handbüchern niemals vorkamen.

Tilsbury war bereits überfüllt, doch nachdem die vierzig Iren auch noch Quartier bezogen hatten, platzte das

Städtchen beinahe aus den Nähten. Nur Priory House blieb vor weiteren Gästen verschont; lediglich auf dem Heuboden über dem Stall kamen noch ein paar Soldaten unter. Josiah hatte recht behalten, als er sagte, das Wohlwollen der Offiziere sei ihr bester Schutz: Paul Darbier war nicht bereit, wegen der Verstärkungstruppe auf seine Bequemlichkeiten zu verzichten. Andere sollten umziehen, er nicht. Er war der Ansicht, daß er König Karl einen großen Gefallen erwies, indem er ihm treu diente: Jeder zusätzliche Einsatz war überflüssig. Doll war froh, daß ihnen weitere Belastungen erspart blieben, doch es war ihr nicht möglich, darüber hinwegzusehen, daß sie von Soldaten umgeben war.

In der kleinen Stadt, in der jeder jeden kannte und sich Neuigkeiten binnen ein, zwei Stunden verbreiteten, wimmelte es nun vor Fremden. Im Lion wurden mit unbekanntem Akzent Witze erzählt und Lieder gegrölt. Und wie sollte man so viele Mäuler füttern?

Die Dienstboten, die alle aus der Stadt stammten, waren ängstlich und unaufmerksam; es gab bereits Gerüchte über Faustkämpfe; der Schlosser machte gute Geschäfte; ein, zwei Hausfrauen hatten sich beim Richter über Diebstähle beklagt, doch er hatte sie an Major Darbier verwiesen, und es war bekannt, daß Soldaten ihresgleichen deckten.

Doll wäre erstaunt gewesen, wenn sie erfahren hätte, daß die beiden Menschen, die das Eintreffen der Iren am meisten beunruhigte, ihre eigenen Kinder Harry und Beth waren.

Am Vorabend hatte Cary sich in den blutrünstigen Einzelheiten der Belagerung von Shrewsbury ergangen. Als sie hernach in Schlaf sank, entging es ihr völlig, daß Beth noch eine ganze Weile still vor sich hin weinte. Sie fand es schrecklich, daß man all die armen Hunde und Katzen mit brennenden Holz am Bauch über die Stadtmauer geworfen hatte. Die kopflosen Tiere waren in die Reihen der Belagerer gerast und hatten dort für Aufruhr gesorgt, wie es die Absicht gewesen war, und, hatte Cary hinzugefügt, auch die Belagerten erheitert, bevor die Tiere entweder getötet wurden oder verbrannten. Beth konnte sich nicht vorstellen, wie Menschen so grausam sein konnten. Am nächsten Abend sorgte sie dafür, daß ihre beiden Lieblingskatzen bei ihr waren, als sie zu Bett ging. Mit Grauen wartete sie auf Carys Eintreffen. Ihre schweren Schritte auf der Treppe, die Tür, die sich knarrend öffnete, Carys unschuldiges, ahnungsloses Gesicht. Beth zog sich die Decke bis ans Kinn und harrte der gräßlichen Geschichten, die es an diesem Abend geben würde.

»Iren«, verkündete Cary unheilschwanger und schüttelte ihr fülliges braunes Haar aus. »Wir haben vorher gemeint, wir hätten's nicht leicht, dabei ging's uns gut. Jetzt ist Tilsbury von papistischen Teufeln heimgesucht worden, und der Himmel weiß, wo das noch hinführen mag.«
»Teufel?« erkundigte sich Harry, der Carys Geschichten ebenso spannend wie fürchterlich fand.
»Jeder einzelne von denen.«
»Aber kämpfen die Iren denn nicht auch für König Karl?«
»Nur solange es ihnen paßt. Wenn das Parlamentsheer besiegt sein wird, werden sie sich gnadenlos gegen den

König erheben. Und gegen alle Engländer. Diese Heiden, nur aufs Blutvergießen verstehen sie sich, und sie könnten nicht aufhören, Menschen umzubringen, selbst wenn sie wollten.«

»Heiden?« fragte Harry, der ein aufgeweckter Bursche war. »Hattest du nicht gesagt, sie seien Papisten?«

Cary sah ihn mit ihren großen unschuldigen Augen an, denen keiner mißtrauen konnte. »Jünger des Antichristen«, sagte sie entschieden. »Hast du noch nie davon gehört, wie die Iren sind?«

»Nein.« Harry war bereit, jegliche Unwissenheit einzugestehen, wenn er im Austausch eine von Carys erstaunlichen Geschichten zu hören bekam. Beth hätte sich am liebsten die Ohren zugehalten und die Augen zugekniffen, doch wider Willen lauschte sie aufmerksamer denn je.

»Sie sind ein Volk, das kein Mitleid kennt. Als sie sich vor drei Jahren gegen die Engländer erhoben, war dies der schrecklichste, barbarischste, fürchterlichste Aufstand, den es je gegeben hat. Wollt ihr wissen, was sie getan haben?«

»Menschen umgebracht?« fragte Beth, die hoffte, es möglichst rasch hinter sich bringen zu können.

»Tst. Im Krieg tötet jeder, aber die Iren waren viel schlimmer. Sie haben Mütter und Väter gezwungen, zuzusehen, wie ihre Kinder aufgespießt und über dem Feuer gebraten wurden wie Schweine. Sie wuschen sich die Hände im Blut ihrer Opfer. Und Gott helf, wenn sie eine Schwangere fanden: Der haben sie das Kind aus dem Leib geschnitten und es auf eine Pike gespießt, während die Mutter zuschauen mußte, und dann haben sie ihm den

Kopf abgehackt. Und alte Leute haben sie bei lebendigem Leib im Ofen gebraten, und das war Ewigkeiten, bevor … Beth, ist alles in Ordnung?«

»Ich glaube, ihr wird übel«, bemerkte Harry.

»Nein, wird mir nicht«, schniefte Beth empört. »Aber ich möchte lieber nichts mehr über die Iren hören, wenigstens heute abend nicht.«

Cary stapfte zu ihrem Bett und blickte nachdenklich auf das Mädchen hinunter. »Hast du etwas Schlechtes gegessen?« fragte sie fürsorglich.

Beth war zutiefst beschämt. »Mir geht es gut, wirklich. Ich glaube, ich werde jetzt schlafen, Cary.«

»Das ist ein guter Gedanke«, sagte Cary aufmunternd, als sie zu ihrem Bett zurückkehrte. »Schlafen wir, soviel wir können, bevor die mörderischen Iren über uns herfallen, was?« Und im nächsten Augenblick war sie in einen tiefen traumlosen Schlaf gesunken, ganz wie es ihre Art war.

Daher war es nicht verwunderlich, daß Beth ein Schrei entfuhr, als der jüngst eingetroffene Feldwebel Michael O'Rourke am nächsten Tag an der Hintertür von Priory House klopfte. Sie war ihrer Mutter in die Küche gefolgt, um die letzten Handreichungen für das Mahl der Offiziere zu verfolgen, und beim Anblick des Iren wurde sie kreidebleich und sank auf einen kleinen Stuhl neben dem Herdfeuer.

O'Rourke bot wahrhaftig einen furchterregenden Anblick, und wenn Beth sich von einem menschlichen Wesen vorstellen konnte, daß es der Greueltaten fähig war, die Cary ihnen geschildert hatte, dann war es dieser

Mann. Ein vernarbtes, zerfurchtes Gesicht, ein wilder gescheckter Haarschopf und Augen, die unter dichten buschigen Brauen hervorspähten. Und als er sprach, vernahm sie einen ihr fremden Akzent.

Sie war nicht die einzige Person, die über ihn erschrak. Mabs kreischte und ließ die Schöpfkelle fallen, und Doll richtete sich kerzengerade auf und sagte kalt: »Ihr müßt Euch im Haus geirrt haben. Wir haben bereits unser Maß an Soldaten aufgenommen.«

Er tippte sich auf seinen gewaltigen Schädel und sagte: »Ich suche Jack, Ma'am.«

»Wen?«

»Fähnrich Skipton, Ma'am. Er hat ein paar von uns auf einen Krug Ale und ein bißchen Musik eingeladen.«

»Wie?«

Beth beobachtete ihre Mutter ängstlich; sie kannte die Ausbrüche, die auf diese angestrengte Beherrschung folgten, nur allzugut.

»Ich bin auf der Suche nach Jack, Ma'am.«

Mabs, die sich gefaßt hatte, als sie ihre Schöpfkelle wieder in der Hand hielt, erklärte: »Er meint den jungen Burschen, der mitten in der Nacht eingetroffen ist. Der mit Hauptmann Sutton befreundet ist.«

»Du meinst den Trottel, der immer etwas umstößt?«

Mabs lächelte nachsichtig; sie hatte Jack schon ins Herz geschlossen. »Eben der.«

»Er ist nicht hier«, teilte Doll dem Soldaten entschieden mit. »Im Gegensatz zu Euch hat er zu arbeiten. Überdies hat er Besseres zu tun, als irgendwo hereinzuplatzen, wo er nicht erwünscht ist und –«

Während Doll mit ihrer Schelte fortfuhr, geriet Beth zusehends in Aufruhr; sich mit einem der mörderischen irischen Papisten anzulegen, war ein tollkühner Akt der Verzweiflung. Wäre Beth weniger verängstigt gewesen, hätte sie bemerkt, daß der schaurige Schurke O'Rourke bereits zur Küchentür zurückwich.

»Und was Tanz angeht«, faßte Doll in unmißverständlichen Worten zusammen, »so werde ich keine heidnischen Lustbarkeiten auf meinem Anwesen dulden. Fähnrich Skipton hat kein Recht, Einladungen auszusprechen, ohne zuvor mein Einverständnis einzuholen, und ich wäre Euch verbunden, wenn Ihr das in Zukunft beachtet und dem Haus fernbleibt.«

»Was hat es mit dem Tanz denn auf sich?«

Doll fuhr herum. Paul Darbier hatte hinter ihr die Küche betreten und brach von einem Kuchen ein kleines Stück ab. Beth, die schon für weniger dreiste Verstöße einen Klaps bekommen hatte, hielt den Atem an.

»Setzt bitte Eure Soldaten davon in Kenntnis, Major, daß sie in diesem Haus schlafen können, doch meine Gastfreundschaft erstreckt sich nicht auf Festlichkeiten –«

»Festlichkeiten, wie? Das ist das Beste, was mir heute zu Ohren kommt«, sagte Paul. »Nun, Mistress Taverner, seid nicht so streng.«

»Wenn sie Musik und Tanz wünschen, müssen sie in den Lion gehen.«

»Ihr wollt ihnen doch gewiß nicht die Freude nehmen. Wir wären ja so schlimm wie die elenden Puritaner im Parlament, wenn wir Musik und Tanz verbieten wollten. Nein, es ist vielmehr unsere Pflicht, sie zu ermuntern. Was hattet Ihr im Sinn, O'Rourke?«

»Nur ein wenig Gesang, Sir. Einer der Männer beherrscht

meisterlich den Dudelsack, und ich hab' es gelernt, ein wenig die Geige zu spielen. Wir bleiben beim Stall, Ma'am, und fallen keinem zur Last.«
Doll wollte ihn eben davon in Kenntnis setzen, wie wenig er ihr in der Tat jemals in ihrem Haus zur Last fallen würde, als Darbier rasch einwarf: »Da seht Ihr's, Mistress Taverner, Ihr habt das Wort des Burschen. Nur zu, O'Rourke, gewiß hat keiner etwas einzuwenden. Hauptmann Sutton und ich stoßen vielleicht noch zu Euch, wenn wir gespeist haben. Und ich möchte wagen, zu behaupten, daß Mistress Taverner selbst in Versuchung geraten mag. Was meint Ihr?«
Doll war blaß geworden. Zwei rote Flecken erschienen auf ihren Wangen. Beth schloß die Augen und wartete darauf, daß der Himmel herabstürzte und die Welt unterging, doch dann hörte sie zu ihrer Verblüffung, wie ihre Mutter mit furchterregend liebenswürdigem Tonfall sagte: »Aber gewiß, Major Darbier, wenn Euch nach Zerstreuung zumute ist, will ich dem nicht im Wege stehen.«

7

An den Wänden der Stallungen hatte man Fackeln aufgestellt, und die Männer wirkten schemenhaft in dem flackernden gelben Licht. In der kalten Nachtluft lag der Geruch von Streu und Pferdedung. Über dem Giebeldach des Hauses stand der Mond blaß und schmal zwischen funkelnden Sternen.

Eine Weile hatten die Männer nur dagehockt und geredet, während Jack sie mit Ale versorgte und sich ihre Geschichten anhörte. Mit seiner Neigung zum Überschwang war er bereits auf dem bestem Wege, ein aufrechter Ire zu werden. Charles Donnelly, der junge Leutnant, dessen engelsgleiches Äußeres in so krassem Gegensatz zu O'Rourkes Erscheinung stand, hatte Jack dargelegt, wie das Parlament in London jedem Mann irisches Land versprochen hatte, der sich im Sieg über die Iren verdient machte. Jack war sogleich aufgebracht über diese Ungerechtigkeit. Michael O'Rourke schüttelte ab und an seinen zottigen Kopf, als der junge Mann die Geschichte ihres Landes schilderte, doch er sprach wenig, sondern zupfte nur ein wenig an seiner Fiedel.

Bald war es zu kalt, um herumzusitzen. Überdies war das Mahl im Hause beendet, und die Dienstmädchen spähten vorsichtig zur Küchentür hinaus und erörterten, ob sie es wagen und sich der munteren Schar zugesellen sollten. Harry und Beth wären erstaunt gewesen, hätten sie gesehen, daß es Cary war, die, ihrer Meinung über die mordlustigen Heiden zum Trotz, sich schließlich ein Herz faßte und hinausging. Sie legte sich einen kurzen Mantel um und trat, Mabs' Beschwörungen ungeachtet, kühn hinaus auf den Hof. Jack, der immer wieder rasch sein Herz verlor, sprang auf sie zu und lud sie zum Tanze ein.

»Das würd' ich schon tun«, sagte sie und betrachtete ihn kühl mit ihren großen klaren Augen, »aber Ihr dürft nicht erwarten, daß ich mich hier den ganzen Abend dem Müßiggang ergebe. Ich muß mich gleich noch um zwei Kinder kümmern.«

»Eure eigenen?« Jack hatte es in der Vergangenheit häufig versäumt, sich nach den Verhältnissen möglicher Gespielinnen zu erkundigen.

»Herr im Himmel, nein«, kicherte Cary. »Ich sehe nach Mistress Taverners Kindern.«

»Dann ist es ja gut«, sagte Jack mit derart offensichtlicher Erleichterung, daß Cary, die beabsichtigt hatte, sich wenigstens fünf Minuten unnahbar und kühl zu geben, laut herausplatzte vor Lachen, und bevor sie sich's versah, lag sein Arm um ihre Taille, und sie wurde herumgewirbelt. Während sie die Runde über den Hof drehte, erwog sie mehrfach, sich zu entziehen, bevor ihr Ruf Schaden nahm. Sie sah immer wieder zu Mabs und Ellen hinüber, die durch die Küchentür spähten, um sich zu versichern, daß sie sich trotz der sonderbaren Musik immer noch auf dem Anwesen der Taverners befand und jederzeit ins Haus zurückschlüpfen konnte.

Harry und Beth, die dem Dudelsack und der Fiedel in

ihrem warmen Schlafzimmer lauschten, warteten bang und gespannt zugleich darauf, daß Cary zu ihnen kam. Beth war zunächst entsetzt gewesen, als sie die große Horde Männer sah, die sich auf dem Hof versammelt hatten, doch nach einer Weile fand sie die seltsamen Lieder tröstlich. Harry war noch immer beunruhigt.
»Meinst du, Vater hätte etwas dagegen?« fragte er. Seit Josiahs Abreise war Harry schmerzhaft bewußt, daß er nun das älteste, männliche Wesen im Hause war, und er spürte eine Last der Verantwortung, die ihm bislang fremd gewesen war.
Beth wußte Rat. »Mutter sagt, Vater will, daß sich die Soldaten hier wohlfühlen, somit ist es bestimmt recht.«
Harry war noch immer unbehaglich zumute. Seit Josiah fort war, spürte er eine neue Anspannung im Haus, die er nicht begreifen konnte, die ihm aber dennoch zu schaffen machte. Als Cary sich nicht sehen ließ, schliefen beide Kinder schließlich ein. Doch die Musik, das Lachen und der Gesang verstummten noch lange nicht.

Nona aß mit den Kindern zu Abend; Doll speiste allein. Ihr stand nicht der Sinn danach, mit den Offizieren das Essen einzunehmen; was höflich gewesen war, als Josiah im Hause weilte, war nun in seiner Abwesenheit undenkbar. Sie ließ sich etwas aufs Zimmer bringen, doch als Ellen das Tablett später abholte, waren die Speisen kaum angerührt. Das Mädchen konnte nicht ahnen, daß die wenigen Bissen, die fehlten, den Hunden zugute gekommen waren.
Doll war viel zu aufgewühlt, um hungrig zu sein. Ihr Zimmer befand sich zwar an der Vorderseite des Hauses,

doch die Musik und die Stimmen waren auch hier unüberhörbar. Es kam ihr vor, als hätte man ihr eingeredet, daß sie in einem Haus aus festem Ziegelstein lebte, der nun zu Sand zerbröselte; all ihre mühsam errungene Sicherheit erwies sich als Lug und Trug.

Doch sie wußte unwillkürlich – besser als jeder andere –, daß man sich ins Unvermeidliche fügen mußte. Man mußte Bussell zugute halten, daß auch er das verstanden hatte.

»Die Soldaten beabsichtigen, heute abend im Hof zu musizieren«, hatte sie ihm nach dem Abendgebet mitgeteilt.

»Musik? Im Priory House? Master Taverner würde das nicht gutheißen.«

Ja, dachte Doll, und du kannst es kaum erwarten, ihm alles zu berichten. Wie immer vermied sie es, den Gehilfen ihres Gatten anzusehen, den er protzig als seinen »Verwalter« bezeichnete. Weder vertraute sie Bussell, noch war er ihr angenehm. Er war eine bemerkenswert abscheuliche Erscheinung mit seinen wässerigen sandfarbenen Augen, seinem schmalen Gesicht und der roten schuppigen Haut.

Kalt sagte sie: »Mein Gatte hat mir die Entscheidung über diese Dinge anvertraut. Er hat keinen Zweifel daran gelassen, daß wir alles tun müssen, um den Wünschen der Soldaten entgegenzukommen.«

»Aha.« Bussell strich sich mit seinen dünnen Fingern übers Gesicht, wie er es auch immer tat, wenn er Rechnungen erstellte. »Dann müssen wir uns wohl beugen. Das ist bedauerlich, doch wenn wir uns widersetzen, laufen wir Gefahr, überstimmt zu werden. Dann wollen wir

nur hoffen, daß dergleichen nicht häufiger vorkommen wird.«
Das war die freundschaftlichste Unterhaltung, die je zwischen ihnen stattgefunden hatte. Wenn sie es sich recht überlegte, kam Doll zu dem Schluß, daß sie den Verwalter ihres Gatten bevorzugte, wenn er sich widerwärtig benahm. Seine aalglatte Höflichkeit war noch verabscheuungswürdiger als seine Garstigkeit.
Sie stand auf und schritt im Zimmer auf und ab. Aus dem Hof war brüllendes Gelächter und lautes Johlen zu vernehmen. Das war zuviel. Sie trat zur Tür, entschlossen, die ganze Bande davonzujagen; dann rief sie sich zur Ordnung. Das war zu gewagt. Sie war die Herrin des Hauses, zumindest nach außen hin, doch die Soldaten beherrschten die Stadt, und sie wußte besser als jeder andere Einwohner von Tilsbury, daß eine Horde Soldaten keinem Gesetz außer dem roher Gewalt gehorchte, vor allem, wenn sie getrunken hatten.
Ein paar Augenblicke stand sie reglos da, dann trat ein Lächeln auf ihr Gesicht. Seine beiden neuen Pistolen hatte Josiah mitgenommen, doch die alten lagen in einer Truhe. Sie tastete nach den Schlüsseln, die an ihrer Hüfte hingen: die Destillierkammer, die Vorratskammer und … die Truhe. Wenn Gewalt die einzige Sprache war, die solche Rohlinge verstanden, warum sollte sie sich nicht einmal in ihrem Ton mit ihnen verständigen? Warum sollte sie immer hilflos sein, wenn sie bedroht wurde?
Die Schlüssel sanken herab. Ihr Lächeln erstarb. Sie würde unsagbar bezahlen müssen für diesen kurzen Augenblick der Genugtuung. Es mußte ihr mit feineren Mitteln gelingen, die Macht im Hause zu behalten. Sie wuß-

te, daß sie hinuntergehen und sich die Horde vorknöpfen konnte, doch schon die Vorstellung stieß sie ab. Seit Josiahs Abreise sah Major Darbier sie mit ungewohnter Dreistigkeit an. Sie verabscheute die Aufdringlichkeit, die in seinen Blicken lag. Vielleicht hatte sie ihn an jenem ersten Abend falsch eingeschätzt. Er führte sich auf wie ein Kind, das sich von jedem Baum nimmt, was es haben will, wem er auch gehört. Seit sie erwachsen war, hatte ihre Stelle an Josiah Taverners Seite sie geschützt; nun war sie zum erstenmal seit ihrer Ankunft in Tilsbury verletzlich und schutzlos.

Doch ihr ganzes Leben hier war eine Übung in Selbstbeherrschung gewesen, und auch dieses Mal nahm sie dazu Zuflucht. In dem Augenblick, in dem sie ihr Schlafgemach verließ, den Flur entlang und die breite Treppe hinunter zu der Passage schritt, war ihr weder die Furcht noch der Zorn anzumerken, die sie schon den ganzen Tag aufwühlten.

Sie betrat die Küche. Alles war sauber und ordentlich; in der Herdstelle schimmerte noch die Glut vom Feuer, doch niemand hielt sich hier auf, was für diese Tageszeit ungewöhnlich war. Selbst der Küchenjunge, der sonst immer in der Ecke schlief, war nicht zu sehen. Sie spürte, wie ihre Angst wuchs; sie hob das Kinn noch ein wenig höher, schritt zur halboffenen Tür und sah hinaus auf den Hof.

Als erstes fiel ihr Blick auf Cary, deren Augen im Fackellicht schimmerten, als der große Soldat, in dessen Gesellschaft sie sich befand, vor Freude johlte und einen so ungestümen Luftsprung vollführte, daß ein paar bedächtigere Tänzer beinahe zu Fall kamen. Jacks Entschuldigungen gerieten wie stets überschwenglich, doch nichts vermochte seine Begeisterung lange zu dämpfen, und im nächsten Augenblick wirbelte er schon wieder davon, und Cary lachte atemlos in ihrem Bemühen, mitzuhalten.

Das Treiben war schlimmer, als Doll es erwartet hatte. Nicht nur die Soldaten, sondern ihre gesamte Dienerschaft, vom Verwalter bis zu dem Jungen, der die Abtritte zu säubern hatte, genoß die Musik des Iren und Jacks reichliche Alevorräte. Doll beobachtete voller Grauen, wie selbst Bussell, der sonst so sauertöpfisch und freudlos war, mit dem Fuß im Rhythmus der Musik wippte.

Die beiden Offiziere lehnten am Küchenfenster. Beide hielten Krüge in der Hand. Hauptmann Sutton sah den Festlichkeiten mit stillem Vergnügen zu. Der Major grinste über eine seiner eigenen, scherzhaften Äußerungen, dann wandte er den Kopf und entdeckte Doll in der Tür. Mit einem Lächeln, dem anzusehen war, daß er nur auf sie gewartet hatte, damit das Fest endlich in Schwung kam, schlenderte er zu ihr herüber. Das leichte Schwanken in seinem Gang verriet, daß er den Beständen aus Josiahs Keller reichlich zugesprochen hatte.

Doll wandte sich ab, um sich ins Haus zurückzuziehen, doch es war zu spät.

»Mistress Taverner, ich war im Begriff, hineinzukommen, um Euch aufzuspüren. Diese heidnischen Iren können einen verhexen mit ihrer Musik, auch wenn sie einem edlen Ohr gewiß barbarisch erscheint.«

»Ich weiß nichts von ihrer Musik.«

»Man möchte jedenfalls zu ihr tanzen.«

»Ich tanze niemals.«

»Unsinn, jeder tanzt – was für ein Vergnügen, findet Ihr nicht? Kommt, ich werde es Euch zeigen, die Schritte sind ganz einfach.«
Darbier legte seine beringte Hand unter ihren Ellbogen, neigte den Kopf und blickte sie mit einem Lächeln an, das sie wohl überzeugen sollte. Doll gelang es, den Ekel zu unterdrücken, der sie bei der Berührung überkam und so heftig war, daß er an Übelkeit grenzte; sie entzog ihm nur ihren Arm und sagte mit eisiger Förmlichkeit: »Ich sagte es Euch schon, Major Darbier, ich tanze niemals.«
Doch der junge Major war hartnäckig wie ein Hund, der einen Knochen erspäht hat. »Es gefällt Euch nur, zu lokken, Mistress Taverner. Euch steht wohl der Sinn danach, Euch zu vergnügen, doch Ihr wollt mich bitten hören. Nun kommt –«
»Ihr irrt Euch, Major. Ich kam nur heraus, um meine Bediensteten zur Ordnung zu rufen.« Doll beobachtete mit Unruhe, wie Mabs, die verläßliche, brave, gesetzte Mabs, vor Lachen kreischte über eine offensichtlich unschickliche Bemerkung eines Kavalleristen, der einen kahlen Schädel hatte und einen Rock trug, der für einen halb so großen Mann geschaffen war. »Wenn Ihr mich entschuldigen wollt –«
Doch das stand keineswegs in Darbiers Absicht. »Warum so hastig? Wartet, ich hole Euch etwas zu trinken.«
»Nein.«
Stephen hatte sich zu ihnen gesellt. Da sein Blick nicht durch bestimmte Vorhaben getrübt war wie der des Majors, entging ihm nicht, welche Gefühle Mistress Taverner unter ihrer zur Schau getragenen Gleichmut verbarg. Er deutete eine Verbeugung an und sagte: »Guten Abend,

Mistress Taverner. Ich hoffe, Ihr stört Euch nicht an der Lustbarkeit der Männer.«

Doll zog spöttisch eine Augenbraue hoch. »Und wenn dem so wäre, Hauptmann Sutton? Ich glaube kaum, daß meine Wünsche für Euch oder diese Rüpel, die Ihr Soldaten nennt, in irgendeiner Weise von Belang wären.«

Stephen runzelte die Stirn. »Mir wurde mitgeteilt, daß Ihr Eurer Einverständnis kundgetan habt. Jack ist kein Mann, der Gastfreundschaft zu mißbrauchen pflegt.«

Dolls Zorn steigerte sich. Bei dem scheußlichen Major Darbier hatte sie wenigstens die Gelegenheit, Stellung zu beziehen. Es war ihr zuwider, wie Hauptmann Sutton vorgab, sich an die Regeln zu halten, die im Frieden galten und die nicht das mindeste damit zu tun hatten, daß eine Horde irischer Raufbolde in ihrem Hof herumsprang und ihren Einfluß schmälerte.

Sie beherrschte sich nach Kräften und begann: »Hauptmann Sutton –«

Doch Darbier ließ sie nicht zu Wort kommen. »Erregt Euch nicht, Stephen. Die Männer brauchen dann und wann Zerstreuung. Ich bin überzeugt, daß unsere bezaubernde Gastgeberin sich nur zurückhält, weil es ihr Vergnügen bereitet, überredet zu werden ... sie wird in Kürze ebensoviel Vergnügen an der Musik finden wie alle anderen. Ich sagte doch –«

»Entschuldigt mich, meine Herren.«

Die Musik war soeben verstummt. Doll hob ihre Röcke, damit sie nicht auf dem Kopfsteinpflaster schleiften, und eilte zu Cary, die sich eingehend mit Jack unterhielt. Angesichts ihrer Dienstherrin war das Mädchen schlagartig ernüchtert und blickte lammfromm.

»Cary«, sagte Doll barsch, »wenn deine Stellung in diesem Haus von Wert für dich ist, so begib dich umgehend hinein und geh deinen Pflichten nach.«
Nach einem Blick auf Mistress Taverners Miene hatte Cary begriffen, daß Widerspruch zwecklos und schädlich war. »Ja, Ma'am«, murmelte sie, machte einen raschen Knicks und rannte ins Haus zurück, ohne dem schwungvollen jungen Fähnrich auch nur noch einen letzten Blick zuzuwerfen. Sie hoffte, daß ihre Herrin glauben mochte, sie sei gegen ihren Willen ins Tanzgetümmel geraten und sei nun froh, entkommen zu können.
Doch als sie das Schlafzimmer betrat, wo die beiden Kinder fest schliefen, bereute sie ihren hastigen Aufbruch. Sie legte sich eine Decke um die Schultern, setzte sich ans Fenster und blickte zum sternenübersäten Nachthimmel hinauf. Zum erstenmal in ihrem Leben wollte sich der Schlaf nicht einstellen. Sie blickte hinunter in den Hof, hörte die Stimmen und die Musik und dachte wehmütig an den schneidigen jungen Fähnrich, der so ganz anders war als die Jungen aus der Stadt, die sie kannte. Sie bedauerte, daß sie sich so rasch von ihm getrennt hatte, und tröstete sich, indem sie überlegte, wie sie ihn am nächsten Tag wieder treffen konnte.
Jack bemühte sich unterdessen darum, alle Schuld auf sich zu nehmen. Er war bereit, alles zu tun, damit die schöne Cary keine Schelte bekam. Doch er merkte bald, daß Mistress Taverner keinen Wert auf seine Ausführungen legte.
Die Musik setzte wieder ein. Doll hielt nach Mabs und Ellen Ausschau, doch in dem wilden Getümmel, konnte

sie die beiden nicht entdecken. Verzweiflung kam über sie, und erneut erschien Darbier an ihrer Seite.
»Oh, nun aber, Mistress Taverner, Ihr seid zu streng mit Euren Dienern.«
»Ganz im Gegenteil, Major, sie werden diese Zügellosigkeit noch bereuen.«
Auch Stephen trat zu ihnen. Wurde sie dieses allgegenwärtige Gespann nie wieder los? Er sagte: »Mistress Taverner, wenn Ihr es wünscht, werde ich die Männer augenblicklich wegschicken.«
»Unsinn, Stephen«, rief Darbier aus, »der Spaß fängt doch gerade erst an, und Mistress Taverner wollte gewiß nicht –«
Stephen sagte fest: »Ich denke, unsere Gastgeberin kann für sich selbst sprechen.«
Doch Doll antwortete nicht sogleich. Es entging ihr nicht, daß hier eine Falle drohte. Gewiß sehnte sie sich danach, ihren gewohnten Frieden wiederzuerlangen, doch die Vorstellung, in der Schuld eines der ihr verhaßten Soldaten zu stehen, erschreckte sie. Hauptmann Sutton gab sich zuvorkommend, doch er ließ keinen Zweifel daran, daß seine Macht weiter reichte als die ihre. Die Festlichkeit würde erst zu einem Ende kommen, wenn er es befahl. Sie zog es eher vor, auf jegliche Macht zu verzichten, als einzugestehen, daß ihre Stellung von der Bereitwilligkeit dieser Männer abhängig war.
Knapp sagte sie: »Das könnt Ihr halten, wie es Euch beliebt. Eure Männer unterstehen Euch, meine Dienstboten mir. Ich wünsche Euch eine gute Nacht.«
Dieses Mal konnte nicht einmal Darbier sich über ihre Absicht täuschen. Als sie davonschritt, schüttelte er die

Hand, als habe er sie verbrannt, und grinste Stephen an. »Bei der hier ist Eure kornische Höflichkeit reine Verschwendung«, sagte er. »Diese Sorte versteht es nur, wenn man ohne Umschweife zur Sache kommt.«
Stephen entging der Unterton, als Darbier von »dieser Sorte« sprach. Er beobachtete Mistress Taverner, wie sie auf Bussell zuging, dann kurz mit Mabs und Ellen sprach. Binnen kurzem waren alle Dienstboten im Haus verschwunden, und die Küchentür trennte sie von den verderblichen Lustbarkeiten. Man musizierte weiter, doch die Melodien klangen schwermütiger. Darbier, verärgert darüber, daß Stephen seine Anspielung nicht beachtet hatte, sagte spitz: »Diese Sorte von Frauen gibt sich gern besonders geziert. Glaubt mir, Stephen, ich habe sie von Anfang an durchschaut.«
»Was wollt Ihr damit sagen?«
Darbier lächelte. »Ich dachte mir, daß es Euch wohl nicht zu Ohren gekommen ist. Mistress Taverner war eine gewöhnliche Dirne, als ihr vertrottelter Gatte ihr begegnete. Eines der Straßenmädchen, die dem Troß des Herzogs von Alba folgten, das weiß ich aus zuverlässigen Quellen. Der alte Taverner hat mehr gekriegt, als er bezahlt hat, als er sie nahm. Er wagte es nicht, sie so zu behandeln, wie es ihr zustand, weil diese alte Hexe von einer Großmutter drohte, sein Gemächte auf alle Zeit einzuschrumpfen, wenn er die Dirne nicht heiratete. Nun wißt Ihr, warum sie so vornehm tut, es ist nur, weil –«
»Kein weiteres Wort!« Stephen sprach zwischen zusammengebissenen Zähnen. Er war verblüfft, und zwar weniger über Darbier verleumderisches Geschwätz, dem er

keinerlei Glauben schenkte, als vielmehr über die blinde Wut, die ihn erfaßt hatte. Er mußte sich beherrschen, den aufgeblasenen jungen Dummkopf nicht sogleich niederzustrecken. Langsam sagte er: »Hört gut zu, Major. Falls Ihr diese dreisten Lügen mir oder einem anderen gegenüber noch einmal wiederholt, werde ich sie Euch in den Hals stopfen, Vorgesetzter oder –«

Für Darbier kam der Angriff völlig unerwartet. Zum einen hatte er kein Wort seiner Äußerung ernst gemeint. Sie war lediglich eine ausgeschmückte Version eines Gerüchts, das einer seiner Diener zum besten gegeben hatte, als sie von Furleys zurückritten. Dem Mann war zu Ohren gekommen, daß in Mistress Taverners Adern Zigeunerblut floß. Für Darbier waren Zigeunerinnen gleichbedeutend mit Huren, und er hatte nur schlecht gesprochen über ihre Gastgeberin, um seine gekränkte Eitelkeit zu rächen. Er vertrug es nicht, wenn man ihm einen Korb gab. Doch war er nicht so trunken, daß er Stephens Drohung nicht als Fall groben Ungehorsams verstanden hätte. Er erwog kurz, Stephen zum Widerruf aufzufordern, doch er zögerte. Stephen hatte nicht die Stimme erhoben, doch in seinen Augen lag eine Unerbittlichkeit, die Darbier fremd an ihm war. Er überlegte sich, daß die Freundschaft mit Stephen ihm noch in mancherlei Weise nützlich sein mochte. Am besten man tat das Ganze als Scherz ab.

Er grinste breit und schlug Stephen auf die Schulter. »Herrje, Mann, nehmt das doch nicht so ernst. Gewiß sind es Lügen. Ich dachte bloß, Klatsch und Tratsch erheitert Euch –«

»Erheitern? Ihr kennt mich schlecht.«

»Seid nicht so zartbesaitet, Mann. Verzeiht, daß ich Euch gekränkt habe, und nun laßt uns noch einen trinken und das Ganze vergessen.«
Stephen ließ den Knauf seines Schwerts los. »Ich nehme Eure Entschuldigung an, Major. Doch ich werde nichts mehr trinken. Und die Männer sollten gehen. Sie haben nicht mehr Recht, hier zu zechen, als die Diener. Ich gehe morgen auf Patrouille, und sie müssen bei Sinnen sein.«
Nun, da die unmittelbare Gefahr abgewandt war, bereute es Darbier, daß er sich entschuldigt hatte. »Eine Patrouille, wie?« meinte er liebenswürdig. »Glänzender Einfall. Wenn ich bei Laune bin, schließe ich mich Euch an. Einen Überblick über die Lage verschaffen und ein paar neue Soldaten ziehen, wäre grade das Rechte, wie? Man wird unruhig in einem verlassenen Nest wie diesem.«
Stephen ging hinüber und sprach mit den Musikanten. Die Feiernden zerstreuten sich ohnehin; durch das Ausscheiden der Dienerschaft hatte das Beisammensein einiges an Schwung verloren. Vom Fluß zog Nebel herauf, die Sterne verschwanden, und die Luft wurde kalt und klamm.
Stephen erteilte Jack eine Standpauke, weil er die Iren ins Priory House eingeladen hatte, ohne zuvor die Erlaubnis der Hausherrin einzuholen. Jack, der jeden Fleck, an dem Soldaten unterkamen, als eine Art Gasthaus oder Schenke ansah, war zuerst gekränkt, doch als er merkte, daß Stephens Mißbilligung durch keinerlei Einwände zu erweichen war, verfiel er in Verzweiflung. Es tröstete ihn auch nicht, daß er bei den Dienstmädchen sehr beliebt

gewesen war und daß er mit seiner stürmischen Begeisterung für den irischen Tanz keinen schlimmeren Schaden verursacht hatte, als einen Stuhl übel zuzurichten.

Als die Sonne sich hinter den Bergen erhob, waren die Männer schon unterwegs. Corinna Rogers, die Kunde von den Festlichkeiten des vergangenen Abends erhielt, bedauerte es, nicht zugegen gewesen zu sein. Die Ankunft von Leutnant Charles Donnelly am Vortag war ihr nicht entgangen. Angesichts seiner zarten, beinahe mädchenhaften Schönheit rief sie sich in Erinnerung, daß Stephen ihr zwar sehr zupaß käme, daß es sich jedoch immer empfahl, mehrere Eisen im Feuer zu haben.

Cary ging ihren morgendlichen Pflichten nach, hielt vergeblich nach Jack Ausschau und sann darüber nach, wie sie ihr höchst erquickliches Beisammensein wiederholen konnten. Sie sang so laut und falsch, daß die Dienstboten, die infolge des Alegenusses unter Kopfschmerzen litten, schrien, sie solle still sein. Sie bemerkte sie gar nicht, denn sie war in Gedanken bei Jack.

Doch der hatte anderes im Sinn. Mit angestrengtem Stirnrunzeln sann er darüber nach, welche heldenhafte Tat wohl sein Ansehen bei Stephen wiederherstellen könnte.

8

Vor dem Morgengrauen hatte Doll den Säugling in ihr Zimmer geholt und stillte ihn, als sie Schritte auf der Treppe hörte. Wenig später vernahm man das scharfe Klacken von Pferdehufen auf dem gefrorenen Boden. Sie legte sich ein Tuch um, bettete den Säugling in die warmen Kissen, durchquerte das Zimmer und blickte zum Fenster hinaus.
Im grauen Morgenlicht erkannte sie drei Reiter: Hauptmann Sutton, Major Darbier und der, den sie Jack nannten. Sie waren in dem trüben Licht nicht deutlich zu erkennen, doch ihre Haltung verriet sie zweifelsfrei: Der Major saß auf einem edlen Roß, das seitwärts tänzelte, den Kopf schwenkte und seinen Reiter – der noch halb schlummerte – dazu veranlaßte, es laut zu verfluchen. Jack war zapplig wie immer. Hauptmann Sutton saß ruhig und aufrecht auf seiner kräftigen Stute und beobachtete, wie die Männer vom Lion oder einer der anderen Unterkünfte in Tilsbury heranhasteten. Sie zogen sich ihre Kapuzen über den Kopf, aßen rasch einen Bissen und bliesen in ihre Hände, um sie zu wärmen. Sie sprachen gedämpft. Dann schlug der Trommler einen steten Rhythmus, und der Trupp setzte sich in Bewegung, zog über die Brücke und war verschwunden.
Stille.

Doll blieb noch ein Weilchen am Fenster stehen und blickte auf die menschenleere Straße hinunter. Stille. Eine gewaltige Last fiel von ihr ab. Die verhaßten Soldaten waren fort. Nicht alle, wohl nicht einmal die Hälfte von ihnen, doch vor allem jene, die in Priory House untergekommen waren. An diesem Morgen, an diesem Tag war ihr Haus wieder ihr eigen. Vielleicht wurden sie alle getötet, oder die Erde verschlang sie, oder sie entschieden sich einfach, immer weiterzumarschieren und nie wieder zurückzukehren.

Was in Zukunft auch geschehen mochte, heute waren sie fort.

Und auch Josiah war fern.

Doll atmete tief aus, dann schritt sie leichtfüßig durchs Zimmer und strahlte ihren Kleinen an. Er ruderte mit Ärmchen und Beinchen und versuchte sich an einem Lächeln.

»Mein Herzblatt«, sagte sie zu ihm auf spanisch. »Heute sind wir frei und können glücklich sein.«

Sie kitzelte seine Fußsohlen, die rosa waren wie Muscheln, und er wedelte begeistert mit den Ärmchen.

Doll nahm ihn hoch und kletterte ins Bett zurück; als sie ihr Hemd öffnete, reckte der Kleine den Kopf und begann wieder zu saugen. Sie streichelte sein seidiges Köpfchen und flüsterte ihm spanische Koseworte zu.

Sie liebte all ihre Kinder: sie liebte Harry für seinen Ernst und Beth für ihre Zärtlichkeit; sie liebte Philip abgottisch, weil er sie als einziges ihrer Kinder an die Gesichter ihrer Jugend erinnerte; doch bevor sie sprechen konnten, hatte sie ihre Kleinen auf besondere Weise geliebt.

Nur in der Destillierkammer, wo niemand sie belauschen konnte, unterhielten Nona und sie sich auf spanisch. Dolls Kinder waren Engländer, und sobald sie sprechen konnten, hörten sie nicht einmal mehr ein Wort Spanisch von ihr. Ab und an durften sie zusehen, wie Nona und sie sangen und tanzten; doch die Musik war eine Art Sucht, von der sie nicht lassen konnte. Manchmal konnte sie nur so die unerträgliche Sehnsucht lindern, die an ihr zehrte. Doch sie weigerte sich stets, die Texte zu übersetzen.
Bei einem Säugling mußte sie sich nicht vorsehen. Es war gefährlich, sein Herz an Säuglinge zu verlieren, das wußte sie. Vor Harrys Geburt hatte sie zwei verloren, und wenn sie an die kleinen Gräber neben der Kirche von Tilsbury dachte, dann spürte sie den Schmerz so heftig, als seien sie erst gestern gestorben – doch in ihrer Liebe zu diesen ganz Kleinen konnte sie sich nicht zügeln, wie auch bei vielem anderen nicht. Und so koste sie den kleinen Knaben, der eines Tages Robert genannt würde, doch in ihrem großen Bett noch »Bobo« sein durfte, und sang ihm ein Liedchen vor über eine alte Frau, deren Esel faul war und deren Weinreben keine Früchte trugen, die aber dennoch glücklich war, denn die Sonne schien im Olivenhain, und vor langer Zeit hatte sie in den Armen ihres Liebsten gelegen.
Beide schlummerten sie ein unter dem Baldachin, und als Doll viel später als sonst erwachte, schien vor dem Fenster die Sonne, und ihr Haus war noch immer verschont von Soldaten.

Die Diener, die erwarteten, nach ihrer Teilnahme an den ungeplanten Lustbarkeiten des Vorabends für eine Weile in Ungnade gefallen zu sein, waren erstaunt, als ihre Herrin an diesem Tag glänzender Stimmung zu sein schien. Sie lobte Mabs eingehend für ihre tüchtige Arbeit und die erlesenen Speisen, die sie zubereitet hatte, und die Köchin schwebte im siebten Himmel. Mabs war ihrer Herrin treu ergeben. All ihre mütterlichen Gefühle – und über die verfügte sie reichlich, wie auch über anderes – waren wach geworden, als die dunkeläugige Kindbraut vor vielen Jahren eintraf, eine Fremde in einem fremden Land. Mabs hatte ihr die englischen Umgangsformen beigebracht und sie die Fertigkeiten gelehrt, mit denen Doll dann ihren Ruf als hervorragende Hausfrau erwarb. Mabs hätte noch viel mehr tun mögen, doch die seltsame Bindung zwischen Doll und ihrer Großmutter hinderte sie daran.

An diesem Morgen war Mabs besonders stolz auf ihre junge Herrin. Doll trug mit Ellen die Teppiche nach unten, damit sie ausgeklopft wurden; sie wies Cary an, die alten Binsen zu entfernen und die Böden zu wischen, bevor sie neue hereinbrachte; sie ließ das Zimmer der Offiziere gründlich schrubben. Als sie und Beth zu ihrem morgendlichen Gang zum Markt aufbrachen, blitzte das Haus vor Sauberkeit und duftete nach frischem Gebäck und lieblichen Streukräutern. Doll kam es vor, als habe sie die letzten Spuren der Soldaten im Haus getilgt – sie bedauerte es nur, daß sie nicht auch noch ihre Koffer und Kisten auf die Straße werfen konnte.

Auch Nona war fleißig gewesen. Eine Bäuerin war mit einem Glas eingelegter Damaszenerpflaumen als Geschenk »für die Großmutter« erschienen. Nona bat sie herein, und die beiden ließen sich am Herdfeuer nieder.

Es folgte eine ausführliche Unterhaltung, die nur ein geschultes Auge als Handelsgespräch erkannt hätte. Man plauderte über dies und das, und im Verlauf der Plauderei erwähnte die Frau beiläufig, daß ihr Gatte Schmerzen im Bauch habe. Dann kamen wieder andere Dinge zur Sprache. Erst als die Frau sich erhob und verkündete, daß sie sich nun an die Arbeit machen müsse, holte Nona ein Töpfchen aus der Destillierkammer und drängte es der Besucherin für »das Unwohlsein des Mannes« auf. Man tauschte weitere Höflichkeiten aus, dann war das Treffen beendet. Beide Seiten waren zufrieden, vor allem Nona, die eine große Schwäche für eingelegte Pflaumen hatte.

Bei ihrem morgendlichen Gang in die Stadt erstand Doll Butter und Eier und wechselte unterwegs ein paar Worte mit Corinna Rogers, die liebenswürdig sagte: »Ich höre, Priory House erwirbt sich einen Ruf als Stätte von Lustbarkeiten. Seid Ihr nicht besorgt, was wohl Master Taverner davon hält?«

»Nein.« Dolls Tonfall war bemüht. »Es bereitete kaum Unannehmlichkeiten, und ich meine, daß es keinem geschadet hat.«

Corinna tarnte ihren Neid mit einer Schmeichelei. »Es scheint Euch gut zu bekommen, daß die Offiziere unter Eurem Dach weilen«, säuselte sie. »Nehmt Euch in acht, Doll, Ihr seht heute morgen so strahlend aus, daß Ihr mich regelrecht eifersüchtig macht.«

Doll, die nicht glauben konnte, daß eine Frau sich wahrhaftig wünschen konnte, Soldaten im Haus zu haben, lächelte nur. »Es ist ein Segen, daß sie heute unterwegs sind. So können wir saubermachen, ohne daß sie unentwegt herein- und wieder hinaustrampeln.«

»Fallen Euch die Offiziere zur Last?«
»Gewiß doch.«
Corinna wurde nachdenklich. »Keine Sorge«, sagte sie schließlich, »sie werden nicht mehr allzulange hier sein. Wenn man wieder zu Felde zieht, werden sie sich dem Heer von Prinz Ruprecht anschließen.«
»Ihr seid bestens im Bilde, Corinna.«
»Es ist sehr ergiebig, den Soldaten zu lauschen.«
Doll war aufs neue verblüfft. Sie wußte nicht, ob sie Sir Diggorys Tochter schätzte oder nicht, doch sie fand immer wieder, daß ihr Mangel an Gemeinsamkeiten eine Unterhaltung erschwerte. Beide verabschiedeten sich gleichermaßen erleichtert.
Am Nachmittag hielt sich Doll mit den Kindern und Bonnet im Obstgarten auf. Seit dem Eintreffen der Soldaten hatte Harry Weisung, das Gelände nicht mehr zu verlassen, und diese Einschränkung hatte ihn so bekümmert, daß Gerard, der Reitknecht, ihm angeboten hatte, ihm im Obstgarten Unterricht zu erteilen. Er sagte zu Doll, daß Harry allmählich zu groß war für die fette, kleine Bonnet.
Sie teilte seine Ansicht, fügte jedoch hinzu: »Es ist zwecklos, neue Pferde anzuschaffen, solange wir Soldaten in der Stadt haben.«
Gerard grinste. »Wenigstens ist Bonnet sicher.«
Es hatte einiges Gefeixe in den Ställen gegeben, als Harry bedeutungsvoll mit seiner von Hauptmann Sutton unterzeichneten »Sicherheits-Garantie« erschienen war, in der geschrieben stand, daß das Pony, das gemeinhin unter dem Namen Bonnet bekannt war, fürderhin vom Militärdienst ausgeschlossen bleibe. Harry hatte das

Schreiben im Stall an der Wand anheften wollen, doch Gerard konnte ihn davon überzeugen, daß er es lieber sicher in seinem Zimmer verwahren solle.

Doll sagte schroff: »Dieses Papier ist soviel wert wie die Urkunden, die man statt des Geldes ausgehändigt bekommt. Kein Soldat hat sich je durch einen Fetzen Papier von etwas abhalten lassen.«

»Wenigstens hat es Master Harry beruhigt«, sagte der Reitknecht.

Doch Beth offenbar nicht. Dunkle Ringe lagen unter ihren Augen. Als ihre Tochter dastand und den anderen zusah, fragte Doll sanft: »Quält dich etwas, mein Bienchen?«

Beth schüttelte den Kopf. Nachdem ihr am Vorabend wegen des Fests Carys grausige Geschichten erspart geblieben waren, war sie früher eingeschlafen als sonst, jedoch bald darauf an einem Traum erwacht, in dem eine Horde irischer Soldaten, die alle aussahen wie der fürchterliche O'Rourke, Mabs und Ellen die Füße abgeschnitten hatten, um sie vom Tanzen abzuhalten. Im hellen Sonnenlicht und in Anwesenheit von Bonnet, Gerard, ihrer Mutter und ihren Brüdern schämte sie sich nun ihres ängstlichen Traums.

Die Soldaten sind es, dachte Doll. Sie legte Beth den Arm um die Schultern, und sie sahen gemeinsam zu, wie Philip seine Runde drehte. Anders als sein älterer Bruder und seine Schwester, die beide pflichtbewußt waren und meist taten wie geheißen, fand Philip es ungemein langweilig, Schritt und Trab zu üben und das Pony über kleine Hürden springen zu lassen. Er wollte die Lektion etwas auflockern, indem er sich verkehrt herum auf das

Pony setzte oder im Sattel kniete. Gerard versuchte, streng mit ihm zu sein, doch es gelang ihm nicht, über längere Zeit ernst zu bleiben. Doll wollte Philip zurechtweisen, doch dann sah sie, daß Harry und Beth sich den Bauch hielten vor Lachen. Sie freute sich so über die Fröhlichkeit der beiden, daß sie beschloß, dieses eine Mal eine Ausnahme zu machen.

Dann fiel Philip vom Pferd, stieß sich den Arm und mußte ins Haus gebracht werden, und der Unterricht war beendet.

Gegen Abend hielt Doll sich mit den Kindern in dem Schlafzimmer auf der Rückseite des Hauses auf, in dem Nona, Philip und der Säugling untergebracht waren. Man hatte Beth' Spinett dorthin getragen, als die Räume neu verteilt wurden, und nun widmete sie sich ihren Übungen. Beth liebte Musik. Sie hatte lange bewegliche Finger, und sie spürte gerne die glatten Elfenbeintasten und mochte es, wie die Noten sich in Töne verwandelten.

Doll hatte den Kleinen gestillt, und er war in ihrem Arm eingeschlummert. Nona döste in einem Sessel. Philip saß am Fenster und spähte hinaus in die Dämmerung, sein älterer Bruder kniete vor dem Kaminfeuer. Harry war in Gedanken versunken; Doll wußte, daß er seinen Vater vermißte. Sie hatte sich schon häufig gewünscht, daß die Kinder Josiahs Abwesenheit so genießen könnten wie sie – dann wäre alles vollkommen gewesen.

In diesen Augenblicken, in denen sie mit Nona und den Kindern allein war und Beth am Spinett spielte, empfand sie etwas wie wahre Zufriedenheit. Aus ihrer Tochter würde zwar keine überragende Musikerin werden, doch Doll fand, daß die eckigen, stockenden Melodien einen gewis-

sen Zauber hatten. Sie war so vertraut mit jedem Makel in den Stücken, daß es sich für ihr Ohr seltsam anhörte, wenn die Lehrerin kam und Beth fehlerlos spielte.
Doll bewegte sich sachte; ihr Arm begann zu kribbeln, und sie wollte den Kleinen nicht wecken.
Beth beendete das Stück und wandte sich zu ihrer Mutter um.
»Hat es dir gefallen?«
»Es war wundervoll, Beth. Kannst du uns noch etwas vorspielen?« Das Kind strahlte vor Stolz, und Doll lächelte ihr ermutigend zu. »Du hast große Fortschritte gemacht.«
»Ich könnte euch das neue Stück vorspielen, das ich gelernt habe. Ich kann es noch nicht so gut, aber –«
Ein grauenvoller Schrei zerriß die Stille. Beth wurde bleich und hielt sich an ihrem Stuhl fest. Nona fuhr hoch. Harry drehte sich mit fragendem Blick zu seiner Mutter um. Philip sprang von seinem Stuhl am Fenster, rannte durchs Zimmer und versuchte die schwere Tür zu öffnen.
Jemand schluchzte laut.
»Das ist Cary«, sagte Doll, erhob sich und reichte den Kleinen ihrer Großmutter. »Was mag da geschehen sein? Ihr bleibt hier bei Nona, Kinder. Philip, du auch.« Sie zog ihren Sohn entschieden von der Tür weg, und er brach enttäuscht in Tränen aus. Der Säugling schreckte auf und begann auch zu weinen.
Doll trat in den Flur hinaus, und es kam ihr vor, als sei das Haus unversehens erfüllt von Kummer. Als sie die Treppe hinuntereilte, war sie von dunklen Vorahnungen erfüllt.

Sie hastete in die Küche. »Was ist –?« Sie brach ab, entsetzt über den Anblick, der sich ihr bot. Neben Stephens Fuß auf dem Boden breitete sich eine Blutlache aus, und als sie der rotverfärbten Stiefel des Soldaten gewahr wurde, erstarrte sie. Bilder von einem anderen Ort, zu einer anderen Zeit, suchten sie heim. Sie preßte die Hand vor den Mund und blickte voller Grauen zu Stephen auf.

Mabs faßte sie bei der Hand. »Einer der Soldaten ist verletzt worden!« rief sie aus. »O der arme Bursche, schaut euch nur an, wie schlecht es ihm geht!«

Zu Anfang war die Patrouille wie gewöhnlich verlaufen. Darbier bestellte in jedem Dorf den Konstabel ein und teilte ihm mit, daß die Gemeinde mit den Abgaben zugunsten des königlichen Heers im Rückstand war und die Soldaten sich daher nehmen konnten, was sie brauchten. Gemeinhin jammerte dann der elende Konstabel, daß ihre Treue dem König gegenüber nur noch durch ihre vollkommene Armut übertroffen wurde, die es ihnen nicht gestattete, auch nur einen Kanten Brot oder eine Gabel voll Heu für die Pferde zu erübrigen. Ihre gesamte Habe hatten sie schon an Masseys Männer von der Garnison der Parlamentarier in Gloucester abgeben müssen. Darbier hatte für derlei Klagen nurmehr Verachtung übrig. Dann versammelten sich die Soldaten vor der Kirche, der Trompeter rief die Einwohner herbei – meist kamen vor allem alte Männer, Frauen und Kinder –, und bot jedem einen Shilling und ein neues Paar Stiefel, der sich der königlichen Armee anschließe. Beim Aufbruch konnten sie froh sein, wenn sie wenigstens eine Hand-

voll kümmerlicher Vorräte und ein paar neue Rekruten mitnehmen konnten.
Am frühen Nachmittag erreichten sie einen Bergkamm, von dem man auf die Hauptstraße zwischen Gloucester und London hinuntersah. Will Dower, der Einheimische, der sie führte, versicherte Stephen, daß auf dieser Straße in Friedenszeiten reger Verkehr herrschte; Schaf- und Rinderherden aus den walisischen Bergen wurden zu den reicheren Märkten im Süden getrieben, Wagen, Packpferdkolonnen und reiche Kaufleute waren dort unterwegs. Nun lag die Straße verlassen da.
Darbier ritt neben Stephen her. Er langweilte sich.
»Herrje, was für eine trübsinnige Gegend. Was ist das dort drüben?« Er deutete auf ein halbverfallenes Haus inmitten eingezäunter Weiden, vor dem ein verwittertes, unleserliches Schild hing. Will Dower erklärte ihm, das dies einst ein Gasthaus für Viehtreiber gewesen sei. Deren Tiere waren sicher im Pferch verwahrt worden, während die Männer im Haus einkehren konnten.
»Seit über einem Jahr ist keiner mehr hier gewesen«, sagte der Führer.
»Wahrhaftig?« Darbiers Gesicht hellte sich auf. »Und wer, zum Teufel, ist dann das?«
Hinter den Ställen war eine Gestalt zu sehen, die das Weite suchte und über die beiden ersten Zäune sprang. Darbier trieb sein Pferd an, schrie »hühott« und galoppierte los, als sei er einem Fuchs auf den Fersen. Die Männer setzten ihr Marschgepäck ab und beobachteten die Verfolgungsjagd. Der Junge flitzte über das entlegenste Feld, stürzte aber, als er über eine niedrige Mauer klettern wollte, und da packte ihn Darbier. Binnen kur-

zem hatte er den Ausreißer zu seinen Männern getrieben.
Stephen sah, daß er sehr jung war, fast noch ein Kind, mit lockigen Haaren, Sommersprossen und einer Stupsnase. Trotz seiner sichtbaren Angst vor Darbier – oder vielmehr vor seinen beiden Pistolen –, bat er ohne Unterlaß darum, freigelassen zu werden.
»Meine Schwester!« brachte er keuchend hervor. »Ich kann meine Schwester nicht im Stich lassen. Bitte, Herr, laßt mich gehen, sie ist ganz allein. Sie sind krank, sie und das Kleine. Sie brauchen mich, bitte, Herr. Sie ist ganz allein. Ich wollte Hilfe holen. Bitte, Herr, ich muß Hilfe holen.«
Darbier schnitt ihm das Wort ab, indem er ihn anherrschte: »Ruhe jetzt. Keiner schert sich um Eure verdammte Schwester.«
»Aber es ist die Wahrheit, Herr. Ich zahle Euch alles, was ich habe. Aber ich kann nicht mit Euch –«
Darbier setzte ihm die Schwertspitze auf die Brust. »Steht gerade, Mann, Ihr seid jetzt Soldat. Ihr wollt doch, daß Eure Schwester stolz auf Euch ist, oder nicht?« Als der Junge weiterbrabbelte, sagte Darbier: »Das genügt. Nehmt Haltung an. Ihr gehört jetzt zum Heer des Königs. Und jeder Soldat, der zu desertieren versucht, wird unverzüglich erschossen, habt Ihr das verstanden?«
»Aber, Herr, meine Schwester –«
»Erschossen. Unverzüglich.«
Paul überließ den Jungen dem Feldwebel und ritt zu Stephen hinüber. Der kurze Galopp und die Gelegenheit, seine Macht auszukosten, schienen seine Laune merklich gehoben zu haben.

»So zieht man Soldaten, was, Stephen? Ich habe noch nie verstanden, weshalb wir uns die Mühe machen, sie mit Geld und Schuhen und Gott weiß was für Versprechungen von Annehmlichkeiten zu bestechen. Sie zusammentreiben wie Schafe, das ist viel einfacher.«
»Meint Ihr?«
»Gewiß doch.«
»Meiner Ansicht nach ist Euer Einsatz vergebens.«
»Warum das?«
»Euer Bursche wird bis Ende der Woche fahnenflüchtig sein.«
»Das wird er nicht wagen. Ich habe ihm gesagt, daß er erschossen wird.«
»Die Männer werden ihm in Kürze die Wahrheit sagen. Überdies ist der Junge verzweifelt. Seine Geschichte ist vermutlich wahr.«
»Und wenn schon? Wenn wir jeden Tölpel laufen lassen, dessen Schwester ein Kind hat, stehen wir ohne Soldaten da.«
Stephen antwortete nicht.
Paul fuhr gereizt fort: »Vielleicht hätte ich ihn peitschen lassen sollen. Als Verweis für ihn und als Warnung für die anderen.«
Auch dazu schwieg Stephen. Er ahnte, daß sein Einsatz für den Jungen in der gegenwärtigen Stimmung nur dessen unglückliche Lage verschlimmern würde. Darbier würde nicht zögern, ihn zu benutzen, um sich für die Schmach des vergangenen Abends zu rächen. Stephen sagte daher nur ausdrucklos: »Ihr müßt handeln, wie Ihr es für richtig haltet, Major.«
Doch später, als Darbier damit befaßt war, einen alten

Bauern zu peinigen, damit er seinen Käse herausrückte, ließ Stephen sich in der Kolonne zurückfallen, bis er neben dem Jungen ritt, dem die Männer wegen seiner außergewöhnlichen Art der Rekrutierung bereits den Spitznamen »Karnickel« verpaßt hatten.

»Wie heißt Ihr?« fragte er.

Er mußte seine Frage wiederholen, bevor sich ihm das schmutzige, tränenverschmierte Gesicht zuwandte. Der Junge rieb sich mit den Fäusten die Augen, dann sagte er: »Tully.«

»Tully, *Sir*«, verbesserte ihn der Feldwebel, der neben ihm ging.

»Tully, Sir«, wiederholte er benommen. Er sah weder Stephen noch den Feldwebel an, sondern starrte nur mit verschleiertem Blick nach vorn. Da begriff Stephen, daß Tully – von dem er nicht einmal wußte, ob das sein Nachname, Vorname oder Spitzname war – die Männer um sich herum nicht sah, sondern nur seine einsame Schwester und ihr Kind.

Der Vorfall bedrückte Stephen, wenngleich er wußte, daß Darbier in gewisser Hinsicht recht hatte und jeder Soldat des Heeres eine ähnliche Leidensgeschichte zu berichten wußte, ob nun von einer verlassenen Geliebten, einer alten Mutter oder einer hungernden Familie. Da er keine Ordnung in seine Gedanken bringen konnte, ritt er eine Weile in einigem Abstand von der Kolonne. Zu seiner Bestürzung mußte er feststellen, daß er anfing, einen ausgeprägten Abscheu für Paul Darbier zu empfinden. Alles an dem Mann, angefangen von seiner lächerlichen Selbstgefälligkeit bis zu seiner durchdrin-

genden, leicht schrillen Stimme, reizte ihn bis aufs Blut. Derlei Gefühle einem Vorgesetzten gegenüber waren unangebracht.
Stephen entsann sich, mit welch eiserner Entschlossenheit er am vorherigen Abend das Bedürfnis niederkämpfen mußte, Darbier bewußtlos zu schlagen, als er Mistress Taverner verleumdete. Allein beim Gedanken daran packte ihn die kalte Wut, doch er rief sich unverzüglich zur Ordnung. Aber dann sah er Mistress Taverner vor sich, die Neigung ihres Halses, wenn sie zornig war, ihre spöttisch hochgezogenen Augenbrauen, wenn sie seine Hilfsangebote zurückwies. Er überlegte sich, ob sie wohl eine der stärksten oder eine der verletzlichsten Frauen war, die er jemals kennengelernt hatte. Diese Erwägungen bereiteten ihm große Freude. Er genoß es nicht zuletzt deshalb, alleine zu reiten, weil er sich dann ungestört allerhand Vorstellungen von der vielgesichtigen Mistress Taverner hingeben konnte.
Sie hatten das Ziel des heutigen Marsches erreicht und machten sich nun in großem Bogen auf den Rückweg, wobei sie durch ödes Hochland zogen. Hier gab es keine saftigen Weiden und keine Gehöfte mehr; nur Falken, ein paar geduckte Steinhäuser und ein paar vereinzelte Schafe, die sich von dürrem Gras ernährten. Hier gab es nicht viel zu holen für die Männer Seiner Majestät, weder Proviant noch Soldaten.
Stephen war tief in Gedanken versunken, als er merkte, daß Jack neben ihm ritt. Der junge Fähnrich wirkte stets noch schlaksiger und zappliger, wenn er auf einem Pferd saß. Seine großen Füße hingen unterhalb des Pferdebauchs, und er schien häufig beinahe herunterzufallen,

obwohl er tatsächlich ein anständiger Reiter war, dem so etwas so gut wie nie widerfuhr.
Eine Weile ritten sie schweigend Seite an Seite. Jack hatte erwartet, daß Stephen das Gespräch eröffnen würde, doch als sich nach einigen Minuten nichts Derartiges ereignet hatte, ertrug er die Spannung nicht länger und sagte: »Der junge Tully ist nicht in gutem Zustand, Hauptmann Sutton, Sir.«
»Er wird es überstehen«, entgegnete Stephen kurz angebunden.
»Ja, Sir. Aber ich werd' ihn mal im Auge behalten, nur bis er sich beruhigt. Ich glaube, der Major hat ihn ein wenig hart angepackt.«
Diese Bemerkung war als Friedensangebot gemeint, was Stephen nicht entging. Jack kannte Stephen gut genug, um zu wissen, wie Darbiers rüde Art ihm mißfiel, und er hatte ihn zuvor mit Tully sprechen sehen. Stephen warf Jack einen kurzen Blick zu, der ihn nun mit dem besorgten Blick eines ergebenen Jüngers betrachtete, welcher die Gunst seines Herrn zurückgewinnen will. Doch dieses Mal war Stephen nicht gewillt, weichherzig zu sein. Er war zu erbost über die Störung und über das Ungemach, das sie über gewöhnliche Menschen brachten, wie hier über den kleinen Tully – und auch über Mistress Taverner.
Er sagte: »Major Darbier ist Euer vorgesetzter Offizier, und ich dulde keinen Tadel an ihm. Bleibt bei den anderen Männern.«
Jack ließ den Kopf hängen. »Ja, Hauptmann Sutton, Sir.« Seine Enttäuschung schien grenzenlos zu sein. Stephen sann kurz darüber nach, weshalb er diesen jungen

Mann am Hals hatte, der so von seinem Wohlwollen abhing.
Er erinnerte sich, wie er Jack zum erstenmal gesehen hatte, gegen Ende des Angriffs auf Bristol. Stephen war so erschüttert gewesen über die schrecklichen Verluste unter seinen Männern aus Cornwall, daß er unachtsam geworden war und sich neben einem alten Mann hingekniet hatte, den er von Kind auf kannte. Dann hörte er einen Jungen schreien, »den nehm' ich mir vor, Hauptmann Sutton, Sir«, und als er aufblickte, sah er, wie Jack auf einen feindlichen Soldaten zustürzte, der im Begriff gewesen war, seine Pike in Stephens Rücken zu bohren. Jacks Kühnheit hatte ihn beinahe das Leben gekostet, da der Pikenier um ein vielfaches stärker war als er. Stephen hatte dem Soldaten eigenhändig den Todesstoß gegeben; und von diesem Augenblick an war Jack ihm gefolgt wie ein Schatten.
Stephen war außerstande, Jack lange böse zu sein. Er blickte erneut zu ihm hinüber. Jack war so bedrückt über Stephens Mißachtung, daß er regelrecht in Trübsal versank. Ein aufmunterndes Wort, und er wäre wieder obenauf. Stephen hatte sich soeben entschlossen, zu ihm zu reiten und sein Elend zu beenden, indem er eine freundliche Bemerkung machte, als von der Spitze der Kolonne ein Ruf zu vernehmen war.
Vor ihnen lag ein altes Gehöft, umgeben von kleineren Gebäuden. Frauen und Kinder allen Alters rannten verängstigt über den Hof. Hühner gackerten und flogen auf. Will Dower erschien vor einem der Schuppen. Er grinste und wirbelte etwas über seinem Kopf wie eine Flagge.

»Hier sind Strümpfe für Eure Männer!« schrie er. »Im Dutzend. Fertig zum Mitnehmen.«
»Das dürft Ihr nicht!« schrie eine der älteren Frauen. »Sie sind bestellt und schon bezahlt! Ihr ruiniert uns!«
Darbier lachte. »Bezahlt auch schon? Um so besser.«
Stephen galoppierte langsam auf den Hof. Strümpfe für die Männer waren in der Tat eine gute Ausbeute.
Er sprach die Frau an. »Wer hat die Strümpfe bestellt? Wir bezahlen für alles, was wir mitnehmen.«
Die Frau beäugte ihn mißtrauisch. »Seid Ihr Parlamentssoldaten?«
»Wir kämpfen auf seiten Seiner Majestät.«
Die Frau senkte den Blick. Stephen fragte: »Sind die Strümpfe für Massey in Gloucester?«
Sie blieb die Antwort schuldig.
Darbier war hocherfreut. »Dann müssen Masseys Aufständische barfuß gehen. Viel Vergnügen!«
Einige Soldaten kamen aus den Gebäuden gestolpert, die Arme voller Strümpfe. Ein, zwei Männer, die noch schlechter gekleidet waren als die anderen, zogen sie augenblicklich an. Die Frauen gaben verzweifelt auf. Da sich ihr Marsch dem Ende zuneigte, versuchten ein paar der Männer, für das Abendessen zu sorgen, indem sie Hühner einfingen.
»Wir werden dafür sorgen, daß Ihr Gutscheine erhaltet, die Ihr gegen Geld eintauschen könnt«, sagte Stephen, doch die Frau starrte ihn nur ungläubig an.
»Dort!« Will Dower hatte eine Gestalt erspäht, die aus dem Haus flüchtete. Die Gestalt war schwer beladen und kam nur mühsam vorwärts.
Stephen wirbelte mit seinem Pferd herum und wollte die

Verfolgung aufnehmen, doch die älteste der Frauen packte seinen Zügel. Da er nicht mit einer alten Frau kämpfen wollte, war er einen Augenblick lang behindert.
Jack, der hier seine Chance witterte, schrie: »Keine Sorge, Hauptmann Sutton, Sir. Den nehm' ich mir vor!«, und er trieb sein Pferd an und galoppierte dem Flüchtenden nach. Als er an den hinteren Gebäuden vorüberkam, trat ein Mann mit einer langläufigen Vogelflinte hinter einer niedrigen Mauer hervor. Ein Krachen, und Jack stieß einen hohen Schrei aus und fiel nach vorn auf den Hals seines Pferdes.
Stephen trieb sein Pferd an und war in Windeseile bei ihm. Jacks Pferd, verängstigt durch die Last auf seinem Hals, war in gestreckten Galopp verfallen, und Stephen hatte Mühe, die Zügel zu ergreifen und es anzuhalten, bevor Jack stürzte. Er glitt von seinem eigenen Roß, und es gelang ihm gerade noch, Jack aufzufangen, bevor er herunterstürzte.
Stephen hielt ihn in den Armen. »O Hauptmann Sutton, Sir«, keuchte Jack, dessen Gesicht aschfahl war. »Die Seite, Sir, es hat mich in der Seite erwischt.«
»Das sehe ich, Dummkopf«, sagte Stephen ruppig und liebevoll zugleich, denn rechts oberhalb der Leiste quoll Blut aus einer Wunde. Stephen knöpfte rasch seinen Reitrock auf und zog sein Hemd aus, um einen vorläufigen Verband zu machen. Jack schrie auf, als Stephen ihn anbrachte, und zugleich vernahm man den Schuß, mit dem Darbier den Mann mit der Flinte tötete.
»Wir bringen Euch zurück nach Tilsbury«, sagte Stephen.
»Ja, Hauptmann Sutton, Sir.«
Es dauerte eine Weile, bis sie bereit zum Aufbruch wa-

ren. Der Führer schätzte, daß sie noch etwa sechs Meilen bis Tilsbury zurückzulegen hatten. Stephen erwog, Jack in einen zweirädrigen Karren zu legen, den er an dem Bauernhaus entdeckt hatte, doch dann beschloß er, daß der holprige Boden eine Qual für ihn sein würde. Er entschied sich, ihn zu sich aufs Pferd zu nehmen. Er war froh, daß seine unscheinbare Breda kräftig genug war, auch am Ende eines langen Tages noch zwei Männer zu tragen.

Der alte Mann, den Jack verfolgt hatte, wurde von den Soldaten gefaßt. Er hatte versucht, mit mehreren Dutzend der kostbaren Socken zu entkommen. Darbier gab Befehl, ihn an einem alten Apfelbaum zu hängen, und dann wies er die Soldaten an, den Heuschober und die Scheune in Brand zu stecken. Stephen, der so mit Jack beschäftigt war, daß ihm entging, was Darbier anordnete, war zutiefst angewidert von diesen Taten. Jack bebte am ganzen Körper, und es fiel Stephen nicht leicht, ihn festzuhalten, als sie losritten. Die Frauen, die sich lautstark zur Wehr gesetzt hatten gegen das Entwenden der Socken, waren nach dem Tod der beiden Männer verstummt. Die letzten Soldaten stapften gerade den Hügel herunter, da hörte Stephen hinter ihnen ein schrilles Wehklagen, als sie den toten Mann vom Baum schnitten.

Darbier erschien neben ihm.

»Das sollte diesen Bauern eine Lehre sein. Die werden die Aufständischen nicht mehr unterstützen«, sagte er munter. »Die machen uns keine Schwierigkeiten mehr.«

»Wer weiß«, entgegnete Stephen.

»Nanu, was gibt es jetzt?«

Der Feldwebel kam angerannt. Tully, der junge Bursche, den sie bei dem Viehtreibergasthaus aufgegriffen hatten, hatte das Durcheinander genutzt, um zu flüchten. Seine Freiheit war jedoch von kurzer Dauer, und nun hatte er eine geschwollene Lippe und einen Schnitt über dem Auge und wurde bewacht.

»Gut gemacht«, sagte Darbier zu dem Feldwebel. »Ich werde diesen Kerl schon noch das Fürchten lehren.«

Stephen konnte nicht umhin, zu sagen: »Hat es heute nicht genug Lehren gegeben?«

»Wie meint Ihr das?«

»Überlaßt den Jungen mir.« Sobald er die Worte ausgesprochen hatte, wußte Stephen, daß dieses Ansinnen ein Fehler war. Darbier lauerte bereits den ganzen Tag auf eine Gelegenheit, sich für die Demütigung des vorherigen Abends zu rächen.

»Nein, das mache ich selbst«, sagte er, und als Stephen nicht antwortete, fügte er kühl hinzu: »Bedauerlich, das mit Eurem Freund. Doch er wird es schon durchstehen.« Als noch immer keine Antwort erfolgte, sagte Darbier: »Ihr solltet es jemand anderem überlassen, ihn zu tragen. Ihr habt bereits Blut auf dem Rock und den Hosen. Eure Kleidung wird verdorben sein.«

Stephen fühlte, wie eine Art dunkle Verzweiflung sich seiner bemächtigte. Darbier deutete Stephens Schweigen als Zeichen dafür, daß der Hauptmann dieses Mal nicht beabsichtigte, seinem Vorgesetzten zu widersprechen, und sagte munter, wie um Frieden zu stiften: »Aber alles in allem war das doch ein ergiebiger Tag, was meint Ihr, Stephen?«

Er erhielt nur ein Schweigen zur Antwort.

Sie kamen auf demselben Weg nach Tilsbury zurück, auf dem sie vor wenigen Tagen dort eingetroffen waren. Die Sonne war hinter Wolkenbergen versunken, und Schatten lagen über der Stadt. Stephen dachte daran, wie verzaubert ihm der kleine Ort an jenem ersten außergewöhnlichen Morgen erschienen war; nun kam er ihm so gewöhnlich vor wie jeder andere. Nur ein paar Gebäude, manche prachtvoll, manche ärmlich, in denen Menschen lebten, die sich vor Soldaten fürchteten. An der Senke am Fluß konnte er eine Truppe erkennen, die mit der Pike exerzierte. Als sie zu der Kurve kamen, wo er Mistress Taverner zum erstenmal erblickt hatte, erwartete er, sie erneut dort zu sehen. An jenem Morgen hatte er beinahe angenommen, daß die Einwohner sie geschickt hatten, um die Soldaten zu verfluchen; nun wußte er, wie sehr er sich geirrt hatte. Er und seine Männer waren es, die Angst und Schrecken über Tilsbury brachten. Zum erstenmal in seinem Leben kam er sich vor wie ein Handlanger des Unheils.

9

Bleich stand Stephen mit Jack auf den Armen inmitten der Küche. Überall war so viel Blut, daß Doll zuerst glaubte, beide Männer seien verwundet.
»Jack hat eine Schußwunde«, sagte Stephen. Cary schlug die Hände über dem Kopf zusammen und jammerte noch lauter. Sie war kurz davor, vollends die Fassung zu verlieren. Stephen erhob die Stimme und sagte: »Ich möchte ihn in mein Zimmer legen, Mistress Taverner. Auf dem Dachboden ist es zu kalt.«
»Gewiß.« Dolls Antwort kam ohne Zögern. »Wartet, ich helfe Euch. Cary, hör augenblicklich mit dem Geschrei auf und hilf Mabs, heißes Wasser und saubere Tücher zu besorgen.«
Stephen nickte zum Dank, dann sagte er zu dem jungen Mann, den er auf den Armen trug: »Gleich sind wir soweit, Jack. Nur noch einen Augenblick.«
Doll nahm einen Leuchter und ging voran ins Zimmer der Offiziere, das sie erst morgens so freudig gesäubert hatte. Binnen weniger Augenblicke waren die frischen Binsen blutbefleckt. Sie trat beiseite, und Stephen beugte sich hinab und legte den großen jungen Mann sachte auf das breite Bett.
»So, Jack, nun ruht Euch aus. Wir werden Euch etwas gegen die Schmerzen geben. Ihr seid zu Hause.«

Als Doll die zärtliche Geste sah, mit der Stephen den Verletzten hinbettete, spürte sie eine befremdliche Enge in der Brust. Um ihre Verwirrung zu überspielen, sagte sie knapp: »Ich hole Nona zu Hilfe. Sie versteht sich auf die Heilung von Wunden.«
Die Dankbarkeit in Stephens Zügen war geradezu schmerzlich. »Ich danke Euch, Mistress Taverner«, sagte er ernsthaft. »Ich kann es nicht ertragen, ihn leiden zu sehen.«
Doll, die ihm nicht in die Augen sehen mochte, wandte sich ab und machte sich zornig am Bett zu schaffen. »Was für ein Unsinn, Hauptmann Sutton. Warum verschwendet Ihr Eure Tage damit, Männern beizubringen, sich gegenseitig zu verstümmeln und zu töten, wenn Ihr keinen Wert legt auf Leiden? Jemand hat Euren Freund verletzt, doch habt Ihr nicht dasselbe anderen angetan und wart noch stolz darauf?«
Stephen blickte sie wortlos an. Unversehens fürchtete sie, etwas Unüberlegtes zu tun oder zu sagen, und sie wandte sich ab und hastete wortlos hinaus. Auf dem Flur bemerkte sie mit Unmut, daß auch die Teppiche blutbefleckt waren. Sie öffnete die Tür zum Kinderzimmer.
»Einer der Soldaten hat eine Schußverletzung.« Sie achtete darauf, daß ihre Stimme ausdruckslos blieb. »Der, den sie Jack nennen. Er ist nur verletzt, Beth, nicht tot. Nona, kommst du bitte und siehst nach der Wunde?«
Doll überließ die jüngeren Kinder Harrys Obhut und wartete auf dem Flur, während Nona Stephens Zimmer betrat. Cary kam mit einem Krug heißem Wasser die Treppe heraufgeeilt. Doll sah mit Wohlgefallen, daß das

Mädchen sich gefaßt hatte und zur Tat schritt; eine vernünftige Kleine. Jack stöhnte nicht mehr, sondern stieß Schmerzensschreie aus, vermutlich, weil Nona ihm den vorläufigen Verband abnahm.

Doll ging auf und ab und blieb gelegentlich stehen, um eines der gewaltigen Porträts zu betrachten. Sie rief sich in Erinnerung, daß sie all diesen Soldaten den Tod gewünscht hatte, und sann darüber nach, warum es ihr nun wohl leid tun sollte, daß einer von ihnen verletzt war. Doch sie konnte Stephens Gesichtsausdruck, als er seinen Freund ablegte, nicht vergessen.

Nona erschien mit blutverschmierten Händen in der Tür.

»Kannst du ihm helfen?«

»Ich kann es versuchen«, sagte die alte Frau. »Es kommt darauf an.« Dann rümpfte sie die Nase, eine Geste, die Doll seit jeher an ihr ärgerte, und fügte hinzu: »Aber das war erst der Anfang. Diese Soldaten bringen uns den Tod ins Haus.«

Doll lief ein Schauer über den Rücken. Einen Augenblick war sie wie erstarrt. Dann riß sie sich zusammen.

»Hör mir auf mit deiner Hellseherei, Nona. Andere mögen ja darauf hereinfallen, aber ich bin nicht so leichtgläubig. Geh und tu zur Abwechslung einmal etwas Sinnvolles.«

Nona kicherte und sagte etwas auf spanisch, das Doll geflissentlich überhörte. Sie wollte sich gerade in die Destillierkammer begeben, als sie Darbier die Treppe heraufkommen hörte. Er hatte sich in der Küche etwas zu essen geholt. Doll erwog es, sich ins Kinderzimmer zurückzuziehen, doch dann beherrschte sie sich. Sie wollte sich nicht von den Soldaten dazu zwingen lassen, in ihrem eigenen Haus herumzuschleichen und sich zu verstecken.

Darbier grüßte sie schwungvoll. In der einen Hand hielt er eine Schafskeule, in der anderen einen Weinschlauch.

»Guten Abend, Mistress Taverner.«

»Major Darbier.«

»Ihr hört sicher gerne, Mistress Taverner, daß wir einen erfolgreichen Tag hatten. Mehrere tatendurstige neue Rekruten und genug Socken für ein ganzes Regiment.«

»Ihr müßt äußerst zufrieden sein mit Euch, Major.«

Nona kicherte erneut, doch Darbier war Dolls schneidender Unterton entgangen. In diesem Augenblick öffnete sich die Tür zu seinem Schlafzimmer, und Cary trat mit einem Armvoll blutiger Wäsche heraus. Jacks Stöhnen war unüberhörbar.

»Grundgütiger«, rief Darbier aus und wandte sich ungläubig zu Doll. »Was denkt sich Stephen, diesen Burschen in mein Zimmer zu legen? Das ist doch ungeheuerlich.«

Stephen war Cary gefolgt. »Jack wird in unserem Bett liegen, bis er so weit genesen ist, daß er in ein anderes Zimmer verlegt werden kann«, sagte er.

Darbier wollte widersprechen, doch dann sah er die unnachgiebige Härte im Blick des anderen Offiziers. Wie stets, entschloß er sich auszuweichen. »Mistress Taverner, ich bin auf Euer Wohlwollen angewiesen. Man hat mein Zimmer in ein Krankenlager verwandelt. Ich muß Euch bitten, mir ein anderes zuzuweisen.«

»Bedaure, Major, aber wie Ihr selbst wißt, sind alle Zimmer des Hauses belegt.«

»Ihr erwartet doch wohl nicht von mir, daß ich ein Zimmer mit einem Kranken teile?«

»Das ist Eure Angelegenheit. Ich kann Euch nicht helfen.« Um nicht allzu abweisend zu wirken, fügte sie hinzu: »Doch ich bin überzeugt, im Lion wird ein Zimmer für Euch gefunden werden. Oder Sir Diggory würde Euch mit Freuden in Furleys empfangen.«

Darbier machte eine störrische Geste. »Ich möchte hierbleiben«, sagte er. Er wandte sich zu Stephen. »Da seht Ihr, was Euer Aufhebens wegen dieses Jungen anrichtet.«

Doll sagte: »Es tut mir leid, ich kann Euch nicht helfen, Gentlemen«, und entfernte sich, doch Darbiers nächste Worte veranlaßten sie, wie angewurzelt stehenzubleiben.

»Euer Schlafzimmer ist doch gewiß ausreichend geräumig, Mistress Taverner.«

Langsam wandte sie sich um. Ihre Augen waren weit aufgerissen. Darbier hatte gewiß die Absicht zu lächeln, doch sein Gesichtsausdruck erschien ihr wie ein höhnisches anzügliches Grinsen. Ein paar Augenblicke lang überdeckten Fetzen der Erinnerung die Gegenwart. Unwillkürlich blickte sie zu Stephen und stellte zu ihrer Verwirrung fest, daß sein Zorn nicht geringer war als der ihre. Die eintretende Stille wurde durch ein erbarmungswürdiges Stöhnen von Jack unterbrochen. Bevor sie weiter darüber nachsinnen konnte, sagte sie: »Sehr wohl, Major. Ich werde heute bei Nona und den Kleinen schlafen. Ich überlasse Euch mein Zimmer, bis Euer junger Freund wieder wohlauf ist.«

»Ich werde auf ewig in Eurer Schuld stehen, Ma'am. Euer ergebenster Diener.« Das Lächeln, mit dem Darbier seine angedeutete Verbeugung begleitete, kündete von etwas weitaus Anmaßenderem als Dankbarkeit.

Die ganze Nacht harrte Stephen an Jacks Bettstatt aus. Man hatte den Apotheker aus dem Ort kommen lassen, doch als der sah, daß lebenswichtige Organe in Mitleidenschaft gezogen waren, wollte er seinen Ruf nicht durch ein Scheitern aufs Spiel setzen. Daher gab er an, daß Nonas Versorgung ausreichend sei. Nona machte Umschläge und verabreichte Jack beruhigende Tränke, doch seine Schmerzen dauerten an. In jener ersten Nacht tupfte ihm Stephen immer wieder mit einem Tuch den Schweiß von der Stirn, flößte ihm etwas von dem Wundtrunk ein, den Nona ihm gerührt hatte, oder legte im Kamin Feuerholz nach.

»Seid Ihr noch da, Hauptmann Sutton, Sir?«

»Ja, Jack, ich bin hier.«

Er nahm Jacks Hand; das Zittern hatte nachgelassen, doch die Schmerzen raubten ihm den Schlaf. Am wohlsten war Jack, wenn er Stephens Stimme hörte, und so redete Stephen ohne Unterlaß.

Er sprach von den Männern, wie sie rasch lernten und bald bereit sein würden, sich dem großen Heer anzuschließen, das nach Ostern einberufen würde; er sprach von ihren gemeinsamen Feldzügen, von Jacks Mut und davon, wie er sich immer auf Jack verlassen konnte. In den frühen Morgenstunden, als Jack ein Weilchen Ruhe fand und Stephens Augenlider schwer wurden, hörte er in einem anderen Raum den Säugling weinen. Schritte, dann verstummte das Kind. Und Stephen war kurzzeitig getröstet: Nicht nur er wachte in dieser dunklen Nacht.

Er sah Mistress Taverner vor sich, wie sie das winzige Kind in die Arme nahm, an die Brust legte … und beinahe war ihm nach Lächeln zumute.
»Seid Ihr noch da, Hauptmann Sutton, Sir?«
»Ja, Jack, ich bin da.«
Und nun erzählte Stephen unversehens von dem Haus in Cornwall, in dem er großgeworden war; dem schönen Anwesen, das sein großer Bruder Nicolas hätte erben sollen. Doch Nicolas war nach der Schlacht von Lansdown seinen Wunden erlegen, und nun würde sein ältester Sohn das Anwesen erben. Stephen erinnerte sich an seinen Neffen; als er ihn zum letztenmal gesehen hatte, war er so lockig und reizend gewesen wie Nicolas in diesem Alter. Stephen erwog nicht mehr, ob Jack ihm noch folgen konnte, sondern schilderte, daß er vor Beginn dieses Krieges kein Lebensziel gehabt habe. Als Zweitgeborener hatte er gewußt, daß Rossmere niemals sein Eigentum sein würde, und für eine Ausbildung stand kaum Geld zur Verfügung. Er hatte die Zeit damit zugebracht, Freunde und Verwandte in Cornwall zu besuchen, Hurling zu spielen, bei Hahnenkämpfen zu wetten und sich im Kartenspiel zu üben, was alles angenehm und müßig gewesen war.
Bis Bevil Grenvile 1639 für König Karl gegen die Schotten zu Felde zog und Stephen sich als einer der ersten freiwillig seinem Heer anschloß und Soldat wurde. Bei Ausbruch des Bürgerkriegs 1642 war er wieder zur Stelle. Das Leben eines Soldaten sagte ihm zu. Er war fleißig und mutig, beliebt bei den Männern, doch hart, wenn es vonnöten war. Er glaubte leidenschaftlich an die Sache der Königstreuen, war mit ihnen der Überzeugung, daß

Gesetzlosigkeit folgen werde, falls die Parlamentsanhänger den rechtmäßigen König stürzten, und daß in der Gesetzlosigkeit die Armen und Schwachen am schlimmsten zu leiden hätten. Stephen glaubte, daß nur eine Gesellschaft mit einer festen Rangordnung imstande sein würde, all ihre Bürger zu schützen.

»Ja, Hauptmann Sutton, Sir, das ist wahr.«

Doch er sprach nicht mehr zu Jack allein. Es war, als versuche er die bittere Frage jener anderen Zuhörerin im Dunkel der Nacht zu beantworten: Warum lehrte man Männer das Kämpfen und das Töten?

Noch nie zuvor war es für ihn erforderlich gewesen, sich diese Frage zu stellen, die ihm nun keine Ruhe mehr ließ. Er hatte sich nicht in das Weißblau der Grenviles gewandet, um Bürger zu metzeln, und sein Bruder Nicolas hatte nicht sein Leben gelassen, damit das Landvolk ein paar Strickstrümpfen wegen gepeinigt wurde. Zum ersten Mal kam es ihm vor, als sei er Teil des Übels, an dem das Land krankte, und nicht Teil der Arznei. Er dachte an Tully, das Karnickel, den Darbier in den Kerker hatte werfen lassen, um ihn am Weglaufen zu hindern. War es wohl möglich, daß die Schwester des Jungen und ihr Neugeborenes wichtiger waren, als das Heer des Königs?

Auch Tully im Kerker tat kein Auge zu.

»Bitte haltet ein! Sperrt mich nicht ein!« hatte er den Feldwebel angefleht, der ihn dorthin gebracht hatte. »Ich muß zu meiner Schwester zurück!«

Doch er hatte nur zur Antwort erhalten »soll der Teufel deine Schwester holen«, und Tully war der Schweiß ausgebrochen, als sei das eine Vorahnung.

Denn keiner außer Tully wußte, daß er dem Neugeborenen Vater und Onkel zugleich war. Seit dem Tode ihres Großvaters vor einem Jahr waren die beiden Kinder in dem Viehtreibergasthaus sich selbst überlassen gewesen. Sie hatten wenig eingenommen und häufig gehungert. Tully hatte Fallen aufgestellt und im nahe gelegenen Dorf gebettelt. Doch ihre Nachbarn waren selbst arm, und nach und nach waren seine Schwester und er verwildert und hatten nur noch Trost gefunden, indem sie sich des Nachts körperlich vereinten.

Die Schwangerschaft seiner Schwester hatte sie beide verstört, doch da sie ein unbestimmtes Gefühl von Schuld hatten, hatten sie es nicht gewagt, jemanden zu Hilfe zu rufen. Tully war noch immer wie benommen vom Grauen der Geburt. Er hatte getan, was in seinen Kräften stand, doch dann begriff sogar er, daß das Mädchen und der Säugling in schrecklicher Verfassung waren. Er war unterwegs gewesen zu der alten Hebamme im Dorf, als die Soldaten ihn überwältigten.

»Du kommst gleich wieder heim, Tully, ja?« Grau im Gesicht, hatte sie ihm nachgeblickt, als er aufgebrochen war.

»Vor Einbruch der Dämmerung bin ich zurück, keine Sorge.«

Und nun wartete sie und fürchtete sich. Tully hatte Entbehrungen aller Art durchlitten in seinem kurzen Leben, doch dieses Unglück war schlimm genug, ihn in den Wahnsinn zu treiben.

Am folgenden Morgen klagte Darbier, der im bequemsten Bett des Hauses genächtigt hatte, über Kopfschmerzen. Er fühlte sich viel zu angegriffen für schwere Arbeit. Als er aus dem Haus ging, beschloß Stephen, daß Darbier sich wohl auch außerstande sah, seinen Aufgaben in Tilsbury nachzugehen, und ordnete Tullys Entlassung aus dem Kerker an. Er übergab den Jungen an Feldwebel Morish und befahl, ihn nicht aus den Augen zu lassen, aber anständig zu behandeln. Morish kannte seinen Hauptmann gut genug, um zu wissen, was »anständig« besagte, und Tully bekam ein kräftiges Frühstück, bevor er mit zum Exerzierplatz genommen und mit einer Pike ausgestattet wurde.

Das Wetter war umgeschlagen, und der Tag war grau und diesig. Darbier, der allein in Priory House saß, langweilte sich zusehends. Der Gemeindediener erschien um die Mittagszeit, um sich über einen Soldaten zu beklagen, der im Lion für Unruhe gesorgt hatte. Darbier teilte ihm überheblich mit, daß er zu beschäftigt sei, um mit derlei Kindereien belästigt zu werden. Als der Mann hinausgeleitet wurde, sank Darbier noch tiefer in seinen Sessel und grübelte darüber nach, wie er sich denn nun zerstreuen solle.

In diesem Augenblick vernahm er, wie sich die Eingangstür schloß. Mistress Taverner kehrte von ihrem morgendlichen Einkauf auf dem Markt zurück. Beth hatte sie diesmal nicht begleitet. Am Abend zuvor hatte Cary den Kindern so eingehend Jacks Wunde beschrieben und sich darauf in ausführlichen Schilderungen anderer schrecklicher Unfälle ergangen, daß Beth kaum ein Auge zugetan hatte und so matt war, daß sie nur am Herdfeuer sitzen und Mabs bei der Arbeit zusehen konnte.

Trotz des trüben Wetters und der Unpäßlichkeit ihrer Tochter, war Doll guter Dinge. Dame Fryer hatte eine große Menge Veilchen für sie aufbewahrt. Als sie ihren Korb auf der Truhe absetzte und die regenfeuchten Blumen ihren Duft nach Erde und Frühling verströmten, dachte sie froh, wie gut es doch war, daß die Soldaten für solcherlei Kostbarkeiten keinen Sinn hatten. Sie überlegte sich gerade, daß sie die Hälfte kandieren und die andere Hälfte für Duftwasser verwenden wollte, als Major Darbier aus dem Wintersalon trat. Er schien sich offenbar nicht damit zufriedenzugeben, daß er den gesamten Haushalt durcheinanderbrachte, sondern schien überdies auch noch Zerstreuung zu erwarten.

»Guten Morgen, Mistress Taverner. Ich möchte Euch in Versuchung führen, am Kamin ein Gläschen Wein mit mir zu trinken. Wir können uns gemeinsam zerstreuen an diesem trostlosen Tag. Ich fühle mich gar nicht wohl, und Einsamkeit ist besonders unangenehm, wenn man unpäßlich ist, meint Ihr nicht auch?«

Doll wollte erwidern, daß sie zu beschäftigt sei, doch sie zögerte. Sie war heute morgen bereits Zeuge seiner üblen Stimmung gewesen und wußte, daß er seinem Ärger freien Lauf ließ, wenn man ihm nicht seinen Willen tat. Mabs murrte bereits, daß es ihr zu Hause besserginge, wo man sie nicht wie eine Leibeigene behandelte, und daß sie schon genug Aufhebens mit den Soldaten und nun auch noch mit dem verletzten Jack hätten und es sich nicht erlauben könnten, obendrein Dienstboten zu verlieren. Darum nahm sie ihren Umhang ab, schüttelte den Regen aus ihrem Haar und sagte – wobei sie sich sogar ein Lächeln abringen konnte: »Recht gerne, Major, aber viel Zeit steht mir nicht zur Verfügung. Ellen, richte bitte Mabs aus, daß sie einen Krug mit warmem Wein in den Wintersalon bringen möge. Und trage diese Veilchen in die Vorratskammer. Ich werde sie nach und nach selbst verarbeiten.«

Kurz darauf saßen sie zu beiden Seiten des Kamins, in dem ein helles Feuer loderte. Ellen hatte das Tablett mit dem Wein auf einen Schemel gestellt.

»Auf Euer Wohl, Mistress Taverner.«

Sie hob ihr Glas. »Ich hoffe doch, Ihr habt wohl geruht letzte Nacht, Major.«

»Es war erträglich«, erwiderte er, und es entging Doll nicht, daß ihm die Unannehmlichkeiten, die sie hatte dafür auf sich nehmen müssen, keiner Erwähnung wert waren.

»Das tut mir aufrichtig leid.« Doll stellte fest, daß der höfliche Ton mit diesem verwöhnten Bürschchen zu einer Art Spiel für sie wurde. Er war so daran gewöhnt, hofiert zu werden, daß ihm der spöttische Unterton, den jedermann bemerkt hätte, vollkommen entging.

Sie sagte: »Euer armer Fähnrich leidet arge Schmerzen.«

»Ach, der.« Darbier runzelte die Stirn. »Jungen wie der sind Schwächlinge. Mein Kopf schmerzt schrecklich, aber ich beklage mich nicht.«

Doll unterdrückte ein Lächeln. »Ihr seid uns allen ein Vorbild, Major.«

Er sah sie einen Augenblick sonderbar an, und sie fragte sich, ob sie zu weit gegangen war, doch dann sagte er: »Laßt uns den langweiligen Burschen vergessen. Ich möchte mehr über Euch erfahren, Mistress Taverner.« Er schenkte sich Wein nach. »Wie seid Ihr nach Tilsbury gekommen?«

»Mit meinem Gatten.«

»Ja, doch wie habt Ihr ihn kennengelernt? Ihr seid schließlich keine Engländerin. Eine außergewöhnliche Gattin für einen Mann wie ihn.«
»Da müßt Ihr ihn selbst fragen,«
»Aber er ist nicht hier.« Er rückte ein wenig näher. »Man sinnt darüber nach, weshalb ein Mann seine Frau in einem Haus voller Soldaten allein zurückläßt. Das ist doch merkwürdig, meint Ihr nicht auch? Eine Gattin ist einem Mann kostbar und so fort.«
Doll war verwirrt. »Was wollt Ihr damit andeuten, Major?«
»Oh, dies und das, Mistress Taverner, ich mache mir nur so meine Gedanken, um die Zeit zu vertreiben, wißt Ihr. Euren Gatten habt Ihr in Deutschland getroffen, und doch seid Ihr Spanierin. Das ist alles sehr aufregend.«
»Weshalb? Meine Geschichte ist wenig ergiebig.«
»Ihr seid zu bescheiden, Mistress Taverner. Man will doch immer etwas erfahren über seine Freunde. Wenn Ihr Spanierin seid, wurdet Ihr doch gewiß im katholischen Glauben erzogen? Nicht, daß ich etwas gegen Katholiken hätte, versteht mich nicht falsch –«
»Das hoffe ich, Major. Eure Königin gehört diesem Glauben an.«
»Ganz recht, aber sagt mir, das wollte ich schon immer in Erfahrung bringen: Ist es schwierig, dem Glauben abzuschwören, in dem man aufgezogen wurde?« Er lächelte sie an, und sein Blick hatte etwas Anzügliches.
Doll antwortete ihm nicht. Er war nicht sicher, ob sie die Frage überhaupt gehört hatte. Ihr Gesicht war ausdruckslos, doch sie knetete unruhig eine Falte ihres Kleides zwischen Daumen und Zeigefinger.

»Wie ich es mir dachte«, sagte Darbier, der sich bemühte, leichthin zu wirken, »Ihr habt ein dunkles Geheimnis zu verbergen.«
Sie sah ihn überrascht an, wandte dann den Blick ab. »Ein Geheimnis, Major? Was soll das heißen?«
»Euer Mysterium, Mistress Taverner. Ich möchte alles über Euch erfahren.«
»Es gibt nichts zu erzählen über mich.«
»Oh, nun aber. Seid mir nicht böse. Es ist immer angenehm, über sich selbst zu sprechen. Ihr dürft mich auch fragen, wonach Euch der Sinn steht. Ich verspreche Euch, nicht empfindlich zu sein.«
»Aber, Major, Euer Leben ist nicht von Belang für mich.«
»Ihr seid wahrhaftig zornig. Seht Ihr, es ist schwierig für mich, denn ohne *Tatsachen* bin ich gezwungen, auf Gerüchte zu hören. Und Ihr wißt ja, wie in kleinen Orten wie diesem getratscht wird.« Darbier beobachtete sie gespannt. Er glaubte, sie in die Falle gelockt zu haben.
Wiederum wich sie seinem Blick aus und sagte: »Nein. Ich gebe nichts auf Tratsch.«
Es entging ihm nicht, daß sie verstört war. Er legte ein Bein über die Armlehne des Sessels. »Ihr würdet doch gewiß gerne wissen, was sie über Euch reden.«
»Nein, Major Darbier, etwas Langweiligeres kann ich mir kaum denken.«
»Wahrhaftig?« Er sann eine Weile darüber nach und strich dabei über seinen Siegelring. »Es ist wirklich ganz bedauerlich, daß Master Taverner so überstürzt verreisen mußte. Es überrascht mich, daß Euer Gatte nicht in Betracht zog, wie verletzlich sich eine allein gelassene

Frau zu Zeiten wie diesen fühlen muß. Ihr wißt schon, der Krieg und all das.«

Doll antwortete nicht. Sie schlang die Hände ineinander. Eine alte Angst stieg in ihr auf, und das Atmen fiel ihr schwer.

Darbier ließ den Fuß mit dem Stiefel hin und her baumeln, wandte sich zu ihr und lächelte. »Soldaten sind nicht immer vernünftig, nicht wahr, Mistress Taverner?«

Sie stand rasch auf und legte die Hand an die Stirn. Mühsam sagte sie: »Ich muß Euch verlassen, Major, ich habe noch viel zu tun.«

»Aber Ihr habt Euren Wein kaum angerührt.«

Sie antwortete nicht, sondern wandte sich ab und eilte hinaus. Ein Weilchen, bis sein Kopfschmerz und seine Langeweile sich wieder einstellten, sann Darbier zufrieden über die Ausbeute seiner Bemühungen nach. Mistress Taverner hatte ganz offenbar ein schändliches Geheimnis.

Dahinterzukommen, was sie verbarg, mochte sich als angenehmer Zeitvertreib erweisen, während er gezwungen war, in diesem verlassenen Nest seine Fähigkeiten zu vergeuden.

Im Haus ahnte man, daß die Unterhaltung mit dem Major Mistress Taverner verstimmt hatte, als die Tür zur Destillierkammer mit einem Knall zufiel. Aus der Länge ihres Aufenthalts in der Kammer würde man auf das Ausmaß ihrer Verstörung schließen können.

Ein paar Augenblicke stand sie reglos in der Mitte des Raums. Sie war außerstande, die Gegenstände deutlich zu erkennen; die ordentlich aufgereihten Krüge, Fläschchen und Tiegel, das Destilliergerät und die Wärmepfannen, all die vertrauten Dinge, die sonst tröstlich auf sie wirkten, verblaßten, verdrängt vom Geruch und Geschmack eines alten Grauens. Doll umklammerte ihren Kopf und schloß die Augen. Es gab kein Entkommen. Sie hörte Gebrüll, schrille Schreie. Sah blutverschmierte Stiefel vor sich. Sie öffnete die Augen und hielt sich an der Schieferplatte fest.

In der Gegenwart bleiben.

Krieg und all das ... wie verletzlich sich eine allein gelassene Frau zu Zeiten wie diesen fühlen muß ... Welche bösartige Ahnung hatte Darbier dazu veranlaßt, nach ihren Schwächen zu suchen? Was für eine Art von Tratsch mochte ihm zu Ohren gekommen sein?

In all den Jahren, die sie in Tilsbury lebte, hatte Doll sich keine Gedanken darüber gemacht, was ihre Nachbarn von ihr halten mochten. Tatsächlich kam sie aus so weiter Ferne, daß es die Vorstellungskraft der Einheimischen überstieg. Wäre sie aus einem Dorf in der Nähe oder noch aus Bristol gekommen, hätte man sich mit ihrer Fremdheit befaßt. Doch aus Spanien zu stammen und in Deutschland gefunden zu werden, das war so außergewöhnlich, daß man sie einfach hinnahm. Überdies war sie so jung gewesen, als sie nach England kam; sie war in Tilsbury erwachsen geworden und wurde schon allein deshalb von den meisten fast als Einheimische angesehen. Man war sogar regelrecht stolz darauf, daß sie sich hier niedergelassen hatte, als ließe sich damit beweisen, daß es keinen besseren Ort auf der Welt gäbe. Man hatte sich stets damit zufriedengegeben, daß sie Josiah Taverners Gattin und die Mutter seiner Kinder war.

Darbiers widerwärtiges Grinsen jedoch hatte auf andere Kenntnisse schließen lassen. Das war gewiß alles Unsinn, doch sie fühlte sich beschmutzt von seiner Aufdringlichkeit. Ihr Verstand sagte ihr, daß er nichts wußte, was ihr schaden konnte; dennoch fühlte sie sich preisgegeben und verletzlich. Lügen konnten gefährlicher sein als die Wahrheit.
Ein Schlüssel drehte sich im Schloß.
»Wer ist da?« fragte sie mit schriller Stimme, obwohl sie wußte, daß nur ein Mensch über einen Schlüssel zu diesem Raum verfügte.
Nona schlurfte herein. Sie war im Begriff, frische Salben für Jack zu mischen. Nach einem Blick auf Dolls verstörtes Gesicht sagte sie auf spanisch: »Was ist geschehen?«
»Wann ziehen die Soldaten ab, Nona?«
»Warum fragst du mich? Du sagst, es ist alles Humbug, und dann willst du, daß ich in die Zukunft blicke. Wart's ab, bis du es selbst merkst.« Dolls Zurechtweisung am Vorabend hatte die alte Frau in ihrem Stolz gekränkt, und da sie überdies erschöpft war durch die Pflege von Jack, war sie nicht in versöhnlicher Stimmung.
»Ich will, daß sie verschwinden.«
»Das wollen alle. Wir können nichts tun. Aber eines kann ich dir sagen: Dieser junge Bursche, den sie Jack nennen, hat nicht mehr lange zu leben.«
»Er stirbt?«
Nona nickte. »Doch es kann noch eine Woche oder länger dauern. Armer Junge.«
Doll sagte nur: »Ich wünschte, der Major stürbe.«
Nona verkorkte eine Salbenflasche und stimmte zu: »Der Major ist eine Plage.«

»Schlimmer.«
»Mag sein.«
Doll betrachtete die unbeschrifteten Fläschchen auf dem obersten Brett und nahm eines herunter.
»Was ist das hier, Nona?«
»Geht dich nichts an.« Nona versuchte, es ihr zu entwenden, doch Doll war um einiges größer als sie und hielt es außer Reichweite.
»Du hättest mich schon längst in deine Geheimnisse einweihen sollen.«
»Später.«
»Tu es jetzt.«
Nona schüttelte den Kopf.
»Warum nicht?«
»Weil du zu zornig bist.«
»Nein, bin ich nicht. Ich war zornig über den Major, aber das ist vorbei. Sag mir, wie diese Mittel wirken.«
»Eines Tages vielleicht. Und du bist noch immer zornig. Ich meine nicht den Major, das ist nichts. Du bist voll des Zorns, seit du in dieser Stadt lebst.«
»Was für einen Unsinn du redest, Nona.« Doch sie stellte die kleine Flasche auf ihren Platz im Regal zurück, da sie wußte, daß sie durch Widerspruch nichts erreichen würde.
Eine Weile sah sie Nona schweigend zu. Die Hände der alten Frau waren runzlig und geädert und übersät von braunen Flecken, die Knöchel geschwollen, doch sie arbeitete so geschickt und rasch wie seit jeher. Doll beruhigte sich allmählich.
Schließlich fragte sie: »Meinst du, die Leute in Tilsbury reden über uns?«

»Sie reden über jeden. Und wir sind Fremde und deshalb noch beachtenswerter.«
»Was sagen sie?«
Nona blickte von ihrer Tätigkeit auf und grinste. »Ach, nichts weiter. Nur, daß du Zigeunerin warst und ich eine alte Hexe bin.«
»Was?«
»Sie sagen aber auch, daß du eine gute Gattin und Mutter bist und daß ich ab und an hilfreich sein kann. Es gibt keinen Grund, sich Gedanken zu machen über Tratsch. Und nun stör mich nicht weiter, ich habe zu tun, auch wenn du auf der faulen Haut zu liegen scheinst. Ich werde Cary ein paar Tropfen zur Beruhigung verabreichen. Im Augenblick ist sie eher hinderlich als nützlich.«
»Was ist mit Beth? Ich mache mir Sorgen um sie. Es sieht ihr nicht ähnlich, so bekümmert zu sein. Seit die Soldaten erschienen sind, ist alles aus dem Lot.«
»Beruhig dich«, sagte Nona gereizt. »Heb dir dein Gezeter für später auf. Wir stehen erst am Anfang. Ich brauche keine hellseherischen Kräfte, um zu wissen, daß alles noch viel schlimmer wird, bevor die Soldaten abziehen.« Und als sie Dolls entsetztes Gesicht sah, nahm sie ihre Arzneien und verschwand, zufrieden vor sich hin kichernd.

Jack blieb über eine Woche im Bett der Offiziere, und seine Schmerzen wurden schlimmer. Des Nachts ging es ihm besonders schlecht und kaum jemand im Haus fand Schlaf. Darbier verfiel in die Gewohnheit, sich allabendlich bis zur Besinnungslosigkeit zu betrinken, so daß er noch das Jüngste Gericht verschlafen hätte, doch sein

dröhnender Schädel am nächsten Morgen trug nicht zur Verbesserung seiner Laune bei.
Stephen fühlte sich zutiefst bedrückt. Er war den größten Teil des Tages unterwegs, und wenn er aus irgendeinem Grund ins Haus kam, begab er sich unverzüglich an Jacks Bett. Nachts tat er kein Auge zu und sah so häufig nach den Wachen, daß man munkelte, er habe eine Geliebte in der Stadt. Eines Morgens fand ihn einer der Reitknechte im Stall, wo er an einen Strohballen gesunken war und fest schlief.
Stephen wußte nicht, weshalb ihn Jacks Leiden so aufwühlte. Er glaubte, gegen das Grauen des Krieges gewappnet zu sein – er hatte, weiß Gott, genug davon gesehen –, doch Jacks langer Kampf erschütterte ihn mehr, als es die höllischen Zustände nach den Schlachten von Lansdown und Bristol vermocht hatten. Vielleicht lag der Grund in der Art, wie es zu seiner Verletzung gekommen war: die ungeheure Vergeudung eines jungen Lebens im Tausch gegen ein paar Strickstrümpfe. Oder es mochte mit Jacks kindlichem Wesen zu tun haben, einer Art Unschuld, die ihn von den anderen Soldaten unterschieden hatte. Oder damit, daß Jack ihn zum Lachen gebracht hatte – und nun war ihr Lachen grausam erstickt worden.
Stephen, schon immer ein gewissenhafter Offizier, arbeitete härter denn je zuvor. Die Ausbildung der Männer überließ er vorwiegend Feldwebel Morish und den beiden Iren Donnelly und O'Rourke. Meist ritt er mit einem halben Dutzend Männer im Morgengrauen los, um Nahrung für die Männer aufzutreiben und Soldaten anzuwerben. Ein-, zweimal stießen sie auf Parlamentstrup-

pen aus Gloucester und trieben sie in ihre Garnison zurück. Einige seiner Männer erlitten dabei Verletzungen, die jedoch nicht bedrohlich waren. Stephen war aufrichtig erleichtert, daß Darbier keine Anstalten machte, an diesen Patrouillen teilzunehmen. Er vertrieb sich unterdessen die Zeit, indem er Sir Diggory Page Besuche abstattete oder in Priory House Hof hielt. Da er so mit Jack und seinen Pflichten beschäftigt war, bemerkte Stephen nicht, wie Darbier sich veränderte.

Der junge Major war in einer Welt aufgewachsen, in der keiner je Zweifel an seiner Stellung geäußert hatte und in der ihm jedermann mit Achtung begegnet war. In den ersten Kriegsjahren hatte sich daran nicht viel geändert. Da er Neffe von Lord Bewell war, hatte er trotz seiner Jugend und Unerfahrenheit ein Patent bekommen; er hatte nicht viel Verantwortung zu tragen und sich für beliebt gehalten. Die beiden kurzen Erfahrungen in der Schlacht erschütterten seine Selbstgefälligkeit nicht, denn er war weit entfernt vom Schauplatz der Kämpfe gewesen – doch dieses unbewegliche Leben in der Garnison stellte ihn vor neue Anforderungen.

Zunächst gewöhnten sich die Soldaten wie die Einheimischen es sich rasch an, mit ihren Belangen zu Stephen zu kommen statt zum Major. Stephen war es, der die beiden Soldaten bestrafte, die im Lion für Unruhe gesorgt hatten, Stephen war es, der die beiden Männer aufspürte und zur Rechenschaft zog, die Pferde gestohlen und versucht hatten, sie im nächsten Dorf zu verkaufen. Es war Darbier vollkommen unverständlich, wie es Stephen gelang, Männer zur Strafe zum Auskundschaften zu schicken oder ihnen den Fußblock zu verordnen und dabei ihre

Achtung zu gewinnen, wohingegen er selbst Haß und Trotz erntete, wenn er jemanden bestrafte. Darbier war zufrieden gewesen, als es nur darum ging, Stephen die Arbeit zu überlassen; nun, da er sich überflüssig fühlte, geriet er in Schwierigkeiten.
Darbier gab Jack die Schuld an seiner eigenen, mißlichen Lage. Er glaubte, daß der ganze Ärger am Tag der unglückseligen Patrouille ihren Anfang genommen hatte; er spürte, daß Stephen sich seit diesem Tag von ihm zurückgezogen hatte (doch er vergaß dabei die Auseinandersetzung am Vorabend, in der er behauptet hatte, Mistress Taverner sei vor ihrer Hochzeit eine Dirne gewesen). Seiner Ansicht nach war somit Jack verantwortlich. Wäre der junge Fähnrich nicht so leichtsinnig gewesen, wäre er auch nicht verletzt worden. Stephen wäre weiterhin guter Dinge, und es gäbe keine Mißstimmung zwischen den beiden Offizieren.
Verwirrt wie er war, begann Darbier sich zu fürchten. Priory House war nicht groß genug, um Jacks Qualen gänzlich zu meiden. Zum erstenmal in seinem Leben sah er sich dem Grauen von Schmerzen und drohendem Tode gegenüber. Er bekam Angst vor den Schlachten, in denen er sich wiederfinden würde, wenn die Zeit der Feldzüge begann. Sein bisheriger Mut gründete auf dem Glauben an seine Unverletzlichkeit, doch als er nun Jacks Leiden gewahr wurde, begann er sich zu ängstigen. Grausige Vorstellungen von Verstümmelungen und vom Tode suchten ihn heim. Trunkenheit war das einzige Mittel, das ihm zur Besserung verhalf.
Dann und wann zog er in Betracht, Sir Diggorys Einladung anzunehmen und in Furleys abzusteigen. Dort

würde er wieder Lord Bewells Neffe und unangreifbar sein können. Doch ein gewisser Stolz hielt ihn davon ab. Er fürchtete, daß es dem Eingeständnis einer Niederlage gleichkäme, wenn er Priory House verließ. Er stand im Wettstreit mit Stephen, sowohl was das Ansehen bei den Soldaten betraf, als auch bei Mistress Taverner. Er hatte nicht die Absicht, aufzugeben und Stephen das Feld zu überlassen.

Eines Abends kehrte Stephen erschöpft von seiner üblichen Runde bei den Wachen zurück. Darbier hatte allein gespeist und forderte Stephen auf, sich zu ihm zu gesellen, doch Stephen war nicht nach Essen zumute. Er nahm sich nur einen Krug Gewürzwein und begab sich dann in Jacks Zimmer.

Zum erstenmal erkannte Jack ihn nicht, doch das Fieber linderte seine Schmerzen nicht. Stephen saß bei ihm, trank den Wein und sann darüber nach, wie jemand so lange am Leben bleiben konnte. Blinde Wut auf eine Welt, in der solch schlimmes Leiden gestattet war, erfüllte ihn.

Nach einer Weile spürte er überrascht, daß ihm jemand über den Kopf strich. Er blickte auf und wurde der alten Frau gewahr, die mit zerzaustem Haar vor ihm stand. Er brachte kein Wort hervor.

»Quält Euch nicht länger«, sagte Nona, und in ihren Zügen sah er die Stille, die sich einstellt, wenn man sich mit dem Leiden abfindet. »Ihr könnt nichts mehr für ihn tun.«

Stephen starrte sie an. »Gibt es keine Hoffnung mehr?« fragte er schließlich.

»Nein.«

Er verstummte. Seit über einer Woche hatte er sich an die Hoffnung geklammert, daß es Jack trotz seines elenden Zustandes gelingen mochte, zu überleben. Nun wußte er, daß er sich selbst getäuscht hatte. Ein Blick auf das bleiche Gesicht auf dem Kissen, und man sah, daß es mit ihm zu Ende ging.

Nach einer Weile fragte er: »Wie lange hält er noch durch?«

»Wer weiß? Stunden, Tage. Vielleicht sogar Wochen.«

Stephen blieb reglos sitzen. Er merkte, daß Nona die Wärmepfannen mit frischen Kräutern füllte und Duftwasser auf das Kissen und die Bettvorhänge sprenkelte. Nach einer Weile stellte er erstaunt fest, daß er den Wein ausgetrunken hatte. Er erhob sich und ging nach unten. Er fühlte sich seltsam benebelt.

Darbier saß am Kamin im Eßzimmer und streckte die Füße mit den edlen Stiefeln zum Feuer. Als Stephen eintrat, blickte er auf. »Zum Teufel, Ihr seht schrecklich aus. Setzt Euch und eßt etwas, um Himmels willen.«

Stephen sackte auf einen Stuhl, rührte die Speisen jedoch nicht an.

Darbier sagte trocken: »Eurem Freund geht es wohl nicht besser.«

»Schlechter.«

»Dann wird es bald zu Ende gehen.«

»Die alte Frau meint, es kann noch Tage dauern – vielleicht sogar länger.«

Darbier fluchte. »Bei Gott, ich wünschte, er würde sich beeilen und es endlich hinter sich bringen, damit hier wieder Ruhe einkehrt.« Dann fügte er freundlicher hinzu: »Kopf hoch, Stephen, trinkt noch einen Schluck

Wein. Das verfehlt seine Wirkung nie. Verflucht, alles leer. Wo, in Gottes Namen, stecken die Dienstboten?«
Auf sein wütendes Geschrei hin öffnete Doll die Tür. Sie war auf dem Wege gewesen, Beth und Harry gute Nacht zu sagen.
»Ist etwas nicht in Ordnung, meine Herren?«
»In der Tat. Eure Dienstboten sind zu faul, um angemessen nach uns zu sehen. So eine Horde von lahmen Tagedieben ist mir mein Lebtag noch nicht untergekommen. Mehr Wein, und zwar schnell.«
Nur an ihren bebenden Nasenflügeln ließ sich Dolls Zorn erkennen. Auch sie war wegen Jacks Schreien und dem zahnenden Säugling nicht zur Ruhe gekommen. Den ganzen Tag schon war ihr, als löse sich eine schützende Hautschicht von ihr ab und ihre Nerven lägen bloß. So sehr sie sich auch davon zu überzeugen suchte, daß die Qualen eines Soldaten ihr einerlei waren – sobald Jack schrie, kam es ihr vor, als schneide der Schmerz in ihren eigenen Körper. Und nun meinte dieser verwöhnte Flegel von einem Major, sie wie eine dahergelaufene Schenkendirne behandeln zu können, und das nur, weil ihr kein Mann zur Seite stand.
Aufgebracht sagte sie: »Major Darbier, es mag Euch entgangen sein – wiewohl Ihr, weiß Gott, nicht eben schwer zu tragen habt an der Last Eurer Pflichten –, daß meine Dienstboten bereits alle Hände voll zu tun haben, um Euch und Eure Männer zu versorgen. Falls sie einmal ein wenig langsamer sein sollten, so kann ich Euch nur versichern, daß sie ihr Bestes geben.«
»Nun, es reicht nicht aus, das ist alles. Bringt mehr Wein.«

»Nein, Major, ich bin nicht Euer Dienstbote. Ich werde jemanden schicken, falls es möglich ist.«
Sie zog die Tür zu.
»Verflucht eingebildetes Weibsbild«, murmelte Darbier, der dunkelrot angelaufen war. »Wie kann sie es wagen, mich belehren zu wollen! Was für eine Anmaßung für einen Emporkömmling wie sie. Ich könnte sie rasch in ihre Schranken verweisen, wenn mir der Sinn danach stünde.«
»Bereitet Mistress Taverner kein Ungemach, Major. Ihre Dienstboten legen sich mächtig ins Zeug. Und ihre Großmutter pflegt Jack mit großer Sorgfalt.«
»Jack, Jack ... ich bin es leid, mir ständig etwas über diesen elenden Kerl anzuhören. Kommt, Stephen, laßt uns in den Lion gehen und uns zur Abwechslung vergnügen. Hier geht es ja zu wie in einem Pesthaus. Kommt, Ihr geht schon die ganze Woche mit dieser Trauermiene umher. Man möchte glauben, daß Ihr es seid, der den Schuß in den Bauch bekommen hat.«
»Ich wünschte beinahe, es wäre so.«
»Das ist hirnloses Geschwätz. Und überdies Verrat. Ihr seid viel unentbehrlicher für Seine Majestät als irgendein hohlköpfiger Fähnrich. Gehen wir.«
Er stand auf. Stephen starrte einen Augenblick auf seine Hände, und dann sagte er langsam, als sei er zu einer Entscheidung gekommen: »Nun gut. Ich kann nichts für ihn tun. Er hat nicht einmal geantwortet, als ich seinen Namen gesagt habe.«
»Das hört sich besser an. Wenn wir da rausgehen, werdet Ihr Euren eigenen Namen nicht mehr wissen.«
Die beiden Männer gingen durch die Passage. Mistress Taverner kam mit einem Leuchter in der Hand die Trep-

pe herunter. Sie trug ein schlichtes Kleid aus grauem Tuch und keinen Schmuck, doch sie bewegte sich mit natürlicher Anmut. Und Stephen, trotz seiner Müdigkeit sonderbar wach, fand, daß er noch nie zuvor eine schönere Frau gesehen hatte und wohl auch in Zukunft nie wieder sehen würde. In diesem kurzen Augenblick war er, ganz grundlos, wie es ihm schien, beinahe lachhaft glücklich.

Darbier sagte mit einem hämischen Grinsen: »Euer nachlässig geführter Haushalt veranlaßt uns, im Lion Zuspruch zu suchen. Eine solche unfähige Dienerschaft ist mir noch nie untergekommen. Sie haben die Peitsche verdient.«

Doll war auf der untersten Stufe angelangt. Sie sagte: »Dann möchtet Ihr vielleicht anderswo Unterkunft beziehen.«

»Hofft Ihr, uns loszuwerden, Mistress Taverner?«

Dolls Wangen glühten vor Zorn, doch sie sagte gewandt: »Ich bin nur um Euer Wohlergehen bemüht, Major.«

Stephen lächelte zum erstenmal seit Tagen. Es erfreute ihn, daß Mistress Taverner Darbier so offensichtlich widerwärtig fand, es ihr jedoch immer wieder gelang, im Umgang mit ihm höflich zu bleiben. Er war belustigt darüber, daß Darbier vor Eitelkeit so verblendet war, daß er die Lage nicht richtig einschätzen konnte. Stephen wußte, daß Mistress Taverner Soldaten im allgemeinen verabscheute, nicht nur seinen Vorgesetzten. Er hielt es durchaus für möglich, daß sie Männer als solche haßte. Vorerst bereitete ihm dieser Gedanke jedoch keine Schwierigkeiten, solange er sie mehrmals am Tag sehen und ihre Stimme hören konnte.

Er sagte: »Mistress Taverner, wir sind Euch sehr dankbar für Eure Bemühungen.«
Doll umklammerte den brüllenden Löwen, der das Ende des Geländers zierte. Sie begann: »Ich danke Euch, Hauptmann Sutton –«, dann brach sie ab.
Sie war kreidebleich geworden. Aus dem Zimmer im ersten Stock war ein unmenschlicher Schmerzensschrei zu vernehmen, gleich darauf ein weiterer. Stephen wandte sich ab und hämmerte mit den Fäusten an die Täfelung der Wand.
»Mein Gott, nicht einmal einen Hund würde man so leiden lassen!«
»Je rascher wir aufbrechen –«
Doch Stephen fiel ihm ins Wort. »Geht Ihr, Major. Ich tauge nicht als Gesellschaft.«
»Unsinn.«
»Ich bleibe bei Jack.«
»Seid doch nicht –«
Um weiteren Einwänden von Darbier zuvorzukommen, rannte Stephen die Treppe hinauf, immer zwei Stufen auf einmal nehmend. Darbier stapfte allein hinaus, verärgert und erschreckt.
Jacks Zimmer war vom Schein einer einzigen Kerze erhellt.
Sein Gesicht war verzerrt und entstellt vor Schmerzen, und er wand sich und schrie. Stephen ging zu ihm, nahm ihn in die Arme und murmelte immer wieder »Jack, Jack, mein armer Jack«. Die schrecklichen Schreie versiegten langsam, machten einem jammervollen Stöhnen Platz. Doll, die kaum merkte, was sie tat, war Stephen gefolgt und in der Tür stehengeblieben. Nach einer Weile drehte

Stephen sich um, als habe er ihre Gegenwart gespürt, und sie sah, daß ihm Tränen über das Gesicht strömten.

Er hielt Jack mit einem Arm und wischte sich mit der anderen Hand die Wange, wie ein Kind es getan hätte.

Doll spürte, daß ihr Herz so wild schlug, als sei sie es, die in Todesgefahr schwebte, und sie sagte leise: »Noch nie habe ich einen Soldaten weinen sehen.«

»Nun seht Ihr einen«, sagte Stephen bitter.

Das ist nicht recht, dachte sie, ein Mann, der tötet, hat keinen Anspruch auf Trauer. Sie nahm Hauptmann Sutton seine Gefühle übel. Verwirrt, ohne zu begreifen, warum, ging sie hinaus und suchte ihre Großmutter.

»Nona«, sagte sie, als sie die alte Frau in der Küche entdeckt hatte, wo sie den Kindern Dünnbier wärmte, »wir müssen etwas unternehmen, es ist unerträglich. Du mußt Jack etwas Stärkeres geben gegen die Schmerzen. Damit er schlafen kann.«

Die alte Frau blickte sie durchdringend an, und dann sprach sie auf spanisch mit ihr, obwohl sie in der Küche standen und Mabs sich in der Nähe aufhielt.

»Was soll das heißen, schlafen? Worum bittest du mich?«

»Ich weiß nicht ...« Doll überlegte einen Augenblick und biß sich auf die Unterlippe. Dann sagte sie entschieden: »Ja, doch. Wir müssen seine Leiden lindern, das ist alles. Keine Sorge, ich übernchme die Verantwortung, falls ...«

Nona fiel ihr ins Wort. »Sprich es nicht aus, das bringt Unglück, und der Herr sei uns gnädig, davon haben wir schon genug. Gut, ich werde dem Jungen helfen, wenn du das möchtest.« Sie wies Ellen an, den Kindern ihren Nachttrunk zu bringen. Dann begaben sie sich in die

Destillierkammer. Doll sah schweigend zu, wie ihre Großmutter eines der Fläschchen von dem obersten Brett herunternahm. Es war nicht beschriftet, aber mit einem Kringel gezeichnet, und das Fläschchen war fast voll. Nona wischte einige Tropfen mit einem farblosen Öl und füllte es in eine kleine Flasche.
»Befolge genau meine Anweisungen«, sagte Nona.
Als Doll in das Zimmer zurückkam, hatte sich Stephen nicht bewegt, aber Jack war in die Kissen gesunken.
»Meine Großmutter hat eine stärkere Arznei gemischt, die gegen die Schmerzen hilft«, sagte Doll leise zu Stephen. »Wenn Ihr seinen Kopf haltet, werde ich sie ihm verabreichen.«
Stephen tat, wie ihm geheißen. Es nahm geraume Zeit in Anspruch, weil sie darauf achten mußten, daß Jack dabei nicht erstickte.
»So«, sagte Doll, als Stephen den Jungen wieder auf die Kissen bettete. »Er wird sich bald ein wenig besser fühlen.«
Jack öffnete die Augen; sie waren trübe, und er schien nichts klar zu erkennen.
»Jack?«
»Seid Ihr das, Hauptmann Sutton, Sir?«
»Ja, Jack. Ich bin bei dir. Mistress Taverner hat dir etwas gegeben, damit du schlafen kannst.«
»Das ist gut. Da bin ich froh.«
Nach und nach wurde Jacks Stimme undeutlich, dann murmelte er nur noch. Stephen und Doll beobachteten ihn stumm. Stephen saß noch immer am Bettrand, Doll stand neben ihm. Unwillkürlich betrachtete sie Stephens Hände, die Sehnen, die hervortraten, sein kräftiges Kinn,

bemerkte, wie ruhig er dasaß, nur mit dem Jungen befaßt.

»Jack?«

Diesmal kam keine Antwort.

Weil es ihr ganz selbstverständlich vorkam, sagte Doll sanft: »Laßt mich eine Weile bei ihm bleiben. Geht hinunter und laßt Euch von Mabs etwas zu essen geben. Es ist besser für Euren Freund, wenn Ihr bei Kräften bleibt. Geht.«

Stephen wollte ihr widersprechen, doch dann sagte er: »Ja, Ihr habt recht«, und stand auf.

Er zögerte. »Mistress Taverner –«

»Schsch. Geht nun. Ich rufe Euch, wenn er aufwacht.«

»Gut.«

Er ging hinaus, ließ die Tür angelehnt, und sie hörte, wie er langsam die Treppe hinunterstieg. Sie setzte sich auf den Stuhl, den Stephen für sie neben das Bett gestellt hatte. Eine Weile lauschte sie nur den abendlichen Geräuschen des Hauses: Holzscheite, die im Kamin pfiffen, die Dienstboten, die schwatzten und in der Küche mit Töpfen klapperten, die Kinder, die sich fürs Zubettgehen zurechtmachten, Jacks flachem Atmen und seinem angstvollen Murmeln.

Sie sah ihn an, und zum erstenmal fiel ihr auf, wie schrecklich jung er war. Vor nicht allzulanger Zeit war er noch ein Kind gewesen wie ihr Harry. Bei diesem Gedanken brachen die Mauern ein, die sie gegen seinen Todeskampf errichtet hatte. Sie saß ganz still und betrachtete ihn. Mit seiner einzelnen schwarzen Augenbraue sah er aus, als runzle er die Stirn, doch für Doll schien es ein Ausdruck von Angst zu sein.

Sie tauchte den Zipfel eines Tuchs in die Wasserschüssel neben dem Bett und befeuchtete seine Lippen, wischte ihm dann die Stirn. Er murmelte weiter vor sich hin. »Schschsch«, machte sie, und als er sich beim Klang ihrer Stimme zu beruhigen schien, begann sie ihm das Lied vorzusingen, das sie morgens für Bobo gesungen hatte, das Lied von der alten Frau, die glücklich war, weil sie einst in den Armen ihres Liebsten gelegen hatte. Jacks Atem ging leichter. Sie sang sehr leise, kaum lauter als ein Windhauch, und fand es selbst beruhigend.
Sie war ganz versunken in ihr Lied, als Stephen kurz darauf zurückkam. Er blieb ein paar Minuten in der Tür stehen und wagte es kaum, zu atmen, weil er fürchtete, den Zauber zu zerstören. Er hatte gesehen, wie liebevoll sie mit ihren Kindern umging, doch hier geschah etwas anderes. Sie nahm das Leiden des Jungen an, wie es nur jene können, die selbst Schlimmes erlitten haben. Sie sah viel älter aus, als sie ihr uraltes, geheimnisvolles Lied sang. Und auch ihr Gesicht war zu außergewöhnlich, um einfach schön zu sein, reine Schönheit hätte neben ihr flach und bedeutungslos gewirkt.
Wenn sich der Augenblick festlegen ließ, in dem Stephen sein Herz verlor, so war es dieser. Doch er regte sich nicht, wollte sich solch einen gefährlichen Schritt nicht eingestehen. Dann flackerte die Kerze im Luftzug von der Tür, und sie wandte sich rasch um und brach ihr Lied ab, als sie seiner gewahr wurde.
»Singt doch weiter«, sagte Stephen leise. »Sagt mir, was die Worte bedeuten, es war schön.«
»Oh, nur Unsinn«, sagte sie und stand auf. Sie war sehr blaß und wich seinem Blick aus. »Ihr könnt bei ihm blei-

ben, wenn Ihr mögt, er schläft jetzt friedlich. Falls die Schmerzen wiederkommen, gebt ihm noch sechs Tropfen aus dem Fläschchen. Nicht mehr, das könnte gefährlich sein.«

»Ich verstehe«, sagte Stephen, und er suchte noch immer nach Worten des Dankes, als sie auch schon hinauseilte und leise die Tür hinter sich zuzog.

10

Stephen legte seinen Federkiel nieder und blickte aus dem Fenster. Ein Nachmittag im April, Ostersonntag, und es war ungewöhnlich sonnig und warm. Vogelgezwitscher und Frühlingsdüfte lockten ihn nach draußen, doch der Exerzierplatz am Fluß lag verlassen da, denn die Soldaten hatten heute, was selten genug vorkam, einen Ruhetag.

Stephen wünschte sich, mit ihnen vor dem Lion sitzen zu können, doch die Aufgabe, die seiner harrte, konnte nicht länger aufgeschoben werden. Er saß an dem Tisch in dem Zimmer, in dem Jack gestorben war und das er nun wieder gemeinsam mit Paul Darbier bewohnte. Er griff nach dem Federkiel und schrieb: *»Euer Sohn wurde mit äußerster Sorgfalt und Güte gepflegt. Sein Tod war so friedlich, wie man es sich nur wünschen kann.«*

Wieder legte er die Feder ab. Nachdem Mistress Taverner ihm ihr spanisches Kinderlied vorgesungen hatte, hatte Jack noch zwei Tage gelebt. Nonas Tropfen hatten dafür gesorgt, daß er keine Schmerzen mehr litt. Stephen hatte sich nie erkundigt, was in der Arznei enthalten war; Jack hatte in Frieden sterben können, und dafür war er dankbar. Mistress Taverner war nicht mehr an Jacks Bettstatt erschienen; sie hatte seine Pflege Nona und Cary überlassen und Stephen selbst. Er hatte sie kaum zu Gesicht bekommen. Stephen fragte sich, ob es ihr wohl unangenehm war, daß er ihre Sanftheit im Umgang mit Jack beobachtet hatte, oder ob etwas in seinem Blick, als er ihr zusah, sie erschreckt hatte.

Doch nichts konnte ihn des Bildes berauben, das ihm immer wieder vor Augen trat: wie sie, über seinen sterbenden Freund gebeugt, das zärtliche Lied sang, dessen Worte angeblich nur Unsinn waren.

Stephen seufzte. Gedanken an Mistress Taverner waren seine steten Begleiter und trösteten ihn über die Zeit hinweg, in der er sie nicht sah und nicht einmal ihre Stimme hören konnte, wenn sie ihren Dienstboten Anweisungen erteilte. An diesem Morgen beim Gottesdienst hatte er ein paar Reihen hinter ihr gestanden, und er hatte sie nicht aus den Augen gelassen, damit ihm jene Augenblicke nicht entgingen, in denen sie sich herabbeugte, um etwas zu Philip zu sagen, und er ihre Wange und ihre dunklen Wimpern sehen konnte. An ihrer Kopfhaltung erkannte er, wenn sie sich in Gedanken verlor – diese unvermittelte Entrücktheit, die manchmal über sie kam, war ihm nun schon vertraut.

Er versuchte nicht mehr, seine Gedanken an sie zu unterdrücken, doch er hütete sich, sie zu deuten. Er wollte nicht wissen, in welche Richtung sie sich bewegten, denn dort drohte Gefahr.

Er griff nach der Feder, tauchte sie in die Tinte. *»Euer Sohn war einer der Mutigsten«*, schrieb er. *»Ich wünschte, er wäre noch am Leben.«*

Die Worte erschienen ihm erbärmlich ungenügend. Ungleich Paul Darbier, wog Stephen jedes Wort ab, das er mündlich wie schriftlich von sich gab. Es war ihm schlechterdings unmöglich, eine blumige Bemerkung zu machen, von der er nicht vollständig überzeugt war. Wenn er diese schmerzvollen Briefe früher verfaßt hatte, war er stets imstande gewesen, ein, zwei Sätze über die ehrenvolle Sache einzufügen, für die der Tote sein Leben gelassen hatte, weil er daran geglaubt hatte. Nun war es ihm unmöglich geworden. Die Art, wie Jack zu Tode gekommen war, sah er als ein Verbrechen gegen die Natur an, das er nicht mehr mit frommen Worten über Pflichterfüllung oder die Treue im Dienste Seiner Majestät mildern konnte. *»Ich wünschte, er wäre noch am Leben ...«* Der Satz war zu naheliegend und damit überflüssig, und er erwog, einen neuen Brief anzufangen, entschied sich dann aber dagegen.

Stephen kam es vor, als sei mit Jacks Tod auch etwas in ihm selbst gestorben, jener letzte Hoffnungsfunke, daß es sich bei diesem Krieg um einen aufrechten Kreuzzug des Guten gegen das Böse handelte. Es gab zu viele Darbiers auf seiten des Königs, zu viele Männer, die ihr Recht, über andere zu herrschen, für gottgegeben hielten, und die jeden gewissenlos vernichten würden, der sich ihnen in den Weg stellte. Stephen würde die Sache, für die sein Bruder und seine Freunde gestorben waren, niemals verraten; er würde treu und beharrlich dafür kämpfen und falls notwendig auch sterben, doch von nun an tat er es nur noch aus Pflichterfüllung.

»Ihr wäret stolz auf ihn gewesen«, schrieb er schließlich. *»Gott möge ihm Frieden schenken und Euch und Eurer Familie Trost.«*

Das genügte. Alles Weitere wäre nur Zierwerk. Es gab nicht einmal die Gewißheit, daß dieser Brief den Men-

schen erreichen würde, für den er bestimmt war. Wenn dieser Krieg zu Ende war, würde er vielleicht Jacks Mutter aufsuchen und ihr von ihrem Sohn berichten. Wenn dieser Krieg zu Ende war. Vielleicht.
Es gab nichts mehr, dessen man sich sicher sein konnte.

Doll hatte wieder ihr eigenes Schlafzimmer bezogen, das Zimmer, in dem Josiah und sie schliefen und in dem all ihre Kinder zur Welt gekommen waren. Am Morgen nach Jacks Tod hatte Darbier es geräumt, und gemeinsam mit Cary und Ellen hatte sie es gründlich gesäubert. Dennoch kam sie nicht zur Ruhe. Sie hatte eine Schale mit Rosenblättern vom letzten Jahr auf den Tisch gestellt, Lavendelzweige in die Truhe und unter ihr Kissen gelegt, duftendes Zedernholz für das Feuer verwendet und den Streukräutern ihren letzten Waldmeister beigefügt, doch der widerwärtige Geruch des Majors schien ihr immer noch in der Luft zu liegen. Auf dem Spitzenvorhang am Bett war ein Weinfleck, der sich nicht entfernen ließ, und am Kamin hatte sie eine neue Brandstelle gefunden. Es kam ihr vor, als seien die Wände und Bettpfosten übersät mit den Abdrücken seiner Hände; sie war ruhelos und schlief schlecht. In den ersten Nächten hatte sie den Säugling zu sich ins Bett genommen, damit sie nicht über den Flur gehen mußte, doch ihr Unbehagen wollte nicht weichen.
Nicht allein der Major hatte schuld daran, wiewohl sein Benehmen ihr gegenüber zunehmend zu wünschen übrigließ. Doch damit wäre sie zurechtgekommen. Sie hatte nichts anderes erwartet und war dagegen gewappnet, ihr Heim gegen Rüpel zu verteidigen, ob es nun gemeine

Soldaten oder Edelleute waren; sie glaubte, stark genug zu sein, um sich gegen ihre Grobheiten zur Wehr zu setzen. Doch was sie unvorbereitet getroffen hatte, war der Anblick eines Soldaten, der am Bett seines sterbenden Freundes weinte. Als sie nur Haß auf Soldaten in sich trug, war alles einfacher gewesen für sie. Der Haß war nicht verschwunden, war so erbittert wie eh und je, doch andere, nicht minder heftige Gefühle, die sie nicht verstehen konnte, kamen hinzu. Diese neuen Empfindungen verwirrten sie.
Deshalb hielt sie sich von allen Soldaten, vor allem jedoch von Hauptmann Sutton, fern und betete, daß der Tag kommen möge, an dem man wieder ins Feld zog und ihr Haus wieder ihr allein zustand.
Einige Tage nach Ostern überwachte Stephen das Eintreffen einer Munitionslieferung von der Pulvermühle in Chester. Seit dem Fall von Shrewsbury im Winter hatte es an Nachschub gemangelt, und seine Lager waren bedenklich leer gewesen. Doch zu seiner Erleichterung waren am Vortag einige Wagen eingetroffen. Er hätte niemals in Betracht gezogen, derartige Munitionsmengen in der Stadt zu lagern, wo ein Unfall verheerende Folgen gehabt hätte, sondern er entschied sich, sie im alten Kloster unterzubringen. Der verfallene Turm eignete sich hervorragend als Munitionslager, und überdies konnte er dann dort rund um die Uhr sechs Männer als Wache abstellen. Die Geschichten von der Grauen Frau hatten bei den Wachen ernsthafte Schwierigkeiten verursacht: Männer, die sich Kanonen und Piken entgegenstellten, verwandelten sich in zähneklappernde Angsthasen, wenn sie meinten, in einer sternenklaren Nacht in der Ruine eine

Gestalt umherhuschen zu sehen. Stephen hoffte, daß sechs Männer genug Mut aufbrachten, auch wenn es bei einem oder zweien daran hapern mochte.

Er stieg auf sein Pferd und machte sich auf zum Exerzierplatz, als er seinen Namen vernahm. Er hielt Breda an und wandte sich um. Eine Frau kam am Flußufer auf ihn zugeritten.

»Hauptmann Sutton«, rief Corinna. »Was für eine Freude, Euch wiederzusehen.«

Er lüftete galant seinen Hut und sagte: »Das Vergnügen ist ganz auf meiner Seite, Mistress Rogers.«

»Wir werden sehen.« Sie lächelte ihn zufrieden an. »Ich bin unterwegs zu meinem Vater. Er plagt sich in letzter Zeit mit der Gicht und ist ans Haus gefesselt. Wollt Ihr mich nicht begleiten? Er würde sich gewiß freuen, ein neues Gesicht zu sehen.«

Stephen sah keinen Grund, Corinnas Rogers' Angebot abzulehnen. »Ich wäre entzückt«, sagte er. »Wenn Ihr sicher seid, daß ich niemandem zur Last falle.«

Daraufhin lachte Corinna nur und trieb ihr Pferd an, damit es mit seinem Schritt hielt. Sie ritt einen schönen Grauschimmel und wußte, daß sie mit ihrem großen Hut und ihrem kurzen Umhang eine auffallende Erscheinung abgab. Sie war keine Schönheit, doch sie war angenehm im Umgang, und ihr Lachen war erfrischend.

Als sie den kurzen Weg nach Furleys zurücklegten, merkte Stephen, daß er schon so lange damit beschäftigt war, auf Mistress Taverners eisiges Schweigen und ihre kaum verhohlenen Bekundungen von Feindseligkeit zu warten, daß er ganz vergessen hatte, wie angenehm die Gesellschaft einer liebenswürdigen Frau sein konnte. Sie hörte ihm aufmerksam zu, antwortete auf alles aufrichtig und herzlich und sah ihn immer wieder unverwandt an.

Corinna fand es ihrerseits schändlich, daß Hauptmann Sutton so lange nur Mistress Taverner gehört hatte, von der man wußte, daß sie nur Augen für ihre Kinder hatte. Es war offensichtlich, daß der Mann sich selbst nach einfachsten Höflichkeiten sehnte. Sie war überaus bereit, sich seiner Nöte anzunehmen, hatte sich aber noch nicht entschieden, ob eine unumwundene oder eine feinere Annäherung das richtige sei. Doch sie hatte nicht mit Stephens Umgangsformen gerechnet; er war galant und ungekünstelt zugleich, von dem warmen Zauber seines kornischen Tonfalls ganz zu schweigen, und als Corinna von ihrem Pferd stieg und es dem Reitknecht ihres Vaters überließ, war sie so angeregt, daß sie die unumwundene Art vorzog und sich lediglich tadelte, daß sie so lange gewartet hatte.

Furleys war kein Herrenhaus, jedoch eine große Villa in einem waldigen Park unweit von Tilsbury. Sir Diggorys Vater hatte das Haus in zeitgenössischem Stil erbaut, und seit damals hatte man kaum etwas daran verändert. Es war schlicht und schön in seiner Schmucklosigkeit. Doch sogar hier entdeckte Stephen die kleinen Spuren der mangelnden Pflege, die ihm bei jedem Haus in der Umgebung aufgefallen waren, wenn er auf Patrouille war. Auch Mistress Rogers' Wandlung bemerkte er mit einem versteckten Schmunzeln: Hier war sie nicht mehr die hochgeborene, doch mittellose Gattin des örtlichen Steinmetz, sondern die Tochter des Baronets, die von den Dienstboten geachtet wurde.

Sir Diggory saß, in einen altmodischen Samtmantel gehüllt, mit einer Nachtkappe auf dem Kopf, am Feuer und hatte den Fuß auf einen gepolsterten Schemel gelegt. Seine anfängliche Freundlichkeit den Soldaten gegenüber hatte merklich nachgelassen, nachdem Major Darbier und der Quartiermeister schwerwiegenden Zugriff auf seine vormals gutbestückten Vorratskammern unternommen hatten. Er begrüßte Stephen nicht mit Begeisterung.

Nach einem kurzen Austausch von Höflichkeiten erkundigte er sich mißmutig: »Der König will sein Heer bis zu den Sommerfeldzügen zusammenstellen. Ist dann ein Ende der Kämpfe abzusehen, was meint Ihr?«

»Wir wollen es hoffen«, sagte Stephen. »Die Aufständischen sind unter sich zerstritten, und ihr Heer soll, wie man hört, zerstreut sein.«

»Das sagt auch Major Darbier. Nichtsdestoweniger, dieser Krieg ... eine schlimme Sache, wißt Ihr. Schlecht für den Handel, schlecht für das Land. All mein Gold und Silber mußte ich an die Münzanstalt in Oxford abgeben. Jede Woche kommen sie mit neuen Forderungen für Abgaben und Steuern und Gott weiß was noch alles. Wenn der Krieg nicht bald gewonnen wird, ist nichts mehr übrig, für das es sich zu kämpfen lohnt.«

»Der König selbst hat seine gesamten Besitztümer für diesen Kampf aufs Spiel gesetzt«, sagte Stephen mitfühlend, denn die Sorgen von Sir Diggory erinnerten ihn an seinen Vater. Für die Älteren ist der Krieg am schlimmsten, dachte er; eben dann, wenn sie die Ernte ihrer Mühen genießen wollen, wird ihnen alles genommen.

Während die beiden Männer sich über den Krieg unter-

hielten, wartete Corinna ungeduldig am Fenster. Schließlich kam sie herüber, küßte ihren Vater leicht auf seine Nachtmütze und sagte: »Du mußt dem armen Hauptmann Sutton nicht all deine Kümmernisse vortragen, er hat gewiß genügend eigene. Und jetzt, Väterchen, sei nicht eigensüchtig, du darfst ihn nicht allein in Anspruch nehmen. Ich habe versprochen, ihm die Gemäldegalerie zu zeigen, bevor er in die Stadt zurückkehrt. Er sagt, er sei ein Kunstkenner.«
Stephen unterdrückte ein Lächeln; von der Galerie war nicht die Rede gewesen, und er hatte sich gewiß nicht als Kenner dargestellt. Sir Diggory war äußerst angetan von dem Vorhaben und bedauerte es nur, sie nicht begleiten zu können.
»Beim nächsten Mal, Väterchen«, hauchte Corinna süß, als sie hinausgingen.
Die Gemäldesammlung der Familie war in der Tat eindrucksvoll, und Corinna wußte über jedes Bild ungewöhnliche und fesselnde Einzelheiten zu berichten. Ein Großteil der Gemälde war im letzten Jahrhundert entstanden, doch es befanden sich auch einige zeitgenössische Stilleben und sinnbildliche Darstellungen darunter. Sir Diggorys Vater war leidenschaftlicher Kunstsammler gewesen, und um Raum zu schaffen, hatte man die Galerie um mehrere Alkoven erweitert, in denen an drei Wänden Bilder ausgestellt werden konnten. Corinna plauderte munter, und Stephen, der seit Ewigkeiten, wie ihm schien, nur mit Zucht und Ordnung unter seinen Männern und der Beschaffung von Vorräten befaßt gewesen war, kam sich vor, als sei er viel weiter von Tilsbury entfernt als nur wenige Meilen.

Er betrachtete gerade einen frettchenartigen Herren mit einer hohen elisabethanischen Halskrause, als er merkte, daß Corinna seit einer Weile verstummt war. Er wandte sich um, weil er annahm, daß sie vielleicht begonnen hatte, sich zu langweilen.
Sie lehnte auf dem Sims des Gitterfensters und blickte stillvergnügt zu ihm auf. Er überlegte, ob er eine Bemerkung über ein Gemälde gemacht hatte, die seinen mangelnden Sachverstand verriet.
»Hauptmann Sutton.« Sie sprach seinen Namen in dem kehligen Tonfall aus, den sie immer benutzte, wenn sie vorhatte, ihren Willen durchzusetzen. »Ihr seid viel zu lange weiblicher Gesellschaft abhold gewesen.«
»Warum sagt Ihr das?«
»Ich bemühe mich nun seit einer halben Stunde, Euch zu verführen, und Ihr schenkt hartnäckig all Eure Aufmerksamkeit den Gemälden.«
Ihr Tonfall war spielerisch, fast scherzhaft, doch es gab keinen Zweifel an der Aufrichtigkeit des Vorschlags. Stephen nahm seinen Hut ab und strich sich durchs Haar. »Dann bitte ich Euch, meine Entschuldigung für meine Säumigkeit anzunehmen.«
»Zweifellos werdet Ihr Euren zögerlichen Beginn wettmachen.«
»Ich werde mein Bestes tun.« Stephen lächelte unvermittelt, und Corinna merkte mit Wohlgefallen, daß die unumwundene Art des Vorgehens sich als richtig erwiesen hatte. »Ich bin geschmeichelt, Mistress Rogers. Doch wie komme ich zu der Ehre?«
»Ich verstehe mich bestens darauf, Menschen einzuschätzen«, säuselte sie. »Ich weiß, daß ich mich auf Eure Ver-

schwiegenheit verlassen kann. Eine Dame muß auf ihren Ruf achten, wenn sie sich vergnügen will. Nun, wollt Ihr noch mehr Zeit verschwenden oder mich küssen?«
»Hier?«
»Warum nicht?«
»Jetzt?«
»Wann sonst?«
Stephen meinte, daß der frettchenartige Ahne noch mißbilligender blickte, als er sich vorbeugte, sachte Corinnas Taille umfaßte und mit seinen Lippen über die ihren streifte. Mit einem kleinen zufriedenen Seufzer wand sich Corinna ein wenig in seinen Armen, bevor sie seinen Kuß mit einem Wunderwerk erwiderte, das ihn maßlos überraschte. Unversehens dachte er daran, wie er an seinem ersten Abend in Priory House zu Beth gesagt hatte: »Ich bin Soldat und bin es gewöhnt, zu gehorchen.« Dieser Befehl war weitaus angenehmer als jeder andere. Im nächsten Augenblick bewegte Corinna ihre Zunge auf verblüffende Weise, und er vergaß alles um sich her.
Sie lösten sich voneinander. Corinna lächelte katzenhaft. Sie betastete ihr Haar. In Stephens Augen sah sie nun Verlangen, wo zuvor nur Freundlichkeit gewesen war. Bemüht, seine Gedanken zu ordnen, fragte Stephen: »Spricht lediglich meine Verschwiegenheit für mich?«
»Wir werden sehen, nicht wahr? Überdies habe ich Euch für einen Tag genug geschmeichelt. Hier –« Und sie überraschte ihn wieder, indem sie seine Hand nahm und sie auf ihre Brust legte und hingebungsvoll die Augen schloß. Stephen zog sie an sich und küßte sie begehrlich, doch sie schob ihn von sich.
»Ein Vorgeschmack«, sagte sie kühl. »Mehr kann ich hier

nicht bieten. Ich bin es leid, vor den Dienstboten meines Vaters zu flüchten und ihren Tratsch zu fürchten.«

»Und?«

»Keine Sorge, Hauptmann Sutton, ich bin nicht nur kokett. Kommt morgen nach Einbruch der Dunkelheit in mein Haus in der Distaff Lane. Laßt Eure Diener zu Hause. Wenn jemand Verdacht schöpft, mögt Ihr sagen, Ihr habt ein Verhältnis mit meinem Hausmädchen Ann.«

»Ist sie bereit, ihren guten Ruf zu gefährden?«

»Das haben wir unter uns geregelt. Doch da Ihr fragt: Ann ist ihres guten Rufs schon vor langer Zeit verlustig gegangen, und ich war der einzige Mensch, bei dem sie Unterkunft und Arbeit fand, als das Kind geboren wurde. Man könnte sagen, wir haben eine Übereinkunft.«

»Ich verstehe. Kann ich heute zu Euch kommen?«

»Nein, erst morgen. Und nun, Hauptmann Sutton, habe ich Euch lange genug von Euren Pflichten in Tilsbury abgehalten. Ich kann Euch leider auf dem Rückweg nicht Gesellschaft leisten, da ich noch eine Weile bei meinem Vater bleiben muß.«

Stephen mußte unwillkürlich lächeln. »Ihr bedenkt alles, Mistress Rogers.«

»Das versteht sich. Während Ihr Männer mit diesem nicht enden wollenden Krieg befaßt seid, müssen wir Frauen uns der innigeren Dinge des Lebens annehmen. Das ist nur recht so.«

Sie lachte leise, zog seinen Kopf zu sich herunter und streifte seine Lippen verführerisch. Dann trat sie zurück, zupfte das Tuch über ihrem Dekolleté zurecht und sagte: »Habe ich Euch nun von meiner Aufrichtigkeit überzeugt?«

Stephen nickte. Er nahm ihre Hand und küßte sie flüchtig, dann setzte er seinen Hut auf und ging die Galerie entlang, ohne sich auch nur einmal umzusehen.
Corinna trat ans Fenster und sah zu, wie Stephens Stute von einem Reitknecht herangeführt wurde. Sie beobachtete, wie Stephen aufsaß und den Weg Richtung Tilsbury einschlug, wiederum, ohne sich umzuwenden.
Sie lächelte. Es gab nichts Schöneres für sie – von der Vereinigung selbst einmal abgesehen –, als die Vorfreude auf eine neue Eroberung. Hauptmann Sutton war genau so, wie sie erwartet und gehofft hatte – überrascht, dann leidenschaftlich, aber nicht empört. Major Darbier, dem zweifellos die Gerüchte über sie zu Ohren gekommen waren, hatte ihr in der letzten Woche ein, zwei plumpe Anträge gemacht, doch sie hatte ihn entschieden abgewiesen. Sie bevorzugte Männer, die nicht auf das gefaßt waren, was sie ihnen geben konnte. Aus ihrem Umgang mit Reitknechten und Händlern war sie es gewöhnt, den ersten Schritt zu tun und die Bedingungen festzulegen. Und Hauptmann Sutton, der freilich weder Reitknecht noch Händler war, besaß dennoch eine Art Unschuld, die sie auf den ersten Blick gesehen hatte und die ihr sehr zusagte. Sie hegte zu Recht den Verdacht, daß er bislang nur mit Huren und Mädchen wie ihrer armen Ann verkehrt hatte. Deshalb war sie überzeugt, ihm vieles beibringen zu können, und es gab weniges, das Corinna mehr Freude bereitete, als einem gelehrigen Schüler Unterricht zu erteilen.

Feldwebel Morish mußte seine Äußerung viermal wiederholen, bevor Stephen seine Worte begriff.

Wie Corinna vorhergesehen hatte, brachte Stephen den Rest des Tages in erwartungsvoller Vorfreude zu. Ihre Unverblümtheit hatte ihn überrascht, doch er sah keinen Grund, Corinna abzuweisen. Er fühlte sich geschmeichelt. Zu seiner Verblüffung stellte er fest, daß er die Art, wie sie ihre Liebschaften plante, bewunderte. Einer Frau wie ihr war er noch nie begegnet, hatte jedoch gehört, wie andere sich mit solchen Begegnungen brüsteten. Wenn ihm eine Frau einen derartigen Antrag gemacht hätte, als er noch in Cornwall lebte, wäre er gewiß empört gewesen. Doch Tilsbury war nicht Cornwall. Hier kam er sich vor, als lebe er in der Fremde, wo man auch anderen Sitten huldigte.
Überdies wäre eine unbeschwerte Liebelei mit einer angenehmen Frau eine willkommene Ablenkung vor den Unbilden des Sommerfeldzugs. Es bestand keinerlei Gefahr, daß er sich in Corinna Rogers verlieben würde – und er nahm auch an, daß derlei Gefühle ihrerseits nicht erwünscht waren. Angesichts dieser Verheißung in nächster Zukunft konnte Stephen sich nun eingestehen, daß er bis über beide Ohren in Mistress Taverner verliebt und außerstande war, etwas Ähnliches für eine andere Frau zu empfinden. Nach seinem Gespräch mit Corinna Rogers hegte er Mistress Taverner gegenüber vor allem zärtliche und fürsorgliche Gefühle. Es war unvorstellbar, daß sie jemals ein solch deutliches Angebot aussprechen würde. Er begriff nun, wie sehr sich die beiden Frauen unterschieden. Oberflächlich betrachtet, konnte man meinen, daß Mistress Rogers lebenserfahren und Mistress Taverner in gewisser Weise unschuldig war, doch das war nur die halbe Wahrheit. Mistress Rogers verfügte über das

unerschütterliche Selbstvertrauen einer Frau, die stets im Mittelpunkt ihrer eigenen, beschränkten Welt stand und nie etwas anderes erlebt hatte. Mistress Taverner war argwöhnisch wie ein Mensch, der schon zuviel gesehen und erlebt hat. In diesem Sinne mochte die Tochter des Baronets die Unschuldigere der beiden sein. Doch da nicht zu übersehen war, daß die Frau, die Stephen liebte, ihm niemals etwas anderes als Abneigung entgegenbringen würde, stand seine beabsichtigte Liebschaft mit Corinna Rogers in keinerlei Zusammenhang mit diesen Gefühlen.

Schwierigkeiten bereitete ihm gegenwärtig nur die Frage, wie es ihm gelingen sollte, die vierundzwanzig Stunden bis zu ihrem Stelldichein geduldig durchzustehen. Und da stand nun Feldwebel Morish vor ihm, blickte ihn an, als sei er taub und blind, und teilte ihm Dinge mit, die er ganz und gar nicht hören wollte.

»Tully ist entwischt, Sir. Ich dachte, ich sage es zuerst Euch, Hauptmann Sutton, denn der Major wird sich bestimmt schrecklich ereifern, wenn es ihm zu Ohren kommt.«

Stephen stöhnte. »Verflucht. Seit wann ist er verschwunden?«

»Irgendwann letzte Nacht. Die Männer in seiner Unterkunft hatten kräftig einen zur Brust genommen und haben es erst bei Sonnenaufgang bemerkt.«

»Ich nehme an, daß er zu seiner Schwester und dem Kind geflohen ist, um die er sich so gesorgt hat.«

»Das denke ich auch.«

Stephen sah das sommersprossige, tränenverschmierte Gesicht des Jungen vor sich. »Ich würde ihn ja gehenlas-

sen«, murmelte er vor sich hin, doch das war ganz und gar undenkbar. Darbier betrachtete Tully aus irgendeinem Grund als seinen höchsteigenen Beitrag zum königlichen Heer. Andere mochten fahnenflüchtig werden und allen Regeln zum Trotz ungestraft davonkommen, nicht jedoch Tully. Stephen sagte: »Sucht Euch eine Begleitung und nehmt ein paar Pferde mit. Bringt ihn rasch zurück. Es besteht kein Anlaß, den Major unnötig aufzuregen.«
Morish nickte zustimmend und machte sich auf die Suche nach dem Führer, der sie bei der ersten Patrouille begleitet hatte. Morish war ein gütiger Mann und hatte den jungen Tully, der alles andere als dumm war und das Zeug zu einem guten Soldaten hatte, ins Herz geschlossen. Er traute seinem Hauptmann zu, daß er diese Angelegenheit gerecht und menschlich regeln würde. Wie die meisten anderen der Soldaten hatte er dagegen keinerlei Vertrauen mehr zu Major Darbier.

Ob seiner Untätigkeit versank der junge Major zusehends in einen Trübsinn, der ihn niederträchtig machte. Er ergab sich mehr und mehr dem Müßiggang und der Trunksucht. Er redete sich ein, daß er wie sein Vorbild General Goring imstande sein würde, sich augenblicklich zu wandeln, wenn man Forderungen an ihn stellte; er war der Überzeugung, daß er sich bestens halten würde auf dem Schlachtfeld. Indessen war es nicht seine Schuld, wenn seine Begabung in diesem verlassenen Nest vergeudet wurde, in dem man zusehen mußte, wie man die Tage so mühelos wie möglich hinter sich brachte.

Seine Mißerfolge bei den Frauen erbosten ihn zunehmend. Es war schon schlimm genug, daß er bei Mistress Taverner nicht zum Zuge kam, doch als Corinna Rogers ihn glattweg abgelehnt und auch keinen Zweifel daran gelassen hatte, daß sich daran künftig nicht das geringste ändern werde, war er in seinem Stolz erheblich gekränkt. Von Zeit zu Zeit hatte er sich einer der Begleiterinnen bedient, die sich einfanden, sobald Soldaten ein oder zwei Tage am selben Ort verweilten, doch er meinte, daß dem Neffen von Lord Bewell edlere Vergnügungen zustanden. Im Herbst hatte er in Oxford ein Verhältnis mit einer reichen Witwe gepflegt, die ihn angebetet und in steter Angst vor seinen Launen gelebt hatte. In Tilsbury mußte er feststellen, daß man ihn weder anbetete noch fürchtete – und das ließ ihm keine Ruhe.

Da er sie tagtäglich zu Gesicht bekam, fiel es ihm besonders schwer, Mistress Taverner ihre Kühle zu vergeben. Er wußte, daß Stephen sein Herz für sie entdeckt hatte, und da sie sich gegenwärtig in allem uneins waren, genügte allein dieser Umstand, um sie für Darbier begehrenswert erscheinen zu lassen. Er war entschlossen, sie entweder für sich zu gewinnen, oder zu beweisen, daß sie nichts taugte. Da Darbier ungern eine Schwäche eingestand, redete er sich nun ein, daß seine müßige Bemerkung über Mistress Taverners Vergangenheit als Dirne der Wahrheit entsprach. Dieses Bild ergriff mehr und mehr Besitz von ihm, bis er der Überzeugung war, daß er von einer Frau abgewiesen wurde, die einst ein Straßenmädchen gewesen war; eine Kränkung, die nachgerade unerträglich war.

Am späten Abend des Tages, an dem Tully verschwunden war – wovon Darbier nichts wußte –, schlenderte er gemächlich in Mistress Taverners Schlafzimmer. Es war tatsächlich ein Versehen, da er während Jacks Todeskampf hier genächtigt und an diesem Abend einiges getrunken hatte. Mistress Taverner, die nur ein weißes Hemd trug und sich einen Umhang um die Schultern gelegt hatte, saß in einem Sessel am Kamin. Sie hatte den Säugling gestillt, der nun zufrieden auf ihrem Schoß lag, zu ihr aufblickte und probeweise die Lippen bewegte. Ihr Haar fiel lose über ihre entblößte Brust, die noch immer schwer war von Milch.

Als Darbier hereinkam, stieß sie einen Schrei aus und hielt unwillkürlich das Kind vor ihre nackte Brust.

»O Gott, ich habe mich geirrt«, sagte der Major und schwankte leicht, »ich hielt das noch immer für mein Zimmer.«

»Hinaus!« Doch ihr Zorn konnte ihre Angst nicht verhehlen, was dem Major nicht entging.

Seine Überraschung wich der Begierde, und ein Grinsen trat auf sein Gesicht.

»Nun, da ich schon hier bin –«, begann er.

Sie erhob sich, bedeckte ihre Brust mit dem Umhang und packte den Säugling so fest, daß er zu wimmern begann. Sie hielt sich sehr aufrecht. »Wie könnt Ihr es wagen! Verlaßt mein Zimmer unverzüglich!«

Der Major dachte, daß er noch nie eine ansehnlichere und begehrenswertere Frau gesehen hatte als Mistress Taverner in diesem Augenblick. Ihre dunklen Augen funkelten zornig. Ihr Atem ging rasch und flach. Er hatte keine genaue Vorstellung, was er beabsichtigte, trat jedoch schwankend auf sie zu. Unwillkürlich erwartete er, daß sie ihn körperlich angreifen wurde, und er genoß die Vorstellung, daß er sie packen und ihre Nähe auskosten könnte.

Ihr Benehmen kam völlig überraschend für ihn. Unversehens wich die Kraft aus ihr, sie öffnete den Mund, als wolle sie sprechen, doch nur ein ersticktes Stöhnen kam heraus, und sie sank in den Sessel.

Sogar in seinem benebelten Zustand entging es Paul Darbier nicht, daß sich die Lage grundsätzlich verändert hatte. Kurz zuvor war sie ihm entgegengetreten wie eine Tigerin, nun war sie in sich zusammengebrochen und würde ihm wohl weniger entgegenzusetzen haben als ein Kind. Kaum hatte er den unerwarteten Verlauf der Dinge erfaßt und wollte sie zu seinem Vorteil nützen, da drängte sich die alte Frau an ihm vorbei; sie schüttelte mißbilligend den Kopf und gluckte wie eine brütende Henne.

»Das ist schlimm«, sagte sie, nahm das Kleine an sich und zog Dolls Gewand zurecht. »*No puede ser.* Geht fort, hier geschieht Schlimmes.«

»Wie kannst du es wagen, mir vorzuschreiben, was ich tun soll, alte Hexe«, knurrte Darbier. Er wurde stets bösartig, wenn man ihn enttäuschte.

Nona verengte die Augen. »Junger Mann«, sagte sie. »Begebt Euch nicht in Gefahren, von denen Ihr nichts ahnt.« Ihr harmloses altes Gesicht nahm einen finsteren Ausdruck an, und Darbier spürte einen Anflug von Furcht. Er versuchte soweit wie möglich die Würde zu bewahren, sagte leichthin: »Was für ein Aufhebens um nichts« und zog sich zurück.

Als Stephen bald darauf von seiner abendlichen Runde

zurückkehrte, vernahm er aus dem Zimmer jenseits der Treppe Nonas beruhigenden Singsang. Paul Darbier schlief bereits und schnarchte geräuschvoll. Als er das seltsame Lied wieder hörte, nahm Stephen an, daß Mistress Taverner wieder schlecht geträumt hatte.

11

»Wer ist da?«

Doll setzte sich kerzengerade im Bett auf und starrte in die Dunkelheit. Sie war aufgewacht, weil sie ein sonderbares Knarren an der Tür gehört hatte. Ihr Mund war trocken, und ihr Herz raste. Mit zitternden Händen griff sie nach der Zunderbüchse am Bett und zündete eine Kerze an. Die Tür zu ihrem Zimmer war geschlossen. Sie war allein. Wieder hatte sie sich geirrt.

Sie lehnte sich an die Kissen und schloß die Augen, doch sie fand keinen Schlaf mehr. Sie wußte nicht mehr, wie oft sie in dieser Nacht bereits erwacht war – eine Maus, die unter den Dielen entlanghuschte, ein Stück Ruß, das durch den Kamin fiel, das kleinste Geräusch reichte aus, um sie in Furcht und Schrecken zu versetzen. Und nun war sie außerstande zu glauben, daß sie allein im Zimmer war, obwohl sie es sich immer und immer wieder sagte. Ihr Herz hatte sich in ein Segel verwandelt, das von Furcht getrieben wurde.

Das Kribbeln zwischen den Schultern sagte ihr, daß sich jemand hier aufhielt, sie war ganz sicher. Sie hatte ein Geräusch an der Wand gehört, hinter der die Prediger-höhle verborgen war. Sie zwang sich, aufzustehen und jeden Winkel zu durchsuchen. Sie fand nichts, sie hatte es ja gewußt, nichts war da. Als ob diese Handlungen das

Morgengrauen herbeirufen könne, zog sie sich an, wusch ihr Gesicht mit Lavendelseife und bürstete ihr Haar. Bei alledem wurde sie das Gefühl nicht los, daß jemand sie beobachtete.

Ruhelos schritt sie ihm Zimmer auf und ab und bemerkte dabei die kleine Truhe am Fenster; sie war mit einer Stickerei bezogen, die sie gefertigt hatte, als sie Beth erwartete, ein erhabenes Muster mit Knospen und Blättern. Sie strich darüber. In dieser Truhe bewahrte Josiah seine Pistolen auf. Die beiden besten hatte er auf die Reise mitgenommen, doch die älteren, die seinem Bruder gehört hatten, waren noch vorhanden. Ein Lächeln spielte um ihre Mundwinkel. Sie könnte sich mit einer der Pistolen verteidigen.

Gott im Himmel, wenn es nur so einfach wäre. Sie trat ans Fenster und blickte in die Nacht hinaus. Nicht Darbiers Eindringen in ihr Zimmer hatte sie in Aufruhr versetzt, und auch nicht ihre Nacktheit. Der Ausdruck in seinen Augen, als er auf sie zutrat, hatte das bewirkt. Nicht Verlangen, nicht einmal Gier war es, was sie da gesehen hatte, sondern lediglich eine entsetzliche Gewißheit der eigenen Überlegenheit. Er verachtete sie, davon war sie überzeugt, er glaubte, daß er sie nur zu nehmen brauchte, und keiner würde ihr zu Hilfe kommen. Sie hatte diesen Blick schon einmal in ihrem Leben bei einem Mann gesehen, doch sie hatte niemals erwartet, ihm nach all den Jahren in ihren eigenen vier Wänden wieder begegnen zu müssen.

Sie erstarrte. Ein beißender Geruch drang ihr in die Nase – Verbranntes. Sie schob das Flügelfenster auf und atmete tief ein, doch die Nachtluft duftete nach Blüten und

Gras. Hinter dem Obstgarten raunte der Fluß. Alles war gut …

Jemand war hereingekommen, während sie aus dem Fenster sah. Sie fuhr so hastig herum, daß sie sich das Handgelenk am Fenstersims stieß. Dort, im Schatten neben ihrem Bett, starrte ihr da nicht das Gesicht eines Mannes entgegen? Eines Mannes mit bleichem Haar und kalten blassen Augen und fleischigen Lippen, auf denen Speichel glitzerte? Ihr Schrei blieb ihr im Halse stehen, eine tödliche Lähmung erfaßte ihren Körper. Sie stand reglos da. Wenn all das Blendwerk des Alltags verschwunden war, blieb nur diese eine Wahrheit: Sie war mutterseelenallein auf der Welt, und sie war hilflos.

Schweißtropfen rannen ihr über den Rücken und riefen sie in die Gegenwart zurück.

Nach und nach vernahm sie ein neues Geräusch: Jemand oder etwas scharrte an ihrer Tür. Sie versuchte, einen Gedanken zu fassen, doch es wollte ihr nicht gelingen.

Das Gesicht des Mannes mit den gnadenlosen blassen Augen war verschwunden. Hatte sie es sich eingebildet, oder hatte er sich versteckt, hinter den Bettvorhängen vielleicht? Sie widersetzte sich der Furcht, ging zur Tür und öffnete sie. Einer der alten Spaniels drückte seine Schnauze an ihre Hand, dann schlurfte er durchs Zimmer und ließ sich am Kamin zu Boden sinken.

»Braver Hund«, hörte sie sich sagen, doch ihre Stimme klang fremd und gepreßt. Sie versuchte zu schlucken, aber ihr Hals war so steif, daß selbst dieser einfache Vorgang mühsam war. Es kam ihr vor, als stecke ihr glühende Kohle im Schlund. Der Hund hatte einen Namen, sie

wußte es, doch im Augenblick konnte sie sich nicht darauf besinnen.
Sie sah sich um; das Gesicht des Mannes blieb verschwunden. Von der Straße vernahm sie das Rumpeln eines Karrens und die Rufe eines Bauern, der sein Pferd antrieb. Der Himmel vor dem Fenster erhellte sich. Die Dämmerung brach an.
Ihr Blick fiel wieder auf die kleine Truhe mit dem bestickten Deckel, und sie versuchte, sich über ihre nächtlichen Befürchtungen lustig zu machen. Wenn man bedachte, daß sie eben noch erwogen hatte, sich mit Josiahs Pistolen zu verteidigen – was für eine Albernheit! Sie kniete sich hin, nahm den kleinen Schlüssel von ihrem Gürtel, drehte ihn im Schloß und hob andächtig den Deckel. Die Pistolen waren in rote Seide gewickelt, rot wie Blut. Sie nahm sie heraus, spürte ihr Gewicht in der Hand; dann glitt die Seide herab, und die Waffen offenbarten sich in ihrer tödlichen Schönheit. Hiermit verursachten Soldaten Angst und Schmerzen – was hielt sie davon ab, dasselbe zu tun? Sie packte eine fest am Griff und zielte damit ins Dunkle, wo das Gesicht des Mannes gewesen war. Sie rief sich sein Gesicht wieder vor Augen, sah ihn zittern vor Angst, und eine berauschende Kraft strömte in ihren Arm und in die Hand, die die Waffe umklammert hielt.
Was denke ich mir bloß? fragte sie sich. Will ich jemanden erschießen? Sie hätte beinahe gelacht bei dem Gedanken. Darbier schlief in dem Zimmer am anderen Ende des Flurs. Wenn er nun erwachte und sie mit der Pistole in der Hand an seinem Bett stehen sah – würde er es wohl noch einmal wagen, sie so dreist anzusehen?

Das Weinen eines Säuglings zerriß die Stille. Der Kleine war unruhig und hungrig. Wollte sie wohl ihr Kind stillen mit einer Pistole in der Hand? Bedauernd wickelte sie die Waffen wieder in die Seidentücher und wollte sie gerade zurücklegen, als sie die Klinge eines Dolches schimmern sah. Rasch nahm sie ihn heraus. Josiah hatte ihn als junger Mann erstanden; es war die Art von Dolch, die man »Stilett« nannte. Ein kleines Ding, beinahe zierlich. Passend für eine Frau, ganz harmlos. Ohne darüber nachzusinnen, was sie tat, steckte sie es in den Beutel, den sie an ihrem Gürtel trug, verschloß die Truhe wieder und eilte zu ihrem Kind.
Das Wissen darum, daß sie den Dolch bei sich trug, war ihr Trost und Quelle der Furcht zugleich, als sie lautlos über den Flur eilte.

An diesem Morgen bereitete Beth der Ausflug zum Markt keine Freude. Zum einen beklagten sich die Bäuerinnen, bei denen sie sonst Milch und Eier erstanden, nur darüber, daß die Soldaten ihnen alles genommen hatten, und ob sie nun von Gutscheinen leben sollten, die man ihnen statt Geld gegeben hatte? Und als sie nach Priory House zurückkehrten, wurden sie Zeuge eines Streits zwischen Jinny Crews Mutter und einer der walisischen Frauen, die vor einigen Tagen eingetroffen waren, um sich ihren Männern anzuschließen.
»Warum zanken sie?« fragte sie.
Sie mußte die Frage mehrmals wiederholen, bevor ihre Mutter sie überhaupt hörte. Doll warf einen verachtungsvollen Blick auf die beiden Frauen und sagte dann: »Hast du nie gesehen, wie zwei Hunde um die Gunst ihres

Herrn raufen? Was für eine Narretei.« Beth fand die Antwort enttäuschend, doch sie wagte nicht, erneut zu fragen, weil ihre Mutter einen angespannten und zerstreuten Eindruck machte. Sie hielt Beths Hand so fest, daß es weh tat, und schien sich doch ihrer Anwesenheit kaum bewußt zu sein. Beth war froh, als sie wieder zu Hause ankamen und Doll ihr sagte, sie solle Nona zur Hand gehen, sie selbst habe in der Destillierkammer zu tun.
Erst als sie die Tür zur Destillierkammer hinter sich verschlossen hatte, war Doll imstande, tief durchzuatmen. Tatsächlich gab es um diese Jahreszeit vielerlei zu erledigen, doch sie war zu verstört, um sich auch nur einer einzigen Aufgabe zu widmen. Ihr Kopf pochte, und wenn sie die Augen schloß, sah sie wieder Darbiers erhitztes und gieriges Gesicht vor sich. Den ganzen Morgen schon war ihr übel. Sie überlegte, ob sie erneut in anderen Umständen war. Sonst hatte es ihr immer gefallen, ein Kind unterm Herzen zu tragen. Doch im Augenblick widerte der Gedanke sie an, ein Lebewesen in diese verderbte Welt zu setzen.
Seltsame Bilder und Erinnerungsfetzen trieben ihr durch den Kopf. Darbiers Eindringen in ihr Zimmer hatte eine Büchse der Pandora geöffnet, in der lange vergessene Gefühle und Erlebnisse geschlummert hatten: Brandgeruch, der Geruch von Angst und schreckliche Wirrnis um sie her. In ihren Schultern spürte sie einen heftigen Schmerz, und als sie sich eine Haarsträhne aus dem Gesicht strich, merkte sie, daß ihr der Schweiß auf der Stirn stand. Ich bin krank, dachte sie, doch sie wußte, daß die Krankheit nicht ihren Körper, sondern ihren Geist erfaßt hatte.

Vorsichtig, als fürchte sie, daß sie mit ihren zitternden Händen alles fallen ließe, nahm sie eines von Nonas unbeschrifteten Fläschchen von dem obersten Brett. Sie runzelte die Stirn, versuchte, etwas zu begreifen. Allmählich lichtete sich der Nebel in ihrem Kopf. Die Flasche mit dem eigenartigen Zeichen, die zur Hälfte gefüllt gewesen war, als Jack starb, enthielt nun nur noch ein Viertel der unbekannten Flüssigkeit. Sie zog den Korken heraus und schnüffelte. Der Geruch war merkwürdig – bitter und widerwärtig süß zugleich. Sie verkorkte die Flasche und stellte sie auf das Brett zurück. Gleich daneben stand eine weitere Flasche, die der ersten glich, doch sie war ganz voll.

Sie sann über die leere Flasche nach. Wofür hatte Nona seit Jacks Tod die kostbare Arznei verwendet? Sie schauderte. Vielleicht bildete sie sich das alles ein. Vielleicht hatte sie sich auch eingebildet, daß Darbier in ihr Zimmer eingedrungen war. Der Vorfall kam ihr bereits vor wie ein böser Traum. Vielleicht waren auch die Erinnerungen, die ihr durch den Kopf trieben, nur erfunden. Sie betastete den Beutel an ihrem Gürtel und spürte die harten Umrisse des Stiletts. Warum trug sie in ihrem eigenen Haus einen Dolch bei sich? Aus weiser Voraussicht, oder weil sie kurz davor stand, wahnsinnig zu werden?

Am Spätnachmittag blickte Mabs von dem Haufen schrumpliger Äpfel auf, die sie auslas, und sah, wie ihre Herrin bleich wie der Tod aus der Speisekammer gehastet kam.

»Habt Ihr einen Geist gesehen?«

»Da war … ich habe …« Mistress Taverner starrte sie an.

Als Mabs ihre Herrin ansah, kam es ihr vor, als sei diese kaum älter als Beth. Doll zupfte an ihrem Kleid und brachte schließlich »nur eine Maus ...« hervor.

»Eine Maus?« Noch nie hatte Mabs es erlebt, daß Doll sich vor Mäusen gefürchtet hatte, noch nicht einmal vor Ratten. »Ihr seht gar nicht wohl aus, Ma'am. Kommt, setzt Euch im Salon ans Feuer, ich bringe Euch einen kräftigen Schluck.«

Mabs war froh, wenn sie einmal Gelegenheit hatte, ihre junge Herrin zu bemuttern, und sie scheuchte sie in den Wintersalon, in dem ein Feuer im Kamin flackerte. Major Darbier hielt sich ausnahmsweise einmal nicht dort auf, sondern begutachtete ein paar neue Pferde, die man für seine Kavalleristen aufgetrieben hatte.

Doll ließ es zu, daß Mabs sie in einen Sessel am Kamin setzte und umsorgte; sie zitterte, doch nicht, weil ihr kalt war. Sie hatte das Tuch über dem Milchkrug aufgedeckt. Da war nur eine Maus gewesen, die tot und mit rahmgetränktem braunem Fell in der Milch trieb. Was war schon eine Maus? Kein Anlaß, entsetzt aufzuschreien. Schütte die Milch doch einfach fort, sagte sie sich, die ist noch gut für die Katzen ... und doch wurde sie das Bild des Tierchens nicht los, wie es wohl über den Rand des Krugs gefallen war, verzweifelt umherpaddelte, versuchte, zu entkommen, und wieder und wieder im Kreis herumschwamm, bis es schließlich einsam und allein ertrank ... Leid und Tod suchten jeden Winkel ihres Hauses heim. Nicht einmal ein harmloser Milchkrug blieb verschont.

Mabs brachte ihr gebuttertes Ale und nahm sich ihrer an. Doch Doll hatte Mühe, sie zu verstehen, weil in ihrem Kopf furchtbarer Lärm herrschte.

»Ihr müßt Euch hinlegen«, sagte Mabs. »Ihr seht gar nicht gut aus.«
Doch davor graute Doll. Sie begann, unruhig auf und ab zu gehen.
Dann blieb sie unversehens stehen.
Das Gemälde stand noch immer neben dem Fenster an der Wand. Josiah hatte es im Speisezimmer über dem Kamin aufhängen lassen wollen, doch in dem Wirbel vor seiner Abreise war es nicht mehr dazu gekommen. Jetzt packte sie der Zorn angesichts des friedlichen Familienbilds: Wie erbärmlich gelassen die Frau doch blickte. Hätte sie die bevorstehenden Gefahren erahnt, hätte sie gewiß nicht so still gestanden.
»Rasch, Mabs«, sagte sie. »Helft mir, es umzudrehen.«
»Es ist zu schwer. Ich rufe einen der Männer –«
»Nein, nein. Es muß gleich geschehen.«
Mabs merkte, daß ihre Herrin der Aufmunterung bedurfte. Doch selbst als die Familie nicht mehr zu sehen war, kam Doll nicht zur Ruhe. Sie ging weiterhin rastlos auf und ab und merkte kaum, daß Mabs sich ratlos in die Küche zurückzog. Ab und an berührte Doll den Beutel an ihrem Gürtel und spürte den Dolch an ihrem Beckenknochen. »Mein ist die Rache, sagte der Herr.« Eine Maus war ertrunken, langsam und qualvoll, und nun trug sie selbst den Tod bei sich. An dem Abend, an dem sie den verwundeten Jack hereintrugen, hatte Nona gesagt: »Diese Männer bringen den Tod in unser Haus.« Unter ihren Rippen spürte sie ein Hämmern, das ihr sagen wollte, daß sie fliehen sollte, solange es noch möglich war. Doch wohin?

Doll verharrte einen Augenblick am Fenster, beobachtete das Geschehen am Tor, ohne es wirklich zu sehen, als Paul Darbier eintrat. Sie war so in ihren Gedanken, Ängsten und Erinnerungen versunken, daß sie ihn nicht bemerkte. Er blieb kurz in der Tür stehen, wartete, ob sie sich umdrehen und ihn begrüßen würde, doch als sie sich nicht rührte, lächelte er und ging langsam zum Kamin hinüber. Den ganzen Morgen schon hatte er sie vor Augen, wie er sie am Vorabend gesehen hatte: ihr dunkles Haar, das über ihrer entblößten Brust lag. Er nahm an, daß sie ihn mit Vorsatz übersah, ihn reizen wollte. Er war zornig und zugleich erregt. Er dachte, daß sie ihn absichtlich aufstacheln wollte.

Er spreizte die Hand und betrachtete seine beringten Finger, dann sagte er: »Ich möchte Euch beglückwünschen, Mistress Taverner. Ihr seid eine verdammt begabte Schauspielerin, spielt Eure Rolle wahrlich überzeugend.«

Sie zuckte zusammen, als sie seine Stimme vernahm, dann wandte sie sich um, blieb aber am Fenster stehen und runzelte die Stirn, weil sie ihn nicht verstanden hatte.

Darbier deutete ihr Schweigen als Zustimmung. Er fuhr fort: »Andere habt Ihr damit täuschen können, doch ich bin nicht so leichtgläubig. Den braven Leuten in Tilsbury konntet Ihr das Trugbild von der ehrbaren Gattin und Mutter vorgaukeln.« Er wandte sich zu dem Gemälde um. »Ihr habt es zur Wand gedreht, Mistress Taverner. Warum nur?« Dann lächelte er, als wüßten sie beide um ein Geheimnis. »Die Vergangenheit kann man nie vollständig begraben, wie, Mistress Taverner?«

Ihre Augen wirkten glasig. »Wovon sprecht Ihr, Major?«

Darbier bemerkte mit Genugtuung, wie sich das Zittern ihres Körpers auf den Stoff ihres Kleides übertrug. Er beglückwünschte sich selbst dazu, daß er zu guter Letzt dahintergekommen war, wie er die Fassade ihrer Feindseligkeit durchbrechen konnte.
»Bei mir müßt Ihr nicht die tugendhafte Gattin spielen, wißt Ihr ... da Ihr so gut wie ich im Bilde seid –«
Ein eigenartiges Lächeln trat auf ihr Gesicht. Er bemerkte nicht, wie ihre Hand nach dem bestickten Beutel tastete, der an ihrem Gürtel hing.
»Ja, Major? Worüber sind wir im Bilde?«
Er hielt inne. Etwas an ihrem Benehmen ließ ihn zögern. Lauter als beabsichtigt sagte er: »Was Ihr einst wart – wir müssen uns nicht darüber auslassen. Wir verstehen uns.«
Vier Schritte vor ihr blieb er stehen.
»Kommt nicht näher.«
»Und wenn ich Euch zuwiderhandle?«
»Lieber Gott, führ mich nicht in Versuchung.«
Er grinste und trat einen Schritt näher. »Euch in Versuchung zu führen, ist eben das, was ich beabsichtige –«
»Mutter, komm schnell!« Beth stürzte herein. Sie war so aufgeregt, daß sie den Major kaum bemerkte.
»Verschwinde in dein Kinderzimmer, wo du hingehörst!« fuhr er sie aufgebracht an. »Siehst du nicht, daß ich mit deiner Mutter spreche?«
»Es ist wegen Nona.« Beth war den Tränen nahe. »Sie ist nicht wohl, sie –«
Darbier haßte es, übersehen zu werden. »Verflucht«, rief er aus, »ich hatte dir doch gesagt, du sollst uns in Frieden lassen.« Um seinen Worten Nachdruck zu verleihen, packte er das Mädchen am Arm. Die Wirkung blieb nicht

aus. Doll, die bislang reglos dagestanden hatte, stürzte auf ihn zu und entriß ihm das Kind.
»Rührt sie nicht an!« herrschte sie ihn mit harscher, fremder Stimme an. »Rührt sie nicht an, oder ich bringe Euch um!«
»Mutter, halt ein!« Beth standen Tränen in den Augen. »Bitte, halt ein.«
Darbier hatte Beth umgehend losgelassen. »Herr im Himmel, Frau, was für ein Aufhebens wegen nichts. Kein Grund für solches Benehmen«, knurrte er erbost.
Doll blinzelte. Sie lockerte ihren Griff. »Was gibt es, Beth?«
»Es ist wegen Nona. Sie spricht nicht mit mir und rührt sich nicht.«
»Da habt Ihr's«, sagte Darbier. »Was habe ich gesagt? So viel Aufhebens nur wegen der alten Frau.«
Doll schenkte ihm keinerlei Beachtung. Noch immer atmete sie hastig, doch sie sagte ruhig: »Keine Sorge, Bienchen. Ich komme mit dir. Alles ist gut.«
Darbier beobachtete sie und konnte sich nicht entscheiden, ob er ihren Zorn oder ihre Zärtlichkeit berückender fand. Er sagte: »Wir setzen unsere Unterhaltung ein andermal fort. Wenn wir nicht von Blagen gestört werden.«
In der Tür blieb Doll stehen und wandte sich um. In ihren seltsamen Augen lag cin Leuchten, das Darbier an die heimlichen Kräfte ihrer Großmutter denken ließ. Ruhig sagte sie: »Ihr solltet der kleinen Beth auf Knien danken, Major. Sie mag Euch das Leben gerettet haben.«
Bevor er etwas erwidern konnte, war sie verschwunden. Der Major stand einen Augenblick ganz still, dann ging er zum Kamin und goß sich einen Becher gebuttertes Ale

ein. Nach einer Weile hatte er sich ihre sonderbare Begegnung nach seinem Belieben zurechtgelegt und sich eingeredet, daß er sich durchaus umsichtig benommen hatte. Er war überzeugt davon, daß seine Anspielungen auf ihre anrüchige Vergangenheit der richtige Köder war für Mistress Taverner.

Ein Stockwerk höher saß Nona wie immer in ihrem Sessel am Kamin. Sie war eine Spur bleicher als sonst, und Doll fand ihre Lippen ein wenig bläulich, doch im großen und ganzen wirkte sie unverändert. Wenn man davon absah, daß sie wütend war.

»Nun mußtest du unbedingt deine Mutter plagen«, beschwerte sie sich. »Das war ganz und gar unnötig, Beth. Kein Grund für so einen Wirbel.«

»Aber du hast nicht mit mir gesprochen!« Beth war den Tränen nahe.

»Ich muß nicht sprechen, wenn mir nicht danach zumute ist.«

Philip stand am offenen Fenster. Wie immer fesselten ihn die Tätigkeiten der Soldaten mehr als alles, was im Hause vor sich ging. Harry saß abseits, verängstigt und schweigsam, und schob ruhelos Spielsteine auf einem Brett umher.

»Was ist geschehen, Nona?« fragte Doll.

»Nichts. Bloß ein großer Wirbel wegen nichts. In meinem Alter ist man an eine Unpäßlichkeit hie und da gewöhnt.«

Was meint sie damit, dachte Doll. Doch sie stellte keine Fragen. Nona durfte sich niemals ändern.

»Da siehst du, Beth, kein Grund, sich aufzuregen«, sagte

sie, um ihr Kind wie auch sich selbst zu beruhigen. »Nona geht es gut. Sie ist nur ein wenig müde.« Sie strich der Kleinen über das krause Haar. In der Nachmittagssonne leuchtete es röter als gewöhnlich. Haare wie Blut, dachte Doll. Rasch wandte sie den Blick ab. In Blutlachen am Boden spiegelte sich das Sonnenlicht. Ich werde wahnsinnig, dachte sie, warum trage ich diesen Dolch mit mir herum? Sanft sagte sie: »Beth, spielst du uns eines deiner schönen Lieder?«

Doch Beth ließ sich nicht beruhigen. Sie spürte die Anspannung in den Gesten der Mutter.

Um sich zu beruhigen, bettelte sie: »Ich möchte lieber eines von deinen hören.«

»Eines von meinen?«

»Ja, eines von den Liedern, die du immer mit Nona singst. Dann kommen wir alle wieder zur Ruhe.«

»Unsinn, Beth, deine Lieder sind viel schöner.«

»Bitte –«

»Nun, so soll es sein. Weshalb auch nicht.« Vielleicht tat es ihr wohl, zu tanzen. Sie brauchte die Labsal, die ihr die Musik gab, weiß Gott mehr denn je. »Was meinst du, Nona?«

In diesem Augenblick stieß Philip einen aufgeregten Schrei aus und beugte sich so weit aus dem Fenster, daß Doll zu ihm rannte und ihn an den Rockschößen festhielt, bevor er auf das Blumenbeet vor dem Haus stürzte.

»Tully ist wieder da!« kreischte er und sträubte sich, um seinen Ausguck zu behalten. »Sie haben Tully gefangengenommen. Major Darbier kommt aus dem Haus, er sieht mächtig böse aus, und, oje, er schlägt Tully mit einem Stock. Und jetzt kommt Hauptmann Sutton. Und der macht auch mit, schlägt ihn auch!«

Doll ließ den Jungen nicht los, doch die häßliche Szene, die sich auf dem Hof abspielte, fesselte auch sie. Der Major prügelte gnadenlos auf den jungen Ausreißer ein, und es machte den Eindruck, als wolle er ihn umbringen. Und als Doll am Fenster stand und ihren zappelnden Sohn festhielt, wurde sie einer anderen Doll gewahr, die ihr zum Verwechseln ähnlich sah. Diese Frau trat auf den Hof, brachte ein Messer mit kurzer Klinge zum Vorschein und stach damit immer wieder auf den Major ein, bis er sein bösartiges Treiben aufgab und blutüberströmt in sich zusammensank. Dann sah sie nichts mehr, nur Dunkelheit und Leere, und Beth drängte sich an ihr vorbei und schrie entsetzt: »Oh, wie ungerecht! Der arme Tully, wie können sie bloß so gemein sein!«

»Schau nicht hin, Beth. Komm augenblicklich zu mir.«

Bevor sie ihre Kinder vom Fenster wegzog, blickte Doll noch einmal hinaus: Die andere Doll war verschwunden, doch zwischen Hauptmann Sutton und dem Major schien es ein Handgemenge zu geben.

Beth keuchte ein wenig, als sie zu Nona und Harry zurückkehrte. »Es ist alles in Ordnung«, verkündete sie frohlockend. »Hauptmann Sutton hat den armen Tully nicht geprügelt. Ich wußte, daß er das nicht tun würde. Er fiel nur dem abscheulichen Major in den Arm.«

Der Abend war ungewöhnlich mild und brachte eine erste Ahnung des Frühlings. Ringeltauben gurrten in der Abenddämmerung, und die Dorfkinder spielten am Fluß auf der Wiese, wo tagsüber die Soldaten mit Muskete und

Pike exerziert hatten. In der Klosterruine genossen die Wachen die laue Luft des Aprilabends, während sie nach Masseys Mannen und dem Geist der Grauen Frau Ausschau hielten. Im dem Schuppen hinter den Ställen ergab sich Tully der Verzweiflung; nicht wegen der Tracht Prügel, die ihm der Major verpaßt hatte – die war nur kurz ausgefallen –, sondern weil er bei seiner Rückkehr zu dem Viehtreibergasthaus auf dem Berg erfahren hatte, daß seine Schwester und ihr Kind seit über einer Woche tot und schon begraben waren. Der Küster und der Gendarm hatten die Leichen bereits entfernt, und Tully hatte das einzige Zuhause, das ihm je zuteil geworden war, leer und fremd vorgefunden. Er hatte nicht gewußt, wohin, und war beinahe erleichtert gewesen, als Feldwebel Morish und der andere Mann erschienen und ihn wieder nach Tilsbury brachten. Doch jetzt, als der Abend dämmerte, begriff er, daß er seine Schwester nie wiedersehen würde, und er fühlte sich von aller Welt verlassen.

Als Cary zu Bett ging, schilderte sie Harry und Beth ausführlich, wie sich der Kampf zwischen Hauptmann Sutton und Major Darbier zugetragen hatte. Sie hatte zwar nicht zusehen dürfen, hatte jedoch mit Mabs aus einem Fenster gespäht. Major Darbier hatte gebrüllt, er würde den jungen Tully umbringen, weil er wieder davongelaufen sei, und Hauptmann Sutton war aus dem Haus gestürmt und hatte ihm befohlen, einzuhalten. Als der Major fortfuhr, auf Tully einzuschlagen, hatte Hauptmann Sutton den Major an den Armen gepackt und ihn festgehalten, bis der Major gezwungen war, klein beizugeben, und Tully von Feldwebel Morish abgeführt wurde. Und dann hatte Major Darbier getobt und Haupt-

mann Sutton mit allerhand Gräßlichkeiten gedroht, doch der hatte ihn einfach nicht beachtet und war seiner Arbeit nachgegangen, und der Major hatte sich wieder ins Haus begeben, und dann hatten die Dienstboten nichts mehr davon vernommen.
Und Beth hatte gelauscht und sich mehr gesorgt denn je. Jeder kämpft, dachte sie, es war, als finde der Krieg nicht nur auf den Schlachtfeldern statt, sondern in jedem einzelnen Haus im Lande. Ihre Mutter hatte heute so eigenartig ausgesehen und gesprochen, daß Beth sich Gedanken machte, was sie wohl als nächstes tun würde. Sie hätte zu gerne Harry nach seiner Meinung gefragt, doch ihr Bruder war verschlossen und sprach dieser Tage kaum mit ihr. Harry war nicht minder verstört über die Ereignisse in der Welt der Soldaten. Er wünschte sich inständig, daß sein Vater nach Hause käme und ihm dieses unverständliche Betragen der Erwachsenen erklären möge.
Hätte Beth die Gedanken ihrer Mutter lesen können, wäre sie wohl kaum beruhigt gewesen. Doll hatte den ganzen Tag nichts zu sich genommen, doch sie verspürte keinen Hunger. Sie war erschöpft und rastlos zugleich. Tully und die ertrunkene Maus wurden eins in ihrer Vorstellung. Wenn sie einen Krug Wasser zur Destillierkammer trug, erwartete sie beinahe, daß Tully zu ihr emporstarrte. Entsetzt ob ihrer eigenen Gedanken, suchte sie Nona auf. Die alte Frau war bereits zu Bett gegangen.
»Bist du krank?« fragte Doll, erneut beängstigt.
»Bloß müde. Halt den Säugling heute nacht von mir fern. Ich muß ruhig schlafen.«
»Gewiß.«
Philip lag unter seiner Decke in seinem kleinen Bett, das

neben dem der Großmutter stand, und summte vor sich hin, wie er es jeden Abend vor dem Einschlafen tat. Als einziger der Familie berührten ihn die Ereignisse des Tages nicht. Seine elfengleiche Schönheit und seine Furchtlosigkeit erweckten in Doll unversehens den Wunsch, ihn zu beschützen; zufrieden in seinem kleinen Reich, hatte er von ihnen allen am meisten zu verlieren.

»Gute Nacht, Nona. Schlaf gut.« Sie küßte Philip, woraufhin er in gespieltem Abscheu die Nase rümpfte, und begab sich in ihr eigenes Zimmer. Unversehens fror sie. Sie legte sich ein warmes Tuch um, doch die Kälte schien in ihrem Inneren zu sein. Der Kleine schlief ruhig in seiner Wiege, die nun in ihrem Zimmer stand. Sie ertappte sich bei dem Wunsch, daß er wach wäre.

Vom Hof hinter dem Haus war Gelächter zu vernehmen, dann Geschrei und eine Streiterei. Angst stieg in ihr auf. Sie war umgeben von Gewalt und Kämpfen und Tod. Der Krieg war wie eine böse Flut, und nun sickerte sie in ihr Haus.

Das Licht des Tages stahl sich davon. Doll fürchtete sich vor der Dunkelheit, in der in jedem Schatten Gefahren lauern mochten.

Dann spürte sie den Dolch an ihrer Seite. Der Schweiß brach ihr aus; beinahe war sie der Versuchung erlegen, ihn zu gebrauchen, als der Major im Wintersalon in Rätseln gesprochen hatte. Wie leicht es gewesen wäre. »Kommt näher, Major, noch näher …«, und dann, wenn er sie berühren wollte, die blanke Klinge, die in seinen Bauch eindrang, sein Herz, auf sein widerwärtiges, selbstgefälliges Gesicht einstach. Wie in der Szene, als sie aus dem Fenster blickte und unten auf dem Hof ihren

Schatten geschmeidig auf den Major zugehen sah, mit tödlicher Absicht …
Sie wußte, daß sie das Stilett in das Kästchen zurücklegen sollte, doch es war angenehm, es bei sich zu tragen. Niemals würde sie es gebrauchen, gewiß nicht, doch um sein Dasein zu wissen, war tröstlich für sie.
Das ist der Wahnsinn, dachte sie … und dann fragte sie sich, weshalb wohl. Männer trugen stets Schwerter, Waffen und Dolche mit sich umher; warum sollte dies einer Frau nicht gestattet sein? Sie ging auf und ab; wenn sie an dem bestickten Kästchen vorüberkam, blieb sie stehen, wandte sich dann ab und schritt weiter durchs Zimmer. Beim nächsten Mal, sagte sie sich, beim nächsten Mal lege ich den Dolch an seinen Platz. Nur der Schein einer Kerze erhellte das Zimmer, und es kam ihr vor, als vernehme sie Gemurmel und sähe in allen Ecken Gesichter. Doch mit dem Dolch an ihrer Seite fürchtete sie sich weniger.
Sie war zu erschöpft, um zu schlafen. Sie nahm die Kerze und begab sich in die Destillierkammer; sie würde sich einen beruhigenden Trank aus Kamillenblüten brauen, um zur Ruhe zu kommen.

Stephen hatte sich bis auf seine Hosen entkleidet und wusch sich über einer Schüssel, als Darbier eintrat. Stephen fluchte stumm. Er wußte, daß es zu einer Abrechnung mit dem Major kommen mußte, doch er hatte gehofft, sie bis nach seinem Treffen mit Mistress Rogers aufschieben zu können.
»Ihr habt Euch mir widersetzt«, sagte Darbier. Nur an seiner undeutlichen Aussprache war ihm anzumerken,

daß er versucht hatte, mit Wein über seinen gekränkten Stolz hinwegzukommen. »Vor all den Männern habt Ihr Euch widersetzt.«
Stephen bespritzte Gesicht und Hals mit Wasser, dann blickte er zu dem Major auf. »Nur Feldwebel Morish und ein paar andere waren anwesend. Sie werden es für sich behalten.«
»Ihr lügt. Morgen früh wissen es alle in diesem verfluchten Rattenloch hier. Ihr habt mich mit Vorsatz gedemütigt.«
»Es tut mir leid, Paul, doch ich würde dasselbe wieder tun. Es war besser, Euch von etwas abzuhalten, das ihr später bereuen würdet. Tully hatte es verdient, bestraft zu werden, doch nicht umgebracht.«
»Verdammnis über Euch, Hauptmann. Ich bin hier der Major. Ich entscheide über derlei. Und welchen Nutzen hat eine Entschuldigung, wenn keiner sie hören kann?«
Stephen trocknete sich ab. Er warf Darbier einen kühlen, abschätzenden Blick zu, den der andere ärgerlicher fand als unverhohlenen Widerstand. »Bittet Ihr mich um eine öffentliche Entschuldigung?«
»Mögt Ihr in der Hölle schmoren, Hauptmann, ich bitte Euch um nichts. Ich erteile Befehle und erwarte, daß sie befolgt werden. Ihr werdet tun, was Euer befehlshabender Offizier Euch aufträgt.«
»Gewiß.«
Das Wort wurde ausdruckslos geäußert, doch Darbier beäugte seinen Widersacher mit Argwohn. War es aufrichtig gemeint oder spöttisch? Er hatte keine Ahnung. In jüngster Zeit war er zu dem Schluß gekommen, daß

es am besten für ihn war, in jedem einen Feind zu vermuten.

»Ich werde Eurem Oberst Meldung erstatten über diesen Vorfall.«

»Ihr müßt tun, was Ihr für richtig haltet. Doch Ihr mögt so klug sein, zu bedenken –«

»Was?«

»Wenn eine gründliche Untersuchung über Euer Betragen in jüngster Zeit stattfände, würdet Ihr wohl kaum belobigt werden. Es wäre angeraten, diese Sache zwischen uns abzumachen.«

»Ein Duell?«

Stephen ließ einen kleinen Seufzer vernehmen, der seiner Ansicht Ausdruck gab, daß der Major ein großes Kind und eine wahre Plage war, doch er fuhr ruhig fort: »Wenn Ihr das wünscht. Oder ich entschuldige mich öffentlich, falls dies eher nach Eurem Geschmack ist. Doch ich weigere mich standhaft, tatenlos zuzusehen, wie Ihr einen Jungen besinnungslos prügelt, nur weil Ihr gerade übler Stimmung seid. Das mögt Ihr Eurem Oberst jederzeit mitteilen.«

Stephen legte sein Handtuch weg und zog ein sauberes Batisthemd über. Darbier begann zu dämmern, daß Stephens Zorn von ganz anderem Kaliber war als sein eigener. Für Paul Darbier war Wut ein willkommener Anlaß, sich gehenzulassen, Stephen dagegen blieb beherrscht und unerschütterlich. Darbier entschied sich für eine andere Taktik.

Er sagte: »Ihr macht Euch mächtig fein, wie?«

Stephen blickte aus dem Fenster, erwiderte jedoch nichts. Er bemerkte nur, daß es draußen beinahe dunkel war.

»Trefft Ihr Euch mit einer Frau?«

Wieder schwieg Stephen. Selbst eine beiläufige Lüge kam ihm nicht über die Lippen.

»Antwortet mir, Mann.«

»Ich werde wohl später nach den Wachen sehen.«

»Demnach trefft Ihr Euch wahrhaftig mit einer Frau. Wer ist es?«

Keine Antwort.

»Irgendein dahergelaufenes Straßenmädchen wohl. Doch nein, für eine gewöhnliche Dirne würdet Ihr Euch nicht so herausputzen.«

»Das ist einerlei.«

»Überlaßt das mir, Hauptmann. Wer ist denn nun die Glückliche? Ihr wollt es mir nicht verraten. Nun, es ist gewiß nicht Doll Taverner, nicht wahr, wenngleich jeder Trottel sieht, daß Ihr vernarrt seid in die Frau. Sie wird Euch nie gewähren lassen – und weshalb nicht? Weil Ihr von all Euren Hirngespinsten so geblendet seid, daß Ihr die Wahrheit über sie nicht zu erkennen vermögt. Ich habe mehr Erfahrung in derlei Dingen als Ihr, Hauptmann, und ich weiß, wie ich mich in einer solchen Lage zu betragen habe. Es würde mich nicht wundern, wenn es in dieser Hinsicht in den nächsten Tagen bemerkenswerte Ereignisse gäbe. Ich werde es Euch wissen lassen. Doch ich muß sagen, es erstaunt mich, daß Ihr Euch mit der zweiten Wahl zufriedengebt, wo Ihr doch so entflammt wart für unsere spanische Schönheit. Doch wißt Ihr, was, Hauptmann? Ich werde Euch ihre Reize ausführlich schildern, wenn ich sie aus nächster Nähe erkundet habe. Das gefällt Euch doch wohl, wie?«

Stephen erstarrte. Er wußte, daß es Darbier zupaß käme,

wenn er jetzt die Beherrschung verlor; seinen Major anzugreifen, um das Leben eines jungen Soldaten zu retten, war vertretbar, doch wenn er ihn wegen einer Frau anfiel, setzte er sich ins Unrecht. Zudem kannte er Darbier gut genug, um zu wissen, daß der Vorfall mit Tully schneller vergessen sein würde, wenn der Major die Möglichkeit hatte, ihn ausgiebig zu beleidigen.
Ruhig sagte er: »Ihr wißt genau, Paul, daß Ihr nichts erreichen werdet bei Mistress Taverner.«
Darbier beäugte ihn prüfend. Stephens Tonfall überzeugte ihn vollends davon, daß er am besten Rache nahm, indem er sich als erster der Frau bemächtigte, die Stephen sichtlich sehr begehrte. Wieder sah er sie vor sich, blaß und nackt. Doch wenn Stephen sich unterdessen anderweitig vergnügte, war sein Triumph geschmälert.
Hinterhältig äußerte er: »Ich könnte Euch als erste Wache in der Ruine einteilen.«
Stephen lag sehr an seinem Stelldichein mit Corinna Rogers. Den ganzen Tag lang hatte er an nichts anderes gedacht. Selbst während er sich wusch, hatte er sich vorgestellt, wie sie sich wohl auf ihre Begegnung vorbereitete … Es wäre ihn hart angekommen, nun enttäuscht zu werden.
Ruhig sagte er: »Wie Ihr es für richtig haltet, Major.«
Doch in der Stille nach seinen Worten vernahmen sie beide auf der Treppe die leichten Schritte von Mistress Taverner.
Darbiers Gesicht erhellte sich. »Ach, von mir aus geht zum Teufel heute abend. Ich habe Besseres zu tun. Ich werde morgen früh beschließen, wie ich mit Eurem ungeheuerlichen Ungehorsam verfahren werde.«

Und damit stolzierte er hinaus. Stephen atmete erleichtert aus, dann widmete er sich noch ein Weilchen seinem Äußeren, damit er sich bei einer Dame sehen lassen konnte. Er merkte, daß er so aufgeregt war wie ein Schuljunge, doch die Aufregung war prickelnd und vergnüglich, eine willkommene Abwechslung von der Angst, die ihm in den letzten zweieinhalb Jahren nur allzu vertraut geworden war.

Er schloß die Tür zu seinem Zimmer hinter sich und eilte rasch die Treppe hinunter. Es war abendlich still im Haus, die Dienstboten schliefen schon oder waren anderswo beschäftigt. Um so besser; ihm war daran gelegen, unbeobachtet zu bleiben.

Als er am Fuße der Treppe angelangt war, vernahm er aus dem hinteren Teil des Hauses eine fordernde Männerstimme. Darbier. Er zögerte. Dann war alles still. Er erwog kurz, nachzusehen, ob Mistress Taverner seiner Hilfe bedurfte. Doch dann dachte er daran, wie Corinna Rogers ihn erwartete und sich fragte, weshalb er zu spät kam. Zudem hatte Mistress Taverner mehrfach keinen Zweifel daran gelassen, daß sie es verabscheute, wenn er sich einmischte, und daß sie seiner Unterstützung nicht bedurfte. Doch wenige Schritte vor der Haustür vernahm er wieder ein Geräusch, ein schmerzgepeinigtes Stöhnen, das ihm sehr wohl bekannt war, und dann das Scheppern von zerbrechendem Tongeschirr.

Er rannte die Passage zur Destillierkammer entlang. Dort blieb er stehen, entsetzt über den Anblick, der sich ihm bot.

Der Mann, der bald für immer verstummen würde, wälzte sich stöhnend auf dem Boden, und aus einer Wunde auf seiner Brust sickerte Blut. Und neben ihm stand Mistress Taverner, stummer als der Tod. Als Stephen die Kammer betrat, ließ sie den Dolch fallen, und in diesem Augenblick starb Darbier.

12

Lange regte sich nichts in der Kammer, nur die Kerze flackerte im Luftzug von der Tür.

Schließlich sagte Stephen leise: »Was, um Gottes willen, habt Ihr getan?«

Doll antwortete nicht, sah ihn nicht einmal an. Ihre Augen waren weit aufgerissen, und sie lächelte sonderbar. Die Hand, mit der sie den Dolch gehalten hatte, war starr vor ihr ausgestreckt, als wolle sie Stephen begrüßen.

Er trat vor und kniete sich neben den Major. Der Mann zuckte kaum merklich, doch er atmete nicht, und Stephen hatte diesen Blick zu oft gesehen, um sich falschen Hoffnungen hinzugeben. Er strich über Darbiers Lider, und er starrte nicht mehr zu ihnen empor. Stephen erhob sich und wandte sich an Mistress Taverner.

»Warum?«

Als er die Frage aussprach, stieß sie einen merkwürdigen Ton aus, und dann brach sie ganz langsam zusammen. Stephen umfaßte ihre Taille und fing sie auf, bevor sie zu Boden stürzte.

Zum ersten Mal in seiner Laufbahn als Soldat, vielleicht zum ersten Mal in seinem Leben, wußte Stephen nicht, wie er handeln sollte. Er stand in der Destillierkammer, einen Toten zu seinen Füßen, und die Frau, die den Mord offenbar begangen hatte, lag ohnmächtig in seinen Ar-

men. Unversehens überkam ihn eine Vorahnung, daß seine Handlungen in den nächsten Minuten oder Stunden den Rest seines Lebens und des Lebens der Menschen in seiner Nähe bestimmen mochten; eine Lage, in der er sich noch nie befunden hatte. Er wußte, daß er klar denken mußte, doch gerade das fiel ihm nun über die Maßen schwer. Er horchte angestrengt, doch es war kein Ton zu vernehmen; niemand war Zeuge des tödlichen Handgemenges geworden, das sich hier ereignet hatte.
Mistress Taverner murmelte: »Juana –«
»Wie?«
Sie versuchte den Kopf zu heben, doch ihre Augen waren halb geschlossen. »Meine Schwester braucht mich«, sagte sie.
»Eure Schwester?« Stephen hatte sich noch nie im Leben hilfloser gefühlt. Er sann darüber nach, wie oft er sich danach gesehnt hatte, Mistress Taverner in den Armen zu halten; vielleicht schon seit jenem Abend, als er sie mit ihren Kindern im Stall gesehen hatte – und nun tat er es. Er spürte ihren Herzschlag an der Brust, und ihr schwarzes Haar fiel über seine Hand – und Unheil war über sie hereingebrochen. Zuallererst mußte er sie aus der Ohnmacht erwecken. Er faßte sie um die Schultern und stellte sie behutsam mit den Füßen auf den Boden.
»Könnt Ihr gehen?« fragte er. »Ich bringe Euch auf Euer Zimmer, Nona wird Euch helfen.«
Doch sie schien ihn nicht gehört zu haben. *»Mamaita«*, flüsterte sie. »Wo ist *Mamaita*? Sie töten meine Mutter.«
»Wer?«
»Alle.«
Stephen führte sie aus der Destillierkammer und zog die

Tür hinter ihnen zu. Doch sie kamen nur langsam vorwärts, und als sie zu der Passage kamen, nahm er sie auf die Arme und trug sie die Treppe hinauf. In ihrem Zimmer setzte er sie in den Sessel am Kamin. Das Feuer war beinahe erloschen. Er sah, daß sie allmählich wieder zu sich kam, doch ihr Blick war stumpf. Ihm wurde angst, als er auf sie hinunterblickte: Er hatte von Menschen gehört, die eine solche Erschütterung in den Wahnsinn getrieben hatte.

Er sagte: »Ich hole Nona, Mistress Taverner. Sie wird Euch helfen können.«

Doch sie packte ihn am Ärmel. »Nein, nein, sie haben Nona niedergeschlagen. Laßt mich nicht allein hier –«

Als Stephen diese Bitte vernahm, brach ihm fast das Herz. Er hockte sich neben den Sessel und streichelte ihre bleiche Hand. »Es ist gut«, murmelte er. »Ihr seid nun in Sicherheit. Sorgt Euch nicht. Ihr seid in Sicherheit.« Und er dachte, wie nutzlos und falsch diese Worte doch waren. Major Darbier lag ermordet in diesem Haus; sie hatte wahrhaft Grund, sich zu sorgen, und das galt auch für ihn.

Er kauerte noch immer neben dem Sessel, als er hörte, wie gegenüber eine Tür aufging. Beth, die mit einer Hand ihr Nachthemd hochhielt, trat ein.

»Hat Mutter geträumt?« fragte sie.

Es gab keinerlei Anzeichen, daß Mistress Taverner die Stimme ihrer Tochter erkannt hatte, doch ihr Griff hatte sich gelockert, und er konnte sich behutsam von ihr lösen. Er wandte sich zu Beth.

»Ich glaube, ja. Wir müssen deine Großmutter wecken.«

Beth nickte gefaßt, ging hinaus auf den Flur und betrat

das Zimmer der Großmutter. Stephen folgte ihr mit einer Kerze. Von dem hohen Bett war ein ruhiges, pfeifendes Schnarchen zu vernehmen. Beth sagte dicht am Ohr der Großmutter: »Wach auf, Nona. Mutter hat wieder schlecht geträumt. Wach auf!« Doch das Schnarchen blieb unverändert.

»Laß es mich versuchen.« Stephen rüttelte die alte Frau unsanft, doch sie brummte nur und rutschte weiter unter ihre Decken. Da bemerkte er das Fläschchen auf dem kleinen Tisch neben dem Bett. Er nahm es in die Hand und schnüffelte daran. Der Geruch kam ihm bekannt vor, doch er konnte ihn nicht gleich einordnen.

Beth erklärte: »Nona sagt, sie ist nun so alt, daß sie manchmal etwas einnehmen muß, um gut schlafen zu können. Mutter weiß nichts davon.«

Stephen stöhnte. Die alte Frau lag im Tiefschlaf, und das, wo er ihrer so dringend bedurfte.

»Sie wird Euch nicht helfen, nicht wahr?« sagte Beth. »Wenn Ihr möchtet, kann ich Mutter etwas vorsingen; das tut Nona immer, wenn Mutter schlimm träumt.«

Stephen überlegte. Er war noch immer unentschieden, wie er handeln sollte, doch er neigte dazu, das Unheil geheimzuhalten. Beths Angebot war zwar verlockend, doch es mochte besser sein, wenn sie nicht hörte, was ihre Mutter in ihrem gegenwärtigen Zustand zu sagen hatte.

In dem kleineren Bett regte sich etwas. »Was machst du da, Beth?« fragte eine schläfrige Stimme »Warum ist Hauptmann Sutton hier?«

»Schlaf weiter, Pip«, befahl Beth ihrem Bruder so streng, wie ein achtjähriges Mädchen es vermag. »Das hier geht dich nichts an.«

Mit dieser Bemerkung konnte man jederzeit Philips Aufmerksamkeit erregen; unversehens war er hellwach. Stephen hatte nicht die Absicht, das ganze Haus zu wekken.

»Hör zu, Beth«, sagte Stephen leise. »Wenn du deiner Mutter helfen möchtest, mußt du bei Philip bleiben, bis er wieder zur Ruhe kommt. Dann gehst du in dein Zimmer und schläfst weiter.«

»Aber –«

»Das ist ein Befehl«, sagte er fest. Beth seufzte und ergab sich in ihr Schicksal. Doch als er zur Tür ging, erhellte sich ihre Miene.

»Hauptmann Sutton –« Er wandte sich um. Das Licht der Kerze fiel auf ihr Gesicht, und sie sah unversehens verschmitzt aus.

»Was gibt es, Beth?«

»Nun müßt Ihr für Mutter singen, nicht wahr?«

Wenn es so einfach wäre, dachte Stephen, als er bedrückt in Mistress Taverners Zimmer zurückkehrte. Ihre Haltung war unverändert. Sie hatte den Kopf in eine Hand gestützt, ihr dunkles Haar fiel ihr ins Gesicht. Ihre Augen waren offen, doch sie schien nichts zu sehen. Er schloß die Tür hinter sich und ging langsam auf sie zu.

»Mistress Taverner –«

Sie blickte nicht auf, sondern betrachtete eingehend ihre Handrücken. »Ich konnte dir nicht helfen, Juana« – ihre Stimme klang sonderbar hoch und kindlich – »ich wußte nicht –«

Stephen entdeckte einen Krug mit Wasser hinter einem Wandschirm und goß etwas davon in eine Waschschüs-

sel. Er tauchte die Hände hinein und benetzte ihre Stirn und ihre Wangen. Mit ängstlichen Augen sah sie zu ihm auf.
»Macht, daß sie einhalten!« jammerte sie. »Um Gottes willen, macht, daß sie einhalten!«
Stephen trat hilflos zurück.
Sie blickte um sich, doch was sie sah, blieb ihm verborgen. »Versteck dich, versteck dich«, schluchzte sie. »Nirgendwo bist du sicher, kein Platz zum Verstecken ...«
Ihr Zustand peinigte ihn mehr als alles andere. Als er Zeuge ihrer Qualen wurde, konnte er nicht mehr umhin, sich seine Gefühle für sie einzugestehen.
Er nahm ihre Hände. »Mistress Taverner«, sagte er mit all der ruhigen Entschlossenheit, die er an den Tag legte, wenn er seine Soldaten auf eine Schlacht vorbereitete, »seht mich an. Ich bin Stephen Sutton. Ihr seid in Tilsbury. Ich weiß nicht, wer, in Gottes Namen, Juana ist oder war, aber hier gibt es keine Juana. Versteht Ihr mich? Ihr müßt mir nun zuhören. In Eurem Haus liegt ein toter Mann. Ihr habt ihn umgebracht. Wir müssen uns nun überlegen, wie wir handeln wollen.«
Sie war außerstande, ihn zu hören. Mit wachsender Verzweiflung faßte Stephen sie unter dem Kinn und zwang sie, ihm in die Augen zu blicken. Sie wehrte sich nicht. »Es gibt keine Juana hier«, sagte er wieder. »Ihr seid in Eurem eigenen Zimmer, in Eurem eigenen Haus. Ihr habt einen Gatten, Josiah. Ihr habt Kinder. Schaut her –«
Er zog sie hoch, umfaßte ihre Taille und schleifte sie zu der hölzernen Wiege, in der der Säugling schlummerte. Wiederum hielt er sie in den Armen, und sie widersetzte sich nicht. Doch wenngleich er sie dicht bei sich spürte,

hatte er noch nie einen Menschen erlebt, der so weit entfernt war. »Seht her«, sagte er, absichtlich unwirsch, »hier liegt Euer Sohn. Schaut ihn an, er braucht Euch. Eure Kinder brauchen Euch, jetzt und hier –« Sie schrak zurück, als sie das Kind erblickte, doch Stephen war unerbittlich. »Versteht Ihr mich? Ihr habt einen gemeinen Mord begangen, und wenn wir keinen Ausweg aus dieser Lage finden, wird man Euch vor Gericht stellen, und Ihr werdet sterben. Mistress Taverner, ich will Euch helfen, doch Ihr müßt Euren Teil dazu tun, allein vermag ich nicht –«

Stephen hielt inne. Was sagte er da? Die Antwort war einfach. Er teilte ihr mit, daß er alles in seiner Macht Stehende tun wolle, um sie vor der Strafe für ihr Verbrechen zu bewahren. Einen anderen Weg gab es nicht. Darbier war tot, und kein Mord von Rechts wegen würde ihn wieder zum Leben erwecken.

Nun, da er eine Entscheidung getroffen hatte, war ihm leichter ums Herz. Er nahm Mistress Taverners Gesicht in seine Hände und sagte sanft und deutlich: »Ihr versteht mich, nicht wahr? Ihr habt Major Darbier getötet. Wollt Ihr nun, daß Eure Kinder Waisen werden?«

Er hielt den Atem an. Lange blieb es still, dann sah er, wie ihr Blick ihn erfaßte. Er blickte sie prüfend an. Ihre Lippen bewegten sich, und sie gab ein leises Stöhnen von sich.

»Was ist geschehen?« fragte sie, und Tränen stiegen ihr in die Augen. »Was habe ich getan?«

Stephen ließ die Hände sinken und zwang sich, nichts zu tun.

»Ihr habt Major Darbier erstochen«, sagte er. Sie sank

auf einen Schemel und schlug die Hände vors Gesicht.
»Er ist tot. In Eurer Destillierkammer ist es geschehen.«
Sie stieß einen erstickten Schrei aus. Stephen wünschte sich, sie trösten zu können, doch er untersagte es sich vorerst. Der Säugling regte sich, wimmerte ein wenig, und schlief weiter.
Stephen sagte: »Erzählt mir, was geschehen ist.«
»Ich weiß es nicht mehr. Ich habe den Dolch heute morgen an mich genommen. Letzte Nacht konnte ich nicht schlafen, weil der Major in mein Zimmer gekommen war.«
»Er ist hier hereingekommen?«
»Er sagte, er habe sich in der Tür geirrt. Aber wie er mich ansah, das war so … widerwärtig. Ich habe den Dolch den ganzen Tag mit mir herumgetragen. Ich wollte ihn in das Kästchen zurücklegen, aber nun … ist alles vorbei.«
»Ich meinte nicht die Gegenwart«, sagte Stephen, der nun eine Ahnung hatte, was sich in der Destillierkammer abgespielt hatte. »Erzählt mir, was damals geschehen ist. Wer war Juana?«
»Juana?«
»Ihr habt von jemandem namens Juana gesprochen. Ihr sagtet, sie sei getötet worden. Und daß man Nona niedergeschlagen habe. Habt Ihr das geträumt?«
Sie schüttelte den Kopf. »Nein«, sagte sie. »Das habe ich erlebt.« Sie schaute auf und sah ihn unverwandt an, und Stephen kam es vor, als blickten sie einander zum erstenmal in die Augen. »Juana war meine Schwester.«

Sie zitterte noch immer, und so holte er ein warmes Tuch und legte es ihr um die Schultern. Er ließ sich in einigem Abstand auf einem Stuhl nieder und wartete.

»Erzählt«, sagte er. »Ich möchte alles wissen.«
»Warum?«
»Weil ich Euch helfen möchte.«
»Aber uns bleibt keine Zeit, man wird den Major finden. Was kann ich tun?«
»Mir wird etwas einfallen. Habt Vertrauen zu mir, Mistress Taverner.«
»Warum?«
»Muß es immer einen Grund geben?«
Doll starrte ihn an. Ihr Leben lang hatte sie sich vor Soldaten gefürchtet. Der Mann vor ihr war ohne Zweifel Soldat, doch sie hatte keine Angst vor ihm. In diesem Augenblick war sie bar jeder Furcht. Sie begriff, daß sie einen schrecklichen Mord begangen hatte, doch, seltsam, die Tat gab ihr ein Gefühl von Freiheit, von Ungebundenheit. Als wäre sie ihr Leben lang angekettet gewesen, und nun habe man sie befreit ... doch das war Wahnsinn. Oder sie empfand nur die Freiheit eines Menschen, der alles verloren und nichts mehr zu fürchten hat.
Das Zittern ließ nicht nach, trotz des warmen Tuchs, doch sie sagte ruhig: »Was wünscht Ihr zu wissen?«
Stephen runzelte die Stirn. »Ihr scheint eben etwas aufs neue durchlebt zu haben, das Euch einmal widerfahren ist«, erklärte er ihr. »Eure Schwester wurde getötet.«
Sie blickte beiseite. »Viele Menschen wurden getötet.«
Er wartete, doch als sie stumm blieb, fragte er: »Wo geschah das?«
»In ... in Würzburg.« Das Wort schien ihr nur schwer über die Lippen zu kommen, doch dann wiederholte sie es deutlicher: »In Würzburg.«
Stephen hatte den Namen der Stadt schon einmal ver-

nommen, und er war verknüpft mit etwas Düsterem, doch er konnte sich nicht entsinnen, weshalb.

Er sagte: »Werdet Ihr es mir erzählen, Mistress Taverner?«

Sie sah ihn forschend an. »Warum? Warum wollt Ihr etwas über mich wissen?«

»Ich habe es Euch doch gesagt: Ich möchte Euch helfen.«

Sie dachte eine Weile nach, dann sagte sie langsam: »Und wenn ich Euch alles erzähle, von Anfang an, versprecht Ihr dann, daß Ihr mir helfen werdet?«

»Ich verspreche es.«

Sie nickte. »Und Ihr meint, daß wir nicht vorher handeln sollten?«

»Es ist erst Mitternacht. Uns bleibt noch viel Zeit.«

»Nun gut. Ich werde es Euch überlassen. Wovon soll ich Euch berichten?«

»Von Euch, von Eurem Leben. Wo seid Ihr geboren worden?«

»In Spanien.«

»Und Eure Familie?«

»Meine Familie?« Sie dachte einen Augenblick nach, dann begann sie der Reihe nach zu erzählen, als fürchte sie, etwas auszulassen, das wichtig sein mochte. »Mein Vater war Apotheker. Als ich geboren wurde, war er schon alt. Meine Mutter war seine dritte Frau. Seine anderen Kinder waren bereits erwachsen und hatten selbst Familie. Zwei seiner Söhne waren älter als meine Mutter. Sie hatte zwei Kinder, meine ältere Schwester Juana und mich. Meine Mutter war noch so jung und schön, daß mein Vater uns immer ›seine drei Blumen‹ nannte. Er war ein weiser Mann und gütig – zu gütig, sagte meine Mutter nicht selten. Er konnte niemandem etwas abschlagen, und manche Menschen nutzten seine Güte aus. Meine Mutter weinte manchmal, weil er unser Geld einer armen Familie schenkte oder Arznei weggab, ohne ein Entgelt dafür zu bekommen. Einmal hörte ich, wie sie klagte, daß andere ihm mehr am Herzen lägen als wir, doch er lächelte nur. Dann sagte er, daß doch wir die drei schönsten Blumen der Welt seien, und was brauche er mehr? Doch sie war immer noch böse und meinte, seine Töchter bräuchten Schuhe, womit solle sie die bezahlen? So versprach er, Geld für Schuhe zu besorgen, und *Mamaita* war zufrieden.«

Sie hatte mit ihrer Erzählung begonnen, um Stephens Wunsch nachzukommen, doch sie schien seine Anwesenheit beinahe vergessen zu haben. Nun erzählte sie ihre Geschichte für sich selbst, als wolle sie begreifen, wie ihr Lebensweg verlaufen war.

»Wir wohnten neben dem Laden, mitten in der Stadt. Unsere Zimmer waren kühl und dunkel, denn wir hatten den ganzen Tag die Läden geschlossen, damit die Sonne nicht hereinschien. Eines der ersten Dinge, an die ich mich entsinnen kann, ist, wie ich nach der Siesta aufwachte und Juanita ansah, die neben mir lag und noch schlief.« Sie lächelte vor sich hin. »Ihr Körper war schwarzweiß gestreift von den Schatten des Fensterladens, und ich glaubte, sie würde sich in ein unheimliches Tier verwandeln, und schrie. Alle erwachten und lachten mich aus, weil ich mich so gefürchtet hatte. Ich erinnere mich an den Duft von Orangenblüten, der alles zu durchdringen schien, und den Geruch des Straßenstaubs und

an den geheimnisvollen Laden meines Vaters mit all seinen Fläschchen und Wundern. Und an den Sonnenschein, der uns blendete, wenn wir an Heiligentagen und Sonntagen aus der dunklen Kirche traten. An Sommerabenden traf man sich im Hof, und ich saß bei meinem Vater, wenn die Frauen tanzten und sangen, und manchmal versuchte ich, es ihnen gleichzutun.
Ich war wohl fünf oder sechs Jahre alt, als wir unser Zuhause verließen. Das spanische Heer in den Niederlanden brauchte Männer wie meinen Vater, und vielleicht hatte er auch Schulden gemacht. Es kam immer wieder jemand ins Haus, der sich beklagte, und meine Mutter weinte dann und sagte, was solle sie nur tun, es war hoffnungslos mit ihm, er würde sich niemals ändern, und würde uns in den Ruin stürzen. Dann gab es wieder Streit, denn mein Vater wollte Nona mitnehmen – Nona war seine Tante, nicht meine Großmutter, doch sie war immer wie eine große Schwester für ihn gewesen –, und meine Mutter empörte sich und sagte, ob er wohl glaube, daß sie ihre Familie nicht allein versorgen könne? Doch zuletzt gab sie nach, und ich glaube, später war sie froh darum. Am Tage vor unserem Aufbruch machte mein Vater uns allen neue Schuhe. Meine drückten, und ich wollte sie ausziehen, doch man erlaubte es mir nicht. Ich weinte, als wir das Haus verließen; nicht, weil wir fortgingen – das konnte ich wohl nicht ermessen –, sondern weil meine Füße schmerzten. Doch wenn ich gewußt hätte, was uns bevorstand, wäre ich niemals fortgegangen. Niemals. Und Vater sagte mir, ich solle nicht weinen, denn wenn wir wiederkämen, seien wir reich, und wir könnten so viele Schuhe haben, wie wir uns wünschten.«

Sie runzelte die Stirn und verstummte. Bis hierher war ihr die Geschichte leichtgefallen. Als sie wieder sprach, klang sie vorsichtig, als fürchte sie sich vor der Fortsetzung. »An die Reise entsinne ich mich nicht. Ich weiß noch, daß man von englischen Piraten sprach, doch meine Mutter und Juana waren schlimm seekrank und hatten wohl kaum mehr die Kraft, sich zu fürchten. Als wir Flandern erreichten, fanden wir Eis und Schnee vor, so weit das Auge reichte. Ich glaubte, vor Kälte sterben zu müssen, und wollte wieder nach Hause. Wir alle sehnten uns nach zu Hause. Meine Mutter wurde krank – sie hustete unentwegt und war ans Bett gefesselt. Nona pflegte sie, und Juana und ich blieben uns selbst überlassen. Ich litt so schlimm unter Heimweh, daß ich sterben wollte. Glücklich war ich nur, wenn ich mit Juana tanzen und all die Tänze lernen durfte. Ich sehe sie noch vor mir in dieser verkommenen Hütte in Flandern, in der wir hausten, vor den Fenstern türmte sich der Schnee, und Juana tanzte mitten im Zimmer, warf den Kopf zurück, und Tränen strömten über ihr schönes Gesicht.
Dann wurde mein Vater in eine der spanischen Garnisonen in Deutschland versetzt. Sie war auch nicht besser als die Stadt in Flandern, doch wir wohnten in einem richtigen Haus. Meine Mutter rügte mich, weil ich noch immer Heimweh hatte; sie sagte, wir seien nun hier zu Hause und ich müsse Spanien vergessen.
Nach einer Weile gewöhnte ich mich an die Stadt. Würzburg hieß sie.« Sie schauderte unwillkürlich, als sie den Namen aussprach, dann fuhr sie fort. »Doch abends lag ich im Bett und dachte noch immer an Spanien. Ich hatte wohl Angst, daß ich mich eines Tages nicht mehr erin-

nern und den Weg dorthin nicht mehr finden würde. Ich plagte die Großen mit Fragen: *Mamaita*, war die Tür zur Küche die erste oder die zweite Tür rechter Hand? Nona, durch wie viele Fenster konnte man auf den Hof schauen? Juana, wie hieß noch die alte Frau, die uns mit der Wäsche half? Ich fragte immer weiter, und es war mir einerlei, ob sie mit mir schimpften: Ich wollte unser Heim am Leben erhalten, damit wir dorthin zurückkehren konnten.

Doch ich war nicht ganz und gar unglücklich in Würzburg. Manches blieb beim alten. Mein Vater verschenkte wie stets Arzneien und Mittel an Menschen, die sie nicht kaufen konnten, und meine Mutter wurde wütend und weinte. Dann drohten neue Unbilden: Juana wuchs heran. Das war wie Verrat für mich. Sie nahm nicht mehr an unseren alten Spielen teil. Sie war schön und sehr schüchtern Fremden gegenüber. Ein junger Soldat besuchte sie zu Hause und sprach mit ihr nach der Messe. Juana benahm sich fremd, wenn er bei ihr war; ich glaubte, er mache sie traurig, doch sie sagte, ich dürfe nicht garstig zu ihm sein. Dann suchte sie häufig das Kloster des Ordens Unserer lieben Frau auf. Meine Mutter sagte mir eines Tages, daß Juana vielleicht Nonne werde. Das wäre schlimmer für mich gewesen, als sie an einen Soldaten zu verlieren. Wochenlang war ich niedergeschlagen – ich wußte, daß ich Juana verlieren würde, welchen Weg sie auch wählte.

Soviel sann ich über Juanas Zukunft nach, daß ich die Gespräche um mich kaum bemerkte. Seit wir in Flandern eingetroffen waren, redete man vom Krieg, und manchmal kamen alte Soldaten mit schrecklichen Wunden, die nicht heilen wollten, zu meinem Vater. Doch so gräßlich die Geschichten auch waren, sie berührten unser Leben nicht. In jenem Sommer, in dem Juana sich zwischen ihrem Soldaten und dem Kloster entscheiden wollte, hörte ich häufig den Namen ›Magdeburg‹. Manche meinten, daß man dort einen großen Sieg über die Ketzer errungen habe, doch dann wurde mein Vater zornig und sagte, daß die Heilige Römische Kirche nicht gedeihe, indem man in ihrem Namen ganze Städte zerstöre.

Dann hörten wir vom Schwedenkönig Gustav Adolph. ›Löwe des Nordens‹ nannten ihn manche, und sie begannen sich zu fürchten, weil all die protestantischen Adligen in Deutschland sich ihm anschlossen. In unserer Stadt machte man sich daran, Bollwerke an der Stadtmauer zu errichten, doch meiner Mutter und mir war nur daran gelegen, zu erfahren, ob Juana nun den Schleier oder die Ehe wählen würde. Und eines Tages packte alle die Angst: Der Feind stand vor den Toren. Jedermann weinte. Juana traf ihre Entscheidung: Sie würde ihr Leben der Kirche verschreiben. Sie glaubte wohl, daß sie ihren Soldaten retten könne, indem sie ein solches Opfer brachte. Hätte sie gewußt, was ihr bevorstand, hätte sie ebensogut einen Pakt mit dem Teufel eingehen können.«

Sie verstummte.

Stephen sagte: »Ihr müßt nicht fortfahren. Wenn die Erinnerungen so schlimm sind –«

Sie blickte ihn scharf an. »Ihr habt gefragt, Hauptmann Sutton, Ihr wolltet alles wissen. Nun, dann hört mir zu, hört zu, bis die Geschichte zu Ende ist. Und dann müßt Ihr mir helfen, wie Ihr es versprochen habt.«

»So sei es.«
Sie holte tief Luft, wappnete sich, dann sprach sie weiter. »Als die ersten Barbaren in die Stadt eindrangen, rief mein Vater uns zu sich in den Laden und befahl meiner Mutter, uns alle ins Kloster zu bringen; er sagte, dort seien wir in Sicherheit. Doch meine Mutter weigerte sich. Sie weinte wieder, doch sie sagte, wenn sie sterben müsse, dann wolle sie es an seiner Seite tun. So gingen Nona, Juana und ich allein. Und ich wehrte mich und schrie, weil ich bei meinen Eltern bleiben wollte, so daß ich mich nicht einmal verabschieden konnte. Nona und Juana mußten mich den ganzen Weg zum Kloster schleppen und zerren.
Die Nonnen waren immer angetan gewesen von mir, doch in letzter Zeit hatte ich mich oft garstig betragen ihnen gegenüber, weil ich glaubte, daß sie mir Juana wegnehmen wollten. Wir gingen in die Klosterkirche. Ich war oft dort gewesen, doch an diesem Tag war alles anders. Alle Nonnen hatten sich dort versammelt, der Priester, der sonst die Messe abhielt, und viele Frauen und Kinder aus der Stadt. Einige der Nonnen sangen, doch viele weinten und fürchteten sich. Und eine von ihnen lachte, ein schauriges, irres Lachen – das war am schlimmsten. Als ich sie hörte, wurde mir zum erstenmal angst und bange.«
Sie schlang die Arme um sich und wiegte sich vor und zurück. »Ja, ich habe Angst. Überall knallen Schüsse, Menschen schreien. Die Nonnen versuchen, die Riegel vor die schweren Türen der Kirche zu legen, doch es ist zu spät, die Soldaten hämmern schon dagegen. Eine der ältesten Nonnen kommt zu mir. Ich mochte sie nie, weil

sie Zähne so groß wie ein Hase hat und immer will, daß ich ihr von meinen Sünden erzähle, doch nun weint sie und sagt, ich soll mich unter dem Steinsarkophag im Seitenflügel verstecken. ›Versteck dich, Kind, versteck dich.‹ Sie spricht deutsch mit mir. ›Du bist zu jung und schön. Sei ganz still und bete zur Lieben Frau.‹ Doch es ist eng dort, ich muß mit dem Gesicht am Boden liegen. Ich sehe Juana nicht mehr und auch Nona nicht, nur die Füße der Nonnen, die neben meinem Versteck beten. Ich kann nicht beten, kann mich nicht rühren, kann nicht schreien. All der Lärm ist in meinem Kopf, die Gesänge, das Weinen, die Schreie, die Schüsse, das Hämmern. Immer lauter wird der Lärm. Mein Kopf droht zu zerspringen. Und dann höre ich Siegesgeheul, die Soldaten haben die Tür eingeschlagen. Ich schließe die Augen und drücke mich an den Boden. Ich wünsche mir, Stein zu sein, lebloser kalter Stein, doch es kann nicht sein. Ich öffne die Augen und sehe Stiefel, schwere schlammbedeckte Lederstiefel, doch der Schlamm ist rot, solchen Schlamm habe ich noch nie zuvor erblickt. Dann merke ich, daß es Blut ist. Und die Schreie klingen anders, es sind nicht nur Angstschreie, sondern Schmerzensschreie, unerträgliche Schmerzensschreie. Ich meine, daß es nie wieder aufhören wird, es nimmt kein Ende. Die Füße der Nonnen sehe ich nirgendwo mehr, nur Stiefel, und eine Hand, eine Kinderhand am Boden, die sich nicht bewegt. Und nun das Blut, eine Blutlache, die auf mich zufließt. Sie kommt immer näher. Ich weiß, wenn sie mich berührt, sterbe ich, oder ich werde wahnsinnig. Sie ist schon nahe, und ich muß fort. Und in dem Augenblick, in dem ich mich rege, bricht all die Angst –« ihr Schluchzen klang wie ein Schrei voller Grauen, »all die Angst in mir bricht heraus, und ich kann mich nicht mehr verstecken. Ich klettere unter dem Grabmal hervor. Ich schaue mich um, und ich sehe … ich sehe …«

Sie brach ab. Tränen strömten ihr übers Gesicht.

Erschrocken hub Stephen an zu sprechen, doch sie hörte ihn nicht.

»Grauenvoll …«, brachte sie hervor. »So grauenvoll … Nona liegt ganz in der Nähe meines Verstecks. Sie trägt eine blutige Schwesterntracht. Ich weiß, daß sie tot ist. Neben dem Altar liegt ein Priester; sie haben ihm einen Hieb mit dem Schwert versetzt – an dieser Stelle –, und er verblutet.

Und nun sehe ich Juana. Vielleicht ist sie schon tot, ich hoffe es, o lieber Gott, ich hoffe es inständig. Einer der Ketzer ist über sie hergefallen; ich begreife nicht, was er tut, damals noch nicht, doch ich weiß, daß es etwas Schlimmes ist. Er ist bleich, bleiche Haare und Augen, nur sein Mund ist rot wie Blut, und als er fertig ist, zieht er sein Messer aus dem Gürtel und …«

»Es ist vorüber«, sagte Stephen. »Es ist vor langer Zeit geschehen.«

Sie beachtete ihn nicht. »Ich will schreien, doch meine Stimme versagt. Der Mann mit dem Messer dreht sich um und sieht mich. Er grinst. Er kommt auf mich zu. Seine Hände sind blutbeschmiert, er tritt auf das tote Kind und grinst. Und ich will nach dem Dolch greifen und ihn in sein Herz stoßen. Und als er heute abend in meine Kammer kam, da –«

»Das war Major Darbier.«

»Ja, ich weiß, das weiß ich jetzt.«
Sie verfielen in ein langes Schweigen.
»Sein Blick war es«, sagte sie, »das Grinsen. Ich konnte dieses Grinsen nicht ertragen.«
»Das ist ... das ist ...« Stephen fehlten die Worte, doch sie wandte sich ihm zu und sah ihn einen Augenblick lang an.
»Ja«, sagte sie einfach, und er merkte, daß sie in die Gegenwart zurückgekehrt war.
Nach einer Weile fragte er: »Wie seid Ihr entkommen?«
»Als ich unter dem Grabmal hervorkroch, kamen andere Soldaten in die Kirche. Es waren wohl Offiziere, die ihre Männer zur Ordnung rufen wollten – doch dafür war es zu spät, viel zu spät. Einer von ihnen, ein Mann mit rötlichen Haaren und einem großen Schädel, stieß den anderen beiseite. Er hob mich hoch. Ich dachte, er wolle mich töten. Ich muß in Ohnmacht gefallen sein.«
»Und das war Josiah?«
Sie nickte.
Die nächste Frage wollte Stephen nicht über die Lippen kommen.
Als habe sie seine Gedanken erraten, sagte sie: »Er hat mich nicht ... berührt. Nicht so. Was dann geschah, weiß ich nur aus Nonas Berichten. Ich erinnere mich nur noch an Gerüche – Blut, Verbranntes – und an das Gefühl, daß die Welt unterging. Was in gewisser Weise auch zutraf. Meine Welt gab es nicht mehr. Meine Mutter und mein Vater waren in unserem Haus ermordet worden, die Apotheke geplündert. Juana gab es nicht mehr. Ich war sehr krank. Ich konnte nicht mehr sprechen. Zwei Jahre

lang sagte ich kein Wort. Nona mußte für mich sprechen.«

»Wie hat sie das Gemetzel überlebt?«

»Sie hatte sich totgestellt. Sie sagte sich, daß man eine alte Frau wie sie liegenlassen würde, und so zog sie die Tracht einer der getöteten Nonnen an und legte sich neben mein Versteck. Als sie merkte, daß die neuen Soldaten dem Alptraum ein Ende bereiteten und mich mit sich nahmen, erhob sie sich. Sie pflegte mich, während ich krank war, und als ich genas, sagte sie mir, daß von uns keiner überlebt habe. Sie sagte, es sei am besten für mich, wenn ich Josiah heiraten würde und wenn wir alle in England leben könnten, wo es keinen Krieg gab. Er hatte uns Geld gegeben. Ich nehme an, er wollte uns hintergehen, doch dann glaubte er, daß Nona ihm eine Krankheit angehext habe – er hat manchmal Schmerzen im Gedärm, und damals bekam er sie zum erstenmal. Deshalb wagte er es nicht, sein Wort zu brechen. Ich wußte von den Engländern nur, daß sie Piraten waren, und ich dachte, daß wir für immer auf einem Schiff leben würden, doch ich tat alles, was Nona mir auftrug. Ich konnte nicht selbst denken. Von der Hochzeit oder der Reise weiß ich nichts mehr. Lange Zeit habe ich alles nur verschwommen gesehen. Ich lebte im Nebel. Lebte nicht wirklich, war nur vorhanden, wie ein Tier.«

»Wie alt wart Ihr damals?«

»Als die Ketzer nach Würzburg kamen? Dreizehn. Und ich war vierzehn Jahre alt, als ich Josiah heiratete. Er war gütig damals und bereit, zu warten. Doch vielleicht wartete er nicht lange genug. Vielleicht bin ich noch immer wahnsinnig. Das wäre doch möglich. Ich habe all diese

Toten bis zum heutigen Tag in mir getragen – könnt Ihr das verstehen? –, das Blut meiner Schwester hat mein Herz getränkt. Ihr Tod war auch mein Tod. Als mein erstes Kind zur Welt kam und ich das Blut an seinem Kopf und seinem Leib sah, dachte ich: Das ist Juanas Blut, und ich wußte gleich, daß es sterben würde. Ich konnte nichts Heiles auf die Welt bringen.«

»Aber Harry?«

»Ja, mit Harry wurde alles anders. Als mein zweites Kind nach der Geburt starb, war ich wohl eine Weile wahnsinnig. Josiah war unterwegs, und Nona sorgte Tag und Nacht für mich. Sie gab mir Arznei, um die Fäulnis in mir zu heilen; jeden Morgen und jeden Abend wusch sie mich mit duftenden Seifen und besprengte meinen Leib mit Blütenwasser. Mit Kräutern räucherte sie mein Zimmer, damit ich nur reine Luft atmete. Und sie überredete mich, wieder mit ihr zu tanzen. Eines Tages, als wir tanzten, begann ich zu singen. Danach konnte ich wieder sprechen. Doch nun hatte ich ein neues Leben und mußte eine neue Sprache lernen. Ich war kein spanisches Mädchen mehr, sondern eine englische Ehegattin. Als Harry geboren wurde und danach Beth, wußte ich, daß ein Wunder geschehen war. Innerlich würde ich vielleicht für immer unrein sein, doch meine Kinder waren nicht mehr beschmutzt von meinen Qualen – sie gehörten zu meinem neuen Leben.«

Sie schwiegen lange Zeit. Der Säugling regte sich in seiner Wiege und schniefte. Stephen war so überwältigt von Wut und Entsetzen, daß es ihm schwerfiel, zu sprechen. Sie sagte: »Nun, Hauptmann Sutton, habt Ihr meine Geschichte vernommen. Wie gefiel sie Euch?«

»Ich glaube, das ist die schrecklichste Geschichte, die mir in meinem ganzen Leben zu Ohren gekommen ist.«

Sie blickte ihn erzürnt an. »Ihr seid ein gütiger Mann, und was ich Euch berichtet habe, erschüttert Euch – doch weshalb überrascht es Euch? Derlei geschieht, wenn Männer beschließen, in den Krieg zu ziehen.«

»Beten wir zu Gott, daß derlei in diesem Land nie geschehen mag«, sagte er heftig. »Und Ihr wart so jung, ein Kind noch!«

»Ein *unschuldiges* Kind! Glaubt Ihr, Kinder bleiben von Kriegen verschont? Ihr täuscht Euch selbst! Und nun werden meine Kinder unter meiner Tat zu leiden haben, und daran ist nur Euer Krieg schuld. Wegen Eures werten Majors …«

»Was hat Darbier getan?«

Sie wich seinem Blick aus. »Ich kann mich nicht entsinnen.« Sie stand unversehens auf und ging im Zimmer auf und ab. »Herr im Himmel, ich hätte mir selbst das Leben nehmen sollen, als ich ihn ermordete. Ich bedauere seinen Tod nicht. Er hatte es verdient, zu sterben. Und ich muß nun wieder leiden. Ihr könnt mir nicht helfen. Es gibt keine Hoffnung. Ich werde mich nicht der Rechtsprechung Eures Heers ausliefern. Zuvor werde ich mir das Leben nehmen …«

Sie stand vor der kleinen Truhe, in der Josiah seine Pistolen aufbewahrte, doch Stephen sagte eindringlich: »Nein, Ihr dürft die Hoffnung nicht aufgeben, jetzt noch nicht. Wenn es in meiner Kraft stünde, etwas zu ändern an dem, was Euch und Eurer Familie in Würzburg widerfahren ist, würde ich es tun. Ich kann Eure Vergangenheit nicht

ändern, Mistress Taverner, doch ich meine, Euch helfen zu können.«
»Wie wollt Ihr das tun?« fragte sie zornig. »Die Leiche dieses Wüstlings liegt in meinem Haus, und ich habe ihn getötet. Macht mir keine falschen Hoffnungen, indem Ihr von Wundern sprecht, das ist nicht recht –«
»Ich weiß. Hört mir zu. Nun, da Darbier tot ist, bin ich vorerst befehlshabender Offizier in Tilsbury. Und wenn ich rasch handle, solltet Ihr ungestraft davonkommen.«
Sie sah ihn mit neu erwachter Hoffnung an, dann wurde sie von Verzweiflung übermannt. »Nein, Ihr verschwendet Eure Zeit. Eure Hilfe kommt zu spät für mich, Hauptmann. Vielleicht will ich auch nicht länger leben. Soviel Leiden überall und nun dies … ich bin dessen überdrüssig.«
»Und Eure Kinder?«
Sie zuckte müde die Achseln. »Josiah wird für sie sorgen. Sie werden mich nicht lange vermissen.«
»Das ist eine Lüge, und Ihr wißt es.«
Sie sank in den Sessel und schlug die Hände vors Gesicht.
Nach einer Weile fragte Stephen: »Wollt Ihr, daß ich Euch helfe?«
Sie lehnte sich zurück und sah ihn trotzig an. »Habe ich eine Wahl? Um meiner Kinder willen bin ich gezwungen, die Frage mit Ja zu beantworten.«
»Dann gebt mir die Schlüssel zu Eurer Destillierkammer und wartet hier. Kommt Ihr ein Weilchen allein zurecht?«
Sie zuckte die Achseln. »Gewiß. Was bleibt mir anderes übrig.«

»Ich komme zurück, sobald es mir möglich ist.«
Sie löste den Schlüssel von dem Ring, den sie an der Hüfte trug, streckte ihm die Hand hin und sagte mit spöttischem, bitterem Lächeln: »Sorgt Euch nicht um mich, Hauptmann Sutton. Ich werde tun, was immer Ihr mir befehlt. Habe ich eine Wahl?«

13

Stephen setzte sich an den Tisch in seinem Zimmer und schrieb einen kurzen Brief an seinen Vater. Nun, da er sich einen Plan zurechtgelegt hatte, konnte er wieder klar denken, und er handelte rasch. Er unterzeichnete und versiegelte den Brief, dann stellte er eine Art Passierschein aus und nahm ein paar Münzen aus seinem Lederbeutel. Kurz bevor er hinausging, holte er, einer Eingebung folgend, noch ein unauffälliges Wams von Darbier und eine Hose aus der Kommode und legte beides über den Arm.

Er schlich die Treppe hinunter. In der Destillierkammer fand er alles unverändert vor. Major Paul Darbier lag seltsam starr und verkrümmt auf dem Schieferboden. Seinen dunklen Samtrock verunzierte ein großer Blutfleck. Stephen fiel auf, daß Mistress Taverner mit tödlicher Gewißheit das Herz des Majors getroffen hatte – ein gedungener Mörder hätte die Tat nicht geschickter ausführen können. Er rührte nichts an, sondern verschloß die Kammer und steckte den Schlüssel in seine Tasche. Dann verließ er das Haus durch eine Seitentür und ging zum Hof. Er fand Tully in einem Schuppen vor, in dem man Eimer und Geräte aufbewahrte. Der Junge lag auf einem Stapel Säcke, war an Händen und Füßen gefesselt und wimmerte vor Angst, als er Stephen nahen sah.

»Schsch, Tully, fürchtet Euch nicht. Haltet still, während ich die Seile aufbinde. Ich komme, um Euch zur Flucht zu verhelfen.«

Sobald er befreit war, verkroch Tully sich in einer Ecke. Um den Jungen nicht zu erschrecken, steckte Stephen mit langsamen, ruhigen Bewegungen seine Kerze in eine Laterne, um sie vor dem nächtlichen Wind zu schützen.

»Hört zu, Tully«, sagte er leise und eindringlich zu dem Jungen, »möchtet Ihr von hier fliehen – für immer entkommen? Ihr wißt, daß Ihr nicht nach Hause zurückkönnt, aber ich kann dafür sorgen, daß Ihr an einen Ort kommt, wo man Euch zu essen gibt und für Euch sorgt, bis die Kämpfe ein Ende finden. Würde Euch das gefallen?«

Er bekam keine Antwort.

»Ihr müßt sprechen, Tully. Wir haben nur wenig Zeit. Vertraut mir.«

»Nach Hause will ich.«

»Das weiß ich, aber das ist nicht möglich. Überdies ist Eure Schwester tot und das Kind auch.« Stephen sprach die Wahrheit so behutsam wie möglich aus; dennoch überkam ihn Verzweiflung, als er diese Worte äußerte. Mistress Taverner hatte recht. Tully und seine Schwester waren Kinder, deren Leben der Krieg zerstört hatte; ihr Schicksal glich dem von Mistress Taverner und ihrer Schwester. Er zwang sich, fortzufahren: »Wenn Ihr nun versucht, nach Hause zu gelangen, werden Euch die Soldaten wieder fassen und hierher zurückbringen, wie sie es heute getan haben. Wollt Ihr das?«

Er murmelte: »Nein, laßt mich zufrieden.«

»Ich versuche Euch zu helfen, Tully.«

»Wo kann ich denn schon hin?«
»Nach Cornwall.«
»Wohin?«
»Hört aufmerksam zu. Major Darbier ist ermordet worden.« Stephen zögerte nur einen kurzen Augenblick, dann fuhr er fort: »Ich weiß nicht, wer es getan hat, doch wenn seine Leiche gefunden wird, wird man womöglich Euch für den Täter halten, weil er Euch heute nachmittag die Tracht Prügel verabreicht hat.«
»Aber ich war es nicht, Sir, das schwöre ich Euch. Wie denn auch? Ich war die ganze Zeit hier eingeschlossen –«
»Ich weiß, Tully. Sorgt Euch nicht. Ich meine nur, daß es den Anschein haben könnte. Und ich biete Euch die Gelegenheit, zu entkommen. Ich benötige jemanden, der meinem Vater in Cornwall eine wichtige Nachricht überbringt. Würde Euch das gelingen?«
»Was für eine Nachricht?«
»Ich habe den Brief bei mir. Er ist versiegelt, und Ihr dürft ihn nur meinem Vater aushändigen, Sir John Sutton in Rossmere, keinem anderen. Habt Ihr verstanden?«
»Glaube wohl.«
»Ich habe Euch einen Passierschein ausgestellt, falls Ihr auf Soldaten trefft. Ihr werdet durch Bristol und Exeter kommen. Diese Städte unterstehen den Königstreuen, und mit den Parlamentsanhängern werdet Ihr wohl nichts zu schaffen haben. Ich habe Euch aufgeschrieben, durch welche Städte Euer Weg Euch führt. Ihr werdet wohl nicht lesen können –«
»Doch, Sir, ein klein wenig.«

»Hervorragend. Schaut her, Tully, dies ist Eure Reiseroute.« Stephen hielt die Laterne hoch und deutete auf die Städtenamen. Tully wiederholte sie eifrig. »Es wird eine lange beschwerliche Reise sein, doch ich gebe Euch Geld für Verpflegung und Unterkunft mit.«

»Geld, Sir?« Tully klang merklich erfreuter.

»Ja. Es wird auch für eine lange Reise ausreichend sein, wenn Ihr sorgsam damit umgeht.«

»Ich habe jetzt Hunger.«

»Ich fürchte, Ihr müßt noch eine Weile warten. Ich kann Euch nichts aus der Küche holen, weil der Küchenjunge dort schläft. Doch sobald Ihr Euch ein gutes Stück entfernt habt, könnt Ihr Euch eine Mahlzeit erstehen. Ihr könnt doch reiten, hoffe ich?«

»Ja, Sir.«

»Gut. Hier ist ein frisches Wams und eine Hose für Euch. Wir müssen uns eilen. Bei Tagesanbruch, wenn sie anfangen, Zeter und Mordio zu schreien, müßt Ihr schon weit entfernt sein. Ich bereite Euer Pferd vor, während Ihr Euch umkleidet.«

»Ja, Sir.«

Stephen bemerkte zufrieden, daß Tully nun recht entschlossen wirkte. Er verdeckte das Licht der Laterne mit der Hand, nahm ein paar Säcke mit und ging zu den Ställen hinüber.

Er entschied sich für seine eigene Stute, Breda, da sie das kräftigste und verläßlichste Pferd im Stall war, das den weiten Weg nach Rossmere am ehesten bewältigen konnte. Überdies war ihm selbst daran gelegen, daß Tully wohlbehalten in Cornwall eintraf. Er wußte, daß er den Jungen als unfreiwilligen Komplizen an dem Mord an

Darbier benutzte, doch er tröstete sich mit dem Gedanken, daß Tully auf diese Weise nicht gezwungen war, sein Leben für eine Sache aufs Spiel zu setzen, die er noch kaum begriff. Falls man Tully faßte und des Mordes anklagte, würde Stephen die Tat selbst verantworten müssen. Doch vorerst war er zufrieden damit, wie rasch sich der Junge an die veränderten Umstände gewöhnt hatte, und er begann zu glauben, daß seinem Plan vielleicht doch Erfolg beschieden sein mochte.

Er band gerade den letzten Sack um Bredas Hufe, damit sie geräuschlos galoppieren konnte, da kam Tully herein, mit seinem neuen Wams und Hosen angetan. Die beiden Männer führten das Pferd am Haus vorbei und ein Stück die Straße hinauf, bevor sie wieder sprachen. Tully war zu dem Schluß gekommen, daß wohl Hauptmann Sutton selbst Darbier wegen ihrer Streitigkeiten am Nachmittag ermordet hatte – und er hatte recht damit getan, fand Tully. Er war dem Hauptmann gerne behilflich dabei, das Verbrechen zu verdecken, vor allem, wenn dabei für ihn noch eine angenehme Unterkunft für die Dauer des Krieges heraussprang. Stephen stellte erleichtert fest, daß der Himmel noch dunkel war.

Er brach das Schweigen. »Wenn wir Glück haben, wird Major Darbiers Leiche erst entdeckt, wenn Ihr schon ein paar Meilen von Tilsbury entfernt seid. Bevor es hell wird, nehmt Ihr die Säcke ab und versteckt sie. Was immer Ihr auch tut, versucht nicht, nach Hause zurückzukehren, dort werden sie Euch zuerst suchen. Versucht, stetig vorwärtszukommen, zumindest, bis Ihr Bristol erreicht habt. Hier ist Euer Geld, der Brief und der Passierschein. Bewahrt alles sorgsam auf. Und denkt daran, falls Euch jemand Fragen stellt: Ihr bringt eine wichtige Nachricht zu meinem Vater. Über alles andere bewahrt Stillschweigen. Falls Ihr in Schwierigkeiten kommt, meldet Euch zu einem anderen Regiment. Was Ihr auch tut: Kommt nie wieder hierher. Niemals.«

»Ja, Hauptmann Sutton. Ich habe verstanden.« Mit Geld und neuer Kleidung ausgestattet und in Aussicht auf eine weite Reise, schien Tully Selbstvertrauen und Kraft gewonnen zu haben. In dem Viehtreibergasthaus hatte er als Kind die Männer oft von fernen Städten sprechen hören, und nun würde er selbst etwas von der Welt zu sehen bekommen. »Werden wir uns wiedersehen, Hauptmann?«

»Ich hoffe es. Sobald die Kämpfe vorüber sind, möchte ich nach Rossmere zurückkehren. Viel Glück, Tully, und Gott sei mit Euch.«

Tully steckte das Geld und die Papiere in sein Wams, dann saß er auf und ritt davon. Bredas Hufe waren nicht zu hören auf der weichen Erde.

Stephen wartete ein Weilchen. Er spürte die Nachtluft kühl und frisch auf seinem Gesicht. Gedankenvoll ging er zum Haus zurück. Er kam sich vor wie jemand, der sein Wohl einem verletzlichen Boten, einer Brieftaube etwa, anvertraut. In dem »wichtigen« Brief an seinen Vater, den Tully nun in seinem Wams bei sich trug, stand lediglich folgende knappe Mitteilung:

Lieber Vater,

ich bin genesen von der Verletzung, von der Ihr vernommen habt, und hoffe, weiterhin bei guter Gesundheit zu sein. Der Junge Tully, der Euch diesen

Brief überbringt, hat mir einen beachtlichen Dienst erwiesen, und ich wünsche, daß Ihr ihm in Rossmere Arbeit gebt, bis ich nach Hause zurückkehre. Er hat nichts gelernt, doch ich meine, daß er sich rasch einfinden wird.
Meiner Schwägerin und ihren Kindern gute Wünsche.
Möge Gott Euch alle schützen.
Euer Euch liebender Sohn
Stephen

Der Morgen dämmerte. Darbiers Leiche konnte nicht in der Destillierkammer bleiben, doch Stephen wollte nicht Gefahr laufen, beim Wegschleppen des Toten außerhalb des Hauses beobachtet zu werden. Schließlich legte er ihn in der Passage nieder, unweit der Treppe. Dann ging er auf den Hof zurück und schleuderte den Dolch in ein Nesselgestrüpp, in dem man ihn in Bälde entdecken würde. Danach ließ er die Seitentür offenstehen, um den Eindruck zu erwecken, jemand habe überstürzt das Haus verlassen, und kehrte in Mistress Taverners Schlafzimmer zurück.

Sie saß in einem ausladenden Sessel mit Gobelinbezug, den Kopf zurückgelegt. Ihre Augen waren halb geschlossen, ihre Hände lagen locker in ihrem Schoß. Einen Augenblick lang fürchtete Stephen, daß sie erneut in ihre Wahnvorstellung verfallen sei, doch als er näher trat, blickte sie auf und sah ihn ruhig und unverwandt an.

In den vergangenen vierundzwanzig Stunden hatte sie so viele erschütternde Zustände durchlaufen, daß ihre Kraft gänzlich geschwunden war, und sie bemerkte Stephens Rückkehr, ohne etwas zu empfinden. Die Beunruhigung, die sie seit Tagen umtrieb – vielleicht schon seit dem Abend, an dem Josiah das Kommen der Soldaten angekündigt hatte –, war wie ausgelöscht. Äußerlich schien sie ruhig zu sein, doch sie empfand keinen Frieden, eher eine Art Ferne, als könne der Mensch nur ein bestimmtes Maß an Gefühlen ertragen, das sie nun überschritten hatte; zurück blieb eine sonderbare Leere.

Sie wandte sich dem Mann zu, der gegenwärtig über ihr Leben und das Glück ihrer Familie bestimmte, und fragte still: »Und?«

Stephen blieb vor ihr stehen; sie hörte schweigend zu, während er von seinen Schritten berichtete. Sie empfand noch immer nichts, außer vielleicht einer leisen Befriedigung über den klug ausgedachten und ausgeführten Plan.

»Ich soll vorgeben, nichts vom Tod des Majors zu wissen?«

Stephen nickte. »Wenn seine Leiche gefunden wird, müssen wir beide Überraschung heucheln.«

»Sorgt Euch nicht, Hauptmann. Ich bin Meisterin der Verstellung.«

»Dann seid Ihr mir überlegen«, sagte Stephen mit einem bedauernden Lächeln. »Ich war gerade gezwungen, den jungen Tully anzulügen. Es ist mir nicht leichtgefallen.«

Sie schenkte seiner Bemerkung kaum Beachtung, sondern betrachtete eingehend seine Miene. Sie begriff, daß seine Handlungen in den letzten Stunden ihn zum Mittäter bei dem Mord an dem anderen Offizier machten. Falls die Wahrheit je ans Tageslicht kam, würde man Hauptmann Sutton wenigstens für einige Geschehnisse in dieser Nacht zur Verantwortung ziehen. Wie jedermann, so wußte auch sie, daß die beiden Männer sich zunehmend schlechter verstanden hatten, und sie sann darüber nach, ob es ihm nicht zupaß kam, daß jemand Darbier beseitigt hatte. Doch auch damit ließ sich seine Bereitschaft, ihr zu helfen, nicht erklären.

»Weshalb, Hauptmann? Warum lügt Ihr, um mich zu retten?«

Stephen wich ihrem Blick aus. »Muß es einen Grund dafür geben?«

»Ich habe noch nie etwas anderes erlebt.«

Stephen trat aus dem Kerzenschein und runzelte die Stirn. Als er wieder sprach, klang er vorsichtig. »Ich konnte keinen Sinn darin sehen, wenn Ihr angeklagt werdet. Der Major ist tot. Ich bedaure das Vorkommnis, doch er würde nicht zum Leben erwachen, wenn man Euch bestrafte. Wir müssen an die Lebenden denken. Eure Kinder ... ich weiß, daß es Euch nicht recht ist, aber ich habe sie liebgewonnen ...«

Er verstummte. Noch immer sah Doll ihn an und versuchte zu begreifen.

Schließlich sagte sie: »Wollt Ihr mir sagen, daß Ihr Euren Werdegang, vielleicht sogar Euer Leben, für meine Kinder aufs Spiel setzt?«

»Ich wollte sie nicht leiden sehen ...«

»Und das soll ich Euch glauben?«

Stephen trat wieder ins Licht, und der Ausdruck in seinen Augen war Antwort genug für sie, eine Antwort, die sie nicht wissen wollte. »Ich erwarte nichts von Euch, Mistress Taverner«, sagte er.

Sie lächelte. »Ihr kennt Eure eigenen Fähigkeiten nicht, Hauptmann Sutton. Ihr seid ein überzeugender Lügner.«

Sie erhob sich, ging zum Feuer hinüber und legte einen

Arm auf den Kaminsims. Sie lächelte ihn noch immer an, doch das Lächeln war bitter und befremdlich. Ohne genau zu wissen, was er tat, trat Stephen zu ihr, nahm ihre Hand und führte sie an seine Lippen.

»Ich weiß nur«, sagte er und ließ ihre Hand umgehend wieder los, »daß ich alles tun würde, um Euch glücklich zu machen.«

»Oh, Hauptmann Sutton«, wieder das bittere Lächeln, »aus Eurem Munde hört sich das so einfach an.«

»Das mag es auch sein.«

Sie antwortete ihm nicht. Ihr Lächeln verflog, und sie wandte sich ab. Die Distanz, die sie zuvor empfunden hatte, schwand, und die verbleibenden Gefühle, waren roh und scheußlich. Sie spürte, daß er dicht bei ihr stand und wartete.

Schließlich sagte sie: »Ihr wollt mithin mein Glücksbringer sein?«

Stephen vernahm den Spott in ihrer Stimme, doch er verstand nicht. Er fragte nur: »Warum überrascht Euch das?«

»O nein, es überrascht mich nicht. Nichts anderes hatte ich erwartet. Doch ich warne Euch, ich glaube nicht, daß ich jemals Glück erfahren habe. Was das betrifft, habt Ihr größere Pläne für mich als ich selbst. Ich wünsche mir nur, daß meine Kinder in Sicherheit sind und ich weiterhin für sie sorgen kann.«

»Wenn Tully uns nicht im Stich läßt, mögen beide Wünsche in Erfüllung gehen.«

»Dank Eurer Güte und Entschlußkraft, Hauptmann.« Sie warf ihm einen kurzen Blick zu; in ihren Worten kam Dankbarkeit zum Ausdruck, doch ihre Bedeutung war trügerisch. Stephen runzelte die Stirn. Er setzte zu einer Erwiderung an, überlegte es sich jedoch anders und verstummte.

Sie entfernte sich von ihm, wandte sich dann um und sagte mit einem kleinen Lachen: »Wie kann ich es Euch am besten vergelten? Wie kann ich dem Mann meine Dankbarkeit zeigen, der es mir erspart, als Verbrecherin gerichtet zu werden? Das Gesetz verfährt grausam mit Frauen, wir wissen es beide. Ich habe gesehen, wie man Frauen durch die Straßen zum Galgen geschleift hat, ich habe gesehen, wie man sie halbnackt ausgepeitscht hat. Ich bin nicht mutig. Derlei könnte ich nicht ertragen. Lieber würde ich durch meine eigene Hand sterben, als solcher Demütigung ins Auge zu sehen. Und die Kinder, wir dürfen die Kinder nicht vergessen, meine Kleinen, ein solches Geschehen wäre ihr Ende … gewiß ist kein Preis zu hoch für ihre Sicherheit. Nichts –« Ihre Stimme wurde schrill, und Stephen merkte, daß sie außer sich geriet.

»Schweigt«, sagte er leise. »Beunruhigt Euch nicht selbst. Ihr weckt die Dienstboten, und morgen früh müßt Ihr überzeugend Eure Rolle spielen können.«

»Meine Rolle spielen? Oh, keine Sorge, Hauptmann, ich werde meine Rolle vollendet spielen. Darin habe ich reichlich Übung. Das ist ganz einfach, wartet, ich zeige es Euch –«

»Schsch, bitte schweigt. Zerstört nicht alles. Kommt –« Um sie zu beruhigen, ergriff Stephen ihre Hände, die heftig zitterten, und drückte sie an seine Brust. »Alles wird gut, ich verspreche es Euch. Bleibt nur ruhig. Schsch –«

»Ja, Ihr habt recht, gewiß habt Ihr recht. Wie könnte es anders sein?« Sie lehnte sich ein wenig zurück, doch sie versuchte nicht, ihre Hände zu befreien, und als sie lachte, klang es brüchig wie etwas Kostbares, das bei der kleinsten Berührung zerspringen kann. Dann sagte sie leise: »Keine Sorge, Hauptmann, ich unterstelle mich Eurem Schutz. Seht, ich bin wieder ganz ruhig.«
Bevor sie die Augen schloß, sah sie, wie er sie zuerst besorgt, dann verblüfft und schließlich innig anblickte. Sie seufzte erleichtert, als sie seine Lippen mit den ihren berührte; es war schließlich ein ganz einfacher Tausch, und es war kein hoher Preis, den sie da bezahlen sollte für ihr Leben und die Sicherheit ihrer Kinder. Es mußte ihr nur gelingen, der Bitterkeit Herr zu werden, die ihr Herz durchdrang, und des Abscheus, der in ihrer Kehle aufstieg. Sie mußte nur ihre Rolle spielen. Das hatte sie in der Vergangenheit, weiß Gott, oft genug getan, und es lohnte sich, wenn sie sich damit von der Schuld befreien konnte, in der sie bei diesem Manne stand.
Doch seine Berührung war kurz und flüchtig. Sie öffnete die Augen. Er sah sie beinahe zornig an. Sie sagte leise: »Hier, Hauptmann Sutton, nehmt Euer Entgelt in Empfang« und drängte sich erneut an ihn.
»Mistress Taverner –« Seine Worte glichen einem Stöhnen.
Sie lächelte ein kleines rätselhaftes Lächeln und bereitete sich darauf vor, an das Muster der Weinreben im Hof ihres Hauses aus Kindertagen zu denken und an die Stimmen der Frauen, die man dort aus der Küche vernommen hatte. »Haltet nicht ein, Hauptmann, der Morgen naht, und uns bleibt nicht viel Zeit. Kommt –« Als er

sich herabbeugte, um sie wiederum zu küssen, begann sie die Kordel an ihrem Mieder zu lösen. Ihre Hand streifte die seine, und er umschlang ihre Finger, barg sein Gesicht in ihrem dunklen Haar und sagte: »Ich habe Euch begehrt –«

Sie bemühte sich um eine Antwort, doch die Stimme versagte ihr. Sie preßte ihren Mund an seine Lippen und spürte bereits die vertraute Gelähmtheit, die von ihrem Herzen ausging und sie stumm und starr machte.

Stephen sagte sanft: »Begehrt Ihr mich?«

Sie vermochte ihn nur reglos anzustarren.

»Was ist mit Euch?«

»Nichts«, brachte sie tonlos hervor, »ich begehre Euch auch. Ihr wollt es ... wir müssen ...«

Stephen blickte sie verständnislos an.

»Was ist mit Euch? Ich verstehe Euch nicht«, sagte er.

»Bemüht Euch nicht. Eilt Euch.«

»Warum?«

»Euch verlangt doch nach mir, oder?«

»Gewiß, aber –«

»So fahrt fort.«

Er streichelte ihr Haar. Diesmal entging es ihm nicht, daß sie vor Abscheu bebte. Traurigkeit und Scham bemächtigten sich seiner. Er ließ sie los und sagte leise: »Nun verstehe ich. Ihr glaubt, Ihr schuldet mir das, wie? Daß ich Euch aus diesem Grunde geholfen habe. Weil ich –«

Doll wartete darauf, daß die Lähmung vorüberging.

»Stephen«, sagte sie.

»Warum tut Ihr das?«

»Muß es immer einen Grund geben?«

»Ihr habt mir gesagt, daß es immer so ist.«

»Ja, das habe ich getan. Nun, ich mag mich geirrt haben.«
Er trat einen Schritt zurück. »Ihr habt Euch mehr geirrt, als Ihr erahnen mögt«, sagte er.
»Seid Ihr zornig?«
»Ich weiß es nicht. Ich glaube, Ihr tut mir leid.«
Sie schloß die Augen, um der Angst Herr zu werden, die sie bei diesen Worten erfaßte. »Ihr meint, Ihr wollt Euer Versprechen nicht einhalten?«
Er lachte, doch es war kein wohlklingendes Lachen. Dann sagte er: »Schaut mich an und sagt mir, was Ihr seht.«
Sie senkte den Blick. Sie spürte, wie Zorn in ihr aufstieg; er hatte kein Recht, so mit ihr zu spielen. »Nein«, sagte sie. »Ich weiß nicht, was Ihr wollt.«
»Sagt mir nur: Was seht Ihr, wenn Ihr mich anschaut?«
Noch immer hielt sie den Blick gesenkt. Er nahm ihre Hände und sagte: »Ihr seht einen Soldaten, nicht wahr? Doch bevor ich Soldat wurde, Doll, war ich ein Mann. Versteht Ihr das?«
Sie zuckte zusammen, als er ihren Namen zum erstenmal aussprach. Nein, sie verstand ihn nicht, ganz und gar nicht: Er spielte nach Regeln, die sie nicht kannte, doch etwas war ihr ganz deutlich geworden. Sie entzog ihm ihre Hände, blickte ihn an und sagte kalt: »Nein, das verstehe ich nicht. Ich begreife Euch nicht im mindesten. Doch eines sage ich Euch: Bevor ich die englische Doll wurde, war ich Dolores. Nennt mich nie wieder Doll. Es war Dolores, die Euren abscheulichen Major getötet hat, und sie bereut es keinen Augenblick. Ich bin froh, daß sie es getan hat. Und falls Ihr es je wieder wagen solltet,

mich Doll zu nennen, werde ich vielleicht auch Euch töten.«

Zu ihrem Erstaunen lächelte Stephen. »Amen«, sagte er sanft. »Mordlustig seid Ihr mir lieber als käuflich. Das wollte ich niemals.« Er nahm ihre Hand und zog sie an die Lippen. »Ihr glaubt, daß ich ein Entgelt wünsche? Nun, dann habe ich es mir hiermit genommen. Bitte, Ihr schuldet mir nichts.« Er ließ ihre Hand los und trat rasch zurück. »Es ist schon spät. Bald wird die Sonne aufgehen, und man darf uns nicht zusammen sehen, wenn die Dienstboten die Leiche des Majors finden. Ich werde nun gehen. Ihr hättet mir Unterricht im Lügen erteilen sollen, als wir noch die Gelegenheit hatten.« Dann lächelte er. »Doch vielleicht habt Ihr es ja getan.«

Sie starrte ihn an. »Werdet Ihr die Täuschung aufrechterhalten, obwohl –«

Er sagte: »Eure Frage beleidigt mich. Vertraut mir.« Er zögerte, dann sagte er: »Vertraut mir, Dolores.« Und damit wandte er sich um, ging hinaus und zog leise die Tür hinter sich zu.

Ein Weilchen stand sie reglos da, genoß die Stille in ihrem Zimmer und blickte zum Fenster, um zu sehen, ob sich schon die ersten Anzeichen des Morgens zeigten; dann zog sie sich hastig aus und legte sich in ihr Bett. Sie hatte kaum die Augen geschlossen, als ein schriller Schrei und hastige Schritte zu vernehmen waren: Darbiers Leiche war gefunden worden.

Drei Tage lang verließ Mistress Taverner ihr Zimmer nicht. Meist lag sie im Bett, zu erschöpft, um sich zu rühren, und dennoch fand sie keinen Schlaf. Man nahm an, daß der Tod des Majors Grund ihres Zusammenbruchs war, und entsann sich, daß sie nach dem Tod ihrer beiden Kinder in ähnlichen Trübsinn verfallen war. Ihre Milch versiegte unversehens, und man mußte eine Amme für den Säugling finden; zum Glück hatte Carys ältere Schwester Joan gerade einen kräftigen Jungen geboren und verfügte über genügend Muttermilch für zwei Säuglinge. Nur Nona durfte die Kranke aufsuchen. Mistress Taverner sagte ihrer Großmutter, daß ihr in der Destillierkammer ein Arzneitiegel zu Boden gefallen sei, dessen Scherben man entfernen müsse. Nona fragte nicht nach; Geheimnisse hatten sie beide stets für sich behalten.

Mit gemischten Gefühlen vernahm Mistress Taverner, daß Hauptmann Sutton Tilsbury umgehend verlassen habe, um seinem Oberst über Major Darbiers Ermordung Bericht zu erstatten. Man traf Vorbereitungen für das Begräbnis. Sie war erleichtert, als ihr zu Ohren kam, daß man tatsächlich allgemein Tully für den Täter hielt. Der Dolch war im Hof gefunden worden, und keiner außer ihr wußte, woher er stammte. Falls Nona es erriet, behielt sie es wie stets für sich. Alles deutete auf den Entflohenen hin. Einer der Reitknechte meinte, Hauptmann Sutton in der vorherigen Nacht im Stall gehört zu haben, und einige der Soldaten nahmen wie Tully an, daß Hauptmann Sutton selbst der Mörder war, doch sie behielten ihre Meinung für sich. Sie vertrauten ihrem Hauptmann: Wenn man wieder in die Schlacht zog, lag ihr Leben in seinen Händen, und sie glaubten bereitwillig, daß es einen guten Grund gab für sein Handeln.

Lediglich Mistress Taverner wagte es nicht, ihm zu vertrauen. Er hatte ihr keine beruhigende Nachricht mehr zukommen lassen, bevor er morgens davonritt, und sie zog in Betracht, daß er seinen überraschenden Anfall von Ritterlichkeit unterdessen bereuen mochte. Warum sollte er all die Anstrengung auf sich nehmen, um ihr zu helfen, wenn er kein Entgelt dafür erhielt? Wenn er seinem Oberst Bericht erstatten mußte, würde er wohl die Wahrheit eingestehen. Hatte er sie nicht darauf vorbereitet, indem er ihr eingestand, wie schwer ihm das Lügen fiel, selbst einem harmlosen Jungen wie Tully gegenüber?

Beim Gedanken an die Geschehnisse, die seiner Enthüllung unweigerlich folgen würden, geriet sie beinahe außer sich vor Angst. Schon zu Friedenszeiten wurden Verbrecherinnen mißhandelt und erniedrigt, um wie vieles schlimmer mochte das unter Kriegsrecht ausfallen? Am zweiten Morgen klopfte jemand laut an die Haustür, woraufhin sie umgehend aus dem Bett sprang, die kleine Pistole mit dem Elfenbeingriff aus der Schatulle nahm und sie mit zitternden Händen zu laden versuchte. Dann kam Nona herein und berichtete, daß Sir Diggory, dem man ihre Unpäßlichkeit zugetragen hatte, seinen Diener mit einem Karpfen geschickt hatte, der zu ihrer baldigen Genesung beitragen solle. Danach bewahrte sie die Pistole geladen unter einem Tuch auf dem Tischchen neben ihrem Bett auf; es war jederzeit besser, ihrem Leben selbst ein Ende zu setzen, als es zuzulassen, daß sie von Fremden gepeinigt und getötet wurde.

Doch solange die Möglichkeit bestand, daß Hauptmann Sutton Wort hielt, war sie außerstande zu diesem letzten Schritt. Ihr Lebenswille war stark; ihr Leben war von Ereignissen gekennzeichnet, die ein weniger starkes Kind getötet hätten. Sie hatte Gründe genug, um leben zu wollen. In den langen Stunden, die sie im Bett zubrachte, lauschte sie den alltäglichen Geräuschen im Haus: Philip, der Nona inständig bat, mit ihm zum Exerzierplatz zu gehen, damit er den Soldaten zusehen könne; Beth, die sich am Spinett mit einem neuen Lied abmühte; Harry, der die Hunde rief, damit sie ihn zum Obstgarten und seiner täglichen Reitstunde mit Bonnet begleiteten; Mabs und Cary und Ellen, die bei der Arbeit schwatzten und lachten. Doch sie stellte fest, daß sie nicht nur um ihrer Kinder und ihres Heims willen am Leben bleiben wollte, sondern vor allem um ihrer selbst willen. Um Dolores willen.

Wenn sie einmal einschlummerte, wurde sie von blutigen Träumen heimgesucht, in denen man sie anklagte, doch wenn sie wach war, bereute sie ihre Tat nicht, wie hoch der Preis auch sein mochte, den sie dafür zu zahlen hatte. Das verwirrte sie. Sie war gegenüber Hauptmann Sutton nicht aufrichtig gewesen, als sie ihm sagte, sie könne sich nicht an die Geschehnisse erinnern, die dem Mord in der Destillierkammer vorangingen; tatsächlich entsann sie sich jeder Einzelheit bis zu dem Augenblick, in dem sie den Dolch aus dem bestickten Beutel genommen und gespürt hatte, wie er den weichen Stoff von Major Darbiers Wams durchdrang – ein kurzer Widerstand, dann traf sie ins Weiche, als sei sein Fleisch so nachgiebig wie ein Pfirsich. Sie entsann sich sogar noch, daß er im ersten Augenblick beinahe lächerlich verwirrt und ungläubig ausgesehen hatte. Nur an die Ereignisse nach seinem Tod vermochte sie sich nicht zu erinnern.

Sie hatte Stephen angelogen, weil sie seiner Unterstüt-

zung bedurfte. Es lag nahe, daß er ihr helfen würde, wenn er glaubte, daß sie in Notwehr gehandelt hatte. Was sie in gewisser Weise auch getan hatte. Doch wie hätte sie ihm erklären sollen, daß der Major nur so abscheulich wie immer gewesen war, eine Plage, doch keine Gefahr? Was die Lage verändert hatte, mochte sein Eindringen in die Destillierkammer gewesen sein; rasch hatte er sich hinter ihr hineingedrängt, bevor sie die Tür schließen konnte. Die Destillierkammer war ihr Rückzugsort, mehr noch als ihr Schlafzimmer, das sie sonst mit Josiah teilen mußte. Die Kammer hatte noch nie ein Mensch außer Nona und ihr betreten. Als sie dann das dreiste Grinsen des Majors sah, an dem einzigen Ort, an dem sie sich stets sicher gefühlt hatte, geriet sie außer sich vor Entsetzen. Unversehens hatte sie den bleichen Soldaten vor Augen, der mit dem Messer auf sie zukam, an dem noch das Blut ihrer Schwester klebte. Und so hatte sie die Tat ausgeführt, zu der das junge Mädchen nicht fähig gewesen war und die es lange in schauderhaften Träumen durchlebt hatte. Den Zusammenhang erkannte sie nicht deutlich. Doch als sie so dalag und dem erbarmungslosen Läuten der Totenglocke lauschte, begriff sie, daß der Mord, den sie begangen hatte, nur das jüngste Ereignis in einer Folge von Geschehnissen war, die an jenem schrecklichen Tag in Würzburg ihren Anfang genommen hatten.
Und sie verstand, daß Darbier nicht das einzige Opfer jener Nacht war: Josiahs hilflose Doll war auch zu Tode gekommen. Das stumme Kind, das er vor so vielen Jahren mit nach Tilsbury gebracht hatte, war nach außen hin zu einer fähigen, aufrechten Frau herangewachsen, doch

in ihrem Inneren war sie noch immer verfolgt gewesen von dem Grauen, das sie gelähmt hatte, als sie sich seinerzeit unter dem steinernen Grabmal verbarg. Das hatte nun ein Ende gefunden. Wenn Hauptmann Sutton sein Versprechen brach, wenn Tully gefaßt wurde und ihr die Schuld gab, würde sie sich, ohne zu zögern, eher umbringen, als sich erneut der grausamen Willkür von Männern anheimzugeben.

Doch ihrer neuentdeckten Entschlossenheit zum Trotz war sie bereit gewesen, ihren Leib anzubieten im Tausch gegen Freiheit. Die älteste Form des Handels war ihr nicht neu, sie hatte sie oft mit Josiah vollzogen, und wenngleich sie auch unangenehm war, so war sie doch für die gewaltige Gabe der Freiheit nur ein kleiner Tribut. Sie hatte zwar den unvermeidlichen Abscheu empfunden, doch zugleich auch eine große Erleichterung, als sie meinte, das Rätsel der überraschenden Hilfsbereitschaft des Hauptmanns gelöst zu haben.

Doch Stephen Sutton hatte sie abgewiesen, was sie keineswegs zu schätzen wußte, sondern sehr beunruhigend fand. Nicht nur, weil sich damit die Gefahr erhöhte, daß er sie hinterging, sondern auch, weil sie fürchtete, daß er womöglich einen höheren Preis einfordern könne. Sie stand in seiner Schuld, was er auch dagegen sagen mochte, und früher oder später mußte man seine Schulden bezahlen. Doch wie? Mußte sie vorgeben, den Hauptmann zu lieben? Nicht einmal Josiah hatte je etwas derart Unmögliches von ihr verlangt, wenngleich er immer nach Zeichen ihrer Zuneigung gehungert hatte. Da war es bei weitem vorzuziehen, wenn ihr Wohltäter sich ihres Leibes bemächtigte und ihre Seele nicht anrührte.

In den drei Tagen, in denen sie ihr Zimmer nicht verließ, litt Mistress Taverner unter Zuständen heftiger Verwirrung, Angst und Verzweiflung. Doch von Anfang an war da auch ein anderes Gefühl, und als die Tage verstrichen, ihre Erschütterung nachließ und noch immer keine Soldaten gekommen waren, die sie aus dem Haus zerrten, um sie für ihr Verbrechen zu richten, begann dieses neue Gefühl, stärker zu werden als alle anderen. Es war eine Art innerer Jubel, ein Ausblick in die Freiheit, die Hoffnung, daß sie wahrhaftig ein anderes Leben führen könne, falls dieser Alptraum irgendwann ein Ende fand.

Doll war immer ängstlich und verschlossen gewesen. Doll war ein Schatten gewesen, ein Niemand, Josiahs brave Gattin, die sich den Umständen anpaßte, sie jedoch niemals beherrschte. Doll war ein verstörtes Kind im Leib einer erwachsenen Frau gewesen. Doch Doll gab es nicht mehr.

Sie hatte keine deutliche Vorstellung von der Frau, die an ihre Stelle treten würde, doch sie wußte, daß man sie nie mehr Doll nennen würde. Von nun an bis zum Tag ihres Todes würde sie den Namen Dolores tragen, der »die Schmerzensreiche« bedeutete, den Namen, den man ihr in ihrer Kindheit gegeben hatte in jenem fernen Land, an das sie sich nur noch verschwommen erinnerte, das sie jedoch gelobt hatte, niemals gänzlich zu vergessen.

14

Stephen hätte sich jederzeit lieber einer Reihe Kanonen gestellt als den kleinen durchdringenden Augen seines Oberst.

»Habe ich Euch richtig verstanden, Hauptmann Sutton? Ihr sagt, die Leiche des Majors wurde am Fuße der Treppe in jenem Haus gefunden, in dem Ihr Quartier bezogen hattet?«

»Ja, Sir.«

»Und das Haus gehört Josiah Taverner, der sich gegenwärtig auf einer Geschäftsreise befindet?«

»Ja, Sir.«

»Und das Haus wird vorübergehend von seiner Gattin geführt?«

»Ja, Sir.«

»Und man nimmt an, daß dieser Junge Tully, der in derselben Nacht flüchtete, der Täter ist?«

Stephen blickte zum Fenster. »Ja, Sir.«

»Und daß kein anderer Grund zu Streitigkeiten mit dem Major hatte?«

Stephen blickte zu Boden. »Ja, Sir.«

»Und daß Ihr alle Mitglieder des Haushalts befragt habt, bevor Ihr zu diesem Schluß kamt?«

Stephen blickte zu dem leeren Kamin hinüber. »Ja, Sir.«

»Und daß niemand Euch etwas sagen konnte, das zum

Verständnis dieses unseligen Vorkommnisses beitragen mochte?«

Stephen starrte auf seine schlammbespritzten Stiefel. »Nein, Sir.«

»Und daß Ihr alles in Eurer Macht Stehende getan habt, um des Verbrechers Tully habhaft zu werden?«

Schweiß trat auf Stephens Gesicht. »Ja, Sir.«

Der Oberst warf ungeduldig seine Feder auf den Tisch und lehnte sich in seinem Sessel zurück. »Hauptmann Sutton, ich glaube Euch kein Wort.«

Stephen fuhr fort, seine Stiefel anzustarren.

»Mord an einem der Offiziere Seiner Majestät ist eine verdammt ernste Angelegenheit, Hauptmann.«

»Ja, Sir.«

»Ihr habt demnach keinerlei Ahnung, wie es dem Jungen Tully gelungen sein könnte, sich zu befreien, das Haus zu betreten, Major Darbier zu erstechen und dann mit Eurem Pferd zu entkommen, ohne daß jemand das Geringste bemerkt haben soll?«

Stephen blickte auf den Boden zum Fenster, seine Stiefel und den Kamin, dann antwortete er: »Nein, Sir.«

»Ich hoffe bei Gott, daß Ihr als Soldat fähiger seid denn als Lügner, Hauptmann Sutton.«

Stephen schwieg. Der Oberst seufzte verärgert, doch er wollte nicht noch mehr Zeit mit müßigen Erwägungen vergeuden. Hauptmann Sutton war ihm als unbedingt aufrichtig und mutig bekannt, genau einer jener erfahrenen und verläßlichen Soldaten, die er gegenwärtig am dringendsten benötigte. Darbier hatte sich selbst unentwegt hervorgehoben in den Berichten, die er aus Tilsbury schickte, doch der Oberst hegte keinerlei Zweifel, wem man es tatsächlich zu verdanken hatte, daß die Aufständischen in Gloucester gewaltige Verluste zu vermelden hatten. Wie Tully nahm auch der Oberst an, daß es einen Streit zwischen den beiden Männern gegeben hatte und der Major den kürzeren gezogen hatte. Tatsächlich war Major Darbiers Tod für ihn kein großer Verlust. In den Reihen der Königstreuen gab es adelige, unfähige Offiziere genug; weitaus mehr Offiziere als Truppen, die es zu führen galt.

Der Oberst sagte gedehnt: »Beantwortet mir eine Frage, Sir, und diesmal möchte ich die reine Wahrheit hören. Könnt Ihr mir in die Augen sehen und sagen, daß Ihr in dieser Angelegenheit mit Major Darbiers Tod jederzeit ehrenhaft gehandelt habt?«

Stephen dachte eine Weile nach, dann blickte er auf und sah dem Oberst unverwandt in die Augen. »Ich würde, was den Tod von Major Darbier und die darauffolgenden Ereignisse betrifft, jederzeit erneut ebenso handeln, wie ich es getan habe.«

Der Oberst sah ihn einige Augenblicke an. Stephens Gesicht war staubig von dem langen Ritt, doch seine Augen waren glasklar.

»Ihr habt gesprochen wie ein Jesuit. Nun gut, das war alles, was ich zu wissen wünschte.« Der Oberst wandte sich bereits dem nächsten Punkt zu. »Hinterlaßt eine Durchschrift Eures Berichts bei meiner Schreibkraft. Er wird sich in nichts von den anderen Legenden unterscheiden, die dieser Krieg tagtäglich hervorbringt. Sprecht morgen wieder vor, dann erhaltet Ihr weitere Befehle.«

»Ja, Sir.«

Als Stephen das Gebäude verließ und sich im hellen Sonnenlicht und dem geschäftigen Treiben der Oxford Street wiederfand, atmete er tief durch. Er hatte zwei Nächte lang nicht geschlafen und konnte sich nicht entsinnen, wann er zum letztenmal etwas gegessen hatte, seine Kleider waren verschmutzt, und sein Batisthemd war schweißgetränkt. All das bemerkte er nicht. Er gab einem vorübergehenden Bettler ein Sixpencestück und betrat, froh, diese Tortur hinter sich gebracht zu haben, das nächste Alehouse, um Mistress Taverners Entkommen zu feiern.

Als er einige Tage darauf nach Tilsbury zurückritt, war seine Stimmung weniger gehoben. Er hatte mit mehreren Freunden über den Fortgang des Krieges gesprochen. Die meisten, auf deren Urteil er etwas gab – zu denen offenbar auch Prinz Ruprecht gehörte –, glaubten nun, daß ein Sieg über das Parlamentsheer nicht mehr wahrscheinlich war. Sie waren der Ansicht, daß der König mit den Aufständischen verhandeln sollte, solange es noch möglich war. Seine Majestät jedoch schenkte dem Wunschdenken des ewig zuversichtlichen Digby Glauben, wonach ein neues Heer aus Irland eintreffen sollte, seine Gattin die Franzosen gerade dazu veranlaßte, Truppen zu entsenden, die Entscheidendes bewirken würden, und selbstredend Gott der Herr es niemals zulassen würde, daß der König von Seinen Gnaden besiegt würde. Unterdessen bauten Sir Thomas Fairfax und Generalleutnant Cromwell ihr neues Heer aus und bereiteten sich auf eine vernichtende Schlacht vor.
Als Stephen zu seinem zweiten und weitaus weniger

mühseligen Treffen mit dem Oberst erschien, war er erstaunt über die Befehle, die er erhielt. Die Mehrheit seiner Männer sollte er zum Hauptfeldheer entsenden, das sich nun zum Sommerfeldzug versammelte, doch er selbst sollte in Tilsbury bleiben und mit einer kleineren Truppe weiterhin Druck auf Massey in Gloucester ausüben.

Stephen nahm diese Nachricht mit gemischten Gefühlen auf. Er hatte wie jedermann geglaubt, daß man die Garnison in Tilsbury in den kommenden Wochen gänzlich abziehen werde. Für ihn hieß das nun vor allem, daß er in Mistress Taverners Nähe bleiben konnte. Schon vor dem Tod des Majors war es ihm schwer genug gefallen, Gleichgültigkeit zu heucheln, doch nach den Ereignissen jener langen Nacht würde es sich als gänzlich unmöglich erweisen. All die Schwierigkeiten, die seiner dort harrten, hätten sich leichter bewältigen lassen, wenn er gewußt hätte, daß er in Bälde abreisen würde.

Er hätte enttäuscht sein sollen von dem Befehl, zu bleiben. Doch verständlicherweise war er dies nicht.

Als der Oberst ihn gefragt hatte, ob er in der Sache von Darbiers Tod ehrenhaft gehandelt hatte, war er außerstande gewesen, diese Frage mit einem eindeutigen »Ja« zu beantworten. Nicht weil er Mistress Taverner unterstützte, sondern weil er es sich gestattet hatte, sie zu einem Zeitpunkt lieben zu wollen, als sie zu erschüttert und hilflos war, um sich ihrer Handlungen bewußt zu sein. Ihre Annahme, daß er ihr nur zur Seite trat, weil er sie begehrte, verletzte ihn zutiefst; um so mehr, weil sie einen Funken Wahrheit enthielt. Wäre er bereit gewesen, so bereitwillig für sie zu lügen, wenn sie nicht die bezauberndste Frau wäre, der er je begegnet war? Wenn sie häßlich oder gewöhnlich wäre? Wenn er nicht bis über beide Ohren in sie verliebt wäre?

In den Geschehnissen nach Darbiers Tod hatte er eine außerordentliche Nähe zu ihr empfunden, und ein paar Augenblicke lang war er blind gewesen und hatte geglaubt, daß sie ebenso fühlte.

Er hatte sich etwas vorgemacht, doch das war vorüber. Er liebte Mistress Taverner mehr denn je, und er wußte nun mit einer Gewißheit, die bisweilen an bittere Ergebenheit grenzte, daß er sie bis an sein Lebensende lieben würde. Doch er war klug genug, auf eine Erwiderung seiner Gefühle zu hoffen. Er hatte sie verstört gesehen, des Mordes fähig und wie ein bekümmertes Kind. Mit Bitterkeit hatte es ihn erfüllt, zu erleben, wie sie ihm ein Begehren vorspielte, von dem er annahm, daß sie außerstande war, es tatsächlich zu empfinden. Er sagte sich, daß er sich nun, da er noch eine Weile in Tilsbury bleiben würde, nur darum bemühen mußte, ihr falsches Bild von ihm zu berichtigen. Nie wieder würde er hoffen, daß sie jemals etwas für ihn empfinden würde.

Doch weil am Wegesrand das junge Grün schimmerte und weil er verliebt war, gab er die Hoffnung nicht gänzlich auf.

Er fand Mistress Taverner im Garten. Seit zwei Tagen verließ sie ihr Zimmer, doch sie wagte sich zum erstenmal hinaus. Bussell hatte ihr einen Sessel in den Garten getragen und ihn in einem gepflasterten Winkel abgestellt, der durch dichte Buchsbaum- und Stechpalmenhecken vor dem Wind geschützt war. Sie beaufsichtigte

den Gärtner, der Unkraut in den Blumenbeeten beseitigte und die wuchernden Pflanzen ausdünnte.
Bei der Gestaltung des Gartens hinter Priory House hatte man keinen Wert auf Schönheit gelegt, sondern allein auf Nützlichkeit. Dort fanden sich zahlreiche Rosenbüsche – gegenwärtig noch dürres Geäst, aus dem die ersten grünen Blättchen sprossen –, doch die Blüten wurden gepflückt, bevor sie gänzlich offen waren, und für Rosenwasser verwendet. Lavendel, Rosmarin, Thymian, Salbei, Majoran und eine Reihe weniger gebräuchlicher Kräuter wurden lediglich wegen ihrer Verwendung für Arzneien oder Mahlzeiten dort gehegt, ohne Rücksicht auf ihre Erscheinung. Selbst die nach Nelken duftenden Levkojen, die gerade aufblühten und ihren betörenden Duft verströmten, wurden nur geschätzt, weil man sie kandiert für winterliche Gerichte und Fruchtliköre und frisch für Salate und Soßen verwenden konnte. Andere Frauen in Tilsbury achteten darauf, ihre Gärten ein wenig gefällig zu gestalten, und einige wenige mit großem Ehrgeiz hatten kunstvolle Blumengärten angelegt und ihre Kräuter mit niedrigen Buchsbaumhecken umgeben, wie man es in dem von allen bewunderten Garten in Furleys vorfand – doch auf derlei Finessen hatte die Herrin von Priory House nie Wert gelegt. Sie sah nie das ganze Bild, nur die einzelnen, zweckmäßigen Bestandteile.
Nona hatte angeboten, ihr den Säugling hinauszubringen, doch Dolores hatte abgelehnt mit der Begründung, daß es zu kühl sei, was zweifelsfrei nicht zutraf. Sie hatte den kleinen Robert seit dem Morgen nach dem Mord, als er vergeblich an ihrer Brust saugte und vor Hunger schrie, bis man den Grund seiner Unzufriedenheit ent-

deckte, kaum gesehen. Vielleicht wich sie ihm aus, weil er unfreiwilliger Zeuge der ersten schrecklichen Stunden dieser Nacht gewesen war; es war, als hafte ihm etwas von dem Grauen dieser Lage an. Oder vielleicht wollte sie einfach allein sein. Sie war erleichtert, daß Harry und Philip sich mit Bonnet im Obstgarten aufhielten und nur Beth ihr nicht von der Seite wich. Beth liebte den Garten, bevorzugt um diese belebte, erfrischende Jahreszeit, doch vor allem war sie verstört über Darbiers Tod, und die Tage, in denen sie ihre Mutter nicht sehen konnte, hatten sie mehr und mehr verängstigt. Überdies hatte Cary sich des Abends in der ausführlichen Schilderung des Todes des Majors, dem Zustand seiner Leiche, dem etwaigen Schicksal des Mörders, falls man ihn zu fassen bekam, und eingehender Darstellung einiger anderer Morde ergangen. So folgte Beth ihrer Mutter nun auf Schritt und Tritt und schwärmte höchstens einmal aus, um dem Gärtner bei der Arbeit zuzusehen oder einer dikken Hummel von Blume zu Blume folgen. Doch immer wieder kam sie dann zurückgelaufen und fragte:
»Geht es dir besser?«
»Viel besser, danke.«
»Du wirst doch nicht wieder krank, oder?«
»Ich glaube nicht, Bienchen.«
Dolores wurde wehmütig, als sie ihre einzige Tochter ansah. Mit ihrem rötlichen krausen Haar und ihren groben, fast froschähnlichen Zügen konnte man Beth weder hübsch noch bezaubernd nennen, doch sie verfügte über einen ganz eigenen Reiz. Wie habe ich nur diese glückliche Unschuld aufs Spiel setzen können, indem ich einen sinnlosen Mord beging? fragte sich Dolores. Und

wenn Hauptmann Sutton es sich anders überlegte oder sein Vorhaben scheiterte, wer würde sich dann um die Kleine kümmern? Die Fragen waren zu schmerzhaft, um darüber nachzusinnen, und doch zu drängend, um sie nicht zu beachten.

»Geh spielen, Beth. Du mußt dich nicht um mich sorgen.«

Das Kind kauerte zu ihren Füßen. Dolores seufzte. Sie brachte es nicht übers Herz, Beth fortzuschicken, doch sie war noch immer unruhig und aufgewühlt. Seit vierundzwanzig Stunden wartete sie auf Hauptmann Suttons Rückkehr. Wenn man ihn in Oxford festhielt, hatte man ihm seine Geschichte womöglich nicht geglaubt, und vielleicht marschierte schon ein Trupp Soldaten auf Tilsbury zu, um sie festzunehmen. Ihre Vorstellung machte sich selbständig: bewaffnete Männer, die ihre sorgsam gehegten Kräuterbeete zertrampelten, die kleine Beth grob beiseite stießen, die Fesseln, die Mißhandlung. Und ihr würde keine Zeit mehr bleiben, in ihr Schlafzimmer zu eilen und ihre Pistole zu holen …

»Mutter, was ist mit dir? Du siehst so sonderbar aus.«

»Nichts, Beth. Mir fiel nur gerade ein, daß ich etwas in meinem Zimmer vergessen habe.«

»Soll ich es dir holen?«

»Nein, nein. Ich bin im Handumdrehen zurück.«

»Ich komme mit dir.«

Dolores wollte ihr gerade widersprechen, als Beth einen Freudenschrei ausstieß.

»O schau, Hauptmann Sutton ist wieder da, hurra!« Und Beth vergaß vollkommen, daß sie sich fernhalten sollte von den Soldaten, rannte den gepflasterten Weg entlang

und faßte ihn bei der Hand. »O Hauptmann Sutton, ich freue mich so, daß Ihr wieder da seid!«
Beths Begeisterung brachte beinahe Stephens Entschluß ins Wanken. Er hatte sich vorgenommen, im Umgang mit der Familie höflich und zurückhaltend zu sein und nichts zu tun, das man als Versuch werten könnte, ihre Zuneigung zu gewinnen. Der Drang, wenigstens zu grinsen und ihr zu sagen, daß er sie auch vermißt hatte, war beinahe überwältigend, doch er wehrte sich dagegen und sagte bloß: »Guten Tag, Beth, ich hoffe, es geht dir gut«, ohne auch nur die Spur eines Lächelns. Doch Beth nahm gnädig an, daß er von seinem langen Ritt erschöpft war, und trug ihm nichts nach.
Dolores hatte sich halb erhoben. Sie war bleich geworden. Sie sagte: »Ich hoffe, alles ist nach Wunsch verlaufen, Hauptmann Sutton?«
Stephen räusperte sich. Der Gärtner befand sich außer Hörweite, doch Beth hing an seinen Lippen, und sie so unversehens fortzuschicken, hätte Aufsehen erregt. Er sagte: »Ich habe dem Oberst alles mitgeteilt, was mir über den Mord an Major Darbier bekannt war –«
Dolores' Mund wurde trocken, und ihr stockte der Atem.
Stephen fuhr fort: »Er stimmte mir zu, daß man alles Erdenkliche unternehmen müsse, um den jungen Tully zu fassen, doch bei den gegenwärtigen unruhigen Umständen im Lande wird man ihn wohl kaum finden. Vermutlich hat er sich zu einem Regiment der Aufständischen gemeldet.«
Dolores sank in ihren Sessel zurück und legte die Hand vor die Augen. »Danke, Hauptmann Sutton.«

Es gelang Stephen nur mit äußerster Mühe, nach außen hin beherrscht zu bleiben. Er sagte: »Ich hoffe, daß Euch durch den vorzeitigen Tod von Major Darbier keine weiteren Unannehmlichkeiten entstehen.«
»Möge Gott dafür sorgen.«
Beth beobachtete den Hauptmann und ihre Mutter eingehend, und mit Erstaunen bemerkte sie, daß die Wangen ihrer Mutter feucht waren von Tränen.
Auch Stephen war es nicht entgangen. Er nahm an, daß Erleichterung darüber, daß er sein Wort gehalten hatte, der Grund dafür war, und Verärgerung trat an die Stelle seines Mitgefühls. Steif sagte er: »Ich hatte Euch mein Wort gegeben, Mistress Taverner, daß ich mich bemühen wolle, die Angelegenheit so zu regeln, daß Euch möglichst wenig Unbilden entstehen. Ich sehe keinen Anlaß für Erstaunen.«
Dolores blickte ihn ernst an. »Wollt Ihr mir sagen, daß ich Euch falsch eingeschätzt habe, Hauptmann?«
Stephen war außerstande, ihr zu antworten. Als er dem Blick ihrer dunklen Augen begegnete, waren die Ereignisse jener Nacht unversehens greifbar nah: ihre Hand an seinen Lippen, der zarte Duft ihres Haars und ihr Mund, der den seinen berührte. Er wünschte sich, wie Odysseus an den Mast gebunden zu sein, um nicht vom Gesang der Sirenen betört zu werden. Der Drang, sich Mistress Taverner zu Füßen zu werfen und ihr zu gestehen, daß er bereitwillig für sie in den Tod gehen wolle, wenn es ihr helfe, war fast übermächtig, doch er widerstand ihm.
Beth fand, daß er ungerecht gewesen war. Sie sagte: »Hauptmann, Ihr dürft meiner Mutter nicht böse sein.

Sie war krank seit dem Tag Eurer Abreise. Sie war so erschüttert über das Schicksal von Major Darbier, daß ihre Milch versiegt ist und –«

»Beth, sei still, ich glaube kaum, daß Hauptmann Sutton ein Ohr hat für deine unwichtigen Sorgen.«

»Im Gegenteil, das tut mir sehr leid. Ich wußte nicht, daß Ihr nicht wohl wart.«

»Ich bin nun wieder wohlauf. Beth, der Hauptmann ist gewiß hungrig und durstig nach seiner Reise. Lauf in die Küche und sag Mabs, sie soll etwas zur Stärkung herausbringen.«

Beth, erleichtert darüber, daß die Dinge wieder ihren gewohnten Gang zu nehmen schienen, tat, wie ihr geheißen.

Ein Weilchen konnten sich weder Stephen noch Dolores auf eine passende Bemerkung besinnen. Sie lauschten wortlos dem Zwitschern der Vögel, dem Summen der Insekten, dem entfernten Raunen des Flusses und den gedämpften Geräuschen aus dem Dorf.

Schließlich sagte Dolores: »Ihr müßt müde sein, Hauptmann. Ich werde Bussell rufen, damit er Euch einen Stuhl bringt.«

»Danke, doch ich ziehe es vor, stehenzubleiben.«

Erneut verfielen sie in Schweigen. Beiden war schmerzhaft bewußt, daß Beth jeden Augenblick zurückkehren konnte und sie keine Gelegenheit mehr haben würden, sich auszutauschen. Doch was war noch zu sagen, und was sollte für immer unerwähnt bleiben? In diesem zweiten, längeren Schweigen verstrich der Augenblick, in dem sie die Umstände, die zu Major Darbiers Tod geführt hatten, hätten erläutern können. Beide wußten nicht, wie sie darüber sprechen sollten, und so gehörte diese Sache nunmehr zu den Dingen, an die man nie mehr rühren wollte.

Stephen begann: »Ich habe Befehl erhalten, den größten Teil meiner Männer zum Heer des Königs zu entsenden. Es wird allgemein angenommen, daß der Sommerfeldzug den Ausschlag bringen wird.«

Dolores war erstaunt, daß diese Nachricht sie wiederum in Angst versetzte. »Ihr verlaßt uns, Hauptmann Sutton?«

»Nein. Ich habe Befehl, mit ein paar Männern in Tilsbury zu bleiben. Die Garnison wird noch benötigt, um Druck auszuüben auf die Aufständischen in Gloucester. Eine Zeitlang werden die Soldaten dieser Stadt noch zur Last fallen, doch es werden weitaus weniger sein.«

»Ich verstehe«, sagte sie gedankenvoll. Warum empfand sie Erleichterung, weil der Hauptmann nicht versetzt wurde? Sie begriff nach und nach, daß sie stärker an ihn gebunden war, als Verwandtschaft oder Zuneigung es vermochten, weil er sich zum Hüter ihres Verbrechens gemacht hatte. Ein Teil von ihr verblieb für immer in seiner Erinnerung, und wohin er auch ging, würde er das Geheimnis ihrer Schuld mit sich nehmen. Da war es vorzuziehen, wenn er in Tilsbury blieb; wenn er fortging und sie nichts mehr von seinem Verbleib wußte, wäre ihr ein wichtiger Teil ihres Lebens auf immer entzogen. Es war schon schlimm genug, daß sie geglaubt hatte, in seiner Schuld zu stehen; doch diese Bindung war stärker und währte auf ewig.

Stephen, dem ihre Besorgnis nicht entging, der aber den Grund dafür mißverstand, sagte knapp: »Ich beabsichtige, mir eine andere Unterkunft zu suchen. Nach allem, was vorgefallen ist, möchtet Ihr gewiß nicht, daß ich länger unter Eurem Dach verweile. Wir müssen fürderhin keinen Umgang pflegen.«

Dolores fand sich unversehens gänzlich verwirrt. Sie stand rasch auf und sagte: »Hauptmann Sutton, Ihr sollt nicht glauben ... Ich hatte nicht die Absicht ... Ihr müßt tun, was Ihr für richtig haltet, doch ... besteht kein Grund, überstürzt zu handeln ... Ihr seid hier jederzeit willkommen, falls Ihr bleiben möchtet ...«

Nun zeigte Stephen sich überrascht. »Mistress Taverner, wollt Ihr mir damit sagen, daß Ihr meine Anwesenheit in Priory House während des Verbleibs der Garnison in Tilsbury *wünscht*?«

»So ist es wohl.«

»Sobald die Mehrheit der Truppe abgezogen ist, kann ich dafür sorgen, daß Ihr keine Soldaten mehr beherbergen müßt.«

Dolores sann darüber nach. Seit über einem Monat hatte sie sich täglich unzählige Male gewünscht, ihr Haus wieder für sich allein zu haben. Doch wo würde Stephen Sutton unterkommen, wenn er hier auszog? Im Lion? Und war es denn nicht naheliegend, daß er eines Abends, wenn die Erinnerung an sein vorschnelles Versprechen verblaßt war, nach einem Becher Sherry zuviel eine Gruppe Soldaten mit den wirklichen Umständen von Major Darbiers Ableben unterhalten würde?

»Hauptmann Sutton, ich möchte es so ausdrücken: Ich fühle mich sicherer, wenn ich Euch in meinem Hause weiß.«

»Es freut mich, das zu hören.« Stephen lächelte. »Ich bin

höchst erstaunt. Mistress Taverner, es gelingt Euch immer wieder aufs neue, mich zu verblüffen.« Er runzelte die Stirn, weil er fürchtete, daß sie diese Bemerkung als Anspielung auf die Nacht verstehen könnte, die weder vergessen noch jemals wieder zur Sprache gebracht werden konnte. Er sah Beth durch die Küchentür kommen; sie ging langsam, weil sie einen großen Krug in Händen hielt. Hinter ihr folgte Mabs mit einem Tablett, und das Ende des Zuges bildete der Küchenjunge mit einem Korbstuhl und einem dazugehörigen Hocker. Rasch fuhr Stephen fort: »Mistress Taverner, ich will nicht vorgeben, daß ich ... gewisse Ereignisse jemals vergessen werde.« Beängstigt wandte sie den Kopf ab. »Doch was mich betrifft, bleibt alles so, wie es ... zuvor war. Ich bin ein Soldat, der zufällig vorübergehend in Eurem Haus Quartier bezogen hat. Ich werde in den nächsten Tagen sehr beschäftigt sein. Wir werden uns selten begegnen. Ich bin überzeugt, daß das in Eurem Sinne ist, und es entspricht auch meinen Wünschen.«
»Ich danke Euch, Hauptmann Sutton.«
Die Erfrischungen trafen ein: ein Krug von Mabs' selbstgebrautem Wacholderale, ein paar Stücke Wildpastete und ein Eck Käse. Dolores erkundigte sich nicht nach den Bestandteilen der Pastete, denn da die Soldaten beinahe alle Nahrungsmittel in der näheren Umgebung verzehrt hatten, war große Erfindungsgabe gefragt, und Mabs hielt diesen Anforderungen bestens stand. Sie konnte Wunder wirken mit einer gerupften Dohle, einer Rübe und einer Handvoll Rosinen. Mabs maß die Auswirkungen des Krieges lediglich an den Vorräten, die noch Eingang in ihre Küche fanden.

»Bitte, Hauptmann Sutton, etwas Anständiges zu essen für Euch«, verkündete sie fröhlich. »Gewiß habt Ihr in Schenken und Gott weiß was für verkommenen Kaschemmen speisen müssen. Nun könnt Ihr wieder gute Tilsbury-Kost zu Euch nehmen.«

»Danke, Mabs. Ich habe Eure Kochkünste wirklich vermißt.« Stephen grinste die Köchin freundlich an, was sie mit einem erstaunlich koketten Lächeln erwiderte.

Dolores, der die lockere Vertrautheit zwischen den beiden nicht entging, fühlte sich unversehens beunruhigt: Hier entzog sich etwas ihrer Aufsicht. Sie hatte eigentlich ein Weilchen bei dem Hauptmann bleiben wollen, um zu beweisen, daß sie ihre Rolle so gut wie eh und je beherrschte, doch nun erschien ihr das zu mühevoll. Sie erhob sich. »Laßt es Euch schmecken. Beth wird Euch Gesellschaft leisten. Ich habe noch einiges im Haus zu tun.«

Sie eilte davon. Tatsächlich jedoch erzeugte Hauptmann Suttons Anwesenheit ein Unbehagen bei ihr, das sie nicht recht begreifen konnte. Sie wollte, daß er in ihrem Haus verweilte, doch sie konnte sich nicht in seiner Nähe aufhalten. Sie hatte geglaubt, daß ihre Unruhe ein Ende finden würde, wenn er zurückkehrte und ihr vom Erfolg seines Vorhabens berichtete, doch nun mußte sie feststellen, daß statt dessen neue und umfassendere Schwierigkeiten ihrer harrten.

15

Dolores wußte nicht, ob sie es begrüßen oder bedauern sollte, daß Stephen in den nächsten fünf Tagen so beschäftigt war, daß sie ihn kaum zu Gesicht bekam. Vielleicht war sie sowohl froh als auch traurig darüber. In jenen Tagen setzte sich ihr Leben vor allem aus Widersprüchen zusammen: Sie fühlte sich stärker und zugleich verletzlicher als zuvor. Sie sprach zwar selten mit Stephen, war sich jedoch jeden Augenblick seiner Anwesenheit bewußt. Es kam ihr vor, als sei das Geheimnis, das sie gemeinsam bewahrten, ein Netz, in dem sie beide gefangen waren: Sobald ein Teil sich bewegte, spürte es der andere. Wenn sie verzweifelt war, dachte sie manchmal, daß ihre Qualen ein Ende fänden, wenn Hauptmann Sutton von einer feindlichen Kugel getroffen würde. Und doch heiterte diese Möglichkeit, die sowohl zweckmäßig als auch wahrscheinlich war, sie nicht im mindesten auf. Wie es ihre Gewohnheit war, widmete sie sich gänzlich ihren Arbeiten, um sich von ihren Gedanken abzulenken. Um diese Jahreszeit hatte sie mit den ersten Kräutern und Blumen alle Hände voll zu tun in der Destillierkammer. Da sie unter bösen Träumen litt, stand sie meist vor dem Morgengrauen auf und arbeitete so hart, daß es ihr entging, wie selten sich Nona, die ihr gewöhnlich zur Seite stand, in diesen Tagen sehen ließ.

Zehn Tage nach dem Tod des Majors traf ein Brief von Josiah ein. Er trug keinen Absender, doch sie nahm an, daß er aus London kam.

Werte Gattin,
es hat mich sehr bekümmert, als ich erfahren mußte, daß in unserem Hause Tanz und lärmende Musik stattfanden.
Ich muß dir in Erinnerung rufen, welches Vertrauen ich in dich setzen muß betreffs des geistigen und sittlichen Wohlergehens unserer Kinder und unserer Dienerschaft …

Sie hatte den Brief nur halb gelesen und ihn dann zerknüllt. Was hätte Josiah wohl getan, hätte er gewußt, welche tatsächlichen Verbrechen sich in seinem Haus ereignet hatten? Musik war eine nichtige Sünde, und seine Vorwürfe ärgerten sie.
Und dann, eines Morgens Ende April, verschwanden die Soldaten. Sämtliche Einwohner von Tilsbury schienen vor ihren Pforten zu stehen, um den Abzug zu beobachten. An der Spitze ritt Feldwebel Morish mit dem Führer, Will Dower; hinter ihnen marschierten hundert Musketiere und fünfzig Pikeniere. Stephen hatte gute Arbeit geleistet; aus dem kunterbunten Haufen von Bauernjungen und Tagedieben war eine Truppe geworden, auf die Seine Majestät stolz sein konnte. Der Schluß der Kolonne war weniger eindrucksvoll. Hinter den Wägen mit Munition, Gepäck und Waffen folgten nicht wenige Frauen und Kinder. Den walisischen Soldaten war es gelungen, ihre Familie von ihrem Aufenthalt in Kenntnis

zu setzen, und so waren in den vergangenen Monaten immer wieder Angehörige eingetroffen. Stephen hatte nicht bemerkt, wie viele es tatsächlich waren, bis er sie nun abziehen sah.

Nach einiger Erwägung hatte er beschlossen, die irischen Soldaten bei sich zu behalten. Es handelte sich um vierzig Männer, die vonnöten waren, um Gloucester weiterhin unter Druck zu setzen; Leutnant Donnelly und Feldwebel O'Rourke mochten äußerlich gegensätzlich sein, doch was ihre Einsatzfreude und ihre Fertigkeiten im Kampf betraf, waren sie beide gleichermaßen herausragend. Stephen wußte, daß er mit ihnen gut arbeiten konnte, und er hatte ihre Gesellschaft und ihre Musik schätzengelernt.

Eine sonderbare Stille senkte sich auf die Stadt, nachdem die letzten Wagen auf der Oxford Street davongerumpelt waren. Die meisten einheimischen Burschen hatten sich zur Truppe gemeldet, die Rabauken waren allesamt verschwunden, der Lion lag verlassen da. Sogar die Tiere waren ruhiger: Die Gänse und Hühner in weitem Umkreis waren schon längst im Kochtopf geendet, es gab kaum noch Vieh, und die Hunde wußten nicht, worüber sie sich noch ereifern sollten. Stephen schickte ein paar Männer auf Patrouille, und da der Quartiermeister zusammen mit der Truppe abgezogen war, gab er sich ein paar Stunden damit ab, die Quartierlage für die verbliebenen Soldaten zu klären.

Am Spätnachmittag, als er seine Aufgabe fast beendet hatte, trat er aus dem Lion und stieß beinahe mit Corinna Rogers zusammen. Sie blieb stehen und betrachtete ihn kühl, wobei sie unentwegt mit der Hand an ihre Rök-

ke tippte, als gelinge es ihr kaum, ihre Ungeduld im Zaum zu halten.
Stephen errötete. »Mistress Rogers«, sagte er, »ich bin Euch eine Erklärung schuldig.«
Sie erwiderte schroff: »Unsinn, Hauptmann, Ihr seid mir nichts schuldig. Vor zehn Tagen wäre es vielleicht so gewesen, doch die Zeit für Entschuldigungen ist verstrichen.«
»Es tut mir leid.« Stephen entschuldigte sich dennoch. »Ich hätte Euch umgehend benachrichtigen sollen. Ich war ... gänzlich verhindert.«
»Daran zweifle ich nicht, Hauptmann. Ich habe nicht angenommen, daß Ihr es Euch anders überlegt hättet.«
»Nein, nein, gewiß nicht, doch ...«
»Ihr müßt Euch nicht erklären.« Auch Corinna Rogers nahm an, daß Hauptmann Sutton sich in dieser Nacht mit Major Darbier entzweit hatte. »Für ermüdende und überflüssige Erklärungen habe ich nichts übrig. Keine Sorge, Hauptmann, ich trage Euch nichts nach –«
»Ich bin froh, das zu hören.«
Sie blickte zu ihm auf. Auf ihren Lippen lag ein süßes Lächeln, doch ihre runden Augen blickten hart wie Stein. »Doch Ihr solltet nicht vergessen, Hauptmann, daß es Gelegenheiten gibt, die ein Mann nur einmal in seinem Leben erhält. Ich hoffe, ich habe mich verständlich ausgedrückt. Was auch der Grund sein mag, es gibt kein zweites Angebot.«
»Das ist mein Verlust, ich verstehe.«
»Gut. Und nun entschuldigt mich bitte, Hauptmann ...«
Sie rauschte an ihm vorüber und setzte ihren Weg fort. Stephen sah ihr nach, ein bewunderndes Grinsen auf dem

Gesicht, doch er bedauerte den Verlauf der Dinge nicht. Es fiel ihm nunmehr schwer, seine heftige Vorfreude auf das Stelldichein mit Corinna zu verstehen. Die Ereignisse der Nacht hatten die Erinnerung daran in seinem Gedächtnis so vollkommen überdeckt, daß es ihm erst wieder einfiel, als er aus Oxford zurückkehrte. Im Grunde war er froh, wie er nun bemerkte, die Sache nicht weiter verfolgen zu müssen. Seine Gefühle für Mistress Taverner waren so stark, daß es ihm unmöglich gewesen wäre, sich der körperlichen Liebe mit einer anderen Frau hinzugeben.

Auch Corinna war erleichtert, wenngleich aus anderen Gründen. Sie war von Herzen froh, daß sie Stephen Sutton nicht früher getroffen hatte. Wäre sie ihm jenen ersten Tagen nach der Verabredung begegnet, hätte sie ihn womöglich geschlagen und den Rest ihres Leumunds zerstört. Verschmäht zu werden, das war eine gänzlich neue Erfahrung für sie, und sie hatte sie über die Maßen unerquicklich gefunden; tagelang hatte sie gezürnt. An diesem Nachmittag hatte sie Hauptmann Sutton nun auf würdige Weise verabschieden können, doch ihre Gefaßtheit war erst jüngst eingetreten und zu einem großen Teil der Tatsache zu verdanken, daß sie vor zwei Tagen einen neuen und auf seine Art ebenso zufriedenstellenden Liebhaber gefunden hatte.

Erstaunlicherweise hatte der Abzug der Soldaten auf Dolores weniger Einfluß als auf alle anderen Bewohner von Tilsbury. Aus ihrer Sicht gab es nurmehr einen Soldaten, der für sie von Belang war: Hauptmann Sutton. Solange er blieb, war für Beständigkeit in ihrem Leben gesorgt. Sie konnte ihn ebensowenig aus ihren Gedanken verdrängen wie den Umstand, daß sie einen Mord begangen hatte. Doch sie war erleichtert, daß man in Priory House wieder mehr Raum hatte: Ein paar Soldaten nächtigten weiterhin auf dem Heuboden über dem Stall, doch auf dem Dachboden wohnte keiner mehr, so daß Mabs und Ellen wieder ins Haus zurückkehren und dort unterkommen konnten. Cary hatte sich damit abgefunden, daß sie ihr kleines Bett wieder dorthin tragen mußte, doch Dolores hielt sie davon ab.

»Bleibe noch ein Weilchen bei Beth«, sagte sie. »Die beiden Todesfälle im Haus in so kurzer Zeit haben sie sichtlich verstört. Sie hat dich gewiß gerne bei sich.«

»Jawohl, Ma'am«, antwortete Cary selig. Auch ihr war aufgefallen, wie müde und angegriffen Beth aussah, und sie war überzeugt, daß ihre Anwesenheit der Kleinen guttun würde. Erst am Vorabend hatte sie ihr vom Schicksal des irischen Führers Connor M'Guire berichtet, der im Tower in London eingekerkert gewesen war. Das Parlament hatte ihn zum Tode wegen Hochverrats verurteilt, und man hatte ihm sogar die Sakramente des Priesters versagt und ihn nach Tyburn gebracht. Dort hatte man ihn gehängt, doch noch bevor er starb, hatte ihn der blutrünstige Sheriff vom Galgen geschnitten, damit er noch bei Bewußtsein war, wenn man ihm die Eingeweide herausschnitt. Aber der Henker, offenbar ein aufrechter Mann, hatte M'Guire die Kehle durchgeschnitten. »Und so«, sagte Cary zufrieden, »diesem schrecklichen Leiden ein gnädiges Ende bereitet.« Für Beth, die das Geschehen in allen gräßlichen Einzelheiten vor sich sah, bot dies wenig Trost.

An dem Tag, an dem die Soldaten abzogen, folgte Beth ihrer Mutter auf Schritt und Tritt wie ein verstörter Schatten. Dolores machte sich Sorgen.

»Komm mit, Bienchen. Wir gehen zusammen Löwenzahn pflücken. Die frische Luft wird ein bißchen Farbe auf deine Wangen bringen.«

Dolores nahm ihren größten Weidenkorb und suchte einen kleineren für Beth heraus. Als sie durchs Gartentor traten, genoß sie es mehr denn je, die Stadt hinter sich zu lassen. Gegenüber, vor Mutter Crews schäbigem Haus, spielte sich eine häßliche Szene ab. Mutter Crew, von der jedermann fand, daß sie wie ein Kobold aussah, brüllte eine Horde von Menschen an, die sich um ihre Hütte versammelt hatten.

Auch Beth entging das Geschehen nicht. »Warum schreien diese Leute?« fragte sie und umfaßte die Hand ihrer Mutter noch fester.

Dolores, der Gerüchte zu Ohren gekommen waren, nach denen Mutter Crew während der Anwesenheit der Soldaten in der Stadt ihr Einkommen aufgebessert hatte, sagte fest: »Weil die Leute dumm und grausam sind«, und schritt zornig aus. Beth verstand diese Erklärung nicht wirklich, doch der Tonfall ihrer Mutter war wunderbar beruhigend für sie.

Und so war es ihr, als sie zu der Wiese nach der zweiten Biegung des Flusses kamen, beinahe möglich, die grauenhaften Bilder zu vergessen, die ihr aus Carys Geschichten im Gedächtnis haften geblieben waren. Nicht einmal der Krieg konnte dem Frühling etwas anhaben; in gewisser Weise war die Landschaft in diesem Jahr sogar noch schöner als sonst. Zum einen, weil sie so wohltuend war nach all diesen täglichen von Menschen geschaffenen Greulichkeiten, zum anderen, weil die Gehöfte mangels Männern verwahrlosten und die Natur ungehindert wirken konnte. Hecken, die seit vier Jahren nicht geschnitten worden waren, wucherten üppig; Felder, die man sonst gepflügt hätte, lagen brach und waren bedeckt mit einem bunten Teppich aus Frühlingsblumen. Als Dolores und Beth Löwenzahn sammelten, erhoben sich Lerchen in die Lüfte und sangen. Nach und nach erholte sich Beth von ihren nächtlichen Ängsten; sie atmete tiefer und nahm die süßen Düfte der Wiesen in sich auf. Als ihr Körbchen zur Hälfte gefüllt war, bemerkte sie, daß ihre Mutter, die sich vorbeugte und rasch arbeitete, leise vor sich hin sang. Beth lauschte eine Weile verzaubert und näherte sich behutsam, um die Worte besser zu verstehen. Ausnahmsweise vergaß Dolores ihr selbstauferlegtes Verbot und sang ein Lied aus ihrer Kinderzeit.

Schließlich vermochte Beth nicht mehr an sich zu halten. »Was bedeutet der Text?«

Dolores hielt inne, berührte ihren Nacken und richtete sich auf. Sie runzelte die Stirn. »Es ist nicht besonders fesselnd.«

»Erzähl es mir trotzdem. Bitte.«

Ihre Mutter lächelte sie an. »Warum bist du so neugierig? Es ist nur ein dummes kleines Liedchen. Über ein junges Mädchen, das nicht bei dem Mann sein kann, den sie liebt. Es ist Nacht, und sie bittet den Mond, herunterzublicken und ihr zu sagen, was ihr Liebster tut.«

»Das ist schön«, sagte Beth entzückt. »Es klingt traurig und fröhlich zugleich. Ich wünschte, du würdest mich den Text lehren.«

»Nun, eines Tages vielleicht. Warum nicht?«
Dolores strich ihrer Tochter über den Kopf. Sie wollte sich eben wieder ihrer Arbeit zuwenden, als sie zufällig Richtung Stadt blickte. Zuerst dachte sie, jemand habe ein Freudenfeuer angezündet, doch das war unwahrscheinlich, da es kaum mehr Feuerholz gab. Eine große Rauchwolke stieg unweit von Priory House auf.
»Rasch, Beth, dort ist etwas geschehen.«
Ihre Körbe waren erst zur Hälfte gefüllt, doch sie eilten unverzüglich Richtung Stadt. Als sie um die letzte Biegung kamen, sahen sie, daß der Rauch aus Mutter Crews Haus aufstieg und rundherum großes Getümmel war. Mutter Crew war bereits vor der Ankunft der Soldaten bei niemandem sonderlich beliebt gewesen, und nun standen etliche Leute dort und jubelten, als ihr Haus in Flammen aufging. Stephen war gerade erst mit ein paar Männern eingetroffen. Sie hatten Eimer aus der Sakristei geholt, und man bildete eine Kette vom Haus zum Fluß. Doch der Fluß war zu weit entfernt, es gab zu wenige Eimer, und die Flammen schlugen schon hoch.
Dolores erfaßte die Lage auf einen Blick und rannte ins Haus. Sie befahl ihren Dienstboten – die sich im Garten versammelt hatten, um das Geschehen zu beobachten –, alle Töpfe und Eimer einzusammeln und Hauptmann Sutton bei seinen Bemühungen behilflich zu sein. Erfreut sah sie, daß Harry sich bereits den Soldaten angeschlossen hatte und eifrig Eimer weiterreichte. Die Dienstboten schritten zur Tat, und Dolores führte sie, eine große Pfanne und einen irdenen Krug in Händen, zum Fluß hinunter. Beth verharrte am Rande der Menge und beobachtete die Szenerie mit wachsendem Grauen.

Hauptmann Sutton schien überall zugleich zu sein. Er rief den Männern Befehle zu, trieb die Wasserträger zu mehr Eile an, wies eine andere Gruppe an, mit Schaufeln auf die Flammen einzuschlagen. Beth blieb beinahe das Herz stehen, als sie sah, wie er durch die schmale Tür des Hauses mitten in die qualmende Düsternis rannte. Als er wenige Augenblicke später mit kohlschwarzem Gesicht wieder heraustrat, trug er ein hustendes Kind auf den Armen. Und währenddessen verfluchte Mutter Crew, die Beth vorkam wie ein Schreckgespenst, die Umstehenden und schrie die Soldaten an, daß sie ihr Haus retten sollten. Dann sah Beth, wie Donnelly und O'Rourke herbeiritten und von ihren Pferden sprangen. Und während Hauptmann Sutton ihnen Befehle erteilte, machte Beth eine schreckliche Entdeckung. Aus einer kleinen Öffnung unter dem Strohdach spähte ein Kind heraus: Jinny.

»Oh, spring, so spring doch!« schrie Beth der Kleinen zu, doch ihr Gesicht verschwand im Rauch. Beth rannte durch die Menge, um Hauptmann Sutton Bescheid zu sagen, doch er hatte es schon selbst bemerkt.

»Zurück, Beth«, donnerte er. »Das Dach fängt jeden Augenblick Feuer!«

Leitern waren keine zur Hand, und es blieb keine Zeit, welche zu besorgen. Die Stimmung in der Menge war augenblicklich umgeschlagen: Alle waren betroffen, doch keiner wußte, wie man helfen konnte. Beth trat zurück, konnte den Blick jedoch nicht von der grauenhaften Szene abwenden. Da sah sie, wie Leutnant Donnelly, der Mann mit dem Gesicht eines jungen Engels, etwas zu dem furchterregenden O'Rourke sagte. Der nickte und ging

in die Hocke. Und schon stand Donnelly auf den Schultern des anderen, zog sich zu der Luke hoch, griff hinein und holte zuerst ein Kind und dann ein weiteres heraus, als nehme er kleine Kätzchen aus einem Nest. Er war keine Sekunde zu früh. Er reichte die Kinder hinunter, sprang von O'Rourkes Schultern, und die beiden Männer flüchteten genau in dem Augenblick, als das Dach aufloderte und die Menge vor der Hitze zurückwich.
Als die Männer und Frauen, die Wasser vom Fluß hochreichten, merkten, daß ihre Bemühungen vergebens waren, hielten sie inne. Still standen sie da, sahen zu, wie die Flammen zum Himmel schlugen und die Wände der Hütte zersprangen und zusammenbrachen. Stephen hatte sie gerade anhalten wollen, sich noch mehr anzustrengen, als auch er bemerkte, daß es aussichtslos war. Näher als auf zehn Schritt kam keiner mehr an das Haus heran; hundert Eimer voll Wasser konnten nun nichts mehr ausrichten. Von Anfang an war seine größte Sorge gewesen, daß ein Funke auf die Klosterruine unweit des Heims der Taverners übergreifen könne. Den größten Teil des Schwarzpulvers und der Munition hatte man den Soldaten für das Heer des Königs mitgegeben, doch ein beträchtlicher Vorrat lagerte noch in der Ruine. Nun schickte er Donnelly und O'Rourke mit ein paar Männern dorthin, damit sie den Wachen beistanden, bis die Gefahr vorüber war.
Beth begriff dies alles nicht. Sie betrachtete die Leute aus der Stadt, als sie dastanden und dem Brand zusahen. Auf einigen Gesichtern sah sie die Grausamkeit und die Freude am Unglück anderer, von der Cary ihr seit sechs Wochen nun beinahe jeden Abend berichtet hatte. Auf an-

deren sah sie Mitleid – und Scham, denn keiner schien bemerkt zu haben, daß sich Kinder in dem Haus aufhielten. Nun kam Dolores vom Fluß herauf. Philip, dem es in der Wirrnis gelungen war, herumzustreifen, rannte zu ihr, um ihr zu berichten, was er gesehen hatte. Dolores nahm ihn an der Hand und ging zu Hauptmann Sutton, der nun reglos dastand. Beth wollte sich auch zu ihr begeben, als sie bemerkte, daß Jinny Crew ganz allein abseits stand. Ihr Gesicht war starr. Beth näherte sich ihr, dann blieb sie stehen. Sie hatten zwar immer an derselben Straße gewohnt, doch sie konnte sich nicht entsinnen, daß sie jemals miteinander gesprochen hätten.
Sie sagte: »Jinny –«
Das Mädchen wandte sich zu ihr um. Ihre blauen Augen stachen aus ihrem blassen Gesicht hervor, und sie sah aus, als wolle sie jeden Augenblick in Gelächter ausbrechen. Diese Vorstellung war so erschütternd, daß Beth die Stimme versagte.
Dolores hielt nach ihrer Tochter Ausschau. Sie entdeckte Beth, als sie gerade auf Jinny Crew zuging. Sie packte Philip noch fester an der Hand – es war ihr ein Rätsel, wie es ihm gelungen war, Nona und den anderen in einer solch gefährlichen Lage zu entkommen –, und ging mit ihm zu den Mädchen hinüber. Hauptmann Sutton folgte ihr. Auch Dolores war Jinnys starrer Gesichtsausdruck nicht verborgen geblieben, und sie erkannte, daß das Mädchen kurz vor einem Zusammenbruch stand.
Sie sagte: »Jinny, armes Kleines –«
Das Kinn des Mädchens zitterte.
Dolores wandte sich Stephen zu. »Wo ist ihre Mutter?«
Doch das schien keiner zu wissen. Mutter Crew war es

schlagartig leid gewesen, ihre Nachbarn zu verfluchen, und sie hatte sich mit ihren drei jüngeren Kindern davongemacht.

»Wo kann die Kleine hin?« fragte Stephen. Jinny würde wohl keiner eine Unterkunft anbieten. Ihre Mutter war seit langer Zeit die heimliche Hure des Städtchens gewesen. Früher hatte man ihre Beschäftigung geflissentlich übersehen, doch ihr Eifer, sich den Soldaten anzudienen, hatte sie den Leuten verhaßt gemacht. Und Jinny, das magere Mädchen, würde bald in einem Alter sein, in dem sie ebenso das Gewerbe der Mutter ergreifen konnte.

Dolores hatte ähnliche Gedanken. Sie sagte: »Komm am besten mit uns, Jinny. Jedenfalls für heute nacht. Morgen früh können wir gemeinsam entscheiden, was wir tun wollen. Komm mit.«

Jinny, zu erschüttert, um zu sprechen, starrte sie bloß an. Dolores übergab Philip an Beth und legte den Arm um die Kleine. »Hab keine Angst, Jinny, wir werden deine Mutter schon finden.«

Das Mädchen gab ein sonderbares, glucksendes Schluchzen von sich und vergrub ihr Gesicht an Mistress Taverners Schulter. Dolores wandte sich gerade zum Gehen, als sie Stephens Blick begegnete. Er sah sie mit einem Gesichtsausdruck an, den sie noch nie zuvor bei ihm gesehen hatte, und sie fragte sich, was in ihm vor sich ging. Sie spürte ein merkwürdiges Gefühl im Brustkorb, als knicke etwas in ihr zusammen. Sie empfand Wärme und doch eine Art Unbehaglichkeit, als er sie mit seinen klaren Augen so ansah.

Sie wandte sich ab und sagte hastig: »Komm, Beth. Wir wollen nach Hause gehen.«

Beth nickte. Erst als sie der beiden umgekippten Weidenkörbe am Straßenrand gewahr wurde und ihren kostbaren Löwenzahn sah, der zertrampelt im Staub lag, verlor sie die Beherrschung. Alles wurde zerstört. Der Schrei stieg in ihrer Brust auf und kam als schrilles dünnes Wehklagen heraus.

Dolores, die sich erschrocken umgewandt hatte, blickte unwillkürlich zu Hauptmann Sutton. Er fing ihren Blick auf, beugte sich herunter und hob Beth hoch. Hemmungslos schluchzend, sank sie kraftlos wie eine Lumpenpuppe an seine Brust. Philip, der hier eine gute Gelegenheit witterte, wollte sich erneut davonmachen, doch Stephen streckte seine freie Hand aus und bekam ihn am Arm zu fassen. »Diesmal nicht«, sagte er fest. »Nach Hause.« Und Philip, der ausnahmsweise ein wenig eingeschüchtert war, leistete keinen Widerstand.

Dolores nickte zustimmend und ging über die Straße zu ihrem Haus. Jinny klammerte sich an sie wie eine dürre, übelriechende Rebe, und Dolores erwog müßig, ob eine Behandlung mit Wasser und Seife wohl für das Kind an diesem furchtbaren Tag eine Erschütterung zuviel darstellte. Sie wußte, daß Mabs und die anderen einiges einzuwenden haben würden, wenn die Kleine in ihrem gegenwärtigen Zustand unter ihrem Dach verweilen sollte.

Sie wußte auch, daß Stephen Sutton ihr mit zweien ihrer Kinder folgte, und daß sie, vorsichtigste und achtsamste aller Mütter, sie ihm ohne Zögern anvertraut hatte.

Am frühen Abend hielt sich Harry mit Mabs und Bussell in der Küche auf, als ein zaghaftes Klopfen an der

Hintertür zu vernehmen war. Mabs erhob sich murrend, doch Harry sagte: »Ich mache auf.«
Es war Tom, der Küfer, ein alter Mann, der Priory House noch nie im Leben betreten hatte. Er drückte Harry etwas in die Hand. »Für die kleine Maid«, murmelte er und war auch schon verschwunden, bevor Harry ihm danken konnte.
»Noch ein Geschenk für Jinny«, sagte Harry, als er das Tablett, das mit einer Leinenserviette bedeckt war, hereintrug.
Mabs war beleidigt. »Glauben sie, wir haben nichts zu essen für die Kleine?« sagte sie.
Bussell blickte nur über seine lange Nase hinweg und sagte: »Noch jemand mit einem schlechten Gewissen.«
»Das verstehe ich nicht«, sagte Harry, lüftete die Serviette und beäugte das Marzipan, das sich darunter verbarg. »Warum stecken sie ihr Haus in Brand, wenn sie es hernach bereuen?«
Weder Bussell noch Mabs wußten eine Antwort auf diese Frage. Wenn sein Vater nur nach Hause käme, dann könnte er ihn fragen, doch er hatte sich schon tausendmal gewünscht, daß Josiah zurückkäme, und es war nicht geschehen. Er fühlte sich dem Trost entwachsen, den ihm Nona oder seine Mutter bieten konnten, doch bislang hatte er keinen Ersatz dafür gefunden. Er fühlte sich so einsam, daß er sich beinahe krank vorkam.
Mabs, die die Ereignisse des Tages mit Bussell erörtern wollte, ohne kleine Zuhörer zu haben, wies ihn an: »Bring dem Mädchen das Marzipan. Es wird sie aufmuntern.«
Harry seufzte und begab sich zur Treppe. Hauptmann Sutton kam gerade zur Haustür herein.

»Guten Abend, Harry«, sagte Stephen.
Harry murmelte eine Erwiderung. Es war nicht seine Art, unhöflich zu sein, doch er wußte einfach nicht, wie er sich in Hauptmann Suttons Gegenwart betragen sollte. Dessen Anwesenheit lehnte er mit ebensolcher Heftigkeit ab, wie er sich seinen Vater zurückwünschte. Gleichzeitig konnte er nicht umhin, ihn zu bewundern; er hatte beobachtet, wie Hauptmann Sutton an diesem Nachmittag Herr der Lage gewesen war. Er hatte genau gewußt, was zu tun war, und Harry war stolz darauf gewesen, bei den Männern mitarbeiten zu können. Doch nun war ihm sogar diese Erinnerung verdorben, weil er empört gewesen war, als der Hauptmann Beth ins Haus getragen hatte. Deshalb murmelte Harry nur etwas vor sich hin, als er seiner gewahr wurde, und stieg verwirrter und unglücklicher denn je die Treppe empor.
Oben ging es erstaunlich friedlich zu. Jinny hatte sich der Begegnung mit Wasser und Seife nicht widersetzt, als man ihr verhieß, daß sie danach eines von Beths abgelegten Kleidern anziehen dürfe. Man nahm an, daß Jinny etwa drei Jahre älter sein mochte als Beth, doch sie war so mager, daß das Kleid um die Taille gut saß, wenngleich es zu kurz war und ihre Handgelenke aus den Ärmeln hervorragten.
Jinny selbst war beinahe erschütterter über ihre Aufnahme in Priory House als über den Brand in ihrem Heim und das Verschwinden ihrer Mutter und ihrer Geschwister. Solange sie denken konnte, hatte sie auf das prächtige Haus gegenüber geblickt, das nur ein paar Schritte und doch Hunderte von Meilen von ihrem Zuhause entfernt war. Jeden Tag hatte sie beobachtet, wie sich die

Tür öffnete und Mistress Taverner und ihre Tochter in ihren wunderschönen Kleidern heraustraten und aufrecht die Straße entlanggingen. In jüngster Zeit waren dort auch Offiziere ein und aus gegangen, doch wie es im Inneren aussah, entzog sich ihrer Vorstellungskraft. Und nun war sie hier, in einer anderen Welt, einer Welt, in der es schimmerndes Eichenholz, riesige, mit Teppichen ausgelegte Räume und hohe Decken gab, die verziert waren mit Mustern von Früchten und Blättern. Sie war die Treppe hinaufgestiegen, und man hatte sie in dieses Zimmer geführt, das so wunderbar duftete wie eine Wiese im Juni, und nun trug sie sogar eines dieser zauberhaften Kleider. Jeder schien zu glauben, daß sie niedergeschlagen oder verängstigt war wegen ihrer Mutter, doch tatsächlich war sie noch nie glücklicher gewesen. Wenn dieses Wunder auch nur einen Abend währte, wenn sie morgen wieder ihr kratziges Barchentkleid anziehen und nach Hause zu ihrer zornigen Mutter zurückkehren mußte, so hatte sie doch diesen kurzen Traum nach Kräften ausgekostet.

Beth saß auf einem Schemel neben ihrer Mutter und hatte den Arm über Dolores' Knie gelegt. Nach ihrem verzweifelten Ausbruch war sie angenehm erschöpft, und die heiße Milch mit Bier und Gewürzen, die Mabs ihnen verabreicht hatte, breitete sich warm in ihrem Bauch aus. Ab und an spürte sie, wie ihre Mutter ihr übers Haar strich, und das wärmte sie auf eine andere Art. Sie sann darüber nach, ob die furchterregende Mutter Crew Jinny jemals so tröstend übers Haar strich, und kam zu dem Schluß, daß es wohl nicht so war. Das war eine so traurige Vorstellung, daß Beth es bedauerte, Jinny ein abgeleg-

tes Kleid zum Anziehen gegeben zu haben. Es wäre ihr lieber gewesen, sie hätte das neue grüne Taftkleid getragen.
Nach den aufregenden Ereignissen des Nachmittags war Dolores froh, einfach nur ihre Familie um sich zu haben, die sich zudem mustergültig betrug; die Aufnahme von Jinny in den kleinen Kreis stimmte alle friedlich. Der Säugling war an ein paar Kissen gelehnt – in ein oder zwei Wochen würde er allein sitzen können. Philip spielte mit Holzkegeln und gab seinem Brüderchen einen wirren Bericht des Brandes. Nona saß auf einem niedrigen Stuhl, die Hände auf den Knien, die Augen halb geschlossen.
»Tom, der Küfer, hat Marzipan für Jinny gebracht«, sagte Harry und stellte das Tablett auf einem Tischchen ab.
»Möchtest du ein Stückchen Marzipan kosten, Jinny?« fragte Dolores.
Jinny schüttelte den Kopf. Sie hatte in den wenigen Stunden, die sie nun in Priory House weilte, schon mehr gegessen als sonst in einer ganzen Woche. Sie fürchtete, daß jemand anders die Nascherei bekommen könnte, wenn sie ablehnte, und fügte rasch hinzu: »Aber ich werde es später essen.«
»Keine Sorge.« Dolores lächelte. »Keiner wird es dir wegnehmen.«
Harry war zum Fenster gegangen. Er sagte: »Warum bringen sie alle Jinny Geschenke? Glauben sie, daß sie bei uns nicht genug zu essen bekommt?«
»Das ist nicht der Grund, Harry«, sagte Dolores. »Sie möchten sich damit entschuldigen. Keiner hatte geglaubt, daß Kinder im Haus seien, als sie es ansteckten.«
»Aber warum sind die Kinder ins Haus gelaufen?«

»Vielleicht hatten sie mehr Angst vor der Menge als vor dem Rauch.« Sie blickte warnend zu Jinny hinüber. »Am besten, wir sprechen nun nicht weiter darüber.«

Harry runzelte die Stirn. Er fand das noch immer unverständlich. Dolores gab sich ihren Gedanken hin. Sie hatte die Haustür klappen hören, bevor Harry das Zimmer betreten hatte, und wußte, daß Hauptmann Sutton zurückgekehrt war. Nun nahm er allein im Speisezimmer sein Abendmahl ein. Wie immer vermerkte ihr Körper unwillkürlich, wo er sich aufhielt, doch sie begann zu begreifen, daß sein Wissen um ihr Verbrechen nicht der einzige Grund dafür war. Ihr gemeinsam gehütetes Geheimnis war nicht dafür verantwortlich, daß sie mit ihm arbeiten konnte während des Brandes und daß sie ihm Philip und Beth anvertraut hatte. Ihr fiel erneut ein, wie er sie angesehen hatte, als sie Jinny unter ihre Fittiche nahm – immer, wenn sie an diesen Blick dachte, empfand sie wieder dieses sonderbare, eigenartig wohlige Unbehagen.

Beth blickte zu ihrer Mutter auf. »Tanzt du mit Nona für uns? Es war doch ein solcher Tag, oder?«

Dolores lächelte und blickte zu ihrer Großmutter hinüber. »Was meinst du, Nona? Ich finde, Beth hat recht.«

»Ich bin zu alt und zu steif.«

»Dann um so mehr. Komm –« Dolores stand unvermittelt auf und schüttelte ihre Röcke aus. Sie zog Nona auf die Füße. Sie spürte, daß ihre Großmutter nicht wohl war, und nahm an, daß der Tanz ihre Stimmung heben würde.

Nona murrte und lächelte zugleich. Die beiden Frauen gingen zu der freien Fläche am Fenster hinüber. Wie üblich begannen sie langsam, fast zögerlich. Ihr Lied war

kaum mehr als ein eintöniger Singsang, ihre Füße scharrten am Boden. Dann ergriff die Musik nach und nach Besitz von ihnen, ihre Stimmen wurden kräftiger, und ihre Körper bewegten sich im Rhythmus. Sie stampften mit den Füßen und warfen den Kopf zurück. Beth warf einen Blick auf Jinny, um zu sehen, ob dieser heimliche Brauch der Familie sie erstaunte, und fragte sich, ob sie wohl ahnte, welche Ehre ihr zuteil wurde, weil sie zusehen durfte. Doch Jinny kannte kein Erstaunen mehr. Nach der Aufregung dieses Tages hätte sie sich auch nicht gewundert, wenn Mistress Taverner und die alte Dame sich in Raben verwandelt hätten und zum Fenster hinaus und herein geflattert wären. Sie hätte nur noch ein Stückchen Marzipan gegessen und sich gedacht, wie gut es sich doch lebte in Priory House.
Stephen Sutton, der allein am Kopf der Tafel saß, stellte sein Weinglas ab und lehnte sich zurück. Ein Lächeln lag auf seinem Gesicht. Es war ihm zu Ohren gekommen, daß man in der Stadt von der Musik und den Tänzen der Fremden sprach, doch was er nun vernahm, klang noch eigenartiger, als er erwartet hatte. Er versuchte sich die Szene vorzustellen, sah jedoch immer wieder Dolores vor sich, wie sie Jinny an sich gezogen hatte, als sie von ihrer eigenen Familie verlassen wurde. Noch jetzt war er regelrecht stolz auf sie. Sein Stolz hatte nichts Eigennütziges an sich. Er konnte nicht an gegen seine Liebe für Mistress Taverner, er würde sie immer lieben, ungeachtet ihrer Taten, und doch machte es ihn sehr glücklich, daß sie so gütig gehandelt hatte. Er war außerstande, seine Gefühle zu begreifen, doch das war auch nicht vonnöten. Es genügte ihm, sie auszukosten.

Und dennoch war es eine Qual für ihn, der Frau, die er liebte, so nah zu sein, und ihr seine Gefühle nicht offenbaren zu können. Die Qual hatte sich zu einem körperlichen Schmerz ausgewachsen, einer schweren Last gleich, die ihm auf der Brust lag. Manchmal wünschte er sich beinahe, mit Feldwebel Morish und den anderen davongezogen zu sein. Doch dann wußte er wieder, daß er nicht bereit gewesen wäre, mit jemandem zu tauschen.
Er hörte, wie die Musik unvermittelt verstummte. Er wartete eine Weile, doch es blieb ruhig.
In dem Zimmer im ersten Stock war Nona, die den Tanz ebenso zu genießen schien wie Dolores, unversehens stehengeblieben und hatte sich an der Stuhllehne festgehalten, als fürchte sie, zu fallen.
»Ist alles in Ordnung?«
Nona antwortete zuerst nicht, doch dann nickte sie und fügte hinzu: »Aber ich muß einhalten. Laßt euch nicht stören. Ihr braucht mich nicht.«
Dolores zögerte. Sie fühlte sich unversehens bedroht, doch sie wollte dem Gefühl keine Beachtung schenken. »Wir sind alle müde«, sagte sie. »Wir haben genug getanzt. Die arme Jinny kann kaum mehr die Augen offenhalten.«
Sie hielt die Kinder an, sich zum Schlafen fertigzumachen. Sie hatte noch nie in ihrem ganzen Leben allein getanzt, und die Vorstellung, es irgendwann tun zu müssen, erfüllte sie mit tiefer Trauer.

16

Die alte Frau schlummerte dem Tod entgegen.

Dolores mußte der Wahrheit ins Auge blicken. Nona hatte sich an dem Tag, nachdem Mutter Crews Haus abgebrannt war, ins Bett gelegt und war eine Woche lang nur selten aufgestanden.

»Es ist ein Geschwür«, sagte sie ruhig zu Dolores. »Es frißt mich von innen auf. Und ich bin müde. Ich brauche ein paar von jenen Tropfen.«

Dolores schnüffelte an dem Fläschchen, dessen Inhalt Jacks letzte Tage erleichtert hatte. »Was ist es?« fragte sie.

»Ich weiß nicht, wie es auf englisch heißt. Dein Vater hatte immer etwas davon im Laden vorrätig. Ich habe ein paar Flaschen davon mitnehmen können, bevor die Soldaten kamen. Er sagte, dieses Mittel sorge für ein friedliches Ende, wenn es keine Hoffnung mehr gäbe. Und dem jungen Jack hat es geholfen, nicht? Wenn ich nicht zu gierig werde, wird noch etwas davon überbleiben. Ich sollte wohl nicht mehr allzulang herumtrödeln, wie?« Und sie grinste, da sie nicht mehr die Kraft für ihr gewohntes, zahnloses Kichern hatte.

Sie schien so gefaßt angesichts ihrer Lage, daß Dolores ihr nicht glauben mochte. »In ein, zwei Tagen wirst du wieder wohler sein«, sagte sie eines Morgens, doch Nona war ungeduldig.

»Kein dummes Gerede. Ich bin bereit, zu gehen.« Und das war die einzige Wahrheit. Für Nona waren die fünfzehn Jahre seit der Ermordung ihrer Familie in Würzburg eine Art Nachtrag zu ihrem Leben gewesen. Der Lebensfaden war gerissen, sie war gezwungen, von einem Tag auf den anderen zu leben, durchzuhalten, so gut es ihr möglich war. Sie wußte ein gutes Mahl und ein warmes Kaminfeuer zu schätzen und verlangte nicht mehr. Sie liebte Dolores' Kinder, und doch hatte die Ankunft jedes neuen kleinen Wesens ihr überraschende Pein bereitet. Nicht nur erinnerten die Kleinen sie an das Leben, das ausgelöscht worden war, sondern sie erweckten auch noch trügerische Hoffnungen auf ein Leben in einer grausamen Welt. Seit Jahren hatte Nona sich an Sterbebetten heimischer gefühlt als bei Geburten. Sie empfand ein friedvolles Ausscheiden aus dem Leben als ungemein tröstlich, die Gewißheit, daß ein ruhiger Tod dem tagtäglichen Kampf ein Ende bereitete. Sie wußte, daß sie Wagnisse eingegangen war mit ihren Giften und Vorhersagen, doch sie hatte die Macht, die ihr damit zuteil wurde, zu sehr genossen, um darauf verzichten zu können. Und nun benötigte Dolores dieses Wissen.
»Hör zu«, sagte sie, »du mußt lernen. Die Flasche auf dem obersten Brett mit der merkwürdigen Blume auf dem Etikett habe ich auch von deinem Vater, doch ich habe das Mittel nie benutzt. Sechs Tropfen davon im Getränk eines Mannes, und er schläft sechs Stunden wie ein Toter und erwacht hernach, ohne Schaden genommen zu haben. Verwahr es im Gedächtnis: sechs Tropfen und sechs Stunden.«
Und so fuhr sie fort, wann immer sie die Kraft zu spre-

chen besaß, und gab an Dolores all ihre Kenntnisse weiter, die sie im Laufe ihres Lebens gesammelt hatte. »Denk an meine Worte«, ermahnte sie Dolores. »Die Destillierkammer enthält deine Waffen und deine Rüstung. Wenn du damit umgehen kannst, bist du so stark wie jeder Mann.«

»Sag mir, Nona«, sagte Dolores eines Abends, als die Kinder schliefen und im Hause Stille eingekehrt war, »wie ist es dir gelungen, daß Josiah immer Schmerzen im Bauch bekam, wenn er zornig auf mich war?«

»Ah, das.« Diesmal gelang Nona ein Kichern. »Dein Gatte fürchtet sich vor seinen eigenen schlechten Gedanken, er nimmt mir die Arbeit ab. Als wir noch in Deutschland waren und ich fürchtete, daß er sein Versprechen nicht halten würde, habe ich ihm, glaube ich, etwas in sein Ale geschüttet. Ich weiß nicht mehr genau, was es war, irgendein Mittel, das Krämpfe auslöst. Doch Josiah glaubte, ich könne in seine Seele blicken. Nach diesem ersten Mal mußte ich ihn nur auf eine bestimmte Weise ansehen – schau her, so –«, und Nona schloß die Augen halb und verdrehte sie, so daß nurmehr das Weiße zu sehen war, »und er bekam diese Schmerzen. Wie durch Zauberei.«

»Der Tor. Ich wußte nicht, daß es so einfach ist.«

»Nichts einfacher als das, solange du deine Macht nicht offenbarst.«

»*Meine* Macht?«

»Du kannst ihn leicht beherrschen.«

»Wie?«

»Du wirst es merken, wenn du einmal den Haß aufgegeben hast. Nur der Haß hat dich geschwächt.«

»Bitte erklär mir das.«
Doch Nonas Augen schlossen sich, und sie erhob die Hand und beendete ihr Gespräch. Dolores seufzte. So verliefen all ihre Unterredungen – kurze Ausblicke auf Nonas Geist. Erschöpft, doch noch nicht bereit, zu schlafen, saß Dolores noch ein Weilchen am Bett ihrer Großmutter und sann über deren Worte nach. Sie hatte geglaubt, die einzige zu sein, die im Hause wachte, doch dann vernahm sie leise Schritte auf der Treppe, hörte, wie jemand das Haus verließ. Sie erhob sich und ging langsam zum Fenster. Die Nacht war mondlos und der Himmel wolkenverhangen.
Und dann, wie sie es geahnt hatte, wurde sie in der Dunkelheit einer Gestalt gewahr, die mit einer Laterne um die Hausecke kam, und an der Kraft, die sie durchströmte, merkte sie, daß es sich um Hauptmann Sutton handelte. Und was dann geschah, hatte sie ebenso geahnt: Unter ihrem Fenster verharrte das Licht und sie sah, wie er zu ihr emporblickte. Dolores spürte die Berührung seines Blicks, doch sie trat nicht zurück ins Dunkle, wie sie es noch vor zehn Tagen getan hätte. Sie stand ganz still, und eine neue, fremde Angst ließ sie erzittern. Und so stand sie am Fenster, noch lange, nachdem die Gestalt mit der Laterne verschwunden war.

Am nächsten Morgen begegnete sie Stephen in der Passage und wich unwillkürlich seinem Blick aus.
Er sagte: »Ich habe gehört, Eure Großmutter ist nicht wohl.«
»Sie sagt, sie stirbt.«
»Das tut mir leid.«

»Sie hat sich damit ausgesöhnt … ich glaube sogar, sie wartet darauf.«
Stephen dachte einen Augenblick nach, dann sagte er: »Mistress Taverner, wenn es sie nicht zu sehr anstrengt, würde ich sie gern sehen. Ich habe ihr nie ausreichend für ihre Bemühungen um Jack gedankt.«
»Gewiß, Hauptmann. Sie schläft die meiste Zeit, doch wenn sie wacht, ist sie bei Sinnen. Möchtet Ihr sie jetzt gleich sehen?«
»Danke.«
Dolores stieg vor ihm die Treppe hinauf. Da sie Stephen hinter sich wußte, fühlte sie sich unversehens ungelenk und spürte jede ihrer Bewegungen. Nachdem sie nachgesehen hatte, ob Nona erwacht war, sagte sie: »Ich lasse Euch mit ihr allein, Hauptmann. Erschreckt Euch nicht, wenn sie einschläft.«
Sie zog die Tür hinter ihm zu – und sorgte dafür, daß er sie nirgendwo antraf, als er wieder herauskam.
Harry und Beth waren nicht gefaßt auf Nonas Zustand, und die alte Frau ließ keinen Zweifel daran, daß ihre trüben Mienen ihr lästig waren. Philip war zu lebhaft, um bei einer Kranken im Zimmer zu liegen, und Dolores nahm ihn zu sich in ihr Zimmer. Merkwürdigerweise war der Mensch, der beinahe ebensoviel Zeit an Nonas Bett zubrachte wie Dolores, die kleine Jinny.
Das Mädchen war so bestürzt gewesen bei der Aussicht, zu ihrer Mutter zurückgeschickt zu werden – die, wie man hörte, bei der Gattin ihres Bruders im nächsten Dorf untergekommen war –, daß man kein weiteres Wort darüber verlor. Nach den ersten Hilfsbezeugungen kümmerten sich Mabs und die anderen Dienstboten nicht

mehr besonders um sie, und Harry und Beth gegenüber empfand Jinny solche Ehrfurcht, daß sie sich in ihrer Anwesenheit nicht wohl fühlte. Am glücklichsten war sie, wenn sie an Nonas Bett sitzen konnte. Dolores brachte ihr das Spinnen bei, damit sie sich nützlich machen konnte. Die Kleine war zwar nicht sonderlich begabt, freute sich jedoch, eine Aufgabe zu haben, und widmete sich ihr mit Eifer. Das Surren des Spinnrads wirkte beruhigend auf Nona, weil sie um Gesellschaft wußte, jedoch nicht sprechen mußte. Ab und an hörte sie Jinny schauderhaft fluchen.

»Schsch. Schlimme Worte.«

»Aber der Faden ist gerissen.«

»Das geschieht immer, wenn man noch lernt. Versuch es noch einmal.«

Jinny seufzte und murrte vor sich hin, doch bald darauf surrte das Rad wieder, und Nona schlummerte erneut ein.

Dolores schlief nun häufig auf dem Rollbett in Nonas Zimmer. Eines Morgens vor Sonnenaufgang hörte sie, wie Hauptmann Sutton die Treppe hinunterging und das Haus durch die Seitentür verließ. Dann versammelten sich Pferde vor dem Haus. Er hatte es zwar nicht erwähnt, doch sie nahm an, daß man sich zu einem Angriff auf die Garnison in Gloucester rüstete. Unwillkürlich dachte sie an jenen Morgen, als sie zugesehen hatte, wie er mit Major Darbier zu der Patrouille aufbrach, die Jack das Leben gekostet hatte. Eine düstere Vorahnung überkam sie, und wenngleich die Soldaten rasch davonritten und sich nichts rührte im Haus, konnte sie nicht wieder einschlafen.

Den ganzen Tag über wurde sie die Angst nicht los. Sie

überließ Nona der Gesellschaft von Jinny und ihrem Spinnrad und ging aus dem Haus, um Schlüsselblumen zu sammeln. Eine sonderbare Stille lag über der Stadt. Die Soldaten, die Hauptmann Sutton nicht begleiteten, standen fast alle Wache, und nur wenige Männer exerzierten auf dem Platz an der Flußbiegung. Am Himmel ballten sich graue Wolken, und es wehte ein kühler Wind. Dolores zwang sich, ohne Unterlaß zu arbeiten, doch sie war unruhig und horchte unentwegt auf das Klacken der Hufe, das die Rückkehr der Soldaten ankündigen würde. Gegen Mittag näherten sich zwei Pferde auf der Straße nach Oxford. Unversehens wuchs ihre Angst, und ihr Herz schlug schneller. Sie nahm ihren Korb und lief rasch zur Stadt zurück.

Unterwegs versuchte sie angestrengt, ihre Aufregung zu begreifen. Bewahre die Ruhe, sagte sie sich, es gibt keinen Grund zur Sorge. Falls Hauptmann Sutton etwas zugestoßen ist, was betrifft es mich? Doch da sie ihre Unruhe nicht zügeln konnte, sagte sie sich, daß diese Gefühle nur allzu verständlich waren: Schließlich hatte er sie durch sein rasches Handeln vor Gefangennahme, Verurteilung und dem Tode bewahrt – sie hatte wahrlich Grund zur Dankbarkeit, und so hoffte sie, daß er Gefahren meiden und unversehrt aus den Kämpfen hervorgehen würde.

Mabs rührte einen Teig. Sie blickte auf. »Will Dower war hier«, sagte sie. »Er hatte eine Nachricht für Hauptmann Sutton, doch ich habe ihm gesagt, daß er erst gegen Abend zurücksein wird. Will ist jetzt nach Hause geritten und will später noch einmal wiederkommen. Und er hat einen Brief für Euch gebracht.«

»Hauptmann Sutton ist noch nicht zurück?«
Mabs schüttelte den Kopf. »Meist sind sie den ganzen Tag unterwegs. Ich hoffe nur, er denkt daran, uns Essen mitzubringen. Aus Luft kann ich nichts kochen.«
Mabs war froh, wenn die Männer auf Patrouille gingen. Sie hegte keinen Groll gegen die Aufständischen in Gloucester, doch Hauptmann Sutton brachte fast immer etwas Brauchbares für die Küche mit. Sie kannte den Grund für die Kämpfe nicht genau und war weder der einen noch der anderen Seite zugetan. Doch eine gutgefüllte Speisekammer lag ihr sehr am Herzen, und sie hätte bereitwillig jeden Soldaten unterstützt, der ihr eine Rehkeule, einen Sack Zucker oder – was ihr derzeit Sorge bereitete – eine schöne Menge Lorbeersalz gebracht hätte.
Dolores nahm den Brief entgegen und sah, daß er von Josiah kam. Sie wunderte sich, daß sie seit Tagen nicht mehr an ihn gedacht hatte. Weder die Entfernung noch die Länge seiner Abwesenheit waren der Grund dafür; er war einfach unwichtig für sie geworden.
Sie zog sich mit dem Brief in die Destillierkammer zurück und verschloß die Tür. Dann lehnte sie sich an den Schiefertresen und erbrach das Siegel mit dem Daumen.

> Meine liebe Frau,
> aufgrund geschäftlicher Erfordernisse kann ich vorläufig noch nicht nach Tilsbury zurückkehren. Ich bedaure es, in diesen schwierigen Zeiten nicht zu Hause weilen zu können, doch ich vertraue darauf, daß du unser Vermögen weiterhin treu verwaltest, für unsere Kinder wie auch für uns. Bitte übermittle

Hauptmann Sutton mein Beileid wegen des frühen Todes von Major Darbier, und versichere ihm, daß meine Gastfreundschaft ihm jederzeit zur Verfügung steht und ich seine Bemühungen in jeder Hinsicht unterstütze.

Josiah Taverner

Dolores starrte verstört auf das Papier. Wiederum fand sich kein Absender auf dem Brief, doch er kam zweifellos aus London. Josiah hatte wohl beschlossen, daß die Parlamentarier den Krieg gewinnen würden, und zog es vor, sich solange in der vergleichsweise sicheren Hauptstadt aufzuhalten. Seine unparteiische Haltung schien Dolores nun nicht mehr so erstrebenswert. Im Augenblick empfand sie sie sogar als verabscheuungswürdig. Was gab Josiah das Recht, es sich bei den selbstgerechten Kaufleuten der Stadt wohl sein zu lassen, während Männer wie Stephen Sutton tagtäglich ihr Leben aufs Spiel setzten?

Sie erriet auch, warum er Major Darbiers Tod erwähnte. Er scherte sich den Teufel um das Wohlergehen anderer; er verfolgte lediglich die Absicht, sie wissen zu lassen, daß man ihm stetig Nachrichten zukommen ließ. Bussell ... dachte sie gedankenverloren. Sie hatte immer angenommen, daß Bussell der Zuträger war. Und wie würde Josiah handeln, wenn man ihm die letzten Stunden des Majors in allen Einzelheiten schilderte? Sie lachte bitter. Wenn er und nicht Hauptmann Sutton die Entscheidung über ihr Leben getroffen hätte – ob er sie wohl gerettet hätte? Oder ob er eine hervorragende Gelegenheit gewittert hätte, sich einer Frau zu entledigen, die ihm schon seit langer Zeit eher eine Last denn eine Freude war? Und falls er sich entschlossen hätte, ihr zu helfen, hätte er es dann nur getan, um einen Aufruhr zu vermeiden, der seinen Ruf und die Zukunft seiner Kinder zerstört hätte? Er hätte es nicht aus Fürsorge für sie getan. Niemals. Wohingegen Stephen Sutton so gehandelt hatte, weil ...

Sie rief sich zur Ordnung, zerknüllte den Brief, legte ihn in eine Wärmepfanne und spielte eine Weile mit Zunder und Feuerholz herum, bevor sie ihn anzündete. Sie wußte ganz gewiß nicht, warum Hauptmann Sutton sich entschlossen hatte, ihr zu helfen. Seine Beweggründe waren bedeutungslos für sie. Er hatte nichts mit ihr zu tun. Sie konnte auch nicht begreifen, weshalb sie heute morgen so unruhig gewesen war – Sorge um Hauptmann Sutton konnte jedenfalls nicht der Grund sein. Sie war überanstrengt wegen Nona. Ihre Großmutter starb, und das bedrohte sie. Es hatte nichts zu tun mit Hauptmann Sutton und seiner Patrouille. Er war ihr nun wirklich einerlei, und wenn einer von Masseys Gefolgsleuten ihn in Stücke schoß ... Die Vorstellung war so grauenhaft, daß sie sich auf die Knöchel biß, um nicht laut aufzuschreien. Sie sagte sich, daß alles Leid schrecklich war und sie womöglich empfindsamer, als sie von sich selbst geglaubt hatte. Sie hatte sogar mitgelitten, als Fähnrich Skipton verwundet war ... und so rasten ihre Gedanken hin und her wie das Schiffchen in einem Webstuhl, bis ihr Kopf hammerte und sie noch angespannter war als zuvor. Unterdessen hatte sich Josiahs Brief in ein Häufchen Asche verwandelt. Dolores glättete ihre Röcke, strich sich eine Strähne aus dem Gesicht und schickte sich an, sich ihres

Haushalts anzunehmen und irgendwie den Rest des Tages zu verbringen, bis die Patrouille wohlbehalten zurückkehrte.

Gegen Abend richtete man Dolores aus, daß ein Soldat nach ihr fragte. Sie begab sich zur Hintertür und fand dort zu ihrem Erstaunen O'Rourke vor. Er sah so wild aus wie eh und je, doch in seinen Augen lag ein verstohlener Ausdruck, der sie argwöhnisch werden ließ.
»Nun? Was gibt es?«
Er wurde zusehends verlegener. »Könnte ich unter vier Augen mit Euch sprechen, Ma'am?«
Dolores erwog, ihn fortzuschicken, doch dann kam ihr in den Sinn, daß er vielleicht etwas zu sagen hatte, das Hauptmann Sutton oder womöglich den Tod des Majors betraf.
»Wir können uns im Wintersalon unterhalten«, sagte sie.
Mabs fragte: »Soll ich etwas zu trinken bringen?«
»Gewiß nicht. Unsere Unterredung wird wohl nicht von langer Dauer sein.«
Im Wintersalon blieb O'Rourke unbehaglich mitten im Zimmer stehen. Dolores bot ihm keinen Stuhl an. Er fingerte an seinem Wams herum und sagte zögernd: »Ich habe gehört, daß die alte Dame … unwohl ist.«
Dolores hob die Augenbrauen, als wolle sie fragen, was ihn das kümmerte, doch sie sagte nichts.
»Man sagt, daß sie nicht mehr lange zu leben habe.«
»Und?«
»Ich hab' mir nur gedacht, Ma'am, da sie doch aus Spanien stammt und wir der gleichen Religion angehören … und es ist mir nicht wohl, wenn sie stirbt, ohne die Sa-

kramente eines Priesters empfangen zu haben, das fürchtet unsereins immer, und ich kenne einen Herrn, der zu ihr käme, wenn sie es wünscht ...«
Dolores schwieg kurz, dann sagte sie ruhig: »Verstehe ich Euch recht? Ihr bietet uns an, einen katholischen Priester ins Haus zu bringen, damit meine Großmutter die letzte Ölung bekommen kann?«
»Ja, Ma'am.«
»Ich wußte nicht, daß es hier in der Nähe einen Priester gibt.«
»Es gibt überall Priester, doch sie zeigen sich verständlicherweise nicht.«
Wieder verfiel Dolores in Schweigen. Der Soldat, der vor ihr stand, kam ihr nun nicht mehr verstohlen vor, nur unruhig und um das Ableben einer alten Frau besorgt, die er kaum kannte, die jedoch einmal derselben Religion angehört hatte wie er.
Schließlich sagte sie still: »Wartet hier. Ich frage meine Großmutter. Die Entscheidung liegt bei ihr.«

Der Priester traf kurz darauf ein; er mußte irgendwo am Stadtrand gewartet haben. Nona hatte seinem Besuch in ihrer üblichen Art zugestimmt. »Warum nicht? Denk nur, wie wütend Josiah wäre, wenn er wüßte, daß wir katholische Priester in sein Haus bringen. Außerdem kann der Bursche keinen Schaden anrichten.«
Etwas an dem Priester, der sich als Pater Perry vorstellte, mißfiel Dolores vom ersten Augenblick an. Er war blond, dürr und mochte kaum älter sein als sie, dreißig Jahre alt vielleicht, doch seinem Gesicht war anzusehen, daß er ein Eiferer war. Er hatte beinahe etwas Schwind-

süchtiges an sich; seine Augen waren dunkel und sein Blick bohrend. Als er ins Haus trat, hob er die Hand, um sie zu segnen, doch Dolores trat einen Schritt zurück.

»Nicht ich«, sagte sie kalt, »meine Großmutter hat eingewilligt, Euch zu empfangen.«

Er nickte stumm und folgte ihr die Treppe hinauf. Dolores schickte Jinny hinaus und sagte ihr, daß Master Perry ein bekannter Arzt sei, der Nona vielleicht helfen könne. Dann blieb Dolores in der Tür stehen und sah unbeteiligt zu, wie der Priester Nona die Beichte abnahm. Ich erlaube das nur, weil es Nona in ihren letzten Stunden Trost spenden mag, dachte sie starr – es ist alles Unsinn, doch Nona ist alt, und es richtet keinen Schaden an. Da kam ihr in den Sinn, daß der letzte Priester, den sie gesehen hatte, an einer schrecklichen Wunde verblutend, zu Füßen seines Altars gelegen hatte, und es kam ihr vor, als habe er Ähnlichkeit gehabt mit Pater Perry. Niemals hatte sie über den Glauben nachgedacht, dem sie abgeschworen hatte; es war, als sei die römisch-katholische Kirche selbst durch das Gemetzel in Würzburg ausgelöscht worden. Als sie Josiahs Namen, seine Sprache und seine Bräuche übernahm, war sie auch zu seiner Religion übergetreten, ohne darüber nachzusinnen, denn sie hatte keine Wahl. Als sie nun zum erstenmal seit fünfzehn Jahren, die ihr viel länger vorkamen, die lateinischen Ausdrücke vernahm, sagte sie sich, daß sie nur bedeutungsloses Gerede waren, das nichts zu tun hatte mit Dolores Taverner, der Herrin von Priory House in Tilsbury.

Doch als der Priester sich vom Bett abwandte und auf die stille Frau zuging, die in der Tür stand, sah er, daß ihr Tränen über das Gesicht strömten.

»Wollt Ihr die Beichte ablegen, meine Tochter?« fragte er.
»Gewißlich nicht.«
»Dann laßt mich Eure Kinder segnen.«
»Nein. Sie haben nichts damit zu tun.« Pater Perry setzte zu einer Entgegnung an, doch sie fuhr fort: »Kommt mit nach unten, Master Perry, ich lasse Euch etwas zu essen und zu trinken bringen.«
Als sie allein waren, trug ihr Pater Perry erneut sein Ansinnen vor, daß sie die Beichte ablegen solle. Sie hatte das geahnt, und um ihn abzulenken, sagte sie: »Seit langer Zeit seid Ihr der erste Priester, der dieses Haus betritt.«
Er nickte. »Es gab hier einmal eine Priesterhöhle, meine ich, und einen Geheimgang zu einer Ruine.«
»Der wurde schon vor Jahren zugeschüttet«, erwiderte sie rasch.
»Das muß geschehen sein, nachdem man Pater Tellam verschleppte. Wußtet Ihr, daß seine Verfolger ihn holten, als er hier im Hause die Messe abhielt?«
»Die Geschichte ist mir geläufig, doch ich wußte seinen Namen nicht.«
Das gefährliche Leuchten in den Augen des Priesters wurde stärker. »Pater Tellam nahm ein ruhmreiches Ende. Er ist einer der gesegneten Märtyrer. Wir beten alle darum, für Gott sterben zu dürfen.«
»Ein ruhmreiches Ende? Erhängt und dann halb lebend vom Galgen geschnitten zu werden? Aufgeschlitzt zu werden … das heiße ich nicht ein ruhmreiches Ende, sondern eine schreckliche Vergeudung von Menschenleben.«

»Kein Leben, das Gott geweiht war, ist vergeudet.« Er knabberte an einem Stück Käse, doch er war zu aufgewühlt, um sich dem Essen widmen zu können. »Pater Tellam war einer der Besten unseres Ordens. Er hatte sein Leben der Fürsorge der Kinder und der Pflege der Kranken verschrieben. Um so tragischer war es, daß er von einem Kind verraten wurde.«

»Einem Kind?«

»Ich glaube, es war eines der Kinder, das seinerzeit hier lebte. Der Verfolger hatte mit unrechten Mitteln das Vertrauen des Jungen gewonnen und ihn angehalten, zu verraten, wann der Pater im Hause die Messe abhalten werde. So wurde Pater Tellam gefaßt. Der Vater des Jungen wurde eingekerkert. Man hätte ihn gewiß freigelassen, doch er erkrankte an der Pest und starb binnen einer Woche.«

»Ja, diesen Teil der Geschichte kenne ich. Erinnert Ihr Euch an den Namen des Kindes?«

Der Priester schüttelte den Kopf. Es könnte Josiah gewesen sein, dachte Dolores, er oder sein älterer Bruder. Josiah war acht oder neun Jahre alt, als sein Vater im Gefängnis starb. Sie entsann sich, daß man ihr einmal gesagt hatte, Bekehrte seien immer frömmer als jene, die ihrem Glauben von Geburt an angehörten. Wenn Josiah in seiner Kindheit den römisch-katholischen Glauben verraten hatte, mochte sein lebenslanger Eifer für die Sache der Protestanten in Europa dort herrühren. Es kam einem Versuch gleich, die Schuld wettzumachen. Hatte Nona nicht gesagt, daß Josiah sich vor dem Bösen in sich fürchte? Wenn er die Schuld trug am Tod seines Vaters, hatte er wahrlich Anlaß für diese Furcht.

»Ich weiß, daß Pater Tellam am Ende all seinen Verfolgern vergab«, sagte Pater Perry ehrfürchtig.

»Zweifellos. Wenn er das Martyrium so begehrte, mußte er ihnen geradezu dankbar sein.«

Diese Bemerkung schien den Priester zu verärgern, doch er erwiderte ruhig: »Ihr scheint mir sehr beunruhigt, Kind. Legt die Beichte ab und –«

»Nein, Pater.« Dolores warf ihm ein sonderbares Lächeln zu. »Das ist nicht vonnöten. Ich führe ein so untadeliges Leben, allein hier mit meinen Kindern und meinen Pflichten, ich habe nichts zu beichten. Wenn ich ein schreckliches Verbrechen begangen hätte, wäre ich wohl dankbar für Eure Dienste. Mord, beispielsweise. Welche Buße würdet Ihr mir auferlegen, wenn ich einen Mord begangen hätte?«

»Wir sind nicht hier, um über ersonnene Verbrechen zu sprechen.«

»Doch vielleicht ist es nicht ersonnen, Pater. Vielleicht habe ich jemanden getötet. Es ist Euch untersagt, weiterzugeben, was Ihr bei der Beichte vernehmt, ich hätte demnach keine Enthüllung zu fürchten. Ich könnte ganz ungehemmt zu Euch sprechen, nicht wahr, Pater? Und wenn Ihr Euch die Einzelheiten meiner gräßlichen Tat angehört hättet, wüßtet Ihr, was zu tun sei, nicht wahr? Nur ein paar Worte der Absolution, ein oder zwei Bußen, und ich wäre auf ewig frei von dieser Last. Oh, wie einfach das klingt, nicht wahr, Pater Perry? Nur ein kleiner Mord, das war alles.«

Pater Perry kam zu dem Schluß, daß Mistress Taverner vermutlich ein wenig außer sich war und ihr Gespräch wenig ergiebig sein würde. Er erhob sich und wandte sich

zum Gehen; die Erfrischungen hatte er kaum angerührt. Die Frau blickte ihn verachtungsvoll an.
Bevor er das Haus verließ, griff er in seine Tasche und nahm ein kleines, schön geschmiedetes silbernes Kreuz heraus.
»Gott segne Euch, mein Kind«, sagte er sanft, »und möge er Euch seine Güte nahebringen. Nehmt dies ... und bewahrt es auf als Erinnerung an den Glauben, in dem Ihr geboren wurdet und in dem Ihr, so Gott will, eines Tages sterben werdet. Möge es Eure Gebete leiten.«
Ich bin nicht Euer Kind, dachte Dolores aufgebracht, und wollte ihm das Kreuz zurückgeben. Doch als sie das kühle Metall in ihrer Hand spürte, dachte sie an ihr Gebet. Lieber Gott, hauchte sie, mach, daß Hauptmann Sutton unversehrt wiederkehrt.

Nona war unruhig. Jinny hatte man zu Bett geschickt. Ein grünlicher Abglanz des Tageslichts schillerte noch am Himmel, doch es war schon spät, und die Patrouille war nicht zurückgekehrt. Dolores stand am halbgeöffneten Fenster und trommelte mit den Fingern auf das Sims.
»Was ist los mit dir?« fragte Nona gereizt. »Du bist so ruhelos wie eine Katze.«
»Nichts.«
»Wo ist Philip? Ich will Philip sehen. Habe ich dir schon einmal gesagt, daß er deinem Vater wie aus dem Gesicht geschnitten ist?«
»Er schläft. Es ist schon spät.«
»Dann weck ihn und bring ihn her.«
Dankbar für jede Ablenkung, überquerte Dolores den

Flur und betrat das Zimmer, in dem Philip schlief. Es war noch immer hell genug, um ohne Kerze auszukommen. Der Kleine lag auf dem Rücken, die Arme aufs Kissen gelegt, alle viere von sich gestreckt wie ein Hündchen. Seine langen dunklen Wimpern zeichneten sich auf seinen blassen Wangen ab. Die Liebe, die Dolores für dieses, das schönste ihrer Kinder, empfand, durchströmte sie und vertrieb die Rastlosigkeit.

Er war augenblicklich wach, als sie ihn weckte. »Ist die Patrouille noch nicht zurück? Ist Hauptmann Sutton etwas zugestoßen? Wird gekämpft?«

»Nein, nein, Philip. Nona will dich sehen.«

»Warum? Stirbt sie schon?«

»Tst. Was für eine Frage.« Sie nahm ihn bei der Hand und führte ihn zum Bett der Großmutter. Ein Lächeln erhellte Nonas Züge, als sie ihn sah.

»Schau ihn dir an!« rief sie auf spanisch. »Der kleine Spanier. Man würde doch nicht glauben, daß er Josiahs Sohn ist, oder? Er ist Miguel, wie er leibte und lebte.«

Dolores lächelte und antwortete in derselben Sprache. »Er ist aufsässiger als die anderen drei zusammen.«

»Ja, kein Wunder. Dein Vater war auch so. Und er hier wird nicht wenige Herzen brechen und eine Menge Unfrieden stiften.«

»War mein Vater ein Herzensbrecher?«

»Spielt das noch eine Rolle? Er ist seit fünfzehn Jahren tot.« Sie wandte sich zu Philip und sprach ihn auf englisch an. »Du darfst niemals vergessen«, sagte sie eindringlich zu ihm, »daß spanisches Blut in deinen Adern fließt.«

Philip sah sie mit großen Augen an. »Ich habe heute Blut gesehen«, sagte er, »ganz viel. Mabs' Bruder John hat sich

mit einer Axt in den Fuß gehackt, und das Blut spritzte aus dem Schuh.«
Nona kicherte. »Nun, beim nächstenmal, wenn du blutest, denkst du daran, daß das Blut, das herauskommt, zur Hälfte spanisch ist, das ist alles.«
»Verwirr ihn nicht, Nona. Er mag eine Fremde zur Mutter haben, doch er ist gebürtiger Engländer.«
»Was für ein Jammer«, murrte Nona. »Ich gehe ohnehin bald heim. Doch ich werde den kleinen Racker vermissen.«
Philip sagte ernsthaft: »Mabs hat Elfenlichter im alten Kloster gesehen. Sie sagt, morgens seien am Fluß Fußabdrücke, viel zu klein für Menschenfüße. Sie meint, die stammen von dem Elfenvolk, das sich der Grauen Frau angenommen hat und ...«
»Hör mir auf mit diesem Unsinn.«
»Komm, Philip. Nona ist jetzt müde.«
Philip gab nicht so leicht auf. »Gerard hat versprochen, daß er in diesem Sommer ein Ringelnatternest für mich findet.«
»Sag Nona gute Nacht, Pip. Ich bringe dich zurück in dein Bett.«
Doch der unerwartete Besuch hatte Pip hellwach gemacht, und als es Dolores gelungen war, ihn wieder zu beruhigen, war es dunkel geworden. Sie kehrte zu Nonas Bett zurück. Die alte Frau schlief fest. Dolores hielt sich dazu an, sich auszuruhen, wenn sie die Gelegenheit hatte, doch die Unruhe ergriff erneut Besitz von ihr, heftiger noch als zuvor. Sie ging in ihr Zimmer und blickte hinaus in die Frühlingsnacht. Warum blieben sie so lange aus? Sonst war die Patrouille immer in der Dämmerung

zurückgekehrt. Sie horchte angestrengt, doch sie vernahm nur die nächtlichen Geräusche im Garten. Mehrfach glaubte sie, Pferdegetrappel zu hören, eilte zu dem Fenster, das auf die Straße ging, und spähte hinaus. Doch jedesmal hatte sie sich geirrt. Sie dachte an Philip und seine Elfenlichter in der Klosterruine, und sie sann darüber nach, ob es womöglich auch Geisterreiter gab, die mit ihren leisen Geräuschen jene quälen wollten, die vergeblich warteten und Ausschau hielten ...

Und dann gab es keinen Zweifel. Das Hufgetrappel müder Pferde, die in einen raschen Trab verfielen, als sie die Nähe des Stalles spürten. Ihre Augen hatten sich so an die Dunkelheit gewöhnt, daß sie die Reiter sofort erkannte, als sie sich Priory House näherten. Dann löste sich eine Gestalt aus der Gruppe, und sie vernahm, wie Stephen seinen Männern eine gute Nacht wünschte, hörte ihre müde Erwiderung, und sie wandte sich um und rannte die Treppe hinunter und durch die Küche, wo sie dem Küchenjungen einen Knuff versetzte und ihm auftrug, etwas zu essen und Wein für den Hauptmann zusammenzustellen, und dann lief sie auf den Hof hinaus, wo Stephen gerade seinen Reitknecht rief, damit er sich um sein Pferd kümmerte. Er kam aus dem Stall, als er ihrer gewahr wurde.

»Ist etwas nicht in Ordnung, Mistress Taverner?«

Sie blieb unvermittelt stehen. »Ihr kamt so spät. Ich dachte, es sei vielleicht ein Unglück geschehen ...« Ihr Tonfall war ungewöhnlich barsch.

Er ging langsam auf sie zu. »Wir hatten einen langen Tag und haben unserem Freund Massey mächtig zugesetzt. Zum Glück sind wir allesamt unverletzt.«

Dolores wandte sich wortlos ab und ging ihm rasch voraus in die Küche, wo der Junge schlaftrunken Wein und Essen zusammentrug. Sie klang noch immer zornig, als sie zu Stephen sagte: »Dann seid Ihr gewiß hungrig. Begebt Euch ins Speisezimmer, ich bringe Euch etwas.« Dann fuhr sie zu dem Küchenjungen herum und rief ärgerlich aus: »Nein, nicht dieser Wein, du Dummkopf. Laß, ich mache es selbst.«

»Macht Euch keine Umstände meinetwegen«, sagte Stephen. »Ich bin so hungrig, daß ich Schwarzbrot essen würde.«

»In meinem Hause müßt Ihr das nicht. Geht, macht es Euch bequem, ich bin gleich bei Euch.«

Erschöpft sann Stephen darüber nach, womit er Mistress Taverner gekränkt haben könnte – denn sie schien ihm zornig –, nahm eine Kerze und begab sich ins Speisezimmer. Kaum hatte er sich auf dem hohen Stuhl am Kopfende der Tafel niedergelassen, als ihn auch schon die Müdigkeit überkam. Jeder einzelne Muskel schmerzte. Er warf seinen Hut auf den Tisch und strich sich durchs Haar. Er fühlte sich, als habe er seit Tagen nur Staub zu sich genommen. Er erwog, seine Stiefel auszuziehen, doch da Mistress Taverner ihm das Essen selbst servieren wollte, entschied er sich dagegen. Überdies fehlte ihm die Kraft dazu. Er lehnte den Kopf an die Stuhllehne und schloß die Augen.

Als Dolores kurz darauf mit einem Tablett in den Händen die Tür mit dem Fuß aufschob, glaubte sie, der Hauptmann schliefe. Sie zögerte, stellte das Tablett behutsam ab, um ihn nicht zu stören. Sein Gesicht und sein Haar waren staubbedeckt und seine Kleider schmutzig.

Sie spürte einen Anflug von Zärtlichkeit, dann sah sie den grellen Blutfleck an seinem Hemdkragen und platzte heraus: »Schaut Euch nur an! Und Ihr sagt mir, daß keiner verletzt sei!«
Ohne den Kopf zu erheben, schlug Stephen die Augen auf. Es war offensichtlich, daß Mistress Taverner aus irgendeinem Grund aufgebracht war. Er seufzte. Der Tag war anstrengend genug gewesen; er legte keinen Wert auf zusätzliche Mühen.
Er sagte: »Ihr solltet mich beglückwünschen, Mistress Taverner. Ich hatte teuflisches Glück. Die Kugel war so nah, daß sie mich am Ohr gestreift hat. Hätte ich in diesem Augenblick den Kopf gedreht, wäre sie zweifellos in mein Gehirn eingedrungen.«
»Oh!« Dolores sank in einen Sessel. »Sich solcher Gefahr auszusetzen, und für was? Hier, nehmt Euch Wein. Eßt.«
»Ich danke Euch.«
»Ich werde Wasser holen und die Wunde säubern. Die Gefahr, daß sie sich entzündet, besteht immer.«
»Macht Euch keine Mühe.« Er betastete sein Ohr. »Ich glaube, es wird von selbst heilen.«
»Woher wollt Ihr das wissen?« fragte sie mit erhobener Stimme. »Ihr seht die Wunde ja nicht einmal. Mein Harry wäre vernünftiger als Ihr. Wie ist es geschehen?«
Stephen trank einen kräftigen Schluck Wein, dann sagte er: »Wir hatten vernommen, daß Cromwells Männer zur Garnison in Gloucester stoßen wollten. Wir haben ihnen fünfzehn Meilen nördlich davon aufgelauert. Es waren mehr, als wir angenommen hatten, fünfzig Mann, schätze ich.«

»Doch Ihr wart nur zu zehnt!«
»Vierzehn. Wir waren im Vorteil, weil wir sie unvorbereitet trafen und das Gelände sich gut für einen Überfall aus dem Hinterhalt eignete. Etwa zwölf von denen haben wir getötet und einige verwundet. Sie müssen geglaubt haben, daß wir eine große Truppe sind, denn wir haben sie noch den halben Weg zurück zu Cromwells Heer verfolgt.«
»Und da wurdet Ihr angeschossen?«
Stephen nickte. »Aber nicht von ihnen. Masseys Männer hatten die Verstärkung erwartet, und es gelang uns nur knapp, unsererseits einem Hinterhalt zu entgehen. Doch wir sind entkommen, Gott sei Dank.«
Während Stephen sprach, verflog seine Müdigkeit; seine Begeisterung war ansteckend, und zum erstenmal begriff Dolores, daß der Kampf wohl auch eine Art Abenteuer darstellte.
Angewidert wandte sie den Kopf ab. »Will Dower ist heute morgen zurückgekehrt und wollte Euch sprechen. Er ist noch dreimal hier gewesen heute abend. Wir konnten uns nicht denken, weshalb Ihr Euch so verspätet.«
»Ich werde morgen früh mit ihm sprechen. Es ist gewiß nicht so eilig.« Er bemühte sich, beruhigend zu wirken, und fragte dann behutsam: »Ist Eure Großmutter heute wohler?«
Sie erhob sich. »Nein. Sie wird nicht mehr genesen. Doch ihr Zustand hat sich nicht verschlechtert. Heute abend wollte sie Philip sehen.« Sie wußte nicht, warum sie das erwähnte.
»Philip?«
»Ja. Sie sagte, er erinnere sie an meinen Vater. Ich glaube,

sie hatte meinen Vater sehr gern.« Dolores merkte, wie ihr unversehens die Tränen in die Augen stiegen.

»Das tut mir leid.«

Sie fuhr herum. »Warum solltet Ihr Bedauern heucheln? Ihr seid doch selbst so dumm und zieht los und laßt Euch verletzen und die ganze Zeit muß ich hier ...«

Sie verstummte. Stephen starrte sie an. Sie wußte nicht, was sie sagen wollte, spürte nur, daß sie noch immer zornig war und zitterte. Und dann begriff Stephen unversehens den Grund für ihren Zorn; er sah es ihren Augen an, als sie auf ihn herunterstarrte. Ein jungenhaftes Lächeln trat auf sein Gesicht, und er sagte sanft: »Mistress Taverner, sorgt Euch bitte nicht um mich.«

Sie starrte ihn fassungslos an. »Ich? Warum sollte ich –«, dann verstummte sie und starrte ihn weiterhin an. Die Röte stieg ihr ins Gesicht.

Stephen bemühte sich, ernst zu bleiben, doch er vermochte sein Lächeln nicht zu unterdrücken. Ausnahmsweise war ihr Zorn Quell reiner Freude für ihn.

Dolores holte Luft, als wolle sie etwas erwidern, dann wandte sie sich um und rauschte hinaus, ohne ein weiteres Wort zu verlieren.

17

Der Himmel war grau am nächsten Morgen und die Luft mild. Ein Morgen wie in Cornwall, dachte Stephen heiter, als er sich an die Arbeit machte. Will Dower hatte ihm die gute Nachricht übermittelt, daß König Karl und die Soldaten, die in Oxford den Winter zugebracht hatten, in Stow-on-the-Wold zu Prinz Ruprechts Heer gestoßen waren. Die Männer, die Stephen ausgebildet hatte, gehörten nun einem Heer von elftausend Soldaten an, und Will Dower schilderte begeistert, wie eindrucksvoll sie ausgesehen hatten. Doch eine große Truppe Parlamentsanhänger schien das Hauptquartier der Königstreuen in Oxford zu bedrohen. Stephen unterschätzte die Anforderungen nicht, die sie in diesem Sommer zu bewältigen hatten, doch an diesem Morgen war er hoffnungsfroh: Im Krieg wie im Leben schien ihm alles möglich. Der Blick in Mistress Taverners dunklen Augen, als sie ihn am Abend zuvor gescholten hatte, weil er sich der Gefahr aussetzte, bewies ihm, daß Wunder möglich waren.

Seine Männer nahmen an, daß seine gute Stimmung der erfolgreichen Patrouille vom Vortag zu verdanken war. Stephen wußte, daß sie in Kürze mit Vergeltung seitens Masseys Männern zu rechnen hatten, und er schärfte den Wachen ein, besonders achtsam zu sein.

Auch Dolores wachte, doch auf ganz andere Art. Nona

schlief nun tiefer, sie war nur noch selten bei Bewußtsein, und das Atmen bereitete ihr zusehends Mühe. Im Laufe des Vormittags riß der Besucherstrom nicht ab; viele Menschen wollten sich von ihr verabschieden. Mabs und die anderen Dienstboten geleiteten einen Gast nach dem anderen zu ihr, und im Haus herrschte gedrückte Stimmung. Nachmittags brachte man die Kinder auf ihre Zimmer. Beth und Philip weinten ungehemmt; Beth, weil sie untröstlich war über den nahenden Verlust ihrer Großmutter, Philip, der das alles nicht wirklich begriff, weinte, weil ihn der Kummer seiner Schwester ansteckte. Doch Dolores litt am meisten mit Harry, der seine Trauer mit Gleichgültigkeit tarnte. Schließlich nahm sie ihn beiseite und sagte zu ihm: »Trauer ist keine Schande, Harry. Selbst Hauptmann Sutton hat geweint, als sein Freund Jack starb.«
Harry stieß lediglich mit dem Fuß gegen eine Truhe und sagte obenhin: »Vater würde nicht weinen. Ich gehe jetzt reiten. Sieh lieber nach Beth und Pip«, und, vor sich hin pfeifend, ging er hinaus.
Jinny wich der alten Frau kaum von der Seite. Obwohl das Mädchen offenbar glücklich war, sich als Pflegerin betätigen zu dürfen, war Dolores beunruhigt. Sie fürchtete, daß die Kleine Nona zu sehr ins Herz schloß und dann schrecklich leiden würde. Am späten Nachmittag sagte sie behutsam zu ihr: »Du weißt, daß Nona sterben wird, nicht wahr?«
»Ja, Ma'am.« Jinny blickte flehend zu ihr auf. »Meine Großmutter war auch so, als es mit ihr zu Ende ging. Sie war der einzige Mensch, der jemals gut zu mir war. Ich helfe der alten Dame gern. Bitte schickt mich nicht fort.«

»Gut, dann wechseln wir uns ab mit der Aufsicht.«
An diesem Abend schlief Dolores als erste ein auf dem kleinen Rollbett. Sie hatte gehört, wie sich die Tür von Hauptmann Suttons Zimmer schloß, und fühlte sich wie immer gleichzeitig beruhigt und rastlos. Draußen hatte es zu regnen begonnen, und das sanfte Plätschern überdeckte Nonas mühsames Atmen. Doch trotz ihrer Erschöpfung schlief Dolores nicht fest und wurde wie immer von bösen Träumen verfolgt. Sie erwachte mit einem Ruck und sah Jinny, die sich ängstlich über sie beugte.
»Ist alles in Ordnung mit Euch, Ma'am? Ihr habt alles mögliche geredet im Schlaf.«
»Geredet?« Dolores' Mund war trocken.
»Ja, Ma'am.«
Sie versuchte, sich an ihre Träume zu erinnern, doch sie entzogen sich ihr. »Hast du irgend etwas – verstanden?« Sie bemühte sich um einen beiläufigen Tonfall, doch ihre Stimme klang angestrengt.
»Nur etwas von einem Messer, das jemand versteckt hat, der den Leuten sagte, sie sollen weggehen. Es ergab keinen Sinn, aber Träume sind auch sonderbares Zeug, wie?«
Dolores sagte leichthin: »Ich habe ihnen niemals viel Bedeutung beigemessen.«
»Ich habe Angst vor meinen. Einmal hat Major Darbier mich und meine Brüder angeschrien, und nachts habe ich geträumt, ich würde ihn töten. Und dann zwei Tage später ist er wirklich ermordet worden, wie in meinem Traum. Es kam mir beinahe vor, als sei mein Traum dran schuld gewesen.«
Dolores fröstelte unversehens. Hatte dieses Mädchen

womöglich die wirklichen Umstände von Major Darbiers Tod erraten? Wollte es ihr mit seinem unschuldigen Geplauder ein Geständnis entlocken? Ihr Gesichtsausdruck war ohne Falsch. Vielleicht fürchtete Jinny tatsächlich, daß ihre Träume zum Tode des Majors beigetragen hatten.

Dolores sagte kühl: »Du magst eine Vorahnung gehabt haben.«

»Was ist das?«

»Wenn man etwas erahnt, bevor es stattfindet.«

Jinny nickte. »Meine Großmutter hatte das immer.«

»Doch eine Vorahnung ist nur ein Gefühl; es hat keinen Einfluß auf die Zukunft. Du brauchst dir keine Sorgen zu machen wegen Major Darbiers Tod.«

»Das ist gut. Ich möchte keinen Mord auf dem Gewissen haben.«

Dolores schauderte. »Nein«, erwiderte sie.

»Ich verstehe immer noch nicht, wie Tully sich befreien und ihn dann töten konnte. Die Soldaten haben geschworen, daß sie ihn ganz fest gefesselt hätten.«

»Jinny, du bist fürchterlich schwatzhaft. Du mußt dich nun ausruhen. Ich sehe nach Nona.«

»Ja, Ma'am.«

Jinny streckte sich auf dem kleinen Bett aus und schien nach wenigen Minuten eingeschlafen zu sein. Dolores konnte sich des Gefühls nicht erwehren, daß Jinny einen verborgenen Grund für ihre Äußerungen hatte. Welches Geschwätz über den Tod des Majors mochte dem Kind zu Ohren gekommen sein? Hatte sie selbst sich im Schlaf verraten? Wie sollte sie jemals wieder ruhig ein Auge zutun, wenn die Gefahr bestand, daß sie ihr Geheimnis

preisgeben würde? Womit mochte sie den Argwohn des Kindes geweckt haben? Sie betrachtete Jinnys Gesicht im Schein der Kerze, und zum erstenmal meinte sie, einen Hauch von Tücke um ihren Mund zu entdecken.
Dann atmete Nona schwer, und Dolores vergaß ihre eigenen Sorgen und setzte sich ans Bett der Großmutter. Sie hatte Jinny an diesem Tag gesagt, daß Nona sterben würde, doch bis zu diesem Augenblick hatte sie selbst nicht daran geglaubt. Das Gesicht, das auf den Kissen ruhte, war so würdig und gelassen, strahlte jene besondere Schönheit des Alters aus.
Sie trauerte, nicht um Nona selbst, sondern um sich und die Kinder, denn in Bälde würden sie einsamer sein als je zuvor. Sie strich Nona das weiße Haar aus der Stirn und hob ihre leichte Hand an ihre Wange.
»Du wirst mir fehlen, Nona«, sagte sie leise, »nie hätte ich ohne dich überlebt.«
Nonas Lider flatterten, und sie sah zu ihr auf. »Dolores?«
»Ich bin hier.«
Der Anflug eines Lächelns lag auf Nonas Gesicht. Stille trat ein, eine große, ernste Stille, und nur draußen plätscherte der Regen. Tränen standen Dolores in den Augen, als sie Nonas magere Hand umdrehte und ihre Handfläche küßte.
»Danke, Nona …«
Aus der Ferne war ein Geräusch zu vernehmen, das einem Schuß ähnelte. Dolores vernahm ihn, dann folgte ein weiterer und noch einer, doch das Knallen störte sie nicht aus der Ruhe auf, die sie umhüllte. Nona atmete keuchend. Und dann, wie aus einer anderen Welt, war

das Läuten der Kirchenglocke zu vernehmen, und die Schüsse waren unversehens ganz nah.
Jinny fuhr hoch. »Was ist das? Was geschieht hier?«
»Schsch, Jinny, Nona ist wach. Störe sie nicht.«
»Aber die Glocken –!«
Die Schüsse waren am Ende der Straße angelangt. Auf dem Dachboden waren Mabs und Ellen erwacht und kreischten entsetzt; auf der Treppe polternde Schritte; Pferdegetrappel auf der Straße. Überall in der Stadt stolperten Soldaten aus ihren Quartieren und beeilten sich, den Angriff abzuwehren. Kein noch so kleines Geräusch entging Dolores, doch es kam ihr vor, als finde all das in einer ganz anderen Zeit an einem anderen Ort statt. Die Haustür fiel zu, Hauptmann Sutton schrie seinen Männern Befehle zu, als die feindlichen Reiter über sie hereinbrachen. Und Nonas Hand, leicht wie ein welkes Blatt, ruhte an ihrer Wange, und die Stille ihres Sterbens umgab sie.
Ohne sich umzuwenden, sagte Dolores zu Jinny: »Es ist Zeit, Jinny. Weck die Kinder und bring sie hierher. Dann sag Mabs und den anderen, sie sollen in der Küche bleiben, bis die Gefahr vorüber ist. Mach schnell.«
Jinny eilte hinaus. Dolores hörte, wie sie ihre Anweisungen den verängstigten Dienstboten übermittelte.
Ein Lächeln lag auf dem uralten Gesicht. »Wir haben einen weiten Weg hinter uns, nicht wahr?« murmelte Nona.
Dolores nickte, und eine Träne rollte ihr über die Wange. Sie schniefte.
»Ich gehe zurück«, sagte Nona.
Nun hörte man vor dem Haus einen Schußwechsel, vor

ihrem Tor wurde gekämpft. Ein Pferd schrie getroffen auf, Männer riefen, andere stöhnten laut vor Schmerzen. Dann schlug eine verirrte Kugel in ein Fenster im Untergeschoß ein. Glas klirrte, Ellen begann zu schreien, und Harry und Beth kamen hereingerannt.
»Was ist das?«
»Ich habe Angst!«
Selbst Harry ließ es zu, daß Dolores ihm den Arm um die Schultern legte, als sie ihn zum Bett ihrer Großmutter zog. »Setzt euch, wir bleiben bei Nona. Wir sind in Sicherheit, sorgt euch nicht. Schaut, wie friedlich Nona ist.«
Die beiden Kinder kauerten neben dem Bett und betrachteten Nona ehrfürchtig. Sie atmete nur noch so selten, daß Beth immer wieder dachte »nun ist sie gestorben«, doch dann füllte sich die Lunge erneut. Harry vermochte den Blick nicht abzuwenden; er wollte wissen, ob es einen ganz bestimmten Augenblick gab, in dem ein lebender Mensch zur Leiche wurde. Würde er sehen, wie ihre Seele aus ihrem Leib entwich? Woher wußte man, wann es soweit war?
Nona war ihrer Anwesenheit gewärtig. »Brave Kinder«, murmelte sie. Nach und nach ging der Frieden von Nonas Abschied auch auf die beiden Kinder über, und sie saßen ganz still und furchtlos da, während die Kämpfe vor dem Haus an Heftigkeit zunahmen und sich am Himmel das erste Licht des neuen Tages ankündigte. Erst als ein Schuß unmittelbar vor ihrem Fenster knallte, zuckte Beth ein wenig zusammen und warf ihrer Mutter ein unsicheres Lächeln zu.
»Nona hört das nicht mehr, oder?«

Dolores schüttelte den Kopf.
Nona lächelte noch immer, ein fernes Echo ihres einstigen durchtriebenen Kicherns. Dann murmelte sie: »Ich nehme das Kind mit mir.«
Nun blickte Harry seine Mutter an. »Warum hat sie das gesagt?«
»Sie ist in Gedanken woanders.«
Bis Nona wieder atmete, verging eine lange Zeit. Im Zimmer herrschte völlige Stille, während draußen auf der Straße Pferde davongaloppierten, die Schüsse allmählich entfernter klangen. Die Kirchenglocken verstummten, und ein unheimliches Schweigen senkte sich über die Stadt.
Da wandte sich Beth zu ihrer Mutter und fragte: »Wo ist Pip?«

Ihre harmlose Frage war erschütternder als jeder Schuß.
Dolores blickte verwirrt um sich.
»Ich hatte Jinny aufgetragen, ihn zu holen.«
»Vielleicht schläft er«, bemühte Harry sich, sie zu beruhigen. »Er ist gewiß wütend, weil er alles versäumt hat.«
Doch Dolores war schon aufgesprungen. »Rasch, sag den Dienstboten Bescheid. Sucht ihn!«
Ihr Kopf hämmerte, als sie über den Flur in Philips Zimmer stürmte. Als sie das Bett leer vorfand, stieß sie einen verzweifelten Schrei aus und rannte zum Fenster. Es dämmerte, und die Folgen des Angriffs waren nicht zu übersehen: Vor ihrem Tor lagen mehrere tote Pferde, bei der rußschwarzen Ruine von Mutter Crews Haus halfen O'Rourke und ein anderer Mann einem Verwundeten auf die Füße. Doch weit und breit keine Spur von Philip.

»Nein!« stöhnte sie. »Herr im Himmel, nein. Nicht Philip!«
Vor dem Schlafzimmer stieß sie mit Mabs zusammen. Sie trug noch ihr Nachthemd, und Tränen strömten ihr über das Gesicht. »O Mistress Taverner, er muß hinausgelaufen sein, als niemand es bemerkt hat. Ich hab' ihn nicht gesehen, keiner hat ihn gesehen, wir hätten ihn doch festgehalten. Die Männer sind jetzt weg, aber, oh, wenn ihm etwas zugestoßen ist ...«
»Schweigt, dummes Weib!« Dolores war außer sich vor Zorn. »Sucht ihn! Steht nicht herum und jammert, sucht ihn!«
Mabs schluchzte laut auf und schlurfte die Treppe hinunter. Im ganzen Haus herrschte Aufruhr. Man hatte einen Verwundeten in die Küche gebracht, doch keiner kümmerte sich um ihn, als sich die Kunde von dem vermißten Kind wie ein Lauffeuer verbreitete. Harry hatte sich seine Hose übergestreift und durchsuchte die Ställe, Beth sank gänzlich verstört auf eine Truhe am Treppenabsatz und rührte sich nicht mehr. Sogar der Säugling war aufgewacht und schrie, weil seine Amme vor Angst geflüchtet war.
Wutentbrannt stürmte Dolores zurück in Nonas Zimmer.
»Was hast du ihm angetan?« Sie packte die alte Frau bei den Schultern und schüttelte sie. »Wo ist er? Du darfst ihn nicht mitnehmen. Das lasse ich nicht zu!«
Beth war ihr gefolgt und stand in Tränen aufgelöst in der Tür.
»Tu Nona nicht weh«, flehte sie, »sie stirbt doch.«
In diesem Augenblick war Beth ihre Mutter gänzlich

fremd. Mit verzerrtem Gesicht ragte sie über der alten Frau auf wie ein schwarzer Todesengel und beschimpfte sie.
Von unten war ein schriller Schrei zu vernehmen, dann hastige Schritte auf der Treppe, und dann schob jemand Beth beiseite und eine Männerstimme sagte: »Mistress Taverner, habt Ihr den Verstand verloren?«
Es war Stephen, wütender, als ihn jemals ein Mensch in seinem ganzen Leben erblickt hatte. Er trug nur Hemd, Hose und Stiefel, hatte nicht einmal Zeit gefunden, sein Schwert umzuschnallen oder seinen Hut aufzusetzen. Aus einer Wunde an seiner Schulter strömte Blut, und seine Hände waren blutig, doch das alles sah Dolores nicht – nur, daß er Philip auf seinen starken Armen trug. Philip in seinem Nachthemdchen, barfuß, aber lebendig und unversehrt.
Sie stieß ein erleichtertes Schluchzen aus und ließ Nona aufs Bett zurückfallen.
Stephen rief zornig aus: »Er hätte umkommen können. Seid Ihr denn außerstande, auf ein kleines Kind achtzugeben?«
Dolores brachte kein Wort hervor. Sie riß Philip an sich und drückte ihn so fest, daß der Junge sich nun zum erstenmal fürchtete. Er strampelte und wimmerte, doch Dolores wollte ihn nicht loslassen.
»Um ein Haar hätte man ihn niedergeritten«, sagte Stephen, noch immer schwer atmend. »Wenn ich ihn nicht bemerkt hätte … warum habt Ihr Euch nicht um ihn gekümmert, anstatt die alte Frau zu plagen?«
Dolores blickte ihn über Philips rabenschwarzes Haar hin an; dunkle Ringe lagen unter ihren Augen. Von trok-

kenen Schluchzern geschüttelt, sagte sie: »Nona sagte, sie nehme das Kind mit sich ... ich dachte, sie meinte Philip ... ich war so zornig und verängstigt, es war wie ein Wahnsinn ... wenn ich Philip verlieren würde, müßte ich sterben ...«

Stephen ging zum Bett hinüber und sah ein paar Augenblicke auf die alte Frau hinunter, dann strich er ihr das Haar aus der Stirn und zog die Decke zurecht. »Eure Großmutter ist tot«, sagte er schließlich. »Wußtet Ihr das nicht?«

Ohne Philip loszulassen, sank Dolores auf einen niedrigen Stuhl. Tränen strömten ihr über das Gesicht, doch kein Ton war zu hören.

Stephens Zorn verflog. Der Anblick des elfenhaften Kindes, das in seinem Hemdchen wie ein kleiner Geist zwischen den Hufen der Pferden umherirrte, hatte eine Angst in ihm wachgerufen, die er lange totgeglaubt hatte. Der Krieg peinigte den Menschen mit so vielen Tragödien und Bildern des Grauens, und wenn man gerade meinte, sie alle zu kennen, zeigte sich einem etwas, das einen erneut bis ins Mark erschütterte: ein neugieriges Kind, das seiner Mutter entkam, weil seine Großmutter im Sterben lag, und sich ins Getümmel einer Schlacht stürzte.

Stephen trat ans Fenster. Die Wolken, die nächtens den Regen gebracht hatten, zogen davon, die Sonne war aufgegangen, und Schatten tanzten auf der breiten Straße. Schon banden Männer schmutzige Seile um die Pferde, um sie zum Schlachter zu zerren. Hungrige Hunde lungerten herum und warteten darauf, das Blut auflecken zu können, bevor es in der Erde versickerte.

Er wandte sich um. Mistress Taverner klammerte sich noch immer an den Jungen wie ein Schiffbrüchiger an eine Planke. Stephens Zorn verrauchte vollends, als er der Qual in ihren Augen gewahr wurde. Er durchquerte das Zimmer, beugte sich zu ihr hinab und begann ihre Finger zu lösen.
»Die Gefahr ist vorüber«, sagte er. »Masseys Männer sind bald wieder in Gloucester. Ihrer Ehre ist Genüge getan, und sie haben Vergeltung geübt für unseren Angriff. Laßt ihn nun los.«
Philip wand sich, doch Dolores ließ ihn nicht gehen.
»Euer Junge ist in Sicherheit«, sagte Stephen fest.
Unvermittelt ließ Dolores beide Hände sinken. Philip rutschte von ihrem Schoß und wollte zur Tür laufen, als Stephen ihn an den Schultern packte.
»Nicht so eilig«, sagte er. »Zuerst hörst du mich an. Du wirst *niemals wieder* davonlaufen, hast du mich verstanden? Falls es mir je zu Ohren kommt, daß du dem zuwiderhandelst, wirst du mir Rede und Antwort stehen müssen. Habe ich mich verständlich ausgedrückt?«
Philip war zumindest fürs erste eingeschüchtert, vielleicht, weil Stephen in dem Tonfall mit ihm sprach, der sonst besonders aufsässigen jungen Soldaten vorbehalten war, und er nickte. Dolores sah ihm nach, als er das Zimmer verließ, dann erhob sie sich und ging zum Bett hinüber. Eine Weile stand sie da und blickte auf das stille Gesicht ihrer Großmutter hinunter.
»Nona ist tot«, sagte sie schlicht. »Ich dachte, sie wolle Philip mit sich nehmen. Ich hätte es nicht ertragen, ihn zu verlieren.«
Stephen wußte nichts zu erwidern.

Sie ließ sich auf der Bettkante nieder und lächelte wehmütig. »Es ist doch sonderbar, nicht wahr«, sagte sie. »Immer hat Nona uns getröstet in schwierigen Zeiten. Und nun brauchen wir sie um so mehr, und niemand –« Sie brach ab und wandte den Kopf ab, um ihre Tränen zu verbergen.

Stephen trat einen Schritt auf sie zu, dann blieb er stehen. Beide hatten Beth vergessen, die in stummem Entsetzen in der Tür verharrte, seit Stephen mit Pip hereingekommen war. Nun ging sie zu der freien Fläche vor dem Fenster hinüber. Sie trug noch ihr Nachthemd, ihr Haar war zerzaust und ihr Gesicht tränenverschmiert. Sie blickte starr zu ihrer Mutter hinüber, begann Fetzen einer Melodie zu summen und scharrte unbeholfen mit den Füßen. Dann schien sie Vertrauen zu gewinnen: Sie richtete sich hoch auf und warf den Kopf zurück, wie sie es oft bei den beiden Frauen gesehen hatte. Sie sang kräftiger, und wenngleich die Worte keinen Sinn ergaben, nur den Lauten nachgebildet waren, die sie vernommen hatte, so waren Rhythmus und Melodie des Liedes doch unverkennbar.

Dolores hatte ihr zugesehen, zu verblüfft, um sich rühren zu können, aber nun sprang sie unvermittelt auf und herrschte ihre Tochter an: »Wie kannst du es wagen! Du verstehst das nicht, es ist nicht dein Lied!«

Beth zuckte zusammen, als ihre Mutter die Hand erhob, um sie zu schlagen, doch sie fuhr fort zu tanzen, und Stephen fiel Dolores in den Arm. »Laßt sie doch«, sagte er. »Merkt Ihr denn nicht, daß sie Euch nur helfen will?«

Tränen quollen aus Beths Augen, doch sie war so entschlossen wie nie zuvor in ihrem Leben, und so setzte sie ihren Tanz fort, eine sonderbare kleine Gestalt, in deren fransigem rötlichem Haar sich die Morgensonne verfing, während sie die Schritte tanzte, die sie so häufig gesehen, doch nie selbst zu wiederholen gewagt hatte. Als Stephens Finger sich um ihren Arm schlossen, spürte Dolores, wie der Zorn von ihr abfiel wie eine alte, welke Haut, und beinahe wäre sie an ihn gesunken. Sie war sich nicht mehr des Kindes und seiner wirren Darbietung des alten Liedes gewärtig, noch der Leiche ihrer Großmutter, die so reglos auf dem großen Bett lag. Sie empfand nur den Druck seiner Hand und ihre endlose Sehnsucht. Stephen spürte ihre veränderte Stimmung, wenngleich keiner von ihnen sich bewegt hatte, und es gelang ihm nicht, die Hand zurückzuziehen. So standen sie da und sahen Beth bei ihrem Tanz zu, und beiden schien es, als brenne sich die Berührung tief in ihre Haut.

Ein wenig später an diesem Morgen, als wieder alltägliche Ruhe einkehrte in der Stadt und Stephen Anordnungen erteilte, um für die Pflege der Verwundeten zu sorgen, ging Ellen in den vorderen Garten, um ein paar Stengel Rosmarin zu holen. Ein paar Sekunden später vernahm das ganze Haus einen schrillen Entsetzensschrei. Beinahe wäre sie über ein dünnes Bein gestolpert, das aus Wermut- und Lorbeersträuchern hervorragte. Jinny lag dort. Eine Kugel mußte von der Hauswand abgeprallt sein und sie in die Brust getroffen haben. Sie mußte gleich gestorben sein. Feldwebel O'Rourke, der sich bei dem verwundeten Soldaten in der Küche aufhielt, wurde angewiesen, die Leiche ins Haus zu tragen. Cary hielt ihm die Tür auf, und als er eintrat, sagte sie:

»Das arme Ding muß getroffen worden sein, als die alte Dame starb, und keiner hat daran gedacht, nach ihr zu suchen.«

Beth, die mit ihrer Mutter die Treppe herunterkam, als der Feldwebel durch die Tür trat, keuchte vor Entsetzen, als sie Carys Worte vernahm. Hilfesuchend blickte sie zu ihrer Mutter auf, doch aus deren Gesichtsausdruck schloß sie, daß auch sie Jinnys Tod mit Nonas letzten Worten in Verbindung brachte. Pip, der nicht wußte, was geschehen war, aber nichts versäumen wollte, drängte sich an ihnen vorbei. Dolores nahm Beths Hand, doch sie konnte ihr keine tröstlichen Worte sagen. Mutter und Tochter wußten, daß sie dieses Rätsel ihr Leben lang nicht vergessen und niemals wirklich begreifen würden.

18

Nona und Jinny wurden in einer stillen Ecke des Friedhofs Seite an Seite beigesetzt. Beth hatte darauf bestanden, daß Jinny in ihrem besten grünen Taftkleid aufgebahrt wurde. Mabs hatte gezetert, doch Dolores hatte es nicht übers Herz gebracht, es Beth auszuschlagen. Zu Nonas Begräbnis fanden sich zahlreiche Trauergäste in der Kirche ein. Obwohl keiner in der Stadt – außer Stephen – um ihre Geschichte wußte, so gab es doch viele Menschen, die Grund hatten, sich ihrer mit Dankbarkeit zu erinnern.

Weit weniger Menschen waren bei Jinnys Bestattung am nächsten Tag anwesend. Mutter Crew wohnte der Trauerfeier mit steinerner Miene bei, und die kleinen Jungen, die bei ihr saßen, schienen eher verwirrt als bekümmert zu sein. Die restliche Trauergemeinde bestand aus Dolores mit ihren Kindern und der gesamten Dienerschaft von Priory House (mit Ausnahme der Amme und des Säuglings). Einige Gemeindemitglieder, die sich beschämt der Brandstiftung an Mutter Crews Haus erinnerten, standen im hinteren Teil der Kirche, wie auch Stephen und zwei seiner Männer. Als der Sarg danach in die Erde gesenkt wurde, umklammerte Beth fest die Hand ihrer Mutter.

»Armes kleines Ding«, sagte Mabs und schneuzte sich.

»Sie war so zufrieden mit ihrer Spinnerei, fiel niemandem zur Last.«
»Sie muß aus dem Haus gegangen sein, um Master Philip zu suchen«, sagte Cary munter. »Es kommt einem fast vor, als sei er an ihrem Tod schuld.«
Beth keuchte, und Harry blickte entsetzt Cary, dann seine Mutter an. »Pip?« sagte er. »Wie kann er schuld daran sein?«
Nur Philip blieb gänzlich unberührt von Carys Bemerkung. Er fand großen Gefallen an den vielen Würmern, die mit der Erde in das Grab geschaufelt wurden; »Sargwürmer« hatte Harry sie einmal genannt.
»Rede keinen Unsinn, Cary«, sagte Dolores scharf. »An Jinnys Tod hat der Mann schuld, der den Schuß abgab, niemand sonst.«
»Ja, hm.« Cary blickte eingeschüchtert, aber keinesfalls überzeugt.
Mabs sagte: »Vielleicht wollte die Kleine weglaufen. Vielleicht hat sie geglaubt, man würde sie bestrafen, weil Master Pip hinausgerannt war, obwohl sie keine Schuld daran trug. Wir werden es nie mehr erfahren.«
»Oh, schweigt, allesamt!« platzte Harry heraus. »Die arme Jinny ist tot, oder nicht? Es ist doch bedeutungslos, was sie getan hat, sie ist tot!« Und er wandte sich rasch ab und stapfte über den Friedhof davon, bevor jemand sehen konnte, wie groß sein Schmerz über die beiden Toten war.
Stephen stand mit den anderen Soldaten ein Stück entfernt. Es verlangte ihn danach, hinüberzugehen und mit Dolores und ihren Kindern zu sprechen, doch er untersagte es sich. Feldwebel O'Rourke begab sich zu Mutter

Crew, um ihr sein Mitgefühl auszusprechen; es hatte ihn zutiefst erschüttert, als er die Kleine tot vorfand, und seine Trauerbezeugungen waren so sichtlich aufrichtig, daß selbst Jinnys furchterregende Mutter in seiner Gesellschaft ein wenig sanfter wirkte.

Cary dagegen war so heiter und fröhlich wie immer; als O'Rourke sein Gespräch mit Mutter Crew beendete, löste sich Cary von der Gruppe der Dienstboten und ging zu ihm. Seit dem Morgen, als Jinny tot gefunden wurde, hatte sich eine eigenartige Freundschaft zwischen den beiden entsponnen: O'Rourke war sichtlich verstört gewesen, als er die kleine Leiche in die Küche brachte, und Cary, die sich von nichts so leicht erschüttern ließ, hatte sich nach Kräften bemüht, ihn zu trösten. Wie stets bestand ihr Trost jedoch vornehmlich aus Schilderungen anderer Fälle, bei denen Kinder gewaltsam zu Tode gekommen waren, wobei sie reichlich Einzelheiten einstreute, um ihre Geschichten auszuschmücken. O'Rourke war gefesselt gewesen von diesem unschuldig aussehenden Mädchen, das ihm Dinge erzählte, die so grausig waren, daß sich ihm beinahe der Magen umstülpte. Cary dagegen dachte ihrerseits, daß der Ire wohl unter diesem gewaltigen Schnurrbart recht schmuck aussehen mochte.

Unterdessen hatten alle, die O'Rourke kannten, begriffen, daß seine äußere Erscheinung nichts mit seinem Wesen gemein hatte. Er mochte aussehen wie ein wilder Heide, doch es gab in ganz Tilsbury keinen sanftmütigeren Mann. Man raunte, daß er ein graues Kätzchen gerettet hatte, das in einem Sack ertränkt werden sollte, und daß er es nun in seinem Wams mit sich herumtrug, um es zu wärmen.

Dolores sah ihm zu, wie er mit Cary sprach und dabei kummervoll zu dem offenen Grab hinüberblickte, und sie dachte, wie verkehrt die Welt doch war. Das aufrichtige Leid des irischen Soldaten entging ihr ebensowenig wie die Unbekümmertheit ihres jungen Dienstmädchens. Nichts war so gekommen, wie sie es erwartet hatte. Nonas Abwesenheit spürte sie sehr deutlich. Sie ahnte verschwommen, daß sie ihre Trauer vor sich herschob. Man befand sich mitten im Krieg, und die Menschen in ihrem Haus bedurften ihrer; sie konnte sich keinen Kummer erlauben. Doch sie wußte auch, daß sie Nona zwar lange und heftig vermissen würde, dennoch aber imstande war, der Zukunft ohne sie ins Auge zu blicken. Wäre Nona sechs oder auch nur zwei Monate früher gestorben, hätte sie ihren Tod womöglich nicht überstanden. Es gab einen merkwürdigen Zusammenhang zwischen ihrer neugewonnenen Stärke und dem Tod von Major Darbier – und auch dem Hauptmann aus Cornwall, der ein Stück entfernt von ihr auf dem Friedhof stand und sie und ihre Familie nicht aus den Augen ließ. Sie spürte unwillkürlich, daß er sich zu ihr gesellen wollte, spürte es, weil sie beide Teil eines unsichtbaren Netzes waren. Und wenngleich sie Pip an der einen Hand hielt und Beth an der anderen, hatte sie doch das Gefühl, daß ihr etwas fehlte; denn sie, für die ihre Kinder stets die Welt bedeutet hatten, wünschte sich, daß ihr auch jener Soldat zur Seite stand. Sie empfand einen Anflug von Schuld; am Tage von Jinnys Begräbnis, einen Tag nach der Bestattung ihrer Großmutter, sollte sie mit ihren Gedanken nicht bei Hauptmann Sutton sein.

»Nehmt die Kinder mit nach Hause«, sagte sie zu Mabs,

»und achtet darauf, daß Cary nichts sagt, was sie aufregt. Weiß der Himmel, sie haben wahrhaft genug Aufregung erdulden müssen in den letzten Wochen. Ich komme gleich nach.«

Entzückt über die Gelegenheit, die Kinder zu verhätscheln – und noch obendrein der aufgeblasenen Cary den Wind aus den Segeln zu nehmen –, verhieß Mabs den Kleinen köstliche Leckereien und schlurfte mit ihnen davon.

Dolores trat an Nonas Grab; sie hatte ein paar Stengel Rosmarin bei sich, und sie legte einige davon auf den beiden Gräbern ihrer gestorbenen Kinder nieder und dann auf dem neuen Grassoden auf Nonas Grabstätte. Rosmarin zur Erinnerung – doch sie und Nona hatten viel erlebt, was besser in Vergessenheit geriet. Die Geschehnisse, von denen sie Stephen erzählt hatte, waren wieder zu blassen Schatten verblichen, und das war gut so. Wenn sie ihre Großmutter vor sich sah, trug die alte Frau immer ein Lächeln auf dem Gesicht. Dabei hätte es ihr nicht an Gründen gemangelt, der Bitterkeit zu verfallen; dennoch war sie häufiger fröhlich denn traurig gewesen.

»Wie ist dir das gelungen?« sagte Dolores auf spanisch zum Geist der alten Frau. »Ich wünschte, ich hätte dich vor deinem Tode gefragt. Was war dein Geheimnis?«

In diesem Augenblick begriff sie, daß sie nun keinen Menschen mehr hatte, mit dem sie sich in ihrer Muttersprache unterhalten konnte, und eine Welle der Trauer erfaßte sie. Kurz darauf spürte sie, daß jemand zu ihr trat, sie am Ellbogen berührte. Dolores stieg die Röte ins Gesicht, als sie sich umwandte und zu Hauptmann Sutton aufblickte.

»Falls Ihr es vorzieht, allein zu sein, gehe ich«, sagte er und untersagte es sich, hinzuzufügen: Doch Ihr saht so traurig aus …
»Nein, bleibt. Es wird noch genug Gelegenheit geben, allein zu sein.«
Die letzten Trauergäste verließen den Friedhof, und die Totengräber machten sich an die Arbeit. Dolores wandte sich vom Grab ihrer Großmutter ab.
»Geht Ihr zurück zum Haus?« fragte Stephen. »Dann begleite ich Euch.«
»Ich muß mich um die Kinder kümmern und sie trösten. Sie haben in letzter Zeit zuviel Erschütterndes erlebt.«
»Das Eintreffen der Soldaten?«
»Auch, ja. Doch Euch kommt keine Schuld an Nonas Tod zu. Sie war den Kindern stets wie eine zweite Mutter; Beth wird sie wohl am meisten vermissen. Ich mache mir Sorgen um Beth, Hauptmann Sutton. Sie war immer so ein zufriedenes Kind, und nun ist sie schon bei kleinsten Anlässen völlig außer sich.«
Stephen schwieg ein paar Augenblicke, dann fragte er: »Schlafen sie und Harry immer noch mit Eurem Mädchen Cary in einem Zimmer?«
»Ja, ich glaube, ihre Anwesenheit beruhigt sie.«
»Das mag sein.« Stephen zögerte, denn es widerstrebte ihm, sich einzumischen, doch dann sagte er: »Cary ist ein aufrichtiges, gutherziges Mädchen, und sie ist Euch allen zutiefst ergeben, doch sie hat eine ungewöhnlich blutrünstige Vorstellungskraft. Ich schließe es nicht aus, daß sie ihnen Dinge erzählt, die sie erschüttern – vor allem die arme Beth. Ich weiß, daß Carys Schilderung der Greueltaten in Irland bei O'Rourke nachhaltigen Ein-

druck hinterlassen hat – und er ist als Soldat Schlimmes gewöhnt.«
Dolores sann darüber nach, runzelte die Stirn und sagte: »Wie bemerkenswert. Wißt Ihr, Hauptmann Sutton, ich glaube, Ihr mögt recht haben. Gerade eben hat Cary eine dumme Bemerkung gemacht, in der sie Pip die Schuld an Jinnys Tod gab – deshalb ist Harry davongelaufen. Oje, und ich glaubte, sie könne sie trösten. Vielleicht hat die Medizin mehr Schaden angerichtet als die Krankheit, gegen die sie wirken sollte.«
»Das kommt häufig vor.«
Sie warf ihm einen kurzen Blick zu. Seine Miene war undurchdringlich, als er neben ihr herging, immer in gebührendem Abstand. Es war schlechterdings unmöglich, in diesem hageren, ruhigen Gesicht zu lesen, doch Dolores stellte fest, daß sie sich wünschte, seine Gelassenheit möge nur oberflächlicher Natur sein; sie verdankte einen großen Teil ihrer neugewonnenen Stärke der Überzeugung, daß sie ihm am Herzen lag.
»Hauptmann Sutton«, sagte sie und verstummte. Dann blieb sie stehen. Sie kamen zum Tor des Kirchhofs, und sie sah, daß sich am Marktkreuz eine Menschenmenge gesammelt hatte – eine kleine Gruppe, die jedoch zweifelsfrei bedrohlich wirkte. Man blickte zur Ecke der Distaff Lane. Im nächsten Augenblick war ein Schrei zu vernehmen, und eine Kutsche bog um die Ecke. Als sie sich dem Marktkreuz näherte, peitschte der Kutscher gnadenlos auf die Pferde ein, aber ein oder zwei Steine verfehlten ihr Ziel dennoch nicht. Die Vorhänge an den Fenstern der Kutsche waren geschlossen; wer immer sich darin aufhielt, mußte sich mächtig fürchten. Eine Staub-

wolke blieb zurück, als die Kutsche vorbeiraste, und ein alter Mann spuckte verächtlich auf den Boden.

»Was geschieht hier?« fragte Dolores. »Das war doch Sir Diggorys Kutsche.«

»Habt Ihr nichts davon vernommen?«

»Wovon?«

Stephen kam zu dem Schluß, daß Dolores, der wegen der beiden Todesfälle unter ihrem Dach kein Klatsch zu Ohren gekommen war, wohl der einzige Mensch in Tilsbury war, der nichts wußte von dem Aufruhr.

Er sagte: »Ich glaube, Mistress Rogers hat sich entschlossen, nach Furleys zurückzukehren.«

»Warum? Hat sie Nachricht von ihrem Gatten bekommen?«

»Nein, nichts dergleichen. Doch ihre Stellung in Tilsbury ist jüngst etwas ins Wanken geraten.«

»Weshalb?«

»Als Masseys Männer in jener Nacht, in der Eure Großmutter starb, die Stadt überfielen, wurde einer der irischen Soldaten, die im Lion untergebracht sind, dabei beobachtet, wie er aus Mistress Rogers' Haus kam. Er behauptete zwar, daß er bei ihrem Mädchen Ann gewesen sei, doch die guten Leute hier nehmen wohl etwas anderes an.«

»Das kann ich mir denken. Welcher Soldat war es?«

»Leutnant Donnelly.«

»Ah ja, gewiß. Der Schmucke.«

Stephen wirkte kurz verstimmt – und Dolores fühlte sich aus irgendeinem Grund gleich besser.

Fröhlich sagte sie: »Da sie Sir Diggorys Tochter ist, wird sie gewiß ungeschoren davonkommen. Die Mutter

Crews dieser Welt sind es, die es stets am schlimmsten trifft.«

»Sie fürchtet offenbar mehr den Zorn ihres Gatten als die Mißbilligung ihrer Nachbarn. Sie hat ihrem Mädchen gesagt, wenn die Aufständischen nicht ihren Tom umbringen, werde er gewiß sie umbringen.«

»Man sagt, er sei ein Mann, der zum Jähzorn neigt. Ihr seid ungewöhnlich gut im Bilde über diese Angelegenheit, Hauptmann.«

»Da Donnelly einer meiner Leute ist, betrifft mich alles, was ihn angeht.«

»O'Rourke und Cary – und nun Leutnant Donnelly: Eure Iren erobern die Herzen der Frauen von Tilsbury. Sonderbar, wenn man bedenkt, wie sie gefürchtet wurden. Sie gelten als so grausam, doch mir kommen sie nicht schlimmer vor als andere, im mancher Hinsicht sogar besser.«

»Überdenkt Ihr Eure Ansichten über Soldaten im allgemeinen, Mistress Taverner?«

Sie blickte starr geradeaus und blieb ihm die Antwort schuldig.

Stephen fuhr fort: »Sie werden diesem Ruf durchaus gerecht. Laßt Euch nicht täuschen: Im Kampf sind sie schonungslos. Doch sie sind gezwungen dazu. Wir kämpfen für eine Sache, einen Gedanken – sie dagegen ums Überleben. Wenn die Parlamentarier siegen, wird es diesem Land, weiß Gott, übel ergehen – doch den Iren zehnmal schlimmer. Sie kennen keine Gnade, weil sie wissen, daß sie auch ihnen nicht gewährt wird. Nicht selten werden sie von den Aufständischen wie gemeine Verbrecher gehängt ... ich bitte um Verzeihung, ich wollte Euch nicht beunruhigen. Ich habe den Gegenstand des

Gesprächs so schlecht gewählt wie Cary, in Anbetracht dessen, daß Ihr von einem Begräbnis kommt. Ich werde mich verabschieden.« Sie waren am Tor von Priory House angekommen. »Es sind neue Soldaten aus Wales eingetroffen, und ich muß entscheiden, ob sie sich unverzüglich dem Heer Seiner Majestät anschließen sollen oder ob sie zuvor ausgebildet werden müssen. Guten Tag, Mistress Taverner.«

Die Ausflucht wegen der neuen Soldaten hatte Stephen kurzfristig ersonnen. Das Gespräch mit Dolores – das erste seit Nonas Tod – hatte in ihm den dringenden Wunsch erzeugt, sich durch anstrengende Arbeit zu erschöpfen. Nachdem er die neuen Soldaten in Augenschein genommen und beschlossen hatte, daß sie wenigstens einer zweiwöchigen Ausbildung bedurften, ließ er sein Pferd satteln und ritt rasch mit einigen seiner Männer davon, unter dem Vorwand, einige Piken prüfen zu wollen, die in einem Dorf in der Nähe geschmiedet wurden. Seinen Begleitern entging nicht, daß er geistesabwesend war, und sie fragten sich im stillen, ob er womöglich ungünstige Nachricht vom Kriegsverlauf erhalten hatte, die man ihnen vorenthielt. Doch die Wahrheit sah ganz anders aus: Noch nie waren ihm kriegerische Gedanken ferner gewesen.

Es war eine Art Folter für ihn gewesen, neben Mistress Taverner einherzugehen – immer in geziemendem Abstand –, mit ihr über die Iren, ihre Dienstboten und ihre Kinder und Mistress Rogers' unglückliche Lage zu sprechen und dabei kein Wort über seine Gefühle verlieren zu dürfen. Nicht einmal mit einem Blick durfte er verraten, wie ihm zumute war. Stephen gab einen schlechten

Lügner und einen verheerenden Schauspieler ab, und er fand, daß die zweifelhaften Fertigkeiten der Täuschung durch größere Übung nicht einfacher wurden. In den Tagen nach seiner Rückkehr aus Oxford war es ihm schwer genug gefallen, doch da war er empört gewesen über ihre Mißachtung seiner Beweggründe und entschlossen, ihr das Gegenteil zu beweisen. Doch seit dem Abend des Scharmützels mit der feindlichen Patrouille, als er aus ihrer Sorge über sein Wohlergehen geschlossen hatte, daß sie seine Gefühle zu erwidern begann, war ihm das Theaterspielen gänzlich unmöglich geworden.
Erstaunt mußte er feststellen, daß die Entdeckung ihrer Zuneigung für ihn seine Qualen nur verschlimmerte, denn es gab keine Zukunft für sie: Sie war eine verheiratete Frau, und er ein Soldat, der täglich den Befehl zum Abzug erhalten konnte. Und für Mistress Taverner gab es keinen Rückzugsort wie Furleys, wenn ihr Ruf Schaden nahm. Corinna Rogers war sich der Gefahr bewußt, die sie einging, und konnte für sich sorgen. Mistress Taverner dagegen war eine Fremde, die gänzlich vom Wohlwollen anderer abhängig war.
Doch es waren noch zwingendere Gründe, die Stephen veranlaßten, um seine Ablösung als Kommandeur der Garnison Tilsbury zu bitten. Sein Stolz war unantastbar, und nachdem sie ihm einmal unterstellt hatte, daß er ihr nur beigestanden hat, um seine Zwecke zu erreichen, hatte er sich geschworen, sich der Gefahr eines solchen Vorwurfs nie wieder auszusetzen. Darbiers Tod und die Geschehnisse danach stellten eine schier unüberwindbare Hürde zwischen ihnen dar; jede noch so kleine Andeutung seiner Gefühle konnte jederzeit als Forderung

nach Ausgleich der Schuld gedeutet werden. Dieses Wagnis würde er niemals eingehen, selbst wenn er in ihren Augen sah, daß seine Liebe erwidert wurde.
Doch sogar diese Beschränkung hätte er ertragen, wenn nicht der Krieg alles in Frage gestellt hätte: Man vernahm, daß zwei gewaltige Heere im Entstehen begriffen waren, die sich auf die wohl entscheidende Schlacht vorbereiteten. Früher oder später würde er Tilsbury verlassen müssen, als Sieger oder als Verlierer, und die Gewißheit der nahenden Trennung machte das erzwungene Stillschweigen unerträglicher.
All diese Gedanken gingen Stephen durch den Kopf, während er die neuen Pikenspitzen in Augenschein nahm, sich Klagen über Mängel anhörte und den Ängsten der Dorfbewohner über die bevorstehende Ernte lauschte. Immer wieder entschloß er sich, Tilsbury bei der nächstbesten Gelegenheit zu verlassen – und sann doch stets aufs neue darüber nach, daß dies wohl eine jener Lagen war, in denen die Medizin bitterer ist als die Krankheit, gegen die sie helfen soll.

Als Dolores ins Haus zurückkehrte, sagte man ihr, daß Harry und Philip mit Bonnet im Obstgarten waren und Gerard, der Reitknecht, nach ihnen sah. Sie ging ins Schlafzimmer der Kinder und blickte aus dem Fenster. Der Obstgarten hinter den Stallungen und ihrem Garten glich einem Meer von Blüten. Überall in Tilsbury standen in diesem Mai die Bäume in Blüte – Apfel-, Birnen- und Pflaumenbäume –, und an den Hecken leuchteten Hagedorn und Schneeball und die ersten weißen Dolden des Holunders. Sie hatte dieses Erwachen der Natur

schon häufig erlebt und sich stets darüber gefreut, daß der ihr verhaßte kalte Winter zu Ende ging, doch im Vergleich mit den duftenden Orangenhainen ihrer Kindheit war ihr der Frühling hier kümmerlich erschienen. Nun, als sie aus dem Fenster im ersten Stock blickte, bemerkte sie zum erstenmal, wie wunderschön der Anblick war, der sich ihr bot. Tilsbury, mit seinem Maigewand aus Blüten, Glockenblumen und jungen grünen Blättern angetan, war ein Städtchen in einem schäumenden Blumenmeer. Wie kam es, daß sie schon so häufig Zeugin dieses alljährlichen Wunders gewesen war und sich dieser Schönheit verschlossen hatte?
Beth fand sie schließlich bei Mabs, mit der sie Rhabarber erntete – oder vielmehr zog Mabs die jungen rosa Stengel aus der Erde, schnitt die Spitze mit einem kleinen Messer ab und legte sie in einen Korb, während Beth am Daumen lutschte und ihr dabei zusah. Einen Augenblick lang war Doll wie versteinert. Sie erinnerte sich unversehens daran, wie sich der kleine Dolch angefühlt hatte, als er in Major Darbiers Leib drang.
»Beth!« rief sie, und als die beiden sich zu ihr umwandten, war sie überrascht, daß sie nicht entsetzt vor der Mörderin zurückwichen, »komm mit mir ins Haus, du mußt mir helfen.«
Beth nahm den Daumen aus dem Mund, wischte ihn an ihrem Rock ab und kam eifrig angelaufen. Doch unter ihren Augen lagen dunkle Ringe; Dolores fragte sich, ob Hauptmann Suttons Annahme zutreffend war oder ob vier Todesfälle im Haus in so kurzer Zeit auch ein heiteres Kind wie Beth zu sehr belasteten.
»Schau«, sagte sie und öffnete die Tür zu ihrem Schlaf-

gemach. »Mein Stickgarn ist ganz verheddert, und keiner versteht sich so gut darauf, es zu entwirren, wie du. Ich wollte eine neue Arbeit anfangen, jetzt, wo der Kleine bei der Amme ist, doch dieses Durcheinander hat mich entmutigt.«

Beth liebte den Korb mit Stickgarn und machte sich eifrig ans Werk. Dolores, die seit jeher fand, daß man sich leichter besprechen konnte, wenn die Hände beschäftigt waren, griff nach einer einfachen Näharbeit.

Nach einer Weile sagte sie: »Es war sehr gutherzig von dir, Beth, daß du Jinny dein grünes Taftkleid mit ins Grab gegeben hast.«

Die Kleine nickte. Sie schien ganz vertieft in ihr Bemühen, einen blauen Faden aus einem Gewirr rotgoldenen und braunen Garns zu lösen, doch dann sagte sie mit rauher Stimme: »Pip hat sie nicht getötet, oder?«

»Um Himmels willen, nein. Kannst du dir vorstellen, daß der kleine Pip jemanden tötet? Zerbrich dir nicht den Kopf über die Gründe für derlei Dinge, Beth, die kennt nur der Herr.«

»So ist es wohl.«

»Spricht Cary abends manchmal mit euch … über den Krieg oder über Unfälle?«

Beth nickte, blieb aber stumm. Sie fürchtete, Cary in Schwierigkeiten zu bringen.

Dolores fuhr ruhig fort: »Cary ist ein braves Mädchen, und sie ist fleißig. Ich möchte, daß sie recht lange bei uns bleibt. Doch ab und an geht wohl ihre Zunge mit ihr durch. Vielleicht wäre es an der Zeit, daß sie wieder bei Mabs auf dem Dachboden schläft. Was meinst du, mein Bienchen?«

Beth verschwamm das farbige Garnknäuel vor den Augen. Als ihr die erste Träne über die Wange lief, sagte sie: »Es ist nicht recht, daß so schreckliche Dinge geschehen, die Welt dürfte nicht so grausam sein.«

»Ich weiß.« Dolores legte ihre Arbeit nieder und wartete. »Die Welt kann furchtbar sein.«

»All die armen Katzen und Hunde mit der Schnur um den Bauch, die verbrannt sind, und der Ire, dem die Eingeweide herausgeschnitten wurden, nur weil er sein Land liebt, und die arme Graue Frau, die ganz zerschmettert und geschändet war und –«

Dolores zog Beth an sich, als das Mädchen hemmungslos zu schluchzen begann. »Und dann die arme Jinny mit der Kugel in der Brust, und Jack, und nun ist Nona auch nicht mehr, und Vater ist fort, und immer kämpfen sie weiter, und ich habe Angst, daß wir alle getötet werden, und dann ist keiner mehr da, und was, wenn dir etwas zustößt!«

»Schsch, es ist gut, schsch.« Dolores hielt sie fest und wiegte sie wie ein kleines Kind. »Ich habe nicht vor, dich zu verlassen, Bienchen, wir überstehen den Krieg, sorge dich nicht.« Und sie war erstaunt über die Kraft, die sie fühlte, als sie das weinende Kind in den Armen hielt, Kraft im Überfluß. In diesem Augenblick begriff sie, wie es Nona gelungen war, das Grauen des Gemetzels von Würzburg zu überstehen: Sie hatte gewußt, daß sie ihre Enkelin retten mußte.

Nach einer Weile, als Beth nur noch leise schniefte, begann Dolores für sie zu singen, als wäre sie ein Säugling; ein Lied von einer alten Frau, die trotz ihres Pechs glücklich ist, weil sie einmal jung war und in den Armen ihres

Liebsten lag. Mit einem kleinen zufriedenen Seufzer rollte sich Beth auf dem Schoß ihrer Mutter zusammen und schloß die Augen.
»Möchtest du dich ausruhen, oder sollen wir beide tanzen?«
Beth war sogleich hellwach. »Tanzen?«
»Warum nicht? Es bleibt unser Geheimnis.«
Beth rappelte sich auf und schüttelte ihre Röcke aus.
»Schau mir ganz genau zu, dann lernst du es rasch. Den Rhythmus hast du schon verstanden, das habe ich gesehen, als du nach Nonas Tod getanzt hast.«
»Als Hauptmann Sutton mir zusah?«
»Das ist unwichtig. Schau her, du mußt den Kopf ganz hoch tragen, richte dich gerade auf, so ist es recht. Jetzt machen wir diese Schritte, sing mit, so gut du kannst, den Text erkläre ich dir später.«
Und sie begannen. Beth hatte den Tanz so häufig gesehen und die Rhythmen in sich aufgenommen, daß sie sich mit natürlicher Anmut bewegte. Beim Anblick des Mädchens, das mit tränenverschmiertem Gesicht sich dem Lied hingab, entsann sich Dolores ihrer Schwester Juana, wie sie, von Heimweh gepeinigt, tränenüberströmt in ihrer schäbigen Hütte in Flandern tanzte. Äußerlich schien es wenig Ähnlichkeit zu geben zwischen Juana, der dunklen Schönheit, und ihrer blassen unscheinbaren Nichte, und doch entdeckte Dolores Gemeinsamkeiten; eine Mischung aus Sanftheit und Entschlossenheit. Wie Juana war Beth Fremden gegenüber schüchtern, denen, die sie liebte, jedoch treu ergeben. Auf einmal wurde Dolores der unauslöschlichen Verbindung zwischen jenen Menschen, die sie einmal geliebt

hatte, mit jenen, die sie noch immer liebte, gewahr: ihr kleiner Philip, der Nona an seinen spanischen Großvater erinnert hatte, und nun das kleine englische Mädchen mit seinen groben Zügen und dem dichten rötlichen Haar, das sich so frei und anmutig bewegte wie ihre junge Tante, die sie niemals kennenlernen würde. Und sie empfand keine Trauer, sondern überschwengliche Freude.

Worte aus der Trauerfeier kamen ihr in den Sinn: »Inmitten des Lebens begegnet uns der Tod.« Doch das Gegenteil empfand Dolores nun als ebenso richtig. Der Krieg kam näher, und in ihrem Hause war der Tod ein häufiger Gast, und doch war sie nicht niedergeschlagen und besorgt, wie sie angenommen hatte, sondern fühlte sich lebendiger, als es ihr je seit ihrer Ankunft in England möglich gewesen war. Die Vergangenheit war geprägt von Trauer und Verlust, die Zukunft unergründlich; nur die Gegenwart war von Bedeutung, das Mädchen, das an ihrer Seite tanzte, das Lied, das ihren Leib lenkte, während draußen das Land mit zarten Blüten und Blumen angetan war wie eine junge Braut.

Stephen kehrte erst spätabends zurück, als alle im Hause schon zu Bett gegangen waren. Cary schlief wieder bei Mabs und Ellen auf dem Dachboden. Obwohl es dort im Sommer oft stickig war, freute sie sich über den Umzug, da sie so eher die Gelegenheit finden würde, sich an diesen langen Abenden mit Feldwebel O'Rourke zu verabreden. Nur Dolores fand keinen Schlaf. Sie hatte sich eine Weile zu Beth gelegt, die sie zu sich in ihr breites Bett genommen hatte, doch als die Kleine friedlich schlummerte, wurde Dolores von einer sonderbaren Unruhe erfaßt. Da der Mond fast voll war, bedurfte sie keiner Kerze, als sie in das Zimmer ging, in dem Harry und Philip nun gemeinsam schliefen. Sie hatte Harry angewiesen, unter keinen Umständen auch nur eine von Carys gräßlichen Geschichten zu erzählen, doch Philip war begeistert darüber gewesen, daß er sich nun ein Zimmer mit seinem großen Bruder teilen durfte, und war lange nicht zur Ruhe gekommen. Nun schliefen beide tief und fest; Harry runzelte dabei die Stirn – selbst im Schlaf schien er sich zu sorgen –, und Philip hatte wie stets alle viere von sich gestreckt. In Nonas altem Zimmer war nun die Amme, Carys Schwester Joan, mit ihrem eigenen Kind und mit Robert untergebracht. Dolores zog leise die Tür zum Zimmer der Jungen hinter sich zu und sann darüber nach, daß sie in den vergangenen zwei Monaten häufiger im Hause umgezogen waren als in all den Jahren zuvor.

Sie vernahm das Klappern von Hufen; es klang unregelmäßig, einseitig. Dolores eilte in die Küche hinunter und zündete mit einem Span aus der Glut des Küchenfeuers eine Kerze an. Der Küchenjunge schnarchte in seiner Ecke und rührte sich nicht.

Als Stephen durch die Hintertür trat, stand Dolores inmitten der großen Küche. Der Schein der Kerze fiel auf ihr Gesicht, und dieses Mal sah sie alles andere als wütend aus.

»Hattet Ihr einen Unfall?«

»Meine Stute fing fünf Meilen vor der Stadt an zu lahmen, deshalb habe ich die Männer vorgeschickt.«

»Seid Ihr verletzt?«

»Nein. Sie ist an einem steilen Abhang gestürzt. Sie hat

böse Schürfungen an den Beinen, aber Euer Knecht Gerard meint, in zwei Wochen ist sie wieder in Ordnung.«

»Ihr hättet ein Pferd von einem Eurer Männer nehmen sollen.«

»Sie haben es mir angeboten. Doch ich zog es vor, zu Fuß zu gehen.« In Wahrheit war Stephen froh gewesen über die Gelegenheit, im Mondschein einen langen Marsch vor sich zu haben; dabei hatte er in Ruhe seine Entscheidung treffen können.

»Habt Ihr gegessen?«

»Nein. Aber ich habe Mabs etwas mitgebracht.« Er legte zwei Feldhasen auf den Tisch.

Dolores lächelte. »Ein besseres Ziel für Eure Pistole als aufständische Soldaten.«

»Ich würde niemals einen Hasen mit der Pistole erlegen.« Stephen lächelte nicht. »In unserem Teil von Cornwall nehmen wir dafür eine Schleuder. Wie man sie benutzt, habe ich als Kind gelernt.«

Während Dolores die Tiere außer Reichweite der hungrigen Katzen und Hunde aufhängte, sagte sie: »Mabs wird entzückt sein. Ich bringe Euch Wein und etwas zu essen.« Sie rüttelte den Küchenjungen wach und trug ihm auf, die Hasen für den nächsten Tag vorzubereiten.

»Ich danke Euch, Mistress Taverner«, sagte Stephen, doch ihm war nicht wohl dabei. Es wäre ihm leichtergefallen, seinen Entschluß vorzubringen, wenn sie ihre alte Feindseligkeit an den Tag gelegt hätte.

Doch Dolores war alles andere als feindselig gestimmt, als sie im Speisezimmer Wein und Essen auftrug, die Kerzen anzündete und jedem ein Glas einschenkte. Da Stephen kein Gespräch eröffnete, sagte sie: »Ihr hattet recht, was das Dienstmädchen Cary anging; sie hatte den Kindern allerlei greuliche Dinge erzählt – nicht einmal vor einer lebhaften Schilderung der Legende von der Grauen Frau ist sie zurückgeschreckt. Ich habe sie wieder auf den Dachboden geschickt und Beth zu mir ins Zimmer genommen. Ich hoffe, daß sie bald wieder zu Kräften kommt.«

Stephen nickte, schwieg jedoch. Er wich ihrem Blick aus und trank einen großen Schluck von seinem Wein.

Dolores fuhr fort: »Das wäre dann Euer Verdienst, Hauptmann Sutton.«

Er setzte sein Glas ab, und ließ die Hand, zur Faust geballt, auf den Tisch sinken.

»Mistress Taverner«, begann er, »ich beabsichtige, mich von meinem Posten als Garnisonskommandeur versetzen zu lassen und mich dem Heer Seiner Königlichen Majestät anzuschließen. Es besteht gewiß kein Mangel an Offizieren, die jederzeit gerne meinen Platz einnehmen. Ich hoffe, Tilsbury noch diese Woche verlassen zu können.«

»Warum?«

Stephen starrte auf seine Faust. »Der Feldzug in diesem Sommer wird wohl auf die eine oder andere Art eine Entscheidung bringen. Ich meine, daß ich Seiner Majestät am nützlichsten bin wenn –«

»Spart Euch diese Geschichte für Euren Vorgesetzten auf, Hauptmann Sutton. Ich möchte die Wahrheit hören.«

Er stand unvermittelt auf und trat ans Fenster. Er blickte hinaus in die Dunkelheit und sagte: »Die Lage hier gestaltet sich schwierig. Nein, nicht schwierig – unmöglich.«

»Unmöglich? Weshalb denn? Ihr seid hier gut untergebracht, oder nicht? Die Verteidigung der Stadt ist gewährleistet. Ihr habt keinerlei Schwierigkeiten mit Euren Männern. Die meisten Einheimischen haben sich an die Anwesenheit von Soldaten gewöhnt.« Sie lachte leise. »Seht doch, Hauptmann Sutton, sogar ich beklage mich nicht mehr. Habt Ihr das nicht bemerkt?«

»Doch.«

»Weshalb wollt Ihr uns dann verlassen?«

»Früher oder später muß ich doch gehen. Manchmal ist es ... leichter, wenn man früher geht.«

»Doch was ist mit den Menschen hier, sind die Euch einerlei?« Dolores klang zusehends aufgebracht. »Sie haben sich an Euch gewöhnt. Ein neuer Kommandeur mag weniger behutsam sein. Habt Ihr Euch das einmal überlegt?«

Er nickte. »Glaubt mir, Mistress Taverner, ich habe alles bedacht.«

»Alles?«

»Ja.«

»Wollt Ihr –« sie zögerte, »wollt Ihr dann vielleicht Major Darbiers wegen gehen? Ja, ja, ich weiß, wir haben niemals darüber gesprochen, doch vielleicht ist es unumgänglich. Ihr habt mir einen großen Gefallen erwiesen, Hauptmann, den ich niemals vergessen kann, doch vielleicht lastet Euch diese Hilfestellung nun auf dem Gewissen und –«

»Nein. Mein Gewissen ist rein.«

»Ihr werdet demnach nicht von Eurem Versprechen –?«

»Mistress Taverner, Ihr seid ungerecht. Nichts wird mich jemals dazu veranlassen, Euer Geheimnis preiszugeben.

Unser Geheimnis. Ihr müßt Euch bemühen, mir zu vertrauen. Falls es in Euren Kräften steht.«
»Aber das ist es ja, Hauptmann Sutton. Ich vertraue Euch.« Ihre Stimme klang sanft, doch ihre Worte waren bedeutungsvoll.
»Dann vertraut mir, daß ich das Richtige tue.«
Ihre Taftröcke raschelten, als sie durchs Zimmer ging und zu ihm trat. »Und wenn Ihr Euch irrt?« fragte sie.
»Ich habe gründlich über die Angelegenheit nachgedacht«, sagte er hartnäckig und blickte weiterhin zum Fenster hinaus. »Ich halte es für das beste, mich von hier zu entfernen.«
»Und von mir?«
Ein langes Schweigen trat ein. »Ja, auch von Euch.«
»Und wenn es nun mein Wunsch ist, daß Ihr bleibt?«
Ein Muskel zuckte in Stephens Gesicht. »Das würde nichts ändern. Wir wissen beide, daß ich gehen muß, irgendwann.«
»Doch vorher kann noch vieles geschehen.«
Er warf ihr einen kurzen Blick zu, sah dann rasch wieder weg. Er sagte: »Ich verstehe, daß Ihr um die Sicherheit Eurer Familie und Eures Heims besorgt seid. Einigen Kommandeuren eilt ein schlechter Ruf voraus, doch ich werde dafür sorgen, daß mein Nachfolger ein Ehrenmann ist.«
»Tst. Ich lege keinen Wert auf einen Nachfolger.«
»Das bedaure ich, dennoch –«
Sie berührte seine Hand. »Hauptmann Sutton, wünscht Ihr wahrhaftig, dieses Haus zu verlassen?«
»Meine Wünsche sind nicht von Belang.«
»Nein? Und was ist mit meinen, Hauptmann Sutton,

sind die gänzlich bedeutungslos?« Ihre Stimme verriet ihren Zorn. »Ihr kommt in mein Haus, gewinnt die Zuneigung meiner Kinder, lehrt mich, Euch zu vertrauen, und dann sagt Ihr mir, Ihr wollt uns verlassen, und das lediglich aus einer selbstsüchtigen Laune heraus.«
Stephen fühlte sich bleiern vor Trauer, doch er wandte sich ab und schritt zur Tür. »Ich bedaure es, daß mein Entschluß Euch bekümmert«, sagte er. »Doch er ist unumstößlich.«
»Haltet ein!« Sie packte seinen Ärmel. »Ihr könnt jetzt nicht gehen. Ihr könnt mich nicht einfach verlassen.«
Er blieb stehen. »Warum macht Ihr es mir so schwer, Mistress Taverner? Ich weiß, daß Ihr besorgt seid wegen der Sicherheit Eurer Familie, doch ein anderer Soldat wird diese Stadt so gut schützen wie ich, vielleicht sogar besser. Meine Angriffe auf Masseys Garnison haben Tilsbury in Gefahr gebracht – der Tod der armen Jinny beweist das. Ich kann Euch keine Sicherheiten geben.«
»Ich will keine Sicherheiten.«
»Was wollt Ihr dann?«
Sie starrte ihn an.
»Was, Mistress Taverner?« fragte er, beinahe zornig. »Was wollt Ihr von mir?«
»Ich … ich weiß es nicht. Ich habe nie darüber nachgedacht. Doch ich möchte nicht, daß Ihr weggeht von hier, ich möchte Euch nicht verlieren, noch nicht.«
»Was dann?«
Sie schloß kurz die Augen, und als sie die Antwort wußte, nahm sie ihr beinahe den Atem. »Ich will, daß Ihr mich in die Arme schließt«, sagte sie, und unversehens traten ihr Tränen in die Augen. »Ich will nicht allein sein,

nicht jetzt, nicht heute nacht. Nona ist nicht mehr da, und ... ich will nicht, daß Ihr mich auch verlaßt, jetzt noch nicht.«
Stephen rührte sich nicht. Er sagte: »Mistress Taverner, Ihr hattet einen anstrengenden Tag. Ich habe den falschen Zeitpunkt gewählt, um Euch über meinen Entschluß in Kenntnis zu setzen, und ich erbitte Eure Verzeihung. Wir können morgen früh darüber sprechen, und ...«
Doch sie fiel ihm ins Wort. Unvermittelt entschlossen wischte sie ihre Tränen ab, und mit einem sonderbaren kleinen Lächeln küßte sie ihn nachdrücklich auf den Mund. Sie atmete hastig. »Ist das eine Antwort auf Eure Frage, Hauptmann?«
Stephen ballte die Hände zu Fäusten, doch sein Gesicht war starr. Er sagte: »Ihr seid nicht bei Euch vor Kummer, Mistress Taverner, sonst würdet Ihr nicht so handeln.« Er hatte sich schon einmal gestattet, ihre Schwäche auszunutzen, und diesen Fehler wollte er um keinen Preis wiederholen. Er fuhr fort: »In ein, zwei Tagen werdet Ihr merken, daß meine Abreise die einzige Möglichkeit ist.«
»Nein, ich will nicht, daß Ihr fortgeht.«
Stephen zögerte. Die Erinnerung an ihre vorgetäuschte Leidenschaft lastete ihm wie ein Fels auf der Brust. Ausdruckslos sagte er: »Ihr fürchtet um die Sicherheit Eurer Familie. Nun gut, wenn es Euch soviel bedeutet, bleibe ich so lange hier, wie ich gebraucht werde oder bis ich abgezogen werde. Ihr müßt mir keinen ... Anreiz dafür bieten.«
Sie runzelte die Stirn. »Was sagt Ihr da?«
»Nur, daß ich nichts dafür erwarte. Ich tue es, weil Ihr mir etwas bedeutet –«

»Wieviel?«
Er seufzte. »Ihr müßt doch wissen, Mistress Taverner, daß ich Euch liebe.«
»Und begehrt Ihr mich auch?«
»Ja.«
»Warum küßt Ihr mich dann nicht?«
»Ich sagte Euch doch, ich helfe Euch und Eurer Familie uneigennützig. Ich bleibe in Tilsbury.« Er wandte sich ab und ließ sich in den Sessel am Kamin fallen. Mit abgewandtem Kopf sagte er leise: »Ich habe Euch mein Wort gegeben, Mistress Taverner, bitte vertraut mir.«
Dolores runzelte die Stirn, dann, als sie begriff, trat ein Ausdruck von Widerwillen auf ihr Gesicht. »Nun verstehe ich. Ich sollte Euch nicht vorwerfen, daß Ihr mir mißtraut, ich habe es nicht anders verdient. Hauptmann Sutton, ich gebe zu, daß ich in der Vergangenheit blind und dumm gewesen bin, doch nun seid Ihr damit an der Reihe. In der Nacht, als der Major starb, glaubte ich, mit Euch einen Handel eingehen zu können. Ich habe damals nicht verstanden, daß Ihr uneigennützig gehandelt habt. Und das tue nun auch ich, Hauptmann.«
Sie trat zu ihm. Er blickte zu ihr auf. Langsam beugte sie sich herab zu ihm, küßte ihn auf die Stirn und auf den Mund. Sie zitterte.
Stephen beherrschte sich mit größter Mühe und sagte: »Ich kann es Euch nicht gestatten, das zu tun. Ihr bringt Euch in Gefahr und ...«
Doch sie lächelte nur sonderbar. Ein abscheuliches Band, das sie an Josiah gefesselt hatte, zerriß, und sie fühlte sich leicht und überschwenglich.
»Keiner wird es je erfahren«, sagte sie. »Wir haben nur

ein weiteres Geheimnis. Ihr müßt mich nicht mehr schützen, jetzt nicht mehr.«
»Ich kann es Euch nicht gestatten«, sagte Stephen erneut.
»Warum nicht? Seid Ihr noch immer zornig?«
»Gewiß nicht.«
»Dann nehmt mich in die Arme. Haltet mich.«
Als sie ihn dieses Mal küßte, konnte Stephen nicht länger widerstehen. Er stöhnte, nahm sie in die Arme und preßte sie an sich. »Oh, meine Liebste«, flüsterte er.
Dolores schien in seinen Armen zusammenzubrechen. Er sah, daß ihr Tränen über die Wangen strömten.
»Ich werde Euch nicht verlassen«, sagte er und küßte sie zärtlich. »Nicht, wenn Ihr wollt, daß ich bleibe.«
Sie löste sich von ihm, zupfte einen Augenblick an ihrem Haar und sagte dann: »Nicht hier, wir sind nicht sicher hier, der Küchenjunge könnte hereinkommen oder … und ich hatte vergessen, daß Ihr so lange unterwegs wart. Beendet Eure Mahlzeit, Hauptmann. Ich werde Euch nicht mehr dabei stören. Laßt uns einen Handel machen, einen Pakt abschließen: daß wir nie wieder einen Handel miteinander eingehen. Ist das eine gute Idee? Und falls Ihr morgen früh Tilsbury noch immer verlassen wollt, werde ich Euch nichts in den Weg legen. Doch heute abend würde ich vorschlagen, daß Ihr die Tür zu Eurem Schlafzimmer unverschlossen laßt.«

19

Eine ganze Weile schon sah Stephen dem Mond zu, wie er über den Nachthimmel wanderte, als er vernahm, wie die Tür zu seinem Zimmer aufging.

In ihrem Zimmer hatte Dolores mit so widersprüchlichen Gefühlen gerungen, daß sie glaubte, den Verstand zu verlieren. Als sie daran dachte, was sie eben mit Stephen getan hatte, wurde ihr beinahe schwindlig. Wie konnte sie ein solches Wagnis eingehen? Vor langer Zeit, so schien es ihr, hatte sie ihm gesagt, daß es für alles Gründe gäbe … doch nun kannte sie ihre Beweggründe selbst nicht mehr. Seit Nonas Tod fühlte sie sich entsetzlich einsam … doch einsam war sie immer gewesen, sie hatte es nur nicht gespürt, bis zu dem Augenblick, als Stephen sie am Arm faßte, sie beide Beth beim Tanzen zusahen und sie sich nur mit Mühe davon abhalten konnte, in seine Arme zu sinken. Es kam ihr unglaublich vor, und doch war es so: Sie, die es immer verabscheut hatte, wenn Männer sie berührten, sehnte sich danach, Stephens Körper zu fühlen.

Obendrein gab es zweckmäßige Gründe. Sie wollte sichergehen, daß er nie wieder auf den Gedanken käme, sie und ihre Kinder zu verlassen, während in Tilsbury Soldaten hausten – doch er hatte ihr schon zugesagt, daß er bei ihr bleiben würde, und sie wußte, daß er sein Wort

halten würde. Und ihre Bereitschaft war auch von Trotz beflügelt: Josiah durfte niemals davon erfahren, doch wenn sie Stephen küßte, empfand sie eine neue Form von Freiheit.
Als sie in ihrem Zimmer auf und ab ging und ihre nächsten Schritte erwog, schob Dolores wohlweislich jeden Gedanken daran beiseite, was sie Stephen angeboten hatte. Hätte sie seine Liebe gewinnen können, indem sie ihn zu ihrem Bruder machte, so hätte sie dies getan, doch es war unmöglich. Sie wollte ihn stärker an sich binden, als es durch eine Freundschaft möglich war, und sie sah keine andere Möglichkeit. Der Geschlechtsakt – was die Soldaten den Frauen im Kloster in Würzburg angetan hatten und was Josiah und sie immer wieder vollzogen hatten – hatte sie stets abgestoßen, und noch jetzt vermied sie es, darüber nachzusinnen. Doch seit Stephen aus Oxford zurückgekehrt war, hatte Dolores nach und nach gemerkt, daß ihre Gefühle für ihn sich von allen anderen unterschieden, die sie bislang erfahren hatte.
Sie wußte, daß Stephen sie liebte. Sie glaubte nicht, daß sie ihn auch liebte, doch sie vertraute ihm und hatte ihn gern. Er verhieß ihr eine neue Art von Glück, die kostbare Gabe, wahrhaft geliebt zu werden. Nicht so wie Josiah sie liebte, eifersüchtig und beengend, sondern auf eine andere, völlig unbekannte Weise. Warum sollte sie sich zurückhalten? Das Bekannte und Ewiggleiche bot ihr Sicherheit. Großes Glück birgt die Gefahr großen Kummers. Sie hatte es gelernt, mit wenig auszukommen; würde es ihr danach wieder gelingen, wenn es notwendig war? Über eine Stunde hatte sie mit sich gerungen, und doch hatte sie keine Wahl. Sie war nicht feige, ganz und gar

nicht, doch sie hatte sich jahrelang so betragen. Josiahs kleine Doll hätte nie und nimmer getan, was sie nun tun wollte. Nach Darbiers Tod hatte sie sich wie neugeboren gefühlt; jetzt war die Zeit gekommen, sich das zu beweisen.

Als sie Stephens Schlafzimmer betrat, sah sie seine Umrisse am Fenster. Er saß in der Nische, ein Bein angewinkelt, der linke Arm ruhte locker auf dem Knie. Vergeblich hatte er versucht, sich einzureden, daß er froh sei über Mistress Taverners andere Entscheidung. Als sie hereinkam, fuhr er herum.

»Stephen ...«

Er zögerte nur kurz, dann ging er zu ihr. Er nahm ihre Hände und zog sie an die Lippen. Ihr Tuch glitt von ihren Schultern. »Ich glaubte, Ihr hättet es Euch anders überlegt.«

»Beinahe war es so«, sagte sie.

Sie starrten einander an. Stephen fühlte sich unversehens unsicher und befangen.

Sie sagte: »Halt mich fest, Stephen, ich möchte, daß du mich liebst.«

Er zögerte und zwang sich, zu sagen: »Bist du dir ganz sicher, Dolores? Du weißt, daß ich so lange in Tilsbury bleiben werde, wie du es wünschst, was immer auch zwischen uns geschieht.«

»Das weiß ich.«

Er berührte ihr Haar, ihre Wange. »Dann bin ich froh.« Sie sah sein Lächeln im Mondlicht.

Als er sie umfaßte und küßte, empfand Dolores unvermittelt solches Verlangen, daß sie um Atem rang. Stephen hielt sie fester, und nach und nach ergriff die alte Angst Besitz von ihr; der Drang, ihn wegzuschieben und in ihr Zimmer zu eilen, ließ nicht nach. Stephen spürte die Veränderung, und da er fürchtete, daß er in seinem Begehren zu grob sein mochte, rückte er ein wenig von ihr ab.

»Halt nicht ein, Stephen, wir dürfen nicht zaudern. Beth könnte erwachen, oder –«

Sie küßte ihn rasch, dann trat sie zum Bett und deckte es auf. Stephen dachte gerade noch daran, die Tür zu verschließen, bevor er zu ihr kam. Erneut zögerte er. Sie hatte sich niedergelegt, und ihr Haar lag wie dunkle Schwingen auf den Kissen. In ihren Augen lag eine Dringlichkeit, die man leicht für Verlangen halten konnte.

»Jetzt, Stephen«, flüsterte sie. »Komm. Warte nicht.«

Stephen bedeckte ihr Gesicht mit Küssen. Seine Hand koste ihre Brüste, die Rundung ihrer Hüfte.

»Eil dich –«

Ihre geflüsterte Weisung kam ihm vor wie ein Spiegel seines eigenen, heftigen Begehrens. Er hörte, wie sie einen Schrei unterdrückte, doch er wußte nicht, ob er aus Schmerz oder aus Wollust geboren war.

»Dolores –«

»Ja. Eil dich.«

Es fiel ihm nur allzuleicht, ihr zu gehorchen. Seit Jahren lebte er nach dem Gesetz der Soldaten. Er hatte seinen Körper geschult, Kälte, Hunger und Müdigkeit zu vergessen. Wenn es erforderlich war, hatte er die Nächte auf regennassen Feldern mit seinen Männern zugebracht. Seine einzigen körperlichen Begegnungen in all den Jahren war kurz und flüchtig gewesen, nur ein Entladen von

Spannung. Und nun fühlte er, wie er in einen Körper sank, der weich wie Samt war und nach Sommergärten und frisch gemähten Wiesen duftete.

Als es vorüber war, merkte er, daß Dolores reglos neben ihm lag. Zuerst glaubte er, sie schliefe, und er stützte sich auf, um sie anzusehen. Ihre Augen waren weit offen, und sie starrte auf den Baldachin über ihrem Kopf. Er küßte sie sanft, und sie schauderte leicht. Dann lächelte sie ihn rasch an.

»Es ist alles gut«, sagte sie.

»Ja«, sagte er. »Sehr gut.«

Stephen ließ sich zurücksinken. Er hatte das nur gesagt, um sie zu beruhigen, denn wirkliches Wohlbehagen empfand er nicht. Ihre Begegnung kam ihm in irgendeiner Weise unvollkommen vor. Doch wenngleich sein Geist keine Ruhe fand, so war doch sein Körper satt und zufrieden, und nach der Aufregung des Tages erfaßte ihn eine große Müdigkeit. Binnen kurzem war er in tiefen Schlaf gesunken. Als sein Atem ruhig wurde, setzte Dolores sich auf, zog ihr Hemd herunter und umschlang ihre Knie. Sie blickte zu ihm hinunter. Nun, da sie sich nicht mehr verstellen mußte, sah sie traurig aus. Sie fühlte sich einsamer, als sie es für möglich gehalten hätte, und war gänzlich verzweifelt. Wenn sie jemals einen Mann lieben könnte, dann war es gewiß Stephen Sutton. Sie vertraute ihm, sie hatte ihn gern, sie wünschte sich, ihm jeden Tag nah zu sein, damit sie sich unterhalten und zusammensein konnten. Und doch spürte sie, wie sie sich von ihm entfernte, sobald er sie in die Arme nahm. Sie sehnte sich nach Nähe, doch stets war da diese trennende Kluft.

Behutsam, um ihn nicht zu wecken, glitt sie aus dem Bett, legte sich ihr Tuch um und kehrte in ihr eigenes Zimmer zurück. Beth schlief friedlich. Als Dolores sich mit Blütenwasser wusch, sann sie bitter darüber nach, daß sie eine schöne Bresche schlug durch die zehn Gebote. Erst Mord, nun Ehebruch. Doch Gott hatte sie an jenem Tag in Würzburg im Stich gelassen, und nun zauderte sie nicht, ihm ihrerseits den Rücken zu kehren.

Am nächsten Tag kam ein frischer böiger Wind auf. Stephen, der allen heimlichen Liebespaaren wohlgesonnen war, trug Leutnant Donnelly auf, eine Nachricht für Sir Diggory Page nach Furleys zu bringen, und fügte beiläufig hinzu, daß er sich nicht zu beeilen brauche mit der Rückkehr. Als der engelsgleiche Donnelly am späten Nachmittag wiederkam, war er so fröhlich, wie man ihn seit der Nacht des Überfalls nicht mehr gesehen hatte.

Stephen hatte sich unterdessen in den Obstgarten begeben, wo Dolores ihren Kindern und der unermüdlichen Bonnet zusah. Vorgeblich wollte er ihr mitteilen, daß Gouverneur Massey Gloucester mit einem Trupp Kavalleristen verlassen hatte und einen gewagten Angriff auf die königliche Festung Evesham unternommen hatte. Doch in Wahrheit sehnte er sich danach, sie zu sehen, was ihm den ganzen Tag über noch nicht geglückt war.

Sie stand unter einem Apfelbaum. Der Wind wirbelte die weißen Blütenblätter durch die Luft, und Beth und Pip haschten nach ihnen wie nach Schneeflocken. Harry gab sich ernster und mühte sich mit einer schwierigen Übung auf seinem Pony ab.

Dolores lächelte über die Tollheiten der Kinder und bemerkte Stephen nicht.
»Guten Tag, Mistress Taverner.«
Sie wandte sich ruckartig um, und Röte stieg ihr in die Wangen. »Hauptmann Sutton –«
»Ich hoffe, ich habe Euch nicht erschreckt.«
»Gewiß nicht. Ich freue mich, Euch zu sehen.« Und zum erstenmal, seit sie sich kannten, stahl sich eine gewisse Scheu in ihr Lächeln. Weiße Blütenblätter hatten sich in ihrem Haar verfangen, und Stephen mußte sich beherrschen, nicht danach zu greifen.
So ausdruckslos, wie es ihm möglich war, berichtete Stephen von Masseys Angriff auf Evesham. Während sie ihm lauschte, empfand Dolores eine merkwürdige Mischung aus Zärtlichkeit und Sorge.
Schließlich sagte sie: »Hat diese Nachricht Auswirkungen auf Euren Entschluß, hierzubleiben?«
Beth, die gerade eine Handvoll Blütenblätter nach ihrem Bruder geworfen hatte, horchte auf.
»Diese Frage müßt Ihr nicht stellen, Mistress Taverner«, sagte Stephen. »Ihr wißt doch, daß Ereignisse in jüngster Vergangenheit mich zu dem Entschluß veranlaßt haben, hierzubleiben, bis ich anderen Befehl erhalte.«
»Hauptmann Sutton geht nicht weg, oder?« fragte Beth.
»Nein, Beth. Jetzt jedenfalls noch nicht, wenngleich er nicht für immer bleiben kann.«
»Ich wüßte nicht, was dagegen spricht. Ich hoffe, daß er für immer und ewig hierbleibt.« Stephen und Dolores wechselten einen raschen Blick, doch im nächsten Augenblick hatte Philip seiner Schwester eine Handvoll Gras in den Kragen gestopft, und sie fuhr erbost zu ihm herum.

Stephen sah zu, wie Dolores die beiden zankenden Kinder trennte und beide nachdrücklich ermahnte.
»Er war schuld!« schimpfte Beth. »Er hat angefangen!«
»Ja, und du hast mit Freuden mitgemacht. Nun streitet nicht mehr, Beth. Geh zu Gerard und sag ihm, daß du jetzt auf Bonnet reiten darfst.«
Als Dolores sich erneut Stephen zuwandte, betrachtete er sie mit leuchtenden Augen. Sie befürchtete unvermittelt, daß dem Reitknecht sogar aus dieser Entfernung auffallen mochte, was sich zwischen ihnen geändert hatte, und sie trat einen Schritt zurück, blickte ernsthaft und sagte kühl: »Ich danke Euch, daß Ihr mir die Neuigkeit vom Fall von Evesham übermittelt habt, Hauptmann Sutton. Ich fürchte, für unsere Männer bedeutet das erhöhte Gefahr. Zweifellos habt Ihr alle Hände voll zu tun.«
»Die Männer sind gut ausgebildet und wissen, was sie zu tun haben, wenn wir angegriffen werden«, sagte Stephen, doch er hatte die Anweisung in ihren Worten verstanden und sagte: »Ich werde Euch und Eure Familie nicht weiter mit Berichten vom Kriegsverlauf aufstören.«
Harry näherte sich ihnen. Dolores lächelte ihren Sohn an und fügte dann, ohne Stephen anzusehen, lässig hinzu: »Was meint Ihr, Hauptmann Sutton: Ob es sich wohl in diesen gefährlichen Zeiten empfiehlt, seine Schlafzimmertür zu verschließen?«
Stephen unterdrückte ein Grinsen. »Ich meine, das muß jeder für sich selbst entscheiden, Mistress Taverner, doch ich für meinen Teil habe es nie für notwendig erachtet, die Tür zu meinem Zimmer zu verschließen. Ich habe nicht die Absicht, an dieser Gewohnheit etwas zu ändern.«

»Das dachte ich mir. Ich freue mich, das zu hören, Hauptmann Sutton. Ich wünsche Euch einen guten Tag.« Keiner, der den hochgewachsenen Offizier beobachtet hätte, der den Pfad vom Garten zu den Stallungen entlangschritt, hätte vermutet, daß er sich für den glücklichsten Mann der Welt hielt.

Dolores kam in dieser Nacht in Stephens Zimmer und auch in den meisten darauffolgenden Nächten. Gelegentlich mußte er nach entlegenen Wachposten sehen, und ein- oder zweimal schlief sie noch vor Beth ein und erwachte erst, als es zu spät war, doch meist legte sie ihr Tuch um, sobald alles im Hause still geworden war, ging leise über den Flur und betrat sein Zimmer.
Am wohlsten war ihr, wenn sie die körperliche Liebe hinter sich gebracht hatten; vorher war sie angespannt und ängstlich und sprach kaum. Ein- oder zweimal hatte Stephen versucht, etwas am Verlauf ihres Zusammenseins zu ändern, doch sie hatte ihn stets gedrängt, sich zu eilen; Beth konnte aufwachen, sagte sie, Gemächlichkeit konnten sie sich nicht erlauben. Doch wenn seine Kraft aufgebraucht war, wurde sie lockerer, und sie unterhielten sich, meist über unverfängliche Dinge. Dolores erzählte ihm von den Kindern, Stephen berichtete von den Ereignissen des Tages. Sie hatten sich nie abgesprochen, doch es schien ein stummes Einverständnis zwischen ihnen zu herrschen, bedrohliche Dinge nicht zu erwähnen: Weder Josiah noch die Zukunft kamen jemals zur Sprache. Oft lagen sie nur stumm beieinander. Ein- oder zweimal, als sie eine Weile so geruht hatten, erwachte Stephens Verlangen aufs neue. Doch sie rückte gleich von

ihm ab und sagte, sie müsse in ihr Zimmer zurückgehen. Beide fürchteten, in so tiefen Schlaf zu sinken, daß die Dienstboten und die Kinder sie frühmorgens in seinem Zimmer finden würden. Ab und an sagte Stephen, er wolle sie nur in Armen halten, weiter nichts. Dann fühlte sich Dolores zugleich erleichtert und unwohl. Sie fürchtete, daß seine Gefühle für sie nachließen; sie empfand zwar kein Vergnügen bei der körperlichen Liebe, doch sie stellte zu ihrer Überraschung fest, daß sie ihr auch nicht gänzlich zuwider war. Sie genoß gleichermaßen das Gefühl, begehrt zu werden, wie auch die Gewißheit, daß sie sich aus der Bindung zu Josiah löste. Doch manchmal rief ihre Unfähigkeit, an Stephens Freude teilzunehmen, die Angst in ihr wach, daß sie einen wichtigen Teil ihrer Fraulichkeit entbehrte. Und daß Stephen wegen dieses Mangels im Laufe der Zeit ihrer überdrüssig werden würde.

Doch was kümmerte sie das? Er hatte ihr sein Wort gegeben, daß er Tilsbury nicht verlassen würde, bis er Befehl erhielt, weiterzuziehen – entweder von ihr oder von seinen Vorgesetzten – , und sie wußte, daß sie sich darauf verlassen konnte. Wenn Stephen sie nicht mehr als Geliebte begehrte, würde er ihr Freund bleiben. Doch Freundschaft genügte ihr nicht mehr. Sie sehnte sich nach seinen Liebkosungen, auch wenn sie außerstande war, sie zu erwidern.

Eines Nachts, als er eingeschlafen war, zündete sie eine Kerze an, setzte sich auf den Bettrand und betrachtete lange sein Gesicht im Lichtschein. Die Fältchen um seine Augen, die gerade Nase, die hohen eckigen Wangenknochen, sein festes Kinn und seinen leicht geöffneten

Mund – ob er wachte oder schlief, sein Angesicht war unentbehrlicher Teil ihres Lebens geworden.
Sachte zog sie das Laken zurück und betrachtete seinen Körper; die Muskeln an seinen Armen, das spärliche Haar auf der Brust und die hellen Narben, von denen einige aus seiner Kindheit stammten, andere erst jüngst durch Kriegsverletzungen entstanden waren. Erst als sie ihn wieder zugedeckt hatte, merkte sie, daß sie weinte, ohne den Grund für ihre Tränen zu erahnen.

20

Nicht allzuweit entfernt von Tilsbury setzten sich zwei gewaltige Heere in Bewegung. Die Parlamentarier unter Sir Thomas Fairfax belagerten mit dreizehntausend Mann das Hauptquartier der Royalisten in Oxford. König Karl führte sein Heer nach Leicestershire, um sie fortzulocken; Fairfax hob die Belagerung auf und folgte. Wie riesige Ungeheuer krochen die Heere durch das Land. Nicht nur die Soldaten selbst – Kavalleristen und Artilleristen, Pikeniere und Musketiere –, sondern auch Diener und Gattinnen, Fuhrleute und Reitknechte, Ärzte und Pfarrer, Bäcker, Weinhändler, Schneider und eine ständig anwachsende Horde zwielichtiger Schmarotzer. Schwerfällig und nie gut unterrichtet, verschlang jede dieser fürchterlichen Kolonnen alles, was an ihrem Wege lag, bei dem Versuch, in jener Schlacht die Oberhand zu gewinnen, von der nun viele glaubten, daß sie den Ausschlag geben würde in diesem Krieg.

Anfang Juni vernahm man in Tilsbury, daß Leicester von den Königstreuen erobert worden war. Die Berichte waren nicht einheitlich. Die Royalisten kündeten von einem großen Sieg; auf Schreiben der Parlamentarier war vom Gemetzel an Frauen und Kindern, schlimmer Zerstörung, Plünderungen und Schändungen die Rede. Die Einwohner von Tilsbury schauderten beim Gedanken an

die Bürger von Leicestershire, deren Leben vernichtet worden war, und beteten inständig für ihre eigene Unversehrtheit.
Doch meist waren ihren Sorgen schlichterer Natur. Das Wetter war schlecht, die jungen Männer waren alle in den Krieg gezogen, und die bevorstehende Ernte schien nicht zu bewältigen zu sein. Eines regnerischen Abends traf Feldwebel O'Rourke Cary ungewöhnlich bedrückt an. Er wappnete sich für eine weiteren, blutigen Bericht von allerhand Unheil, stellte jedoch zu seiner Verblüffung fest, daß sie sich um ihre Familie und deren Hof sorgte. Wenn erst das Heu und danach noch die Ernte ausfielen, drohte der Familie große Not.
Am nächsten Tag fragte O'Rourke Stephen, ob er in seiner freien Zeit Carys Familie auf dem Hof zur Hand gehen dürfe. Stephen hatte nichts dagegen einzuwenden, solange O'Rourke seine soldatischen Pflichten darüber nicht vernachlässigte. Stephen stellte seinerseits einige Erkundungen an und erfuhr, daß sich sämtliche Höfe in der Umgebung in derselben unglücklichen Lage befanden. Solange das Wetter schlecht war, konnte man wenig unternehmen, doch Mitte Juni schlug es um: Ein kräftiger Wind kam auf, die Regenwolken zogen davon, und die Wiesen dampften in der Sonne. Stephen rief seine Männer zusammen, ließ nur die Wachen und Späher auf ihren Posten, unterteilte alle anderen in Trupps und schickte sie auf die Felder. Einige murrten, andere machten die Arbeit gern, doch die meisten gehorchten einfach klaglos.
Kurz vor Morgengrauen traten sie an und gingen den Frauen und den alten Männern zur Hand, schnitten,

harkten und wendeten das Heu. Der Duft von frisch geschnittenem Gras und Wiesenblumen zog durch die Stadt, und kurz verbreitete sich eine hoffnungsvolle, frohe Stimmung. Sogar jene, die den Soldaten einst feindlich gesonnen waren, änderten nun ihre Meinung: Soldaten im allgemeinen waren eine Last, und die Iren waren die schlimmsten – doch diese irischen Soldaten hier stellten offenbar die Ausnahme für beide Regeln dar. Bauern, die sich als gänzlich verarmt ausgegeben hatten, förderten Apfelwein und Dünnbier zutage; Frauen, die den Soldaten jeden Kanten Brot mißgönnt hatten, teilten nun bereitwillig alles, was sie hatten, mit ihnen.
Stephen packte mit an, wo er konnte. Am dritten Nachmittag fand er sich auf einer großen Wiese im Tal Seite an Seite mit Leutnant Donnelly. Er hatte den jungen Iren schätzen gelernt. Er war zwar stiller als O'Rourke, doch ergeben und fleißig. Zunächst arbeiteten die beiden Männer stillschweigend. Da sie weniger erfahren waren im Umgang mit der Sense als die alten Männer, die sich in stetem Schritt voranbewegten, fanden Stephen und Donnelly erst nach geraumer Zeit zu ihrem langsameren Rhythmus. Als die anderen bereits im Schatten einer großen Ulme rasteten, hatten Stephen und Donnelly noch ein ordentliches Stück vor sich, was zu allerlei Scherzen Anlaß gab. Als sie das Ende ihrer Bahn erreichten, hatten die Einheimischen die Arbeit schon wieder aufgenommen.
»Die möchte ich mal mit einer Muskete sehen«, sagte Donnelly grinsend, als er sich im Schatten niederließ und einen großen Schluck Apfelwein aus einem Krug trank. »Unsere Unbeholfenheit bereitet ihnen mehr Freude, als

wenn wir zweimal so schnell wären. Davon werden sie noch Jahre reden.«
»Eine Woche Übung, und wir schlagen sie um Längen.« Donnelly unterlag nicht gerne.
»Eine Woche Übung, und das Heu ist eingefahren.«
»Richtig. Solange sie uns dankbar sind.«
»Dessen könnt Ihr gewiß sein.«
Stephen streckte seine langen Beine aus und sah den jungen Leutnant von der Seite an. Mit seinen dichten blonden Locken und den feinen, fast mädchenhaften Zügen wirkte er malerisch und engelsgleich. Oder, dachte Stephen, in dieser ländlichen Umgebung hätte er auch Modell für eine Pastorale sein können, der junge Endymion etwa, der auf seine Diana wartete.
»Wie alt seid Ihr, Donnelly?«
»Vierundzwanzig ungefähr, Sir.«
Stephen rechnete einige Jahre ab. Donnelly war noch so jung, daß er sich gerne älter machte, wenngleich dieser Krieg von jungen Männern geführt wurde. Prinz Ruprecht und Gouverneur Massey in Gloucester waren beide jünger als Stephen.
»Und wo seid Ihr zu Hause?«
»Nirgendwo, Sir. Die protestantischen Siedler haben meine Familie von ihrem Land vertrieben. Meine Eltern sind beide im darauffolgenden Winter gestorben.«
Stephen äußerte sich nicht dazu. Er wußte, daß dem jungen Leutnant nicht an Mitleid gelegen war. In der Stille hörten sie den Ruf eines Kuckucks und das stetige Pfeifen der Sensen. Es fiel schwer, sich angesichts der zarten Schönheit dieses Sommertags Armut und Hunger vorzustellen.

»Zurück an die Arbeit«, sagte Stephen. »Sonst sind wir um Mitternacht noch hier.« Und dann, als sie ihre Klingen wetzten, fügte er hinzu: »Es wäre möglich, daß ich heute abend wieder eine Nachricht für Furleys habe.«
Donnelly strahlte. »Ihr wißt, einen Burschen wahrhaftig glücklich zu machen, Sir. Ich wünschte, Ihr hättet viermal täglich eine Nachricht für Sir Diggory.«
Stephen grinste. »Wäre das nicht ein wenig zu anstrengend?«
»Keineswegs. Man muß das Heu einbringen, wenn es trocken ist, nicht wahr. Und wenn ich eine gewisse Dame nicht beglücke, findet sie einen anderen, der es tut.«
»Ist sie so launenhaft?«
»Nein, Sir, gar nicht. Zuerst habe ich das nicht verstanden, doch sie nimmt sich einfach, was sie braucht, wie ein Mann. Wenn ich bei ihr bin, denkt sie nur an mich; doch sobald ich fort bin, vergißt sie mich gewiß gänzlich.«
»Woher wißt Ihr das?«
»Das hat sie mir gesagt. Einer aufrichtigeren Frau bin ich nie begegnet, wenngleich sie sich aufs Lügen versteht, wenn es vonnöten ist. Und das verdenke ich ihr nicht. Wenn ich in Tilsbury sterben sollte, dann sterbe ich glücklich. Es ist, als ob« – er hielt inne und suchte nach Worten – »als ob man eine ganz neue Sprache lernt. Zuvor glaubte ich, sie schon recht gut zu beherrschen, doch jetzt weiß ich, daß ich nur zu grunzen vermochte. Nun kann ich singen und –«
Stephen brach in lautes Gelächter aus. »So kommt, Donnelly. Wir sollten uns wieder an die Arbeit machen, wenn Ihr heute abend noch Zeit haben wollt für Gesangsstunden.«

»Ja, Sir, Hauptmann Sutton.«
Donnelly legte sich mit solchem Schwung ins Zeug, daß Stephen sich anstrengen mußte, mit ihm Schritt zu halten. Später, als Donnelly davongestoben war und Stephen im goldenen Abendsonnenlicht den Heimweg antrat, stellte er zufrieden fest, daß einige Heuschober schon gefüllt waren. Er empfand eine wohlige Erschöpfung, wie sie sich nach körperlicher Anstrengung in frischer Luft einstellt, und die so ganz anders war als die Müdigkeit nach Tagen, die er mit Exerzieren oder Patrouillen zugebracht hatte. Beinahe beneidete er die Bauern, die zu ihrem alten Leben zurückkehren konnten, sobald der Krieg vorüber war. Er dagegen hatte keine klare Vorstellung davon, was die Zukunft für ihn bereithielt – und bislang hatte er sich auch kaum Gedanken darüber gemacht.
Er fühlte sich wohl und zufrieden, als er Priory House betrat. Er bat Ellen um Ale und Essen und begab sich ins Speisezimmer.
Die Fenster standen weit offen, und der Raum war erfüllt vom Duft der Blumen und des frischen Heus. Während er wartete, horchte er auf die Geräusche des Sommerabends: das Getrappel von Kinderfüßen auf Dielen im oberen Stockwerk; Stimmen aus der Küche; Schwalben, die zwitschernd vom Dach herunterstürzten, und eine Henne, die irgendwo im Garten zufrieden gackerte, weil sie ein Ei gelegt hatte. Sonnenlicht fiel durch die Fenster, und die Schatten der Streben zeichneten sich auf dem Schieferboden ab. Und dann hörte er von oben, wie Beth stockend eine Melodie auf dem Spinett spielte.

Heute abend, dachte Stephen, wird Dolores zu mir kommen. Es kam ihm eigenartig vor, daß dieser Augenblick vollkommener Zufriedenheit, wie ein Mann sie nur selten erfährt in seinem Leben, ihm gerade nun zuteil wurde, wo er, mit müden, schmerzenden Gliedern allein im Haus eines Fremden stand und draußen im Land der Krieg wütete. Und doch wußte er, daß die Schönheit und Vollkommenheit dieses Gefühls unvergänglich waren.

Dolores trat mit einem Tablett ein, der Küchenjunge folgte ihr mit einem Krug Ale. Sie trug ihr schlichtes dunkelgraues Kleid mit dem großen weißen Kragen, und ihr dunkles Haar verschwand fast unter ihrer Haube. Die Schmucklosigkeit ihrer Kleidung brachte ihre seltsame Schönheit auf eine Art zur Geltung, die in Stephen beinahe schmerzliche Sehnsucht erweckte. Sobald der Küchenjunge den Krug Ale abgestellt hatte, schickte sie ihn hinaus.

»Du siehst wie ein gewöhnlicher Bauerntölpel aus«, tadelte sie ihn. »Gar nicht wie ein Offizier in den Diensten Seiner Majestät.« Doch in ihren Augen lag ein warmer, freudiger Glanz.

»Ich glaube, es gefiele mir nicht schlecht, Landmann zu sein«, sagte er. »Vor allem, wenn ich dann hierbleiben könnte.«

Sie antwortete nicht, sondern setzte sich und sah ihm zu, wie er seinen Durst stillte und sich Mabs' Köstlichkeiten schmecken ließ. Dann nahm ihr Gesicht einen anderen Ausdruck an, und sie legte den Kopf schief.

»Horch.«

»Was?«

»Das Lied –«

Beth hatte das Stück beendet und versuchte offenbar auf dem Spinett eine halbvertraute Melodie zu spielen.
Dolores sagte: »Das ist der Tanz, den ich sie gelehrt habe.« Sie summte das Lied leise mit. »Richtig. Nein, nein, so ...« Dann hatte sie eine Idee und lächelte Stephen an. »Möchtest du den Tanz sehen?«
»Überaus gern.«
Sie erhob sich. »Dann soll es so sein. Das wird ein Geschenk für dich ganz allein sein. Josiah hat mir nie zugesehen, obwohl er immer danach verlangt hat.«
Dolores summte die Melodie leise vor sich hin und begann zu tanzen. Wie oft hatte sie die Bewegungen schon ausgeführt, doch dieses Mal spürte sie, daß es anders war. Stephens Blick, der auf ihr ruhte, veränderte sie. Zum ersten Mal fühlte sie, wie sich ihr Rücken straffte, wie ihr Kopf sich nach hinten bog, und sie wurde der Kraft gewahr, die ihren Körper durchströmte. Ihre Bewegungen waren sinnlich, und ihr Lied lockte ihn.
Sie sah die Bewunderung in seinen grauen Augen, auch sein Verlangen. Und als sie in dem Lichtfleck tanzte und Waldmeister und Streukräuter um ihre Füße stoben, merkte sie, daß sie sich nicht mehr scheute vor seinem Begehren, sondern daß sie es auskostete. Wärme breitete sich in ihr aus. Ihr Mund war trocken, doch nicht aus Angst.
Die ungewohnten Gefühle, die sich in ihr regten, verwirrten sie, und sie hielt unvermittelt inne. Ihr Atem ging flach und hastig, und ihre Arme hingen reglos herunter, als sie Stephen anstarrte.
»Du darfst nicht aufhören ...«, sagte er. »Es ist so schön.«
»Ich wußte nicht ...« Beth hatte es aufgegeben, die Me-

lodie des Tanzes zu suchen, und übte wieder ein anderes Stück, eine Galliarde. »Ich habe noch nie zuvor alleine getanzt. Nona war immer bei mir. Es ist ganz anders, wenn du zusiehst.«

»Vielleicht solltest du mich die Schritte lehren, dann könnten wir zusammen tanzen.«

Dolores zog die Augenbrauen hoch, dann wandte sie sich mit einem kurzen Achselzucken ab. »Warum nicht? Nona sagte, im Dorf tanzten junge Männer und Frauen diesen Tanz, wenn der Mai begann.«

»Dann sind wir ein wenig verspätet«, erwiderte Stephen mit einem Lächeln, »und ganz so jung sind wir auch nicht mehr, aber wir können es doch versuchen, nicht wahr?«

»Wenn du möchtest.«

Er stand auf und trat zu ihr.

»Du mußt die Bewegung erfühlen«, sagte sie. »Ich bin das Lied und du das Echo. So …«

Sie hob die Hände, und Stephen tat es ihr gleich. Ihre Handflächen streiften sich. Bei der kurzen Berührung schien ein Funke auf Dolores überzuspringen, und sie spürte, wie er ihren Arm entlang bis in ihre Schulter wanderte. Das Gefühl war keineswegs unangenehm, doch es erschreckte sie, und sie wich ein wenig zurück. Stephen verflocht seine Finger mit den ihren.

»Zeig es mir«, forderte er sie auf.

Sie sah ihn einen Augenblick an, dann schob sie ihn sachte von sich und begann das alte Lied zu summen. Und es war gänzlich anders: Sie tanzte, als sei es das erste Mal, und Stephen stand beinahe reglos vor ihr. Seine ganze Aufmerksamkeit galt den fremden Rhythmen, und ihre ganze Aufmerksamkeit galt ihm.

Beiden entging es, daß draußen ein Trupp Reiter eintraf. Dolores bemerkte nur, daß sie sich zum erstenmal danach sehnte, die Hände eines Mannes auf der Haut zu spüren: Stephens Hände. Sie begann die Liebe zu erwidern, die sie in seinen Augen sah.

»So.« Sie bewegte sich unvermittelt auf ihn zu und küßte ihn rasch auf den Mund, dann machte sie eine schwungvolle Drehung.

Stephen grinste und umfaßte ihre Taille. »Und so –«, begann er.

An der Haustür gab es einen Tumult. Ein Mann, dessen Stimme ihnen vertraut war, verlangte Hauptmann Sutton zu sprechen. Es gelang ihnen gerade noch rechtzeitig, auseinanderzuspringen, als auch schon Feldwebel O'Rourke hereinstürmte.

»Im Lion sind Kavalleristen eingetroffen«, sagte er. »Sie sagen, sie gehören zum Heer von Prinz Ruprecht. Es hat eine große Schlacht gegeben. Sie sind gerade noch mit dem Leben davongekommen.«

»Eine Schlacht? Wo?«

»Im Norden. In der Nähe von Leicester wahrscheinlich.«

»Und wie ging sie aus?«

»Sie sagen, unser Heer sei zerstört. Seiner Majestät gelang nur knapp die Flucht, und man glaubt, daß der König nach Wales unterwegs ist.«

»Ich werde sogleich mit ihnen sprechen.«

»Sie sind schon weitergeritten, Sir. Sie wollten nach Furleys. Sir Diggorys Sohn ist einer von ihnen. Ich habe ihn sagen hören, dies sei der Todesstoß für den König. Der Krieg sei so gut wie entschieden.«

Dolores keuchte. Stephen sagte fest. »Erste Berichte sind

häufig ungenau, O'Rourke. Sie würden schon häufig widerlegt. Solange Seine Majestät auf freiem Fuße ist, besteht die Hoffnung, daß man ein neues Heer aufbaut und den Sieg doch noch erringt.«
»Ja, Sir.«
Dolores hatte sich abgewandt und beschäftigte sich mit dem Tablett. In ihren Augen glänzten Tränen, und eine ohnmächtige Wut bemächtigte sich ihrer: Wie der Krieg auch ausgehen mochte, das Leben der Bürger wurde beeinträchtigt, und sie waren machtlos dagegen.
Ein junger Mann, den keiner kannte, schlenderte herein. Seine Kleidung war von dem langen Ritt verschmutzt, doch man sah, daß er Wert legte auf sein Äußeres.
»Hauptmann Sutton?« Der Junge betrug sich nicht zuletzt so überheblich, weil dieser Offizier, seinem Äußeren nach zu schließen, ein Freibauer zu sein schien.
»Ja?«
»Ich bin Cornet Trimball, Sir. Major Ripley sendet Euch seine Hochachtung und wünscht Euch unverzüglich in Furleys zu sehen.«
»Major Ripley?«
»Er übernimmt den Befehl über die Garnison hier. Ich rate Euch, ihn nicht warten zu lassen.« Und damit drehte er sich auf dem Absatz um und schlenderte hinaus.
O'Rourke zog eine seiner buschigen Augenbrauen hoch und verschwand dann, um Cary zu suchen. Er wollte ihr die Nachricht selbst mitteilen, um nicht in Kürze einer grauenerregenden Schilderung des Schlachtverlaufs von ihr lauschen zu müssen.
Stephen wandte sich Dolores zu. »Alles kann beim alten bleiben«, sagte er.

Doch sie stob zornig aus dem Zimmer und sagte im Vorübergehen: »Du bist ein Tor. Nichts ist mehr beim alten.«
Oben mühte sich Beth weiter mit ihren Übungen ab, wie sie es jeden Tag tat, als hätten nicht auf einem Feld unweit von Tilsbury zahllose Männer den Tod gefunden und als hätte nicht König Karl jene Flucht angetreten, die erst ein Ende fand, als er auf das Schafott stieg und seinen Kopf auf den Henkersblock legte.

Major Ripleys Gesicht war bleich und eingefallen. Er hatte das Alter längst überschritten, in dem man an einer verheerenden Schlacht teilnehmen und einen zweitägigen Ritt hinter sich bringen konnte, ohne Schaden zu nehmen. Er sah gereizt und krank aus und litt unter quälenden Kopfschmerzen. Er hatte ein paar Schlucke von Sir Diggorys verbliebenem Brandy zu sich genommen, doch jeder weitere Tropfen würde seine Verdauung in Unordnung bringen; für Major Ripley gab es keine leichten Linderungen.
Er saß nun auf einem Stuhl aus Eichenholz, und Sir Diggorys Sohn stand an seiner Seite. Frederick Page war ein massiger, blasser dicklicher Bursche, der wie seine Schwester zum Doppelkinn neigte, doch nichts von ihrem gewinnenden Wesen an sich hatte.
»Ihr verlegt die Männer unverzüglich hierher«, sagte der Major. »Ich weiß nicht, was Euch dazu bewogen hat, die ganze Stadt zur Garnison zu erklären. Sie ist nicht zu verteidigen.«
Mit einer Dankbarkeit, die ihn selbst überraschte, gedachte Stephen Paul Darbiers ungewöhnlicher Beweg-

gründe für die Wahl ihres Quartiers. Ruhig sagte er: »Auf einer Seite stellt der Fluß eine naturgegebene Grenze dar, Sir. Mit den Mauern des alten Klosters und den Schanzen, die wir errichtet haben –«

»Unerheblich, unerheblich. Reine Zeitvergeudung. Verlegt die Männer umgehend.«

»Ja, Sir.«

»Noch heute abend, Hauptmann.«

Stephen dachte an Dolores und sagte: »Das wird nicht möglich sein, Sir. Die Munition lagert in den Ruinen des alten Klosters, und sie muß zuerst befördert werden. Überdies haben die Männer bis heute abend zu tun. Ich kann die Verlegung gleich morgen früh bewerkstelligen.«

»Zu tun? Was haben sie zu tun?«

»Sie arbeiten, Sir. Sie helfen bei der Heueinbringung.«

Frederick Page gab ein verächtliches Schnauben von sich.

»Sie arbeiten wie die Bauern, Hauptmann Sutton?«

»Ja, die Leute hier ...«

Der Major fiel ihm wiederum ins Wort. »Die Leute hier sind nicht von Belang für mich. Ich wünsche auch nicht, daß meine Soldaten auf dem Felde arbeiten. Dieser Unsinn muß unverzüglich beendet werden. Es schädigt den Kampfgeist.«

»Ganz im Gegenteil, Major Ripley –«

»Schreitet zur Tat. Befehl ist Befehl, Hauptmann. Ich wünsche keine Ratschläge, weder von Euch noch von anderen. Die Männer werden hier im Morgengrauen antreten.«

Stephen entging es nicht, daß Frederick Page bei dieser Äußerung in sich hineingrinste. Er begriff, daß seine Kenntnisse der Gegend nach seinem viermonatigen Befehl über die Garnison nicht zählten. Es war ihm zuwider, die Führung diesem verbitterten Major zu überlassen, doch er hatte keine Wahl. Nach den letzten Monaten, vor allem seit Major Darbiers Tod, fand Stephen, daß er stolz sein konnte auf seine Garnison. Nun wurde sie ihm entzogen. Doch zumindest war es ihm gelungen, noch eine Nacht in Priory House zu bleiben.

Als er in der Abenddämmerung auf den mit Kies bedeckten Hof hinausging, wo sein Reitknecht mit seinem Pferd wartete, kam Leutnant Donnelly zu ihm geeilt, um sich ihm anzuschließen.

»Wir sollen die Garnison hierher verlegen«, sagte Stephen.

»Ich weiß, Sir.« So sehr sich Donnelly auch bemühte, er konnte sein freudiges Grinsen nicht verbergen. »Gott segne Major Ripley, kann ich da nur sagen. Der Schutzherr der Liebenden.«

Stephen sann betrübt darüber nach, daß für ihn leider das Gegenteil zutreffend war, doch er behielt seine Gedanken für sich, und Donnelly grinste immer noch, als sie kurz darauf in Tilsbury eintrafen, um die Männer auf die Verlegung vorzubereiten.

Später als gewöhnlich betrat Dolores Stephens Zimmer. Eine Weile sprachen sie nicht und berührten einander nicht.

Schließlich sagte Dolores still: »Gibt es schlechte Nachrichten?«

»Sehr schlechte. Wir müssen weitere Berichte abwarten, doch es ist eine schwere Niederlage.«

»Schlimmer als zuvor?«

»Vielleicht. Eines jedoch ist gewiß: Meine Lage hier hat sich geändert. Ich habe nicht mehr den Befehl über die Garnison. Major Ripley hat die Verlegung nach Furleys angeordnet.«

»Ja.«

»Morgen früh muß ich aufbrechen.«

»Ich weiß.«

»Es ist besser für dich und deine Familie. Wenn die Garnison angegriffen wird, wird Furleys Schaden nehmen, nicht die Stadt.«

»Ich habe keine Angst.«

Als Dolores diese vier Worte aussprach, stellte sie zu ihrem Erstaunen fest, daß sie tatsächlich zutrafen. Die grauenvolle lähmende Angst, die sie erfaßt hatte, als Josiah vom Eintreffen der Soldaten sprach, die angstvolle Unruhe in den Tagen nach Major Darbiers Tod, all das gehörte der Vergangenheit an. Als sie Stephen im Mondlicht ansah, wußte sie, daß sie bis aufs Blut kämpfen würde, um ihre Kinder zu schützen, doch sie hatte keine Angst.

Er nahm ihre Hände, zog sie an die Lippen und küßte sie.

»Ich wünschte mir aus ganzem Herzen, bei dir bleiben zu können«, sagte er. »Es wird schwer für uns werden, uns künftig zu treffen. Vielleicht sogar unmöglich.«

»Nichts ist unmöglich«, sagte sie. Sie dachte dabei an die Wärme, die sie durchströmt hatte, als sie an diesem Nachmittag für ihn tanzte. Doch als er sie bald darauf in dem großen Bett in die Arme nahm, entglitt sie ihm erneut, wie es jedesmal wieder geschah. Die körperliche Liebe war etwas, das sich losgelöst von ihr vollzog. Sie fühlte sich einsam, als sei ihre Haut eine Rüstung, die sie voneinander trennte. Gab es keine Hoffnung, daß sich jemals etwas ändern würde? Die Vorstellung, daß sie Stephen nie wieder neben sich spüren würde, war unerträglich.

Danach lagen sie schweigend beisammen, und sie fühlte, daß auch er darüber nachsann, wie traurig es wäre, wenn dies ihre letzte gemeinsame Nacht war. Solch eine Verschwendung der Liebe. Doch sie war außerstande, unverblümt zu ihm zu sprechen.

»Ich hätte mir dies nie vorstellen können«, sagte sie schließlich. »Und nun, Gott helfe mir, weiß ich nicht, wie ich handeln soll.«

»Warum?«

»Ich habe Josiah verraten, indem ich dich liebe. Wenn wir uns heimlich treffen wollen, muß ich ihn ein weiteres Mal verraten.«

Stephen schwieg eine Weile, dann sagte er: »Vielleicht ist es dann am besten, jetzt ein Ende zu setzen.«

»Nein! Wir werden uns treffen. Ich wäre jederzeit bereit, Josiah tausendmal zu verraten.« Unversehens entschlossen, stieg sie aus dem Bett und legte sich ihr Tuch um.

»Aber wie? Es ist zu gefährlich für mich, dich hier zu besuchen, und du kannst das Haus nicht verlassen, ohne Verdacht zu erregen. Ich kann es nicht zulassen, daß du ein solches Wagnis eingehst.«

Sie legte den Finger an die Lippen und lächelte. »Es gibt einen Geheimgang, Stephen. Jeder glaubt, daß er zugeschüttet ist, doch Josiah hat ihn kurz vor deiner Ankunft öffnen lassen.«

»Ein Geheimgang? Wo?«

»Hier, im Haus. Die Familie meines Mannes gehörte dem katholischen Glauben an. Unter Elizabeth ließen sie ein Versteck für einen Priester anlegen. Als Pater Tellam von seinen Verfolgern gefaßt wurde, erfuhren alle von dem Gang. Da er nutzlos war, ließ man ihn zuschütten, doch nun ist er wieder offen. Er verbindet mein Zimmer mit dem alten Kloster.«

Stephen nahm ihre Hände und küßte sie. »Dolores, du kannst Wunder wirken.«

»Hast du auch bemerkt, daß ich dich nicht einmal gebeten habe, mein großes Geheimnis zu bewahren? Ich weiß, daß du mich niemals verraten würdest. Bist du nicht stolz darauf, wie ich dir vertraue?«

»Sehr stolz. Und ich fühle mich geehrt.«

»Es war Josiah zuwider, daß er mir sein Geheimnis anvertrauen mußte. Er tat es nur, weil er Dinge von Wert dort für die Kinder hinterlegen wollte, falls ihm etwas zustieße. Ich kann ihn dir jetzt nicht zeigen, weil Beth in meinem Zimmer schläft, und deine Männer die Ruine bewachen. Werden sie in drei Tagen fort sein?«

»Dafür werde ich sorgen.«

»Dann warte dort auf mich, gleich nach Mitternacht.«

Da es keine Zukunft für sie gab, hatten Stephen und Dolores den Wert des Augenblicks schätzen gelernt. Nun, da sie der Verlegung der Garnison nicht mehr mit Bangen entgegensehen mußten, waren sie überschwenglich, als hätten sie das Schicksal ein für allemal überlistet und könnten niemals getrennt werden.

Als Stephen später über ihr Gespräch nachsann, machte er sich Vorwürfe, weil er Dolores' Plan so rasch zugestimmt hatte. Er fürchtete, daß sie zu gewagt handelte, und fand, daß er für sie beide Vorsicht walten lassen mußte. Denn sie war bedroht; einem Offizier aus Cornwall, den man bei einer Liebelei mit einer verheirateten Frau ertappte, drohte nichts außer dem Neid seiner Kameraden. Mit Josiah als rachsüchtigem Gatten war nicht zu rechnen. Doch die Strafe für Dolores, falls ihr Geheimnis ans Licht kam, war nicht zu ermessen. Er hätte sich mehr darum bemühen müssen, sie zu beschützen. Doch als er dies erwog, stand der Plan bereits fest. Er konnte ihr keine Nachricht zukommen lassen, und er war auch nicht bereit, auf die Begegnung mit ihr zu verzichten.

21

Als die Sommersonnenwende nahte, gab es täglich neue Nachricht von der verheerenden Niederlage in Naseby. Ein Teil der Kavallerie konnte entkommen, und der König selbst blieb auf freiem Fuß, doch die Infanterie, das Rückgrat des Heeres, war vernichtet. Eine Woche nach ihrer Niederlage mußten die Gefangenen in London aufmarschieren, Tausende von Soldaten mit über fünfzig erbeuteten Feldzeichen. Leicester wurde von den Parlamentstruppen zurückerobert, die dabei Waffen und Pferde gewannen. Karl stand auf verlorenem Posten. Am schrecklichsten war die Nachricht, daß die »Rundköpfe« viele der walisischen Frauen, die Tilsbury erst einen Monat zuvor mit ihren Männern verlassen hatten, beim Überfall auf den Troß niedergemetzelt hatten. Die naheliegende Erklärung dafür war wenig tröstlich für Donnelly, O'Rourke und ihre Männer: Da sie sich in einer unbekannten Sprache verständigten, hatte man die unglückseligen Frauen für Irinnen gehalten.

Welcher Seite sie sich auch zugehörig fühlten, die meisten Menschen waren doch einfach froh, daß das lähmende Patt ein Ende fand. Einige Männer kehrten bereits nach Hause zurück; sie waren entweder verletzt oder fahnenflüchtig, oder man hatte ihnen das Ehrenwort abgenommen, nicht mehr zu kämpfen, und sie entlassen. Zu den ersten Heimkehrern gehörte Corinnas Gatte Tom. Beim ersten Angriff auf Leicester hatten ihn Splitter von einem Mörser ins Knie getroffen. Die Wunde war zwar verheilt, doch sein Soldatenleben war damit beendet. Da er Corinna kannte, überraschte ihn die Nachricht von ihrer Untreue nicht über die Maßen. Als er gerade dabei war, sich in eine gewaltige Wut hineinzusteigern, erhielt er eine Nachricht von Sir Diggory, in der ihm mitgeteilt wurde, daß er sich nicht länger als Corinnas Gatte betrachten solle, man leite die rechtlichen Schritte zu einer Trennung ein. Auf die Kränkung folgte noch eine Beleidigung, indem man ihm versprach, sich großzügig zu zeigen. Als Tom sich beruhigt hatte, sagte er sich, daß er doch froh sein solle, die überhebliche Schlampe loszuwerden. Er lebte wie früher und kehrte zu seinen alten Freunden zurück, hegte jedoch einen immerwährenden Groll gegen die Bewohner von Furleys. Nachdem er eine Weile mit seinem Stolz gerungen hatte, beschloß er, das Geld zu behalten.

In jenen Sommertagen nach der Niederlage von Naseby war es schwer, an ein Verhängnis zu glauben. Das Wetter blieb schön, das Heu war eingebracht und in ordentlichen Schobern aufgehäuft, die Frauen rangen mit Zukkerknappheit und einem Überschuß an Holunderbeeren und Rosen, die Menschen in der Stadt freuten sich auf ihren Alltag. Furleys schien sich in einer Art Traumzustand zu befinden. Die Soldaten, die mit Major Ripley eingetroffen waren, lagerten in der Sonne und rauchten behaglich, schäkerten mit den Dienstmädchen und ergingen sich gedämpft in Betrachtungen über die Tochter des Hausherrn. Ihre Offiziere vergnügten sich mit

Bowlingspielen und gaben sich Wunschvorstellungen über einen wundersamen Sieg Seiner Majestät hin, an den keiner mehr glaubte: Der König stellte in Wales ein neues und besseres Heer auf; eine große Truppe schiffte sich gerade in Irland ein; die schottischen Royalisten standen kurz vor einem überragenden Sieg, und bis zum Herbst würden sie im Süden eingetroffen sein.

Stephen hatte zum ersten Mal, seit er im Jahre 1639 seine Heimat verlassen hatte, um sich Bevil Grenviles Heer anzuschließen, Zeit im Überfluß. Er hatte bald begriffen, daß Major Ripley nur große Worte machte, jedoch nichts zur künftigen Verteidigung von Furleys unternahm. Stephen brachte einen heißen Nachmittag damit zu, Erdwälle anzulegen, um für Schutz zu sorgen, und erhielt lediglich Weisung, das künftig zu unterlassen. Der Major plane eigene Schritte – die allerdings bislang geheim blieben. Stephen schloß daraus, daß Major Ripley und Leutnant Page beabsichtigten, lediglich so lange Widerstand zu leisten, bis sie für sich und das Haus günstige Bedingungen aushandeln konnten. Aus den Erörterungen der Ereignisse in Naseby ging seiner Ansicht nach hervor, daß sie geflohen waren, als die Kavallerie wich und sich das Banner wendete. Stephen urteilte zwar nachsichtig über Handlungen während eines Gefechts, doch ihre gegenwärtige Tatenlosigkeit fand er unerträglich. Er war außerstande, sich mit Bowling zu befassen, während die Sache, für die sein Bruder und seine Freunde gestorben waren, in sommerlichen Müßiggang und Hirngespinsten verpuffte.

Überdies fühlte er sich in Furleys gänzlich fehl am Platz. Anders als die Iren, die man bescheiden in den Nebengebäuden untergebracht hatte, war Stephen im hinteren Teil des Haupthauses ein eigenes Zimmer zugewiesen worden. Doch die Kavalleristen behandelten ihn von oben herab, weil er Infanterist war, und Frederick Page, der lediglich den Rang des Leutnants bekleidete, ließ keinen Zweifel daran, daß er sich als Stephens Vorgesetzter betrachtete. Da er Major Ripleys Vertrauen genoß, konnte Stephen nicht dagegen angehen.

All diesen Ärgernissen zum Trotz war Stephen zufrieden – weil er seine heimlichen Treffen mit Dolores fortsetzen konnte.

Drei Tage nach Major Ripleys Ankunft war Stephen kurz nach Mitternacht am alten Kloster eingetroffen. Tagsüber hatte man die letzten Reste der Munition fortgeschafft, und nur ein schwacher Pulvergeruch und der Gestank aus der Nische am Fuße des Turms, die von den Wachen als Abtritt benutzt worden war, zeugte noch von seinem Einsatz als Lager. Aus militärischem Blickwinkel wäre es gewiß sinnvoll gewesen, auch nach der Verlegung der Munition weiterhin hier eine Wache aufzustellen. Von dem Turm aus hatte man einen hervorragenden Blick auf den unteren Teil von Tilsbury, die angrenzenden Felder und einen Streifen der Oxford Road sowie auf den Park von Furleys. Doch Stephens Bemühungen, seine Vorschläge an den Mann zu bringen, waren durch Major Ripleys Einwände vereitelt worden, und als er nachmittags die Wachen abzog, tat er dies ohne weitere Bedenken. Er wollte bei seinen Begegnungen mit Dolores nicht von neugierigen Soldaten gestört werden.

Doch nun war sie nirgendwo zu sehen. Stephen ließ sich auf einem herabgestürzten Mauerstück nieder, lauschte seinem Pferd dabei, wie es Gras rupfte, und sah den Fledermäusen zu, die durch die Dachsparren flitzten. Dank dem Aberglauben der Einheimischen war ein großer Teil des alten Klosters erhalten geblieben. Niemand wollte Gefahr laufen, sich Unglück aufs Haus zu ziehen, indem er Steine aus dem Kloster verwendete. Die Graue Frau vermochte ihr Kloster im Tode besser zu schützen als zu Lebzeiten.

Am Fuße des alten Turms flackerte ein Licht auf.

»Dolores?« Stephen stand auf.

Keine Antwort. Das kleine Licht bewegte sich, und in den Schatten regte sich etwas.

»Dolores, bist du das?«

In der Stille spürte Stephen, gewiß nicht für Aberglauben anfällig, wie ihm ein Schauder über den Rücken lief, und einen flüchtigen Augenblick lang hätte es ihn nicht gewundert, wäre ihm der Geist der ermordeten Priorin erschienen.

Dann grinste er und hieß sich einen Dummkopf. Er bewegte sich auf das Licht zu und fand Dolores, die mit einer Laterne in der Hand am Fuße eine Säule kauerte. Er bückte sich zu ihr herunter, und sie ergriff seine Hand.

»Dolores, was ist mit dir? Was ist geschehen?«

Mit weit aufgerissenen, verängstigten Augen starrte sie zu ihm empor, und die Angst packte ihn. Zum letztenmal hatte er diesen Gesichtsausdruck in der Nacht nach Major Darbiers Tod bei ihr gesehen; sie sah aus wie jemand, der gerade einen Geist erblickt hat.

Er ging neben ihr in die Hocke und fragte erneut: »Was ist dir?« Ihre Hand war eiskalt, und als er ihre Stirn berührte, spürte er, daß sie schweißbedeckt war.

»Ich schätze –« Sie rang um Atem.
Stephen sagte sanft: »Etwas hat dich erschreckt. Was war es?«
»Nichts«, sagte sie. »Nun, da du bei mir bist, ist alles gut. Aber ich schätze dunkle Gänge nicht besonders.« Sie umklammerte noch immer seine Hand. »Laß uns einen Augenblick warten, bevor wir zurückgehen. Es wird gleich besser.«
»Soll ich deine Laterne löschen? Jemand könnte sie sehen.«
»Um so besser. Elfenlichter um Mitternacht werden die Leute nur im Glauben an die Graue Frau bestärken. Keiner in Tilsbury würde es wagen, den Grund erkunden zu wollen. Leg den Arm um mich, Stephen, ich bin schon wieder mutiger.«
Dolores schämte sich ihrer Angst und wollte vor ihm verbergen, welche Überwindung es sie gekostet hatte, allein in den dunklen Gang hinabzusteigen. Seit dem Abend, an dem sie Stephen ihren Plan unterbreitet hatte, war ihr angst davor gewesen. Als sie an diesem Morgen erwacht war, lastete das Grauen auf ihr, und sie hatte mehrfach erwogen, den Plan zu ändern und Stephen eine Nachricht zu schicken. Den ganzen Tag hatte sie mit ihrer Furcht gerungen, doch als der Abend nahte, hatte sie sich streng gesagt, daß sie sich einmal für Josiah überwunden hatte und dann wohl imstande sein solle, das – und noch viel mehr – auch für Stephen zu leisten. Sie untersagte es sich, an den stickigen engen Gang zu denken, und stellte sich statt dessen Stephen vor: sein Lächeln, seine starken Arme, seine Liebe, die sie erwartete in der Ruine des alten Klosters.

»Ich bin nun wieder stark.« Ihre Stimme klang kräftiger als zuvor. »Nun kann ich dir deinen Geheimgang zeigen. Schau, hier. Wenn man die Steine ein wenig verrückt, sieht man den Eingang. Schiebe sie beiseite – und hier ist der Abstieg. Halt meine Hand fest, Stephen. Jetzt, wo du bei mir bist, fürchte ich mich nicht mehr. »

Und so war es. Ihr Herz pochte, und der Angstschweiß brach ihr aus, doch es gelang Dolores sogar, innezuhalten, als sie zu der Nische kamen.

»Schau, Stephen. Darum ließ Josiah den Gang wieder öffnen.« Sie nahm das Kästchen hoch und öffnete es. Eine Schimmelschicht bedeckte das Äußere. Als sie die kostbaren Juwelen und Silberarbeiten betrachtete, trat ein eigenartiger Ausdruck auf ihr Gesicht.

»Ein einfacher Kaufmann, der solche Schätze besitzt«, wunderte sich Stephen. »Dein Gatte hat ein Auge für Schönheit.«

Dolores schüttelte den Kopf. »Er sieht nur den Wert der Dinge.«

»Wie kamen sie in seinen Besitz?«

»Kriegsbeute. Er hat sie gestohlen, als er als Soldat in Deutschland war. Jedes Stück muß er einer verängstigten Frau vom Hals gerissen und unter Todesdrohung einem hilflosen Katholiken abgenommen haben. Er sagt den Leuten, daß er für dic Sache der Protestanten kämpfte, doch er kämpfte einzig und allein für sich selbst.«

»Mit großem Erfolg.«

»Er hat noch andere Wertsachen mit nach London genommen. Als er kurz nach deiner Ankunft abreiste, mußte ich ihm Goldschmuck und Juwelen in seine Kleidung einnähen. Er sorgt stets vor.« Sie nahm ein paar der

Stücke hoch, ließ sie dann wieder zurückfallen. »Bis zu diesem Augenblick wußte ich nicht, wie sehr ich diese Dinge verabscheue. Das Diebesgut von Josiahs Kreuzzug im Namen der Protestanten. Und ich war nur ein weiteres Beutestück.«

Sie schloß das Kästchen und eilte weiter. Es war ein Fehler gewesen, Stephen die Juwelen zu zeigen. Nach ihrem Anblick kam ihr der Gang noch bedrückender, die Luft noch modriger vor. Sie sprach erst wieder, als sie die Stufen emporgestiegen war, die Täfelung aufgeschoben und den Duft der frischen Streukräuter in ihrem Zimmer eingeatmet hatte.

Stephen trat aus dem Versteck und blickte um sich. »Hier bin ich nicht mehr gewesen, seit Darbier hier geschlafen hat.«

»Bis letzte Nacht hatte ich Beth zu mir genommen. Sie schläft jetzt mit den Kleinen in einem Zimmer. Wir sind eine Zigeunerfamilie geworden, die stetig von einem Zimmer zum nächsten zieht.«

Sie verschloß die Täfelung. »Nun«, sagte sie. »Das wäre bewältigt. Möge der Himmel verhindern, daß ich diesen Gang jemals wieder betreten muß.«

Stephen strich sich eine Haarsträhne aus der Stirn. »Verabscheust du ihn so sehr?«

»Ich werde ihn lieben lernen, wenn er es uns ermöglicht, zusammenzusein. Doch ich muß immer an diesen Priester denken, der darin von seinen Verfolgern gefaßt wurde.« Aus ihr unersichtlichen Gründen brachte sie ihren Verdacht, daß ihn womöglich Josiah, als er Kind war, verraten hatte, nicht zur Sprache. Ob der Gedanke an das schreckliche Schicksal des Priesters daran schuld war, der

Gang selbst oder der bedrückende Anblick der Schmucktruhe – beiden gelang es nicht, ihre beklommene Stimmung abzuschütteln. Stephen wollte Dolores nur im Arm halten und mit ihr sprechen. Vor allem an diesem Abend zögerte er, körperliche Liebe zu wünschen, da sie keine Freude daran hatte. Jedesmal wenn er sie in die Arme schloß, spürte er eine zunehmende Unzufriedenheit mit sich selbst. Dolores war zunächst bestürzt darüber und deutete dies als Zeichen, daß er ihrer überdrüssig wurde. Erst als er sie davon überzeugt hatte, daß nichts der Wahrheit ferner sein könne, lehnte sie sich an die Kissen und sagte: »Dann sprich zu mir.«

»Worüber?«

»Nicht über diesen gräßlichen Krieg jedenfalls. Solange ich lebe, will ich kein Wort mehr hören von Nachschub, Appellen oder Feldzügen.«

»Worüber dann?«

»Erzähl mir von deinem Leben.«

»Dieser Krieg ist mein Leben.«

»Doch bevor du Soldat wurdest. Erzähl mir von deinem Zuhause, deiner Familie. Wie hast du deine Tage verbracht? Erzähl mir von Cornwall. Sieht es dort aus wie hier?«

»Cornwall ist nicht so fruchtbar. Das Land ist arm und das Leben dort härter. Und doch gibt es keinen schöneren Ort für mich auf der Welt.«

»Wie kann es denn arm und kärglich und dennoch schön sein?«

»Ich weiß nicht, doch es ist so.«

»Beschreibe es mir.«

Stephen schwieg eine Weile, suchte nach den richtigen

Worten. Es kam ihm vor, als erwecke er einen Teil seines Hirns wieder zum Leben, der lange geschlummert hatte.
»Die Bäume dort sind viel kleiner als hier«, sagte er langsam. »Die meisten sind verkrüppelt vom Wind, einige sind gebeugt, nur in den Tälern gibt es größere. Auch die Häuser sind kleiner und niedriger und aus grauem Stein, nicht aus goldenem wie hier.«
»Das klingt nicht sehr bezaubernd, wenn alles dort so klein ist.«
»Nicht alles. Der Himmel ist weit und sieht stets anders aus. Das Land ist umgeben vom Meer, und die Wellen sind gewaltig und wunderschön. Man kann ihnen stundenlang zusehen. Und der Wind weht vom offenen Meer herein, und man spürt voller Glück, daß man lebendig ist.«
Sie sah ihn zärtlich an. »Dein Cornwall macht dich zum Dichter, Stephen.«
»Vielleicht weil es ein Gedicht ist. So wie du.«
»Das ist Schmeichelei, keine Poesie.«
»Ich wünschte –«
Er brach ab, und sie verfielen in Schweigen. Er hatte sagen wollen, wie sehr er sich wünschte, ihr das Land zu zeigen, in dem er aufgewachsen war. Und sie dachte, daß er vielleicht eines Tages dorthin zurückkehren werde und daß sie einander niemals wiedersehen würden. Sie versanken in ihren düsteren Gedanken, und da keiner sie dem anderen aufladen mochte, sprachen sie nie mehr darüber.

Ein paar Tage darauf arbeitete Dolores in ihrem Garten. Robert saß neben ihr auf dem Schoß seiner Amme. Joan plauderte unentwegt, erzählte dem Kleinen, wie stark und klug er war, und berichtete wiederum Dolores, was sie Robert gesagt und was er getan hatte. Dolores beobachtete seit einiger Zeit etwas beunruhigt, daß Joan allmählich Robert ihrem eigenen Kind vorzuziehen schien. In Bälde würde man den Jungen von der Brust entwöhnen müssen, damit Joan und ihr Kind auf den Hof zurückkehren konnten.

Fürs erste jedoch galt Dolores' Aufmerksamkeit ganz ihrer Arbeit. Sie sammelte Rosen und ließ sie in einen großen Weidenkorb fallen. Es war die zweite Ernte dieses Jahres. Diese Aufgabe mußte alljährlich erledigt werden, und wie immer pflückte sie die Blüten ab, als sie sich gerade zu öffnen begannen. Später würde sie den Korb auf dem Küchentisch ausleeren, und Mabs und sie würden die weiße Spitze jedes Blütenblatts mit einer Schere abschneiden. Das war mühselig, aber unerläßlich, da man für den Winter große Mengen Rosenwasser einlagern wollte.

Sie ging zum nächsten Busch, einer langsam wachsenden Damaszenerrose, und stellte leicht verärgert fest, daß sie hier vor einigen Tagen zwei Blüten übersehen hatte. Nun waren sie zu weit offen, um noch brauchbar zu sein. Sie schnitt eine der Blüten ab, warf sie fort und wollte mit der zweiten ebenso verfahren, doch dann hielt sie unvermittelt inne. Ein kleines Insekt kroch über die Blütenblätter. Sie betrachtete es eingehend und stellte fest, welch beschwerlichen Weg es vor sich hatte. Zum ersten Mal in ihrem Leben fiel ihr auf, wie diese Blume beschaffen war, wie die Blättchen Reihe um Reihe angeordnet waren wie bei einer erlesenen Stickerei. Dann bemerkte sie die Farbe, ein tiefes, dunkles Rot, rot wie Wein, wie Rubin, rot mit einem Hauch Rosa und Violett, ein ganz einzigartiges Rot. In der Sonne verströmte die Rose einen solch betörenden Duft, daß ihr eng wurde ums Herz. Sie streckte die Hand aus und berührte die Blüte sachte; ein paar Blütenblätter lösten sich und schwebten zu Boden – eine solch unermeßliche Schönheit, die doch so flüchtig war.

Sie bückte sich, hob die Blume auf, die sie kurz zuvor weggeworfen hatte und hielt sie behutsam in der Hand, dann ging sie zu einer Bank und ließ sich nieder. Das enge Gefühl in ihrer Brust wollte nicht weichen, und ihr wurde schwindlig. Sie blickte um sich und hörte das Summen Tausender Insekten, die sie nicht sehen konnte, vernahm das Zwitschern der Vögel und das entfernte Murmeln des Flusses. Sie dachte an den Tag von Jinnys Begräbnis, an dem sie Tilsburys Schönheit zum erstenmal bemerkt hatte. Doch nun erlebte sie wiederum etwas Neues. Damals waren ihr die Augen aufgegangen, jetzt öffnete sich ihr Körper.

Unvermittelt stiegen ihr Tränen in die Augen, und sie sah nur noch Farben: das beinahe schmerzhaft leuchtende Blau des Himmels, die zahllosen Grüntöne in den Bäumen, wenn die Sonnenstrahlen auf die Blätter fielen, das tiefe Blau im Schatten. Seit jenem Tag in Würzburg hatte sie nur Grau gesehen, und nun verschwand es in einem Meer aus Licht und Farben.

Was für ein Glück ist es doch, am Leben zu sein, dachte sie, und mit einem Mal erfaßte sie die ganze Bedeutung dieser Bemerkung, die Nona so häufig gemacht hatte. Sie begriff, daß es zwei Arten gibt, am Leben zu sein. Seit dem Tag des Gemetzels hatte sie überlebt, sie war nicht gestorben. Doch erst jetzt entdeckte sie, was es bedeutet, wirklich lebendig zu sein, alles um sich her zu fühlen und in sich aufzunehmen.

Ihre Freude war so heftig, daß sie beinahe schmerzte. Stephen, dachte sie, Stephen hat diese Tür geöffnet. Und wenngleich er ihre Welt eines Tages verlassen mochte ... Nein, sagte sie sich fest. Eines Tages, wahrscheinlich schon bald, würde er für sie nur noch Erinnerung sein ... doch was immer auch geschah in der Zukunft, nie wieder würde sie in diesen öden grauen Kerker des Geistes zurückkehren, in dem sie zuvor gehaust hatte.

Sie, Dolores, empfand es als Glück, am Leben zu sein. Doch sie hatte es nicht nur Stephen zu verdanken. Sie wehrte sich kurz gegen das Gefühl, das sich einstellte, weil es zu schmerzhaft war, doch schließlich gab sie nach. Anderen war dieses Glück nicht beschieden, sie würden die Welt niemals mehr mit neuen Augen sehen können. Ein anderer Mann hatte dazu beigetragen, daß sie nicht mehr dazu verdammt war, die blinde, ergebene Doll zu sein. Ein Mann, der die sonnige Welt nicht mehr erleben konnte, die sie nun so bezauberte, weil sie selbst ihn getötet hatte. Zum ersten Mal lastete die Bedeutung ihrer Tat auf ihr wie Blei. Darbier war ein überheblicher Trottel, war lästig und unverschämt gewesen. Doch er hatte es nicht verdient, zu sterben. Er hatte für das Verbrechen eines anderen Mannes bezahlt, und sie war es, die ihn aus seinem jungen Leben gerissen hatte.

Die Reue fühlte sich an wie ein Stich in den Magen. Dennoch fand sie die Einsicht in ihre Tat erträglicher, als sie angenommen hatte. Auch das gehörte zu der neuen Klar-

heit, mit der sie in die Welt sah, ihre Welt, in der Schönheit, Schmerz und Glück untrennbar miteinander verflochten waren.
Sie vernahm eine Stimme neben sich. »Seid Ihr auch wohl, Ma'am? Die Sonne ist sehr kräftig. Ich habe Euch Euren Hut gebracht.«
Sie wandte sich um und sah Ellen, die sie ängstlich betrachtete. Da sie es nicht gewohnt war, ihre Herrin rasten zu sehen, bevor eine Arbeit beendet war, hatte das Mädchen angenommen, daß ihr nicht wohl war.
Dolores lächelte und erhob sich. »Danke, Ellen. Nehmt die Rosen mit in die Küche und bereitet sie für die Destille vor. Mabs wird Euch zeigen, wie man es macht, falls Ihr Euch nicht damit auskennt.«
Sie ging zu Joan hinüber und wies sie an, den Kleinen schlafen zu legen, dann steckte sie die Damaszenerrose in ihr Dekolleté und schritt zum Rosmarin, um ein paar Stengel zu pflücken. Dieser Garten ist ganz falsch angelegt, dachte sie. Ich habe in den Pflanzen kaum etwas anderes gesehen als in Tiegeln auf einem Brett. Das muß sich ändern.
Sie schlenderte in den Ort und betrat den Kirchhof, wo der Küster ein Grab für einen Kämpfer von Naseby abmaß, der schon wenige Tage nach seiner Heimkehr an einer Entzündung gestorben war. Er nickte ihr zu und setzte seine Arbeit fort. Seit dem Tod ihres ersten Kindes sah man Mistress Taverner häufig auf dem Friedhof. Sie legte Rosmarin auf die Gräber ihrer beiden Kinder, dann auf das ihrer Großmutter und auf das Grab von Jinny Crew. Das war nicht anders zu erwarten. Doch der Küster blickte überrascht auf, als sie weiterschritt zum

Grab des jungen Majors, der zur Zeit seines Todes in ihrem Haus gewohnt hatte. Er bemerkte, daß sie einige Minuten dort stehenblieb, die Hände vor sich gefaltet. Ihr Gesicht lag im Schatten ihres großen Hutes. Dann, als hätte sie eine Entscheidung getroffen, nahm sie eine vollerblühte Damaszenerrose aus ihrem Dekolleté und legte sie zusammen mit ihrem letzten Stengel Rosmarin auf sein Grab.

Sie blickte auf. Sie war so in Gedanken versunken, daß sie die kleine Gestalt, die in einer Ecke des Friedhofs stand, zuerst nicht bemerkte. Der Junge wandte sich rasch um, als wolle er nicht entdeckt werden, dann, als er merkte, daß es zu spät war, blieb er stehen, bis sie bei ihm war.

»Harry, was tust du denn hier?«

Er ließ den Kopf sinken. »Ich habe gesehen, wie du aus dem Haus gingst«, sagte er. »Ich wußte nicht, wo du hin wolltest.«

Die Erklärung war aufrichtig, doch er wirkte beschämt.

Dolores sagte leichthin: »Aber, Harry, du wirst mir doch nicht nachspionieren?«

Die Frage war scherzhaft gemeint, doch als Dolores den entsetzten Gesichtsausdruck ihres Sohnes sah, begriff sie, daß sie unversehens der Wahrheit auf die Spur gekommen war.

»Nein!« widersprach der Junge heftig. »Ich habe nicht ...«

Dolores sah ihn ernst an. »Lüg mich nicht an, Harry.«

»Aber ich habe nicht ...« Er errötete unbehaglich. »Vater hat nur gesagt ... wenn er weg ist ... und ich bin der einzige Mann im Haus ... ich sollte Bussell sagen ... aber ich wußte gar nicht, was ...«

»O nein! Das ist ungeheuerlich!« Dolores' Wut richtete sich nur gegen ihren Gatten, doch Harry glaubte, er sei der Schuldige.
»Das ist nicht recht! Ich muß jetzt ein Mann sein, hat Vater gesagt. Oh, aber ich wünsche mir so sehr, daß er wieder nach Hause kommt!«
»Harry, warte!«
Doch Harry hatte sich abgewandt und stürzte davon, und Dolores legte den Weg nach Hause allein zurück.

Furley Court im Sonnenschein glich einer Ahnung vom Paradies. Die Zimmer waren kühl und still, im Park konnte man ungestört im Schatten verweilen. An einem schwülen Nachmittag im Juli zogen sich Major Ripley und Sir Diggory in die Bibliothek zurück. Sie hatten festgestellt, daß sie eine gemeinsame Schwäche für wertvolle alte Bücher hatten, insbesondere für Werke mit ausgefallenen, lateinischen Inschriften. Major Ripley war in den Kirchen, die er im Verlaufe des Krieges aufgesucht hatte, auf einige Besonderheiten gestoßen. Sir Diggory fügte diese erfreut seiner bereits umfassenden Sammlung hinzu, während Major Ripley ein anderes Werk studierte. Er befand sich in jenem Zustand vollkommener Versenkung, der seiner Vorstellung von Glück am nächsten kam.
Cornet Trimball erörterte auf der schattigen Terrasse an der Nordseite des Hauses mit ein paar Kumpanen die Vorzüge zweier Greyhounds. Vom Rasen vernahm das leise Klicken der Holzkugeln und das Gemurmel der Offiziere, die sich dort ihrem ewigwährenden Spiel hingaben. Die Iren saßen im Hof bei den Stallungen, rauch-

ten und plauderten und waren so ermattet von der Hitze, daß sie nicht einmal O'Rourke baten, ein paar Lieder auf seiner Fiedel anzustimmen. Alles ergab sich dem Müßiggang.
Nur Stephen Sutton war übellaunig.
Er war den anderen Offizieren entkommen und hatte sich ans Ende des Grundstücks begeben, das an ein Buchenwäldchen grenzte, in dem nur selten jemand verweilte. Er ließ sich auf einem Bänkchen nieder, doch er war zu unruhig, um lange zu sitzen, und begann nach kurzem, den grasbedeckten Pfad auf und ab gehen … Doch nach einer Weile fand er, daß zielloses Umherlaufen schlimmer war als Tatenlosigkeit, und so setzte er sich wieder. Zum ersten Mal bescherten ihm die Gedanken an Dolores keine Ruhe. Er legte die Hände auf die Knie und betrachtete sie angewidert. Sie waren stark und muskulös, fest und gebräunt von der Sonne und harter Arbeit. Sie waren ihm dienlich, doch nun sah er nur ihre Grobheit. Soldatenhände waren es, nicht die Hände eines Liebhabers. Wenn er Dolores berührte, bereiteten diese Hände ihr kein Vergnügen.
Er neigte nicht zur Selbsttäuschung. Wenn sie zusammen waren, bot sie ihm ihren Körper, doch sie verlangte nichts. Ihre Liebe war ihr Geschenk an ihn. Zunächst hatte ihn das nicht beschäftigt. Er hatte darauf vertraut, daß sich in Bälde etwas ändern würde. Doch er hatte reichlich Zeit zum Grübeln, und er wußte, daß es keinen Anlaß für Zuversicht gab. Sie empfand nicht mehr und nicht weniger Vergnügen als bei ihrer ersten Begegnung. Die Vereinigung war ihr keineswegs zuwider, doch sie verlief so gleichförmig, daß er wider Erwarten eine ge-

wisse Scheu zu empfinden begann. Wenn sie sich wiedersahen, begehrte er sie stets aufs neue, doch binnen kurzem erschien ihm sein Verlangen grob und gefühllos, da er etwas von ihr verlangte, ohne ihr etwas geben zu können. In der Nacht zuvor hatte er sie nur geliebt, weil er wußte, daß sie sich sonst Sorgen gemacht hätte; seine Enthaltsamkeit deutete sie gleich als Zeichen mangelnder Zuneigung. Doch er war nicht zufrieden gewesen mit ihrem Beisammensein. Statt Dolores neue Freuden eröffnen zu können, begann er offenbar, ihre Gleichgültigkeit anzunehmen. Wie immer hatten sie jeden unerfreulichen Gesprächsgegenstand vermieden; überdies hätte er nicht gewußt, wie er über sein Unbehagen sprechen konnte, und er wollte ihr auch nicht das Gefühl vermitteln, daß es ihm nicht ausreichte, was sie ihm zu bieten hatte.

Wäre er der Überzeugung gewesen, daß sie außerstande war, sinnliches Vergnügen zu empfinden, hätte er sich damit abfinden können. Doch an jenem Tag, an dem sie für ihn tanzte und die Nachricht von Naseby eintraf, hatte er in ihren Augen die ersten Funken des Verlangens aufblitzen sehen. Und Funken, wie klein sie auch sein mochten, konnten sich zu einem mächtigen Feuer auswachsen, wenn man sie richtig handhabte.

Doch ihm gelang das nicht. Hätte er über die gewandten Umgangsformen eines Höflings verfügt, hätte er ihr das Vergnügen bereiten können, das sie verdiente. Vielleicht war er zu lange Soldat gewesen, hatte zu viele Schlachten geschlagen und zu viele Feinde Seiner Majestät getötet. Vielleicht waren nicht nur seine Hände hart und roh geworden, sondern auch seine Seele.

Er ging ein paarmal den schattigen Pfad auf und ab, dann setzte er sich wieder und starrte erneut auf seine Hände. Seine Ungeduld mit seinen eigenen Mängeln nahm zu. Wie all seine Freunde in Cornwall, hatte auch er seine ersten Erfahrungen mit Huren oder Schenkenmädchen gesammelt, die ihren mageren Lohn aufbessern wollten. Einer oder zwei Damen der besseren Gesellschaft hatte er den Hof gemacht; hätte er eine von ihnen geheiratet, hätte ihre Zuneigung sich gemächlich entwickeln und mancherlei Ausdruck finden können. Er besaß keinerlei Erfahrung, die ihn auf seine Liebschaft mit Dolores vorbereitet hätte. Wenn sie jemals ans Tageslicht kam, würde man ihr Verhältnis allgemein verdammen oder sich darüber lustig machen, und doch wußte er, daß diese heimliche Liebe der bislang kostbarste Teil seines Lebens war. Wenn sie verheiratet wären ... sein Hals wurde eng beim Gedanken daran ... dann hätten sie auch ein Heim und Kinder, gemeinsame Mahlzeiten und Alltag, Freunde und Nachbarn. Doch mehr als diese wenigen, versteckten Treffen in ihrem Schlafzimmer würde es wohl nicht geben für sie. Jede Begegnung konnte ihre letzte sein. Zeit war ihnen nicht gewährt. Es war ihm schon immer schwergefallen, seine Gefühle in Worte zu fassen, und wenn er sich nicht in Bälde dazu durchrang, war die Gelegenheit für immer verstrichen.
Seine Unterhaltung mit Donnelly während des Heuens war ihm wie ein Vorwurf im Gedächtnis haften geblieben. Als lerne man eine neue Sprache, das hatte Donnelly über seine Tändelei mit Corinna Rogers gesagt. Seither war Stephen mehrfach versucht gewesen, den jungen Iren zu fragen, was er damit gemeint hatte, doch er wuß-

te, daß er es niemals tun würde. Wären sie Freunde gewesen, hätte man ein solches Gespräch führen können. Doch Stephen hatte schon so lange stets die Zurückhaltung des Vorgesetzten an den Tag legen müssen, daß er es nicht in Erwägung zog, derlei Vertraulichkeiten mit einem Untergebenen zu besprechen ... oder, wenn er aufrichtig war, überhaupt mit irgend jemandem.
Mit seinem älteren Bruder vielleicht. Nicolas Sutton war stets weniger gehemmt gewesen als Stephen und hatte sich schon in jungen Jahren einen Ruf als Herzensbrecher erworben. Soweit Stephen wußte, hatte Nicolas in der Liebe nur dann Schwierigkeiten bekommen, wenn seine Frau Alice ihm zürnte oder beleidigt war. Doch Nicolas war in Lansdown verwundet worden, und alle jene Dinge, über die Brüder sich eines Tages unterhalten, würden für immer unausgesprochen bleiben.
Stephen mußte wohl oder übel allein mit dieser Widrigkeit zurechtkommen.
»Hauptmann Sutton, ganz allein und so bedrückt. Störe ich Euch?«
Er blickte auf und sah Corinna Rogers vor sich stehen. Ihr Gesicht unter der Haube war erhitzt, und Schweißperlen glänzten an ihrem Hals.
»Keineswegs. Ich lasse mich nur allzugerne ablenken.«
»Dem Herrn sei Dank. Mein Vater und der Major stekken bis über die Ohren in lateinischen Schriften, mein Vater wollte sogar, daß ich ihm einige abschreibe – könnt Ihr Euch das vorstellen? –, und mein Bruder Frederick wird von Tag zu Tag dümmer. Und der liebe Leutnant Donnelly kann mir heute keine Gesellschaft leisten. Es ist alles ungeheuer langweilig.«

»Das bedaure ich«, erklärte Stephen mit einem Grinsen.
Sie ließ sich neben ihm auf dem Bänkchen nieder und sagte: »Hauptmann Sutton, Ihr seid meine letzte Hoffnung. Wenn Ihr nicht etwas ersinnt, womit Ihr mich unterhalten könnt, werde ich vermutlich an reiner *ennui* dahinscheiden.«
»Das möge der Himmel verhüten. Ich werde sehen, was ich tun kann.«
Dies war eine der Überraschungen, die Stephen in Furleys vorgefunden hatte: seine Freundschaft mit Corinna Rogers. Da beide einander schon vor langem gegenseitig ihrer Zuneigung versichert und beschlossen hatten, es dabei zu belassen, pflegten die beiden einen lockeren vertrauten Umgang, wie er sonst ehemaligen Liebenden vorbehalten ist. Corinna war nicht nachtragend; überdies war ihr Leutnant Donnelly durchaus angenehm, doch Unterhaltungen mit ihm neigten rasch dazu, ermüdend zu werden. Von seiner Verehrung für sie abgesehen, die sie sehr befriedigend fand, bewegte ihn hauptsächlich die Leidensgeschichte seiner Heimat, und Irlands Qualen waren kein Gegenstand, mit dem man Corinna lange zu unterhalten vermochte. Sie sah keinen Grund, Stephen gegenüber vorzugeben, daß ihre Liebschaft mit Donnelly beendet war; ihr Vater und ihr Bruder nahmen an, daß sie ihre Tage in Furley Court in klösterlicher Abgeschiedenheit mit Erwägungen über vergangene Verfehlungen und Besserung in der Zukunft zubrachte. Doch wenn Corinna sich mit der Zukunft befaßte, dann nur, weil sie hoffte, daß ihr Bruder möglichst bald wieder in den Krieg ziehen werde. Sir Diggorys zunehmende Unpäßlichkeit und seine Annahme, daß seine Tochter trotz aller gegen-

teiligen Beweise immer das Rechte tat, gestatteten ihr größtmögliche Freiheit.

Erfreut sagte sie: »Ich wußte, daß ich mich auf Euch verlassen kann, Hauptmann Sutton. Fredericks elende Kumpane behandeln mich widerwärtig zuvorkommend, doch ich weiß, daß sie mich verachten. Ihre Meinung schert mich wenig, doch Heuchelei ist mir zuwider. Ihr seid anders; ich frage mich, warum. Mit Euch kann ich sprechen, wie es mit keinem dieser aufgeblasenen Gekken jemals möglich wäre. Sind in Cornwall alle Männer so aufrecht und ehrlich? Nun seid Ihr schon wieder ungehalten. Ich bin noch nie einem Mann begegnet, der vor Lob so zurückscheut wie Ihr. Schon gut, ich gelobe, Euch nicht mehr zu schmeicheln. Dennoch: Ihr wißt Bescheid über mich, aber Ihr behandelt mich achtungsvoll. Das ist mir noch nie vorgekommen.«

»Ihr seid, wie Ihr seid«, sagte Stephen, »besser kann ich es nicht erklären.«

»Vielleicht genügt das. Nun, da wir Freunde sind, kann ich Euch auch gestehen, daß ich ausgesprochen ungehalten war, als Ihr an jenem Abend meinem Haus fernbliebt. Ich legte mir alle möglichen Erklärungen zurecht. Ich überlegte mir sogar, ob Doll Taverner womöglich Euer Herz erobert hat – stellt Euch das nur vor! –, doch dann kam mir zu Ohren, daß dieser Junge den Major ermordet hatte, und ich verstand. Ein Mord mußte es schon sein, nicht weniger, sonst hätte ich Euch nie vergeben.«

»Ich bin froh, daß Ihr es tatet.«

»Hm. Donnelly ist ein hübscher Bursche. ›Der Herr gibt, und der Herr nimmt.‹ Ich argwöhne, daß Ihr in Cornwall eine Herzensdame habt, Hauptmann Sutton. Sie ist gewiß ein ganz entzückendes und einfaches Mädchen. Habe ich recht?«

Stephen räusperte sich. Das Gespräch begann, eine unerfreuliche Wendung zu nehmen, und da er wie stets aufrichtig antworten wollte, war er um Worte verlegen. Schließlich sagte er: »Es gibt eine Frau, die mein Herz erobert hat, ja.«

»Und liegt Ihr ihr auch am Herzen?«

»Ich habe Grund, anzunehmen, daß es sich so verhält.«

»Und werdet Ihr sie heiraten, wenn dieser Krieg vorüber ist?«

»Wenn das nur möglich wäre.«

»Wie, Hauptmann, eine heimliche Liebschaft? Wie entzückend. Die junge Herzensdame ist offenbar nicht das ledige, einfache Mädchen, das ich im Sinn hatte. Ist sie denn verheiratet?«

Stephen blieb stumm.

»*Oho.* Allerhand. Und gewiß seid Ihr viel zu taktvoll, um über sie zu sprechen. Dann ist sie eine glückliche Frau, auch wenn sie nicht ungebunden ist. Doch … Ihr runzelt die Stirn. Ich frage mich, warum. Vielleicht verläuft der Pfad der Liebe auch in Cornwall nicht gänzlich gerade?«

Sie betrachtete ihn forschend. Stephen starrte auf seine Hände und schwieg lange Zeit.

Schließlich sagte er leise: »Manchmal kommt es vor, daß man auf Schwierigkeiten stößt … selbst wenn die Liebe unerschütterlich ist.«

»Wenn die Frau verheiratet ist, gibt es immer Schwierigkeiten. Aber findet Ihr nicht, daß der Genuß größer ist, wenn man sein Ziel erreicht und zuvor allerhand Widrigkeiten trotzen mußte? Es heißt doch, daß die Luft auf dem Berggipfel süßer ist, weil man den Aufstieg bewältigt hat. Ich weiß, daß die ganze Angelegenheit höchst eintönig geriet, als ich dem armen Tom anverheiratet wurde. Die Liebe sollte ein Abenteuer und keine Pflicht sein, meint Ihr nicht auch?«

»Doch manchmal ...«

»Ja?«

Stephen fehlten die Worte. Corinna erinnerte sich unversehens eines jungen Stallknechts, der ob der Gelegenheit, die sich ihm darbot, so überwältigt war, daß seine Männlichkeit versagte. Corinna sann nun über einen anderen Grund nach, der Stephen am Abend des Mordes an Darbier abgehalten haben mochte, sie aufzusuchen.

»Hauptmann Sutton, manchmal geschieht es, daß übergroßes Verlangen sich bei einem Manne ungünstig auswirkt. Habt Ihr vielleicht Schwierigkeiten ...?«

»Nein, nein«, unterbrach Stephen sie rasch. »Nichts Derartiges.«

Sie gluckste und machte es sich auf dem Bänkchen bequem. »Ich habe Euch noch nie erröten sehen. Ich muß dafür sorgen, daß Ihr das öfter tut.«

»Laßt uns lieber über etwas anderes sprechen.«

»Ganz im Gegenteil, ich bin außerordentlich neugierig.« Corinnas Entzücken an Gesprächen über die Liebe war beinahe so ausgeprägt wie ihre Freude am Erleben derselben. »Wie, um alles in der Welt, soll man diese endlosen Nachmittage verbringen, wenn nicht mit Gesprächen ... und ich habe dies schon immer für einen unerschöpflichen Gesprächsgegenstand gehalten.«

Stephen blickte zur Seite. »Ich bin es nicht gewöhnt, darüber zu sprechen.«
»Das bleibt mir nicht verborgen. Doch häufig hat sich gezeigt, daß ich über Erfahrung für zwei verfüge.«
»Ja.« Stephen rang mit der Versuchung, die Flucht zu ergreifen. Unversehens begriff er, daß sich ihm eine solche Gelegenheit wohl kein zweites Mal bieten würde. Er ahnte nicht, wie er das Gespräch fortsetzen sollte, verspürte jedoch auch nicht den Wunsch, es zu beenden. Langsam sagte er: »Angenommen, da wäre eine Frau, deren Erfahrungen in der Vergangenheit es ihr nicht erlaubten, Vergnügen zu finden an ... an ...«
»An was, Hauptmann?«
Stephen starrte sie kurz an und wandte dann den Blick ab, ohne zu antworten.
»An geschlechtlicher Vereinigung? Wie ich mir dachte. Fahrt bitte fort.«
»Nun, diese Frau wäre fähig, zu lieben, doch außerstande, das auf gewisse Weise zu zeigen. Und der Mann, der sie liebte, verfügte nicht über die Erfahrung oder das Geschick oder das Verständnis, ihr beizubringen, wie sie ... damit sie ... und wenngleich sie beide es wünschten ...«
»Ah, Hauptmann Sutton, ich sehe, wir sprechen in Rätseln, doch ich meine, Euch zu verstehen. Es gibt da eine Frau – Eure Schönheit aus Cornwall oder eine andere, das will ich nicht weiter erkunden –, die aus gewissen Gründen keine Freude bei der Liebe empfindet, obwohl sie nicht abgeneigt ist. Und Ihr wünscht zu erfahren, wie Ihr ihr diese Freude bereiten könnt?«
»Es ist schon spät. Wir sollten ins Haus gehen.«

»Unsinn. Ich kann mich nicht erinnern, wann ich mich zum letztenmal so angeregt unterhalten habe.«

»Ihr sprecht so ungehemmt darüber. Ich würde mir lieber einen Zahn ziehen lassen.«

»Doch um Eurer geheimnisvollen gebundenen Dame willen wollt Ihr sogar dies ertragen?«

»Ja. Gewiß.«

»Hm. Als ich sagte, daß ich über Erfahrung für zwei verfüge, hatte ich nicht im Sinn, daß die andere Frau daraus Vorteile ziehen soll. Doch warum auch nicht? Die Zeit verfliegt dabei.«

»Ich dachte, Ihr wüßtet vielleicht ...«

»In der Tat. Obwohl ich sagen muß, daß die Not Eurer Dame nie die meine war. Eher das Gegenteil. Dennoch, laßt mich überlegen, ob mir etwas Hilfreiches einfallen will.« Sie schwieg ein Weilchen, und die Worte eines Instrumentenbauers kamen ihr in den Sinn. Er hatte sich einige Tage im Hause aufgehalten, um das Cembalo ihres Vaters wiederherzustellen (und hatte einige Nächte für ihr Wohlergehen gesorgt). »Eine Frau ist wie ein Musikinstrument«, sagte sie sanft. »Man muß bei jedem die Tonlage kennen, um es so handhaben zu können, daß der wahrhaftigste Ton erklingt.«

Stephen starrte verständnislos auf seine Hände.

Corinna sah, daß diese Unterhaltung für sie ein Spiel, für ihn jedoch bitterernst war. Sie sagte: »Grundsätzlich glaube ich, daß die genüßlichen Gefühle bei einer Frau langsamer wachsen als die eines Mannes. Ein Liebhaber muß sein eigenes Verlangen beherrschen, damit die Frau zu ihm aufholen kann.«

»Langsamer?«

»Ja. Es ist mir schon häufig vorgekommen, daß ich einem Liebhaber beibringen mußte, sich Zeit zu lassen. Die Liebe ist keine Arznei, die man hastig schlucken muß, sondern ein Festmahl, das man so lange wie möglich auskosten soll. Es ist ganz erstaunlich, was ein Mann mit ein wenig Zurückhaltung erreichen kann.«

»Ich verstehe. Ja.«

Stephen schien sich so unbehaglich zu fühlen, daß es Corinna nur mit Mühe gelang, ein Lachen zu unterdrükken. Doch sie wollte ihm helfen, und sie wollte die Unterhaltung fortsetzen. Sie besann sich auf die Geschichten, die ihr einer ihrer Liebhaber erzählt hatte. Er verführte mit Vorliebe tugendhafte Ehegattinnen. Nüchtern sagte sie: »Etwas Kräftiges zu trinken ist häufig hilfreich, wenn Schüchternheit im Wege steht.«

»Trinken?«

»Nicht sehr viel. Ein Schluck Brandy vielleicht oder ein wenig Sherry. Das bringt manchmal sogar noch das lästigste Gewissen zum Verstummen.«

»Gut. Ja. Das war sehr hilfreich, Mistress Rogers. Und nun denke ich ...« Stephen machte Anstalten, sich zu erheben, doch Corinna legte ihm eine Hand auf den Schenkel, um ihn davon abzuhalten.

»Nicht so hastig, Hauptmann. Die Lehrstunde hat gerade erst begonnen.«

»Aber –«

»Wenn Ihr Eurer scheuen, kornischen Liebsten helfen wollt, müßt Ihr noch viel mehr lernen. Habt Ihr zum Beispiel jemals die Landkarte eines Frauenkörpers betrachtet? Ihr wollt doch gewiß herausfinden, in welchen Gegenden das stärkste Vergnügen beheimatet ist und wie man es am besten erweckt? Manche Frauen, hat man mir gesagt, haben eine Schwäche für Liebkosungen im Nakken, während andere nur dahinsinken, wenn man ihre Ohrläppchen auf eine gewisse Art küßt. Ich für mein Teil empfinde erlesenste Freude, wenn man einen Punkt in meiner Armbeuge, gleich oberhalb des Ellbogens, berührt. Wenn ein Mann dort seinen Daumen kreisen läßt, ist es um mich geschehen, sollte er auch häßlich sein wie die Sünde und riechen wie der Leibhaftige.«

Stephen öffnete den Mund, um etwas zu sagen, dann schloß er ihn wieder. Obwohl er sich wieder neben ihr niedergelassen hatte, nahm Corinna aus irgendeinem Grund nicht ihre Hand von seinem Schenkel.

Sie setzte sich bequem zurecht, und der Druck ihrer Hand wurde ein wenig stärker. Ihre Stimme wurde leise und beschwörend. »Ich habe soeben vom Küssen gesprochen. Das ist nun ein ganz eigenes Gebiet.« Sie entsann sich eines vornehmen Franzosen, der bei ihrem Vater zu Gast gewesen war. Zunächst hatte sie ihn für sich als zu alt abgetan, doch nur, bis er sie geküßt hatte. »Ein Kuß kann eine Frage oder eine Aussage sein. Er kann schmeicheln, überreden oder locken. Das kommt ganz darauf an, welchen Teil des Körpers die Lippen kosen –«

»Mistress Rogers –«

»Ja, Hauptmann Sutton?«

Sie sah ihm tief in die Augen, dann fuhr sie sanft fort: »Der Kuß wird zu einer Waffe ganz besonderer Art, wenn die Zunge ins Spiel kommt ...« Ihr Atem ging rascher. Sie befeuchtete ihre Lippen mit der Zunge. »Hauptmann Sutton, ich glaube, ich muß es Euch zeigen.«

»Das ist Irrsinn.«
»Warum denn? Wer hat es schon gelernt, ein Pferd zu reiten, indem er jemandem zuhört?«
»Aber…«
»Nun gut. Ich weigere mich, auch nur einen weiteren Rat zu erteilen, wenn nicht eine Vorführung damit einhergeht. Selbstsucht steht Euch nicht gut zu Gesicht, Hauptmann. Ich finde es über die Maßen beunruhigend, zu sprechen, ohne zu handeln, und mein reizender Ire ist erst morgen wieder abkömmlich. Im übrigen sehe ich, daß Ihr nicht minder willig seid als ich.«
»Aber Donnelly und … wir sind beide gebunden.«
»*Ich* bin nicht gebunden, und das weiß Donnelly auch. Und Ihr braucht nicht zu fürchten, daß Ihr Eurer Liebsten gegenüber untreu seid. Zum einen wird sie niemals Kenntnis davon erhalten. Und wenn ich Euch lehre, wie Ihr ihr Freude bereiten könnt, sollte die gute Dame auf ewig in meiner Schuld stehen. Ihr könntet beinahe behaupten, daß Ihr dies für sie tut – obwohl ich es vorziehen würde, wenn es sich nicht so verhielte.«
Stephen entsann sich gerade noch rechtzeitig seiner Manieren. »Ich brauche wohl kaum Ermunterung, um meiner eigenen Neigung zu folgen. Doch …«
»Zum Teufel mit Euren ›Dochs‹. Die verabscheue ich seit jeher. Ihr wollt lernen, Hauptmann, und es gibt keine bessere Lehrerin als mich. Zum Beispiel, was die unterschiedlichen Formen der Liebkosung betrifft. Da gibt es jene, die so leicht ist wie ein Federstrich und große Wirkung zeigt an der Innenseite der Schenkel.« Als sie sprach, näherte sich ihre Hand ihrem Schoß. »Und dann, höchst bedeutungsvoll, die Liebkosung der Brü-

ste, die langsame Berührung zur Brustwarze der Frau hin, und die Form, die dem Saugen eines Kleinkindes gleicht …«
Ihre Hand ruhte nun an ihrer Brust. Stephens letzte Vorbehalte schwanden dahin. Er sagte: »Aber wo? Wann?«
»Nun, jetzt selbstverständlich. Ich entsinne mich, daß Ihr dazu neigt, Verabredungen nicht einzuhalten. In dem Buchenwäldchen gibt es eine Hütte, keine fünf Minuten von hier. Köhler haben sie dort vor einigen Jahren hinterlassen. Sie wird nur im Winter benutzt.«
»Und man kann dort nicht entdeckt werden?«
Sie lächelte zufrieden. »In der Vergangenheit ist dies nie vorgekommen.«

Sobald sie das Wäldchen betraten, nahm Corinna ihn bei der Hand und führte ihn einen schmalen schattigen Pfad entlang. Die Köhlerhütte stand auf einer kleinen Lichtung, doch sie bestand nur aus Ästen, Moos und Lehm, und man hätte sie leicht für einen Erdhaufen halten können. Als sie Stephens Überraschung gewahr wurde, lächelte Corinna.
»Da seht Ihr, wie ungestört wir sein werden. Nicht einmal Füchse und Dachse werden uns hier aufstöbern.«
Stephen merkte, daß die Wildheit des Ortes Corinnas Vergnügen verstärkte. Sie kannte nichts anderes als weiche Laken und Federbetten und konnte es sich erlauben, sich dem eingebildeten Zauber einer ärmlichen Behausung hinzugeben. Und tatsächlich haftete der kleinen Lichtung etwas Unwirkliches an. Weit oben verfingen sich die Sonnenstrahlen in den Blättern, doch hier unten

war es kühl und still. Kein Blatt regte sich, und sogar die Vögel schwiegen.

Er sagte: »Wie habt Ihr diese Hütte entdeckt?«

Sie zuckte die Achseln. »Das ist unwichtig. Kommt –« Sie streckte die Hand aus und bückte sich, um einzutreten.

Stephen war sonderbar verwirrt. Unbehaglich sagte er: »Vielleicht wäre es doch besser, wenn wir uns nur unterhielten?«

»Unterhielten, Hauptmann?«

»Wenn Ihr mir nur mitteilen würdet, was Ihr wißt. Es besteht doch gewiß nicht die Notwendigkeit –«

Sie runzelte die Stirn, dann zog sie die Augenbrauen hoch und lächelte. »Ihr meint, eine Unterhaltung sei ausreichend? Ich frage mich ... Wartet.« Noch immer lächelnd, begann sie die Kordel ihres hellen Mieders zu lösen. »Die Brüste einer Frau gewähren ihr große Freude, wenn ihr Liebhaber sich darauf versteht, sie geschickt zu berühren.« Während sie sprach, ließ sie ihre Brüste aus dem Mieder gleiten und hob sie ein wenig an. »Soll ich Euch vorführen wie, Hauptmann? Schaut her, wie meine Daumen die Brustwarzen umkreisen. Seid Ihr sicher, daß Ihr es nicht selbst versuchen möchtet?«

Ihr Blick verschleierte sich. Stephen merkte, daß sein Mund sich trocken anfühlte und er außerstande war, zu antworten.

»Hier«, sagte sie, ergriff seine Hand und legte sie auf die ihre. »So.«

»Ja«, sagte er und zog sie rasch zurück. »Ich verstehe.«

Ihre Miene verfinsterte sich. »Hauptmann Sutton, haltet Ihr mich für eine Hure, die alles allein erledigen muß?

Mangelt es Euch so an männlichen Empfindungen? Schämt Euch.« Sie ließ ihr Kleid von ihren Schultern gleiten. »Nun?«

Stephen war verloren. Als er ihr in die Hütte folgte, war er imstande, zu glauben, daß dieser ungewöhnlich heiße Nachmittag mit seinen dunstigen Schatten, dieser Ort inmitten des Waldes und die dunkle Höhle mit ihrem Erdduft gänzlich losgelöst war vom Alltag und den Regeln, nach denen er zu leben pflegte.

Als er ihre Küsse erwiderte und sie ihn von seinen Stiefeln und Hosen befreit hatte, waren sie beide zu begehrlich, um sich mit Unterricht jedweder Art aufzuhalten. Kurz darauf, als ihr erstes heftiges Verlangen gestillt war und sie Seite an Seite auf dem weichen, blätterbedeckten Boden lagen, packte Stephen der Zorn auf sich selbst.

»Langsamer, sagtet Ihr. Und das war keineswegs langsam. Was bin ich nur für ein Tölpel.«

»Nicht im mindesten, Euer Begehren war schmeichelhaft. Vor allem, da Ihr Euch als so unerwartete Herausforderung erwiesen habt. Zwei ausgehungerte Menschen sind wohl kaum imstande, sich über Tischmanieren auszutauschen. Und jetzt zum geschäftlichen Teil.«

»Jetzt?«

»Gewiß, warum denn nicht?«

Stephen überlegte. Er dachte an Dolores und kam zu dem Schluß, daß er diese Begegnung beenden mußte. Er griff nach seiner Hose und sagte: »Ich sollte ins Haus zurückkehren.«

»Hauptmann Sutton, Ihr seid allzuleicht zu durchschauen. Euer Gewissen plagt Euch, das ist alles. Doch bedenkt: Untreu wart Ihr Eurer geheimen Liebsten schon,

doch Ihr habt noch nicht viel gelernt, das für sie von Nutzen sein kann.«
»Im Gegenteil, Mistress Rogers, das war ausgesprochen belehrend.«
»Ihr täuscht Euch selbst, Hauptmann, das war der leichte Teil. Ihr würdet Eure Liebste verraten, wenn Ihr Euren Unterricht vorzeitig beendet. Wollt Ihr der Armen wahrhaftig die Gelegenheit, sinnliche Genüsse zu erfahren, verweigern um Eures erbärmlichen Gewissens wegen?«
Im Blätterdach hoch über ihnen rief spöttisch ein Specht. Stephen wußte, daß Corinnas Einwand unsinnig war, doch ihm wollte nichts einfallen, um ihn zu widerlegen. Corinna war zwar keine Schönheit, doch stets würdevoll. Sogar als sie mit zerzaustem Haar, nur halb bekleidet, auf dem weichen Erdboden lag, bewahrte sie ihre gebieterische Art. Stephen beugte sich über sie und küßte sie. Sie lächelte, nahm ihm die Hose aus der Hand und legte sie zusammen, um sie als Kissen zu benutzen.
»Und nun zur Sache. Nehmen wir an, da ist eine Frau, die, aus welchen Gründen auch immer, essen möchte, aber keinen Appetit verspürt. Wie kann ihr geholfen werden? Zunächst einmal mit Eurer Stimme. Schöne Worte öffnen jede Pforte. Frauen hören es gerne, wenn man ihnen sagt, daß sie wunderschön sind und über alles geliebt werden. Gab es schon jemals einen Dichter, dessen Bett leer blieb? Und wenn die Worte aufrichtig sind, wie es bei Euch gewiß der Fall wäre, ist die Wirkung um so größer.«
»Sie weiß schon, daß ich sie liebe.«
»Ihr mißversteht mich, Hauptmann. Ihr mögt es schon

tausendmal gesagt haben, und doch erfreut sie sich immer wieder daran. Nehmen wir nun an, daß Ihr sie mit süßen Worten umgarnt habt. Als nächstes kommen Eure anderen Waffen zum Einsatz: Hände und Fingerspitzen, Lippen und Zunge. Wenn Eure Dame eher schweigsam ist, müßt Ihr es lernen, ihrem Körper zu lauschen, damit Ihr spürt, was ihr am meisten Wonne bereitet. Später werde ich Euch über die Anzeichen unterrichten, aus denen Ihr ersehen könnt, daß sie bereit für Euch ist. Doch zuerst dürft Ihr mich küssen, und ich werde Euch erklären, wie man es richtig macht.«

Bei ihrer ersten Begegnung, dem Ritt nach Furleys, hatte Corinna Stephen als schmucken Mann mit wenig Erfahrung, aber vielversprechenden Möglichkeiten eingeschätzt. An diesem Nachmittag bewahrheitete sich ihre Vermutung. Ihre erste Vereinigung hatte ihr gefallen, weil sie roh und wild gewesen war. Beim zweitenmal war er begeistert über die Macht ihrer Körper und eifrig dabei, die Sprache der Liebe zu erlernen, was sie berauschend fand. Indem sie an seiner Reise teilnahm, entsann sie sich aufs neue der Frische ihrer ersten Liebeserlebnisse. Doch ihr drittes Beisammensein war ganz anders. Stephen hatte Selbstvertrauen gewonnen und die kleinen Fertigkeiten erlernt, denen sie, sonst so beherrschend, nicht widerstehen konnte. Seine Liebkosungen waren ausdauernd, und selbst als sie ihn drängte, gab er nicht gleich nach, sondern wartete, bis ihr Begehren so unermeßlich war, daß sie beinahe bedauerte, ihn so erfolgreich unterwiesen zu haben. Doch das Bedauern hielt nicht lange vor und ging gänzlich in dem darauffolgenden Entzücken unter, das so heftig war, wie Corinna es lange Zeit nicht erlebt hatte und Stephen noch niemals zuvor. Danach lagen sie lange zusammen in der kleinen Hütte, lauschten dem lockenden Ruf des Spechts und sahen zu, wie das Licht auf den Blättern draußen spielte, in der Welt außerhalb ihrer Erdhöhle. Für Stephen blieb der Duft sonnenwarmer Wälder für immer mit den sinnlichen Erlebnissen dieses langen Nachmittags verbunden.

Langsam gingen sie durch den Wald zurück zum Haus. Stephen, der sich fühlte, als habe er seine Knochen und Sehnen in der Köhlerhütte gelassen, bemerkte gar nicht, daß Corinna kaum sprach. Als sie die Pforte zum Park erreichten, blieb sie stehen.

»Ich gehe zuerst hinein«, sagte sie. »Ihr kommt nach einer Weile nach. Man sollte uns nicht zusammen sehen.«

Stephen nickte. Er wollte gerne eine Weile allein sein. Seine Scham darüber, Dolores betrogen zu haben, hielt sich die Waage mit dem Staunen über seine bisherige Unwissenheit. Dazu kam die Befürchtung, daß er sich auf ein Abenteuer eingelassen hatte, das er nur mit Mühen beenden konnte. Er sagte: »Und ... Mistress Rogers, ich weiß nicht, wie ich Euch danken soll.«

»Es war mir ein Vergnügen, Hauptmann.« Sie spielte mit dem Band ihrer Haube und blickte zum Anwesen hinüber. »Doch ich meine, wir können unseren Unterricht als beendet betrachten.«

»Das ist sehr bedauerlich.« Stephen sagte dies nur, um der Höflichkeit Genüge zu tun. Ihre Begegnung war zwar ungemein genußvoll gewesen, doch er verspürte nicht das Bedürfnis, sie zu wiederholen.

Corinna war klug genug, um dies nicht zu übersehen.

Mit ihrer Bemerkung hatte sie seine Gefühle erkunden wollen, und sie spürte seine Erleichterung. Sie empfand einen Anflug von Verärgerung und ein anderes Gefühl, das ihr fremd war. Sie beschloß, in nächster Zeit einen weiten Bogen um Hauptmann Sutton zu machen. Corinna sah den Tatsachen stets ins Auge. Hauptmann Sutton würde ihr immer ein verläßlicher Freund sein, doch er würde niemals mehr für sie empfinden. Und sie hatte nicht die Absicht, ihr Herz zu verlieren, und schon gar nicht an einen Mann, der ganz offensichtlich heftig in eine andere Frau verliebt war.

22

Am nächsten Tag wurde es noch heißer, und es war drückend im Tal. Nachmittags zogen sonderbare Wolken über den Bergen auf, ballten sich zusammen wie Qualm, lösten sich auf und verdichteten sich erneut. Abends begann es zu donnern und zu blitzen, doch erst gegen Mitternacht entlud sich das Gewitter, und Regen prasselte auf die trockene Erde. Stephen und Dolores hießen das Plätschern des Regens und das Krachen des Donners willkommen, da sie so ausnahmsweise nicht gezwungen waren zu flüstern.

»Stephen, was tust du da?«

»Nur das.«

»Das fühlt sich seltsam an.«

»Gefällt es dir?«

»Ich weiß nicht. Ich bin mir nicht sicher.«

»Wie ist es damit?«

»Oh, das ... ja, doch, ich glaube, das gefällt mir. Aber wir sollten uns eilen, Stephen. Beth könnte aufwachen oder ...«

»Ellen ist bei ihr.«

»Aber Ellen fürchtet sich noch mehr vor Donner als sie.«

»Beruhige dich, Liebste. Die Tür ist verschlossen, und wir haben die ganze Nacht vor uns. Wir haben Zeit. Hierfür zum Beispiel ...«

»Oh.«
»Du warst so schön, als du getanzt hast. Ich will dich noch einmal küssen.«
»Wenn du möchtest. Aber, Stephen, lösche doch die Kerze und –«
»Ich will dich sehen. Schau nur, wie bezaubernd du bist.«
»Wirklich? Das habe ich nie gedacht. Aber wenn du mich küßt … da, das, da wird mir ganz schwindlig. Vielleicht ist es der Brandy. Meinst du, wir sollten aufhören, jemand könnte …«
»Es ist doch gut, wenn dir schwindlig ist. Ich sehe dir an, daß es dir gefällt.«
»Wahrhaftig? Ich weiß das gar nicht. So habe ich mich noch nie gefühlt.«
»Vertrau mir, Dolores.«
»Das tue ich. Doch du bist so anders heute nacht. Was ist mit dir geschehen, Stephen?«
»Nichts. Ich möchte dir nur zeigen, wie sehr ich dich liebe.«
»Ja. Ich verstehe. Oh, das kitzelt.«
»Aber du lächelst. Wie ist es hiermit?«
»Ich glaube, das gefällt mir.«
»Und das?«
»Ja. Vor allem das. Ich muß betrunken sein. Ich fühle mich so sonderbar. Aber es war doch nur so ein kleines Glas Brandy.«
»Wir sind betrunken vom Küssen, das ist alles.«
»Oh. Aber, Stephen, ich dachte … ich dachte … ich weiß nicht mehr, was ich dachte. Ich kann gar nicht mehr denken.«
»Dann laß es doch einfach sein.«

»Ja … ich komme mir vor, als schwebe ich.«
»Doch du wirst nicht fallen. Ich halte dich.«
»Ich wünschte, du könntest mich immer halten.«
»Jetzt und immer.«
»O ja, küß mich noch einmal so. Ja, genau so. Es macht mir angst, ich weiß gar nicht, weshalb, doch ich will, daß du es wieder tust. Ist das verrückt von mir?«
»Wenn es so ist, dann bin auch ich verrückt.«
»Ja, du bist anders geworden, Stephen. Weshalb bist du anders?«
»Weil ich dich liebe, nur deshalb.«
»Es ist … aber … ich verstehe nicht … ich …«
In der Welt vor dem Fenster regnete es die ganze Nacht ohne Unterlaß; es war ein taktvoller, gütiger Regen, der den beiden Liebenden Ruhe für die Entdeckung ihrer Liebe gewährte.

Der Juli war zur Hälfte verstrichen. Dolores hatte den Morgen dieses Tages in der Destillierkammer zugebracht, und nach dem mittäglichen Mahl zog es sie in den Garten hinaus. Der kleine Robert spielte mit seinem Kindermädchen. Ab und an nahm Dolores ihn hoch und zeigte ihm ein neues Wunder: eine schillernde Prachtlibelle oder ein buntes Blatt. Sie hielt ihn gerade empor und wies auf die Schwalben, die unvermittelt abtauchten und über ihre Köpfe hinweg flitzten, als Stephen den Garten betrat. Sein Gang wirkte bemüht lässig.
Dolores reichte Robert gleich an das Kindermädchen weiter. »Bringt ihn ins Haus. Er hat genug frische Luft gehabt für heute.« Das Mädchen, das den Sonnenschein genossen hatte, setzte zu einer Widerrede an, doch Do-

lores wies sie scharf zurecht. Währenddessen spürte sie Stephen neben sich, der sie mit seinen grauen Augen betrachtete. Seine Miene war regungslos.
»Mistress Taverner.«
»Hauptmann Sutton, guten Tag. Was für eine angenehme Überraschung, Euch nach so langer Zeit wiederzusehen.«
Es war ihr beinahe unmöglich, sich so formvollendet zu betragen, während sie seine Nähe mit allen Sinnen spürte.
Sie rührten sich nicht von der Stelle, während das Mädchen sich mit ihrem Schützling ins Haus begab. Dolores sah sich rasch um. Der Gärtner war weit entfernt. Niemand konnte sie hören.
»Konntest du nicht bis heute abend warten?« fragte sie mit gedämpfter Stimme. »Hat dich die Ungeduld übermannt?« Doch ihr Blick war warm und liebevoll.
»Heute morgen traf der Bote in Furleys ein. Er brachte einen Brief von meinem Vater.« Stephen blickte ernst. »Und einen von deinem Gatten. Ich sagte, ich würde ihn dir bringen, da ich ohnehin nach Tilsbury reiten wollte. Wir müssen uns ungestört unterhalten.«
»Gibt es schlechte Nachrichten? Du siehst so bedrückt aus.«
Er starrte auf den Boden, wo sich eine kleine Pflanze durch einen Riß in einer Steinplatte drängte. »Gemischt.«
Dolores spürte einen Anflug von Beunruhigung, doch sie nickte knapp und sagte. »Dann warte im Wintersalon auf mich. Ich komme gleich nach. Hast du Josiahs Brief bei dir?«

Sie las ihn flüchtig, während Stephen ins Haus ging, und zerknüllte ihn dann erbost. Er enthielt keine Hinweise auf Josiahs Verbleib oder seine Tätigkeiten und war einzig zu dem Zweck verfaßt, sie wissen zu lassen, daß er über jeden Vorgang in Priory House im Bilde war. *»Da die Soldaten nun nach Furleys verlegt wurden, ist dir gewiß eine Last abgenommen ...«* Wut packte sie. Es war schon schlimm genug, daß er seinen Verwalter als Spion einsetzte, doch weit unerträglicher war es, daß er den Sohn beauftragte, seine Mutter zu beobachten. Trotz all ihrer Bemühungen, Harry nach jenem Gespräch auf dem Friedhof zu beruhigen, war Dolores überzeugt davon, daß Josiah einen Keil zwischen sie und ihren Sohn getrieben habe, der sich nie mehr ganz entfernen ließe. Die lockere Vertrautheit, die stets zwischen ihnen bestanden hatte, war für immer verloren. Das würde sie ihrem Gatten niemals vergeben.

Unvermittelt lächelte sie. Er war so sicher, über jede ihrer Handlungen und jeden ihrer Gedanken Bescheid zu wissen; selbstgefälliger, herrschsüchtiger Trottel, der er war, wenn er nur ahnte, wie lächerlich wenig er tatsächlich wußte!

Sie lächelte noch immer, als sie die Tür zum Wintersalon hinter sich schloß.

»Stephen!« Nun brauchte sie ihre Freude nicht mehr zu verbergen.

Er stand neben dem leeren Kamin und wandte sich ihr zu, als sie sich ihm näherte, doch sein Gesicht blieb ernst. Dolores hielt inne. Er kam ihr vor wie ein Mann, dem eine unangenehme Pflicht bevorsteht.

Sie sagte kalt: »Die Nachricht?«

»Bei einem Ort namens Langport hat eine Schlacht stattgefunden. Unser westliches Heer ist geschlagen worden. Das Parlamentsheer erobert alle weiteren Orte. Nur ein Wunder kann es noch aufhalten.«

»Ist das alles?«

»Es gibt auch erfreuliche Nachrichten. Mein Vater schrieb, daß Tully vor einigen Wochen in Rossmere eintraf. Er scheint sich gut eingelebt zu haben. Sie haben nicht genug Männer für die Arbeit auf den Feldern, und er macht sich nützlich.«

»Dies ist doch wahrhaftig ein Grund zum Jubeln.«

»Ja.«

Doch Stephen schien nicht zum Jubeln aufgelegt zu sein. Dolores stand reglos da und betrachtete ihn eingehend. Sie merkte, daß sie ihn lange nicht bei Tageslicht gesehen hatte. Kerzenschein mildert die Umrisse; in diesem Licht wirkte er schroffer und seltsam verletzlich zugleich.

Stephen war mit sich selbst uneins, warum er sich entschlossen hatte, Dolores tagsüber einen Besuch abzustatten. Die erzwungene Heimlichkeit ihrer nächtlichen Treffen war ihm zunehmend zuwider. Seine große Liebe für sie, die er am liebsten in die Welt hinausgeschrien hätte, mußte versteckt werden, als sei sie ein Verbrechen. Doch nun, als er ihr in dem kühlen Wintersalon gegenüberstand, begriff er, daß er sich am meisten über sein eigenes Schweigen beunruhigte, was sein Stelldichein mit Corinna Rogers betraf.

Zuerst war er so glücklich gewesen, über die sinnlichen Geschenke, die er Dolores zu bringen vermochte, daß er es sich versagt hatte, über die Herkunft jener Gaben nachzusinnen. Nun fühlte er sich zusehends wie ein

Mann, der seine Liebste mit Juwelen überschüttet, die Diebesgut sind. Jede Nacht, wenn er den unterirdischen Gang betrat, kam er an Josiahs Schmuckkasten vorbei, dem greifbaren Beweis dafür, daß wunderschöne Dinge wertlos sein können, wenn sie unrechtmäßig erworben wurden.

Er hatte nicht geahnt, wie hoch der Preis für seine Liebeslehren sein würde. Als er Dolores nun ansah, wußte er, daß er, der immer seine Aufrichtigkeit beteuert hatte, nun durch sein Schweigen zum Lügner wurde.

»Stephen, was bedrückt dich?«

Er wandte sich ab. »Nichts.«

»Mußt du Tilsbury verlassen?«

»Noch nicht. Nichts hat sich geändert.«

»Aber etwas ist nicht in Ordnung. Ich spüre es.«

Stephen schwieg. Er haßte diese stumme Lüge, doch er hatte keine Wahl. Er konnte ihr nicht von Corinna erzählen; nicht weil er ihre Wut fürchtete – die hatte er verdient –, sondern weil er sie verletzen würde. Und doch drohte er beinahe zu ersticken an diesem Betrug.

Dolores beobachtete ihn. »Was ist es, Stephen?«

»Nichts. Nur der Krieg macht mir Sorgen. Ich hätte nicht herkommen sollen.« Er verweilte nur noch kurz, dann nahm er seinen Hut, wünschte ihr Lebewohl und ging.

Dolores war verwirrt und zuschends beunruhigt. Stephens Veränderung war ihr nicht entgangen, und sie hatte sie zurückverfolgt bis zu dem Tag nach dem Gewitter. Während sie von Mal zu Mal mehr Freude an der Liebe empfand, schien Stephen immer mehr von Zweifeln geplagt zu werden. Manchmal schien er sich regelrecht davor zu scheuen, sie zu lieben, als schäme er sich. Seine

Liebe stellte sie keinen Augenblick in Frage; sie kannte ihn zu gut. Doch sie wußte, daß er etwas vor ihr verbarg und daß die Last, die er mit sich herumtrug, sie voneinander entfernte. Kaum ist es gelungen, irgendwo Mauern einzureißen, erstehen anderswo neue, dachte sie erbittert.

Doch sie war nicht allzu unruhig, da sie wußte, daß sich ihr die Quelle für Stephens Unbehagen in nicht allzulanger Zeit offenbaren würde. Er war kein Mann, der gut mit Geheimnissen leben konnte. Wenn es etwas von Bedeutung war, würde sie in Kürze davon erfahren.

Am Sonntag morgen war Sir Diggory so weit von der Gicht genesen, daß er Major Ripley und einige seiner Offiziere zum Kirchgang begleiten konnte. Hauptmann Sutton wohnte regelmäßig dem Gottesdienst bei. Keiner hätte ihn verdächtigt, daß seine Andacht eher dem sehnlichen Wunsch entsprang, Mistress Taverner bei Tageslicht zu sehen, als seiner Frömmigkeit. Im letzten Augenblick bevor alle aufbrechen wollten, schwebte Corinna die Treppe herab; sie war in ein blaugraues Kleid gewandet, das elegant, aber nicht gerade schlicht war, und trug einen hohen Hut.

Sie nahm den Arm ihres Vaters. »Ich hoffe, du hast noch ein Plätzchen für mich in deiner Kutsche, Vater«, sagte sie liebenswürdig. »Ich war so lange nicht beim Gottesdienst, und es fehlt mir ganz schrecklich.«

»Aber gewiß doch, meine Liebe, gewiß doch.« Sir Diggory war es gelungen, sich zu der Überzeugung durchzuringen, daß seine Tochter unschuldiges Opfer bösartiger Gerüchte geworden war. Er tätschelte ihre Hand.

Frederick, der seine Schwester besser kannte, blickte verblüfft. »Und du möchtest wahrhaftig mitkommen?« fragte er.
»Gewiß, Frederick.« Ihr Lächeln war strahlend. »Im stillen zu beten, ist recht, doch man bedarf auch des Trostes gemeinsamer Andacht. Man kann sich doch nicht durch Dorfklatsch an der Ausübung seines Glaubens behindern lassen. Meint Ihr nicht auch, Hauptmann Sutton? Auf Eure Ansicht lege ich stets Wert.«
Stephen hatte Corinnas Auftritt mit großem Vergnügen verfolgt, und es gelang ihm nur mit Mühe, ernst zu bleiben, als er sagte: »Ich kann Eure Entschlossenheit nur loben, Mistress Rogers.«
Corinna rauschte hinaus in den Sonnenschein und nahm ihren Platz in der Kutsche ihres Vaters ein, jener Kutsche, in der sie nur zwei Monate zuvor so überstürzt aus Tilsbury geflohen war.
Doch in Wahrheit war sie unruhiger, als man es ihr ansah. Sie wußte, daß man ihr in der Stadt weiterhin feindselig gesonnen war. Ihr Mädchen Ann war noch in der vorherigen Woche beim Besuch einer Freundin von Kindern mit Steinen beworfen worden, deren Mütter ihrem Treiben tatenlos zusahen, und sie war gänzlich außer sich nach Furleys zurückgekehrt. Corinna war es einigermaßen einerlei, ob sie jemals wieder eine Kirche betrat, doch sie konnte es nicht ertragen, eingeschränkt zu leben. Gerne blieb sie für immer in Furleys; vorausgesetzt, sie konnte kommen und gehen, wann es ihr beliebte. Sie hatte sich überlegt, daß der Kirchgang eine hervorragende Gelegenheit war, sich wieder in Tilsbury sehen zu lassen. Zum einen würde nicht einmal der frechste Widersacher

es wagen, sich gegen sie auszusprechen, wenn sie in Begleitung ihres Vaters, ihres Bruders und mehrerer Offiziere auftrat. Sie wußte um die Macht der Gewohnheit. Ihr Ruf war zwar für alle Zeiten dahin, doch wenn die Einwohner von Tilsbury sich erst einmal daran gewöhnt hatten, sie wieder regelmäßig zu sehen, würde sie sich auch wieder ungehindert bewegen können.

Es war ein Wagnis – doch andernfalls bestand nur Aussicht auf ein Leben als Gefangene in Furleys. Und das war undenkbar.

Dennoch war ihr mulmig zumute, als sie mit ihrem Vater die Kirche betrat. Sie war voll besetzt, und wenngleich Corinna starr geradeaus blickte, wurde sie doch gleich Tom Rogers' gewahr, der auf seinem angestammten Platz links in der Mitte saß. Ihre Angst veranlaßte sie jedoch lediglich, noch unnahbarer aufzutreten.

Die Gemeinde war in ungehaltenes Gemurmel verfallen, als Stephen seinen Platz einnahm, doch er bemerkte es nicht einmal. Aus Erfahrung wußte er, von welcher Stelle aus er Dolores beobachten und dabei den Eindruck erwecken konnte, den Pfarrer anzusehen. Dolores wiederum wendete sich recht oft Philip auf ihrer rechten oder Beth auf ihrer linken Seite zu, damit Stephen ihr Gesicht und nicht nur ihren Hinterkopf sehen konnte. Das war eine Art Spiel zwischen ihnen, mit dem sie ein unsichtbares Band knüpften, und wenn Dolores Stephen ein wenig lauter als notwendig singen hörte, wußte sie, daß er dies nur tat, damit sie ihn hören konnte. So verweilten Dolores und Stephen in ihrer eigenen Welt, während jedermann annahm, daß sie wie alle anderen den Gottesdienst verfolgten, und sie waren beinahe lächerlich glücklich dabei und gänzlich unempfänglich für die Spannungen, die an jenem sonnigen Sonntagmorgen in der Luft lagen.

Doch danach gelang es auch ihnen nicht, sich dem Drama zu entziehen. Die Bewohner von Furleys verließen wie üblich als erste die Kirche, aber Tom Rogers hatte sich vor dem Ende des Gottesdienstes davongestohlen und stellte sich ihnen nun entschlossen und mit düsterer Miene in den Weg.

Sir Diggory wedelte mit seiner bleichen Hand. »Aus dem Weg, Bursche«, sagte er. »Los, Mann, laßt uns passieren.«

»Zuerst will ich mit meiner Frau sprechen.«

»Gehabt Euch wohl, Rogers. Ihr habt Euer Geld bekommen.«

Wenn irgend etwas Toms Zorn wachrufen konnte, dann war es ein Verweis auf das Geld, das er erhalten und von dem er den größten Teil vertrunken hatte, während er über Rache und darauffolgende Aussöhnung mit seiner Frau nachsann. Als er sich auf dem Kirchhof aufbaute, hatte Tom Rogers keinen klaren Plan; er wußte nur, daß er sich in irgendeiner Weise zur Wehr setzen mußte. Aber als er Corinna erblickte, die so wenig liebreizend und doch so begehrenswert war, hatte er nur noch einen Gedanken: sie mit zu sich nach Hause zu nehmen, kräftig zu vertrimmen und danach mit ihr weiterzuleben wie zuvor.

Er sagte: »Corinna –«

Sie starrte ihn kalt an. »Errege hier kein öffentliches Aufsehen, Tom. Ich gehe mit meinem Vater nach Furleys zurück. Wir haben uns nichts zu sagen, du und ich.«

Doch Tom stand da wie angewurzelt und hätte sich nicht einmal bewegen können, wenn er es gewollt hätte. Starr-

sinnig wiederholte er ihren Namen: »Corinna, du kannst nicht einfach gehen. Das ist nicht recht. Ich dulde es nicht.«
Sir Diggory wedelte erneut mit der Hand. »Verschwindet, Bursche. Oder muß ich den Gendarm rufen?«
Dies war eine weitere ungeschickte Bemerkung, denn der Gendarm war ein Vetter von Tom, und er hatte beim ersten Anzeichen von Aufruhr das Weite gesucht. Corinna war dies nicht entgangen, und wenngleich sie lieber gestorben wäre, als es sich anmerken zu lassen, so begann sie doch ernsthaft beunruhigt zu sein. Sie entsann sich nun, daß ihr Bruder Frederick seit jeher ein Feigling war, und die anderen Offiziere beobachteten das Geschehen aus sicherer Entfernung und machten keinerlei Anstalten, sich den Sonntagmorgen mit einem Zank unter Eheleuten zu verderben.
»Komm mit nach Hause, Corinna«, sagte Tom. »Ich nehme dich mit.«
»Niemals.«
Tom vernahm das ängstliche Zittern in ihrer Stimme und witterte seine Gelegenheit. Als Soldat hatte er gelernt, daß rohe Gewalt von Vorteil sein kann, und er wußte, daß es ihm gelingen konnte, seine Frau nach Hause zu bringen, wenn er sie einfach vom Kirchhof zerrte.
»Du kommst mit mir nach Hause«, wiederholte er. »Jetzt.«
Corinna umklammerte den Arm ihres Vaters. Die Gemeinde hatte sich größtenteils auf dem Kirchhof versammelt, und ohne die Augen von Tom abzuwenden, spürte Corinna, daß er die Unterstützung der Menge besaß. Ihre Deckung dagegen war nicht nennenswert. Ihr Vater

war zu kränklich, um sie zu verteidigen, und ihrem Bruder war es einerlei, wenn sie zu ihrem Gatten in die Distaff Lane zurückkehren mußte. Solange er jedoch keine Anstalten machte, ihr zur Seite zu stehen, würden auch die anderen Offiziere keinen Finger rühren. Ihr Wagnis nahm eine schlimmere Wendung, als sie es für möglich gehalten hatte.

»Nein«, sagte sie hilflos.

»Wir haben eine Rechnung zu begleichen, du und ich.«

Tom war nun so zuversichtlich, daß er beinahe lächelte.

Obwohl sie wußte, daß es furchtbar enden würde, entschloß sich Corinna mangels Möglichkeiten zu dem Versuch, sich an ihm vorbeizudrängen, doch da erschien eine hochgewachsene Gestalt an ihrer Seite, und eine vertraute Stimme sagte: »Seid nicht dumm, Tom. Ihr habt Grund, einen Groll zu hegen, doch Ihr wißt recht gut, daß dies weder die rechte Zeit noch der rechte Ort für dergleichen ist.«

Toms Antwort bestand aus einem angewiderten Knurren, einem entfernten Donnergrollen nicht unähnlich.

Stephen nahm Corinnas Arm und sagte ruhig: »Mistress Rogers, gestattet, daß ich Euch zu Eurer Kutsche geleite.« Corinna hätte weinen können vor Erleichterung.

Stephen hatte sich länger als die anderen in der Kirche aufgehalten und war deshalb erst spät erschienen. Er hatte vorgegeben, ein paar Worte mit dem Küster wechseln zu wollen, doch in Wahrheit wollte er zusehen, wie Dolores mit ihren drei Kindern das Gotteshaus verließ. Sobald er nach ihr durch das Portal trat, merkte er an der gespannten Stimmung in der Menge, daß etwas Unerquickliches im Gange war. Nach einem Blick auf Tom

Rogers hatte er auch begriffen, daß den betrogenen Gatten nicht einmal eine ganze Reihe Kanonen von seinem Platz auf dem Weg vertrieben hätten; er war der Hahnrei, und sein ganzer Stolz hing davon ab, wie er sich nun betrug. Stephen brachte durchaus Verständnis für Tom auf, doch er nahm unwillkürlich Corinnas Standpunkt ein, und überdies würde keiner Nutzen ziehen aus einer gewalttätigen Auseinandersetzung.
Die Menge wartete. Beinahe jeder im Ort kannte und achtete Hauptmann Sutton, und sobald er sich an Corinnas Seite begeben hatte, versammelten sich seine Offiziersgenossen, unter ihnen ein recht beschämt blickender Frederick Page, schützend hinter ihm. Im Handumdrehen hatte sich die Stimmung gegen Tom Rogers gewendet.
Um weiteren Auseinandersetzungen vorzubeugen, geleitete Stephen Corinna und ihren Vater einen kleinen Pfad abseits des Hauptweges über einige überwachsene Gräber zum Tor und die Treppe hinunter zu ihrer Kutsche.
»Hauptmann Sutton, ich bin Euch zu großem Dank verpflichtet«, sagte Corinna, als sie sich neben ihrem Vater niedergelassen hatte.
»Es war mir ein Vergnügen, Ma'am.«
Erst jetzt fühlte Corinna sich sicher genug, einen Blick nach draußen zu werfen. Tom stand noch immer mitten auf dem Kirchweg wie ein einsamer Fels in der Ebbe. Corinna ließ den Blick kühl über die feindselige Menge schweifen, entschlossen, jeden niederzustarren, der ihr Verachtung entgegenbrachte. Sogar Doll Taverner, von der sie eigentlich Mitgefühl erwartet hatte, sah sie haßerfüllt an.

Und dann blieb Corinna einen Augenblick lang fast das Herz stehen. Sie hatte bemerkt, daß Stephen Sutton ebenfalls den Gesichtsausdruck von Mistress Taverner beobachtete. Doll blickte zu Stephen und dann zurück zu ihr, und Corinna begriff unversehens, daß sie eine ganz andere Art von Haß empfand als die Einwohner der Stadt. Dies war keine Mißbilligung, sondern heftige Eifersucht. Offenbar hatte sich das Verstehen kurz auf ihrem Gesicht abgezeichnet, denn Dolores errötete, wandte den Blick ab und beschäftigte sich eingehend mit Beths Kragen.

Verblüfft blickte Corinna Stephen an. »Doll Taverner«, raunte sie, »wer hätte das gedacht?«

Bevor Stephen etwas erwidern konnte, setzte sich die Kutsche in Bewegung, und Corinna, von Erleichterung und Erstaunen überwältigt, ließ sich gegen ihren Vater sinken und kicherte zu seiner Verblüffung den ganzen Weg bis nach Furleys.

23

Stephen war von düsteren Vorahnungen erfüllt, als er in dieser Nacht zur Ruine des alten Klosters ritt. Dolores dagegen raste so vor Wut, daß sie ihre Angst gänzlich vergaß und ohne Zögern den Geheimgang durchschritt. Als Stephen näher kam, erwartete sie ihn am Fuße des Turms.

»Dolores, Liebste, was tust du hier?«

Sie machte keine langen Worte. »Du weißt Bescheid über diese Frau, Corinna Rogers, dieses verkommene Metze. Du warst mit ihr zusammen, ich weiß es. Ich habe es heute deinen Augen angesehen und ihrem Gesichtsausdruck. Sie wußte von mir. Du mußt ihr von mir erzählt haben, und dabei hast du die ganze Zeit getan, als sei nichts. Du gibst dich so ehrenhaft, doch du bist ein Lügner wie alle anderen. Corinna Rogers, ausgerechnet! Antworte mir: Ist es wahr?«

Ihre Stimme klang verzerrt vor Zorn und Schmerz. Stephen trat einen Schritt auf sie zu. Sie hatte die Laterne auf einem Steinsims abgestellt, und ihr Gesicht lag im Schatten, doch was er sah, war erschütternd genug. Er blieb wie angewurzelt stehen. Ein langes Schweigen entstand.

Nach einer Weile sagte er einfach: »Ja.«

»Oh!«

Dolores merkte, daß sie unversehens zitterte vor Kälte. Ihre Zähne schlugen aufeinander, und sie zog ihren Umhang fester um die Schultern. Wieder trat Stephen einen Schritt auf sie zu und blieb erneut stehen.
»Lieber Gott –«, sagte sie zwischen zusammengebissenen Zähnen. »Ich kann es nicht glauben!«
»Dolores –«
»Die ganze Zeit – hast du mir vorgemacht –, aber diese Frau war deine Geliebte – und du hast gelogen –«
»Nein, hör mich an, bitte. Es war nur einmal ...« Stephen verbesserte sich. »Es ist nur einmal vorgekommen. Ich kann nicht sagen, weshalb, vielleicht hatte ich den Verstand verloren. Dein Zorn ist verständlich, doch ich habe ihr nie von dir erzählt. Ich sagte, daß es eine Frau gibt, die ich liebe, aber sie nahm an, daß sie in Cornwall lebt. Erst als sie dich heute sah, ich weiß nicht, wie ... aber sie muß erraten haben ...«
»Gewiß hat sie es erraten. Glaubst du denn, wir beide sind dumm?«
»Nein –«
»Doch, offenbar doch. Du gibst dich so aufrichtig und ehrbar, und derweil ... oh, du machst mich krank!«
»Dolores, es tut mir leid.«
»Leid!« Das Wort klang wie ein Schuß. »Leid! Du wagst es, hier zu stehen und mir zu sagen, daß es dir leid tut!« Sie bückte sich rasch und hob etwas vom Boden auf. Dann stürzte sie wutentbrannt auf ihn zu, und Stephen sah, daß sie ein Stück Mauerwerk in der Hand hielt. Er hob die Arme, um sich zu schützen, doch vielleicht absichtlich war er nicht schnell genug, und der Stein traf ihn seitlich an der Wange und ritzte die Haut auf. Dann

fiel er ihr aus der Hand, aber Dolores schlug weiter mit den Fäusten auf ihn ein und hielt erst inne, als sie merkte, daß sie drohte, in Tränen auszubrechen. Niemals würde sie ihm die Genugtuung geben, sie weinen zu sehen.

»Oh!« rief sie, als sie sich abwandte, um ihre Verzweiflung zu verbergen. »Du bist ein Ungeheuer!«

Stephen verharrte reglos. Blut rann an seiner Wange hinab, doch er bemerkte es nicht. Er sagte nur: »Dolores, bitte hör mich an.«

»Weshalb? Was könntest du mir wohl zu sagen haben?«

»Ich weiß nicht«, sagte er hilflos. »Nur, daß ich wünschte, es wäre niemals geschehen. Corinna Rogers bedeutet mir nichts. Du bist die einzige Frau, die ich liebe und jemals lieben werde. Es tut mir leid …« Er verstummte, weil es ihn anwiderte, aus seinem Munde die abgedroschenen Ausreden des Untreuen zu vernehmen; weil er nicht wußte, wie er Dolores zumindest dieses eine Mal noch überzeugen konnte.

Er ließ sich auf einen großen Quader sinken. »Ich war so dumm, schlimmer noch. Wenn du es wünschst, werde ich gehen.«

»Das ist recht«, höhnte Dolores, »lauf nur fort, sobald es schwierig wird. Du bist nicht nur ein Lügner, sondern ein Feigling obendrein. Ich hoffe bei Gott, daß ich dich niemals mehr wiedersehen muß.«

»Nun gut, du hast wahrlich Grund …«

Doch keiner der beiden rührte sich. Obwohl sie raste vor Wut, dachte Dolores rasch voraus. In diesem Augenblick haßte sie Stephen aus ganzer Seele, doch sie wollte nicht, daß er sie verließ. Sie wollte, daß er blieb, damit sie ihn verletzen und strafen ... und erneut mit ihm zusammensein konnte.

Sie sagte: »Nein, bleib.«

»Wenn ich, was mit Mistress Rogers geschehen ist, ungeschehen machen könnte ...«

»Warum, war das Erlebnis so unerquicklich?«

Stephen blieb ihr die Antwort schuldig.

»Nun? Du sagst, es sei nur einmal vorgekommen ... so nehme ich an, daß sie dir nicht gefallen hat.«

»Dolores, bitte ...«

»Ah, ich irre mich wohl, sie *hat* dir gefallen ...« Stephen schwieg weiterhin. »Sie muß dir sehr gefallen haben. Weshalb bemühst du dich dann erst hierher? Will sie dich nicht mehr? Heute morgen hast du sie vor ihrem armen Gatten beschützt. Gewiß wird sie dir ihre Dankbarkeit erweisen wollen. So geh doch zurück, geh zurück nach Furleys, das ist bequemer, du brauchst dir keine Mühe zu machen.«

Stephen hob abwehrend die Hände. »Dolores, bitte halt ein. Du quälst mich. Du weißt, daß ich dich liebe und keine andere.«

»Tst! Wie soll ich dir glauben, wenn du so treulos bist?« Wenngleich sie ihn reizte mit ihrer Frage, war Dolores doch überzeugt davon, daß Stephen die Wahrheit sagte. Sie zweifelte nicht an seiner Liebe; sie verstand es zwar nicht, doch sie wußte, daß sie ihn behandeln konnte, wie sie wollte, er würde sich niemals von ihr abwenden. Unter anderen Umständen hätte sie ihren Zorn einen Monat lang zurückgehalten, doch ihnen blieb keine Zeit.

Mit veränderter Stimme sagte sie: »Warum, Stephen?«

»Ich weiß es nicht.« Er starrte auf seine Hände. »Ich war

sehr beunruhigt, weil ich fürchtete, dir nichts geben zu können, dir keine Freude bereiten zu können. Ich dachte, jemand, der erfahrener sei in der Liebe ...«
Stille trat ein. Dolores öffnete den Mund, um etwas zu sagen, doch sie blieb stumm.
Stephen sagte: »Es war falsch, falsch und dumm, aber ich glaubte eben ...«
Er unterbrach sich. Sie vernahmen nur das Rascheln der Vögel, die sich in der pechschwarzen Nacht in ihren Nestern unter dem Efeu regten.
Schließlich sagte Dolores: »An dem Abend, als das Gewitter kam ... du warst anders ... ich habe es nicht verstanden ... nicht an jenem Abend, aber jetzt ...«
Stephen ließ den Kopf hängen. Er preßte die Hände an die Schläfen. Er wußte nichts mehr zu sagen.
Dolores sprach so leise, daß er sie kaum verstand. »Es ist ... unglaublich.« Und dann: »Warum bist zurückgekehrt, Stephen, wenn sie so viel ...«
Er rührte sich nicht. Es gab so viele Antworten auf ihre Frage: Er war zurückgekehrt, weil er sie liebte; keine Frau würde jemals an ihre Stelle treten können; wenn er nicht bei ihr war, lebte nur ein Teil von ihm ... Doch durch sein Handeln waren diese Antworten unglaubwürdig geworden. Und so schwieg er.
Der Mond ging auf, und der Himmel über dem alten Kloster erhellte sich. Dolores konnte Stephens Gesicht nicht erkennen, doch wie jämmerlich ihm zumute war, sah sie an seiner Haltung. Sie wußte, wie sehr er litt, und sie war froh darum. Er hatte schreckliche Qualen verdient für sein Betragen.
Bitter sagte sie: »Du bist ein Tor, Stephen.«

Er regte sich unbehaglich, sagte jedoch nichts.
Wie sonderbar, dachte Dolores, er war mir untreu, und ich könnte ihn den Rest der Nacht beschimpfen, doch das könnte unserer Bindung nichts anhaben. Ich bin wichtig für ihn, dachte sie, was immer ich auch sage. Und dann begriff sie, daß jene Gewißheit nur daher rührte, daß er ihr untreu geworden war.
Bei diesem Gedanken empfand sie eine eigenartige Regung unterhalb der Rippen, als hafteten dort Federn, die sich nun zu lösen begännen. Ihr Zorn war verraucht. Sie wollte ihn nicht einmal mehr leiden sehen. Ihnen blieb schließlich nicht soviel Zeit, daß sie sich in langen Beschuldigungen ergehen konnten. Überdies hatte die ganze Lage durchaus etwas Lächerliches, wenn man sie aus einem anderen Blickwinkel betrachtete. Etwas geradezu Erheiterndes. Die sonderbare Regung im Bauch wanderte nach oben, und aus ihrem Mund drang ein lauter Ton, der nach Gelächter klang.
Stephen nahm zuerst an, daß sie schluchzte. Er stand auf und erwog, sie zu trösten, dann stellte er verblüfft fest, daß sie lachte, und blieb stehen. Ihren Zorn hätte er besser ertragen als ihren Spott.
Er sagte steif: »Ich wüßte nicht, was daran erheiternd ist.«
Als sie seiner gekränkten Würde gewahr wurde, rief Dolores aus: »Oh, Stephen, nun bist *du* verletzt! Das ist einfach zuviel!« Und sie brach erneut in Lachen aus.
Stephen packte der Zorn. Er mochte ja zugeben, daß er ein Dummkopf gewesen war, doch er tat dies nicht zu ihrer Belustigung. Und dann, als er ihrem ungehemmten Gelächter lauschte, fiel ihm auf, daß er sie noch nie la-

chen gehört hatte. Selbst wenn sie mit ihren Kindern spielte, lächelte sie nur über deren Schelmereien.
Zögernd sagte er: »Ich habe dich noch nie lachen sehen.«
»Nein ...« Sie wischte sich die Augen und versuchte zu Atem zu kommen. »Ich glaube, ich hatte vergessen, wie man das tut. Lieber Gott, wie anstrengend ... bin ich verrückt, was meinst du? *Una loca?* Dergleichen erheiternd zu finden, aber ...« Sie lachte noch immer.
»Dann bist du nicht mehr zornig?«
»Ich weiß es nicht. Es hat nicht den Anschein. Ich *fühle* mich nicht mehr zornig. Du hättest es verdient, in kleine Stücke zerschnitten und in Öl gebraten zu werden, aber damit kann ich mich jetzt nicht befassen.« Sie lachte in sich hinein, und es klang dunkel und froh. »Wie verrückt das alles ist.«
»Dolores –«
Sie trat einen Schritt zurück und richtete sich hoch auf. »Sieh dich vor, Stephen Sutton. Ich bin vielleicht wahnsinnig genug, dir zu vergeben, doch Corinna Rogers verdient es, an den Pranger gestellt zu werden. Ich warne dich, wenn du sie jemals wieder berührst, und wenn du ihr dabei nur in die Kutsche ihres Vaters hilfst, wird sie es den Rest ihres Lebens bereuen. Ich werde in meiner Destillierkammer ein Gift für sie brauen, das einen warzigen und womöglich noch blinden Krüppel aus ihr macht. Und was dich betrifft –«
»Dolores, bitte –« Er wußte nicht, ob sie scherzte oder ob es ihr ernst war – und Dolores war sich dessen auch nicht sicher.
Sie sagte: »Nona hatte Mittel, die das Gedächtnis von Männern auslöschen können. Du wirst dich nicht

mehr erinnern können. Du wirst nur noch an mich denken –«
»Dazu bedarf es keiner Mittel.«
»Oder vielleicht sollte ich sie einfach vergiften, damit sie aus der Welt ist. Sie würde langsam und unter entsetzlichen Qualen sterben, und ihr Gesicht wäre so scheußlich verzerrt, wenn man sie aufbahren würde –«
»Dolores, halt ein.« Stephen legte die Arme um sie. »Du weißt doch, daß mir keine andere Frau jemals etwas bedeuten wird.«
Sie setzte sich nicht zur Wehr, sondern legte den Kopf in den Nacken. In ihren Augen blitzt ein Lachen auf. »Ich weiß, Stephen, doch du bist ein Mann und leicht zu beeinflussen, und ich muß etwas ersinnen, wie ich dich vor niederträchtigen Metzen bewahren kann –«
»Genug.« Er küßte sie. »Ich liebe dich.«
»Ja. Das ist dein unseliges Schicksal. Doch jetzt muß ich ins Haus zurückgehen.«
»Soll ich dich begleiten?«
»Nein, deine Strafe besteht darin, daß du wenigstens für eine Nacht aus meinem Schlafzimmer verbannt bleibst.«
Als sie sich abwandte und auf den Geheimgang zuging, begann sie wieder zu lachen. »Oh, Stephen, du wirst mich wohl doch begleiten müssen. Ich bin nicht mehr zornig und mag diesen gräßlichen Ort nicht allein betreten.«

Danach dachte Stephen, daß ihr Lachen Dolores am nachhaltigsten verändert hatte. Nach seiner Begegnung mit Corinna hatten sie in der Liebe viel Neues entdeckt, doch erst nachdem sie die Freuden des Lachens erlebt hatte, war Dolores imstande, sich gänzlich hinzugeben. Widersprüchlicherweise konnten sie nun, da sie soviel gemeinsame Freude empfanden, sich auch den ernsteren Dingen zuwenden. All jene Dinge, die sie vormals nicht angerührt hatten, kamen nun zur Sprache: Darbiers Tod, ihr Leben mit Josiah, ihre Familie in Spanien. Nur einen Gesprächsgegenstand mieden sie noch immer, und das war die Zukunft.

Diese kostbaren Augustnächte, die sie nicht mit Schlafen vergeuden mochten, waren so bis zum Rande angefüllt, daß sie meinten, ein Leben lang davon zehren zu können – doch wenn sie ein Ende nahmen, würden sie ihnen vorkommen wie ein einziger Augenblick. Mistress Taverner, die tüchtige und kühle, puritanische Gattin, verwandelte sich im Dunkel der Nacht. Manchmal war sie gänzlich Frau und ergötzte sich an neuen Entdeckungen der Sinne. Dann wieder schien sie das Mädchen zu sein, dessen Welt durch das Gemetzel in Würzburg zusammenbrach. Vor allem, wenn Stephen verhindert war oder sich zum Gehen wandte, wurde sie trotzig und unvernünftig, und Stephen merkte, daß sie das verwöhnte Nesthäkchen einer liebevollen Familie gewesen war. Zu anderen Gelegenheiten war sie zärtlich und mütterlich und wiegte ihn, als sei er ihr Kind. Und Stephen, der immer er selbst war und es auch stets bleiben würde, war entzückt von dieser Vielfalt und ahnte nie, wer ihn erwartete, wenn er die Täfelung beiseiteschob und aus dem dunklen Geheimgang in das von Kerzen erleuchtete Schlafzimmer trat.

Sie lebten für die Nächte, in denen sie zusammensein konnten, und kamen fast ohne Schlaf aus. Die Tage ver-

brachten sie in einem zufriedenen Dämmerzustand und dachten nur an ihre nächste Begegnung. In diesem Zustand fiel es auch viel leichter, zu übersehen, was in der Welt vor sich ging.
Kaum ein Tag verstrich, an dem nicht eine Nachricht von neuen Siegen des Parlamentsheers eintraf. König Karl hatte seine walisische Zuflucht verlassen und versuchte, zu seinem schottischen Heer vorzudringen. Doch selbst der Mut des Königs konnte die Aussichtslosigkeit der Lage nicht verbergen, und nach und nach fielen die Festungen der Königstreuen. Das Heer der Rundköpfe war gnadenlos und gründlich und nicht mehr aufzuhalten.
»Was wird geschehen, wenn der König besiegt ist?« fragte Dolores an dem Abend, an dem sie vom Fall Sherbornes gehört hatten, doch Stephen wußte keine Antwort, und so fuhr sie fort: »Es kommt mir vor, als stehe der Untergang der Welt bevor. Doch solange du bei mir bist, ist alles andere unwichtig.«
Zwei Tage später traf die Nachricht ein, vor der sich beide fürchteten. Ein Parlamentsregiment war nur noch zwanzig Meilen entfernt, und es rückte auf Tilsbury vor.

Als Stephen die Täfelung an der Priesterhöhle mit dem Wissen beiseite schob, daß er dies vermutlich zum letztenmal in seinem Leben tun würde, verspürte er einen solch bleiernen Druck auf der Brust, daß er zur Begrüßung kaum ein Lächeln zustande brachte. Doch sobald er Dolores sah, die so seltsam schön und ganz die seine war, war er gänzlich zufrieden. Tränen standen ihr in den Augen, und sie lachte vor Freude, ihn wiederzusehen. Jeder Augenblick ihrer letzten Stunden war unendlich

kostbar. Jedes Wort, jede Geste wählten sie mit Bedacht, und sogar als sie sich liebten, taten sie es mit Ernst und Würde, als begingen sie einen festlichen Akt.
Schließlich sagte sie: »Oh, Stephen, was sollen wir nur tun? Ich glaube, wenn ich dich nicht mehr sehe, werde ich sterben.«
Er antwortete nicht, streichelte nur ihre Schulter. Er wußte nichts zu sagen. In dem langen Schweigen spürte Dolores, wie sie sich zurückzog, und sie merkte, daß sie nicht die Wahrheit gesprochen hatte. Sie würde um Stephen trauern, doch diese Gefühle würden sie nicht zerstören. Sie hatte sich ihm hingegeben, aber einen Teil von sich hatte sie immer zurückgehalten. Dolores würde sich niemals gänzlich einem anderen Menschen ausliefern; vielleicht, weil ihre Kindheit ein so grausames Ende genommen hatte, vielleicht auch, weil ihre Kinder ihr das Kostbarste auf der Welt waren. Vor langer Zeit schon hatte sie die Kräfte und die Bereitschaft zur Beschränkung erworben, die unabdingbar sind, wenn man überleben will.
Nach einer Weile seufzte Stephen und beugte sich über sie, um sie zu küssen, doch sie wandte den Kopf ab, so daß seine Lippen nur ihre Wange streiften. Unversehens packte sie der Zorn auf ihn. Nicht ein einziges Mal hatte er ihr vorgeschlagen, daß sie Tilsbury und ihren Gatten verlassen und sich ihm anschließen solle. Hätte er sie in jenen letzten Tagen gefragt, hätte sie ohne zu zögern eingewilligt. Doch sie wußte mehr über Stephen, als er je über sie erfahren würde, und sie wußte, daß er ein solches Opfer niemals von ihr verlangt hätte. Sie konnte ihm nicht lange zürnen, da er der Mann war, den sie lieb-

te, und so sah sie ihn wieder an, strich ihm mit den Fingerspitzen über die Wange und fragte: »Werden wir dann Gefangene sein?« Doch bevor Stephen antworten konnte, sagte sie: »Nein, niemals. Ich war eine Gefangene, bevor ich dich lieben lernte. Das werde ich nie wieder sein.«
Sie prägte sich jede Einzelheit seines Körpers ein; die hellen Haare auf seinen Handrücken, die scharfen Linien an seinem Mund, die Adern an seinen Unterarmen, die Goldsprenkel in seinen grauen Augen. Es erschütterte sie, daß sie bereits begann, ein Bild von ihm im Geiste zu bewahren, wie sie es als Kind mit ihrem Zuhause in Spanien getan hatte, damit es ihr für immer erhalten bliebe und sie eines Tages zurückkehren könne.
Schließlich sagte sie: »Wird dies unsere letzte Begegnung sein?«
»Ich weiß nicht.« Stephen runzelte die Stirn.
Wenn Josiah nur ums Leben käme, dachte Dolores, dann wären wir all unsere Sorgen los. Die Vorstellung beflügelte sie: Es wäre so einfach und in gefährlichen Zeiten wie diesen durchaus wahrscheinlich. Seit zwei Wochen hatte sie nichts mehr von ihm gehört; im Sommer hatte es in London Fälle von Pest gegeben; es war ein Wagnis, auf den Straßen unterwegs zu sein – gewiß kehrte er nie mehr zurück! Sie stellte unvermittelt fest, daß Stephen sich denselben Gedanken hingab, doch während sie sich an der Vorstellung von Josiahs Tod ergötzen konnte, verabscheute sich Stephen, weil er einem Rivalen Schlechtes wünschte.
Sie sagte: »Vielleicht ist Josiah von Schurken ermordet worden«, und sie lächelte durchtrieben, als sein erschrokkener Gesichtsausdruck ihre Vermutung bestätigte.

»Siehst du, Stephen, ich kann deine Gedanken so leicht erraten wie die von Harry oder Beth. Nein, leichter noch.«

»Bin ich denn so leicht zu durchschauen?«

»Allerdings.« Und dann dachte sie, wie wundervoll es doch wäre, genügend Zeit mit Stephen zu haben – mindestens ein Leben lang –, damit sie ihn gelegentlich ein wenig zu vorhersehbar finden könnte.

»Es wird bald dämmern«, sagte Stephen. »Ich muß fort. Ich werde morgen früh noch einmal herkommen. Keiner wird sich etwas dabei denken, wenn ich dich noch einmal aufsuche. Ich kann dir noch nicht Lebewohl sagen.«

»Wie du wünschst.« Dolores setzte sich auf und sah ihm zu, wie er sich ankleidete. »Ich will dich nur um eines bitten: Wenn wir uns verabschiedet haben, will ich dich nie mehr wiedersehen. Ich könnte die Heuchelei, daß nichts ist zwischen uns, nicht ertragen.«

»Einverstanden. Ich möchte mich eigentlich gar nicht verabschieden. Manche Dinge sind zu schmerzhaft. Und ich muß daran glauben können, daß ich dich eines Tages wiedersehe.«

Der Schmerz stand ihm in den Augen, als er diese Worte aussprach, und Dolores begriff, daß die Trennung für ihn schlimmer war als für sie. Sie mußte sich bemühen, sie ihm zu erleichtern.

»So sei es«, sagte sie und küßte ihn. »Kein Lebewohl.«

Am nächsten Morgen sorgte sie dafür, daß sie im entlegensten Teil des Gartens beschäftigt war, als Stephen eintraf. Der Himmel war wolkenverhangen, und es wehte ein kühler Wind. Sie hätte es leicht einrichten können, ihn im Wintersalon zu empfangen, doch sie hatte ihre Gründe, warum sie im Garten blieb. Sie begann sich zusehends von ihm zu entfernen, begann sich bereits in die Frau zu verwandeln, die aus den leeren Jahren, die vor ihr lagen, das Beste machte. Wenn er sie erneut in die Arme nahm und sie seine Lippen auf den ihren spürte, wären all ihre Bemühungen, sich zu schützen, wieder zunichte gewesen.

Doch als er auf sie zukam und so elend und trostlos aussah, geriet ihr Entschluß beinahe ins Wanken.

»Dolores«, sagte er gleich, da er seit ihrer Trennung an nichts anderes gedacht hatte, »ich liebe dich. Als ich dich das erste Mal sah, begann ich schon fast, dich zu lieben, und du magst es glauben oder nicht, aber ich werde niemals aufhören können, dich zu lieben. Ich werde dich ewig lieben.«

»Ewig, Stephen? Das ist so lange.«

»Ich weiß. Ewig. Solange ich lebe.«

Sie schwieg einen Augenblick, dann sagte sie sanft: »Ja, Stephen, ich glaube dir.«

»Du magst mich in dieser Zeit vergessen –«

»Nein, das werde ich niemals tun.«

»– oder deine Gefühle mögen sich wandeln. Doch falls dies nicht geschieht …«, er nahm ein kleines Päckchen aus der Tasche, »habe ich dir dies gebracht.« Und als die silberne Kette in seine Hand glitt, lächelte er zum erstenmal an diesem Morgen ein wenig. »Ich wünschte, es wäre etwas sehr Wertvolles, ein Familienstück. Doch leider kann ich solche Kostbarkeiten nicht mein eigen nennen, weder hier noch anderswo. Dies hat nur den Wert meiner Liebe.«

»Du möchtest es mir schenken?«
»Ja.«
»Dann bin ich froh, daß es keinen irdischen Wert besitzt. Viel zu lange bin ich mit gestohlenem Zierat behängt worden.«
»Dies wurde redlich erworben und bezahlt – vermutlich zu teuer. Der Händler war ein gerissener Bursche, der merkte, daß ich kaufen wollte. Ich schenke es dir nur unter einer Bedingung.« Er zögerte, dann sagte er: »Es mag der Tag kommen, an dem du meiner nicht länger mit Liebe gedenkst. Jemand anderer mag deine Zuneigung gewonnen haben – nein, hör mich erst an. Falls es dir jemals in den Sinn kommt, daß du mich nicht wiedersehen möchtest – was immer auch geschehen ist –, dann gib mir diese Kette zurück. Dann weiß ich, daß ich die Hoffnung aufgeben muß …«
Stephen sah so ernst aus, und seine Worte waren so gewichtig, daß Dolores ein kleines Lächeln nicht unterdrükken konnte. »Du meinst, falls Josiah sterben sollte?«
Er wandte den Blick ab. »Es ist nicht recht, auch nur davon zu sprechen.«
»Solange wir auch darüber sprechen, es wird nichts ändern an unserer Lage.« Sie lächelte noch immer, als sie die kleine Kette entgegennahm und sie nachdenklich betrachtete. »Du willst mich demnach mit einer Kette an dich binden, Stephen?«
»Mit der Wahl einer Kette wollte ich nichts zum Ausdruck bringen. Es war das beste Stück, das der Händler zu bieten hatte. Wenn du wünschst, tausche ich es gegen etwas anderes ein oder –«
»Nein, Stephen, das habe ich nur im Scherz gesagt. Ich

werde deine Kette mit Freude tragen und mich nicht durch sie gebunden fühlen.«

Er lächelte erleichtert und blickte gleich wieder ernst. »Dolores, die Rundköpfe sind bereits in der Nähe. Man nimmt an, daß sie heute schon in Tilsbury eintreffen werden. Wir sehen uns vielleicht zum letzten Mal ...«

»Sprich solche Worte nicht aus. Vielleicht werde ich eine Hexe wie Nona, doch ich weiß, daß dies nicht das Ende ist für uns.«

»Dennoch, lieber Gott, hätte ich es mir nicht träumen lassen, daß der Abschied so schwer ist –«

»Vergiß nicht, Stephen, kein Lebewohl.«

»Ich dachte ... vielleicht müssen wir uns nicht trennen ... es muß doch einen Weg geben zusammenzusein ...«

Dolores hielt den Atem an. »Wie, Stephen?«

»Wenn wir nur –«

Sein Satz wurde niemals vollendet. Vom Haus her war ein schriller Schrei zu vernehmen. Beth stolperte zur Hintertür heraus und kam auf ihre Mutter zugerannt. Ihre Wangen waren gerötet, und sie strahlte vor Freude. Sie war so aufgeregt, daß sie Stephen nicht bemerkte, sondern nur rief: »Oh, Mutter, komm rasch! So eil dich, Vater ist zurück! Will Dower hat ihn auf der Brücke gesehen, und Harry holt Pip und den Kleinen, damit wir ihn alle gemeinsam begrüßen können. Oh, Mutter, liebste Mutter, ist das nicht wundervoll? Vater kommt unversehrt nach Hause!«

Sie umschlang die Taille ihrer Mutter. Dolores hob hilflos die Hände und hätte sie beinahe weggeschoben. Doch dann brach sie in lautes Schluchzen aus und legte die Arme um das Mädchen.

Als Stephen Mutter und Tochter beobachtete, durchlitt er Qualen, die er niemals für möglich gehalten hatte. Er wandte sich auf dem Absatz um und ging langsam auf die Pforte zu. Als Dolores unter Tränen aufblickte, war er schon verschwunden.

24

Josiah war gerade rechtzeitig nach Priory House zurückgekehrt, um die Soldaten des Parlaments willkommen zu heißen, die am Abend in Tilsbury einmarschierten. Das Regiment bestand aus etwa zweihundert Mann und wurde von einem blonden Oberst befehligt, der vor dem Krieg Buchhändler gewesen war, den man jedoch dank seines taktischen Geschicks und seines Fleißes rasch in seinen jetzigen Rang erhoben hatte. Erneut wimmelte es in der kleinen Stadt von Soldaten, doch jedermann bemerkte sofort einen Unterschied: Oberst Firths Rundköpfe konnten für alles, was sie benötigten, in barer Münze bezahlen. Diese Tatsache sowie ihre Verläßlichkeit und ihr anständiges Betragen sorgten dafür, daß binnen kurzem die meisten Einwohner von Tilsbury auf seiten der Parlamentarier standen.

Und keiner unterstützte sie eifriger als Josiah Taverner. Seit Mitte Juni, als die Niederlage des Königs unumstößlich schien, hatte er unermüdlich seine Verbindungen zu den Parlamentariern gepflegt und konnte sich nun einen der treuesten Puritaner nennen. Nachdem er eine Weile in sich gegangen war, hatte er sogar widerstrebend einige goldene Schmuckstücke deren Säckel überantwortet. Nun lud er Oberst Firth und einige seiner Männer ein, in Priory House Quartier zu beziehen, und er sorgte dafür, daß es ihnen an nichts fehlte. Für Mabs und Ellen waren alle Offiziere gleich, und Mabs war entzückt darüber, daß sie Geld ausgeben konnte, um einzukaufen. Lediglich Cary, die sich nach O'Rourke sehnte und wußte, daß diese wohlerzogenen Fremden seine Feinde waren, ging ihrer Arbeit mißmutig nach.

Dolores war froh, daß Josiah so damit beschäftigt war, Oberst Firth und seinen Männern zu schmeicheln, daß er kaum Zeit für sie fand. Er hatte sich über Beths und Harrys Begeisterung gefreut und war nicht überrascht gewesen, auf den Wangen seiner Gattin rasch verhohlene Tränen zu entdecken. Er hatte eine einstündige Unterredung mit Bussell und trug Dolores dann auf, in ihrem Schlafzimmer Wache zu halten, während er nachsah, ob ihre Schätze sich noch immer im Geheimgang befanden. Dolores wartete und wurde zusehends unruhiger. Sie gestattete es sich nicht, an Stephen zu denken, doch sie spürte seine Anwesenheit überall im Zimmer und wunderte sich nur, daß Josiah noch nichts bemerkt hatte. Und dann, als die Täfelung beiseite geschoben wurde und der schwerfällige Körper ihres Gatten und nicht Stephens schlanke Gestalt in Erscheinung trat, spürte sie eine solch gewaltige Last auf der Brust, daß ihr das Atmen schwerfiel.

»Es ist alles in Ordnung«, sagte er zufrieden, »doch wir werden es so belassen, bis auch der letzte Soldat aus diesem Ort verschwunden ist. Man muß das Schicksal ja nicht versuchen, wie?«

Dolores antwortete nicht, sondern starrte ihn nur an. Dieser plumpe Unhold von einem Mann mit seinen fahlen, dünnen zimtfarbenen Haaren und seinen fetten Backen war ihr Gatte, mit dem sie all die Jahre zubringen

mußte, die vor ihr lagen. Eine Welle von Abscheu und Trotz erfaßte sie.
Josiah beobachtete sie mit seinen kleinen, gerissenen Augen. »Hat die Katze deine Zunge verschluckt? Überwältigt vor Freude, mich wiederzusehen, möchte ich sagen.«
Er betrachtete sie ein paar Augenblicke schweigend; sie war schon immer eine wunderschöne Frau gewesen, doch nun spürte er etwas anderes an ihr. Er vermochte es nicht zu fassen, doch es schien eine Art lebendige Kraft zu sein, die zuvor nicht da gewesen war. Unversehens stellte er fest, daß er sich auf die Nacht freute.
Er trat einen Schritt auf sie zu und legte ihr eine Hand auf die Schulter. »Keine Sorge, Doll, dein Gatte ist wieder zu Hause.«
Einen Augenblick nahm der Haß, den er in ihren Augen sah, ihm fast den Atem. Dann schüttelte sie seine Hand ab und sagte: »Mein Name ist Dolores.«
»Wie?«
»Ich sagte, mein Name ist Dolores.«
Er tätschelte ihre Wange. »Du warst immer meine kleine Doll«, sagte er wohlwollend. »Warum soll man das ändern.« Er ging zur Tür. »Den Rest bewahren wir uns für später auf, meine Liebe. Nun gibt es viel Arbeit, weil wir die Soldaten willkommen heißen müssen. Unternimm nichts auf eigene Faust, Doll. Halte dich nur an meine Anweisungen.«
»Ich sagte dir doch –«
»Später, Doll. Später.«

Kurz darauf zog Dolores sich in die Destillierkammer zurück, um ein Fläschchen Rosenwasser zu holen – und hielt sich dort weit länger als notwendig auf, weil sie fürchtete, daß ihre Gefühle ihr ins Gesicht geschrieben standen.

Die Erlösung von ihren Qualen erschien ihr unversehens so greifbar nahe, daß sie fast gelacht hätte. Dort, auf dem obersten Brett, standen die Flaschen und Tiegel, die zu ihrer Rettung dienen mochten. In den Tagen vor ihrem Tode hatte Nona Dolores in das Geheimnis jeder einzelnen eingeweiht. Sechs Tropfen hiervon, und ein Mann schläft sechs Stunden ... ein Löffel davon in einem warmen Getränk beruhigt ein rasendes Herz, aber nimm nicht zuviel, es könnte tödlich sein ... oder dieses für friedlichen Schlaf, wenn es keine Hoffnung mehr gibt. Wen würde es wundern – Josiah selbst gewiß nicht, der nun noch kurzatmiger war als zuvor –, wenn seine Gesundheit durch all die Belastungen und Mühen der letzten Monate Schaden genommen hatte? Sie nahm erst eine, dann eine zweite Flasche von dem obersten Brett: Seine Krankheit konnte langsam und schmerzlos oder rasch und verheerend verlaufen. In jedem Fall wäre das Ergebnis dasselbe: Nach einem gewissen, unvermeidlichen Zeitraum der Trauer wäre seine Witwe frei und könnte den Rest ihrer Tage mit Stephen verbringen.

Allein beim Gedanke an das Glück, das so greifbar nahe schien, wurde ihr schwindlig vor Freude.

In Furleys gab sich Stephen ähnlichen Gedanken hin, doch da er eher zu Gewissensbissen neigte, verabscheute er sich selbst ob seiner Vorstellungen. Und doch sann er, während er seine Männer auf den unvermeidlichen Angriff der Parlamentarier vorbereitete, unwillkürlich darüber nach, wie Josiah wohl handeln würde, falls er von der Untreue seiner Gattin erfuhr. Der Gehörnte würde gewiß versuchen, schreckliche Rache zu nehmen an ihr – und an wen konnte sich Dolores dann wenden? Stephen konnte sie niemals bitten, ihre Kinder zu verlassen und mit ihm ein neues Leben zu beginnen – doch wenn man sie aus dem Hause verstieß, mit welchem Eifer würde er dann versuchen, ihr alles zu ersetzen, was sie verloren hatte. Kaum hatte er das gedacht, sah er Dolores vor sich, wie sie um ihre verlassenen Kinder trauerte. Vielleicht würde sich Josiahs Zorn auch ganz und gar gegen seinen Rivalen richten. Vielleicht griff er Stephen an, so daß er sich ehrenhaft verteidigen konnte. Der Zorn des Volkes drohte zwar, wenn er Josiah in einem Duell tötete – doch Cornwall war weit entfernt, dessen Auswirkungen würden sie dort nicht zu spüren bekommen. Ein neues Leben mit Dolores und ihren Kindern auf einem der kleinen Anwesen in Rossmere ... das Bild war so berückend, daß Stephen in seiner Arbeit innehielt – er wies die Männer an, einen Schützengraben auszuheben – und strahlte. Doch im nächsten Augenblick runzelte er wieder die Stirn. Wie konnte er, ein junger Soldat, es auch nur erwägen, einen älteren Kaufmann zu töten und das einen gerechten Kampf zu nennen? Das hatte mehr mit Mord als mit einem Duell gemein. Vielleicht war die beste Lösung, wenn er in den Gefechten um Furleys zu Tode kam. Für ihn und Dolores gab es keine Hoffnung; er verabscheute sich dafür, Josiahs Tod gewünscht zu haben. Er stürzte sich mit einer Entschlossenheit und einem Eifer in die Arbeit, daß sich selbst die Männer wunderten, die ihn gut kannten. Als einziger Soldat der Garnison Furleys konnte Stephen den bevorstehenden Kampf kaum erwarten.

An dem Tag, nachdem das Parlamentsregiment in Tilsbury eingetroffen war, marschierte Oberst Firth mit seinen Männern auf Furleys zu und schickte einen Trompeter voraus, der die Royalisten zur Kapitulation auffordern solle. Major Ripley, der den Vormittag mit seinem Gastgeber in der Bibliothek zugebracht und den Stellenwert von Virgil als Mittel zur Weissagung erörtert hatte, antwortete mit einer verächtlichen Weigerung und setzte das Gespräch fort. Es fielen einige Schüsse, einer der Iren wurde leicht verletzt, und ein Feldwebel der Rundköpfe kam ums Leben. Die Parlamentarier zogen ab, und in Furleys ging alles seinen gewohnten Gang.

Am nächsten Morgen nahm Stephen im Hof vor den Stallungen das geschwollene Knie seiner Stute in Augenschein, als O'Rourke zu ihm trat und ihn um eine vertrauliche Unterredung bat. Stephen schickte den Reitknecht fort und lauschte O'Rourkes Eröffnungen mit wachsender Aufmerksamkeit.

Offenbar hatte Cary vernommen, wie einer der Soldaten in Priory House sich damit gebrüstet hatte, daß Furleys nur ein paar Stunden standhalten würde, wenn erst Sweet Sally eingetroffen sei. Carys unvermeidliche Frage, was für eine Art Frau denn wohl diese Sally sei, hatte große Heiterkeit hervorgerufen. Die betreffende Dame war, wie sich herausstellte, eine Kanone, die aus dem Süden des County herangeschafft wurde. Die Soldaten versicherten ihr, daß Sweet Sally Sir Diggorys Anwesen binnen kurzem dem Erdboden gleichmachen würde.

Carys Entsetzen über diese Mitteilung hielt sich die Waage mit ihrem Entzücken über ihren Einsatz als Spionin für den König. Sie erinnerte sich an einen Bericht über eine adelige Dame, die, in ihren Locken versteckt, wichtige Nachrichten nach London brachte, und wenngleich auch vorläufig keine Notwendigkeit für derlei Täuschungsmanöver bestand, so sah sie sich doch gleich als Heldin eines Dramas. Sobald sie ihre Arbeit getan hatte, eilte sie nach Furleys und erstattete O'Rourke Bericht. Er zeigte sich sogar noch aufmerksamer, als sie gehofft hatte, und wies sie an, gute Beziehungen zu den Soldaten zu unterhalten, damit sie ihnen soviel wie möglich entlocken konnte.

»Aber laß dich bloß nicht zu sehr mit denen ein«, warnte O'Rourke und unterstrich seine Anweisung mit einem stachligen Kuß. »Ich habe nicht die Absicht, dich zu teilen, und schon gar nicht mit einem pockigen Rundkopf.«

Cary blickte ihn mit ihren unschuldigen braunen Augen an und fragte, wie er denn nur auf solch einen Gedanken käme.

Als O'Rourke seinen Bericht beendet hatte, fragte Stephen gedankenvoll: »Diese Kanone wird aus dem Süden hergebracht?«

»Ja, Sir. Sie soll wohl in ein paar Tagen eintreffen.«

»Doch wenn wir sie vorher abfangen ...«

O'Rourke grinste. »Genau diesen Gedanken hatte ich auch, Sir.«

Stephen setzte umgehend Major Ripley in Kenntnis von diesen anstehenden Ereignissen. Er fand ihn wie stets in der Bibliothek hinter einem Stapel Bücher. Die Antwort des Majors hingegen fiel gänzlich überraschend aus.

»Hauptmann Sutton, ich untersage Euch jeglichen Versuch, die Kanone des Feindes zu sabotieren.«
»Aber, Sir ...«
»Befehle, Hauptmann, Befehle. Sie sollen befolgt, nicht hinterfragt werden. Für die nächsten drei Tage habt Ihr und alle Iren Hausarrest. Solange ich das Kommando habe, wird es keine unsinnigen Heldentaten geben.«
»Darf ich fragen, warum, Sir?«
»Gewiß nicht.« Major Ripley litt unter Kopfschmerzen, und seine Verdauung gab bereits die ganze Woche Anlaß zur Beschwerde. »Ich bin es nicht gewöhnt, Untergebenen meine Entscheidungen zu erläutern.«
Stephen blieb hartnäckig. »Die irischen Soldaten sind gefährdeter, wenn Furleys eingenommen wird.«
»Dessen bin ich mir wohl bewußt, Hauptmann. Ihr müßt mich nicht mein Handwerk lehren.« Als er Stephens aufrichtige Besorgtheit bemerkte, gab er ein wenig nach. »Seid versichert, Hauptmann, die Sicherheit der Garnison ist mein oberstes Anliegen. Deshalb gestatte ich es Euch nicht, in einer aussichtslosen Sache weitere Menschenleben zu vergeuden. Ja, Hauptmann, eine aussichtslose Sache. Früher oder später muß Seine Majestät mit dem Parlament verhandeln. Und eben dieses habe ich im Sinn: vernünftige Bedingungen auszuhandeln. Das ist alles, Hauptmann. Und vergeßt nicht: Ihr und Eure Männer steht bis auf weiteres unter Hausarrest. Guten Tag.«
Als Stephen später über diese Unterredung nachsann, fragte er sich, warum er sie so wenig beruhigend finden konnte. Oberflächlich betrachtet, war Major Ripleys Darstellung der Lage zutreffend. Selbst die treuesten Anhänger des Königs rieten nun zum Nachgeben, bevor

man noch mehr verlor. Was für einen Sinn hatte es dann, Menschenleben für eine aussichtslose Sache zu vergeuden? Stephen kam der Gedanke, daß sein Bestreben, die feindliche Kanone abfangen zu wollen, seinen Grund vielleicht mehr in seinem eigenen Bedürfnis nach Ablenkung denn in strategischen Erwägungen hatte. Wenn er losreiten und kämpfen könnte, würde er vielleicht den Kummer, der ihn seit der letzten Nacht mit Dolores niederdrückte, ein wenig lindern können. War es so weit mit ihm gekommen, daß er bereit war, das Leben seiner Männer zu opfern, um sein Herz zu erleichtern?

O'Rourke war außer sich. »Lieber Gott, Hauptmann, wißt Ihr, wie diese mörderischen Rundköpfe mit ihren irischen Gefangenen verfahren? Ich sterbe gerne in einem aufrechten Kampf, aber ich weigere mich glattweg, mich von diesen puritanischen Teufeln abschlachten zu lassen!«

»Es tut mir leid, O'Rourke. Ich habe getan, was ich konnte. Wir haben Befehl, das Gelände nicht zu verlassen. Ich werde darauf achten, daß er befolgt wird.«

O'Rourke sah ihn fest an. Als er dem Iren in die Augen blickte, hegte Stephen keinen Zweifel, daß dieser sich von dem englischen Offizier verraten fühlte, dem zu vertrauen er gelernt hatte.

Zwei Tage darauf rückte die Parlamentstruppe erneut an und umlagerte das Haus, doch dieses Mal führte sie die Kanone mit sich. Sie wurde von acht Pferden gezogen und auf einem bewachsenen Hügel außerhalb der Reichweite der Musketen aufgestellt. Der Trompeter begab sich zu Major Ripley, um mit ihm zu verhandeln, und kehrte mit der Botschaft zurück, daß die Royalisten nicht aufgeben wollten. Gegen Abend wurde die Kanone zum erstenmal abgefeuert. Die Kugel beschädigte eine Ecke der Veranda. Die Belagerung von Furleys hatte begonnen.

In Priory House ertrug Dolores eine andere Art der Belagerung mit weitaus größerer Entschiedenheit als Major Ripley und seine Männer. Am ersten Abend nach Josiahs Rückkehr hatte sie ihrem Gatten mitgeteilt, daß sie die Absicht hatte, in einem anderen Zimmer zu schlafen, bis er in der Angelegenheit ihres Namens nachgab.
»Dolores wird dir wieder Ehefrau sein, Josiah, aber Doll gibt es nicht mehr.«
Da er nicht begriff, was sie zu dieser Haltung veranlaßte, beschloß Josiah zunächst, der Sache keine große Beachtung zu schenken. Er hatte alle Hände voll zu tun mit den Soldaten im Haus und wollte Aufsehen, was seine ehelichen Angelegenheiten betraf, vermeiden. Doch als er nach einigen Tagen feststellen mußte, wie unnachgiebig seine kleine Doll geworden war, bereute er es, ihr nicht gleich ihren Willen gelassen zu haben. Nun war es nicht mehr möglich, ohne Gesichtsverlust einzulenken.
Als der erste Kanonenschuß auf Furleys abgefeuert wurde, begann Josiah die Geduld mit seiner Gattin zu verlieren.
»Genug von diesem Unsinn, Frau«, platzte er heraus. Er nannte sie nicht mehr Doll, konnte sich aber nicht zu »Dolores« durchringen und mußte sich deshalb mit »Frau« oder »Weib« behelfen. »Ich bestehe darauf, daß du ins Schlafzimmer zurückkehrst.«
»Wenn du Dolores fragst, so wird sie das tun.«

Die aufrechte Art, in der seine Gattin sich ihm widersetzte, beunruhigte Josiah zutiefst. Nie erhob sie die Stimme, sondern sie blickte ihn fest an und war so erschütternd schön geworden, daß es ihm schwerfiel, sich nüchtern mit der Sache zu befassen.

»Was ist mit dir geschehen, Weib? Du hast dich verändert, während ich fort war.«

Dolores hatte diese Frage geahnt und ihre Antwort vorbereitet. »Das überrascht dich, Josiah? Du hast dein Haus ein halbes Jahr lang in meine Hände übergeben, während die Stadt und unser Heim von Soldaten besetzt waren. Ein Mann ist seinen schrecklichen Wunden erlegen, ein anderer wurde ermordet. Nona ist gestorben. Deine kleine Doll hätte derlei Ereignisse niemals überlebt. Dolores ist es gelungen.«

»Tst. Das ist doch nur ein Name. Doll, Dolores, was spielt das für eine Rolle?«

Sie zuckte die Achseln. »Mir ist es wichtig, das ist alles.«

Josiah schwieg kurz, dann bemühte er sich um ein versöhnliches Lächeln. »Nun gut, meine Beste, ich mag knauserig gewesen sein mit meiner Anerkennung. Du hast dich bewundernswert gehalten, während ich fort war, und ich bin stolz auf dich. Doch nun ist die Zeit gekommen, die Zügel wieder mir zu überlassen. Es kann nur einen Herrn im Haus geben.«

»Du mißverstehst mich, Josiah. Ich habe nicht den Wunsch, deine Stellung einzunehmen. Ich erwarte nur, mit dem Namen angesprochen zu werden, auf den ich getauft bin.«

»Ja, auf spanisch. Doch du bist nun Engländerin.«

»Ich bin Dolores.«

Josiah verlor die Geduld. »Was, zum Teufel, ist in dich gefahren, Frau? Wieso glaubst du, entscheiden zu können, ob du mir Gattin zu sein hast oder nicht? Was hat dir diesen Ungehorsam eingeflößt? Wenn ich dich nicht besser kennen würde, könnte ich geradezu auf den Gedanken kommen, da sei ein anderer Mann –«

Ihr entsetzter Gesichtsausdruck war aufrichtig. »Wie kannst du es wagen!«

Josiah war versucht, handgreiflich zu werden. Er fürchtete, die Beherrschung zu verlieren, und sagte deshalb: »Ich gehe nun, Weib. Doch ich rate dir, Vernunft anzunehmen, bevor ich zu härteren Maßnahmen greifen muß.«

Danach fragte er sich, welcherlei Maßnahmen er damit eigentlich gemeint hatte. In der Vergangenheit hatte ihn die Furcht vor der alten Frau und ihren dunklen Kräften in Schach gehalten. Nun war Nona tot, und wenigstens gedanklich hielt nichts Josiah davon ab, zu tun, wie es ihm beliebte. Doch was ihn daran hinderte, war sein sehnlicher Wunsch, daß seine Frau ihn liebgewinnen würde – oder ihn wenigstens fürchten würde –, und beides schien ihm so unerreichbar wie seit eh und je.

Dolores hatte diese Unterredung mehr erschüttert, als Josiah ahnen konnte. Sie wußte, daß ihr als einzige Waffe ihre Willenskraft zur Verfügung stand; Josiah dagegen konnte Gesetz, Sitte und Macht in die Waagschale werfen. Dennoch konnte sie in dieser Sache ihres Namens nicht nachgeben, wenn es auch unerheblich schien. Doch als Josiahs Doll schien ihr das Leben nunmehr unerträglich. Als Dolores konnte sie ihren Stolz bewahren.

Dolores konnte auch ihr Geschick in der Destillierkammer zum Einsatz bringen, um Freiheit zu gewinnen. Diese Gedanken beschäftigten sie unentwegt, während sie ihrer täglichen Arbeit nachging. Die Widersprüche zwischen ihren dunklen Sehnsüchten und den kleinen Siegen und Errungenschaften ihres Familienlebens waren gänzlich unversöhnlich. Beth war begeistert, weil der Kleine es gelernt hatte, sich auf die Beinchen zu stellen, und wenn sie ihn festhielt, wagte er erste wacklige Schritte. Als Dolores aus dem Schlafzimmerfenster blickte, sah sie Harry im Garten auf einer Bank neben seinem Vater sitzen. Der Junge redete und fuchtelte aufgeregt mit den Händen; er berichtete offenbar von ihren Bemühungen, das Feuer in Mutter Crews Haus zu löschen, worüber er mit Dolores nie gesprochen hatte. Man hätte taub und blind sein müssen, um nicht zu merken, wie Harry seit der Rückkehr seines Vaters aufgeblüht war. Am vergangenen Abend hatte sie ihn laut lachen hören, als Beth und er Philip zu einem neuen Streich aufstachelten, und ihr war aufgefallen, daß er seit Monaten nicht mehr gelacht hatte. Ihre Familie war wie ein zartes Gazegespinst, und sie war für immer darin gefangen.

Die Einnahme von Furleys war ein kurzes und unrühmliches Kapitel in den Annalen der Royalisten. Stephen bemerkte bald, daß Major Ripley nur der Form halber Widerstand leistete; jeder ging davon aus, daß eine lange Belagerung unzumutbar war, doch eine zu rasche Kapitulation wäre unehrenhaft gewesen. Man mußte dem Feind eine Weile die Stirn bieten, um vorteilhafte Bedingungen auszuhandeln. Sir Diggory wollte verzweifelt sein Anwesen erhalten. Wenn er in einem der oberen

Stockwerke aus dem Fenster blickte, die vielen Soldaten in seinem Park sah und sich vorstellte, daß sie plündernd durch sein Haus trampelten und eine Spur der Zerstörung hinter sich ließen, war er dafür, möglichst lange standzuhalten. Doch als er beim Abendessen saß und hörte, wie Sweet Sally eine weitere Kugel auf sein Haus abfeuerte und der Stuck von der Decke auf die lange Tafel fiel, war er bereit, sich unverzüglich zu ergeben, damit nicht weiterer Schaden entstand.

Anders als Major Ripleys Kavaliere, kämpften die Iren mit dem Mut der Verzweiflung. Im letzten Herbst hatte das Parlament eine Verordnung erlassen, nach der jeder gefangene Ire gehängt werden sollte wie ein gemeiner Verbrecher, und dieser grausamen Weisung war man häufig nachgekommen. In der dritten Nacht führte Leutnant Donnelly, ohne daß Stephen oder einer der anderen englischen Offiziere Kenntnis davon hatten, einen kleinen Trupp Männer an, der die Kanone vernagelte und im selben Atemzug mehreren Kanonieren die Kehle durchschnitt.

Als Major Ripley davon Nachricht erhielt, tobte er, doch als er sich wieder beruhigt hatte, kam er zu dem Schluß, daß er mit Oberst Firth verhandeln mußte, bevor sich eine regelrechte Meuterei anbahnte. Die Verhandlungen mit den Parlamentariern wurden in aller Heimlichkeit geführt.

In der dritten Nacht ließ man um drei Uhr Parlamentssoldaten durch einen selten benutzten Eingang ins Haus, und als Stephen und die Iren von der Kapitulation des Majors Kenntnis erhielten, war das Anwesen bereits besetzt. Donnelly, O'Rourke und ihre Männer leisteten in

ihren Unterkünften im Hof blutigen Widerstand, noch längst, nachdem im Morgengrauen die Fahne der Parlamentarier gehißt wurde. Doch im Laufe des Vormittags waren ihre Munitionsvorräte aufgebraucht, und Stephen, dem Major Ripley zugesichert hatte, daß laut Kapitulationsabmachung keiner seiner Männer hingerichtet würde, redete ihnen gut zu, die Waffen niederzulegen.
O'Rourke folgte seiner Aufforderung als letzter. Er blutete aus einer Wunde an der Schläfe und war schweißüberströmt. »Ich vertraue Euch, Hauptmann Sutton«, sagte er, als er sein Schwert niederwarf. »Aber diesem Major oder diesen Hunden von Parlamentariern traue ich nicht. Hoffen wir bei Gott, daß Ihr uns nicht in eine Falle lockt.«
»Der Oberst hat sein Wort gegeben«, sagte Stephen.
Doch auch ihm war alles andere als wohl, als die Iren, von denen viele verletzt waren, unter schwerer Bewachung die Straße nach Tilsbury entlanggeführt wurden. Ungefähr zehn Mann waren bei dem Gefecht umgekommen, und die dreißig verbliebenen sahen unversehens recht hilflos aus. Ihre Bewacher, die ihre ermordeten Kameraden noch im Sinn hatten, sprangen nicht eben nachsichtig mit ihnen um, und zwei oder drei Männer kamen auf dem kurzen Marsch in die Gefangenschaft auf undurchsichtige Weise um.
Oberst Firth, der die Ruine erkundet hatte, als er in die Stadt einzog, hatte beschlossen, die Gefangenen im alten Kloster unterzubringen. Es ließ sich leicht bewachen und war weit genug von der Stadt und von Furleys entfernt. Ihm lag daran, daß das Schicksal seiner Gefangenen nicht allzuviel Aufmerksamkeit auf sich zog. Wie die

Mehrheit aller Rundköpfe, betrachtete auch er irische Katholiken als papistisches Geschmeiß, doch er hatte sich lange genug in Tilsbury aufgehalten, um zu merken, daß die Iren aus unerfindlichen Gründen bei den Einwohnern der Stadt beliebt waren.

Oberst Firth war ein belesener Mann, und es bereitete ihm Vergnügen, sie in einem zerstörten Gotteshaus unterzubringen. »Soll ihre papistische Ruine doch Zeuge des Ruins ihrer Papisterei sein«, sagte er zu einem seiner Offiziere, als er das behelfsmäßige Gefängnis an diesem Abend begutachtete. Er bedauerte nur, daß seine geistreiche Bemerkung nicht von gebildeteren Zuhörern vernommen wurde.

25

Feldwebel Michael O'Rourke, geboren im County Sligo und ehemals im Dienste Seiner Majestät König Karl, lehnte sein zottiges Haupt an die Mauer des alten Klosters und weinte. Er hatte seit drei Tagen nicht einmal einen Kanten Brot gegessen, die Wunde an seinem Kopf schwärte, und er hatte Schüttelfrost; dennoch entsprangen seine Tränen wenigstens teilweise einem bitteren Glücksgefühl. Draußen vor der dicken, verriegelten Eichentür hörte er Cary mit einer der Wachen sprechen. Sie hatte einen Korb mit Essen und Trinken für die Gefangenen gebracht, wie sie und einige Einwohner es täglich taten, seit man die Iren dort eingesperrt hatte. Die Wachen sagten ihr, daß sie die Gaben weiterreichen würden, doch sobald sie gegangen war, taten sie sich selbst daran gütlich oder warfen es herumlungernden Hunden zu, wobei sie die hungernden Iren noch verhöhnten. »Hier haben wir ein schmackhaftes Brot, das dein Mädchen selbst gebacken und gewiß mit Liebe gewürzt hat, Ire. Und ein gutes Ale, um es runterzuspülen.« Daraufhin folgte Schmatzen und zufriedenes Rülpsen.

Doch Cary, die dort draußen im Sonnenschein stand, wußte davon nichts. Die Soldaten sagten ihr, daß die Gefangenen anständig versorgt und bald entlassen würden (»Der Tod ist eine gnadenvolle Entlassung«, scherzten sie, wenn wieder einer dem Fleckfieber erlag, und ausnahmsweise war O'Rourke geneigt, seinen Peinigern zuzustimmen), und da sie keinen Grund hatte, ihnen zu mißtrauen, und sich ihrer wichtigen neuen Rolle als Spionin des Königs bewußt war, plauderte sie noch ein wenig mit den Männern aus London, denen man die Bewachung der Iren übertragen hatte. Doch Cary konnte freilich nicht umhin, mehr zu reden, als zuzuhören.

»Ihr müßt mutig sein, daß Ihr diese Aufgabe übernommen habt«, sagte sie ernsthaft, und O'Rourke, der von innen lauschte, konnte sich ihren Gesichtsausdruck lebhaft vorstellen.

Einer der Soldaten, der Anführer, erwiderte: »Gewiß sind wir mutig. Aber diese Horde Helden zu bewachen, erfordert nicht viel, anders als die Schlachten, die wir geschlagen haben. Da könnten wir Euch Geschichten von wahrem Mut erzählen.«

»Schlachten?« Cary ging über die sagenumwobenen Begegnungen in Marston Moor und Naseby hinweg, als handele es sich um harmlose Keilereien. »Ich spreche von etwas weitaus Schrecklicherem. Ihr habt doch gewiß schon von der Grauen Frau gehört? Dem Geist, der diesen Ort hier behütet? Sie war auch katholisch, wißt Ihr. Sie wird gewiß ihre schützende Hand über ihre Glaubensbrüder halten.«

»Die Graue Frau?«

»Kennt Ihr die Geschichte nicht? Sie stand den Frauen vor, die hier zu Zeiten von König Harry lebten. Als er die Schließung aller Klöster befahl, weigerte sie sich zu gehen. Er schickte Soldaten, die das Kloster zerstören und sie wegschleppen sollten – das müssen Männer wie

Ihr gewesen sein. Mir ist einmal zu Ohren gekommen, daß sie aus London stammten. Doch es müssen herzlose Rohlinge gewesen sein, keine richtigen Männer, denn sie schändeten alle Nonnen. Doch die Graue Frau stieg auf den höchsten Turm – diesen hier, aber damals war er zweimal so hoch …«

Und so fuhr sie fort, erzählte Geschichten von schaurigen Qualen und vorzeitigem Tod, und jedes Wort war Musik in O'Rourkes Ohren. Er vermutete, daß sie dieses Mal ihre Greuelmärchen durchaus nicht ohne Boshaftigkeit zum Besten gab, wenngleich es ihrer Stimme nicht anzumerken war. Sie ahnte zwar nichts vom langsamen Sterben der Iren, doch sie wußte, daß die Rundköpfe deren Feinde waren, und hielt es nur für recht, wenn sie sich des Nachts fürchteten.

Selbst in der warmen Mittagssonne schienen sich einige etwas unbehaglich zu fühlen, wie man ihrem allzu nachdrücklichen Widerspruch entnehmen konnte.

»Was für ein alberner Unsinn! Wir haben nichts Gräßliches zu Gesicht bekommen, nur ein paar Fledermäuse und ein, zwei Eulen. Sagt Eurer Grauen Frau, sie soll sich zeigen, dann schicken wir sie zurück in die Hölle!«

»Das meint Ihr.« Cary ließ sich nicht beeindrucken. »Da fällt mir ein, einer der Soldaten, die im Frühjahr hier waren, sagte auch so etwas. Er meinte, jeder, der sich vor Geistern fürchte, sei ein abergläubischer Dummkopf, und um es zu beweisen, hielt er alleine dort Wache …«

»Und?«

»Als sie ihn morgens ablösen wollten, waren vier Männer vonnöten, um ihn wegzuzerren. Er klammerte sich so fest an einem Vorsprung am Turm fest, daß sie ihm jeden Finger einzeln mit dem Hammer brechen mußten, bevor er losließ. Seine Zunge war ganz schwarz und geschwollen, und er hatte sie vor Angst halb durchgebissen. Er sprach nie wieder, keine richtigen Worte jedenfalls. Und wißt Ihr, das sonderbarste war, daß er von diesem Tag an seine Augen nicht mehr schließen konnte, nicht einmal, um zu blinzeln oder zu schlafen. Als er starb – und nach einer Woche etwa starb er –, konnten sie seine Augen nicht schließen und mußten ihn mit diesem starren Blick ins Grab legen … so etwa …« Eine unheilschwangere Pause entstand, und O'Rourke konnte sich lebhaft vorstellen, wie Cary mit aufgerissenen Augen ihre Zuhörer das Fürchten lehrte. Dann fuhr sie fort: »Nicht einmal im Tode wagte er es, den Blick abzuwenden von der gräßlichen Gestalt, und als sie ihn aufbahren wollten …«

Und so ging es immer weiter. Lieber Gott, betete O'Rourke, der trotz Fieber und Schmerzen lächelte, laß mich nur bis zum Ende zuhören, wie Cary Greuelgeschichten erzählt, dann sterbe ich trotz allem als glücklicher Mann, das gelobe ich dir.

Major Ripley und Sir Diggory waren einhellig der Ansicht, daß Furleys zum Glück an einen Offizier gefallen war, der trotz seinem Bekenntnis zum Puritanismus ein gebildeter Mann von Ehre war. Es hätte weitaus schlimmer kommen können. Es hatte keinen Mangel gegeben an erschreckenden Berichten über die umstürzlerischen Neigungen manches Angehörigen des Parlamentsheers. Furleys mußte keine Plünderungen über sich ergehen lassen und hatte kaum Schaden genommen. Sir Diggory

fand es weise, der Sache des Parlaments eine größere Spende zukommen zu lassen, und als Oberst Firth und seine Männer abzogen, waren die Keller leer, und es gab kein Rotwild mehr im Park. Doch im großen und ganzen hatte sich der Oberst als gerecht und vernünftig erwiesen. Man teilte Major Ripley und den anderen Offizieren mit, daß sie ihre Waffen zurückerhielten, sobald sie gelobten, sich nie wieder gegen das Parlamentsheer zu erheben. Einige der Royalisten ließen sich blenden von der Aussicht, in barer Münze entlohnt zu werden, und liefen ins Lager der Sieger über. Nachdem man die notwendigen Schritte eingeleitet hatte, entdeckten Oberst Firth und Major Ripley ihre gemeinsame Leidenschaft für Bücher. Alles ging mit lobenswerter Gelassenheit vonstatten.
Nur Stephen ließ sich nicht täuschen. In der gegenwärtigen Lage war seine Laufbahn als Soldat mit großer Gewißheit beendet, doch er gab nicht wie die anderen Offiziere sein Ehrenwort. Solange das Schicksal seiner Iren ungeklärt blieb, konnte er nicht geloben, nicht mehr zu kämpfen. Oberst Firth war zwar äußerst bemüht, sich mit ihm zu einigen, hatte aber Schwierigkeiten, seine Haltung zu begreifen.
»Seid Ihr etwa insgeheim Katholik, Hauptmann?« fragte er.
»Weit gefehlt, Oberst. Das Papsttum ist mir zuwider, und ich bin seit jeher dem anglikanischen Glauben Seiner Majestät treu geblieben.«
»Woher rührt dann Euer Einsatz für einen Haufen irischer Heiden?«
»Weil diese irischen Heiden, wie Ihr sie nennt, beinahe

sechs Monate lang meine Waffenbrüder waren. Sie haben eifrig für König Karl gekämpft. Ich stehe noch immer in seinen Diensten, und ich bin diesen Männern verpflichtet.«
»Das sind keine Männer, Hauptmann, sondern Wilde. Sie haben mehr gemein mit Tieren.«
»Selbst Tiere sorgen für ihresgleichen.«
»Mordlustige Barbaren. Ihr könnt Euch glücklich schätzen, daß Ihr meine Kanoniere nicht gesehen habt, denen Eure edlen Iren die Kehle durchschnitten hatten. Derlei Abschaum muß vom Angesicht der Erde verschwinden.«
»Vor der Kapitulation gabt Ihr Euer Wort, Oberst, daß keinem der Männer etwas zustieße.«
»Das ist nicht ganz richtig, Hauptmann. Wenn Ihr Euch genau besinnt, werdet Ihr feststellen, daß ich mein Wort gab – und wie Ihr bin ich ein Mann, der es hält –, daß keiner *hingerichtet* würde.« Das böse Lächeln, das mit diesen Worten einherging, ließ Stephen das Blut in den Adern gefrieren. Er blieb eine Weile stumm, als er deren Bedeutung begriff.
Oberst Firth deutete sein Schweigen als Zeichen der Zustimmung und fuhr ruhig fort: »Verschwendet Eure Zeit und Kraft nicht auf dieses papistische Geschmeiß. Die Iren sind ein Volk, dessen Zeit abgelaufen ist. Auf diesen Inseln wird in Zukunft kein Platz für sie sein. Wenn unsere Aufgabe hier beendet ist, werden wir diesen mörderischen Teufeln den Garaus machen. Ihr Land wird von rechtschaffenen Männern besiedelt werden. Meine Brüder und ich werden uns diesem Unternehmen anschließen, und als Entgelt werden wir ein paar Morgen gutes Land im Südwesten erhalten. Soweit ich weiß, verfügt

auch Ihr nicht über eigenes Land, Hauptmann. Wie wäre es, wenn Ihr Euch uns zugesellt? Es soll nicht zu Eurem Schaden sein. Bedenkt nur, wie Gott den Protestanten beigestanden hat. Versucht nicht, Seinem Willen im Wege zu stehen.«

Stephen hing seinen eigenen Gedanken nach und hatte dem Oberst nur mit halbem Ohr gelauscht, doch der blinde Eifer, der aus jedem seiner Worte sprach, entging ihm nicht.

Schließlich sagte er: »Oberst Firth, es ist offenbar aussichtslos, Euch um Gnade für die Männer zu bitten. Ich möchte sie lediglich noch einmal besuchen. Ich bleibe Euer Gefangener. Ihr habt meine Waffen, und ich gebe Euch überdies mein Ehrenwort, daß ich gegen keinen Eurer Soldaten die Hand erhebe.«

»Hm. Was soll wohl der Sinn eines solchen Besuches sein?«

Stephen zögerte nur den Bruchteil einer Sekunde, dann sagte er fest: »Als Ihr Hauptmann ist es meine Pflicht.«

»Nun gut, Hauptmann, genehmigt. Ihr wißt, daß ich die Dinge gerne kraft der Vernunft regle, und ich vertraue darauf, daß Ihr in Bälde begreift, wie sinnlos es ist, sich mit diesen Wilden anzufreunden. Wenn es jedoch Euer Gewissen beruhigt, so mögt Ihr Euch von Euren Männern verabschieden. Hauptmann Sugar wird Euch begleiten. Ich weiß, daß Ihr ein Mann von Ehre seid, doch in diesen Zeiten kann man keine Wagnisse eingehen. Euer Besuch wird morgen früh stattfinden. Das ist alles.«

Nie zuvor in seinem Leben hatte Stephen sich weniger als ein Mann von Ehre gefühlt. Er hatte seine Leute in eine Falle der Rundköpfe gelockt. Nein, man würde sie nicht hinrichten, jedoch auf andere Weise ihren Tod verursachen. Donnelly, O'Rourke und die anderen hatten ihm vertraut, und er hatte sie verraten. Das Wissen darum peinigte ihn wie eine schwärende Wunde.

Es gab einen Weg, diesen Fehler wiedergutzumachen, doch der erforderte einen Verrat anderer Art. Bis zu diesem Augenblick war er stets bemüht gewesen, richtig zu handeln, doch aus dieser Lage sah er keinen ehrenvollen Ausweg. Überdies begann er sich zu fragen, ob Ehre nicht ein kostbares Gut war, das man sich nicht mehr leisten konnte, wenn Grausamkeit und Rachsucht die Welt beherrschten.

Was er auch tat: Er mußte jemanden verraten, der ihm vertraute. Immer wieder wünschte er sich in dieser lauen Augustnacht, in der er keinen Schlaf fand und das Morgengrauen noch eine Ewigkeit entfernt schien, daß er bei dem Angriff auf Furleys umgekommen wäre und ihm so eine Tat erspart bliebe, die er gewiß für den Rest seines Lebens bereuen würde.

Als die Dämmerung anbrach, hatte sich nichts geändert. Langsam kleidete er sich an, erfüllt von Abscheu vor sich selbst, und versuchte sich zu stählen für die qualvolle Aufgabe, die vor ihm lag. Er hatte keine Wahl und nur wenig Aussicht auf Gelingen.

Als Stephen mit Hauptmann Sugar nach Tilsbury ritt, merkte er, daß man den Hauptmann zu dieser Aufgabe abgestellt hatte, damit er ihn von den Vorzügen der Parlamentarier überzeugte. Es war nahezu unmöglich, Hauptmann Sugar nicht zu mögen. Vor dem Krieg war er Stallknecht gewesen, und er hoffte, eines Tages eine Herberge führen zu können; ein gutes Gasthaus werde es sein, anständige Versorgung für anständige Preise. Stephen hörte ihm kaum zu, doch die Begeisterung des Hauptmanns beeindruckte ihn; der Bursche hatte nicht den geringsten Zweifel daran, daß Gott hinter den Parlamentariern stand. Er wußte allerlei Geschichten von göttlicher Fügung zu erzählen, angefangen von Kleinigkeiten wie unversehens lahmenden Pferden bis zum überragenden Sieg in Naseby. Als Stephen dem Redeschwall des jungen Puritaners lauschte, fragte er sich unwillkürlich, ob er selbst die Dinge jemals für so einfach gehalten hatte. Als er sich 1639 Sir Bevil Grenvile angeschlossen hatte, um zunächst gegen die Schotten und dann drei Jahre darauf im Bürgerkrieg zu kämpfen, war auch er gänzlich überzeugt gewesen, auf der richtigen Seite zu stehen. Zu Anfang hatte man seine Treue unter Beweis gestellt und versucht, die Ordnung zu wahren. Doch nun stieß man nurmehr auf Arglist, Täuschung und Verrat an allen Werten, die ihm etwas bedeutet hatten. Er wußte nicht, ob er seinen jungen Begleiter, der allen Ernstes glaubte, Gott stehe auf seiten der Gerechten, beneiden oder seiner Arglosigkeit wegen bemitleiden sollte.

Was ihn jedoch dringlicher beschäftigte, war die Frage, wie er Hauptmann Sugar ablenken könne, um kurz mit Donnelly und O'Rourke allein sprechen zu können. Er hatte sich einige Möglichkeiten zurechtgelegt, bedurfte jedoch keiner davon, denn der unerträgliche Gestank aus dem behelfsmäßigen Gefängnis reichte aus, um Hauptmann Sugar zu vertreiben.

Selbst Stephen schwankte, als die schwere Eichentür zum ersten Mal seit fünf Tagen ein Stück geöffnet wurde und die faulige Luft ihm ins Gesicht schlug. Hauptmann Sugar würgte und bedeutete Stephen, daß er allein hineingehen solle.

»Fünf Minuten, Hauptmann«, sagte er. »Länger wollt Ihr Euch doch gewiß nicht in diesem Dreckloch aufhalten.«

Der Anblick, der sich Stephen bot, war um ein vielfaches schlimmer, als er geahnt hatte. Zwei der Männer waren bereits tot und verfaulten an Ort und Stelle, und sechs waren zu entkräftet, um sich noch zu rühren. Die anderen drängten sich um ihn und verlangten mit ersterbender Stimme nach Wasser. Stephen spürte, wie ohnmächtige Wut in ihm aufstieg, doch er beherrschte sich; er hatte nur wenig Zeit. Ein Blick auf O'Rourke sagte ihm, daß der Mann im Fieberwahn lag. Er nahm Donnelly am Arm.

»Ich muß mit Euch allein sprechen.«

Donnelly war zu schwach, um zu widersprechen, doch er beäugte Stephen mit schlecht verhohlenem Haß; die englischen Herren hielten zusammen, während sie die Iren in ihrem eigenen Dreck verrotten ließen.

»Wollt Ihr Euch ergötzen, Hauptmann?«

Stephen sah ihn an. Der junge Mann war halb verhungert und beinahe irr vor Durst. Er war so schmutzverkrustet und seine Locken so verfilzt, daß er nur mit Mühe den Mann wiedererkannte, der neben ihm auf dem Feld Corinnas Liebeskunst gepriesen hatte.

Er sagte: »Hört mir aufmerksam zu, uns bleibt nur wenig Zeit. Mein einziges Bestreben ist es, Euch und die anderen hier herauszuholen.«

Einige Männer näherten sich ihnen, doch Stephen bedeutete ihnen, sich fernzuhalten.

»Tut nichts, bevor es dunkel wird, schaut nicht einmal auf die Stelle, von der ich Euch gleich berichten werde. Am Fuße des Turms liegen zwei große Steine – nein, ich sagte Euch doch, schaut nicht hin, hört mir nur zu. Rollt sie beiseite. Darunter findet Ihr den Einstieg zu einem Geheimgang. Er wurde zu Zeiten Elizabeths von anderen Katholiken angelegt. Der Ausgang befindet sich in Priory House …«

Das Mißtrauen und der Haß in Donnellys Augen machten verzweifelter Hoffnung Platz.

»Unternehmt nichts bis Mitternacht. Ich werde kurz zuvor in Priory House einbrechen und dafür sorgen, daß Ihr dort nicht auf Hindernisse stoßt. Was Ihr danach tut, obliegt Euch.«

»Ich werde jeden einzelnen dieser Teufel töten, die sich Wachen schimpfen«, sagte Donnelly. »Wie habt Ihr diesen Gang entdeckt? Kann uns dort nichts zustoßen?«

Stephen blickte auf seine Stiefel. »Ich habe ihn zufällig entdeckt, als ich die Munition überprüfte. Es kann Euch nichts geschehen. Weniger jedenfalls als hier – ich habe ihn selbst schon durchschritten.«

»Und er endet in Master Taverners Haus?«

»In cincm dcr oberen Zimmer, ja.«

Stephen erwog, ob er den Hauch eines Lächelns in Donnellys Augen entdeckte, als sie sich verabschiedeten.

»Zu keinem ein Wort, nicht einmal zu O'Rourke, bis zum Einbruch der Dunkelheit. Wenn Ihr es für Euch behaltet, habt Ihr gute Aussichten.«

»Ja, Hauptmann Sutton.«

Stephen schüttelte ihm die Hand und schritt zur Tür. Das Stöhnen und Flehen der sterbenden Männer erhob sich hinter ihm wie ein Fliegenschwarm von einem verfaulenden Kadaver.

Kaum befand er sich in der frischen Luft, ließ er seiner Wut freien Lauf. Hauptmann Sugar und die Wachen lagerten im Gras neben Körben mit Essen und Ale, die unberührt waren.

Stephen verlor selten die Beherrschung, doch wenn es geschah, war die Wirkung beachtlich. Binnen kurzem holten die Wachen vom Fluß Wasser herauf und reichten es den Gefangenen hinein. Die zwei Leichen wurden herausgebracht, und man schickte einen Jungen nach Tilsbury, damit er einen Karren holte und sie zum Friedhof schaffte. Hauptmann Sugar wollte Widerspruch erheben, doch ob Stephens rasender Empörung verstummte er rasch.

»Laßt sie an ihren Krankheiten, ihren Wunden oder am Hunger zugrunde gehen, aber, Herr im Himmel, nur ein Unhold würde einen anderen Soldaten verdursten lassen! Selbst der Großtürke läßt mehr Milde walten bei seinen Gefangenen. Wollt Ihr, daß sämtliche Einwohner hiervon Kenntnis erhalten, wie Ihr diese hilflosen Männer quält?«

Auf dem Weg zurück nach Furleys versuchte Hauptmann Sugar wiederum, Stephen für die Sache der Parlamentarier zu gewinnen, doch diesmal wurde er barsch gebeten, zu schweigen. Stephen war noch immer außer sich über die Umstände, in denen er seine Männer vorgefunden hatte; tröstlich war allein der Gedanke, daß die meisten von ihnen, nachdem sie etwas Wasser getrunken hatten, wohl kräftig genug sein würden, um des Nachts zu entkommen.

Dolores konnte nicht schlafen in dieser Nacht. Seitdem sie Stephen das letztemal gesehen hatte, war beinahe eine Woche vergangen, und ihre neugewonnenen Kräfte begannen zu versiegen. Bei Tage kam sie zurecht: Die Kinder und ihre täglichen Pflichten gestatteten ihr keine Muße, doch nachts wurden die Qualen der Einsamkeit unerträglich. Manchmal dachte sie, daß sie gerne zehn Jahre ihres Lebens geben würde, könnte sie nur noch einmal in seinen Armen liegen, seine Wange an ihrer spüren, hören, wie er mit seiner dunklen Stimme ihren Namen murmelte ...
Halt ein, sagte sie sich. Hier droht der Wahnsinn. Wieder und wieder sagte sie sich, daß Stephen fort war und niemals zurückkehren würde. Entschlossen redete sie sich ein, daß sie ihn niemals wiedersehen werde und das Beste machen mußte aus dem, was ihr geblieben war ... Doch dann fiel ihr wieder ein, daß er nur drei Meilen entfernt von ihr war, vielleicht auch wach lag wie sie und mit seinem Herzeleid rang, und die Tatsache, daß er so nah und doch so unerreichbar war, verschlimmerte ihr Leid. Wieviel leichter wäre es gewesen, zu vergessen, wenn er schon nach Cornwall zurückgekehrt wäre, in jenes entlegene Land, unter dem sie sich nur grauen Himmel und Meer, ein paar verkrüppelte Bäume und niedrige Häuser vorstellen konnte.
Die Glocke am Kirchturm schlug elf. In dem breiten Bett neben ihr murmelte Beth etwas und warf den Arm auf das Kissen. Dolores' Forderung, daß Josiah sie bei ihrem rich-

tigen Namen nenne, war zu einem Zermürbungskrieg geworden; diesem einzelnen Wort maßen sie nun beide soviel Bedeutung bei, daß keiner den Rückzug antreten konnte. Es schien keinen Ausweg zu geben, und nachdem einige Tage verstrichen waren, lag Dolores auch nicht mehr daran. Die Aussicht, in ihr eigenes Schlafzimmer zurückzukehren, war ihr zuwider; nicht nur wegen Josiahs Verlangen, sondern auch, weil jedem Teil des Raums Erinnerungen an Stephen anhafteten. Wenn sie auf den Kaminsims blickte, sah sie, wie Stephens Arm darauf ruhte; wenn sie zum Fenster sah, zog Stephen neben dem Bett seine Hose an; wenn ihr Blick auf die Täfelung fiel, schien sie sich zu bewegen, und ihr Herz schien stehenzubleiben bei der Vorstellung, daß er zurückkehrte, daß sie ihn sehen würde, daß er kam, um sie zu holen …

Genug. Sie mußte ihrer Gedanken Herr werden, bevor sie ihnen erlag. Sie drehte sich auf die Seite, schloß die Augen und versuchte zu schlafen, doch es war aussichtslos. Sie spielte mit der Kette, die sie am Hals trug, der Kette, die das Zeichen ihrer Liebe war. Wenn sie Stephen niemals wiedersehen würde, lieber Gott, wollte sie wenigstens von ihm sprechen. Sie setzte sich auf. »Stephen«, murmelte sie. Beth schlief ruhig weiter. »Stephen, oh, Stephen.« Tränen rannen ihr über die Wangen.

Ab und an am Tage konnte sie nicht widerstehen und brachte die Dienstboten dazu, über die Soldaten des Königs zu sprechen. Cary wollte nur über Feldwebel O'Rourke reden, doch manchmal begannen sie oder Mabs einen Satz mit »Und weißt du noch, als Hauptmann Sutton …«, und Dolores empfand tiefe Freude, wenn sie seinen Namen hörte.

Sie wischte sich mit dem Handrücken die Tränen ab und stand auf. Unten bellte einer der Hunde. Das Geräusch zerrte an ihren Nerven, und unruhig zündete sie eine Kerze an und trat auf den Flur hinaus. Nun begann auch der zweite Hund, und sie hörte, wie der Küchenjunge, der am Herd schlief, ihnen murrend auftrug, still zu sein. Sie beschloß, ein paar Tropfen von Nonas Schlafsirup einzunehmen; meist blieb er zwar dieser Tage wirkungslos, doch es war besser, als nichts zu tun. Die Hunde waren verstummt. Vermutlich hatte sich ein hungriger Fuchs zu nahe ans Haus gewagt.

Sie überquerte den Flur. Es war eine laue Nacht, und sie brauchte sich kein Tuch umzulegen. Am Treppenabsatz blieb sie stehen, weil sie glaubte, unten an der Passage eine Bewegung gesehen zu haben. Dann spürte sie einen Anflug von Furcht; am Fuße der Treppe stand ein Mann. Und dann, als sie sah, wer dort stand, war sie außer sich vor Freude.

»Stephen, oh, Stephen!«

Sie eilte die Treppe hinunter, doch er hob abwehrend die Hand und sagte mit harscher Stimme: »Kommt nicht näher, Mistress Taverner. Ich muß Euch bitten, mir gut zuzuhören und alles zu tun, was ich sage.«

Dolores blieb wie angewurzelt stehen, doch ihr Herz raste. Stephen war hier, mit einem Schwert in der Hand und zwei umgegürteten Pistolen. Das konnte nur eines bedeuten: Er hatte einen Plan ersonnen, wie er sie aus dem Gefängnis befreien konnte, das ihr Leben war. Vielleicht wollte er Josiah herausfordern und ihn töten. Dafür hatte er ihren Segen.

»Was?« flüsterte sie. »Was soll ich tun?«

»Weckt bitte Euren Gatten. Sagt ihm, hier unten wartet jemand, der ihn dringend sprechen muß. Tut nichts, um Verdacht zu erwecken. Wenn ihr meine Anweisungen genau befolgt, wird Euch beiden nichts geschehen. Bevor Ihr Euer Schlafzimmer verlaßt, zündet eine zweite Kerze an und laßt sie dort stehen. Dann kommt mit Eurem Gatten herunter. Eilt Euch. Und macht kein Geräusch.«

Dolores war schwindlig vor Aufregung. In Stephens Augen lag ein dunkles Leuchten, und seine Stimme klang so hart wie nie zuvor, doch gewiß gehörte dies zu der Rolle, die er spielen mußte, damit sie seinen Plan ausführen konnten. Sie ahnte nicht, was er ersonnen hatte, doch sie vertraute ihm so uneingeschränkt, daß sie bereitwillig ewig mitgespielt hätte, wenn sie zu guter Letzt zusammensein konnten.

Sie ließ sich ihre Freude nicht anmerken und sagte kalt: »Ich werde tun, was Ihr sagt, Hauptmann Sutton. Doch ich bitte Euch, was Ihr auch mir und meinem Gatten antun mögt, verschont meine unschuldigen Kinder.« Falls der Küchenjunge an der Tür lauschen mochte, hatte sie ihn damit gewiß überzeugt. Im Augenblick war sie sicher, daß niemand sie sehen konnte, und so lächelte sie, als sie gesprochen hatte, und blies ihm einen stummen Kuß zu.

Als Stephen den Kopf abwandte, lag unaussprechliches Elend in seinen Augen.

Dolores war barfuß, und sie stieg lautlos die Treppe hinauf und betrat ihr Schlafzimmer. Vom dem großen Baldachinbett war Josiahs Schnarchen zu vernehmen. Wie Stephen sie angewiesen hatte, zündete sie eine zweite

Kerze an und stellte sie auf einen kleinen Tisch in der Mitte des Zimmers, dann ging sie zum Bett hinüber. Einen Augenblick stand sie da und blickte auf das Gesicht ihres Gatten hinunter: eine faltige Fettmasse, aus der hie und da Haare hervorragten. Doch er sah weniger großtuerisch aus, wenn er schlief, und sie empfand einen Anflug von Mitleid für den Mann, der nun zweifellos ihrer großen Liebe geopfert würde. Die Kirchturmuhr schlug Mitternacht.

»Wach auf, Josiah, schnell, wach auf.« Sie mußte ihn rütteln, damit er sich rührte, doch als er die Augen aufschlug und sie an seinem Bett stehen sah, war er mit einem Schlag hellwach.

»Sieh einer an, meine gute Doll. So hast du nun zu guter Letzt Vernunft angenommen, wie? Dich entschlossen, eine gute Gattin zu sein?«

Ihr Mitgefühl verflog, als sie vor seiner ausgestreckten Hand zurückwich. »Unten ist ein Mann, der sagt, er muß dringend etwas mit dir besprechen. Er meint, wir sollten uns nicht beunruhigen, aber niemand soll von dem Treffen Kenntnis erhalten.«

»Ein Mann? Was für ein Mann?«

»Du wirst schon sehen. Eil dich.«

Josiah war nicht allzu überrascht. Den größten Teil seiner Geschäfte wickelte er zwar bei Tage ab, doch manche Verhandlungen – und zwar die einträglichsten – wurden besser im Schutze der Dunkelheit geführt.

»Gut, reich mir meinen Hausmantel.« Er legte sich den dunklen Samtmantel um die Schultern, schlüpfte in bestickte Pantoffeln und tappte zur Tür. »Lösch das Licht, Weib. Oder beabsichtigst du gar, mich hier zu erwarten?«

Dolores hätte dem Teufel seinen Willen gelassen, wenn sie dafür schneller wieder bei Stephen sein könnte. »Das wäre durchaus denkbar, Josiah ... Vielleicht ist es an der Zeit, daß Dolores ihren Gatten beglückt. Doch zunächst werde ich dich begleiten ...«
»Wahrhaftig? So mag es sein.« Noch schlaftrunken, war Josiah zu entzückt über den Gesinnungswandel seiner Gattin, um Argwohn zu schöpfen. »Tst, Weib, du willst dich doch wohl nicht in deinem Nachthemd zeigen. Hier ... zieh das an ... und Schuhe ...«
»Ja, ja, wie du wünschst. Aber eil dich.«
»Warum so ungeduldig?«
»Schsch, Josiah. Niemand darf aufwachen.«
Am Fuße der Treppe blieb Josiah stehen. »Wo ist dieser Herr, Weib? Was geschieht hier? Ist das irgendein –«
Stephen, der in der dunklen Passage gewartet hatte, packte Josiah von hinten und setzte ihm ein Messer an die Kehle.
»Ruhe. Bewahrt beide die Ruhe. Master Taverner, ich habe nicht die Absicht, Euch oder Eurer Gattin etwas zuleide zu tun. Schweigt still und befolgt meine Anweisungen. Für eine kurze Zeit muß ich Euch gefangennehmen.«
»Was ... wer ... was ...?« Schrecken und Zorn hatten Josiah gänzlich aus der Fassung gebracht.
Stephen führte ihn zu einem der beiden Stühle, die er an der Wand aufgestellt hatte, und veranlaßte ihn grob, sich niederzulassen. »Nehmt Platz, Master Taverner, und Eure Gattin Euch zur Seite. Das ist ein schlechter Dank für Eure Gastfreundschaft, und ich bedaure das, doch ich habe keine andere Wahl. Nein, schweigt –«, denn Josiah hatte den Mund geöffnet, um die Dienerschaft zu Hilfe

zu rufen. »Glaubt mir, Master Taverner, ich würde nicht zögern, Euch oder Eure Gattin zu töten. Mehr als dreißig Leben hängen von Eurem Stillschweigen ab.«
»Dreißig Leben?« flüsterte Dolores. »Wovon sprecht Ihr, Hauptmann Sutton?«
»Schweigt, Mistress Taverner.«
Josiah jedoch war außerstande dazu. »Hauptmann Sutton? Hauptmann Sutton!« fuhr er auf. »Seid Ihr etwa der Offizier des Königs, der mit mir an meiner Tafel speiste? Und nun wagt Ihr es –«
Es war zwecklos. In Kürze würde er die gesamte Dienerschaft auf den Plan gerufen haben. Stephen versetzte ihm einen Schlag auf den Kopf. Er stürzte beinahe vom Stuhl und sank gegen seine Frau. Als er vor Schmerz aufstöhnte und seinen Schädel umklammerte, legte Dolores ihm unwillkürlich den Arm um die Schulter.
»Unhold!« sagte sie aufgebracht. Ihre Augen funkelten vor Zorn, und Stephen wich ihrem Blick aus.
»Nur noch eine kleine Weile müßt Ihr Stillschwiegen bewahren«, bat er. »Es wird Euch nichts geschehen.«
»Doch warum?«
»Wartet.«
Nach kurzem, unbehaglichem Schweigen, das nur ab und an von Josiahs leisem Stöhnen durchbrochen wurde, vernahm Stephen die Laute, auf die er gewartet hatte: Schritte auf den Dielen über ihnen. Leutnant Donnelly erschien am Treppenabsatz. Michael O'Rourke war bei ihm; er konnte sich kaum aufrecht halten, und Donnelly stützte ihn.
Als er Stephen erblickte, lächelte Donnelly. »Lieber Himmel, das war ein schrecklich enger Gang, durch den

Ihr uns da geschickt habt, Hauptmann. Jetzt weiß ich, wie Jonas im Bauch von diesem großen Fisch zumute gewesen sein muß.«

»Schsch«, raunte Stephen. »Wollt Ihr das ganze Haus wekken?«

Donnelly warf einen Blick auf Josiah. »Ihr scheint alles im Griff zu haben.« Hinter ihm im Dunkeln erschienen weitere Gestalten.

»Eilt Euch«, sagte Stephen, als die vier Männer die Treppe herunterkamen.

»Seht zu, daß Ihr Euch schnell entfernt, bevor sie Alarm schlagen. Nehmt Ihr O'Rourke mit Euch?«

»Gewiß. Ich werde ihn doch nicht diesen Schlächtern überlassen.«

»Er wird Euch aufhalten.«

»Ich weiß. Aber ich habe es nicht eilig. Mit diesen Wachen am Kloster habe ich noch eine Rechnung zu begleichen, bevor ich verschwinde.«

»Seid Ihr des Wahnsinns? Ihr vergeudet kostbare Zeit.«

»Es wird sich lohnen.«

Donnelly und O'Rourke standen jetzt neben ihm, und weitere Männer kamen die Treppe heruntergeschlurft.

»Geht durch die Seitentür hinaus«, wies Stephen sie halblaut an. »Dort, sie steht offen. Versucht, die Garnison in Berkeley zu erreichen. Dort könnt Ihr die Verwundeten lassen und nach Bristol weiterziehen. Teilt Euch in kleine Gruppen auf, dann könnt Ihr schwerer gefaßt werden. Und nun geht ...«

»Ja, Hauptmann Sutton.« Donnelly zögerte und packte den Feldwebel fester, damit er ihm nicht entglitt. »Und danke, Sir. Möge Gott Euch schützen.«

»Euch ebenso. Nun geht.«
Sie traten in die stille Augustnacht hinaus.
Dolores und Josiah beobachteten stumm das Geschehen. Schließlich fand Josiah seine Stimme wieder. »Der Gang?« flüsterte er. »Ihr habt sie durch den Gang geführt?«
»Nur so konnten sie gerettet werden«, antwortete Stephen mit steinerner Miene. Er hatte Josiah geantwortet, doch seine Worte waren an Dolores gerichtet.
»Wie habt Ihr davon erfahren?«
»Wir haben unsere Munition in der Ruine des alten Klosters gelagert«, sagte Stephen mit dieser neuen harten Stimme. »Mir oblag es, den Ort gründlich zu besichtigen. Durch Zufall habe ich den Eingang zu dem Gang entdeckt und beschlossen, ihn zu erkunden. Ich hätte nie gedacht, daß diese Entdeckung sich als so nützlich erweisen könnte.«
Josiah lauschte aufmerksam. Beinahe hätte er die Erklärung des Hauptmanns geglaubt, doch ein Zweifel ließ sich nicht ausräumen: Sie war zu ausführlich. Josiah war nicht dumm, und er fragte sich, weshalb der Mann, der ihn kurz zuvor rüde angewiesen hatte, zu schweigen, ihm nun diese Frage in allen Einzelheiten beantwortete.
Im nächsten Augenblick entfuhr Dolores ein unterdrückter Laut, eine Mischung aus Schluchzen und Stöhnen, und sie schlug die Hände vor das Gesicht.
Stephens Verrat war um so unerträglicher, als sie geglaubt hatte, daß dies die Nacht ihrer Befreiung sei, nachdem sie ihn am Fuße der Treppe stehen sah. Zu jedem anderen Zeitpunkt hätte sie Haltung bewahrt, doch in diesem

Augenblick war sie dessen nicht fähig. Sie hatte geglaubt, daß Stephen kam, um sie zu erretten, doch sie konnte die grausame Tatsache nicht übersehen, daß die Bedürfnisse seiner Männer ihm wichtiger waren. Da sie nicht ahnte, daß die Iren vom Tode bedroht waren, glaubte sie, Stephen habe das große Geschenk ihres Vertrauens mißbraucht, nur damit die Befreiung seiner Männer rascher vonstatten ging. Und sie hatte ihm so bedenkenlos vertraut, daß sie ihm nicht einmal das Versprechen abgenommen hatte, ihr Geheimnis nicht zu verraten – das Geheimnis, von dem ihr Ruf abhing. Nun blickte sie dem Soldaten ins Gesicht, den zu lieben sie geglaubt hatte, und sah einen Feigling und einen Verräter. Sie hätte nicht erschütterter sein können, wenn das Haus über ihr zusammengestürzt wäre.
Weitere Soldaten, einige todkrank, einige nur entkräftet, kamen die Treppe heruntergestolpert. Als Stephen ihnen dieselben Anweisungen gab und sie durch die Seitentür verschwunden waren, sagte er, mehr an Dolores denn an ihren Gatten gerichtet: »Master Taverner, ich wünschte, es hätte einen anderen Weg gegeben, diese armen Männer zu befreien, doch bei meiner Ehre, ich schwöre Euch, es war der einzige.«
Josiah blieb stumm. Er sah die Verzweiflung des Hauptmanns. Er wandte den Kopf und blickte seine Frau an, in deren Augen die Wut flammte und über deren Wangen Tränen strömten. Als ihm die Wahrheit dämmerte, kam es ihm vor, als hätte man ihm noch einen Schlag versetzt, der weit schlimmer war als der erste.
Keuchend, als leide er unter großen Schmerzen, und schweißüberströmt hob Josiah die Hand, wies auf Ste-

phen und fragte seine Frau mit zitternder Stimme: »Ist er der Mann, der dich Dolores nannte?«
Die Frage stürzte wie ein Fels in die gewaltige Stille.
Oben am Treppenabsatz erschienen weitere Männer. Als der erste nach unten kam, sagte er zu Stephen: »Da oben sind Kinder, die vor Angst halb verrückt sind. Soll ich mich um sie kümmern, bevor sie Alarm schlagen?«
Bevor Stephen antworten konnte, erhob sich Dolores und lief wortlos die Treppe empor.
Stephen sagte: »Bringt sie herunter, Mistress Taverner, ich verspreche Euch, daß ihnen nichts geschehen wird.«
Sie antwortete nicht. Oben fand sie Harry und Beth, die zitternd durch die Tür zu Harrys Zimmer spähten. Beth war gleich zu Anfang wachgeworden. Sie hatte gesehen, wie ihre Eltern gemeinsam die Treppe hinuntergingen und wollte sich gerade wieder schlafen legen, als sie hörte, wie unten geflüstert wurde. Dann ging die Tür zum Schlafzimmer auf, und zwei Gestalten, die aussahen wie der Hölle entronnen und rochen wie ein Abtritt, stolperten heraus. Sobald sie und die beiden Männer, die ihnen folgten, verschwunden waren, huschte Beth in Harrys Zimmer und rüttelte ihn wach. Die Kinder hatten mit wachsendem Entsetzen beobachtet, wie die gespenstische Prozession den Flur entlangstolperte und verschwand. Philip verschlief wie immer das Geschehen.
Und nun kam hier ihre Mutter, hochaufgerichtet, doch mit einem Blick in den Augen, als hätte sie zweihundert Geister gesehen, und gänzlich stumm, und führte sie die Treppe hinunter, im Gefolge einer weiteren Gruppe von Männern, die mehr tot als lebendig zu sein schienen.
Beth stieß einen überraschten Schrei aus, als sie Stephen

erblickte. »Oh, Hauptmann Sutton«, rief sie froh. »Wenn ich gewußt hätte, daß Ihr es seid, hätte ich mich nicht gefürchtet.« Und sie wollte zu ihm rennen und ihn richtig begrüßen, doch ihre Mutter riß sie heftig zurück und zerrte sie zu Josiah.

»Was ist? Was ist denn geschehen?« jammerte sie.

Stephens Berechnungen nach fehlten nur noch etwa sechs Männer, und er fürchtete, daß sie zu krank waren, um die Strecke von der Ruine ins Haus zu bewältigen. Unversehens kam ihm der Gedanke, ob wohl einer der schwächeren Männer in dem Gang zusammengebrochen war, und die Vorstellung, daß nun irgendein armer Teufel dort unten festsaß und die Flucht seiner Kameraden vereitelte, war so grauenvoll, daß er beschloß, selbst nachsehen zu müssen.

In diesem Augenblick war von draußen ein Schrei zu vernehmen, gefolgt von hastigen Schritten und aufgeregten Stimmen.

Auf dem Treppenabsatz erschien eine Gestalt. Es war ein dürrer, diebischer Bursche namens Kintyre, der in der Vergangenheit bereits öfter Unfrieden gestiftet hatte. Er hielt ein kleines Kästchen hoch.

»Die anderen hätten sich nicht eilen sollen«, sagte er grinsend. »Seht nur, was ihnen entgangen ist.«

Es war Josiahs Schmuckschatulle.

»Zum Teufel mit Euch!« rief Stephen wutentbrannt aus. »Stellt das unverzüglich ab.«

Drei Stufen auf einmal nehmend, rannte er die Treppe hinauf und schlug dem Mann das Kästchen aus der Hand. »Eure Habgier wird Euch das Leben kosten. Beeilt Euch, Mann, man hat Alarm gegeben.«

Es blieb keine Zeit mehr für Anweisungen oder Ratschläge: Der Mann mußte auf sein Glück und sein eigenes geringes Geschick vertrauen. Stephen verfrachtete ihn zur Seitentür hinaus. Nun mußte er daran denken, sich selbst in Sicherheit zu bringen. Er hatte gehofft, daß die Flucht der Gefangenen erst im Morgengrauen entdeckt würde, doch in der Stadt schwärmten bereits überall Soldaten umher, und jemand hämmerte an die Tür.

Stephen wandte sich um. Wenn er durch die Küchentür flüchtete und ein Pferd stahl, konnte er immer noch entkommen, da er die Wege und Felder hier besser kannte als seine Feinde.

Doch an einen Feind hatte er nicht gedacht.

Als er sich umwandte, erblickte er dort im flackernden Kerzenschein Josiah, der ein breites Schwert in Händen hielt. Während Stephen sich mit dem Dieb befaßt hatte, war Josiah in den Wintersalon geeilt und hatte das Schwert vom Kaminsims heruntergehievt, wo es seit über fünfzehn Jahren zur Zierde gedient hatte, und wenngleich er es weit schwerer fand, als er sich entsinnen konnte, war er nun bereit zum Kampf.

»Seid nicht dumm, Master Taverner«, sagte Stephen. »Ich will Euch nichts zuleide tun.«

Statt zu antworten, stürzte Josiah auf ihn zu, und Stephen konnte nicht umhin, sein eigenes, leichteres Schwert zu ziehen und den Schlag zu parieren. Josiah holte erneut aus. Er mochte alt und aus der Übung sein, doch in seiner Zeit als Söldner hatte er sich auf den Kampf verstanden, und nun verliehen ihm seine Empörung und sein gekränkter Stolz ungeahnte Kräfte. Bin-

nen kurzem merkte Stephen, daß er um sein Leben zu kämpfen hatte.
Um sie her brach ein Tumult aus. Das Hämmern an der Haustür wurde immer lauter, auf dem Hof, wo die letzten der Iren ihre Angreifer abwehrten, ertönten Schreie. Beth war gänzlich außer sich und kreischte, und Mabs, Ellen und Cary waren vom Dachboden heruntergekommen und beobachteten nun aus sicherer Entfernung vom Treppenabsatz aus den Kampf zwischen Stephen und Josiah.
Josiah war außer Atem und so erschöpft, daß er das Schwert nurmehr ein kleines Stück vom Boden hochzuheben vermochte. Er zielte vorwiegend auf Stephens Beine. Es wäre Stephen ein Leichtes gewesen, ihn niederzustrecken, doch er wollte seinen Gegner entwaffnen, ohne ernsthafte Wunden zu verursachen. Josiah landete einen Hieb, der Stephen tief in den Oberschenkel traf. Als Blut auf seine Stiefel strömte, beachtete Stephen den Schmerz nicht, sondern focht angestrengt weiter. Den nächsten Schlag parierte er mit Leichtigkeit, und als Josiah sein Schwert hochwuchten wollte, schlug Stephen es ihm aus den Händen. Nun hätte er den letzten Hieb ausführen können, doch Beths Schreie schrillten ihm in den Ohren. Er schaute auf und sah, wie Dolores ihn mit einem Blick ansah, in dem sich Verlangen und Abscheu mischten und den er nicht zu deuten vermochte. Aus dem Augenblick heraus traf er eine Entscheidung, von der er wußte, daß sie ihn den Rest seines Lebens heimsuchen würde: Angewidert warf er sein Schwert zu Boden und wandte sich von seinem hilflosen Widersacher ab.
Und Josiah ergriff es und stieß Stephen die Klinge in den Rücken.

26

Tom Rogers hatte Alarm geschlagen. Seine Erbitterung über Sir Diggory und dessen Familie erstreckte sich nunmehr auf alle Königstreuen, und seinen Haß auf Leutnant Donnelly übertrug er auf jeden einzelnen Iren. Anders als die Einwohner der Stadt, freute er sich darüber, daß man sie eingesperrt hatte, und man sah ihn häufig mit den Wachen Gelage abhalten. In der Nacht, als Stephen den Iren zur Flucht verhalf, hatte Tom Rogers bis spät am Abend mit den Wachen gezecht. Als er sich auf den Weg zurück zur Stadt machte, bemerkte er zwei verdächtig wirkende Gestalten, die zum alten Kloster schlichen. Er folgte ihnen, versteckte sich hinter einem Weidenstrauch und wurde Zeuge von Donnellys Rache an seinen Peinigern. Tom Rogers war kein Mann, der in einer solchen Lage eingriff, doch er rannte den ganzen Weg nach Furleys und erstattete Bericht.

Innerhalb der nächsten vierundzwanzig Stunden wurden über die Hälfte der Geflüchteten gefaßt. Einige kamen um, die übrigen wurden zum alten Kloster zurückgetrieben, wo sie wieder mit jenen vereint waren, die zur Flucht zu schwach gewesen waren. Der Gang wurde gesprengt. Donnelly und O'Rourke blieben am längsten auf freiem Fuße. Da O'Rourke nicht allein entkommen konnte, hatte Donnelly beschlossen, sich ein paar Stunden in einem

entlegenen Gehöft zu verstecken, bis sein Freund sich ein wenig erholt hatte und reiten konnte. Er wurde gefangengenommen beim Versuch, ein Pferd zu stehlen.
Oberst Firth tobte vor Wut, weil neun der irischen Wilden die Flucht geglückt war und mehrere seiner Männer zu Tode gekommen waren. Er gab Donnelly und O'Rourke, den Ranghöchsten, die Schuld an dem Debakel. Da sie drei seiner Männer ermordet hatten, war er nicht mehr verpflichtet, Wort zu halten, was ihre Verschonung betraf. Und da er die nächste Garnison der Royalisten einnehmen wollte, gab er Befehl, zum Abmarsch zu rüsten. Die Gefangenen würde man auf Wagen laden und irgendwo in einem Gefängnis sterben lassen, wo die Einwohner ihnen nicht so absonderlich gewogen waren – nur Donnelly und O'Rourke nicht; sie sollten kurz vor dem Aufbruch gehängt werden.
Stephen wußte davon glücklicherweise nichts. Die Verletzung in seinem Rücken war nicht schwerwiegend, da sein Lederwams den größten Teils des Hiebs abgefangen hatte, doch am Oberschenkel war das Schwert bis zum Knochen durchgedrungen. Drei Tage lang hatte er hohes Fieber. Als Corinna ihn am Morgen nach der Flucht in seinem Zimmer aufsuchte, war sie erschüttert; weniger seiner Verletzungen wegen, die wohl verheilen würden, sondern wegen des gebrochenen Ausdrucks in seinen Augen. Er sah aus wie ein Mann, der keinen Sinn darin sieht, zu genesen. Als sie sich die Ereignisse der Nacht berichten ließ, begann sie einen Teil seiner Verzweiflung zu begreifen. Sie fürchtete, daß sein Abscheu vor sich selbst ihn das Leben kosten könnte, noch eher als seine Wunden. Sie ließ ihn kaum aus den Augen und untersag-

te es den Bediensteten, über Dinge zu sprechen, die seinen Zustand verschlechtern könnten.
Oberst Firth war genau im Bilde über Stephens Rolle bei der Befreiung der Iren, doch der Mann aus Cornwall war zu krank, um unverzüglich bestraft zu werden. Überdies hatte Oberst Firth das Bedürfnis, der Rachsucht, die er gegenüber den Iren empfand, mit einer gewissen Milde an anderer Stelle entgegenzuwirken.
»Seht Ihr, meine Liebe«, sagte er zu Corinna, als er ihr mitgeteilt hatte, Stephen könne nach Cornwall reisen, sobald er genesen sei, »ich weiß, wann ich Gnade vor Recht ergehen lassen muß.«
Corinna war einiges, wenn auch nicht alles, über die Qualen der irischen Gefangenen zu Ohren gekommen. Schroff entgegnete sie: »Leutnant Donnelly und seine Freunde werden gewiß erfreut sein, das zu hören.«
Das Lächeln auf den Lippen des Oberst gefror und machte einem angewiderten Ausdruck Platz. »Nur Toren vergeuden ihre Milde auf Geschmeiß.«
»Dann wollen wir dem Herrn danken, daß es noch Toren gibt, Oberst.« Corinna bebte vor Zorn und ließ ihn ohne weitere Worte stehen. Sie hatte gehört, wie Donnelly mit den Wachen verfahren war, und schloß daraus, daß er verloren war. Sie wünschte sich, ein starker Mann zu sein, damit sie dem Oberst seinen selbstgefälligen Schädel von den Schultern reißen könne.
Sie verwandte ihre Kräfte auf Stephen. Sie hatte den eigentlichen Grund von Josiahs Angriff erraten und sann darüber nach, wozu ihn die Untreue seiner Gattin nun veranlassen mochte. Sie achtete auf den Klatsch über Priory House, doch man vernahm nichts Erhellendes.

Als sich die Soldaten des Parlamentsheers schließlich Zugang zu Priory House verschafft hatten, hatten sie zunächst Mühe, herauszufinden, wer verletzt war. Hauptmann Suttons Zustand war offensichtlich, denn er war zusammengebrochen und blutete stark. Doch auch Master Taverner lehnte kraftlos an der Wand; sein rechtes Auge war geschwollen und blutunterlaufen von dem Schlag, den Stephen ihm versetzt hatte, und er konnte sich vor Erschöpfung nicht mehr auf den Beinen halten und rang um Atem. Seine Frau stand mit aufgerissenen Augen da und schien sich nicht mehr rühren zu können. Zwei Hausmädchen geleiteten sie auf ihr Zimmer, ein drittes nahm sich der beiden älteren Kinder an. In diesem Augenblick erschien ein kleiner dunkelhaariger Junge am Treppenabsatz und erkundigte sich mit schriller Stimme, was hier geschehe.
Dolores hörte Philips Rufen, doch es schien ihr aus weiter Ferne zu kommen. Den ganzen darauffolgenden Tag saß sie in einem Sessel am Fenster, blieb stumm und nahm nichts zu sich. Mabs, die ihre Herrin wohl kannte, sagte den anderen, sie sollten sie in Ruhe lassen, in ein, zwei Tagen sei sie wiederhergestellt. Doch Josiah hatte nicht die Absicht, sie in Ruhe zu lassen.
Später, nachdem sein Kopf verbunden war und die Nachricht von der Gefangennahme der Iren ihn ein wenig besänftigt hatte, betrat er ihr Zimmer. Dolores in ihrem Sessel rührte sich nicht.
Als er sie sah, wurde Josiah von einem solchen Wirrwarr von Gefühlen erfaßt, daß er nur hervorbrachte: »Weib –«
Er ging zu ihr und trat vor sie hin. Er hatte nicht geahnt,

daß man so trauern konnte, wie er es nun tat, als er sie ansah und sich vorstellte, daß sie bei einem anderen Mann gelegen hatte.

Es hatte nicht in seiner Absicht gelegen, doch er mußte die Frage aussprechen.

Mit brüchiger Stimme fragte er: »Hast du für ihn getanzt, Dolores?«

Die Antwort blieb lange aus. Draußen auf der Straße spielten zwei Kinder mit einem Hündchen und lachten. Dolores schloß die Augen. Zwei Tränen rannen ihr über die Wangen.

Josiah wandte sich um und ging stumm hinaus. Da er keine Möglichkeit sah, sich seiner Frau ohne großes Aufsehen zu entledigen, schlief er in dieser Nacht in einem anderen Zimmer.

Nona war der Mensch, nach dem Dolores sich während ihres Schweigens am meisten sehnte. Sie konnte nicht an Stephen denken, doch sie entsann sich, wie ihre Großmutter sie immer gepflegt hatte, wenn sie nicht wohl war. Mabs sah häufig nach ihr, plauderte ein wenig, bürstete ihr Haar und brachte kleine Tabletts mit Essen und Getränken; dennoch vermißte Dolores Nonas zahnloses Kichern und ihr gebrochenes Englisch. Zu gerne hätte sic dic Lieder gehört, die ihnen das Leben in der Fremde erträglich gemacht hatten. Nun war die Musik in ihr erstorben, und mit ihr ein Teil ihrer selbst.

Am dritten Tag stattete Josiah ihr erneut einen Besuch ab. Sein Kummer war verflogen; nunmehr war er zornig und entschlossen. An diesem Morgen hatte er Mabs davon abgehalten, Beth zu ihrer Mutter zu bringen.

»Das Kind geht nicht dort hinein.«
»Ich dachte, ihre Gesellschaft wird die Mistress aufheitern.«
»Nein. Ich verbiete es. Das Kind kann sie später sehen.«
Er betrat das Zimmer allein. Dolores stand in der Mitte des Raumes. Sie warf ihm einen kurzen Blick zu und sah dann beiseite. Dieses Mal empfand Josiah keine Trauer, nur Zorn.
Er sagte: »Du kannst dir überlegen, was du mitnehmen möchtest. Nach allem, was geschehen ist, bist du als Mutter meiner Kinder nicht mehr tauglich. Ich habe Vorkehrungen getroffen. Du mußt gehen.«
Sie starrte ihn an.
»Nun, und wenn du wieder einmal das Sprechen verlernt hast, so soll es mir recht sein. Dann bereitest du mir weniger Schwierigkeiten. Um eine Wahnsinnige schert sich keiner. Du wirst versorgt sein, aber glaube nicht, daß du jemals hierher zurückkehren kannst – das ist vorbei.«
Mit wachsender Befriedigung beobachtete Josiah das Gesicht seiner Gattin, als sie seine Worte begriff. Sie schien vor seinen Augen zu altern. Ihre eigenartige Schönheit war verschwunden: Sie sah hager und wild aus. Beinahe glaubte er, daß sie wahrhaftig den Verstand verloren hatte, so daß seine Entscheidung höchst umsichtig war.
Sie schwankte leicht und öffnete den Mund, als wolle sie schreien, doch kein Ton kam heraus.
»Nur zu, fall ruhig in Ohnmacht«, hänselte er sie. »Schrei oder weine. Es wird dir nichts nützen. Meine Entscheidung ist unumstößlich. Du allein hast dir die Schuld zuzuschreiben. Ich habe immer alles für dich getan, und

was bekomme ich dafür? Kaum daß ich dir den Rücken kehre, hurst du mit einem Soldaten herum. Und schlimmer noch, du weihst ihn obendrein in das einzige Geheimnis ein, das ich dir je anvertraut habe. Wenn die Wahrheit ans Licht käme, würde keiner es mir verdenken, wenn ich dich umbrächte – doch ich möchte das Leben meiner Kinder nicht durch einen Aufruhr zerstört sehen. Dem Herrn sei Dank, wenigstens liegt mir ihr Wohl am Herzen, wenn auch dir nicht. Und darob werde ich es dir nicht gestatten, sie weiter zu verderben. Großer Gott, wenn ich daran denke, wie oft ich dir nachgegeben habe, schwillt mir der Kragen, ich könnte ... aber einerlei. Ich werde den Leuten sagen, daß du den Verstand verloren hast und an einen dieser Orte gebracht wurdest, wo man sich Frauen deines Schlags annimmt. Die Kinder werden bald merken, daß es nur zu ihrem Besten geschah.«

Zu guter Letzt wurde Josiah nun der Genuß des Sieges zuteil. Es war ihm nie gelungen, von seiner Frau geliebt zu werden, doch nun gelang es ihm, ihr Schmerzen zu bereiten. Er konnte über sie verfügen, und er hatte die Absicht, seine Rache auszukosten, bis einer von beiden oder alle beide tot waren. Und wie sie litt. Ihr Gesicht war gezeichnet von ihren Qualen.

»Meine Kinder«, keuchte sie. »Ich kann meine Kinder nicht verlassen!«

»Ah, du kannst offenbar sprechen, wenn dir der Sinn danach steht, wie? Nun, es ist zu spät.«

»Nona –«

»Was?«

»Nona ...« Als sie den Namen ihrer Großmutter wiederholte, schien sie kurz etwas wie Hoffnung zu empfinden.

»Die alte Hexe kann dir nicht mehr helfen. Ich hätte euch beide schon vor Jahren vernichten sollen. Sie ist dorthin gegangen, wo –«

Josiah verstummte. Dolores hatte den Kopf ein wenig zurückgelegt und die Augen halb geschlossen. Sie murmelte etwas in einer fremden Sprache, die ihm bekannt erschien, die er jedoch nicht verstand. Unvermittelt spürte er einen Anflug von Angst, einen stechenden Schmerz in der Brust. Er keuchte, rang jedoch um Beherrschung und rief wutentbrannt: »Es ist aus mit dieser Hexerei, verstehst du? Damit kannst du mich nicht mehr ins Bockshorn jagen, sie wird dir nichts nützen. Ich verstoße dich, du wirst deine Kinder nie wiedersehen, und keine Macht auf Erden oder im Himmel wird dir beistehen. Verstehst du mich? Halte ein mit diesem gräßlichen Lärm, bevor ich – halte in Gottes Namen ein, halte –«

Doch Dolores schien wie besessen. Ihre blicklosen Augen richteten sich auf einen Punkt über seinem Kopf, und ihr seltsamer Gesang wurde lauter und beschwörender, bis Josiah glaubte, den Verstand zu verlieren.

»Ich bringe dich zum Schweigen, und wenn ich dich töten muß!« brüllte er und hob die Hand, um sie niederzuschlagen. Doch sie duckte sich weg und ging rasch zu der Stelle, wo sich hinter der Täfelung die Priesterhöhle befand. Sie drückte auf den geheimen Riegel, und der düstere Abstieg wurde sichtbar. Ihr unheimlicher Gesang wurde lauter und lauter, und dann merkte Josiah unversehens, daß er jedes Wort verstehen konnte.

»Ich sehe einen Mann«, sagte sie. »Einen guten Mann,

einen Mann Gottes, der den Segen des Herrn in dieses Haus bringt. Er ist Priester. Er muß seine Berufung verbergen. Doch in diesem Haus glaubt er sich sicher vor seinen Verfolgern. Die Familie in diesem Haus verehrt ihn, sie weiß, daß er heilig ist. Doch schaut, schaut genau hin, es gibt einen Verräter in diesem Haus. Dieser Verräter ist noch ein Kind, dieser Verräter ist ein kleiner Junge. Böses wohnt im Herzen dieses Jungen. Er hat den Priester verraten, er hat seine eigene Familie in große Gefahr gebracht. Das Kind hat das Geheimnis preisgegeben. Da seht, Männer mit Waffen kommen die Treppe herauf, sie schleppen den Priester davon, und er wird ein schreckliches Ende nehmen. Der Junge sieht zu, als sein Vater gefangen wird, doch er kann nichts tun –« Josiah stieß einen gequälten Schrei aus und sank in einen Sessel. Dolores ließ sich nicht anmerken, ob sie es wahrgenommen hatte. Sie schien gänzlich gefesselt von ihrer schrecklichen Vision. »Schaut – könnt Ihr nicht sehen – nun liegt der Vater des Jungen in einem finsteren Kerker, er stirbt, die Pest tötet ihn. Der Junge vernimmt die Nachricht und kann nicht einmal weinen. Er hat den Tod seines Vaters verursacht, die Qualen seines Vaters werden sein Herz bis zum heutigen Tag peinigen, er ist verloren, er –«

Sie hielt inne. Josiahs Gesicht hatte sich purpurrot verfärbt. Er zerrte an seinem Kragen und rang um Atem. Heiße Tränen strömten ihm über die Wangen.

Dolores schritt durchs Zimmer, goß ein wenig Blütenwasser auf ein sauberes Tuch und wischte ihm damit Wangen und Stirn. Er versuchte sie wegzuschieben, doch alle Kraft schien aus ihm gewichen.

»Wer hat dir das gesagt?« keuchte er. »Woher weißt du es?«
»Es gibt vielerlei Wege, zu wissen.«
»Rühr mich nicht an! Halt dich fern von mir, Hexe.«
Sie wich einen Schritt zurück, dann sagte sie mit ihrer gewöhnlichen Stimme zu ihm: »Ich bin keine Hexe, Josiah. Nur Dolores, deine Gattin. Du konntest nicht anders handeln, als du ein Kind warst, ebensowenig, wie ich anders handeln konnte, als ich dir Unrecht antat.«
»Das war anders«, widersprach er. »Ich wollte nicht, daß jemand leiden muß.«
»Aber zwei Männer haben den Tod gefunden, und einer davon war dein Vater.«
Josiah wandte das Gesicht ab und schlang die Arme um sich. »Ich wollte nicht, daß es geschah, o Gott, ich habe das nie verstanden.«
»Ich glaube dir, Josiah. Du warst noch ein Kind.« Ihre Stimme war sanft und beruhigend. »Wenn du mir vergibst, werde ich dir wieder Gattin sein und Mutter deiner Kinder.«
»Niemals! Du bist es nicht wert.«
»Keiner von uns ist es wert, Josiah. Wir handeln nur so gut, wie wir es vermögen.« Als sie das feuchte Tuch wieder auf seine Stirn legte, schob er sie nicht von sich, sondern blickte zu ihr auf, als warte er auf etwas. Sie lockerte sein Wams am Hals. »So«, sagte sie. »Nun bist du wieder wohl. Wie schnell das menschliche Herz doch heilen kann.« Sie richtete sich auf, trat einen Schritt zurück und betrachtete ihn ruhig. »Versprich mir, Josiah, daß du niemals wieder versuchen wirst, mich von meinen Kindern

zu trennen, und ich gebe dir das, wonach dich am meisten gelüstet.«

»Es gibt nichts mehr auf Gottes Erdboden, das ich noch von dir wünsche.«

Ein kleines Lächeln umspielte ihre Lippen. »Ich werde für dich tanzen, Josiah.«

Er blickte zu ihr auf. Groß und herrschaftlich ragte sie über ihm auf. Er leckte sich die trockenen Lippen.

»Dann tanz.«

»Versprichst du es?«

»Ja.«

»Dann sag es.«

Er versuchte sich zu erheben, damit er nicht zu ihr aufblicken mußte, doch sein Körper kam ihm vor wie ein lebloser verrotteter Klumpen, und er fragte sich, ob er wohl imstande sein würde, jemals wieder aufrecht einherzugehen wie ein Mann. Er sah sie dennoch an. Es war, als sei er wieder ein kleiner Junge, der, stumm und hilflos, seine Mutter um Vergebung bat. Die er niemals erlangte.

Er weinte. »Ich verspreche es«, sagte er. »Ich werde niemals versuchen, dich von deinen Kindern zu trennen.«

Dolores lächelte. Ihre Schönheit kehrte zurück. Sie schritt zur Mitte des Zimmers und begann die vertrauten Töne zu summen. Sie hielt sich sehr aufrecht. Das Lied und der Rhythmus begannen sie in ihren Bann zu ziehen. Und als sie tanzte, merkte sie, daß sie es für eine neue Freiheit tat. Nona hatte recht behalten, wie immer. Als Josiah zusammenbrach, hatte sie seine Angst und seinen Abscheu vor sich selbst gesehen, und sie hatte Mitleid für ihn empfunden. Sie vermochte ihn nicht mehr zu hassen. Und so tanzte sie und feierte das Ende der Angst.

Mabs war entzückt über die unvermittelte Genesung ihrer Herrin. Am späten Nachmittag kam Dolores in die Küche herunter, setzte sich an den großen Tisch und trank ein wenig klare Hühnersuppe, während Mabs ihr zufrieden dabei zusah. Mabs war der Überzeugung, daß jemand so gut wie geheilt war, sobald er ihre Hühnersuppe zu sich nahm. Beth legte die Unterarme auf den Tisch, blickte zu ihrer Mutter auf und sprach ohne Unterlaß über den Kampf zwischen ihrem Vater und Hauptmann Sutton. Jeden anderen Gesprächsgegenstand hätte Dolores bevorzugt, doch sie verstand, daß ihre Tochter sich den Schmerz und den Schrecken von der Seele reden mußte.

Sie verstand jetzt soviel mehr. Die Aussicht, für immer von ihren Kindern getrennt zu werden, hatte sie zu ihrem verzweifelten Spiel veranlaßt. Nona war nicht mehr da, um ihr beizustehen, sie konnte sich nur noch auf sich selbst verlassen, und in diesem schrecklichen Augenblick hatte sie sich an etwas erinnert, das Nona vor ihrem Tode gesagt hatte. Dolores hatte kaum erwartet, daß Josiah sich von ihrem Theater beeindrucken ließe, und tatsächlich hatte sie zusätzlich die Geschichte benötigt, die der Priester ihr erzählt hatte. Bis sie zu sprechen anhub, hatte sie nicht mit Bestimmtheit gewußt, daß es Josiah gewesen war, der seinen Vater und den Priester verraten hatte – doch sein Entsetzen hatte es ihr bestätigt. Er hatte diese Schuld sein ganzes Leben lang mit sich herumgetragen.

Der arme Josiah. Als er in ihr Leben trat, war er ihr gewaltig erschienen, ein Ungeheuer und ihr Erlöser zugleich. Daran hatte sich nichts geändert. Wenngleich sie

zur Frau herangewachsen und Mutter geworden war, hatte sie sich in seiner Nähe stets wie ein hilfloses Kind gefühlt. Nun sah sie ihn, wie er wahrhaftig war: ein außergewöhnlich mittelmäßiger Mensch; ein Mann, der sich selbst so heftig verabscheute, daß er seine Güte nur seinen Kindern offenbaren konnte. Sie wußte, daß sie niemals imstande sein würde, ihn zu lieben, doch sie glaubte nun, das Joch ertragen zu können, das sie gemeinsam trugen. Ihr Haß war verflogen, als sie ihn nicht mehr fürchtete – wie Nona es vorhergesagt hatte.
Beth versuchte ihre Aufmerksamkeit zu gewinnen. »Aber Vater mußte doch gegen Hauptmann Sutton kämpfen, oder? Ich meine, all diese Männer waren durch unser Haus gegangen, nicht wahr, und das war doch nicht recht. Vater hat uns doch nur verteidigt?«
»Ja, Liebes.« Dolores wünschte sich, ihrer Tochter helfen zu können, doch sie konnte ihr kaum etwas Beruhigendes sagen. Beth hatte mit angesehen, wie ihr Vater einem unbewaffneten Mann ein Schwert in den Rücken stieß – einem unbewaffneten Mann, den Beth liebgewonnen und dem sie vertraut hatte. Den ihre Mutter geliebt und dem sie vertraut hatte … Dumm waren sie gewesen, alle beide.
Stephen Sutton hatte sie verraten. Sie begriff allmählich, daß eine Frau, die liebt, nur das Beste sehen möchte an ihrem Liebsten. Ihm konnte man nicht mehr vertrauen als jedem anderen, doch sie hatte die Wahrheit nicht sehen wollen. Nun hatte sie keine falschen Vorstellungen mehr – doch sie mußte erfahren, daß damit nicht alles behoben werden kann. Nicht mehr zu lieben, ist deshalb nicht einfacher. Sie empfand nurmehr Verachtung für

Stephen Sutton, doch es war ihr nicht möglich, ohne Sehnsucht und Qualen an ihn zu denken.
Sie berührte die Kette, die sie um den Hals trug, verborgen unter dem breiten weißen Kragen. Der nächste Schritt, sagte sie sich entschieden, mußte sein, sie ihm zurückzugeben, solange er sich noch in Furleys aufhielt. Dieses Zeichen hatten sie abgemacht, falls ihre Gefühle für ihn sich ändern sollten. Ein kurzes Bild von ihrer letzten Begegnung im Garten trat ihr vor Augen, doch sie wischte es beiseite. Wie jämmerlich diese Worte ihr nun erschienen … leere, wertlose, bedeutungslose Worte.
Gewiß würde sie die Kette nun unverzüglich zurückgeben, doch das konnte sie auch am nächsten Tag erledigen. Ihre Unterredung mit Josiah hatte sie sehr erschöpft, und nun war hier die kleine Beth, die noch immer angehört werden wollte.
»Aber Hauptmann Sutton war doch nicht böse, oder? Schließlich hatte er Jinnys Mutter geholfen, als das Haus brannte, und als Nona starb, rettete er Pip, und dann –«
»Oh, Bienchen, halt ein.« Dolores empfand diese Aufzählung von Stephens Tugenden als über die Maßen quälend. »Hauptmann Sutton ist ein ganz gewöhnlicher Mann –« Sie mußte schlucken, bevor sie fortfahren konnte, »und er hat einige gute Dinge und viele schlechte getan.«
»Was denn?« Beth sah sie hoffnungsvoll an.
»Ich weiß es nicht, aber es ist gewiß so gewesen.«
»Ich wünschte nur, daß er und Vater Freunde sein könnten.«
Dolores lächelte. »Das, fürchte ich, ist ganz unwahrscheinlich.«

Mabs hegte keinerlei Zweifel daran, wer ihren Lohn bezahlte. »Jeder vernünftige Mann hätte gehandelt wie dein Vater, Beth. Der saubere Hauptmann Sutton hatte zugelassen, daß all diese Rüpel mitten in der Nacht durch unser Haus trampelten. Sie haben versucht, den Schatz deines Vaters zu stehlen, und wo kämen wir da alle hin? Kein Wunder, daß Master Taverner böse war. Heidnische Schurken, allesamt.«
Dolores blickte Mabs überrascht an. Sie war den irischen Soldaten so wohlgesonnen gewesen wie jeder andere in Tilsbury. Aber Mabs – wie auch viele andere – beurteilte Menschen nach ihrer jeweiligen Lage, und sie war zu dem Schluß gekommen, daß diese Männer, wenn sie nun schlechter behandelt wurden als gewöhnliche Schurken, in der Tat etwas verbrochen haben mußten, womit sie dieses Schicksal verdient hatten. Vorerst war diese sonderbare Sichtweise tröstlich für Beth, und Dolores äußerte sich nicht dazu. Im übrigen hatte Dolores sämtlichen Soldaten und ihren Roheiten den Rücken gekehrt. Ihre vier Kinder und ihr Haushalt würden von nun an den Mittelpunkt ihres Lebens darstellen – wenn die Iren und die Rundköpfe und die Royalisten und Gott weiß wer noch alles beschlossen, sich gegenseitig die Glieder auszureißen, würde sie, solange ihre Kinder in Sicherheit waren, nicht einmal mit der Wimper zucken.
Sie erhob sich. »Komm, Beth. Wir suchen deine Brüder und schauen nach, ob es schon reife Äpfel gibt. Wir haben die arme Mabs lange genug von der Arbeit abgehalten, es wird Zeit, daß –«
Die Hintertür flog auf, und Cary stapfte herein. Sie sah wütend und erhitzt aus, und sie platzte heraus: »Ich

wünschte, jeder von diesen Rundköpfen wäre tot und würde in der Hölle schmoren! Am liebsten würde ich sie alle selbst umbringen! Ich wünschte, ich könnte – oh!« Und sie ließ sich auf einen Stuhl sinken, schlug die Hände vors Gesicht und brach in lautes Schluchzen aus.

»Sprich anständig!« schimpfte Mabs.

Doch Dolores ging neben ihr in die Hocke, nahm ihre Hände und fragte: »Was ist denn, Cary?«

»Oh, Ma'am, sie werden meinen Michael hängen!«

»Wie?«

»Es ist wahr, morgen werden sie ihn töten! Oh!« Sie weinte lauter denn je.

»Michael?« Dolores blickte fragend Mabs an, die zwischen Mißbilligung und Mitgefühl hin und her gerissen schien.

»Sie meint diesen Feldwebel Michael O'Rourke. Sie verstehen sich wohl.«

»Doch warum sollte er gehängt werden?«

»Das habe ich auch gesagt!« heulte Cary. »Er hat nichts getan, womit er das verdient hätte. Nur weil er Offizier ist, das ist nicht recht. Leutnant Donnelly hat die Wachen ermordet, das weiß doch jeder, Michael war viel zu krank, und er würde keiner Fliege was zuleide tun. Sie sollen doch meinen Michael in Frieden lassen.«

»Ist das wahr? Wann hast du das gehört?«

Cary versuchte sich zu beherrschen und erzählte: »Ich habe mit den Wachen gesprochen, wie immer, wenn ich Michael und den anderen Essen bringe. Michael hat mir gesagt, ich soll mit ihnen plaudern und freundlich sein, dann könnte ich nützliche Dinge erfahren. Und das hab' ich getan. Ich wußte als erste von der Kanone, doch als

Michael es Hauptmann Sutton sagte und Major Ripley dann meinte, nichts solle unternommen werden, sagte Michael, ich sei brauchbarer als zehn Majore, er war so wütend, daß er …«

»Eine Kanone? Was hat das mit einer Kanone zu tun?«

»Jetzt nichts mehr, nach der Einnahme von Furleys. Aber ich habe trotzdem noch weiter mit den Rundköpfen gesprochen, für alle Fälle … und heute, oh, Ma'am, da haben sie mir gesagt, morgen würden sie weiterziehen, aber kurz vorher würden sie noch Donnelly und meinen Michael hängen. Es war alles Lug und Trug, von Anfang an. Als Furleys sich ergeben hat, hat der Oberst versprochen, daß die Iren nicht hingerichtet würden, aber er wollte sie anders sterben lassen. Diese erbärmlichen Wachen haben mir gesagt, ich solle froh sein, daß Michael schnell sterben könne, denn die anderen würden an Hunger und Krankheiten zugrunde gehen. Der Oberst hatte nur behauptet, daß sie nicht hingerichtet würden, damit Furleys sich ergab. Aber als Hauptmann Sutton dahinterkam, hat er Donnelly von dem Gang erzählt, aber dann ist Tom Rogers den ganzen Weg nach Furleys gerannt, oh, ich hasse ihn, es war alles aus Boshaftigkeit, das weiß doch jeder. Und nun muß Michael sterben, und ich kann ihm nicht helfen!«

Sie schlang die Arme um sich und wiegte vor und zurück.

Still und entsetzt lauschte Beth und ließ Cary nicht aus den Augen.

Mabs sagte barsch: »Keine Sorge, Cary, Hauptmann Sutton hat sie schon einmal befreit. Er wird nicht tatenlos zusehen, wie man seine Männer ermordet.«

»Ach, *der*! Der ist nun ganz unbrauchbar. Er hat so hohes Fieber wegen seiner Wunden, daß sie glauben, er wird wohl sterben. Mistress Rogers hat ihrem Mädchen Ann erzählt, sie meint, daß er gar nicht mehr leben will, so sehr gibt er sich die Schuld an allem. Sie sagt, er darf gar nicht erfahren, daß sie alle wieder gefaßt wurden. Er kann ihnen nicht helfen.«

Dolores war unvermittelt sehr blaß geworden.

»Cary, wer hat dir das über Hauptmann Sutton erzählt?«

»Das weiß doch jeder. Bestimmt stirbt er, und mein Michael wird sterben, und, oh, wie ich diesen Krieg und dieses ewige Töten hasse. Warum machen sie immer weiter? Warum hören sie niemals auf damit?«

»Ich wünschte, ich wüßte es, Cary.«

Dolores kauerte noch immer am Boden. Die Geschichte des Mädchens war wirr und nur schwer verständlich, doch eine Tatsache beschäftigte sie. Wenn Stephen gewußt hatte, daß seine Männer getötet werden sollten – oder man sie verhungern und an ihren Krankheiten zugrunde gehen lassen wollte –, hatte er nur so handeln können, wie er es getan hatte. Nun erinnerte sie sich an etwas, das sie aus ihrem Gedächtnis verdrängt hatte: an Stephens Gesichtsausdruck, als er sie noch einmal ansah, bevor er das Schwert zu Boden warf und Josiah den Rükken kehrte. Er war vollkommen verzweifelt gewesen.

Sie wandte sich ihrer Tochter zu, die still vor sich hin weinte; das arme Kind. Nahmen denn die Gräßlichkeiten, die sie ertragen mußte, kein Ende? Dann sah sie Mabs an, die ihren Zorn über die Ungerechtigkeit der Welt an einem großen Klumpen Teig ausließ. Und sie blickte Cary an, die unempfindliche Cary, die sich sonst an Geschichten von Mord und Totschlag erquicken konnte – nur an dieser nicht, die sie so tief berührte, daß sie schluchzte wie ein kleines Kind.

Dolores streckte die Hand aus und strich ihr über die Wange.

»Weine nicht, Cary. Vielleicht ist es nicht aussichtslos, jetzt noch nicht. Vielleicht können wir etwas ersinnen, um Michael und die anderen zu retten. Wir werden sie nicht sterben lassen, ohne um sie zu kämpfen.«

27

Als Dolores die Ausstattung ihrer Destillierkammer betrachtete, kam es ihr vor, als seien die Tiegel und Fläschchen und Töpfchen eigenständige Wesen. Einige waren tröstlich, andere beruhigend; andere hatten grimmige Gesichter, benahmen sich jedoch freundlich – das waren diejenigen, die bittere, aber hilfreiche Mittel enthielten. Und dann gab es einige – die Fläschchen auf dem obersten Brett waren nur mit einem sonderbaren Zeichen versehen –, deren dunkle Kräfte im verborgenen wirkten. Sechs Tropfen, hatte Nona gesagt, und ein Mann schläft sechs Stunden …

Dolores versuchte einen klaren Gedanken zu fassen, doch nach ihrem tagelangen Schweigen und ihrem Fasten fühlte sie sich fiebrig und benommen. Wieder hörte sie Nonas Stimme: sechs Tropfen, und ein Mann schläft … und als sie einen Plan ersann, war sie zugleich ängstlich und freudig erregt. Ihre Begegnung mit Josiah hatte ihr gezeigt, wie leicht ein Mann gelenkt werden kann, wenn seine heimlichen Ängste angerührt werden. Sie war gänzlich überrascht gewesen von ihrer berauschten Freude, als er sich ihrem Willen beugte. Dennoch: War es nicht Wahnsinn, sich denselben Erfolg so kurz darauf wieder zu erhoffen, und noch dazu mit einer ganzen Gruppe von Fremden?

So viele Möglichkeiten kamen Dolores in den Sinn, daß sie zunehmend verwirrter wurde. Sie wußte nicht, wie sie zwischen sinnvollen und lachhaften Eingebungen unterscheiden sollte. Sie wünschte sich, jemanden zu Rate ziehen zu können, doch ihre Vernunft sagte ihr, daß sie sich dieser Herausforderung allein stellen mußte.

»Nona«, sagte sie leise. »Sag mir, was ich tun soll.«

Sogleich klopfte es an der Tür, und ein Schauer lief ihr über den Rücken.

»Weib? Bist da drin? Bist du allein?«

Josiah mußte die ganze Zeit vor der Tür auf sie gewartet haben. Seit sie für ihn getanzt hatte, folgte er ihr wie ein Schatten. Verzweiflung packte sie: Wie sollte sie etwas ausrichten, wenn Josiah ihr nicht von der Seite wich? Nonas Stimme raunte wieder in ihrem Kopf: Sechs Tropfen, und ein Mann schläft.

Dolores nahm das braune Fläschchen vom obersten Brett und ließ es in den Beutel gleiten, den sie an der Hüfte trug. Dann ging sie zur Tür und öffnete sie. »Ich bin hier, Josiah. Ich habe mir etwas gegen meine Kopfschmerzen bereitet.«

Ihr Mann stand mit gesenktem Kopf im Flur. Widersprüchliche Gefühle zeichneten sich auf seinem Gesicht ab: Er wußte, daß seine Gattin im Augenblick stärker war als er, und es war ihm nicht recht, daß er Macht einbüßte, doch zugleich hoffte er, daß nun, da sie ihm gestattet hatte, ihr beim Tanzen zuzusehen, alles anders würde zwischen ihnen. Dieser zaghaften Zuversicht stand sein Argwohn im Wege, die Angst, daß alles wie vorher sein würde, wenn er sie nun aus den Augen ließ. Und diese Gedanken wurden überdeckt von seinem Verlangen nach

ihr, der Sehnsucht, sie in die Arme schließen zu dürfen, wenn sie tanzte – und der Furcht, daß ihm diese Freude wiederum versagt würde.
So stand er im Flur, streckte die Arme aus und wartete, ob sie ihm ausweichen oder ihn wegschieben würde. Als sie beides nicht tat, sondern seltsam lächelte und auf ihn zukam, zog er sie an sich.
»Oh, meine Dolores«, flüsterte er, »wenn ich daran denke, daß du mit diesem Mann zusammen warst, bereue ich es, daß ich ihn nicht getötet habe. Lieber Gott, wenn ich dir nur die Erinnerung an ihn austreiben könnte.«
»Das ist nicht mehr notwendig, mein Lieber«, sagte sie kühl. »Es war eine Art Wahnsinn, nichts anderes. Er ist schon so gut wie vergessen.«
»Oh, meine Liebe –«
»Komm, wir wollen nicht zu spät kommen zum Abendgebet. Es gibt schließlich so vieles, Josiah, wofür wir dankbar sein müssen.«
Sie küßte ihn leicht auf den Nasenrücken und geleitete ihn zur Diele, wo alle Bewohner des Hauses warteten.
»Warum lachst du, Weib?«
»Nur vor Glück, weil wir alle wieder zusammen sind wie zuvor.«
Doch alles ist so anders, dachte sie, als sie sich auf ihrem hochlehnigen Stuhl vor Josiah niederließ. Sie entsann sich unversehens, daß sie als kleines Mädchen einmal gesehen hatte, wie ein Junge, kaum älter als sie, vor ihrem Haus einen Stier die Straße entlangführte. Der Stier war als gefährlich bekannt und hatte erst in der Woche zuvor zwei Männer zu Krüppeln gemacht. »Warum ist er so friedlich bei dem Jungen?« hatte sie ihren Vater gefragt.

»Schau, der Stier hat einen Ring in der Nase«, erklärte er ihr. »Die Haut dort ist so empfindlich, daß ihn die kleinste Berührung schmerzt. Der Junge hat nichts zu befürchten.«
Josiah war außer Gefecht gesetzt. Nun mußte es ihr gelingen, sich seiner einige Stunden zu entledigen. Solange er in dieser anhänglichen Verfassung war, mochte sich dies als schwierigste aller anstehenden Aufgaben erweisen.

»Cary, komm in den Wintersalon. Ich muß mit dir unter vier Augen sprechen.«
Josiah, der immer noch neben ihr stand, wurde gleich argwöhnisch. »Warum? Was für Geheimnisse hast du mit dem Mädchen?«
»Geheimnisse, Josiah? Welch abwegiger Gedanke!« Sie lachte leichthin. »Es ist doch offensichtlich, daß irgend etwas ihr Sorgen bereitet. Vermutlich bloß ein Frauenleiden, doch du kannst gerne bei uns sein, wenn du es wünschst.«
»Nein, nein, meine Liebe«, versicherte Josiah ihr hastig. »Befasse du dich damit. Ich erwarte dich bei Tisch.«
»Ich werde Mabs bitten, uns Gewürzwein zu bereiten.«
Dolores schloß die Tür hinter sich und ging zum Kamin hinüber, in dem kein Feuer brannte. Das Gemälde hing nun, wie es sich gebührte, über dem Sims. Dolores warf einen kurzen Blick auf ihr Abbild: Diese Frau hatte verschleierte Augen wie eine Schlafwandlerin. Sie entsann sich, wie sie insgeheim damit gehadert hatte, den kostbaren Schmuck anlegen zu müssen. Nun berührte sie die Kette an ihrem Hals und hätte beinahe gelächelt. Doch

dann bemerkte sie, daß Cary sie ängstlich und abwartend ansah, und rief sich zur Ordnung.
»Setz dich, Cary. Hör aufmerksam zu. Wir müssen rasch handeln, wenn wir die Gefangenen befreien wollen.«
Cary brach erneut in Schluchzen aus. »Wir können gar nichts tun, morgen früh wird man sie hängen. Oh, mein armer Michael, es ist nicht recht.«
»Hör unverzüglich mit dem Geschrei auf und hör mir genau zu.« Da sie annahm, daß Josiah an der Tür lauschte, sprach Dolores leise, aber so eindringlich, daß Cary sich mit ihrer Schürze die Augen trocknete und abwartete. »Es ist wohl möglich, daß wir ihnen helfen können, allen. Doch du mußt deinen Teil dazu tun. Du mußt sehr ruhig handeln und sehr schlau.«
»Wie eine Spionin, Ma'am?«
»Ja, Cary, genau wie eine Spionin.«
Cary holte tief Luft, schniefte und bemühte sich, gefaßt zu sein. »Was muß ich tun?«
»Hast du den Wachen am Kloster von der Grauen Frau erzählt?«
»Ich glaube wohl. Aber diese Geschichte kennt doch jeder.«
Dolores lächelte. »Wenn du sie erzählst, gerät sie gewiß anschaulicher als bei anderen.«
»Ich bin keine Lügnerin, Ma'am. Niemand kann mir vorwerfen, daß ich unehrlich –«
»Schsch, Cary, sprich leise. Wir werden uns beide einiger Unwahrheiten bedienen müssen, wenn dein Michael gerettet werden soll. Hör, ich möchte, daß du einen Korb mit Essen und Getränken zu den Wachen im alten Kloster bringst. Diese Mordbuben werden vermutlich alles

für sich behalten, doch das ist nicht wichtig. Wir werden ein paar Becher besonderes Ale für die Rundköpfe beigeben – versuch, dafür zu sorgen, daß sie die zuerst trinken. Und während du dort bist, erzählst du ihnen von der Grauen Frau. Du kannst dir alles mögliche ausdenken, es muß nur möglichst grausig sein. Und Einzelheiten. Du könntest ihnen sagen, heute sei der Todestag der Grauen Frau, an dem sie immer erscheint, du weißt schon, was ich meine.«

Cary starrte sie mit großen Augen an. Sie hatte Mistress Taverner noch nie zuvor so erlebt. Sie befand sich zweifelsfrei in einem Zustand großer Erregung: Ihre Wangen waren gerötet, und in ihren Augen glitzerte eine Wildheit, die Cary nicht geheuer war.

»Das verstehe ich nicht, Ma'am«, sagte sie bockig. »Wozu das alles? Ich will keine Schwierigkeiten bekommen.«

»Herrje, Kind, hab ein wenig Mut. Ich erwarte doch nur, daß du den Wachen Proviant bringst und ihnen von dem Geist erzählst, der im alten Kloster spukt. Das ist doch wohl nicht zuviel verlangt, wenn Menschen in Gefahr sind.«

»Ich verstehe nur nicht, wie das meinem Michael helfen soll.«

»Überlaß das mir.«

Carys Augen wurden noch größer. »Ihr wollt sie doch nicht vergiften, oder?«

»Nein, Cary. Ich hatte es in Erwägung gezogen, aber … nein, ich versuche, Menschenleben zu retten, nicht zu vergeuden.«

»Dann ist es gut.« Das Mädchen schien alles andere als überzeugt zu sein.

Dolores überlegte. »Denk doch, was morgen früh geschehen wird, wenn wir nichts unternehmen«, sagte sie. »Stell dir vor, wie dein Michael aus dem Kloster gezerrt wird und wie sie ihm die Schlinge um den Hals legen. Du hast doch schon gesehen, wie jemand gehängt wird, oder? Du weißt, wie lange es dauert, wie lange der Körper zappelt und zuckt, bevor er endlich erlahmt, du weißt, wie lange man sie hängen läßt, als Futter für die Vögel. Willst du dir ansehen müssen, wie Michaels Knochen vom Baum baumeln, und dir dabei sagen, daß du ihn hättest retten können, dich aber für den feigen Weg entschieden hast?«

»O nein, Ma'am!«

»Dann bewahr die Ruhe und befolge meine Anweisungen genau. Keine Tränen mehr. Und das Allerwichtigste: Du darfst niemandem auch nur ein Wort davon erzählen.«

»Das würde ich niemals tun.«

Kurz darauf machte sich Cary mit einem Korb am Arm auf den Weg zur Klosterruine. Wenn sie etwas zu tun hatte, beruhigte sie sich stets, und sie begann sich mit ihrer Rolle in diesem Abenteuer anzufreunden. Sie sah sich schon als Heldin einer Ballade oder als Hauptfigur in einem Groschenheft: *Die wahre Geschichte von Cary Stubbs, wie sie mit Heldenmut ihren Liebsten vor dem Tode durch die bösen Rundköpfe erettete und …*

Gewiß war es schön, berühmt zu sein. Am schwersten würde es ihr fallen, das sah sie ganz deutlich, Mistress Taverners letzte Anordnung zu befolgen und niemandem ein Sterbenswörtchen von ihrer Rolle in diesem großen Drama zu verraten.

Wenn der August zu Ende ging, brach der Abend früher herein. Dolores, die allein mit Josiah an der Tafel im Speisezimmer saß und zusah, wie es draußen dunkel wurde, hatte Mühe, ihre Aufregung zu verbergen.

»Komm, Weib, warum so ruhelos? Setz dich zu mir auf die Bank.«

Dolores wandte sich vom Fenster ab, wo sie vergeblich nach Cary Ausschau gehalten hatte. Sie zwang sich zu einem Lächeln, als sie sich neben ihrem Gatten niederließ.

»Ich bin ein wenig unruhig«, gab sie zu. »Ich glaube, ich komme erst wieder zu mir, wenn die Soldaten fort sind.«

»Sie ziehen morgen früh ab, hat man mir gesagt. Komm näher, meine kleine Doll … nein, nein, meine Dolores –, siehst du, ich lerne. Bald gehen wir zu Bett. Du brauchst dich nicht mehr zu fürchten.« Er legte den Arm um sie und zog sie an sich. Seine Hand zitterte. Er streifte mit den Lippen ihre Wange. »Ich werde dafür sorgen, daß du den anderen vergißt«, raunte er schwer atmend. »Ich werde dich wieder zu meinem Weib machen.«

»Ja, Josiah, aber willst du nicht deinen Wein kosten? Mabs hat ihn eigens für dich gemacht.«

»Bald. Ich bin nicht durstig.«

»Aber sie hat sich soviel Mühe gegeben.« Dolores konnte den Blick nicht von dem Weinkrug und dem gefüllten Glas abwenden, das vor ihnen auf dem Tisch stand.

»Tst, mach nicht so ein Aufhebens. Es ist doch bloß Wein. Ich werde später einen Schluck davon trinken.«

Dolores mußte sich des unsinnigen Drangs erwehren, seinen Mund zu öffnen und ihm den Wein in den Schlund zu schütten. Sie wußte nicht, wieviel man von Nonas Mittel zu sich nehmen mußte, um einzuschlafen.

Auch bei dem Ale, das sie Cary für die Wachen mitgegeben hatte, war sie unsicher. Cary hatte ihr nicht genau sagen können, wie viele Männer das Kloster bewachten, und es gab keine Gewißheit, wie sie das Ale aufteilen würden. Sie war versucht gewesen, die Menge zu verdoppeln, doch das mochte gefährlich sein. Wie sie Cary gesagt hatte, war es ihr Anliegen, Menschenleben zu retten und nicht, sie zu zerstören. Doch nun weigerte sich Josiah hartnäckig, den Gewürzwein anzurühren, dem sie Nonas Geheimarznei beigefügt hatte, und wenn er nicht wenigstens einige Schlucke davon zu sich nahm, war ihr Plan zum Scheitern verurteilt. Doch sie wagte es nicht, ihm erneut zuzureden, weil sie fürchtete, seinen Argwohn zu erwecken.

»Du wirst wieder für mich tanzen, ja, Dolores?«

»Gewiß. Dolores wird dir immer eine treue Gattin sein.«

»Ich bin so froh, so froh.« Seine Hand glitt unter ihr Haar und koste ihren Nacken. »Ich wollte dich niemals fortschicken, weißt du, es war nur, weil du mir großes Unrecht angetan hattest.«

»Ja, Josiah.« Dolores starrte unentwegt auf das Weinglas. Sie untersagte es sich, es ein Stück näher zu rücken.

»Ich will, daß du immer bei mir bist.«

»Ja, Josiah.«

Josiah seufzte und löste sich von ihr. Er streckte die Hand aus und spielte mit dem Glas. Dolores erstarrte. Josiah sagte: »Der Herr weist uns wundersame Wege, nicht wahr? Ich meine wahrhaftig, daß all die Prüfungen, die uns in letzter Zeit auferlegt wurden, sich nun als Segen erweisen.«

»Ja, Josiah.«

»Darauf laß uns trinken.«
»Ja, Josiah.«
Er nahm sein Glas und hob es an die Lippen. Dolores sah ihn an. Er trank. Von der Passage draußen war Lärm zu vernehmen. Er setzte das Glas ab, als Mabs aufgeregt hereingestürzt kam.
»Draußen ist ein Mann, der sagt, er sei Hauptmann und müsse mit Euch sprechen, Master Taverner. Ich habe ihm aufgetragen draußen zu warten, aber er –«
»Aber er bestand darauf, Euch unverzüglich zu sprechen, Master Taverner.« Hauptmann Sugar stürmte herein und schob Mabs zur Seite. Dolores hielt den Atem an; düstere Vorahnungen erfüllten sie.
Scharf sagte sie: »Konntet Ihr nicht warten, bis man Euch hereinführt?«
»Ich bedaure die Störung zutiefst, doch die Nachricht ist von großer Wichtigkeit.« Tatsächlich hatte der junge Hauptmann schon den ganzen Tag die Übellaunigkeit des Oberst ertragen müssen und war nicht gewillt, sich wegen dieser Nachricht weiteren Verwünschungen auszusetzen.
»So sprecht.« Josiah erhob sich und warf seiner Gattin einen beunruhigten Blick zu.
»Oberst Firth wünscht eine kurze Unterredung mit Euch, Master Taverner. Vor dem Abzug müssen einige Dinge erörtert werden.«
»Gewiß doch. Richtet ihm aus, daß ich gleich morgen früh in Furleys sein werde.«
»Ihr mißversteht mich, Sir. Oberst Firth verläßt die Stadt vor dem Morgengrauen. Er verlangt, Euch gleich jetzt zu sprechen.«

»Das kommt höchst ungelegen.«
»Ich bitte um Verzeihung.« Hauptmann Sugar hatte nicht die Absicht, Josiah entkommen zu lassen. »Ich habe ein zweites Pferd mitgeführt. Wir können unverzüglich aufbrechen.«
»Nun gut, ich nehme an, es ist unumgänglich. Dolores, meine Liebe, ich werde so rasch wie möglich zurückkehren. Bleib meinetwegen nicht wach, aber ...« Er drückte ihr die Hand. In seinen Augen spiegelten sich Hoffnung und Angst, Verlangen und Argwohn zugleich, und sie wandte den Blick ab.
»Willst du nicht deinen Wein austrinken, bevor du gehst?« fragte sie hilflos. Er hatte höchstens ein Viertel des kostbaren Tranks zu sich genommen.
»Nein, nein. Mir bleibt keine Zeit.«
»Aber es ist ein Jammer, ihn verkommen zu lassen.«
»Das ist wahr. Bussell kann ihn trinken. Mabs, bringt den Krug Bussell. Und genehmigt Euch auch einen Schluck.« Er bemühte sich um Heiterkeit. »Bei aller Achtung, Hauptmann Sugar, aber ich denke, wir Bürger haben guten Grund, Eure Abreise zu feiern.« Der Hauptmann zeigte Anzeichen der Ungeduld. »Gut, Hauptmann, ich komme.«
Danach haderte Dolores mit sich, weil sie nicht an das Tablett gestoßen war, als Mabs es hinaustrug, doch in diesem Augenblick stand sie nur da und starrte ihr nach.

Als Cary wenige Minuten nach dem Aufbruch der Reiter vom Kloster zurückkehrte, war sie so angetan von sich, daß sie Mistress Taverners Aufregung kaum bemerkte.

»Diese Wachen werden heute nacht nicht zur Ruhe kommen«, frohlockte sie. »Ich habe ihnen Geschichten von der Grauen Frau erzählt, daß ihnen beinahe die Augen aus dem Kopf gesprungen sind. Ich weiß, Ihr habt gesagt, wir wollen Leben retten und nicht vernichten, doch ich hätte nichts einzuwenden, wenn sie tot umfallen würden, vor allem dieser große Kerl, der sich für wer weiß was hält. Sie geben den Gefangenen das Essen nie, das ich bringe, sie behalten es alles selbst. Ich hab' so getan, als sei ich schon verschwunden, und hab' mich versteckt, und da habe ich gesehen, wie sie das Ale auf den Boden schütteten und über die armen Männer in ihrem Gefängnis lachten. Ich wünschte, die würden morgen früh gehängt. Ich wünschte ...«

»Du sagst, sie haben das Ale auf den Boden geschüttet. War es das Ale für die Gefangenen, oder der Krug für sie selbst?«

»Ich weiß es nicht genau, Ma'am.«

»Oh, Cary, das war wichtig.«

»Ich glaube, Tom Rogers hat einiges davon getrunken.«

»Tom?«

»Ja, der hockte wie immer auch dort. Ganz außer sich vor Freude über den armen Leutnant Donnelly. Er haßt ihn immer noch wegen Sir Diggorys Tochter. Er sagte, er würde dasein, um ihn morgen baumeln zu sehen.«

»Tom Rogers«, murmelte Dolores vor sich hin. Ihr kam ein Gedanke. Kurz darauf sagte sie: »Cary, wie schnell kannst du Furleys erreichen?«

»Furleys? Warum, Ma'am?«

»Um eine Nachricht dorthin zu bringen. Aber sie muß so schnell wie möglich dort eintreffen.«

»Ich kenne eine Abkürzung. Da bin ich im Handumdrehen dort.«
»Gut. Warte hier, ich schreibe sie rasch.« Dolores setzte sich an den Tisch, griff zu Papier und Feder und schrieb hastig eine Nachricht. Dann faltete sie den Brief zusammen und versiegelte ihn. »Wenn du ihn Mistress Rogers ausgehändigt hast, solltest du einige Tage verschwinden. Ich werde dir ausrichten lassen, wann du zurückkommen kannst. Hast du Verwandte, bei denen du unterkommen kannst?«
»Ich kann immer nach Hause auf den Hof.«
»Zu nah.«
»Meine Cousine wohnt auf der anderen Seite vom Bells Wood. Eine sonderbare alte Frau, die wochenlang keine Menschenseele zu Gesicht bekommt.«
»Das ist gerade richtig.« Dolores fürchtete vor allem, daß Cary ihren Plan vereiteln könnte, indem sie etwas ausplauderte. »Hier ist der Brief. Du mußt ihn Mistress Rogers selbst aushändigen, niemand anders darf es tun. Hast du das verstanden?«
»Mistress Rogers?«
»Man hört, daß sie Leutnant Donnelly gewogen ist; sie hat Grund, uns beizustehen. Nun eil dich, Cary. Und vergiß nicht: kein Sterbenswörtchen, zu niemandem.«

In ihrer Aufregung hatte Cary etwas Entscheidendes übersehen: Sie fürchtete sich im Dunkeln. Die Abkürzung, die sie gepriesen hatte, führte durch einen kleinen, aber dichtbewachsenen Wald, und als sie sich durch die Dornenranken gekämpft hatte und endlich die Lichter von Furleys vor sich sah, war sie halbtot vor Angst. Da erschien eine schwarze Gestalt vor ihr und gebot ihr, stehenzubleiben. Sie schrie auf und wäre den ganzen Weg zurück nach Tilsbury gerannt, wenn nicht starke Hände sie gepackt hätten.

»Halt still«, befahl eine rauhe Männerstimme. »Was hast du hier zu suchen? Komm ins Licht, damit wir dich sehen können.«

Cary war so erleichtert darüber, daß sie es mit drei einwandfrei menschlichen Wachen und nicht mit einer Horde Kobolde oder Geister zu tun hatte, daß sie die rüde Behandlung kaum zur Kenntnis nahm. Man hielt ihr eine Laterne vors Gesicht, und drei Paar Augen betrachteten sie prüfend.

»Nur ein Mädchen«, sagte einer.

»Ich hab' dich schon mal gesehen.«

»Sie bringt den irischen Soldaten Essen.«

»Und was suchst du hier?«

Als ihr Entsetzen nachließ, fand Cary ihre Stimme wieder. »Ich muß eine wichtige Nachricht nach Furleys bringen«, sagte sie.

»Und für wen mag die wohl sein?«

»Für Mistress Rogers.«

»Was du nicht sagst. Und warum muß sie so spät abends eine geheime Nachricht erhalten, wie?«

»Das laßt meine Sache sein.«

»Gib mir die Nachricht, und ich bringe sie ihr. Ich hätte nichts dagegen, wenn Mistress Rogers meine Sache wäre.«

»Ich habe Anweisung, sie ihr persönlich zu übergeben.«

»O ja? Und von wem ist sie wohl?«

»Das sage ich Euch nicht.«

»Zweifellos von einem neuen Liebsten. Die Frau kennt keine Scham.«
Cary fühlte sich berufen, sie in Schutz zu nehmen. »Es hat nicht das geringste mit einem Mann zu tun. Es ist etwas viel Wichtigeres als –«, sagte sie und verstummte.
»Ja?«
»Einerlei. Laßt mich durch.«
»Wir haben Befehl, jeden aufzuhalten.«
»Ach, laß die Kleine doch laufen. Sie kann keinen Schaden anrichten.«
Cary beglückwünschte sich zu ihrem Erfolg, als sie durch den Park auf das Haus zuging. Doch als sie näher kam, wurde sie von einer zweiten Gruppe von Wachen abgefangen, die sich nach ihrem Vorhaben erkundigten. Dieses Mal war sie eher ärgerlich als ängstlich, vor allem, da sie unter ihnen einige jener Männer entdeckte, die vormals an der Ruine Wache gehalten hatten.
»Um Himmels willen«, rief sie aus, »was wollt Ihr denn mit so vielen Wachen? Ich habe den Männern dort hinten schon alles berichtet, nun laßt mich durch.«
»Nicht so eilig. Wir sind diejenigen, die das Haus bewachen, die anderen da hinten vertreiben sich nur die Zeit.«
»Wie?«
»Sie behalten nur die Wagen und Karren im Auge, die für morgen früh beladen werden. Ihr seid ein diebisches Völkchen hier. Wir wollen schließlich nicht, daß unsere Vorräte nachts Beine bekommen, wie?«
»Ich bin kein Dieb, und Eure Vorräte sind mir einerlei. Nun laßt mich durch.«
»Nun gut.«
Cary wollte dem Mann gerade danken, da sagte er

freundlich: »Du hast es gewiß eilig, zurück nach Tilsbury zu kommen, um morgen früh diese irischen Hunde hängen zu sehen. Ich kann mich entsinnen, daß du dem einen von denen gewogen warst, einem schauderhaften Burschen. Wieso vergeudest du deine Zeit mit so einem Wilden, hä? Du wirst schlauer sein, wenn er erst am Seil baumelt, wie?«
»Lacht Ihr nur.« Cary war außer sich vor Wut. »Morgen lacht Ihr nicht mehr, wartet nur ab!«
Da sie unversehens Angst bekam, zuviel auszuplaudern, eilte Cary zum Haus.

Corinna Rogers hielt sich in einem kleinen Raum neben ihrem Schlafzimmer auf. Sie hatte einen bestickten Schal umgelegt und war damit befaßt, mit ihrem Mädchen Ann zu erörtern, mit welchen Mitteln man ihre Winterkleidung aufbessern könne. Sir Diggory hatte ihr zu verstehen gegeben, daß er wegen der hohen Abgaben und der Erfordernisse der Soldaten nun so verarmt war, daß an neue Anschaffungen nicht zu denken war. Ihr Mädchen war hinausgegangen, um eine Borte zu holen, und Corinna war froh, daß lediglich Cary Zeugin ihrer Gefühle wurde. Sie war immer stolz darauf gewesen, in allen Lagen einen gelassenen, unnahbaren Eindruck zu hinterlassen, doch als sie Dolores' Brief las, trat ein Ausdruck ungläubiger Wut auf ihr Gesicht.

Liebe Corinna,
ich nehme an, daß mein Gatte sich gerade bei Oberst Firth aufhält. Er darf frühestens eine Stunde nach Mitternacht nach Hause zurückkehren. Bitte tut alles in

Eurer Macht Stehende, um ihn in Furleys aufzuhalten. Ich bin überzeugt, daß Ihr Mittel und Wege finden werdet, das zu bewirken.

Dolores Taverner

»Wie kann sie es wagen! Warum sollte ich mich an ihren Ränkespielen beteiligen? Was, um Himmels willen –«

»Oh, Mistress Rogers, seid bitte nicht zornig.« Cary war unzufrieden, daß sie den Inhalt des Briefes nicht erfragt hatte, bevor sie ihn übergab. »Sie hat einen Plan, wie man die Iren retten könnte, doch sie benötigt dazu Eure Hilfe.«

»Die Iren? Was um alles in der Welt soll dieser Brief mit den Iren zu tun haben?«

»Sie sollen getötet werden«, sagte Cary, der erneut die Tränen übers Gesicht strömten. »Alle sollen nach und nach sterben, aber mein Michael und Leutnant Donnelly werden morgen früh gehängt. Donnelly mag ein Mörder sein, aber mein Michael …«

»Donnelly? Gehängt?« Corinna war verblüfft.

»Ja, Ma'am.« Cary wunderte sich, daß Mistress Rogers davon nichts vernommen hatte.

»Aber als Furleys sich ergab, hat der Oberst versprochen, daß keiner der Männer hingerichtet würde.«

»Das war eine gemeine Lüge. Betrug. Sie werden die Iren nicht *umbringen,* aber sie werden sie verhungern und an ihren Krankheiten zugrunde gehen lassen. Und sie sagen, die Offiziere müssen gehängt werden, weil sie bei ihrer Flucht die Wachen getötet haben. Aber das ist nicht recht, weil sich Soldaten immer gegenseitig umbringen, und mein Michael war es nicht einmal.«

»Und nun sollen sie hängen?«
»Gleich morgen früh, Ma'am.«
»Seid ihr dessen gewiß?«
»Ganz und gar, Ma'am.«
Im Flur war ein Geräusch zu vernehmen, und die Tür ging auf. Corinna sagte scharf: »Bleib draußen, Ann, ich habe zu tun. Sorge dafür, daß wir nicht gestört werden.« Die Tür klappte zu, und Schritte entfernten sich.
Corinna begann, auf und ab zu gehen. »Das ist ungeheuerlich. Warum hat mir keiner etwas gesagt? Wir müssen nachdenken. Wir müssen eine Möglichkeit finden, ihnen zu helfen.«
»Mistress Taverner hat einen Plan. Doch sie benötigt Eure Hilfe.«
»Was will sie tun?«
»Sie hat es mir nicht gesagt. Sie meinte nur, ich solle Euch die Nachricht überbringen, zu Euren eigenen Händen. Und daß es dringend sei.«
»Aber ...«
Corinna fühlte sich benommen. Sie hatte keinen Grund, Dolores oder ihrem Mädchen zu vertrauen, und wußte nicht, wie dieses sonderliche Ansinnen den Iren helfen könnte. Doch wenn Donnelly wahrhaftig morgen früh gehängt werden sollte ... der junge Ire war beileibe nicht ihr bester Liebhaber gewesen, doch der ansehnlichste. Ihr Eifer in dieser Liebschaft hatte bereits vor der Belagerung von Furleys und seiner Gefangennahme nachgelassen, doch sie erinnerte sich gerne an seine feine, katzenhafte Schönheit, die um so bemerkenswerter war, als sich dahinter wahre kalte Grausamkeit verbarg. Sie war erschüttert, doch nicht verwundert gewesen, als man ihr

zutrug, daß er den Kanonieren die Kehle durchschnitten hatte und daß er sein eigenes Entkommen aufs Spiel gesetzt hatte, um an den feindlichen Wachen Rache zu nehmen. Ein wunderschöner Mann, doch gänzlich erbarmungslos … und nun sollte er enden wie ein gewöhnlicher Verbrecher.

Sie sagte sich, daß derlei Tragödien zum Kriege gehörten und daß Donnelly die Gefahren gekannt hatte, als er Soldat wurde. Dann sagte sie sich, wenn es eine Möglichkeit gab, ihn zu retten, könne sie nicht untätig bleiben. Dann sagte sie sich, daß es Dolores Taverner wohl kaum gelingen werde, eine Gruppe irischer Gefangener im Alleingang zu befreien, und daß sie selbst sich nur lächerlich machen würde, wenn sie sich einmischte. Dann sagte sie sich, daß Stephen Sutton gewiß eher genesen werde, wenn er wußte, daß seine Männer nun tatsächlich entkommen waren. Dann sagte sie sich, das Ganze sei womöglich eine Falle von Tom Rogers und seinen Kumpanen, damit er sie noch weiter in Verruf bringen konnte. Und schließlich sagte sie sich, daß sie noch nie, niemals ein Wagnis gemieden hatte und daß sie wohl alt und langweilig werde.

Sie wandte sich zu Cary und sagte: »Du magst gehen.«

»Werdet Ihr tun, worum Euch meine Herrin gebeten hat?«

»Vielleicht. Doch zuerst muß ich mit Oberst Firth sprechen.«

Die Stimmung des Oberst hatte sich im Verlauf des Tages zusehends verschlechtert. Ordnung war ihm oberstes Gebot, und bei den Vorbereitungen für den Abzug kamen die üblichen Mißgeschicke und Verfehlungen vor.

Musketen waren verschwunden, Pferde lahmten, Räder, die vor einer Woche bereits ausgebessert sein sollten, lagen noch immer gebrochen beim Wagenbauer. Und obendrein hatte Oberst Firth den Eindruck, daß sein Ruf als tadelloser Offizier durch die Flucht zumindest einiger der Iren schwer gelitten hatte. In einem Augenblick der Schwäche hatte er eingewilligt, Hauptmann Suttons Beteiligung an der Sache zu übersehen; er war froh, daß der Zustand des Hauptmanns noch immer sehr schlecht war. Doch er benötigte jemanden, an dem er seinen Ärger auslassen konnte, und seit zwanzig Minuten hatte Josiah Taverner diese Rolle zu ertragen.

Der Oberst wußte wohl, daß der puritanische Kaufmann nichts geahnt hatte von den Plänen der Iren, doch die Tatsache, daß sie durch sein Haus entkommen waren, ließ sich nicht ableugnen. In Oberst Firths gegenwärtiger Verfassung reichte das für einen schweren Verdacht aus. Überdies bot ihm dies eine gute Gelegenheit, dem kleinlauten Burschen einzubleuen, daß er nach dem Abzug der Soldaten ganz besonders aufmerksam zu sein hatte. Tilsbury machte zwar einen friedlichen Eindruck, doch Oberst Firth traute einer Stadt nicht, in der irische Papisten so beliebt waren.

»Wenn Charles Stuart endlich gestürzt ist, werden die Parlamentarier sich sehr wohl entgeltlich zeigen gegenüber denjenigen, die ihrer großen Sache gedient haben. Für die Führung der Gemeinden wird großer Bedarf sein an Männern, über deren Fähigkeiten und Treue es keine Zweifel gibt. In Tilsbury kann man beispielsweise Sir Diggory nicht mehr vertrauen. Doch jeder, von dem man weiß, daß er beiden Seiten gedient hat, wird vernichtet

werden ...« Bei dem Wort »vernichtet« stach Oberst Firth drohend mit dem Finger in die Luft.
Josiah geriet zusehends in Aufruhr. »Ich versichere Euch, Hauptmann, ich hatte keine Ahnung –«
»Doch Ihr wußtet von dem Gang?«
»Ja, Oberst, durchaus, aber –«
»Und wer wußte noch davon?«
Josiah schluckte, dann sagte er leise: »Niemand. Niemand wußte davon.«
»Wie sollen die Iren ihn dann gefunden haben, wenn nicht Ihr ihnen den Weg gewiesen habt? Das Gelände ist von meinen Männern gründlich durchsucht worden, bevor wir die Gefangenen dort unterbrachten. Ihr müßt doch wohl zugeben, daß es ausgesprochen unwahrscheinlich ...« Und so weiter und so fort. Oberst Firth hatte es sich zum Ziel gesetzt, Josiah Taverner nach dem Abzug der Soldaten als gnadenlosesten und treuesten Vertreter der Parlamentarier zurückzulassen. Doch dieses Ziel hatte er bereits erreicht; nun fuhr er lediglich fort, weil es ihm Vergnügen bereitete, den Burschen schwitzen und zu Kreuze kriechen zu sehen.
Josiahs Unwohlsein war jedoch nur zum Teil auf den Redeschwall des Oberst zurückzuführen. Ein sonderbares Pochen hatte sich in seinem Kopf eingestellt, und ab und an sah er den Oberst doppelt und fühlte sich doppelt angeklagt. Zwar war er ängstlich darauf bedacht, den Parlamentariern seine bedingungslose Treue zu versichern, doch sein Hauptanliegen war gegenwärtig, irgendwo ein weiches Bett zu finden und unverzüglich einzuschlafen. Er nahm an, daß vermutlich ein leichtes Fieber im Anzug war.

Schließlich bedeutete ihm Oberst Firth, daß ihr Gespräch beendet war. Josiah wischte sich den Schweiß von der Stirn und ging hinaus. Erstaunt bemerkte er, daß Corinna Rogers sich in der kleinen Kammer neben dem Zimmer des Oberst aufhielt, und er war noch überraschter, als sie auf ihn zukam und mit dieser sanften Stimme, die sie sehr zweckdienlich einzusetzen verstand, sagte: »Master Taverner, ich bin so froh, daß ich Euch gefunden habe. Bitte wartet einen Augenblick auf mich, während ich mit Oberst Firth spreche. Ich benötige Eure Meinung in einer dringlichen Angelegenheit.«

»Wahrhaftig, Mistress Rogers, es ist schon spät, und ich bin etwas unwohl. Könnten wir das Gespräch nicht vertagen?«

»Oh, Master Taverner, und ich habe mich auf Euch verlassen, Ihr könnt mich nun nicht im Stich lassen. Ich kann mich an niemand anderen wenden.«

Der Blick, der mit ihrem Ansinnen einherging, brachte Josiah erneut die Gerüchte in Erinnerung, die er über Sir Diggorys Tochter vernommen hatte, und er war äußerst verwirrt. Eigentlich lehnte er sie ab, doch das Wissende und Verletzliche in ihrem Blick rief ganz andere Gefühle wach.

Er tupfte sich erneut mit dem Taschentuch den Schweiß von der Stirn und sagte: »Ich bin überzeugt, daß andere hilfreicher sein könnten … aber ja, ja, ich warte, doch bitte eilt Euch. Ich muß nach Hause … meine Gattin, wißt Ihr … aber ich will mich bemühen, Euch zu helfen … möchte Euch nicht enttäuschen …« Es fiel ihm schwer, einen klaren Gedanken zu fassen und deutlich zu sprechen.

Corinna legte ihre schmale Hand auf seinen Arm. »Oh, Master Taverner«, säuselte sie, »ich wußte, daß ich mich auf Euch verlassen kann. Meine Unterredung mit Oberst Firth wird nicht von langer Dauer sein.«

Diese Bemerkung erwies sich in der Tat als zutreffend. Josiah zu plagen, hatte die Stimmung des Oberst nur weiter verschlechtert, und er zeigte sich verärgert über die zusätzliche Störung.

»Nun?« fragte er barsch. »Was wünscht Ihr?«

Bei seinem Eintreffen in Furleys hatte sich Oberst Firth wie viele andere Männer zu Corinna Rogers hingezogen gefühlt; seine Milde Hauptmann Sutton gegenüber war nicht zuletzt von dem Wunsch beflügelt gewesen, bei ihr einen guten Eindruck zu hinterlassen. Es war ihm jedoch nicht entgangen, daß sein Handeln jegliche Hoffnung auf derlei Wirkung zunichte gemacht hatte, und die Geschichten, die ihm indessen über sie zugetragen wurden, hatten ihn davon überzeugt, daß er ihrer Zuwendung auch nicht bedurfte. Überdies würde er am nächsten Tag abreisen.

Corinna erahnte seine Stimmung und machte keine Umschweife. »Einem Gerücht zufolge sollen die beiden irischen Offiziere Leutnant Donnelly und Feldwebel O'Rourke beim Morgengrauen hingerichtet werden. Und die anderen Gefangenen sollen angeblich so vernachlässigt werden, daß sie sterben werden.«

»Und weiter?«

»Ist das wahr?«

»Gewiß. Derer hätte man sich schon seit langem entledigen müssen.«

Corinna stockte der Atem. »Aber als Furleys sich ergab, habt Ihr Euer Ehrenwort gegeben.«

»Donnelly und O'Rourke sind gemeine Verbrecher. Hängen ist noch zu gut für die. Ich lasse Milde walten.«

»Gibt es nichts, was Euch umstimmen könnte?«

Er grinste sie höhnisch an, um ihr zu bedeuten, daß sie einen zweifelhaften Ruf hatte, und sagte: »Ich versichere Euch, Mistress Rogers, Ihr vergeudet meine Zeit. Ihr vermögt mir nichts zu bieten, das mich umstimmen könnte.«

Corinna spürte, wie ihr die Röte ins Gesicht stieg, als sie sagte: »Ihr schmeichelt Euch selbst, Oberst. Lügner und Mörder stehen nicht in meiner Gunst.«

»Ihr bevorzugt Schurken wie Donnelly, ich verstehe.«

»Das tue ich in der Tat. Ein Leutnant Donnelly ist mehr wert als zehn von Eurer Sorte.«

Er machte keinen Hehl aus seiner Schadenfreude. »Nicht mehr lange, fürchte ich«, sagte er hämisch. »Morgen um die Zeit wird Euer hübscher Leutnant Rabenfutter sein.«

Corinna war so empört, daß sie wortlos hinausrauschte und regelrecht überrascht war, Master Taverner auf einer Bank im Flur sitzen zu sehen. Ihr Gespräch mit Oberst Firth hatte ihre Entscheidung besiegelt, die Pläne der Rundköpfe zu vereiteln. Sie hielt einen Augenblick inne, um sich zu fassen, dann schwebte sie auf Master Taverner zu.

»Ihr seid noch da«, gurrte sie. »Wie wunderbar.«

Er blickte zu ihr auf. Seine Augen waren blutunterlaufen. »Wie kann ich Euch behilflich sein? Ich hoffe, es nimmt nicht allzuviel Zeit in Anspruch. Ich muß nach Hause zurück. Meine Gattin erwartet mich.«

»Ah ja. Eure liebe Gattin. Wie geht es meiner Freundin Doll?«

»Dolores. Sie möchte nun Dolores genannt werden.«

»Ach, wirklich. Wie bemerkenswert. Ihr müßt mir alles darüber berichten.« Ihre kehlige Stimme schien sich wie Rauch durch sein Hirn zu schlängeln. »Wie froh bin ich, daß wir uns freundschaftlich unterhalten können. Gewiß ist Eure Meinung viel wertvoller als die von jenen Jungen, die sich heutzutage Soldaten nennen. Ihr habt doch viel mehr von der Welt gesehen. Doch wir müssen uns unter vier Augen unterhalten. Ich weiß, daß ich auf Eure Verschwiegenheit vertrauen kann, aber andere sind nicht so ehrenhaft. Kommt bitte mit mir. Das ist so freundlich von Euch. Hier herein, da können wir ungestört sein. Ihr scheint nicht wohl zu sein, Master Taverner, laßt mich Euren Arm nehmen. Oh, habt Ihr einen starken Arm, da fühle ich mich gleich sicher. Wollen wir uns hierher setzen, so?«

Die Soldaten des Parlamentsheeres, die an diesem Abend am alten Kloster Wache hielten, waren nicht mehr und nicht weniger abergläubisch als die Mehrheit ihrer Altersgenossen. Sie glaubten, daß Gottes Macht zu ihren Siegen beigetragen hatte und daß künftige Erfolge auf dem Schlachtfeld ebenso durch Fasten und Gebete wie durch Geschick im Kampf erreicht würden. Sie glaubten, daß Menschen vom Teufel besessen sein konnten und daß Säuglinge, die ungetauft starben, zu einem Dasein in der Hölle verdammt waren. Sie glaubten, daß man in Träumen die Zukunft sehen konnte und daß die Stellung der Sterne Einfluß auf das Handeln der Menschen hatte. Sie glaubten, daß Hexen verbrannt werden sollten und daß einige ruhelose Seelen als Gespenster und Geister umherzogen. Und zu dieser stillen Nachtzeit, als das Mitternachtsläuten verklungen war und Carys Geschichten ihnen durch den Sinn gingen, waren sie überaus bereit, an die Gegenwart der Grauen Frau zu glauben.

Zwei Männer saßen vor der schweren Eichentür und lehnten sich dagegen. Sie rauchten, zum einen, weil sie eine gute Pfeife zu schätzen wußten, und zum anderen, weil sie damit den Gestank aus dem Gelaß hinter ihnen ein wenig mildern konnten. Abgesehen von gelegentlichen Klagelauten der Iren war alles still und friedlich.

Der Größere der beiden, den Cary besonders verabscheute, weil er häufig das Wort führte, hieß Miller. Er nahm einen kräftigen Zug von seiner Pfeife und sagte, nur um für ein wenig Unterhaltung zu sorgen: »Ich bin froh, wenn wir morgen abziehen.«

»Und ich erst«, sagte sein Kamerad, ein dürrer Junge namens Armitage. Diese Bemerkung hatten sie an diesem Abend schon unzählige Male gemacht.

»Tilsbury ist ein unnützer Ort. Und dieser Flecken hier –«

»Hier haust das Böse, man kann es beinahe riechen.« Armitage sprach mit außergewöhnlicher Heftigkeit.

»Nicht mehr lange.«

»Schon beinahe Morgen.«

»Ich kann es kaum erwarten, daß diese irischen Hunde aufgehängt werden, dafür lohnt es sich, wachzubleiben.«

»Warum nur die Offiziere? Warum nicht den ganzen Haufen, damit endlich Ruh ist?«

»Die sind in Bälde so oder so tot, und … was war das?«

»Was?«

»Ich habe ein Licht gesehen.«

»Wo?«
»Dort drüben. Zwischen den Bäumen. Schau, da ist es wieder. Rasch, hol die anderen.«
»Wo sind sie?«
»Weiß ich nicht. Hinten, nehm' ich an. Grade waren sie noch da.«
Noch nicht sonderlich beunruhigt über das flackernde Licht zwischen den Bäumen, eilte Armitage zur Rückseite der Klosterruine, um seine Kameraden zu wecken. Zwei waren eingenickt und rappelten sich schlaftrunken auf. Ein weiterer sowie Tom Rogers schliefen wie tot und konnten nicht geweckt werden.
»Da stimmt was nicht«, berichtete Armitage Miller ängstlich. »Ich verstehe es nicht. Sie sehen aus, als schliefen sie, aber ich kann sie, verdammt noch eins, einfach nicht wachrütteln.«
»Besoffen, was? Die Trottel, sie wissen doch, welche Strafe darauf steht.«
»Sie sehen nicht besoffen aus. Sie haben nicht viel Ale getrunken.«
»Was denn dann?«
»Ich glaube ...« Armitage erblickte wieder das Licht zwischen den Bäumen, und er begann mit den Zähnen zu klappern. »Ich glaube, das ist Teufelswerk.«
»Unsinn, Mann. Da hat sich wohl nur ein Reisender verirrt. Gib mir die Laterne, ich geh' nachsehen. Zünde die Lunte an, und macht die Musketen fertig. Wir werden dem Beine machen, wer immer es ist.«
Miller war nur wenige Schritte auf das Licht zugegangen, als er auch schon innehielt. Er sah undeutlich eine Gestalt in einem weißen Gewand, die eine Frau sein moch-

te. Sie bewegte sich eigenartig unstet und schien beinahe über dem Boden zu schweben. Miller nahm all seinen Mut zusammen.
»Halt!« schrie er. »Wer ist da? Sagt, wer Ihr seid, oder ich schieße.«
Der schwerelose Körper schwang herum und schien sich auf ihn zuzubewegen.
Miller hob seine Muskete. »Wer ist da? Wer seid Ihr? Antwortet, verdammt!«
Die Gestalt schien zu sprechen.
»Was sagt Ihr da?« Millers Stimme klang zittrig. Als er die Laute deutlicher vernahm, verstummte er, und kalter Angstschweiß brach ihm aus.
Eine seltsame, hohe Stimme, die sang, doch diese Art von Musik war ihm noch niemals zu Ohren gekommen. Er verstand die Sprache nicht, es mochte Latein sein – oder eine andere Mundart der Hölle, die nur Untoten geläufig war. Oder auch die Gesänge von Luzifers Kohorten.
Er trat einen Schritt zurück, und seine Muskete bebte so heftig, daß er nicht genau zu zielen vermochte.
»Halt!« schrie er erneut, doch nun war seine Stimme nur noch ein ängstliches Krächzen. »Halt, oder ich schieße!«
Die unheimliche geisterhafte Gestalt, die eine Laterne auf Augenhöhe hielt, deren Gesicht jedoch gänzlich von einer Kapuze überschattet war, schritt unbeirrbar auf ihn zu. Das seltsame Lied – eher ein Gesang denn ein Lied – wurde lauter und deutlicher.
»Halt!« kreischte Miller und feuerte. Das Mündungsfeuer blitzte hell auf, die Kugel schoß weit am Ziel vorbei, und dennoch kam die geisterhafte Gestalt unbeirrt auf ihn zu.

»Rasch«, schrie er und rannte zum Kloster zurück. »Feuert, während ich lade!«
Doch die Antwort blieb aus. Armitage und die beiden anderen waren geflohen, als sie gesehen hatten, daß die Gestalt – gewiß die Graue Frau – sich trotz des Schusses weiter dem Kloster näherte.
Miller war ein mutiger Mann, und er bereitete sich allein darauf vor, die Graue Frau zu überwältigen. Hastig begann er alle möglichen Gebete zu brabbeln, um ihrem teuflischen Gerede entgegenzuwirken. Doch in diesem Augenblick flammte der Himmel über Furleys rotgolden auf, und ein gewaltiges Beben und Dröhnen schien die Erde zu erschüttern. Miller glaubte, daß die Pforte zur Unterwelt aufgesprungen war und die Legionen des Antichristen hervorströmten, um die Erde zu erobern. Und der Geist schritt unbeirrt voran und sang.
Miller plapperte sinnloses Zeug vor Angst, warf seine nutzlose Muskete fort und floh.
Dolores setzte ihren Gesang fort für den Fall, daß sich noch Soldaten in der Nähe aufhielten, und eilte auf das Tor der Klosterruine zu. Sie wuchtete den schweren Eisenriegel hoch, mit dem es verschlossen war, und schob mit aller Kraft die schwere Tür auf. Als der grauenhafte Gestank herausdrang, verstummte sie und wich würgend zurück.
Sie holte noch einmal tief Luft, dann trat sie in das Gelaß und sagte auf Latein: »Der Herr sei mit Euch. Geht in Frieden«, und fügte dann, für den Fall, daß einige der Männer sich mit der Sprache ihrer Religion weniger gut auskannten als sie, auf Englisch hinzu: »Ihr könnt ge-

hen. Eilt Euch. Euch bleibt nicht viel Zeit«. Sie achtete dabei sorgsam darauf, ihre Stimme zu verstellen.
Ein verblüfftes Schweigen trat ein. Dann löste sich die Gestalt eines Mannes aus dem Dunkeln und hastete zur Tür.
Unversehens rappelten sich alle auf und drängten sich nach draußen.
»Im Namen aller Heiligen, wer seid Ihr?« Sie erkannte die Stimme von Donnelly.
»Pax vobiscum«, sang sie und fuhr fort, noch immer auf Latein: »Im Namen des Vaters, des Sohnes und des Heiligen Geistes ...« Sie entsann sich nurmehr an Bruchstükke der katholischen Messen ihrer Kindheit, doch sie schienen ihre Wirkung nicht zu verfehlen. Donnelly bekreuzigte sich bleich und eilte seinen Kameraden nach.
O'Rourke folgte als letzter. Er sprang auf und stieß gegen den Türpfosten. Sein Blick war wild, und er schien zu krank zu sein, um weit zu kommen.
Dolores griff unter ihren Umhang. Sie hatte Josiahs Pistolen mitgenommen, für den Fall, daß ihre Darstellung der Grauen Frau sich als unwirksam erwiesen hätte, und reichte sie nun O'Rourke.
»Der Herr sei mit Euch«, sagte sie und dann: »So geht, Mann, um Himmels willen, rasch.«
»Jesus Maria«, keuchte er ungläubig, als er sich das zottige Haar aus den Augen strich: »Ist das nicht Mistress Taverner?«
»Geht!«
Dolores löschte die Laterne und rannte fast den ganzen Pfad von der Ruine bis zu ihrem Obstgarten. Dort zog sie ihren Umhang aus, der ein weißes Futter hatte, und

kehrte ihn um. Sie betete stumm, daß den Iren dieses Mal die Flucht wahrhaftig gelingen möge, und ging langsam zum Haus zurück.

Cary verweilte so lange in Furleys, bis sie einer Freundin, die in der Küche tätig war, eine Laterne abgebettelt hatte. Sie hatte nicht die Absicht, auf dem Rückweg wieder die Abkürzung durch die Wälder zu nehmen, doch die Nacht war mondlos, und nachdem sie Mistress Taverners Auftrag ausgeführt hatte, wurde sie nun überdies von düsteren Gedanken verfolgt. O'Rourke würde am nächsten Morgen gehängt werden, und sie wollte ihn ein letztes Mal sehen, ihn vielleicht gar trösten, bevor er starb, aber nun entsann sie sich, daß sie nicht mehr nach Tilsbury zurückkehren sollte. Mistress Taverner hatte ihr befohlen, für einige Tage zu verschwinden. Cary befürchtete unversehens, ins Unheil gelaufen zu sein; sie sah sich nicht mehr als Heldin einer beliebten Ballade, sondern lediglich als unglückselige Maid, die vermutlich für etwas bestraft würde, was sie kaum verstand, und die nicht einmal zu ihrer Familie flüchten konnte. Mistress Rogers hatte ihr nicht eindeutig zugesagt, daß sie ihnen helfen werde, sie hatte keine Ahnung, was Mistress Taverner im Sinn hatte, und nun war Cary überzeugt davon, daß nichts die Iren zu retten vermochte, Michael würde gehängt werden, und alles war gänzlich hoffnungslos.
Blind vor Tränen stolperte sie den Weg hinter dem Park entlang, und verharrte erst, als sie sich den Soldaten gegenübersah, die sie zuvor am Waldrand aufgehalten hatten.

»Laßt mich vorbei«, sagte sie jammervoll. »Ich bin es nur.«
Die Soldaten langweilten sich, und Cary zu piesacken war kurzweiliger, als sich miteinander zu zanken.
»Habt Ihr wieder eine Nachricht von der Dame?«
»Wer ist der Glückliche? Ich?«
»Ihr irischer Schatz gewiß nicht. Der wird nicht mehr so hübsch aussehen mit einem Strick um den Hals.«
»Aber ein erfreulicher Anblick, wenn die beiden erst baumeln.«
»Wirst du zusehen? Ich halte dir das Händchen, wenn du willst.«
Zum ersten und letzten Mal in ihrem Leben empfand Cary Haß. Sie antwortete zunächst gemäßigt, doch sie lachten nur und hänselten sie weiter.
»Ich hoffe, die Graue Frau schickt Euch alle zur Hölle!« wütete sie, dann wandte sie sich um und ging am Waldrand auf die Straße nach Tilsbury zu.
»Hey!« rief ihr einer der Soldaten zu. »Da kannst du nicht entlanggehen!«
»Ihr werdet mich nicht davon abhalten!«
»Sieh dich vor, auf den Karren lagert Pulver und –«
»Wie?« Cary gab vor, nichts verstanden zu haben, begann jedoch zu rennen.
»Ich sagte –«
Der Umriß eines beladenen Wagens zeichnete sich vor ihr im Dunkeln ab.
»Ich hasse Euch!« schrie Cary. »Ihr seid alle Mörder!« Und sie schleuderte ihre Laterne mit aller Kraft in Richtung des Munitionswagens, dann verschwand sie im Wald und rannte um ihr Leben.
Corinna Rogers vernahm die Explosion, einen ohrenbe-

täubenden Knall, der die Scheiben in den Fenstern zum Klirren brachte und ein markerschütterndes Hundegeheul zur Folge hatte, als Josiah dabei war, sie an die Wand zu drücken. Mit einer Hand hielt er ihren Hinterkopf, mit der anderen wühlte er unter ihren Röcken. Er war nicht grob, aber seine Bewegungen waren hastig und ungeschickt. Sie glaubte allmählich, daß er wahrhaft unwohl war, und fürchtete, daß er sie verletzen könne, wenn sie nicht achtgab.

»Ah, Mistress Rogers«, keuchte er. »Bitte ... gestattet mir ...«

»Einen Augenblick, Master Taverner.« Sie vermochte kaum mehr zu atmen, weil ihr Gesicht an seinen gewaltigen Brustkorb gepreßt war. »Ich habe es nicht sehr bequem.«

»Ah, ja ... Ihr müßt ... das ist so ...« Er war bemüht, sich seiner Hosen zu entledigen, während Corinna darüber nachsann, wie sie sich an Dolores rächen könnte. Wenn sie hier solche Opfer brachte und die Iren nicht gerettet wurden, wäre Mord noch zu gut für Josiahs Gattin. Und dann sah sie unversehens hinter Josiah den Himmel rosafarben, rot und golden aufleuchten, und brach in lautes Gelächter aus, als das Haus erbebte.

Josiah stolperte nach hinten. Er blickte sie entsetzt an, faßte sich an die Brust und stieß ein qualvolles Stöhnen aus, dann sank er zu Boden. Verwirrt und fiebrig, wie er war, hatte er die Explosion als Strafe Gottes für seine furchtbare Sünde verstanden.

»Buíochas le Dia!« rief Corinna aus. Das waren die einzigen irischen Worte, die Donnelly ihr beigebracht hatte; sie bedeuteten: »Lobe den Herrn.«

Oberst Firth erkannte sogleich den Grund für die Explosion, als er sie vernahm, und er verfluchte den Tag, an dem er Tilsbury betreten hatte. Als Sir Diggory den Knall hörte, war er überzeugt, daß sein Heim nun endgültig dem Erdboden gleichgemacht werde. In Priory House schliefen Mabs und Bussell auf dem Küchentisch, so betäubt von ihrem Ale, daß nicht einmal das Jüngste Gericht sie hätte wecken können. Beth und Harry dachten, in Furleys fände eine große Schlacht statt. Philip verschlief wie immer alles und war am Morgen schrecklich erbost darüber.

28

Stephen stand am Fenster seines Zimmers, während ein Diener seine wenigen Habseligkeiten in eine leinene Tasche packte. Im Buchenwald hinter dem Park begannen die ersten Blätter ihr mattes Sommergrün abzulegen und sich zu färben. Er schob das Fenster einen Spalt auf: Die Morgenluft trug den frischen, herben Duft des Septembers in sich.

Am Abend zuvor hatte Stephen Sir Diggory Lebewohl gesagt. Er war der letzte Soldat, der seinen Abschied nahm von Furleys, und Sir Diggory hatte keinen Hehl aus seiner Freude über den Abzug der Truppen gemacht. Die Royalisten waren gegangen, nachdem sie ihr Ehrenwort gegeben hatten, und die Rundköpfe hatten sich wie geplant an dem Morgen, nachdem die Iren zum zweiten Mal entkommen waren, auf den Weg gemacht. Man legte sich mehrere Erklärungen für ihre wundersame Flucht zurecht. Die meisten Einheimischen hegten keinerlei Zweifel daran, daß die Graue Frau selbst ihren Glaubensgenossen beigestanden hatte. Oberst Firth bezweifelte das. Er nahm an, daß die Wachen sich sinnlos betrunken hatten und ein Wohlgesinnter die Gefangenen befreit hatte. Die Geschichte von der Grauen Frau hielt er für ein Hirngespinst, das man ersonnen hatte, um die Tat zu verdecken. Die Wachen wurden festgenommen und wür-

den am nächsten Ort, an dem man Stellung bezog, bestraft werden.
Wie diese Strafe aussah, würde in Tilsbury keiner mehr vernehmen. Die Soldaten waren abgezogen, und kaum einer vermißte sie. Die Frauen konnten ihre Wäsche wieder auf den Steinen an der Biegung des Flusses ausschlagen; keiner marschierte hier mehr zum Dröhnen der Trommeln, keiner schrie Befehle oder feuerte Musketen ab. Solange der Krieg nicht vorüber war, kehrte auch in Tilsbury der Alltag noch nicht ein, doch es war wenigstens ein Anfang. Nach dem Abzug der Soldaten erinnerten leere Vorratskammern und ausgestorbene Hühnerställe an sie und viele Geschichten, die man sich noch Jahre erzählen würde, doch wenig mehr.
Stephen teilte Oberst Firth' Ansicht, was die Flucht der irischen Gefangenen betraf. Doch ihm war es einerlei, wie sie ihrer höllischen Gefangenschaft entkommen waren, solange sie dieses Mal wirklich fliehen konnten. Zwei Männer waren unglücklicherweise auf ein Faß Sherry gestoßen und so betrunken gewesen, als man sie erneut gefangennahm, daß sie nicht wußten, wie ihnen geschah. Sie waren beide nicht mehr am Leben. Doch von Donnelly, O'Rourke und den anderen hatte man seither nichts mehr vernommen; vermutlich war es ihnen gelungen, sich zu einer der benachbarten, royalistischen Garnisonen durchzuschlagen. Stephen war froh, daß sie sich in Freiheit befanden. Dies war sein einziger Anlaß zur Freude.
Er wandte sich vom Fenster ab. Er wußte, daß es eine Sünde war, doch während seiner langsamen Genesung hatte er sich mehr als einmal gewünscht, daß seine Wunden ihn das Leben gekostet hätten. Tief in ihm war eine

Trauer, die nun niemals mehr von ihm weichen würde. Falls er erneut in diesen Zwiespalt geriete, müßte er wiederum so handeln, wie er es getan hatte, doch die Nacht, in der er mit Josiah gekämpft hatte, war die düsterste seines Lebens gewesen. Dolores hatte ihm blind vertraut, und er hatte sie verraten. Dolores hatte ihm vertraut … nur er vermochte einzuschätzen, was dieses Vertrauen für sie bedeutet hatte. Sie, die es von Kindheit an gelernt hatte, jedem außer ihren Kindern und ihrer Großmutter fernzubleiben, hatte sich ihm ohne Vorbehalte anvertraut. Und er hatte sie damit belohnt, daß er das Geheimnis ihrer Liebe an ihren Gatten verriet. Es war nicht schwer, sich vorzustellen, wie Josiah an ihr Rache nahm. Sobald sein Fieber nachließ, achtete Stephen auf Klatsch über Priory House, doch man vernahm nichts. Mistress Taverner wurde häufig gesehen; wie zuvor ging sie allmorgendlich mit ihrer Tochter zum Markt. Harry sollte bald anderswo zur Schule geschickt werden; man munkelte, daß seine Mutter sich dieser Entscheidung widersetzt hatte, doch in der Stadt war man einhellig der Meinung, daß der Junge schon lange einer strengeren Erziehung bedurfte. Von einer Entzweiung zwischen den Ehegatten war nicht die Rede.

Manchmal, wenn Stephen in langen Nächten wachlag und sich erinnerte, wie glücklich er gewesen war, als er zum alten Kloster ritt und sich durch den Geheimgang in Dolores' Schlafzimmer begab, fürchtete er, daß Josiah nur auf seine Abreise wartete, bevor er Dolores bestrafte. Er wußte doch gewiß, wie bereitwillig Stephen zu ihrer Rettung schreiten und sie mit sich nach Cornwall nehmen würde.

Doch um ihn her war bloß Stille. Stille, und sein letzter Blick auf Dolores, als sie begriff, daß er ihr großes Geheimnis verraten hatte. Der Schmerz und die Ungläubigkeit in ihren Augen hatten ihn tiefer getroffen, als Josiahs altes Schwert es je vermocht hätte. In diesem Augenblick hatte er erfahren, daß der Mann, der den liebsten Menschen opfert, dem Abscheu vor sich selbst immer gnadenlos ausgeliefert sein wird.

Manchmal betete er, daß man ihr den Grund für sein Handeln zugetragen hatte; daß die Iren nicht nur gefangen, sondern zum Tode verurteilt gewesen waren. Doch meist versuchte er sich einzureden, daß es besser für sie war, wenn sie ihn haßte; ihre Zukunft lag bei ihren Kindern und Josiah in Tilsbury. Er konnte ihr nichts bieten. Alles, was er ihr je gegeben hatte, waren Erinnerungen – und die waren nun gewiß vergiftet durch seinen Verrat.

Seine Tasche war gepackt. Er nannte so wenige Dinge sein eigen, daß es nicht lange gedauert hatte. Er versuchte, sich aus seiner Tagträumerei zu lösen und an die Zukunft zu denken, doch es gelang ihm nicht: Vor ihm erstreckte sich eine endlose Reihe von Tagen, die nur von dem Wissen erfüllt waren, daß er seine einzige Liebe verloren hatte.

Er warf einen letzten Blick auf den Raum, in dem er beinahe drei Monate untergekommen war, dann befahl er seinem Diener, die Pferde hinter das Haus bringen, und ging hinaus; recht steif, denn er hatte noch immer Mühe, das verletzte Bein zu beugen. Er machte sich auf die Suche nach Corinna. Es war ein strahlender Morgen, und er fand sie im Garten.

»Nun, Stephen, so verläßt du uns nun.« Sie nahm seine Hände. »Ich werde dich wohl vermissen.«

»Nicht allzusehr, hoffe ich doch.« Stephen grinste. »Du wirst gewiß Mittel und Wege finden, dich abzulenken.« Man munkelte, daß Corinna einem jungen Mann zugetan war, der sich der Falken ihres Bruders annahm.

»In der Tat«, stimmte sie ihm zu. »Ich gehöre nicht zu den Frauen, die lange trauern. Ich möchte dir raten, meinem guten Beispiel zu folgen, doch ich fürchte, du bist hoffnungslos, was das betrifft. Gleich wirst du mir sagen, daß du in Eile bist und aufbrechen mußt –«

»Tatsächlich ...«

»Himmel, Stephen, nach drei Monaten machen doch ein paar Minuten keinen Unterschied. Sag mir, hast du Dolores Lebewohl gesagt?«

Er blickte zum Wald hinüber. »Du weißt, daß ich sie nicht gesehen habe.«

»Auch ich nicht. Ich muß gestehen, daß es mich nicht gerade nach Tilsbury zieht. Doch wenn du es wünschst, könnte ich ihr etwas ausrichten.«

»Das ist zwecklos.«

»Nein?«

»Nein.«

Corinna machte eine ungeduldige Handbewegung. »Ihr gutherzigen Männer seid meist auch die starrsinnigsten.« Sie versank in ein kurzes Schweigen. Sie hatte Stephen nie von dem ungewöhnlichen Brief berichtet, den sie an dem Abend von Dolores erhielt, an dem die irischen Gefangenen die Flucht ergriffen. Damals war er zu krank gewesen, und in den Tagen darauf hatte sie sich zu sehr bemühen müssen, die Stunden mit Josiah aus ihrem Gedächtnis zu löschen. Sie wußte nicht, was sich an diesem Abend im Kloster ereignet hatte, und hoffte aufrichtig,

daß ihr Einsatz sich gelohnt hatte, doch sie hatte nicht die Absicht, sich damit zu brüsten. Es war eher so, daß Josiahs schlechtes Gewissen ihr das Gefühl gegeben hatte, unrein zu sein. Noch Tage danach hatte sie sich so beschmutzt und unwohl gefühlt wie nie zuvor. Sie sah keinen Anlaß, das nun zur Sprache zu bringen.
Deshalb sagte sie nur: »Ich glaube, daß du Dolores nicht genug zutraust.«
»Dazu bin ich außerstande«, sagte Stephen.
Corinna zuckte die Achseln. »Nun denn, mach dich auf den Weg. Zurück in dein geliebtes Cornwall.«
»Ja.« Er zögerte, runzelte die Stirn. »Doch wie steht es um dich, Corinna? Welche Pläne hast du?«
Sie warf ihm ein trockenes Lächeln zu. »Eine Frau in meiner Lage kann sich keine Pläne gestatten. Ich werde hierbleiben. Ich wüßte nicht, wohin ich sonst gehen sollte. Mein Vater sagt, er will eine Trennung in die Wege leiten, er glaubt, daß ich wieder heiraten werde … doch ich glaube, daß der Krieg sein gesamtes Vermögen verschlungen hat. Ohne Mitgift bin ich wohl auch keine Braut. Doch vielleicht ist das recht so. Das Leben als Ehefrau hat mir nicht zugesagt. Ich werde hierbleiben … und mich so gut wie möglich vergnügen und meinen Vater versorgen.«
»Ich könnte dich als Krankenschwester empfehlen. Wenn du nicht gewesen wärst, wäre ich wohl kaum genesen.«
»Nun … vielleicht … dich zu pflegen, hat mir keine Mühe bereitet.« Stephen hatte sie bei den Schultern gefaßt und sah zu ihr herunter, und seine klaren grauen Augen blickten dankbar und herzlich. Einen kurzen

Augenblick erwog Corinna, wie es wohl gewesen wäre, hätte er sie mit Liebe betrachtet. Für einen Mann wie Stephen wäre sie vielleicht bereit gewesen, die Treue zu erlernen ... wenn ihr Bruder sie und Stephen in flagranti erwischt und sie gezwungen hätte, ihn und nicht Tom Rogers zu ehelichen, wäre sie vielleicht doch noch rund und ehrbar geworden. Vielleicht ... doch wahrscheinlich nicht. Und überdies waren solche Gedanken unangenehm schmerzhaft.

»Mach dich lieber auf den Weg«, lachte sie. »Gleich sagen wir noch all die lächerlichen Dinge zueinander, zu denen Menschen sich berufen fühlen, wenn sie sich nie mehr wiedersehen.«

»Ja. Ich werde niemals zurückkehren.« Er hatte beabsichtigt, sie auf die Stirn zu küssen, doch sie legte den Kopf in den Nacken und küßte ihn auf die Lippen.

»Laß uns wenigstens richtig Lebewohl sagen«, sagte sie. »Hast du nicht mehr gelernt bei mir?«

Stephen küßte sie. »Du warst eine hervorragende Lehrerin, Corinna. Lebewohl dann, ein richtiges Lebewohl.«

»Schon besser.«

»Und danke.« Er wandte sich ab.

»Wofür? Stephen, warte. Wenn es mir jemals zu Ohren kommt, daß Dolores in Schwierigkeiten ... irgendeiner Art ist ... soll ich es dich wissen lassen?«

Er blieb wie angewurzelt stehen. Er runzelte die Stirn und stieß mit der Fußspitze einen Kiesel an. »Ich weiß es nicht. Ja, gewiß ... doch welchen Sinn soll das haben?« Mit gerunzelter Stirn schritt er über den Rasen zum Hof, wo sein Pferd ihn erwartete.

Den Rest des Morgens brachte Corinna in einem unbestimmten Zustand von Sehnsucht und Trauer zu und in dem Gefühl, daß sie gerne auf die wahre Liebe verzichtete, wenn sie imstande war, solchen Kummer zu verursachen.

Ein leichter Wind spielte mit den ersten herabgefallenen Blättern, als Stephen zum letztenmal auf Tilsbury zuritt. Er hatte die Absicht, über Bristol zu reisen, und konnte die Stadt umgehen. Sein Weg führte durch die Furt nahe dem einstigen Exerzierplatz. Als er näher kam, versuchte er, sowohl die zerklüftete Klosterruine als auch Priory House und die verkohlten Überreste von Mutter Crews Haus zu übersehen, wo bereits wieder die ersten grünen Gräser sprießten; jeder dieser Orte barg eine Erinnerung, und die Erinnerungen waren nun schmerzvoll. Es wurde höchste Zeit, daß er diesen Ort verließ.

»Hauptmann Sutton! Hauptmann Sutton, Sir!« Einen kurzen freudigen Augenblick lang glaubte Stephen, daß es Beth war, die über die Wiese auf ihn zurannte, um ihm eine Nachricht von Dolores zu überbringen. Doch nein. Dieses Mädchen hier mochte so alt sein wie Beth, doch sie hatte dünnes braunes Haar, und ihrem schlichten Kleid war anzusehen, daß sie Tochter eines Freisassen war.

Er hielt seine Stute an. »Was gibt es?«

»Ihr müßt auf den Hof kommen, Hauptmann Sutton. Da ist jemand, der Euch sehen möchte.«

»Jemand? Wer?« Wieder dieses Aufkeimen von Hoffnung.

»Cary hat gesagt, ich darf es Euch nicht sagen. Oh –!« Das Mädchen schlug erschrocken die Hand vor den Mund, weil sie ihr kostbares Geheimnis so leicht preisgegeben hatte.

Stephen verbarg seine Enttäuschung unter einem Lächeln. »Cary, wie? Dann bist du wohl ihre Schwester. Du mußt lernen, zurückhaltender zu sein, wenn du wichtige Nachrichten überbringst. Nun ist kein Unheil geschehen, aber deine Cary ist übel dran. Komm, du kannst mit mir zum Hof reiten.«
Das kleine Mädchen – dessen Name Stephen niemals erfuhr – wagte es aus Furcht vor weiteren Enthüllungen nicht mehr, den Mund aufzumachen, und nickte nur heftig. Dann ergriff es Stephens ausgestreckte Hand und rutschte vor ihm auf das Pferd. Als er sich bewegte, spürte Stephen einen stechenden Schmerz in dem verletzten Bein, und ihm schwanden beinahe die Sinne. Die Reise nach Cornwall würde lang und mühselig werden, und er verspürte nicht den Wunsch, hier länger zu verweilen. Vor allem, da der Weg zu dem Hof durch Tilsbury führte, so daß er doch noch an Priory House vorbeireiten mußte. Er war versucht, Galopp zu reiten; der Schmerz in seinem Bein war nichts im Vergleich zu den Qualen, die er erdulden mußte, wenn er an dem Haus vorbeikam, in dem er die glücklichsten und die düstersten Stunden seines Lebens zugebracht hatte, doch nicht einmal das war ihm möglich wegen des Kindes, das vor ihm im Sattel saß. So ritt er langsam die breite Straße entlang, blickte nicht nach links und rechts und wagte nicht einmal mehr zu hoffen, daß Cary ihm eine Nachricht von Dolores überbringen wollte.
Cary hatte bereits nach ihm Ausschau gehalten und kam aus dem Kuhstall gelaufen, als sie ihn erblickte.
»Hauptmann Sutton!« Sie lächelte strahlend. »Ihr habt meine Nachricht erhalten.«

Er blickte sie erschrocken an, als er vom Pferd glitt. »Cary, Euer Gesicht. Was ist damit?«
»Das ist geschehen, als ich den Munitionswagen angezündet habe«, sagte sie munter. »Die Geschichte ist Euch gewiß zu Ohren gekommen. Ich dachte, das wüßte indessen jeder.«
»Ich wußte nicht, daß Ihr dabei verletzt wurdet.«
»Ich habe es selbst erst am nächsten Tag bemerkt. Ich hatte es so eilig, von Furleys wegzukommen. Ich glaube, meine Haube hatte Feuer gefangen, meine Haare sind alle verbrannt, doch die wachsen schon wieder. Mistress Taverner hat mir etliche Salben in mein Versteck schikken lassen, deshalb ist alles gut verheilt.«
»Mistress Taverner, das ist gut.«
»Es hat mir nichts ausgemacht mit den Haaren. Diese Wachen muß es jedenfalls zerrissen haben. Ich habe gehört, daß am nächsten Tag noch einer herumrannte mit seinem Arm in der Hand, und er lief im Kreis und schrie, einer solle ihn einsetzen, aber er konnte nichts sehen, weil seine Augen nur noch blutige Höhlen waren und –«
»Das genügt, Cary.«
Das war die Stimme eines Mannes, eines Iren. Stephen wandte sich rasch um und sah Feldwebel Michael O'Rourke, der aus dem Kuhstall trat und auf ihn zukam, um ihm die Hand zu schütteln.
»O'Rourke, was in Gottes Namen, tut Ihr hier?«
»Dies und das, Hauptmann Sutton.« O'Rourke grinste und legte Cary den Arm um die Schultern.
»Ich wähnte Euch auf der Flucht. Was ist geschehen?«
»Ich konnte auch fliehen, doch ich war in so üblem Zu-

stand, daß ich nicht weit gekommen wäre. Deshalb bin ich hier erschienen. Carys Familie war mir früher schon mit Güte begegnet, und ich wußte, daß man mich hier nicht verraten würde. Aber Cary war selbst verschwunden, und die Rundköpfe suchten überall nach ihr, deshalb konnte ich hier nicht bleiben. Am nächsten Tag hat ihr Bruder mich zur Hütte einer alten Frau einige Meilen entfernt von hier gebracht. Dort haben wir uns seither versteckt, wir mußten beide erst wieder zu Kräften kommen.«

»Doch Ihr werdet nicht hierbleiben. Wenn jemand wüßte ...«

»Die wissen nicht einmal die Hälfte«, fiel Cary ihm eifrig ins Wort. »Die Leute meinen, ich hätte bloß ein paar Wagen in die Luft gesprengt, aber ich habe viel mehr getan.«

Stephen grinste. »Tatsächlich, Cary?«

»Ja. Ich habe den Wachen im alten Kloster das Ale gebracht, das sie in tiefen Schlaf versetzt hat. Sie haben nie erraten, was es enthielt. Wenn es nach mir gegangen wäre, hätten sie gleich da sterben können, jeder einzelne, sie hätten's verdient gehabt, weil sie gelacht haben über die Hinrichtung. Michael und die anderen wären niemals entkommen, wenn ich nicht gewesen wäre, und –«

»Das genügt jetzt, Cary.«

Stephen, der ihr kein Wort glaubte, sagte O'Rourke, er solle stolz auf sie sein. »Doch wo werdet Ihr nun hingehen?« fragte er.

»Irgendwohin, wo wir in Sicherheit sind, Arbeit finden und zusammensein können«, sagte O'Rourke. »Vielleicht erst einmal nach Bristol.«

»Hier bleiben wir nicht«, sagte Cary. »Wenn die Geschichte von meiner Tat sich erst herumspricht, werde ich wohl berühmt. Jemand wird gewiß ein Lied über mich machen, nach allem, was wir getan haben.«
»Wir?« fragte Stephen.
»Das ist jetzt genug, Cary«, sagte O'Rourke warnend. Da er Mistress Taverner erkannt hatte und Carys Geschichte kannte, hatte er als einziger die Ereignisse jener Nacht erahnen können. Er glaubte nicht, daß Mistress Taverner eine besondere Zuneigung zu Iren hatte, nahm jedoch an, daß ihr Beweggrund gewesen war, Menschenleben zu retten. Und gewiß wollte sie, anders als Cary, mit ihrer Heldentat nicht bekannt werden.
Doch Cary ließ sich nicht beirren und schlug eine andere Taktik ein. »Es lag an den Tropfen in ihrem Ale, wißt Ihr, deshalb ist es nicht ganz gerecht, wenn die Wachen bestraft werden, aber auf die werde ich gewiß kein Mitleid vergeuden. Ich habe gehört, man hat sie ausgepeitscht, bis ihnen die Haut vom Rücken fiel und man durchsehen konnte auf –«
»Das genügt«, sagte O'Rourke erneut, doch er grinste. Stephen nahm an, daß O'Rourke diese Worte noch häufig wiederholen müßte, wenn er mit Cary zusammenblieb, ohne damit allzuviel zu bewirken. Dann fügte O'Rourke hinzu: »In ein paar Tagen wollen wir heiraten.«
Stephen beglückwünschte beide. »Ich bin überzeugt, Ihr werdet glücklich zusammen«, sagte er. »Im Hause meines Vaters gibt es immer Arbeit und ein Bett für Euch, solange ich dort weile.«
»Darauf werden wir vielleicht zurückkommen, Hauptmann Sutton«, sagte O'Rourke.

Sie sagten einander Lebewohl, dann stieg Stephen auf sein Pferd und ritt nach Tilsbury zurück. Als er sich der kleinen Stadt näherte, verflog die Fröhlichkeit, die er angesichts von Cary und O'Rourke empfunden hatte, und der bekannte Schmerz trat an ihre Stelle. Er mußte wenige Meter vor Mistress Taverners Haus vorbeireiten und konnte nicht einmal aufsehen, konnte nicht einmal Ausschau halten, ob sie vielleicht von einem Fenster oben auf die Straße blickte.

Auf dem Hof beklagte sich Cary bitterlich bei O'Rourke. »Das ist nicht recht«, sagte sie vorwurfsvoll. »Er hat gedacht, ich hätte das mit dem Ale erfunden, dabei ist jedes Wort wahr.«

»Ich weiß, Liebste, ich glaube dir. Doch du wirst dich daran gewöhnen müssen, daß ich der einzige bin.«

Wäre Cary nicht so glücklich gewesen, ihren Michael für immer und ewig an ihrer Seite zu wissen, hätte sie die Enttäuschung als unerträglich empfunden: zwei Wagen mit Pulver in die Luft zu sprengen und nahezu im Alleingang die irischen Gefangenen zu befreien – gütiger Himmel, was mußte ein Mädchen denn noch tun, um Heldin einer Ballade oder eines Groschenhefts zu werden? Sie war der festen Überzeugung, daß es einfach nicht gerecht zuging auf der Welt.

Dolores hatte sich mit dem Säugling in einem der vorderen Schlafzimmer aufgehalten und bemerkt, wie Stephen an ihrem Haus vorbeiritt. Sie nahm an, daß er unterwegs war zu Cary. Carys Schwester Joan, die einstige Amme des kleinen Robert, hatte sie über Carys Genesung und ihren Aufenthaltsort auf dem laufenden gehalten. Zwar

war Robert schon lange der Brust entwöhnt, doch Joan kam jede Woche ein-, zweimal ins Priory House, um Mabs bei den schwereren Arbeiten in der Küche zur Hand zu gehen, und so konnte man gefahrenlos Nachrichten austauschen und Arznei auf den Weg bringen.

An diesem Morgen hatte Dolores sich zum Verlauf der Ereignisse beglückwünscht, doch als sie Stephen auf seinem Roß die Straße entlangreiten sah, begriff sie, daß sie eine schwerwiegende Sache übersehen hatte. Sie kannte ihn so gut. Als sie an dem Fenster im ersten Stock stand und der kleine Robert bei dem Bemühen, Ellen und der Haarbürste zu entkommen, über ihren Rocksaum stolperte, erfaßte sie mit einem Blick auf Stephens Haltung und die Art, wie er starr vor sich hinblickte, wie unendlich er litt.

»O Stephen«, murmelte sie. »Ich hätte nie gedacht ...« Tränen rollten ihr über die Wangen. Sie wischte sie fort. Sie war so mit ihren eigenen Sorgen befaßt gewesen, daß sie es sich untersagt hatte, über das Ausmaß seines Leids nachzusinnen. Sie hatte ihn erschöpft erlebt, und sie hatte ihn müde erlebt, doch sie wußte, daß der Mann, der eben am Marktkreuz vorbeigeritten und aus ihrem Blickfeld verschwunden war, jegliche Hoffnung aufgegeben hatte. Sie spielte mit der Kette, die sie unter ihrem Hemd trug, und dachte nach.

Einer vertrauten Eingebung folgend, begab sie sich in die Destillierkammer. Trotz der Zuckerknappheit war es ihr gelungen, soviel Blütenwasser, eingelegtes Gemüse, Gelee, Essig, Parfüm und Puder wie üblich herzustellen. Die Regale waren reichlich bestückt. Sie lehnte sich an die breite, schieferne Arbeitsfläche und überlegte.

Die Nacht, in der die irischen Gefangenen geflohen waren, kam ihr vor wie ein seltsamer Traum. Wenn sie den Leuten lauschte, die sich ihre Geschichten über die Flucht zurechtlegten, glaubte sie beinahe selbst, daß der Geist der Grauen Frau die Wachen verjagt und die Tür entriegelt hatte. Sie sah vor sich, wie sie auf einen Mann zugegangen war, der eine Muskete in Händen hielt und auf sie schießen wollte. Sie entsann sich genau daran, daß sie keinerlei Furcht empfunden hatte. Im nachhinein war sie nun außerstande, zu entscheiden, ob ihr Mut eine Art Wahnsinn gewesen war oder ob tatsächlich in diesem Augenblick Kräfte in ihr wach wurden, die stärker waren als Waffen und Zauberkräfte.
Am nächsten Tag, als sie noch geschwächt war von der übermenschlichen Anstrengung, setzte ihre Blutung ein. Sie begann drei Wochen zu spät, und Dolores wußte, daß sie Stephens Kind nun doch nicht austragen würde. Sie redete sich ein, daß sie froh darüber war; dennoch weinte sie über den Verlust.
Josiah war kurz vor dem Morgengrauen schuldgeplagt und verstört von Furleys zurückgekehrt. Er brachte den ganzen Tag auf den Knien im Gebet zu und machte Andeutungen auf Ränke des Satans und die Schwäche des Fleisches. Dolores fragte nicht, was geschehen war, und er sprach nie wieder davon. Er war ihr weiterhin auf eine ängstliche Art ergeben. Wenn es um Geschäfte ging, erlebte man ihn wie stets als kleinlichen Tyrannen, doch bei seiner Frau trat seine Herrschsucht nicht mehr zutage. Ab und an sang sie für ihn oder erlaubte es ihm, ihr beim Tanzen zuzusehen; in diesen Augenblicken war Josiah so glücklich, wie es einem Menschen wie ihm möglich war.

Dolores hatte so viele Gründe, zufrieden zu sein – doch eine Sache hatte sie übersehen. Kurz entschlossen nahm sie ihr Rezeptbuch vom Regal und blätterte es rasch durch. Sie riß eine Seite mit einem Rezept für Wundsalbe heraus, die rundherum einen breiten weißen Rand hatte. Mit dem Federkiel, mit dem sie sonst ihre Fläschchen und Tiegel beschriftete, schrieb sie hastig eine Mitteilung, dann faltete sie den Brief zusammen und versiegelte ihn mit warmem Wachs. Als sie die Destillierkammer verließ, verschloß sie wie immer die Tür hinter sich.

Sie eilte in die Küche. Es roch nach Holzfeuer und Äpfeln. Mabs war erhitzt, weil sie, wie so häufig, mehrere Dinge zugleich erledigte.

»Wo sind die Kinder?« fragte Dolores. »Ich dachte, sie seien hier bei Euch.«

»Ich habe genug zu tun, diese Unruhegeister müssen mir nicht auch noch zwischen die Beine geraten. Ich habe sie hinausgeschickt, sie sollen mit Ellen Fallobst sammeln.«

Dolores trat mit dem Brief in der Hand durch die Hintertür. Der helle Klang der Kinderstimmen kam aus dem Obstgarten. Beth und Philip lieferten sich eine Apfelschlacht. Der kleine Robert war entschlossen mitzuhalten und stolperte durch das hohe Gras. Ellen folgte ihm auf Schritt und Tritt; seit er auf den Beinen war, verbrachte sie ihre Tage fast ausschließlich mit ihm. Sie flehte die anderen an, vorsichtiger zu sein. Dolores lächelte. Ellen war vernarrt in den Kleinen, doch außerstande, die anderen im Zaum zu halten.

»O Pip, nicht so schnell«, jammerte Ellen. »Beth, paß auf den Kleinen auf …«

Harry saß auf einem niedrigen Ast im Apfelbaum und beobachtete das Geschehen. Er hätte gerne mitgespielt, fühlte sich jedoch als junger Mann, der demnächst zur Schule geschickt wurde, zu erwachsen, um sich noch mit Kindereien wie Apfelschlachten abzugeben.
Philip hob einen besonders reifen Apfel auf und warf ihn nach Ellen. Er war jedoch ein schlechter Schütze, und der Apfel traf Robert am Hintern. Der Kleine war entzückt, daß er mitspielen durfte, und Philip und Beth johlten begeistert.
Lächelnd trat Dolores zu Harry. »Ich habe einen Auftrag für dich. Ich glaube, Hauptmann Sutton bricht heute nach Cornwall auf. Ich habe ihn vor einer Weile zu Carys Hof reiten sehen, doch er nimmt gewiß die Straße nach Bristol. Kannst du ihm das hier überbringen? Es ist ein Rezept für eine Wundsalbe, das ich ihm versprochen hatte, und dann hatte ich es vergessen.«
Harrys Lachen erstarb. Er sah sie an. Dolores spürte einen Anflug von Schamgefühl.
»Kannst du es ihm nicht selbst geben?« fragte er.
»Nein«, erwiderte sie kurz angebunden. »Das kann ich nicht. Es ist nur ein Rezept, aber du weißt ja, wie die Leute reden. Eil dich, das ist wohl nicht zuviel verlangt, und Bonnet weiß einen Ausritt gewiß zu schätzen. Übergib es ihm an der Kurve bei der Oxford Street – dort sieht dich keiner.«
»Weiß Vater davon?«
»Es betrifft ihn nicht. Du kannst es ihm sagen, wenn du wünschst – doch erst danach.«
Sie hatte einen scharfen Tonfall angeschlagen, um ihr Unbehagen zu überspielen. Sie hatte nie darüber nach-

gesonnen, ob ihr Ältester wohl etwas ahnte von ihrem Verhältnis zu Hauptmann Sutton.
»Und weshalb soll mich dann niemand sehen, wenn ich es ihm überreiche?« fragte Harry hartnäckig.
»Tu einfach, was ich dir sage«, sagte sie und fügte dann sanfter hinzu: »Ich vertraue dir, Harry.«
Er glitt von dem Ast herunter, nahm den Brief in Empfang und ging auf die Ställe zu. Dolores unterdrückte ihr Unbehagen darüber, daß sie ihren Sohn als Vermittler benutzen mußte. Lieber Gott, dachte sie ungeduldig, als sie zum Haus zurückging, sie widmete den Kindern ihr ganzes Leben, da war es doch wohl erlaubt, einmal um einen Gefallen zu bitten?
Sie schob alle Gedanken an die Kinder beiseite und stellte dankbar fest, daß Josiah damit beschäftigt war, in seinem Kontor einen Schuldner zu demütigen. Dann schritt sie durchs Haus, trat zur Eingangstür hinaus und stellte sich auf die oberste Stufe der Treppe, damit sie Stephen sehen konnte, wenn er zum letztenmal vorüberritt.

Stephen hatte niemals erwartet, daß Dolores sich zeigen würde. Er hatte nicht einmal hinübersehen wollen, doch als er sie aus der Entfernung entdeckte, konnte er die Augen nicht mehr abwenden. Sie stand reglos da, den Kopf hoch erhoben, die Hände locker an den Seiten. Sie trug ihr schlichtes graues Kleid mit dem weißen Kragen, und ihre Haube verdeckte ihr Haar. Ihre Wangen schimmerten rot. Sie beobachtete ihn, doch ihr Gesicht war ausdruckslos – oder aber Stephen konnte den Ausdruck nicht erkennen.

Hinter dem Haus hörte man die Kinder lärmen, dann schalt Mabs den Küchenjungen und der Bursche gab etwas zur Antwort. Aus dem Küchenschornstein stieg eine einzige weiße Wolke auf; die Düfte von frischen Binsen und Bienenwachs, die Düfte des Hauses, das er nie wieder betreten würde. Er atmete tief, und seine Stute wurde langsamer, als spüre sie seine Wünsche. Als sie vor Priory House ankamen, blieb sie beinahe stehen, doch im letzten Augenblick trieb Stephen sie an. Als das Pferd wieder schneller wurde, riß er sich von Dolores' Anblick los. Vor ihm lag nurmehr die leere Straße.

Als die Töne und Gerüche von Tilsbury sich verloren, entsann sich Stephen unversehens seiner ersten Begegnung mit Dolores. Auch damals hatte sie am Straßenrand gestanden und hatte ihn beobachtet. Er hatte sie für eine Wächterin gehalten an jenem frostigen Märzmorgen, eine Wächterin, die einen Fluch verhängen sollte über jene Soldaten, die in ihre Stadt einzogen. Später hatte er begriffen, wie sehr er sich geirrt hatte: Angst und Grauen hatten sie dazu veranlaßt, dort zu stehen. Und sie hat recht behalten, dachte Stephen bitter; die Soldaten – er vor allen anderen – hatten nichts als Elend und Verrat gebracht.

Warum, fragte er sich, stand sie nun da und sah ihm nach? Wollte sie sich davon überzeugen, daß auch der letzte der verhaßten Soldaten endlich verschwand? Stolz hatte sie ausgesehen, und in ihren dunklen Augen hatte ein beinahe fröhlicher Ausdruck gelegen. Vielleicht hatte sie ihm nur bedeuten wollen, daß sie sich von dem Unheil, das er in ihr Leben getragen hatte, nicht besiegen ließ. Doch vielleicht hatte sie ihm auch ihre Verachtung übermitteln wollen. Stephen hatte sie betrogen, ja, doch nun war sie ihn endlich losgeworden.

Er war so in Gedanken versunken, daß er zum zweitenmal an diesem Morgen nicht bemerkte, daß seine Abreise von einem Kind verzögert wurde. Doch dieses Mal saß dieses Kind auf einem kleinen braunen Pony … dieses Kind mit seinem ernsten, schlichten Gesicht und seinem rotbraunen Haar hätte Stephen überall erkannt.

»Harry, was tust du hier?«

»Ich wollte Euch Lebewohl sagen, Hauptmann Sutton«, sagte Harry barsch.

Stephen stieg von seinem Pferd und ging zu dem Jungen hinüber. Den Schmerz in seinem Bein bemerkte er nicht. »Das freut mich, Harry, das freut mich sehr.«

Harry beugte sich vor und zauste Bonnets staubige Mähne. Er blickte starr geradeaus, als er sagte: »Nächste Woche gehe ich zur Schule. Und dann bekomme ich ein größeres Pony. Wir werden Bonnet behalten, aber Beth und Pip werden auf ihr reiten. Ich bin jetzt zu groß für sie.«

Stephen legte die Hand auf Bonnets Hals. »Sie war ein gutes Pony«, sagte er. Er spürte den Widerstreit der Gefühle in Harry – freudige Aufregung bei der Aussicht auf ein größeres Roß, Traurigkeit und ein Anflug von Schuldgefühl, weil er seinem ersten und liebsten Pferd entwachsen war.

»Ja«, sagte Harry. »Hauptmann Sutton, ich habe mich nie richtig bei Euch bedankt für Eure Tat. Wenn Ihr sie nicht gerettet hättet, wäre Bonnet womöglich in den Krieg gezogen. Ich bin froh, daß Ihr es getan habt. Ich glaube nicht, daß Bonnet das Leben beim Heer gefallen hätte.«

»Nein«, stimmte Stephen zu. »Vermutlich nicht.«
»Nun ... danke schön.« Er zögerte und warf Stephen dann einen scheuen Blick zu. »Beth und ich sprechen manchmal von Euch ...« Er runzelte erneut die Stirn und starrte angestrengt auf Bonnets Ohren. »Ich glaube, Beth vermißt Euch ab und an ein wenig. Ich wohl auch ... aber da ich nächste Woche von zu Hause fortgehe, werde ich sehr beschäftigt sein.«
Stephen blieb stumm.
»Ah ja«, sagte Harry schließlich. »Und Mutter hat mich gebeten, Euch dies zu übergeben. Es hat irgend etwas mit einer Wundsalbe zu tun, glaube ich. Ich hoffe ...« Er hatte sagen wollen, daß Stephens Wunde hoffentlich verheilt war, doch dann scheute er den Hinweis auf den hinterhältigen Angriff seines Vaters. »Nun, dann lebt wohl, Hauptmann Sutton.«
»Lebe wohl, Harry.«
Stephen hätte ihm gerne gesagt, daß er auf seine Mutter achtgeben solle, doch er untersagte es sich. Der Junge machte mit seinem Pony kehrt und ritt den schmalen Weg nach Tilsbury zurück.
Der versiegelte Brief ruhte in Stephens Hand, doch erst nach einigen Augenblicken konnte er sich dazu bewegen, ihn zu öffnen. Ihm war elend. Nun verstand er, warum Dolores ihn beobachtet hatte: Sie ließ ihm die Kette zurückgeben. Sie bedeutete ihm, daß ihre Liebe erloschen war.
Wie betäubt vor Trauer stieg Stephen wieder auf sein Pferd. Er erbrach das Siegel und entfaltete den Brief. Er enthielt keine Kette, sondern ein Rezept für Wundsalbe. Das Papier war aus einem Buch gerissen worden. An den

Rändern fand sich eine Mitteilung in Dolores' unsteter Handschrift. Er las:

> Die Graue Frau wird die Kette, die Ihr ihr gegeben habt, niemals zurückgeben, denn sie trägt sie weiterhin. Sie hat die Iren befreit und das Werk, das Ihr begonnen habt, so zu Ende geführt. Vertraut Ihr, so wie sie Euch stets vertrauen wird, und so Gott will, werden wir uns eines Tages wiedersehen, das weiß ich.

Er saß reglos auf dem Pferd und starrte so lange auf das Stück Papier in seinen Händen, daß sein Diener glaubte, er sei in eine Art Dämmerzustand verfallen. Sie teilte ihm mit, daß sie die Befreiung der Iren geplant hatte, daß sie selbst einen Geist verkörpert hatte, um die Wachen in die Flucht zu schlagen. Er erinnerte sich wieder an Carys Worte und verfluchte sich, weil er nicht genauer zugehört hatte; vielleicht hatte sie tatsächlich im Auftrag ihrer Herrin ein ganz besonderes Ale ins alte Kloster gebracht. Während er hilflos im Fieber gelegen hatte, hatte Dolores vollendet, wozu er außerstande gewesen war. Er hätte am liebsten seinen Stolz und seine Bewunderung laut hinausgeschrien, wäre am liebsten wie der Wind nach Tilsbury geritten, um ihr zu sagen, wie großartig sie doch war.

Nun, zu guter Letzt, begriff er, warum sie ihn beobachtet hatte, als er am Haus vorbeiritt. Ihr Brief sagte ihm, daß sie verstanden hatte, warum er das Geheimnis des Gangs preisgegeben hatte, und daß sie ihn noch immer liebte. Sie hatte auf der Schwelle gestanden, um ihm ein letztes Bild von sich mit auf den Weg zu geben, ein Bild, mit dem er die Erinnerung an ihren Haß und ihre Trauer löschen konnte, die ihn seit jener Nacht des Zweikampfes mit Josiah verfolgt hatte.

Und sie hatte versichert, daß sie an ein Wiedersehen glaubte. Auch sie sehnte sich nach ihm. Ob dieser Glaube reiner Zuversicht entsprang oder ob sie tatsächlich in die Zukunft blicken konnte, ließ er dahingestellt. Einzig die Hoffnung zählte.

Er blickte um sich. Die herbstlichen Wälder erschienen ihm schöner als je zuvor in seinem Leben. Er wandte sich um und warf einen letzten Blick auf Tilsbury; auf den Kirchturm und das Marktkreuz, den Exerziergrund an der Flußbiegung, die Obstbäume und die Gärten und die Ruine des alten Klosters. Und dann sah er zu dem Haus hinüber, in dem er soviel Glück und Schmerz erfahren hatte und in dem die Frau, die er immer lieben würde, ihre Kinder zu sich rief, um mit ihnen das Mittagsmahl einzunehmen.

Dann wandte er sich Richtung Süden und trat den langen Weg nach Hause an, nach Cornwall.